이병주
작가론총서

새 미
작가론
총 서
22

# 이 병 주

김 종 회 엮 음

새미

# 지금 여기서 다시 읽는 이병주 문학

　작가 이병주는 일제강점 10년이 경과한 1921년 경남 하동에서 출생했다. 그의 생애는 근대사의 격동기가 휘몰아치는 파란만장한 험로를 걸어야 했고, 그런 만큼 그의 작품세계 역시 운명론적 역사관에 입각한 극적이고 굴곡이 깊은 것이었다. 일본 유학, 학병 체험, 언론인, 영어(囹圄)의 생활, 작가의 길 등이 그의 몫이었고 그는 이 직접적인 체험을 문필로 가공하여 80여 권의 소설 작품을 남겼다. 그는 장편소설 『산하』의 에피그램으로 '태양에 바래이면 역사가 되고 월광에 물들면 신화가 된다'고 했고, 그의 어록에는 '역사는 산맥을 기록하고 나의 문학은 골짜기를 기록한다'는 표현이 있다. 모두 그의 체험적 문학관과 신화문학론의 창작 성향을 말한다.

　이병주는 생전에 작품활동을 할 때, 가장 많이 읽힌 베스트셀러 작가였다. 그런데 시대가 지나고 세대가 달라지면서 이 수발(秀拔)한 작가의 작품들이 기억의 저변으로 침윤한 감이 없지 않았다. 이병주 다시 읽기와 비평 및 연구를 동시대 문학의 수면 위로 이끌어 낸 것은, 이병주기념사업회가 결성되고 올해까지 16회의 이병주 문학 학술세미나와 11회의 국제문학 심포지엄 그리고 지속적인 이병주 소설 재출간 사업을 수행해 온 결과라 할 수 있다. 이 '기억'의 방식은 앞으로도 계속될 터이다. 기념사업회에서는 그간의 발표 논문을 모으고 편집하여『이병주 문학의 역사와 사회 인식』(김윤식·김종회 외, 바이북스, 2017)이란 저술을 단행본으로 상재한 바 있다.

그 외에도 이병주 문학에 대한 공동의 연구는 그동안『역사의 그늘, 문학의 길』(김윤식·임헌영·김종회 책임편집, 한길사, 2008),『문학과 역사의 경계—낭만적 휴머니스트 이병주의 삶과 문학』(김윤식·김종회 엮음, 바이북스, 2010)이 있고 이번에 '새미작가론총서' 제22권으로 발간하는 이 책『이병주』(김종회 엮음, 새미, 2017)는 그 연장선상에서 이병주 연구의 시금석 가운데 하나가 될 것으로 보인다. 그것은 지금까지 여러 연구자 또는 비평가들에 의해 다양다기하게 탐색되어 온 그 많은 글들 중에서 영역별 분야별로 꼭 값이 있고 간과할 수 없다고 판단되는 것을 골라 수록하였기 때문이다. 이 연구서의 발간을 계기로 향후 더 활발하고 심도 있는 이병주 연구의 지평이 펼쳐지기를 기대해 마지않는다.

이병주 연구의 새롭고도 활기찬 확산과 더불어,『관부연락선』·『지리산』·『산하』등 한국 근·현대사를 다룬 3부작의 장편소설을 필두로 이 작가의 소설이 다시금 광범위하게 읽혔으면 더할 나위가 없겠다. 그의 소설에 '숨은 보화'처럼 잠복해 있는 인생에 대한 지혜와 경륜이 남녀

노소, 필부필부들의 기쁨이 되고 행복이 되는 글 읽기의 풍토가 조성되었으면 하는 것이다. 이 책은 모두 4부로 구분되어 총론, 장편소설론, 주요 작품론, 그리고 연보 및 연구서지로 되어있다. 글의 게재를 허락해준 스물여섯 분의 필자들께 감사드린다. 특히 이병주 문학의 의의와 작가로서의 삶을 현창하기 위해 애쓰는 이병주기념사업회 임원들과, 이처럼 품격 있는 책으로 묶어준 도서출판 새미에 거듭 감사의 말씀을 전한다.

2017. 9
엮은이 김 종 회

# 목 차

## 3. 주요작품론

## 4. 연보 및 연구서지

# 1.

# 총론

# 한 자유주의 지식인의 사상적 흐름

김윤식(서울대 명예교수)

## 안타까움의 한 표정 ─ 작가 이병주에게 미처 묻지 못한 질문

미와자와(宮澤) 일본 수상의 방한을 전후로 하여 정신대 문제가 한·일 두 나라 사이에 크게 논의되었을 때, 작가 이병주 선생(이하 경칭 생략)이라면 어떤 발언을 할까를 생각해본 사람도 있지 않았을까. 나도 그러한 사람 중의 하나이다. 특히 일본의 원로작가 야스오카 쇼타로(安岡章太郞)의 「왠지 모르나 뜨거운 눈물이 흘러내리다」[1]를 읽은 뒤에 더욱 그러한 생각을 떨쳐버리기 어려웠다. 작가 이병주와 같은 세대에 속하는, 게이오(慶應)대학생이던 야스오카가 징집되어 간 곳은 만주의 어떤 부대였고, 그들은 밤낮 훈련에 틈이 없었다. 훈련 도중의 부대 앞엔 이른바 종군위안부가 군속으로 있었지만 훈련에 지친 졸병인 그들로선 안중에도 없었는데, 틈만 나면 잠자기가 아니면 드러누워 쉬는 일이 급했기 때문이다.

도하작전 연습을 하던 어느 날, 그들은 개울가에 나와 송사리를 좇고

---

1) 『아사히신문』, 1992. 2. 12.

있는 종군위안부들을 보았는데, 스커트 밑에 드러난 종아리의 순백함에 형언할 수 없는 충격을 받았다는 것이다. 그들은 그 직후 필리핀 전투에 투입되어 거의 전멸한 바 있다. 살아남아 작가가 되었으며, 예술원 회원이고, 71세의 거장인 이 작가의 회고 속에는 스커트 밑에 드러난 그녀들의 다리의 순백함과 전우의 죽음, 이 두 이미지만이 선명히 떠오른다는 것. 이 때문에 저도 모르게 뜨거운 것이 눈에서 흘러내렸다는 것이다. 이를 읽으며 나는 그가 문학자의 자리에 서 있음을 직감할 수 있었다. 자신의 기억에만 의존한 것, 그러기에 그만의 진실이었던 까닭이다. 그것이 가해자 집단의 처지가 아니었던가 라고 묻는 일은 문학자의 범주에의 미달이거나 초월함이라 부를 수도 있을 것이다. 요컨대 학병세대의 문제적 발언, 그것이 거기 있었다. 그렇다면 우리측 학병세대의 문학적 발언도 있어야 하는 것이 아닐까.

이렇게 물었을 때, 작가 이병주 씨를 떠올릴 수 있음은 당연하지 않을까. 1921년 경남 하동에서 태어나 일본 메이지대학 전문부를 거쳐 와세다대학 불문과를 다니던 중 학병(1944)으로 동원되어 중국 전선에 나아갔고, 광복을 맞아 역사의 격동기 속을 교사로, 언론인으로, 마침내 작가로 평생을 역사적 감각과 더불어 살아온 71세의 작가 이병주 씨가 정신대를 두고 어떤 발언을 한다면, 그것은 적어도 야스오카의 발언에 맞설 수 있는 무게와 수준을 지닐 수 있지 않았겠는가.

이러한 망상을 품고 이병주 씨의 발언을 기다린 것은 역사에 대한 내 나름대로의 안타까움이다. 그 때문에 언젠가 만날 기회가 있으면 이 정신대 문제를 어떻게 생각하느냐고 지나가는 투로 물어보리라 나 혼자서 마음먹고 있었다. 그러나 이러한 일은 이제 영영 불가능해지고 말았다. 안타까움이 아닐 수 없다.

# 몇몇 자리에서 느낀 그의 넉넉한 수용태도

언젠가 이병주 씨의 장편 『비창』이 간행되었을 때, MBC 신간 소개 프로에서 이를 문제삼은 바 있다. 사회를 맡았던 나는 이 프로가 끝난 뒤에 잠시 환담하는 자리에서, 작품수준이 매우 낮다는 것을 제법 날카롭게 지적한답시고 이런저런 흠을 내세웠다. 가령 주인공인 중년의 술집 마담의 일관성 없고 변덕스러움이란, 문학적으로 실패한 증거가 아니겠느냐는 따위. 이병주 씨는 다만 조용히 미소하는 것이었다. 그때만 해도 젊은 비평가로 자처한 터이라 나는 이에 멈추지 않고, 성격의 문제뿐 아니라 구성의 문제까지 언급하였다. 이병주 씨가 여전히 미소를 머금은 채 이렇게 대답하는 것이었다.

"김교수, 나이 60이 된 사나이들도 갈팡질팡하며 사는 것이 인생인데, 한갓 아녀자가, 그것도 40대의 여인이 변덕스럽지 않고 어떠해야 한단 말인가."

낮고 부드러운 경상도 억양이었다. 살아오면서 내가 자주 이대목을 떠올리고 있음은 물론이다.

문학사상사에서 시행하는 「이상문학상」 심사위원의 말석에 자주 앉아 있을 기회가 내게 있었다. 심사위원으로 이병주 씨와 마주 대한 것은 1987년도(이문열 씨의 「우리들의 일그러진 영웅」)와 1988년도 두 차례가 아니었던가 기억된다. 1988년도의 경우 임철우 씨의 「붉은방」과 한승원 씨의 「해변의 길손」이 막상막하여서 결정이 나지 않았다. 이때 누군가가 두 작품을 공동수상으로 하면 어떻겠느냐는 제안이 나왔다. 이병주 씨가 흔쾌히 찬성하는 것이었다. 내가 반대했음은 새삼 말할 것도 없다. 상의 권위가 떨어진다는 것, 어느 한쪽도 만족하지 못한다면 수상자들도 좋아하지 않으리라는 것, 상금을 반분하기의 문제점 등등을 내세웠다. 이렇게 제법 논리적인 듯한 방식으로 주장하는 나를 이병주 씨가 안경 너머로 내려다보는 것이었다. 아무 말도 없이.

문학이란 무엇이겠는가. 그것은 과학이라든가 학문이라든가 비평과 관련이 조금 있을지는 모르나 그런 것보다 윗길에 놓이는 것, 그러니까 '마음의 흐름'만큼 자연스럽고 감동적인 것이 어디 따로 있겠느냐. 이런 자리에서 문학을 보아야 하지 않겠는가라고 이병주 씨가 무언 속에서 나를 비판하고 있었던 것이 아니었을까.

「智異山이라 쓰고 지리산으로 읽는다」라는 부제를 단『지리산』2)은 이병주 씨의 대표작이라고 나는 생각한다. 이 거대하고도 기이한 대하소설을 쓰는 마당에 작가는 다음과 같은 발언을 서슴지 않았다. "나는 실패할 각오로 이 작품을 쓴다."라고. 또 "나의 문학에의 신념을『지리산』에 순교할 각오"라고『지리산』이 단순한 대하소설이 아니고 '실록 대하소설'이라는 것,『관부연락선』(1972)과「소설 · 알렉산드리아」(1965)따위란 이를 위한 준비작업에 불과하다는 것, 그러니까『지리산』은 지금까지 자기의 문학적 순교작업이라는 것. 실패할 각오로 쓰기 시작한 작품, 문학적 순교를 각오하고 쓴 소설『지리산』이 완성되었을 때 나는 내딴엔 매우 비판적인 안목으로「지리산의 사상」(1987)이란 제목의 평론을 쓴 바 있다.3)

'매우 비판적'이라 했거니와, 이는『지리산』을 이른바 분단문학의 독법으로 읽었다는 뜻이다. 분단문학의 독법이란 구체적으로 어떤 독법이어야 하는가. 제시해보라면 금방 대답할 수 없는 것이긴 하나, 가령 다음과 같은 사소한 문제제기도 그러한 독법의 버릇 때문이 아니겠는가.

주인공의 하나인 이규가 경도(京都) 3고생으로 설정되어 있다. 이규가 문과 병류(文科丙類) 입학 구두시험에 나아가자 시험관이 불문학자인 구

---

2)『세대』, 1972. 9~1978. 8.
3) 이 평론은 김윤식,『한국문학의 근대성과 이데올로기 비판』(서울대학교출판부, 1987)에 수록되어 있다.

하바라 타케오(桑原武夫) 교수였다는 것이다. 나는 이 대목을 용납하기 어려웠다. 구하바라 교수는 당시 대판고등학교 교수였으며, 경도 3고 교수가 아니었던 까닭이다.[4] 경박스럽게도 나는 어느 사석에서 만나 작가에게 이 점은 어찌된 것인가고 물었다. 작가 이병주 씨의 대답은 여전히 무언의 미소였다. 그러한 것은 사소한 일이 아니겠느냐고. 작품 전체의 시작에서 보면 그러한 오류랄까 착오란 그냥 넘어갈 수 있는 일이 아니겠느냐고. 그보다는 이 작품이 지닌 참된 의미, 그러니까 실록적 성격과 허구적 성격을 동시에 바라보는 안목이 『지리산』의 바른 독법이 아니겠느냐고.

## 최후작, 『별이 차가운 밤이면』의 내면풍경

작가 이병주 씨의 마지막 작품은 아마도 아직 연재 도중에 있는 『별이 차가운 밤이면』[5]이 아닐까. 장편 집중분재로 10회분(1992.4 현재)까지 나아간 이 작품은 노비 출신의 박달세가 자신의 신분과 가난을 극복, 일본 유학을 가서 고학하며 마침내 출세랄까 문명권에 나아가는 과정을 그린 장편소설이다. 나는 이 작품을 한 회도 빠뜨리지 않고 읽었는데, 박달세의 성장 과정이 1930년대에서 40년대에 걸치는 일본의 학생생활을 다루고 있음에 깊은 흥미를 느꼈기 때문이다. 우리 근대문학이란 그 근대성의 근거가 현해탄을 사이에 둔 유학생의 학습 과정, 학습 분위기, 학습의 방향성에 알게 모르게 관여되었다고 믿기 때문이다. 실상 『관부연락선』의 흥미의 원천도 여기에 있었으며, 『지리산』의 두 주역인 하준규와 이규

---

4) 3고 교직원 편람 참조.
5) 『민족과 문학』, 연재 제10회분.

의 의식을 지배하는 것은 이른바 일본 자유지식인 계층을 휩쓴 '스페인 인민전선' 분위기였던 것이다.

『별이 차가운 밤이면』에서 내가 흥미롭게 지켜본 것은 『지리산』과의 비교, 곧 『지리산』의 주역인 학병세대의 하준규·이규와 『별이 차가운 밤이면』의 학병세대인 박달세의 비교가 그것. 『별이 차가운 밤이면』에서는 오직 박달세만 등장하는데, 그러니까 박달세의 일대기인 셈인데, 무엇보다 특징적인 것은 노비 자식이 고학으로 출세했다는 점에 있다. 박달세가 왜 일본으로 유학해야 하며, 출세해야 하느냐라고 스스로 묻고 스스로 대답한 것은 '원수 갚기'였던 것이다.

> 공자는 천하를 위해 학문에 뜻을 둔 것이지만 나는 원수를 갚기 위해 공부를 하려는 것이니까. 원수가 누구냐. 첫째가 최순영이고 둘째가 최진사 부인이고 셋째가 막동이다. 최진사 부인과 막동은 별로 문제될 것이 없으나 내 원수는 단 하나이다. 그 이름은 최순영.6)

박달세의 신분은 실상은 최진사의 서자이나, 최씨 집안의 노비의 자식으로 만들었던 것이다. 곧 박달세의 모가 종년이었던 것. 종놈이라든가 상놈의 상전 최진사의 딸 순영의 미움의 표적이 되어 소학교 시절부터 형언할 수 없는 멸시와 천대 속에서 자라기. 이를 모면하는 길은 일본 유학으로 출세하는 길뿐이었다. 이러한 박달세의 입신출세주의란 『지리산』의 주인공들에 비하면 참으로 낯선 것이라 하지 않을 수 없다. 『지리산』의 하준규나 이규란, 훌륭한 집안의 핏줄을 타고 났거니와, 적어도 원수 갚기 위한 일본 유학은 아니었던 것이다.

어느 쪽이든 학병세대를 작품 중심부로 삼았음에는 『별이 차가운 밤이면』과 『지리산』은 쌍형이 아닐 수 없다. 작자의 '마음의 흐름'이 이 지대

---

6) 같은 책, 연재 제3회분, 246쪽.

인 까닭이다. 작가의 붓이 그럴 수 없이 경쾌하고 막힘없음이 그 증거가 아닐 것인가. 그러나 '원수 갚기'의 학병세대인 박달세란, 부잣집 도령들이 여유 있고 거만스럽고 또 그 때문에 가능한 순수한 관념형태인 자유주의에로 치달아 '인민전선'에 흥분하고 그 연장선상에 학병에로 나아감의 고민을 문제삼는 것과는 달리, 어디까지나 학병조차도 출세의 도구랄까 방편으로 삼을 수가 있었다. 박달세가 작품 후편에 와서는 상해의 일본군 특무기관의 엔도 중위로 변신 출세하고, 스스로를 「아리랑의 노래」(님 웨일즈)에 나오는 주인공 김산(본명은 장지락)과 비교하면서 이렇게 자조함이 어찌 이상할까.

> 그럴 수밖에 없지 않았던가. 나는 노비의 아들이었다. 세상이야 어떻든 나는 나와 어머니를 지켜야 했다. 인생은 엄격하게 살아야 하는 것도 그 때문이다.[7]

이러한 인물 유형의 창조, 그리고 이러한 인물이 학병세대의 한 중심부에 놓여 있음이란 무엇인가. 참으로 궁금한 것은 이러한 원수 갚기의 학병세대가 해방공간에서는 어떤 삶의 태도를 취할 것인가에 있음은 물론이다. 그는 빨치산 두목이 될 것인가, 경찰 두목이 될 것인가, 장사꾼으로 변모할 것인가, 모리배가 될 것인가. 알 수 없으나 분명한 것은 "인생을 엄격하게 살아갈 것"만은 틀림없는 일이다.

작가 이병주 문학의 새로운 가능성이 이 점에 있지 않았던가. 그런데 아직 해방도 되기 전, 상해 일본군 특무대에 박달세를 세워둔 채 작가는 세상을 뜨고 말았다. 누가 이 작품을 완결할 것인가. 이 물음은 참으로 안타까움이 아닐 수 없다.

---

7) 같은 책, 연재 제7회분, 141쪽.

## 학병세대가 낳은 대형작가의 빈자리

학병세대가 낳은 대형작가, 그러니까 이 땅, 이 나라 지배층의 연령의 정신적 바탕에 관련된 마음의 흐름을 정확히 대변하던 이 거인의 자리를 메울 자가 있을 것인가. 그의 빈자리는 그대로 빈자리로 남을 수밖에 없다. 물론 이러한 소리를 내가 할 처지가 아닐 터이다. 한국문학사가 이러한 평가를 내릴 권한을 갖고 있다고 믿기 때문이다. 내가 할 수 있는 것은 다음 두 가지뿐인데, 하나는 개인적인 감회이고 다른 하나는 조금 역사적인 것이다.

앞에서 나는 『지리산』의 이규를 조금 언급한 바 있다. 구하바라 교수가 3고 교수가 아니라 대판고등학교 교수라는 사실에 관한 것.『별이 차가운 밤이면』에서 작가는 주인공 박달세를 대판에서 고학하게 하고, 마침내 대판고등학교 문과에 입학시키고 있지 않겠는가.

> 나는 무난히 대판고등학교의 입학시험에 합격할 수 있었다. (…) 나는 대판고등학교가 일고(一高)와 삼고(三高)에 비하면 통념에 따른 격이 약간 떨어지지만 내실에 있어선 결코 손색이 없는 학교라는 것을 알고 있었지만, 입학시험에 합격한 것만으로 이렇게 융숭한 치하를 받을 수 있는 높은 성가를 지닌 학교란 것까진 알지 못했다. 사실을 말하면 대판시민들은 늦게 개교한 이 학교가 동경에 있는 일고나 경도에 있는 삼고를 능가할 수 있도록 염원하는 마음으로 각별히 대판고등학교를 소중히 여기고 있었던 것이다.8)

이 대판고등학교의 교수가 구하바라였던 것. 어째서 작가는 『지리산』에서의 착오를 여기서는 범하지 않았을까. 어째서 박달세를 경도 3고로

---

8) 같은 책, 연재 제4회분, 185쪽.

보내지 않고 격이 떨어지는 대관고등학교에 입학시켰을까. 이 점이 내 개인적 감회이다.

그렇다면 조금 역사적인 것이란 무엇인가. 『지리산』의 주인공 하준규에 관한 것이 이 범주의 하나이다. 『지리산』에서의 중심인물, 그러니까 진짜 주인공이란 누구인가. 이 물음에 대한 해답은 명쾌히 주어질 수 있는데, 하준규가 그다. 이규란 실상 작가 이병주 자신이며, 따라서 이규를 표준으로 보면 남재희·이병주의 대담에서 남재희가 지적했듯 '반자전적' 소설이겠지만,9) 그는 하준규를 빛내기 위한 방편 몫을 하고 있을 뿐이다. 하준규로 말해지는 '실록'이라는 점이 『지리산』을 낳는 원동력이다. 만일 하준규의 실록이 없었더라면 결코 『지리산』은 씌어질 수도 없었고 설사 씌어졌더라도 지리산만큼의 높이와 무게를 가질 수 없었을 것이다.


## 실록 때문에 빛난 『지리산』의 중심인물―하준수와 하준규

이 작품에 등장하는 주역인 이규·박태영·하영근 등이 하준규에 노출되어서야 비로소 빛을 발하는 인물들에 지나지 않는다 해도 결코 지나친 말은 아닐 터이다. 말하자면 하준규는 발광체였다. 발광체가 실록의 수준에 있었다는 사실이야말로 작품 『지리산』이 씌어질 수 있는 결정적인 계기였다. 이 실록 부분을 뺀, 나머지는 모두 허구에 지나지 않는다는 뜻이 아니라, 이 실록 부분 때문에 허구가 만들어질 수 있었다는 뜻이다. 『지리산』 자체가 실록이란 뜻이 아니고 『지리산』에 이르는 통로로서 실록이 있었던 것이다. 그렇다면 대체 하준규란 누구인가. 이 물음의 대답은 작품 『지리산』에 있지 않고 그 바깥에 있고, 그 이전에 있다. 사람들은

---

9) 「회색군상의 논리」, 『세대』, 1974. 5.

「신판 임꺽정―학병거부자의 수기」10)를 기억할 것이다

> 아직 나이 어리고 세상풍파에 부대끼기지 못한 그들이 학병 되기를
> 거부하고 일본 관헌의 눈을 피하여 장차 몇 해가 걸릴는지 알 수 없는
> 생활을 계속한다는 것은 자못 비참한 일이었다. 그러면 그들은 왜 학
> 병 되기를 거부하였던가. 목숨이 아까워서였던가. 그렇다면 왜 목숨
> 을 걸어놓고 피해다녔을까. 이 글은 순직하고도 굳세인 조선의 젊은
> 장정이 열과 피로써 얽어놓은 산 하나의 인간기록이다.11)

이 글을 실으면서 편집자가 해설해놓은 문구이거니와, 주목되는 것은
학병거부가 목숨 건 도피행위였다는 지적이다. 이 수기의 필자가 바로 하
준규의 모델인 하준수이다. 3회에 걸쳐 연재된 이 수기(실록)에서 누구나
다음 세 가지 점을 손쉽게 알아차릴 수 있다.

첫째, 이 글 소제목에도 나와 있듯 1943년 8월 20일에 관련된 것. 조선
인 징병제 실시의 앞 단계로 조선인 학생 지원을 강요하는 날짜가 바로
이것이다. 당시 하준수는 일본 중앙대학 법학부 졸업반이었다. 학병에 나
갈 것인가 도피할 것인가에 관한 유학생끼리의 논의와 각자의 내면갈등
이 소상하게 기록되어 있다.

둘째, 현해탄을 건너 귀국하고 고향에 들르고, 덕유산에 은신하기까지
에 관한 것. 거기에는 같은 유학생 노동지와 합류하고 있다. 13명의 친구
중 오직 하준수와 노동지만 도피한 것이다.

셋째, 덕유산에서 쾌관산(지리산)에 이르는 과정과 보광당을 조직하여
해방을 맞이할 때까지에 관한 것.

---

10) 『신천지』, 1946. 4~6.
11) 『신천지』, 1권 3호, 20쪽.

백운산에서 겨울을 난 우리들은 1945년 3월에 괘관산으로 들어가 그곳에다 큰 집을 짓고 화전을 시작하는 한편, 동지 73명으로 보광당을 조직하고 일본이 전쟁을 계속 못하도록 될 수 있는 대로 방해할 것과, 당원을 훈련하여 연합군 남선 상륙시에 응할 수 있도록 제반태세를 갖추는 것이 우리들의 행동목표였다. 그리하여 우리들은 화전을 일어서 우리의 식량 문제를 해결코자, 일을 하는 시간 외에는 나머지 시간을 전부 군사훈련에 충당시켰다. 우리는 무기를 매입하였고 일방으로 염초, 황, 제렵 등으로 엽총 제조도 하였다. (…) 우리들은 간혹 아래동리로 몸날샌 당원들로 작패하여 가지고 내려가선 주재소를 습격하였다. (…) 그래서 얻은 총이 대여섯 자루는 되었는데 7월달에 들어서 산청군 경관대 10여 명이 괘관산으로 습격왔다가 우리들의 우세함과 산길이 험해서 저희들 수효로는 도저히 감당할 수 없음을 깨닫고……12)

이와 같은 「학병겁자의 수기」에서 우리가 알아낼 수 있는 것은 학병 문제를 둘러싼 당시의 지적·정신적 분위기와 그것의 역사속에서의 진행 경과이다. 그들이 처음 동경에서는 어떤 반응을 보였던가. 하준수를 포함한 13명의 학도들이 박동무만 빼고 모두 귀국하였고 박동무 역시 고향에서 온 부친과 경찰서 간부에 이끌려 귀국, 학병으로 갔다. 일본 이곳저곳에 도피처를 찾던 하준수도 귀국하지 않을 수 없었다. 노동지와 함께 귀국한 하준수가 덕유산으로 도피하기까지의 학병입대를 둘러싼 분위기가 매우 절박하게 묘사되어 있어 인상적이다. 덕유산에 들어간 이유는 간단하다. 그곳을 잘 알기 때문이다. 토호급에 속하는 부친의 사냥터였던 까닭. 어릴적부터 부친을 따라 덕유산을 드나들었기 때문이다. 덕유산 화전민에 의탁한 하준수와 노동지는, 각각 정도령·이도령의 변성명으로 살며 화전민 처녀 순이와 친해진다. 학병도피자들이 이곳으로 몰려들었다.

---

12) 『신천지』, 1권 4호, 165쪽.

경찰의 추적이 생기자 괘관산으로 옮겼다. 1945년 3월에 드디어 보광당을 조직, 무기를 가진 73명의 조직체로 성장한 것이다.

이 보광당의 두목이 바로 이 수기를 쓴 하준수이다. 그는 과연 어떤 인물인가. 그 자신의 기록에 따르면 다음과 같은 사실이 확인된다. 앞에서 보았듯 중앙대학 법학부 졸업반이었고 동경에 6년간 있었고, 친척 동생이 일본의 야마나시(山++)에서 농사짓고 있었고, 공수(空手, 가라테) 4단이었다. 공수 4단이란 대단한 것이어서 일본대학을 비롯 여러 도장에서 지도급이었으며 야마다(山田)란 여교사를 제자로 둔 바도 있다. 뿐만 아니라 고향인 함양 경찰서에서도 공수 시범을 한 바 있어 형사들도 그의 실력을 알고 있었다. 조혼하여 아내도 있었다. 덕유산에 있으면서도 그는 집으로 몰래 잠입, 엽총을 가져와 사냥으로 식량 보충도 한 바 있다. 중학 3년 때 이미 유단자였고, 유도·검도·권투에도 통달, 정도령 행세를 하면서, 화전민 김서방 딸 순이를 돌보고 사귀는 덕유산 생활에서 지리산으로 이동했을 때 동지는 17명이었다. 당시 지리산에 수백명의 징용, 징병, 기타의 도피자들이 있었다는 것, 그중 학병거부자 중심으로 뭉친 보광당이 73명이었다는 것.

소설 『지리산』의 작가 이병주의 눈에 비친 하준수라는 이 걸출한 인물을 어떠했던가.

> 하준규는 키가 작고 몸집도 작은, 그리고 하얀 피부빛깔이며, 가느다란 눈썹, 예쁘장한 코하며, 어느 모로 보나 여장을 하면 영락없이 여자로 보일 수 있는 그런 인상을 가진 청년이었다. 숙자는 속으로 태영이 선배라고 불렀는데 선배라도 한두 살의 차이밖엔 없을 것이라 짐작했다.[13]

---

13) 『지리산』 제2권, 기린원, 95쪽, 96쪽.

하준수(규)의 인상이 이러하다면, 그가 행동인이라기보다는 이지적인 인간임을 암시하는 것이라 생각된다. 키와 몸집이 작고 하얀 피부를 가진 이 사나이가 공수 4단이며 날카로운 눈빛 속에 치밀한 계산을 감추고 있음을 범속한 여인 김숙자가 알아차릴 이치가 없었다. 이런 사나이가 압도적인 모습을 띠고 지리산 위에 군림하는 장면은 다음과 같은 계기에서 말미암는다.

첫째, 1845년 8월 14일 자정의 일. 일제 패망을 알았을 때 하준규가 이끄는 보광당을 공산당에 가입시키고자 설득하는 이현상에 대해, 이를 하준규가 정중히 거절했다는 점. 그만큼 그는 이지적이었다. 이현상에게서 사상과 역사에의 열정과 논리를 보았고 권창혁에게서 사상의 허무주의를 보았기 때문이다. 둘째, 해방 일 년 뒤 다시 지리산으로 도피해야 했던 하준규의 내면의 변화 과정. 그는 자신이 당에 들어갔을 뿐 아니라 보광당원 35명이 함께 당에 들어갔는데, 이미 그는 당의 조직력에 비판적이었다. 곧 권력에의 의지를 드러내었던 것이다. 셋째, 하준규의 내적 갈등. 곧 당을 떠나느냐 깊이 개입하느냐로 1947년 9월 서울행을 감행하기. 작가 이병주는 치밀하고도 적절하게, 하준규의 입당과 그 회의 과정, 그리고 다시 당에 깊이 관여하여 마침내 김상룡의 결단으로 경남도당과 독립된 빨치산 특수부대로 인정을 받는 과정을 그려내고 있다. 소영웅주의에서 벗어난 하준규가 1948년 8월 16일 덕유산을 떠나 육로로 양양을 거쳐 해주에 도착(20일)한다. 그는 남한에 파견된 최고인민회의 대의원 360명이 중 한 사람이 되었다.

여기까지가 작품 『지리산』의 중심부인 제5권까지의 내용이다. 실록 대하소설이라고 했으니까, 하준규 아닌 하준수는 과연 어떻게 되었을까.

## 하준규와 남도부 – '나라만들기' 주역들의 내면탐구

역사 속에 드러난 하준수는 과연 어떠했던가. 그의 삶과 죽음을 이러하였다. 남도부란 이름의 하준수.

(1) "제3병단은 49년 8월 초 김달삼을 사령관으로, 부사령관 남도부 · 나훈 · 성동구 등 3백여 명이 경북 안동 · 영덕 경계선에서 갖은 만행을 자행했다. 이때의 제3병단 부사령관 남도부는 6 · 25때 동해안 주문진으로 상륙한 766부대의 부대장이었다. 그의 본명은 하준수로 진주 중학을 거쳐 일본의 중앙대학 법학부 3년 중퇴, 학병을 피하여 지리산에 입산했었다. 해방 뒤 함양 건준위원과 공산당 간부로 있었다. 48년 8월 해주 인민대표자대회에 참가, 대의원으로는 선출되지 못하고 강동정치학원에 입교, 이 학원의 군사교관으로 있다가 인민유격대 제3병단 부사령관으로 남한에 침투했다."14)

(2) "김달삼과 남도부가 지휘하던 인민유격대 제3병단은 50년 3월 20일께 월북하여 4월 3일께 양양에 도착한 바 있다. (…) 김달삼과 남도부는 평양에 가서 이승엽을 만나고 박헌영 · 서덕원…… 등과 어울려 남한에서의 유격투쟁 전개에 대한 토의를 했다. 그뒤 남도부는 4월 15일부터 5월까지 맹장수술 때문에 금화적십자병원에 입원하고 있었는데, 박헌영과 이승엽은 그를 중앙당으로 소환하여 14호실에서 남한유격대총책의 임무를 주었다. (…) 766명으로 구성된 남도부 부대는 1950년 6월 25일 아침 9시께 강원도 주문진에 상륙하였다.15)

(3) "남도부 부대는 51년 11월 30일 3시경 중앙당으로부터 부산지구 공작 사명을 띠고 남하한 정지림과 합작하여 부산 조병창 방화를 했는데,

---

14) 김남식, 『남로당 연구』, 돌배게, 1984, 413쪽.
15) 같은 책, 443쪽.

26  이병주 작가론총서

이 방화공작에 성공했다 하여 당시 최고인민위원회 상임위원회의에서는 52년 2월 8일에 남도부에 자유독립훈장 1급을 수여했다."16)

신불산을 거점으로 한 남도부가 체포된 것은 1953년 1월 15일이었다. 대구에서였다. 서울로 압송되어 처형된 바 있다.

작품『지리산』제7권, 그러니까 이 작품의 마지막 부분은 남도부의 체포를 알리는 김서방(덕유산 화전민)의 딸 순이의 울음소리로 이루어져있다. 그것은 남도부의 유언이기도 하였다.

> 두령님이 서울로 압송되는 것을 보고 박도령을 찾았어요. 지난 겨울 두령님의 말씀이 있었거던예. 해동하면 순이는 지리산에 가서 박도령을 데리고 오라고예. 그런데 이젠 박도령을 데리고 갈 수도 없어예. 두령님은 서울로 가고 그곳 유격대는 해체되어버렸구요.17)

이렇게 보아올 때 작품『지리산』은 '실록'으로서의 면모를 크게 부각시키고 있음이 판명된다. 학병 출신의 하준수가 보이지 않는 곳에서 이 소설의 중심부에 놓여 있음을 부인할 수 없기 때문이다. 말을 바꾸면 소설『지리산』에 등장하는 하준규는 어디까지나 학병 출신의 책임감 강하고 얼굴이 희고 눈썹이 가느다란 공수 4단의 청년이며, 결코 빨치산 두목인 이승엽의 부하이며 남조선 빨치산 부사령관 남도부는 아니었다.

작품『지리산』은 빨치산 소설인가. 그렇다고 말할 수도 있으리라. 남부군 총사령관 이현상도 등신대(等身大)로 등장하기 때문이다. 이 소설의 어떤 대목, 가령 빨치산들의 생활모습 묘사에서 작가 이병주는 '이태의 수기'에서 라는 단서까지 삽입해놓고 있다(이태 씨의『남부군』이 출간되었을 때, 저널리즘에서는 이런저런 시비가 이태 · 이병주 두 분 사이에서

---

16) 같은 책, 467쪽.
17)『지리산』제7권, 기린원, 354쪽.

오고 갔으나, 이병주가 수기 도용했다는 것은 이로 볼 때 일종의 조그만 오해가 아닐 것인가. 이병주는 이렇게 말하고 있다. "나는 이 씨의 수기를 이용 또는 인용한 것은 사실이나…… 사전에 승낙을 구했고 나 자신 이 씨의 집이 있는 봉천동에까지 가서 승낙을 얻었다."18)). 그러나 만일 『지리산』을 빨치산 소설 범주에만 유폐시킨다면, 『남부군』이라든가 『태백산맥』, 그리고 『빨치산의 딸』 등이 씌어진 이 마당에서 그것은 무슨 의미를 띠는 것일까. 반공이 국시로 엄존하던 시절, 작가 이병주가 『지리산』을 쓴 것은 용기이기에 앞서 일종의 운명이고 필연이 아니었을까. 그 때문에 나는 작품 『지리산』을 빨치산 소설(무렵지) 범주에서 해방시켜 학병소설이라 규정한다. 그것은 곧 이병주의 '반자전적 소설'인 까닭이다. 이규라는 인물이 실상 작가 이병주 자신이었으리라. 『별이 차가운 밤이면』에서의 박달세가 바로 이규의 참모습인 까닭이다. 부호이자 괴짜인 허수아비 하영근이 만들어낸 허수아비 격인 박태영과 이규가 실상은 학병세대의 내면풍경 속의 인물이었던 것. 하영근으로 말해지는 사상적 분위기, 바로 그것이 학병세대의 정신적 산실이었던 것. 이 때문에 나는 『지리산』의 학병세대적 멘탈리티가 하준규를 규정하고 있다고 믿는다. 하준수를 알고 있는 사람들이 작가 이병주를 보고 "이게 어째 하준수일까 보냐. 이 인물은 너지"19)라고 말했음을 작가 자신이 실토하고 있음은 인상적이라 할 것이다.

3분의 2는 허구이고, 3분의 1만이 실록 자체라고 작가가 『지리산』을 두고 거침없이 말할 정도로 이 작품은 학병세대만이 가질 수 있는 내면의 탐구이다. 그것은 작가 이병주, 그만의 자질이자 역량이다. 그것이 우리 근대화의 계보가 아닐 수 없는데, 왜냐하면 '나라찾기'에서 '나라만들기'의 과정인 우리 근대사에서 그들이 주역을 맡았던 까닭이다.

---

18) 『동아일보』, 1988. 8. 16.
19) 『세대』, 1974. 5. 245쪽.

## 스페인 인민전선―회색의 사상

학병세대, 과연 그것은 무엇일까. 나는 그것이 근대성에 관련되는 과제라고 아직도 믿고 있다. 『관부연락선』을 비롯, 최후작 『별이 차가운 밤이면』에 이르기까지 그의 대표작은 한결같이 학교와 관련되었음이 이 사실을 증거하는 터이다. 일제강점기에 있어 한국인의 출세의 길 또는 신분상승의 기회란 상급학교 가기가 아니었던가. 가난하나 머리만 좋고 열심히면 바늘구멍만한 출세의 길이 있었다. 관비로 되어 있는 사범학교도 있었고 육군사관학교도 있었다. 고학도 할 수 있었다. 학생이라는 신분이 그 정결성을 보장받는 사회적 풍토가 만연한 시대, 이른바 대정(大正)시대의 교양주의 교육이 지배하던 시대, 젊은이가 나갈 수 있는 이 길에 들어선 자들이 바로 학병세대였다. 임화는 이 세대의 이념을 두고 이렇게 읊지 않았던가.

> 비록 청춘의 즐거움과 희망을
> 모두 다 땅속 깊이 파묻는
> 비통한 매장의 날일지라도
> 한번 현해탄은 청년들의 눈앞에
> 검은 상장을 내린 일은 없었다
> (…)
> 청년들아!
> 그대들은 조약돌보다 가볍게
> 현해탄의 큰 물결을 걷어찼다.
> (…)
>
> 오오! 어느 날,
> 먼먼 앞의 어느 날,

우리들의 괴로운 역사와 더불어
그대들의 불행한 생애와 숨은 이름이
커다랗게 기록될 것을 나는 안다
(…)
모든 것이 과거로 돌아간
폐허의 거칠고 큰 비석 위
새벽별이 그대들의 이름을 비칠 때
현해탄의 물결은
우리들이 어려서
고기 떼를 쫓던 실내처럼
그대들의 일생을
아름다운 전설 가운데 속삭이리라.20)

학병세대를 두고, 현해탄의 사상에 관련짓는 것은 이 때문이다. 현해탄 저쪽에 출세의 도구로서 사상이 손짓하고 있었던 것. 그 사상이란 근대성을 내포하고 근대성을 끊임없이 묻고 있었던 것으로 요약된다. 『지리산』에서 이규를 매료하고 있는 사상의 실체란 바로 스페인 인민전선이 아니었던가. 그 때문에 나는 『지리산』 속에서 작가 이병주가 내세운 다음 대목을 사랑한다. 이병주의 시인 까닭이다.

어디에서 죽고 싶으냐고 물으면 카타로니아서 죽고 싶다고 말할밖에 없다.
어느 때 죽고 싶으냐고 물으면 별들이 노래하고 지상엔 모든 음향이 일제히 정지했을 때라고 대답할밖에 없다.
유언이 없느냐고 물으면
나의 무덤에 꽃을 심지 말라고 부탁할밖에 없다.21)

---

20) 임화, 『현해탄』, 동광당서점, 1938, 222~224쪽.
21) 『지리산』 제6권, 기린원, 39쪽.

이를 두고 스페인 내란 때 죽은 시인 로르카(Garchia Lorca)의 시라고 할 필요가 없다. 작가 이병주의 창작시라 보아야 될 충분한 이유가 있기 때문이다. 학병세대, 그 내면의 순수성이란 무엇인가. 자유주의 지식인이 그것. 이상주의에 불타는 서구 자유주의 지식인의 방향성이란 무엇이었 겠는가. 스페인의 인민전선(Front Populaire)의 이념이 가장 잘 말해주는 것이 아닐까. 작가 이병주는 이를 두고 '회색의 사상'이라 불렀다. 자유주 의 지식이란 무엇인가라고 스스로 묻고 스스로 그는 '회색군상'이라 불렀 던 것.

> 우리가 15~16세 때 스페인 내란이 일어났다가 종식되었는데 당시 앙드레 지드, 토마스 만 등 세계적 작가들은 그 내란에 대해 뭔가 행동 했으며 (…) 그리고 그것이 우리에게 온 느낌은 세계의 사조에는 좌우 익의 흐름이 있구나, 그중에서도 좌익에는 여러 각도의 흐름이 내재 하고 있구나 하는 것이었습니다. 이런 것은 스페인의 인민전선 구성 을 보고 느끼게 된 거죠. 그래서 그 영향으로 우리에게 기존했던 가치 체계에 뭔가 여러 갈래의 방향이 있다는 것을 의식하게 되었고, 그때 부터 우리 세대의 내부의식 속에 가치관의 혼란이 오게 되는 문제가 생겨났습니다.[22]

가치체계의 내부혼란, 그것이 학병세대의 내면풍경의 중심부이다. 그 것은 '흑백논리'와 정면대결된다. 회색의 논리인 까닭이다. 지리산에서의 죽음은 흑백논리의 소산이라 할 수 없을까라고 작가 이병주가 안타까워 하고 있었다. 그는 이를 극복하기 위해『지리산』의 대작을 쓰지 않았을 까. "회색의 사상을 가진 사람이 어떤 행위를 하여 그 결과가 처참한 것이 되거나 또는 보람된 결과가 되거나 하는 측면을 구체적인 관점에서 파악

---

22)『세대』, 1974. 5. 240쪽.

하여 나는 그것을 『지리산』을 통해 꼭 표현하여야 되겠다"[23)]라고 그가 단호히 말한 것이 그 증거일 터이다.

그렇다면 이 회색의 사상이란, 달리는 무엇이라 부를 것인가. 인민전선에서 체득한 학병세대의 사상이 아니었겠는가. 또 그것은 자유주의지식의 고유한 사상적 존립방식이라 할 수 없을까. 지리산 기슭 함양에서 태어나 진주중학을 다니며 밤낮으로 지리산 천왕봉을 바라보면서 세계로 향한 야망을 키우던 한 소년이 있었다. 이 이병주 소년이 드디어 이규가 되어, 박태영이 되어, 하준규가 되어, 그리고 박달세가 되어 현해탄을 건넜고, 마침내 학병으로 그 꿈이 좌절되었다. 그렇지만 그들이 체득한 인민전선에의 사상의 씨앗은 항시 자라 흑백논리가 가져오는 온갖 죽음의 질곡과 맞서고자 하였다.

그는 지리산을 바라보면서, 지리산을 두고, '회색이 되라', '회색이 되라'라고 쉴새없이 외쳤던 것이다. 이리하여 마침내 소설 『지리산』이 이루어졌다. 나는 그가 지리산 천왕봉에 등산복 차림으로 올라 있는 모습을 어느 날 TV에서 보았다. 배낭을 메지 않은 것으로 보아 혹시 헬리콥터로 오르지 않았겠느냐고 내멋대로 생각하였다. 만나면 물어보리라 다짐하면서. 경제학의 원서로 가득 채워진 그의 서재를 구경하는 일도, 헬리콥터에 관한 질문도 이제 영영 불가능하게 되고 말았다. 그렇지만 나는 그가 창조해낸 가장 소중한 것을 나의 것으로 가질 수 있는 것이다. 소설 『지리산』이 그것이다. 삼가 선생의 명복을 빈다.

---

23) 같은 책, 242쪽.

# 이병주 문학의 역사성 고찰

김종회(경희대 교수)

## 1. 머리말

작가 이병주는 1921년 경남 하동에서 출생하여 일본 메이지대학 문예과와 와세다대학 불문과에서 수학했으며, 진주농과대학과 해인대학 교수를 역임하고 부산 국제신보 주필 겸 편집국장을 역임했다. 1992년에 타계했으니 유명을 달리한 지 16년이 지났다.

마흔네 살의 늦깎이 작가로 출발하여 한 달 평균 200자 원고지 1천 매, 총 10만여 매의 원고에 단행본 80여 권의 작품을 남긴 이병주 문학은, 그 분량에 못지 않은 수준으로 강력한 대중친화력을 촉발했다. 그와 같은 대중적 인기와 동시대 독자에의 수용은 한 시기의 '정신적 대부'로 불릴 만큼 폭넓은 영향력을 발휘했고, 이 작가를 그 시대에 있어서 보기 드문 면모를 가진 인물로 부상시키는 추동력이 되었다.

이상에서 거론한 이력이 그가 40대에 작가로 입문한 이후 겉으로 드러난 주요한 삶의 행적이다. 그러나 그 내면적인 인생유전은 결코 한두 마디의 언사로 가볍게 정의할 수 없는 험난한 근대사의 굴곡과 함께 했다. 기실 이 기간이야말로 일제 강점기로부터 해방공간을 거쳐, 남과 북의 이데올로기 및 체제 대립과 6·25동란 그리고 남한에서의 단독정부 수립 등, 온갖 파란만장한 역사 과정이 융기하고 침몰하던 격동기였다. 그처럼 극적인 시기를 관통하며 지나오면서, 한 사람의 지식인이 이렇다할 상처 없이 살아남기란 애초부터 불가능한 일이었던 것이다.

지금까지 알려져 있는 그의 삶은 몇 편의 장대한 소설로 씌어질 만한 것인데, 그러한 객관적 정황을 외면하지 않고 그는 스스로 소유하고 있는 탁발한 글쓰기의 능력을 발동하여, 우리 근대사에 기반을 둔 역사 소재의 소설들을 썼다. 그런 만큼 이러한 성향으로 그가 쓴 소설들은 상당 부분 자전적인 체험과 세계인식의 기록으로 채워져 있다. 특히『관부연락선』은 이 유형의 대표적인 작품이라 할 수 있다.

이병주에 대한 연구는, 이 작가의 작품이 높은 대중적 수용을 보인 바에 비추어 보면 그렇게 활발하게 이루어지지 못했다. 그러나 그의 사후 10년이 되던 2002년부터 기념사업이 시작되고 2007년부터 본격적이고 국제적인 기념사업회가 발족1)한 이래 다양한 연구가 촉발되었다.

그간의 연구 성과는 대개 세 부분으로 나눌 수 있는데, 작가 연구, 장편소설『지리산』연구, 작품 연구 등이 그 항목이다. 작가 연구는 이병주의 작품 세계 전반에 대한 연구를 말하며,『지리산』연구는 대표작『지리산』에 연구가 집중되어 있는 현상을 말하고, 작품 연구는 여러 다양한 작품들에 대한 개별적인 연구를 말한다.

작가 연구에 있어서는 작품의 역사성과 시대성, 사회의식 및 학병 세대의 세계관과 관련된 연구들이 주를 이루고 대표적 연구로는 이보영2), 송

1) 이병주기념사업회는 김윤식·정구영을 공동대표로 2007년에 발족하여 전집 발간, 이병주하동국제문학제 개최, 이병주국제문학상 시상, 이병주문학 학술세미나 등의 행사를 시행해 오고 있다.

재영3), 이광훈4), 김윤식5), 김종회6), 송하섭7), 강심호8), 이형기9) 등의 글이 주목할 만하다. 이 글들은 이병주의 세계를 총체적 시각으로 살펴보면서, 그것의 통합적 의미를 추출하는 데 주안점을 두고 있다.

『지리산』연구에 있어서는, 대표작『지리산』을 중점적으로 다룬 것으로 임헌영10), 정호웅11), 정찬영12), 김복순13), 이동재14) 등의 글이 주목할 만하다. 이 글들은『지리산』이 좌·우익 이데올로기의 상충을 배경으로 당대를 살았던 곤고한 젊은 지식인들의 내면 풍경과, 지리산으로 들어가 파르티잔이 될 수밖에 없었던 이들의 정황을 소설적 이야기와 함께 추적하고 있다.

작품 연구에 있어서는, 무려 80여권에 달하는 이 작가의 방대한 세계

2) 이보영,「역사적 상황과 윤리-이병주론」,『현대문학』, 1977. 2~3.
3) 송재영,「이병주론-시대증언의 문학」,『현대문학의 옹호』, 문학과지성사, 1979.
4) 이광훈,「역사와 기록과 문학과…」,『한국현대문학전집 48』, 삼성출판사, 1979.
5) 김윤식,「작가 이병주의 작품세계-자유주의 지식인의 사상적 흐름을 대변한 거인 이병주를 애도하며」,『문학사상』, 1992. 5.
_____,「'위신을 위한 투쟁'에서 '혁명적 열정'에로 이른 과정-이병주 문학 3부작론」,『2007 이병주하동국제문학제』, 이병주기념사업회, 2007.
6) 김종회,「근대사의 격랑을 읽는 문학의 시각」,『위기의 시대와 문학』, 세계사, 1996.
7) 송하섭,「사회 의식의 소설적 반영-이병주론」,『허구의 양상』, 단국대학교출판부, 2001.
8) 강심호,「이병주 소설 연구-학병세대의 내면의식을 중심으로」, 서울대학교 국어국문학과,『관학어문연구』제27집, 2002.
9) 이형기,「지각 작가의 다섯 가지 기둥-이병주의 문학」,『나림 이병주선생 10주기 기념 추모선집』, 나림이병주선생기념사업회, 2002.
10) 임헌영,「현대소설과 이념문제-이병주의『지리산』론」,『민족의 상황과 문학사상』, 한길사, 1986.
11) 정호웅,「지리산론」, 문학사와비평연구회 편,『1970년대 문학연구』, 예하, 1994.
12) 정찬영,「역사적 사실과 문학적 진실-『지리산』론」, 문창어문학회,『문창어문논집』제36집, 1996. 12.
13) 김복순,「'지식인 빨치산' 계보와『지리산』」, 명지대학교 부설 인문과학연구소,『인문과학연구논집』제22호, 2000. 12.
14) 이동재,「분단시대의 휴머니즘과 문학론-이병주의『지리산』」, 한국현대소설학회,『현대소설연구』제24호, 2004. 12.

중에서도 문학성이 뛰어난 작품들을 다룬 것으로 김주연15), 이형기16), 김외곤17), 김병로18), 이재선19), 김종회20), 이재복21), 김인환22), 이광훈23), 임헌영24), 정호웅25), 조남현26), 김윤식27) 등의 글이 주목할 만하다. 이 글들은 단편에서 장편에 이르기까지 다양한 문학적 관심을 보인 글들을 분석 · 비평하고 있으며 그 각기의 소설적 가치를 추출하고 검증해 보인다.

이병주의 작품 세계가 광활한 형상으로 펼쳐져 있는 만큼, 작가 작품론도 큰 부피의 형식적 구분만 가능할 뿐 일정한 유형에 따라 조직적인 전개를 보이지 못한 것이 사실이다. 특히 여기서 서술하려하는 '역사의식'의 성격에 관해서는, 연구사에 있어 유사한 사례를 찾기 어렵다. 그동안 그의 작품이 가진 역사성과 그것의 소설적 담론화에 대한 주목이 중심을 이루어온 데 비추어 이를 기층의식의 발현이라는 측면에서 살펴보는 효용

---

15) 김주연, 「역사와 문학―이병주의 「변명」이 뜻하는 것」, 『문학과지성』 제11호, 1973년 봄호.
16) 이형기, 「이병주론―소설 『관부연락선』과 40년대 현대사의 재조명」, 권영민 엮음, 『한국현대작가 연구』, 문학사상사, 1991.
17) 김외곤, 「격동기 지식인의 초상―이병주의 『관부연락선』」, 『소설과사상』, 1995. 9.
18) 김병로, 「다성적 서사담론에 나타나는 현실인식의 확장성 연구―이병주의 「소설 · 알렉산드리아」를 중심으로」, 한국언어문학회, 『한국언어문학』 제36집, 1996. 5.
19) 이재선, 「이병주의 「소설 · 알렉산드리아」와 「겨울밤」」, 『현대한국소설사』, 민음사, 1996.
20) 김종회, 「한 운명론자의 두 얼굴―이병주의 소설 「소설 · 알렉산드리아」에 대하여」, 나림이병주선생 12주기 추모식 및 문학강연회 강연, 2004. 4. 30.
21) 이재복, 「딜레탕티즘의 유희로서의 문학―이병주의 중 · 단편 소설을 중심으로」, 나림이병주선생 13주기 추모식 및 문학강연회 강연, 2005.
22) 김인환, 「천재들의 합창」, 『그 테러리스트를 위한 만사』, 한길사, 2006.
23) 이광훈, 「행간에 묻힌 해방공간의 조명」, 『산하』, 한길사, 2006.
24) 임헌영, 「기전체 수법으로 접근한 박정희 정권 18년사」, 『그해 5월』, 한길사, 2006.
25) 정호웅, 「망명의 사상」, 『마술사』, 한길사, 2006.
26) 조남현, 「이데올로그 비판과 담론 확대 그리고 주체성」, 『소설 · 알렉산드리아』, 한길사, 2006.
27) 김윤식, 「이병주의 처녀작 『내일 없는 그날』과 데뷔작 「소설 · 알렉산드리아」 사이의 거리재기」, 『한국문학』, 2007년 봄호.

성을 가진다고 보며, 그런 점에서 '역사의식'의 본질과 성격을 구명하는 일이 일정한 의의를 가진다고 할 수 있을 것이다.

이 글에서는 그와 같은 작가 이병주에 대한 인식을 바탕으로, 그의 소설문학에 나타난 역사의식의 성격을 고찰하고 규명하는 데 목표를 둔다. 이를 위해 먼저 작가의 전반적인 작품세계의 전개와 그 경향 및 의미에 대해 살펴본 다음, 특히 장편소설 『관부연락선』28)을 중심으로 그의 역사의식이 어떻게 실제의 작품에 나타나고 있는지를 살펴볼 것이다.

## 2. 역사의식의 배태와 그 경향

이병주의 데뷔작 「소설 · 알렉산드리아」를 읽고 그 독특한 세계와 문학성에 놀란 여러 사람의 글을 볼 수 있다. 뿐만 아니라 그로부터 40여 년이 지난 오늘에 그 작품을 다시 읽어 보아도 한 작가에게서 그만한 재능과 역량이 발견되기는 참으로 쉽지 않은 일이겠다는 독후감을 얻을 수 있다.

산뜻하면서도 품위 있게 진행되는 이야기의 구조, 낯선 이국적 정서를 작품 속으로 끌어들여 쉽게 접근할 수 있도록 용해하는 힘, 부분부분의 단락들이 전체적인 얼개와 잘 조화되면서도 수미 상관하게 정리되는 마무리 기법 등이 이 한 편의 소설에 편만(遍滿)하게 채워져 있었으니, 작가로서는 아직 무명인 그의 이름을 접한 이들이 놀라는 것은 무리가 아니었다.

---

28) 이병주의 장편소설 『관부연락선』은 1972년 신구문화사에서 간행되었으나, 여기에서는 2006년 한길사에서 발간된 『이병주 전집』전 30권 중 『관부연락선』(2권)을 저본으로 한다.

작가는 자신의 문학적 초상에 관해 서술한 글에서, 이 작품을 두고 '소설의 정형'을 벗어난 것이지만 그로써 소설가로서의 자신이 가진 자질을 가늠할 수 있었다고 적었는데, 미상불 그 이후에 계속해서 발표된 「마술사」, 「예낭 풍물지」, 「쥘 부채」 등에서는 소설적 정형을 온전히 갖추면서도 오히려 그것의 고정성을 넘어서는 창작의 방식을 보여 주기 시작했다.

이러한 초기의 작품들에는 문약한 골격에 정신의 부피는 방대한 문학청년이 등장하며, 거의 모든 작품에 '감옥 콤플렉스'가 나타난다. 이는 작가의 현실 체험이 반영된 한 범례이며 향후 지속적으로 그의 소설 구성에 있어 하나의 원형이 된다.[29]

이 초기의 단편에서 장편으로 넘어가는 그 마루턱에서 작가는 『관부연락선』을 썼다. 일제 말기의 5년과 해방공간의 5년을 소설의 무대로 하고 거기에 숨은 뒷그림으로 한 세기에 걸친 한일관계의 긴장을 도입했으며, 무엇보다도 일제 하의 일본 유학과 학병 동원 그리고 그 과정에서의 교유관계 등 작가 자신이 걸어온 핍진한 삶의 족적을 함께 서술했다.

그러면서 이 소설은 그 이후 더욱 확대되어 전개될 역사 소재 장편소설들의 외형을 예고하는 중요한 이정표가 된다. 『산하』와 『지리산』 같은 대하장편들이 그 나름의 확고한 입지를 가질 수 있는 것은, 『관부연락선』에서부터 보이기 시작한 역사적이고 시대적인 사실과 문학의 예술성을 표방하는 미학적 가치가 서로 씨줄과 날줄이 되어 교직될 수 있었기 때문이다. 이 소설적 판짜기의 구조를 통하여, 그는 역사를 보는 문학의 시각과 문학 속에 변용된 역사의 의미를 동시에 구현할 수 있었던 것이다.

특히 역사와 문학의 상관성에 대한 그의 통찰은 남다른 데가 있어, 역사의 그물로 포획할 수 없는 삶의 진실을 문학이 표현한다는 확고한 시각

---

29) 김종회, 「근대사의 격랑을 읽는 문학의 시각」, 『위기의 시대와 문학』, 세계사, 1996, p.216.

을 정립해 놓았다. 표면상의 기록으로 나타난 사실과 통계수치로서는 시대적 삶이 노정한 질곡과 그 가운데 개재해 있는 실제적 체험의 구체성을 제대로 반영할 수 없다는 논리였던 것이다.

그런데 문제는 그가 남겨 놓은 이와 같은 값있는 작품들과 문학적 성취에도 불구하고, 당대 문단에서 그에 대한 인정이 적잖이 인색했으며 또한 그의 작품세계를 정석적인 논의로 평가해 주지 않았다는 데 있다. 물론 거기에는 일정한 원인이 있다.

그가 활발하게 장편소설을 쓰기 시작하면서 역사 소재의 소설들과는 다른 맥락으로 현대사회의 애정 문제를 다룬 소설들을 또 하나의 중심축으로 삼게 되었는데, 이 부분에서 발생한 부정적 작용이 결국은 다른 부분의 납득할 만한 성과마저 중화시켜 버리는 현상을 나타냈던 것으로 볼 수 있다. 지나치게 대중적인 성격이 강화되고 문학작품이 지켜야 할 기본적인 양식의 수위를 무너뜨리는 경우를 유발하면서, 순수문학에의 지구력 및 자기 절제를 방기하는 사태에 이른 경향이 약여(躍如)했던 것이다. 여기에는 그 예증으로 열거할 만한 작품이 많이 있다.

그러나 이러한 부정적 측면을 제하여 놓고 살펴보자면, 우리는 여전히 그에게 부여되었던 '한국의 발자크'라는 별칭이 결코 허명이 아니었음을 수긍할 수 있다. 일찍이 대학에서 문학을 공부하던 시절, 그는 자신의 책상 앞에 "나폴레옹 앞엔 알프스가 있고, 내 앞엔 발자크가 있다"라고 써붙여 두었다고 술회한 바 있다.

이 오연한 기개는 나중에 극적인 재미와 박진감 넘치는 이야기의 구성, 등장인물의 생동력과 장쾌한 스케일, 그리고 그의 소설 처처에서 드러나는 세계 해석의 논리와 사상성 등에 의해 뒷받침된다.

그는 우리 문학사가 배태한 유별난 면모의 작가였으며, 일찍이 로브그리예가 토로한 바 "소설을 쓴다고 하는 행위는 문학사가 포용하고 있는

초상화 전시장에 몇 개의 새로운 초상을 부가하는 것이다"30)라는 명제의
수사에 부합하는 작가라 할 수 있다.


## 3. 작품세계의 전개와 문학적 인식

이병주의 첫 작품은 대체로 1965년에 발표된 「소설 · 알렉산드리아」
로 알려져 있다. 작가 자신도 이 작품을 데뷔작으로 치부하곤 했다. 하지
만 실제에 있어서 첫 작품은 1954년 『부산일보』에 연재되었던 『내일 없
는 그날』이었으며, 이를 통해 그는 자신이 오랫동안 내면에 품어왔던 작
가로서의 길이 합당한지를 시험해본 것 같다. 물론 그 시험에 대한 자평
이 어떤 결과였든지간에, 그 이후의 작품활동 전개로 보아 그의 내부에서
불붙기 시작한 문학에의 열망을 진화할 수는 없었을 것이다.

무엇보다도 그는 참으로 많은 분량의 작품을 썼다. 문학창작을 기업경
영의 차원으로 확장한 마쓰모도 세이쪼 같은 작가와는 경우가 다르겠지
만, 그래도 우리의 작가 가운데서 그에 가장 유사한 사례를 찾는다면 아
마도 이병주가 아닐까 싶다.

그런 만큼 그의 소설이 보여주는 주제의식도 그야말로 백화난만한 화
원처럼 다양하게 펼쳐져 있다. 『예낭 풍물지』나 『철학적 살인』 같은 창
작집에 수록되어 있는 초기 작품의 지적 실험성이 짙은 분위기와 관념적
탐색의 정신, 앞서 언급한 바와 마찬가지로 시대성과 역사소재의 작품에
서 볼 수 있는 숨겨진 사실들의 진정성에 대한 추적과 문학적 변용, 현대
사회 속에서의 다기한 삶의 절목들과 그에 대한 구체적 세부의 형상력
부가 등속을 금방이라도 나열할 수 있다.

---

30) 누보로망의 작가 로브그리예의 이 표현은 생동하는 인물의 중요성을 강조한 것으
　　로서, 이병주 소설의 인물 분석에 매우 유효하게 적용될 수 있다.

더욱이 현대사회의 여러 현상을 주된 바탕으로 하는 작품들에서는, 『행복어사전』,『무지개 연구』등 그 사회의 성격에 대한 주인물의 반응을 부각시킨 경우,『미완의 극』과 같이 추리소설의 기법을 도입하여 시사성 있는 사건에 접근한 경우,『허상과 장미』,『풍설』,『배산의 강』,『황백의 문』,『서울 버마재비』,『여로의 끝』등 애정문제와 사회윤리의 상관성에 초점을 둔 경우,『여인의 백야』,『낙엽』,『인과의 화원』,『꽃의 이름을 물었더니』등 여인의 정서와 의지 및 애정의 균형감각을 살펴보는 경우,『저 은하에 내 별이』,『지오콘다의 미소』등 젊은 세대의 의식구조를 추적한 경우,『니르바나의 꽃』과 같이 종교적 환각의 체험을 극대화한 경우, 그리고『강변이야기』와 같이 해외에까지 연장된 삶의 고난과 맞서는 경우 등 천차만별의 창작유형들을 만날 수 있다.

1980년대 이후에는『허망의 정열』,『그 테러리스트를 위한 만사』등의 창작집에서 역사적 사건과 현실생활을 연계시킨 중편이나 함축성 있는 단편들을 볼 수 있는데, 여기에까지 이르면 이미 그의 작품에 세상을 입체적으로 바라보는 원숙한 관점과 잡다한 일상사에서 초탈한 달관의 의식이 깃들여 있다.

그런가 하면『청사에 얽힌 홍사』,『성―그 빛과 그늘』,『사랑을 위한 독백』,『나 모두 용서하리라』,『바람소리 발소리 목소리』,『사상의 빛과 그늘』등의 수필집을 통해, 소설에서 다 기술하지 못한 직정적인 담화들을 표현해놓기도 했다.

이병주는 분량이 크지 않은 작품을 정교한 짜임새로 구성하는 능력이 뛰어난 작가이지만, 그보다 훨씬 더 강력하게 인식되기로는 부피가 창대한 대하소설을 유연하게 펼쳐나가는 데 탁월한 작가라는 점이다. 일찍이 그가 도스토예프스기의『죄와 벌』을 읽고 그 마력에 사로잡혔다고 고백한 것도 이 점에 견주어 볼 때 자못 의미심장해 보이기도 한다.

『산하』, 『행복어사전』, 『바람과 구름과 비』, 『지리산』 등이 그 구체적인 사례에 속하는 작품들인데, 이는 단순히 작품의 분량이 엄청나다는 외형적 사실에 그치는 것이 아니라, 그 속에 도도히 흐르는 시대적 · 역사적 현실과 그것에 총체적인 형상력을 부여할 때 얻어지는 사상성이나 철학적 개안의 차원에까지 이른 면모를 보인다.

『산하』는 남한에서의 단독 정부수립으로 이승만 정권이 들어서고 3 · 15부정선거와 4 · 19학생혁명에 의해 그 정권이 끝날 때까지, 이와 더불어 부침한 한 인물을 주인공으로 했다. 우리는 이종문이라는 그 흥미 있는 인물의 행적을 통하여, 한 인간의 내부에서 일어날 수 있는 거의 모든 가능태에의 목도와, 당대의 세태풍속 및 시대사적 풍향의 의미를 가늠하는 일을 함께 수행할 수 있다.

『행복어사전』은 우등생의 모범답안을 추구하여 그것으로 세상의 갖가지 생존경쟁에 이기려는 사람들의 한가운데에, 그러한 것을 추구하지 않고도 내면적 충일함으로 삶을 채우려 시도하는 한 젊은이를 그렸다. 신문사의 교열기자에서 작가로 길을 바꾸어나가는 서재필이라는 이름의 매우 유다른 주인공을 통해서, 우리는 범상한 삶의 배면에 응결되어 있는 여러 형태의 인식을, 예컨대 '가두철학'이라 호명해도 좋을 만한 정신적 성숙의 단계에서 해석하는 세련된 교양을 접하게 된다. 어쩌면 이는 우등생의 삶의 방식을 추단하는 것보다 더 어려운 작업일지 모르며, H.E 노사크가 『문학과 사회』에서 주장한 바 "등장인물은 작가에게 자기자신의 행위에 대한 설명을 요구한다"고 한 그 인물 형상화의 어려움이 어떻게 자연스러운 형태로 소설적 구조와 악수하는가를 추론하게 한다.

『바람과 구름과 비』는 구한말의 내우외환 속에서 중인 신분의 한 야심가가 어떻게 세상의 경영을 꿈꾸는가라는 대단히 의욕적인 상황을 설정하고 그를 위한 주도면밀한 계획과 추진 및 그에 관련된 여러 가지 이야기를 다루었다. 일견 무사불능하게 여겨질 만큼 치밀하고 치열한 최천중이라는 인물의 행위규범들을 통해, 우리는 하나의 세계를 부피 있게 기획하고 이를 극채색으로 치장해나가는 작가의 배포와 기량을 읽을 수 있다.

『지리산』은 어느 모로 보나 이병주의 대표적인 작품이라 할 수 있다. 남북간의 이데올로기 문제를 정면에서 다루면서 지리산을 중심으로 집단생활을 한 좌익 파르티잔의 특이한 성격을 조명한 소설의 내용에서도 그렇거니와, 모두 7권의 분량에 달하여 실록 대하소설이라 규정되고 있는 소설의 규모에서도 그러하다. 이 소설에 등장하는 주요인물들, 작가가 특별한 애정을 갖고 그 성격을 묘사하고 있는 박태영이나 하준규 같은 인물, 그리고 해설자인 이규 같은 인물은 일제 말기의 학병과 연관된 공통점을 가지고 있다. 그 '치욕스런 신상'과 한반도의 걷잡을 수 없는 풍운이 마주쳤을 때, 이들의 삶이 어떤 궤적을 그려나갈 수밖에 없었는가를 뒤쫓고 있는 형국이다.

이병주의 역사소재 소설들을 통틀어 우리가 주목해야 할 하나의 요체는 『지리산』에서의 이규와 같은 해설자의 존재이다. 그 해설자는 이름만 바꾸었다뿐이지 다른 작품들에서도 거의 유사한 존재 양식을 갖고 나타난다. 예컨대 『관부연락선』에서 이군 또는 이 선생으로 불리는 인물, 『산하』에서 이동식으로 불리는 인물, 한참을 거슬러 올라가서 「쥘부채」같은 초기 작품에 나오는 대학생 동식이라는 인물도 모두 본질이 동일한 '이 선생'이다.

작가는 이 해설자에게 시대와 사회를 바라보고 판단하고 평가하는 자기자신의 시각을 투영했으며, 그런 만큼 그 해설자의 작중 지위는 작가의 전기적 행적과 상당히 일치되는 특성을 나타내고 있다.

만약에 그 해설자가 불학무식이거나 당대의 한반도 현실에 대해 사상적이며 철학적 사유를 할 수 없는 인물로 그려진다면, 작가는 애초부터 스스로의 심중에 맺혀서 울혈이 되어 있는 이야기들을 풀어낼 수가 없는 것이다. 불학무식한 부역자를 주인공으로 한 조정래의 『불놀이』와 좌파 지식인을 주인공으로 한 같은 작가의 『태백산맥』이 동일한 작가의 작품이면서도 역사와 현실을 읽는 시각의 수준에 현저한 차이를 드러내는 것이 여기에 좋은 보기가 된다.

이병주가 너무 많은 작품을 간단없이 제작해낸 관계로 곳곳에 비슷한 정황이 중첩되거나 중·단편의 내용이 장편의 한 부분으로 편입되어 있는 양상도 적잖이 발견된다. 이러한 측면은 정작 한 사람의 작가로서 그를 아끼고 그와 더불어 가능할 수도 있었던 한국의 '발자크적 신화'를 아쉬워하는 이들에게 만만치 않은 결핍감을 남긴다.

「그 테러리스트를 위한 만사」라는 작품을 보면 노 독립투사 정람 선생에게서 작가 이 선생이 '재능의 낭비가 아닌가'라고 회의하는 대목이 나온다. 정람이 동서고금을 섭렵하는 박람강기한 지식을 자랑하면서 곰, 사자, 호랑이에 이르기까지 수준 이상의 박식을 피력하자 그러한 감상을 내보이는 것인데, 작가는 자신의 작품을 읽는 독자들이 작가 자신을 두고 그러한 인식을 가질지 모른다는 역발상에 이르지는 못했을 것 같다.

하나의 가설로 그가 보다 미학적 가치와 사회사적 의의를 갖는 주제를 택하여 힘을 분산하지 아니하고 집중했더라면, 빼어난 문필력과 비슷한 유례를 찾아보기 어려운 극적인 체험들로써, 그 자신이 마력적이라고 언급한 도스토예프스키의 『죄와 벌』같은 웅장한 작품을 생산할 수도 있지 않았을까 하는 아쉬움을 남긴다.

이병주의 타계 후, 이미 세상의 시비곡절을 손에서 놓은 다음인 그는 『월간조선』1994년 6월호에서 박윤규라는 소장 문필가의 글을 통해, 그 자신이 빨치산이었다는 충격적인 시비에 휘말렸다.[31] 그러자 곧바로 그

31) 박윤규는 『월간조선』 1994년 6월호에 기고한 글에 해인사에서 빨치산 부대에 부

다음달의 7월호에서 작가의 아들인 이권기 교수가 이를 반박하는 내용을 인터뷰하여, 앞의 문제에 대응하는 사건이 있었다.[32)

근본적으로 그가 교전 중 피접해 있던 해인사에서 납치되어 지리산에서 부역을 할 수밖에 없었는지 아니면 그것이 낭설인지 정확하게 확인하기는 어렵다. 당시의 문제에 가장 근접해 있는 아들 이 교수에 의하면, 그것은 근거없는 추측에 불과한 것으로 보인다. 그러나 오늘에 와서 그 둘 가운데 어느 것이 사실이었는지는 그렇게 중요하지 않을 수도 있다. 문제는 온전한 이성을 가지고 이 땅에 살았던 한 사람의 지식인이 피치 못하게 당면할 수밖에 없었던 사태, 광란하듯 춤추던 역사의 회오리바람과 어떻게 맞서야 했는가라는 사실인 것이다.

이를 제대로 설명해 보기 위하여 이병주는 1972년부터 근 15년에 걸쳐 그의 대표작 『지리산』을 썼고, 그보다 한 단계 앞선 시대를 배경으로 그의 장편시대 개화를 예고하는 문제작 『관부연락선』을 썼다고 할 수 있다.

『지리산』이 그러한 것처럼 『관부연락선』 또한 '거대한 좌절의 기록'이다. 유태림이라고 하는 한 전형적 인물, 일제시대에서 해방공간에 걸쳐 살았던 당대 젊은 지식인의 전형성을 갖는 그 인물만의 좌절을 기록한 것이 아니라, 그가 대표하는 바 이성적인 사유체계를 가진 젊은 지식인 일반과 그 배경에 있는 우리 민족 전체의 좌절을 기록한 것이다.


## 4. 『관부연락선』에 나타난 한일관계사 비판

장편소설 『관부연락선』의 시간적 무대는 1945년 해방을 전후한 5년

---

역 중인 이병주를 목격했다는 인물의 증언을 실었다.
32) 이권기는 『월간조선』 1994년 7월호에서 앞의 기고문에 실린 증언이 현실과 일치하지 않음을 조목조목 반박했다.

간, 도합 10년 간이다. 그러나 이야기의 파장이 확장한 내포적 공간은 한 일관계사 전반을 조망하는 1백여 년 간에 걸쳐져 있다. 작가는 이 넓은 공간적 환경을 자유롭게 활용하면서, 역사적 사실을 문학적 시각으로 조망하는 직무를 수행한다.

> 중학교의 역사책에 보면 의병을 기록한 부분은 두세 줄밖에 되지 않는다. 그 두세 줄의 행간에 수만 명의 고통과 임리한 피가 응결되어 있는 것이다.

『관부연락선』의 주인공 유태림이 의병대장 이인영의 기록을 읽으며 역사의 무게라는 것을 새삼스럽게 느끼는 대목이다. 작가는 바로 이러한 정신, 역사의 행간을 생동하는 인물들의 사고와 행동, 살과 피로 메우겠다는 정신으로 이 소설을 썼다. 그것은 곧 그만이 독특하게 표식으로 내세운 역사와 문학의 상관관계이기도 하다.[33]

이 소설은 동경 유학생 시절에 유태림이 관부연락선에 대한 조사를 벌이면서 직접 작성한 기록과, 해방공간에서 교사생활을 함께 한 해설자 이선생이 유태림의 삶을 관찰한 기록으로 양분되어 있다. 그리고 이 두 기록이 교차하며 순차적으로 진행되고 있으며, 따라서 하나의 장이 이선생인 '나'의 기록이면 다음 장은 유태림인 '나'의 기록으로 되는 것이다.

유태림의 조사를 통해 관부연락선의 상징적 의미는 물론 중세 이래 한일 양국의 관계가 드러나기도 하고, 이선생의 회고를 통해 유태림의 가계와 고향에서의 교직생활을 포함하여 만주에서 학병생활을 하던 지점에까지 관찰이 확장되기도 한다.

때에 따라 관찰자인 이선생의 시점이 관찰자의 수준을 넘어서는 전지

---

33) 김종회, 앞의 글, p.219.

적 작가 시점으로 과도히 진입하는 경우가 적지 않으며, 유태림에게서 들은 얘기를 종합했다는 태도를 취하면서도 실상은 유태림 자신이 아니면 설명할 수 없는 부분도 자주 목격된다. 또한 이야기의 내용에 있어서도 진행되는 사건은 픽션인데 이에 주를 달고 그 주의 문면은 실제 그대로여서 소설의 지위 자체를 위협하는 대목도 있다.

이는 이 소설의 대부분이 작가 자신의 사고요 자전적 기록인 까닭으로, 사실과 픽션에 대한 구분 자체가 모호해져 버린 결과로 보이며, 작가는 소설의 전체적인 메시지 외의 그러한 구체적 세부를 덜 중요하게 생각한 것이 아닌가 유추되기도 한다.

작가가 시종일관 이 소설을 통해 추구한 중심적인 메시지는, 그 자신이 소설의 본문에서 기록한 바와 같이 "당시의 답답한 정세 속에서 가능한 한 양심적이며 학구적인 태도를 가지고 살아가려고 한 진지한 한국청년의 모습"이다. 능력과 의욕은 가지고 있으면서도 이렇게도 못하고 저렇게도 못 하기로는 유태림이나 우익의 이광열, 좌익의 박창학이 모두 마찬가지였다.

일제시대를 지나 해방공간의 좌우익 갈등 속에서도 교사와 학생들이 어떻게 처신해야 옳았으며, 신탁통치 문제가 제기되었을 때 어떻게 하는 것이 올바른 선택이었으며, 좌우익 양쪽 모두의 권력에서 적대시될 때 어떻게 처신해야 옳았겠는가를 질문하는 셈인데, 거기에 이론 없이 적절한 답변은 주어질 수가 없을 것이다. 작가는 다만 이를 당대 젊은 지식인들의 비극적인 삶의 마감—유태림의 실종 및 다른 인물들의 죽음을 통해 제시할 뿐이다.

이는 곧 "한국의 지식인이 그 당시 그렇게 살려고 애썼을 경우, 월등하게 좋은 환경에 있지 않는 한 거개 유태림과 같은 운명을 당하지 않았을까 하는 생각"이다. 또 "유태림의 비극은 6·25동란에 휩쓸려 희생된 수

많은 사람들의 비극과 통분(痛忿)되는 부분도 있지만, 일본에서 식민지 교육을 받은 식민지 청년의 하나의 유형"이라는 기술은 곧 상황논리의 거대한 물결에 불가항력적으로 침몰할 수밖에 없는 인간의 모습이라는 인식과 소통된다.

유태림이 동경 유학 시절에 열심을 내었던 관부연락선에 대한 연구는 바로 이 상황논리의 발생론적 구조에 대한 탐색이었으며, 제국주의 통치국과 식민지 피지배국을 잇는 연락선이 그것을 극명하게 상징하고 있다는 인식의 바탕 위에 놓여 있다 할 것이다.

작품 속의 유태림은 관부연락선을 도버와 칼레 간의 배, 즉 사우샘프턴과 르아브르 간의 배에 비할 때 영락없는 수인선이라고 해도 과언이 아니라고 적으면서도, 이를 맹목적 국수주의의 차원으로 몰아가지 아니하고 그 중 80%는 조선의 책임이라고 수긍한다. 이는 을사보호조약에서 한일합방에 이르는 역사 과정에 있어서 민족적 과오의 반성을 그 사실(史實)과 병렬시키고 있기 때문이다.

이와 같은 역사적 관점의 정립과 더불어 작가는 매우 비판적이고 분석적인 어조로 당대의 특히 좌익 이데올로기의 허실을 다루어 나간다. 아마도 이 분야에 관한 한 논의의 전문성이나 구체성에 있어 우리 문학에 이병주만한 작가를 찾기는 어려울 것이다.

예컨대 "여순반란사건이 대한민국 정부를 위해서는 꼭 필요했던 시련"이라는 언술이 있는데, 이와 같은 수사는 여간한 확신과 논리적인 자기 정리 없이는 쓸 수 없다. 그의 주장에 의하면, "만일 그런 반란사건이 없었고 그러한 반란분자들이 정체를 감춘 채 국군 속에 끼어 그 세위를 확장해 가고 있었다면, 6 · 25동란 중에 국군 가운데서의 반란을 방지할 수 없었을 것"이라는 논리가 세워진다.

동시에 그는 남한에서의 단독정부 수립과 이승만 정권의 제1공화국성립이 필수불가결한 일이었다고 변호한다. 여기에서도 그럴 만한 이성적인 논리를 앞세워 이를 차근차근 설명한다. 이 험난한 이데올로기 문제에 이만한 토론의 수준을 마련한 작가가 우리 문학에서 발견되지 않았기에, 이러한 주장이 단순한 보수우익의 기득권 보호의지와는 차원이 다르다는 사실을 인정하지 않을 수 없다. 말하자면 그는 소설을 통해 심도 있는 정치토론을 유발한 유일한 작가이다.

그러기에 그가 계속해서 내보이는 여운형, 이승만, 김구 등 당대 정치 지도자에 대한 인물평에는 우리 시대의 정치사에 대한 새로운 개안을 가능하게 하는 힘이 있다. 특히 그는 여운형의 암살사건에 대하여, "몽양의 좌절은 이 나라 지식인의 좌절이며 몽양과 더불어 상정해 볼 수 있는 모든 가능성의 말살"이라고 개탄했다.

이 모든 혼돈하는 세태 속에서 유태림과 그의 동류들은, 역사의 파도가 높고 험한 만큼 가혹한 운명적 시련과 부딪칠 수밖에 없었다. 유태림이 실종되기 전에, 그가 좌익 기관에도 잡히고 대한민국 검찰에도 걸려들고 한 사실 자체에 적잖은 충격을 받는 대목이 나오는데, 이는 실로 당대의 이 나라 젊은 지식인들이 회피할 수 없었던 구조적 질곡을 실감 있게 드러내 준다. 이 소설의 마지막, 「유태림의 수기(5)」[34] 끝부분은 다음과 같은 문장으로 되어 있다.

운명…… 그 이름 아래서만이 사람은 죽을 수 있는 것이다.

다른 소설들에서 '운명'이라는 단어가 등장하면 토론은 종결이라고 하던 작가가 유태림의 비극을 운명의 이름으로 결론지었을 때, 거기에는 도도한 역사의 격랑에 밀려 부서져 버린 한 개인의 삶에 대한 깊은 조상이

---

34) 이병주, 『관부연락선』 2, 한길사, 2006, p.366.

함유되어 있다. 운명의 작용을 인식하고서 비로소 그 비극의 답안을 발견했다는 인식을 보여준다.

작가는 1972년 신구문화사에서 상재된 『관부연락선』의 「작자 부기」에서 "소설이라는 각도에서 볼 때 『관부연락선』은 다시 달리 쓰어져야 하는 것이다"라고 적었고, 송지영 씨가 「발문」에서 "어떠한 '소설 관부연락선'도 그 규모에 있어서 그 내용의 넓이와 깊이에 있어서 이처럼 감동적일 수는 없을 것이라는 결론에 이르렀다"고 반론했다. 소설의 순문학적 형틀이 완숙해야 한다는 측면에서 작가의 말은 틀리지 않으며, 소설 전체의 박진감과 감동에 있어서 송지영 씨의 표현 또한 틀리지 않는다.

우리 역사에는 너무도 많은 유태림이 있으며 그들의 아픔과 비극이 오늘 우리 삶의 뿌리에 연접해 있다. 이 명료한 사실을 구체적 실상으로 확인하게 해준 것은, 작가 이병주가 가진 균형성 있는 역사의식의 성과이다. 그것은 또한 이미 30여 년 전에 소설의 얼굴로 등장한 이 역사적 격랑의 기록을, 시대적 성격을 가진 소설문학의 교훈으로 받아들이는 이유이다.


## 5. 맺음말

이 글에서는 작가 이병주의 소설과 그 역사의식이 어떤 경로를 통해 배태되었으며 그 경향과 의미가 어떠한가를 검토한 다음, 이를 전체적인 문맥 아래에서 조감할 수 있도록 그의 작품세계 전반의 전개와 문학적 인식의 방식 및 유형을 살펴보았다. 그리고 이러한 역사의식을 드러내는 대표적 장편소설이자 유사한 성격을 가진 장편소설들의 출발을 예고하는 첫 작품 『관부연락선』을 중심으로 그 역사의식의 발현과 성격적 특성을 점검해 보았다.

그와 같은 경로를 통해 살펴본 바와 같이, 작가 이병주의 소설에 나타난 역사의식은 우리 문학사에 보기 드문 강렬한 체험과 그것의 정수를 이야기화하고, 그 배면에 잠복해 있는 역사적 성격에 대해 이를 수용자와의 친화를 강화하며 풀어내는 장점을 발양했다.

주지하는 바 역사 소재의 소설은, 실제로 있었던 역사적 사실을 근간으로 하고 거기에 작가의 상상력을 통해 소설적 이야기를 덧붙이는 것인데, 이러한 점에서 이병주의 소설과 그 역사의식은, 한국 근대사의 극적인 시기들과 그 이야기화에 특출한 재능을 가진 작가의 조합이 생산한 결과라 할 수 있다.

이병주의 문학관, 소설관은 기본적으로 '상상력'을 중심에 두는 신화문학론의 바탕에서 출발하고 있으며, 기록된 사실로서의 역사가 그 시대를 살았던 민초들의 아픔과 슬픔을 진정성 있게 담보할 수 없다는 인식 아래, 그 역사의 성긴 그물망이 놓친 삶의 진실을 소설적 이야기로 재구성한다는 의지를 나타낸다. 그러한 역사의식의 기록이자 성과물로서, 한국 문학사에 돌올한 외양을 보이는 『관부연락선』, 『산하』, 『지리산』 등의 장편소설을 목격하게 되는 것이다.

물론 소설이 작가의 상상력을 배경으로 한 허구의 산물이므로 실제적인 시대 및 사회의 구체성과 일정한 거리를 가지는 것은 분명한 사실이다. 그러나 문학을 통한 인간의 내면 고찰이나 문학이 지향하는 정신적인 삶의 중요성, 그것이 외형적인 행위 규범을 넘어 발휘하는 강력한 전파력을 고려할 때는 문제가 달라진다.

한 작가를 그 시대의 교사로 치부하고, 또 그의 문학을 시대정신의 방향성을 가늠하는 풍향계로 내세울 수 있는 사회는 건강한 정신적 활력을 가진 공동체의 모범이라 할 수 있다. 작가 이병주의 소설과 그의 작품에 나타난 삶의 실체적 진실로서의 역사의식이 우리 사회의 한 인식 지표가 될 수 있다는 것은, 그런 점에서 오늘처럼 개별화되고 분산된 성격의 세태에 시사하는 바가 크다.


## 참고문헌

김주연, 「역사와 문학―이병주의 '변명'이 뜻하는 것」, 『문학과지성』, 1973 봄호.

남재희, 「소설 '지리산'에 나타나는 지식인의 상황분석」, 『세대』, 1974. 5.

이보영, 「역사적 상황과 윤리―이병주론」, 『현대문학』, 1977. 2~3.

이광훈, 「역사와 기록과 문학과…」, 『한국현대문학전집 48』, 삼성출판사, 1979.

김영화, 「이념과 현실의 거리―분단상황과 문학」, 『한국현대시인작가론』, 1987.

이형기, 「40년대 현대사의 재조명」, 『오늘의 역사 오늘의 문학 8』, 중앙일보사, 1987.

임종국, 「현해탄의 역사적 의미」, 위의 책.

임헌영, 「이병주의 작품세계」, 『한국문학전집 29』, 삼성당, 1988.

임금복, 「불신시대에서의 비극적 유토피아의 상상력―'빨치산', '남부군', '태백산맥'」, 『비평문학』, 1989. 8.

김종회, 「근대사의 격랑을 읽는 문학의 시각」, 『위기의 시대와 문학』, 세계사, 1996.

김윤식, 「작가 이병주의 작품세계」, 『나림 이병주선생 10주기 기념 추모선집』, 나림이병주선생기념사업회, 2002.

이형기, 「지각작가의 다섯가지 기둥―이병주의 문학」, 위의 책.

김종회, 「한 운명론자의 두 얼굴―이병주의 소설 '소설 알렉산드리아'에 대하여」, 나림 이병주 선생 12주기 추모식 및 문학강연회 강연, 2004. 4. 30.

임헌영, 「이병주의 『지리산』론―현대소설과 이념문제」, 위의 문학강연.

정호웅, 「이병주의 『관부연락선』과 부성의 서사」, 위의 문학강연.

김윤식, 「학병세대의 글쓰기―이병주의 경우」, 나림 이병주선생 13주기 추모식 및 문학강연회 강연, 2005. 4. 7.

김종회, 「문화산업 시대의 이병주 문학」, 위의 문학강연.

이재복, 「딜레탕티즘의 유희로서의 문학―이병주의 중·단편소설을 중심으로」, 위의 문학강연.

# 이병주 문학과 학병 체험

정호웅(홍익대 교수)

## 1. 학병 체험의 소설화

우리 소설에는 학병과 관련된 내용을 담고 있는 작품이 많다. 이 가운데 가장 대표적인 것은『관부연락선』을 비롯한 이병주의 작품들이다.[1]

1943년 10월 13일 일본 내각회의에서 결의한 <교육에 관한 전시 비상조치 방안>에 따라 고등학교, 전문학교, 대학 예과와 학부의 법문계 일본인 학생에 대한 징집연기를 철폐하고 동원령을 내린 데 이어, 1943년 10월 20일 <1943년도 육군특별지원병임시채용규칙에 관한 육군성령>을 공시하여 식민지 조선과 대만의 고등학교, 전문학교, 대학 예과와 학부의 법문계 학생의 동원령을 내렸다. 특별지원이라 했지만 사실은 강제 징집

---

[1] 본고에서 다룰 이병주의 작품 이외에도 김남천의 「1945년 팔일오」(1946), 이태준의 「해방전후」(1946), 채만식의 「민족의 죄인」(1948), 최인훈의『회색인』(1963)과『태풍』(1973), 김원일의『불의 제전』(1983), 이가형의『분노의 강』(1993) 등의 소설, 장준하의 「돌베개」(1971)와 김준엽의 「장정」(1995)을 비롯한 많은 수필을 들 수 있다.

이었으니 그 강제의 그물을 빠져나가기는 매우 어려웠다. 조선인 대상자 6203명 가운데 기피자와 신체검사에서의 탈락자를 제외한 4385명[2]이 학병으로 입대했다. 지원병 접수(1943. 10. 21~11. 20), 練成 훈련(1943. 12. 22~28)을 거쳐 1944년 1월 20일 대구, 서울, 평양 등 전국 주요 도시에서 일제히 입대하였다. 조선 주둔 부대, 일본 본토 부대에 배치된 사람도 많았지만 동남아와 중국에 배치된 사람이 더 많았다. 이병주는 중지 곧 중부 중국의 소주에 배치되었다.

"고국을 떠난 뒤 9일째, 1944년 2월 5일"[3] 소주 주둔 제60사단[4] 輜重隊[5]에 배치, 1945년 9월 1일 현지 제대, 1946년 2월 또는 3월 귀국[6]으로 이어지는 1년여의 학병 생활이 시작되었다. 이병주 문학은 전체적으로 보아 작가의 체험에 바탕하고 있는 자전적 문학이다. 이병주 문학을 받치고 있는 작가의 주요 체험은 학병 체험, 교사 체험, 6 · 25 체험, 감옥 체험 등인데, 이 가운데 가장 중심에 놓인 것은 학병 체험이다. 이병주의 방대한 문학을 학병 체험과 관련된 것과 그렇지 않은 것으로 대별할 수 있을 정도로 학병 체험은 이병주 문학의 중심에 자리하고 있다. 이병주는 자신의 학병 체험을 중심으로 일제 강점기 막바지 조선의 지식 청년들을 죽음

---

2) 정기영, <1 · 20학병의 대상 인원>, 『1 · 20학병사기』 1, 1 · 20동지회중앙본부, 1987, 97쪽.
3) 이병주, 『관부연락선』, 『한국소설문학대계』 52, 두산동아, 1995, 73~4쪽.
4) 일본군 60사단은 상해에서 소주에 이르는 지역의 경비와 치안 유지에 종사했다.
5) '中支矛 2325부대'이다. <1 · 20학도병 名錄>, 『1 · 20학병사기』 4, 서울언론인클럽, 1998, 1145쪽: 부대장은 平田忠夫 소좌였다.(http://ja.wikipedia.org/w/index.php?title=第60師団)
6) 중부 중국의 일본군 부대에 속했던 학병들은 전쟁이 끝난 뒤에도 오랫동안 중국에 머물러야만 하였다. 대부분 1년 가까이 조선 출신 학도병으로 구성된 새로운 부대에 소속되어 중국군 또는 미군의 감시를 받으며 초조와 불안의 시간을 보낸 뒤 비로소 미군의 LST를 타고 인천 또는 부산으로 귀환하였다.(『1 · 20학병사기』 3에 실린 20편의 '生還手記'를 비롯하여, 모두 네 권으로 구성된 『1 · 20학병사기』에 실린 체험기들을 통해 이런 사실을 확인할 수 있다.

의 전장으로 내몰았으며 이후 그들의 삶에 깊이 작용하였던 학병 문제를 소설과 수필 등에서 거듭 다루었다.

이 글에서 필자는 학병 문제를 다룬 이병주 문학 전체를 살펴 그 특성을 밝히고자 한다. 학병 문제를 다루고 있는 소설과 수필이 고찰 대상이지만, 작가의 학병 체험과 깊이 관련되어 있는 것으로 판단되는 작품들, 예를 들면 일본의 침략 전쟁에 적극적으로 동조하는 조선 지식인이 주인공인『별이 차가운 밤이면』등도 고찰 대상으로 삼는다. 필요한 경우, 학병 문제를 다루고 있는 다른 작가들의 작품도 함께 살펴 이병주 문학의 특성을 보다 분명히 드러내고자 한다.

## 2. 이병주 문학 속 학병 체험자의 의식

이병주는 소설과 수필 곳곳에서 조선인 학병을 다음처럼 표현하였다. "그 치욕스런 학병"[7], "똥을 싼 바지를 똥을 쌌다고 핀잔을 받을까 보아 그냥 입고 돌아다닌 꼬락서니 그대로"[8], "일제의 용병"[9] 등이 그것들인데 가장 많이 쓰인 말은 '용병'이다.

용병이란 고용된 병사를 뜻하니 이 경우에 딱 맞는 말이라 할 수 없다. 조선 학병은 비록 식민지인이기는 했지만 일본이란 나라의 엄연한 국민으로서 다른 나라와 맞선 일본의 전쟁에 참전했으므로 그들은 용병이 아니다. 그럼에도 불구하고 이병주는 애써 용병이라 하였는데 어떻게 해석할 수 있을까? 이에 대해 작가는 소설 속 인물의 입을 빌어 다음처럼 말해 놓았다.

---

7) 이병주, 「어떻게 살 것인가」, 『용서합시다』, 집현전, 1982, 30쪽.
8) 이병주, 「산에 가서 나무나 심어라」, 『백지의 유혹』, 남강출판사, 1973, 40쪽.
9) 『관부연락선』, 앞의 책, 108쪽.

정신이 받은 상흔은 아물지를 않는다. 우선 그런 환경을 받아들인데 대해 스스로를 용서할 수 없기 때문이다. 그런데 일제 용병의 나날엔 육체적 정신적인 고통이 병행해서 작동하고 있었다. 일제 때 수인(囚人)들은 고통 속에서도 스스로를 일제의 적으로서 정립할 수는 있었다. 그런데 일제의 용병들은 일제의 적으로서도, 동지로서도 어느 편으로도 정립할 수가 없었다. 강제의 성격을 띤 것이라곤 하지만 일제에게 팔렸다는 의식을 말쑥이 지워버릴 수 없었으니 말이다.[10]

　어떤 보상이 약속되어 있었던 것은 아니므로 '일제에게 팔렸다'는 문장은 성립할 수 없다. 그렇다면 조선인 학도병을 두고 용병이라고 하는 것은 애당초 성립하지 않는 모순된 표현이다. 언어를 다루는 전문가인 작가가 이를 몰랐을 리 없는 것, 그렇다면 이 같은 모순을 무릅쓰고 굳이 용병이라는 말을 사용한 이유를 더듬어보아야 한다. 이 말이 놓인 문맥을 살펴 해석할 수밖에 없는데 두 가지 해석이 가능하다. 하나는 학병으로 나가는 것이 일본이 내세운 '귀축영미의 구축' 곧 반서양주의의 실천과 '대동아공영권의 건설' 등의 전쟁 명분과는 전혀 무관하다는 것을 드러내고 있는 말이라는 해석이다. 용병을 전쟁에 뛰어들게 하는 것은 돈이니 전쟁의 명분과는 전혀 무관하다. 용병이라는 말을 사용함으로써 조선인 학병이 참전한 것은 전쟁의 명분과는 전혀 무관하다는 것을 드러낼 수 있었다는 해석이 이에 성립하는 것이다. 다른 하나는 자신에 대한 모멸 의식을 담고 있다는 해석이다. 돈에 자신을 판 자, 돈을 바라 타인의 생명을 해치는 전쟁에 나아간 자가 곧 용병이니 인간 말종이다. 이병주는 조선인 학병이었던 과거의 자신에 대한 모멸의 의식을 용병이란 말로 표현하고자 하였다고 해석할 수 있는 것이다.

　용병이란 말은 이처럼 이중적이다. 한편으로는 전쟁의 명분에 동의하

---

10) 이병주, 「8월의 사상」, 『그 테러리스트를 위한 만사』, 한길사, 2006, 276쪽.

지는 않았다는 생각을 넌지시 내세움으로써 자기변호와 합리화를 꾀하는 것이면서, 다른 한편으로는 자신을 인간 말종이라 단호하게 규정함으로써 자기 부정을 행하는 것이다.

용병이란 말에 들어 있는 서로 다른 두 의식은 저마다 다양한 양상으로 변주된다. 일본이 내세운 전쟁 명분에 동의하지 않았다는 의식은 반전 의식, 짐승과 구별되는 이단자의 의식으로 변주된다. 그리고 자신을 인간 말종이라 모멸하는 자기부정의 의식은 가차 없는 자기 처벌의 의식, 자기 연민의 의식으로 변주된다.


### 1) 반전의식과 이단자 의식

일본이 내세운 전쟁의 명분에 동의하지 않는(았)다는 의식은 이병주 문학에 나오는 조선인 학병들을 견디게 하고 바로 서도록 만드는 힘의 원천이다. 그들은 그 같은 의식을 붙들고 폭력, 모욕, 차별, 인권을 유린하는 군대 기율 등을 견딜 수 있었고, 일본의 침략 전쟁과 전쟁 자체에 깃든 야만적 폭력성에 휩쓸려드는 것을 통어하며 그것들로부터 거리를 확보할 수 있었다. 이 같은 견딤과 거리 확보가 그들로 하여금 자신과 타자를 대상화하여 그 안팎을 객관적, 비판적으로 성찰하는 것을 가능하게 하였다. 그리고 그 연장선상에서 반전 의식과 이단자의 의식이 생겨났다.

> 부대장의 뜻은 고맙지만 권총을 몸에 지니지 말게. 권총뿐만이 아니라 앞으론 일체의 무기를 갖지 않도록 해야 하네. 나도 그렇게 할 작정이다.[11]

---

11) 『관부연락선』, 앞의 책, 117~8쪽.

동경 제일고등학교 철학 교수로 학생들을 가르치다가 입대한 이와사키(岩崎)의 말이다. 작가는 주를 달아 이 인물이 이후 동경대 철학과 교수가 되었다고 밝히고 있는데, 그렇다면 그는 독일 관념 철학 특히 칸트 철학의 대가였던 이와사키 다께오(岩崎武雄, 1913~1976)일 가능성이 높다. 일본 현대 철학을 대표하는 이 인물의 입을 빌리긴 했지만 위 인용 글에 담긴 철저한 반전 의식12)은 곧 주인공 유태림의 것이고 작가 이병주의 것이다. 이처럼 철저한 반전주의 앞에 일본이 내세운 전쟁의 명분은 애당초 들어설 수 없다. 작가는 주인공의 이 같은 철저한 반전주의로써 일본의 침략 전쟁을 근본 부정하고자 하였다.13)

주인공 유태림이 보들레르의 시구를 딛고 명료한 자기의식으로 정립한 이단자의 의식 또한 일본이 내세운 전쟁의 명분에 동의하지 않는 의식에서 싹터 오른 것이다. 다음 인용은 1945년 1월 1일 새벽, 소주성벽 위에서서 보초를 서던 주인공의 머릿속에 떠오른 보들레르의 시구에서 촉발되어 이단자의 의식에 나아가는 사색의 과정을 잘 보여준다.

줄잡아 60만 인의 잠이 눈 날리는 새벽의 고요를 이루고 있다는 사
실에 태림의 의식이 미치자 빙판을 이룬 듯한 태림의 뇌수 한구석에

---

12) 물론 그의 반전주의는 "철학자로서의 병정은 가능하지 못해도 일본인으로서의 병정은 가능하다고 생각하는 위치에 있는 사람"(같은 책, 107쪽)이라는 말에서 알 수 있듯, 일본인이기에 일본의 전쟁을 피할 수 없다는 생각 위에 서 있는 것이다. 이런 생각은 학도병으로서 참전했던 일본의 지식 청년들의 수기에서 널리 확인할 수 있다.(오오누기 에미코 저, 이향철 옮김, 『사쿠라가 지다 젊음도 지다―미의식과 군국주의』 제3부, 모멘토, 2004.)

13) 학병 문제를 다룬 소설 가운데 반전의식을 주제로 한 대표적인 작품은 이가형의 『분노의 강』이다. 동경대 재학 중 학병에 지원하여 버마 전선에 참전하였던 자신의 체험을 정리한 르포르타주 <버마전선패잔기(버마戰線敗殘記)>, 『신동아』, 1964, 11)를 바탕으로 한 매우 사실적인 작품인데, 작가는 이를 '논픽션 소설(a nonfiction novel)'(이가형, 「작가후기」, 『분노의 강』, 경운, 1993, 371쪽)이라 하였다. 주인공이 전장에서 겪는 고통을 강조함으로써 반전의식을 고취하고자 한 작품이다.

불이 켜지듯 보들레르의 시 한 구절이 떠올랐다.

　──너희들! 짐승의 잠을 잘지어다!

　(중략)

　'짐승의 잠을 자라'고 외친 보들레르는 짐승의 잠은커녕 사람의 잠
도 제대로 잘 수 없었던 이단자로서의 오만을 가졌었다.14)

　대학에 다니던 동경 시절부터 가꾸어 온, 그것으로 자기 삶의 지주로
삼고자 했던 이방인 의식15)이 소주 성벽 위에서 이단자의 의식으로 나아
갔다. 그 이단자의 의식은 보들레르처럼 세상사람 모두를 짐승이라 규정
해 버리고 그 반대 자리에 자신을 세우는 '오만'을, 도스토예프스키처럼
'죽음의 집'의 고통을 '감쪽같이' 견디는 비범한 의지를 자신의 내부에 세
우고자 하는 바람의 소산이다. 그 같은 오만과 의지를 자신의 내부에 세
울 수 있다면 그는 어떤 것도 견디고 어떤 것으로부터도 자유로운 존재가
될 수 있다.

　보들레르의 오만과 도스토예프스키의 의지를 배우고자 한다는 것은
일본군 병정의 현실을 견디면서도 그 현실로부터 초월하고자 하는 것을
뜻한다. 그는 견딤으로써 일본군 병정의 현실에 굴복하지 않을 수 있고,
초월을 지향함으로써 그것에 갇히지 않을 수 있다. 견디기 또는 초월하기
어느 하나가 아니라 둘 다를 문제 삼는 것이기에 이 이단자의 의식은 고
통스러운 현실 속에 있으면서 그 밖을 지향하는 의식이다. 이런 의식으로
하여『관부연락선』을 비롯하여 학병 체험을 바탕으로 한 이병주의 문학
은 학병 체험을 사실적으로 증언하는 데 그치는 보고 문학, 중국에 주둔
하고 있는 일본 부대의 병정이라는 엄혹한 현실의 규정성에 대한 충분한

---

14)『관부연락선』, 같은 책, 101~3쪽.

15) 이에 대해서는 정호웅, 「해방 후 지식인의 행로와 그 의미」, 『한국의 역사소설』,
　　역락, 2008, 참조.

고려 없이 관념적 상상의 세계로 초월하는 낭만성의 문학에 떨어지지 않고, 고통스러운 현실을 증언하면서도 그것과 거리를 두고 근본적, 비판적으로 성찰하는 문학이 될 수 있었다.


## 2) 자기 처벌의 의식, 자기 연민의 의식

일본의 전쟁 명분에 동의하지 않았지만, 그럼에도 불구하고 이병주 소설 속 조선의 청년 지식인들은 학병에 지원하여 전쟁에 나아갔다. 주목할 것은 그들 어느 누구도 자신의 그런 행위를 자신의 책임으로 껴안는다는 점이다. 비윤리적임을 알면서도 그랬으니 자신의 책임이라는 것이다. 이 점에서 이병주 문학은 비윤리적임을 알았지만 강제 때문에 어쩔 수 없었다는 상황론[16], 황도사상에 깊이 세뇌되어 비윤리적임을 몰랐기 때문에 그것이 황국신민 된 자의 마땅한 책무라 생각하였고 그래서 자발적으로 나아갔다든가 하는 세뇌론[17]과는 다르다.

이병주의 인물들은 이 자기책임론을 딛고 다시 자기 처벌론으로 나아가는데, 자기책임론과 자기 처벌론의 핵심어는 '노예'이다.

> 먼 훗날
> 살아서 너의 집으로 돌아갈 수 있더라도
> 사람으로서 행세할 생각은 말라.
> 돼지를 배워 살을 찌우고

---

16) 채만식의 「민족의 죄인」, 이태준의 「해방전후」, 이가형의 『본노의 강』이 이를 잘 보여주는 소설들이다. 한편, 학병에서 생환한 사람들이 쓴 회고록인 학병 수기는 통틀어 여기에 해당한다고 하여 과언이 아니다.

17) 이를 보여주는 대표적인 인물은 최인훈의 장편 『태풍』의 주인공 오토메나크이다. 이에 대해서는 정호웅, 「존재 전이의 서사」, 『태풍』 3판(최인훈 전집 5), 문학과지성사, 2009. 참조.

개를 배워 개처럼 짖어라.

고 적어놓은 네 수첩을 불태우고
죽어서 너는 유언이 없어야 한다.

헌데 네겐 죽음조차도 없다는 것은
죽음은 사람에게만 있는 것이기 때문이다.
죽을 수 있는 것은 사람뿐이다.
그밖의 모든 것, 동물과 식물, 그리고 너처럼
자기가 자기를 팔아먹은, 제값도 모르고 스스로를 팔아먹은,
노예 같지도 않은 노예들은 멸하여 썩어
없어질 뿐이다.18)

사람이 아니기에 "죽음조차 없"는 존재라는 것, 그러므로 죽을 때 "유
언이 없어야 한다"는 것, 또 그러므로 다만 "멸하여 썩어 없어질 뿐"이라
는 것이니, 전적인 자기 부정이다. 그 아래 놓인 것이 가차 없는 자기 처벌
의 의식임은 물론이다.

이는 이병주 문학에 나오는 학병 또는 학병 출신의 인물들이 자신을 비
판적으로 성찰할 때 나 타자를 비판할 때 가장 많이 사용하는 단어가 '비
겁'과 '비열'이라는 것과 깊이 관련되어 있다. 자기반성과 관련된 경우19)
는 물론 타자비판과 관련된 경우에도 '비겁'과 '비열'이라는 말이 선악을
가르는 결정적인 기준이다.20) 비겁은 무엇인가를 겁내어 자신의 책임을
회피하거나 남에게 떠넘기는 것을, 비열은 자기 이익을 위해 하는 짓이

---

18) 이병주, 「8월의 사상」, 『그 테러리스트를 위한 만사』, 앞의 책, 278쪽.
19) 여기 든 예 말고도 자신의 비겁과 비열을 반성하는 조선인 학병을 이병주 문학 여
    기저기서 만날 수 있다.
20) 비겁과 비열을 전적으로 부정하는 작가의식은 「변명」, 「그 테러리스트를 위한 만
    사」, 「겨울밤」 등에 뚜렷한 테러리즘 예찬으로 나아가기도 한다.

천하고 졸렬한 것을 뜻하니 둘 다 책임과 관련된 자기 윤리의 문제와 관련된 것들이다. 일본 군인의 칼 아래 무참하게 죽은 한 중국 청년이 보여준 '인간의 위신과 용기'에 대해 이병주의 인물이 최상의 언어로써 예찬한[21] 것은 그 인물의 고귀한 정신이 자신의 안쪽에 깃든 '비겁'과 '비열'의 정반대 자리에 놓인 것이기 때문이다.

이에 이르면 우리는 이병주 문학이 다루는 조선인 학병 문제의 핵심이 개인의 윤리 문제임을 알 수 있다. 그들은 내부의 노예근성 또는 노예의식에 이끌려 학병에 나갔는데 그것은 비겁하고 비열한 행위라는 것, 그러므로 그들은 "노예 같지도 않은 노예"로서 죽을 자격도 없는 존재라는, 자기 부정과 자기 처벌에 나아가는 윤리적 자기비판론이 그들이 내부에서 솟아오르게 된 것이다.

이병주 문학에 나오는 조선인 학병 지원자가 자기 처벌에 나아가는 이유는 또 있는데 지식인으로서의 책무를 저버렸다는 점이 그것이다.

> 누구를 위해 무엇을 하자는 총칼이냐고 서러워하면서도 비굴하게 복종하지 않을 수 없었던 군대생활, 오늘날 국민들은 우리 민족 모두가 겪은 수난의 일환으로 보고 용서해주는 태도를 취하고 있습니다만, 그 너그러움에 저는 편승할 수가 없습니다. 불가피한 일이었다고 변명할 수도 없습니다. 명색이 고등교육을 받았다면서 반항하는 소리한 번도 지르지 못하고 고스란히 그 치욕의 생활을 견딘 것입니다. 제 자신 저를 용서할 수가 없습니다.[22]

작가의 분신인 「패자의 관」의 주인공이 자신을 용서할 수 없는 이유를 밝힌 부분이다. 반항하지 않고 학병에 지원한 것에 대한 비판은 이병주 문학 곳곳에 나온다. 특히 『지리산』에 많이 나오는데, "번연히 죽음의 길

---

21) 이병주, 「겨울밤─어느 황제의 회상」, 『소설 · 알렉산드리아』, 한길사, 2006, 253쪽.
22) 이병주, 「패자의 관」, 『소설 · 알렉산드리아』, 한길사, 2006, 234~5쪽.

로 가는 줄 알면서 그 절망적인 상황마저 의욕적으로 이용하지 못하고 젊은 힘을 세력화하지 못"[23]하는 것에 대한 권창혁의 실망과 비판, "철저하게 왜놈과 싸울 끼다. 그들이 하는 전쟁에 어떤 의미로든 협력하지 않을 끼다."[24]라 다짐하는 주인공 박태영의 "그들은 절망할 줄도 고민할 줄도 슬퍼할 줄도 모르는, 그저 반사 신경만 가지고 있는 곤충과 같은 존재에 불과하다."[25]라는 환멸의 진단 등이 대표적이다.

그러나 고등교육을 받은 지식인이기에 반항해야 마땅하다는 논리는, 그 자체로는 정합적이지 않다. 정합성을 확보하려면 다른 요소가 더 필요하다. 이와 관련하여 최인훈의 『태풍』을 살필 필요가 있다.

『태풍』의 주인공 오토메나크는 일본에서 대학을 다니던 중 일본군에 입대하여 동남아 전선에서 장교로 복무하였다. 전쟁이 끝났지만 그는 해방된 조국으로 돌아가지 않기로 결단하는데, 그를 해방된 조국에 돌아가지 못하게 막은 것은 죄의식이다. 그는 "나는 동포들에게 죄지은 사람입니다. 무슨 낯으로 고국에 돌아가겠습니까?"[26]라며 눌러앉았는데 단호한 자기 처벌이다. 그를 이처럼 단호한 자기 처벌로 이끈 죄의식은 크게 네 가지인데 이 중 우리의 논의와 관련하여 주목되는 것은 아무리 다른 것에 책임을 돌리려 해도 끝내 뿌리칠 수 없는 그 자신의 책임, 곧 "한 시대가 보여주는 징조의 껍질을 뚫어 볼 힘이 없었다는 책임"[27] 의식이다.

"한 시대가 보여주는 징조의 껍질을 뚫어 볼 힘이 없었다는 책임"이란 곧 지식인의 책임이니, 그의 이 같은 죄의식은 지식인으로서의 책무를 문제 삼는 데서 비롯된 것이라 보아야 한다. 이병주의 소설에서 이것과 동

---

23) 『지리산』 2, 앞의 책, 318쪽.
24) 같은 책, 21쪽.
25) 같은 책, 143쪽.
26) 최인훈, 『태풍』, 앞의 책, 493쪽.
27) 같은 책, 76쪽.

일한 내용의 사유는 찾을 수 없다. 그러나 유사한 것은 있다.

> 한국 학생들에게 학도지원병령이 내린 바로 직전에 일본인 학우 한 사람이 '카이로 선언'의 원문을 그대로 베껴 태림에게 갖다 주었다. 태림은 그 선언에서 한국이 독립할 수 있는 유일한 기회를 봤다. 실감에 까진 이르지 못했지만 그러나 자기의 조국을 독립시켜 주려고 하는 세력에 항거하는 진영에서 총을 들어 독립시켜 주려는 진영의 사람들을 죽여야 하는 입장에 서야 한다는 데 기묘한 당착감(撞着感)을 느끼지 않을 수 없었다.[28]

유태림은 지원병령이 내리기 직전에 '카이론 선언'의 원문을 보고 "한국이 독립할 수 있는 유일한 기회"를 보았지만, "실감에까진 이르지 못했"다. 그에게는 역사의 흐름을 읽을 수 있는 능력이 부족했던 것이다.[29]

노예였다는 것, 지식인의 책무를 저버렸다는 것 등을 이유로 자신을 처벌하는 인물을 통해 이병주 문학은 학병 문제를 근본 윤리의 차원에서 성찰할 수 있었다. 앞에서 살폈듯이 이 같은 자기 처벌의 윤리의식은 학병으로 지원한 것을 부정하는 의식이 낳은 것이다. 그런데 이런 부정 의식은 다른 한편 자기 연민을 낳기도 하였으니, 이 점을 지나쳐서는 학병 문제와 관련된 이병주 문학에서의 윤리의식을 충분히 이해할 수 없다.

이처럼 단호한 자기 처벌의 의식 옆에는 그런 처지에 놓인 자신을 연민하는 자기 연민의 의식이 자리 잡고 있다. 작가는 소설과 수필 곳곳에서 이런 자기 연민의 의식을 드러내었다. 그 하나는 한스 카롯사의 『루마니아 일기』에 나오는 한 인물의 말이다.

---

28) 『관부연락선』, 앞의 책, 112-3쪽.
29) 『지리산』에는 카이로 선언에 대해 나중에 알고 "우리에게 독립을 주겠다는 나라를 상대로 총을 들었"던 것을 "께름"(『지리산』 6, 36쪽)해 하는 학병 출신 지식인이 나온다.

아마 성공할 것이다. 그러나 확실히 죽을 것이다. 그렇다면 마찬가
지가 아니냐.[30]

죽음을 앞에 두고 절대의 허무의식에 빠져들던 한 인물의 처절한 절망의
절규이다. 학병으로 전선에 선 이병주의 인물들 또한 이처럼 절대적인 허
무의식에 빠져들었으니 이 인물의 절규는 곧 그들의 절규였다. 이 밖에도
이병주 문학 여기저기에서 자기 연민 의식을 확인할 수 있는데,『관부연
락선』의 주인공을 통해 살펴보기로 한다.『관부연락선』의 주인공은 자신
이 학병에 지원하게 된 이유를 두 군데에서 자세히 살피고 있다. 그가 밝
힌 이유 가운데 주목되는 것은 집안의 힘으로 혼자만 모면했다는 오해를
받을지 모른다는 염려, "운명", "청춘을 잃었"다는 것 등이다.

집안의 힘으로 혼자만 모면했다는 오해를 받을지 모른다는 염려는 죽
음이 기다리고 있는 전장으로 떠나야만 하는 처지에 놓인 다른 사람들의
시선을 의식하는 데서 비롯된 것이다. 이 같은 의식이 유태림을 억압해온
대지주의 자식이라는 조건과 관련된 것임은 물론이다. 그는 태생, 신분,
경제력 등과 무관하게 모든 사람은 평등하다는 근대의 윤리를 육화한 인
물인 것이다. 그러나 "혼자만 모면"할 수 없었다는 점에 주목하면 다른 해
석의 가능성도 열려 있다. 그의 의식 깊숙한 곳에는 대중과 함께하고자
하는 심리가 깃들어 있었다는 해석이다.[31] 그런 심리가 무엇에서 비롯된

---

30)『관부연락선』, 660쪽. 이병주는 수필 「한스 카로사의『루마니아 일기』」에서 "각
   성의 길" "산산이 뿌려진 피 속에서 과감한 선구자가 탄생한다."(『간호』, 1979, 10,
   83쪽) 등의 말을 들어 죽음을 넘어서는 정신을 강조하기도 하였다.
31) 이병주 문학에서 이와 관련하여 우리의 이런 해석을 뒷받침하는 직접적인 근거는
   찾을 수 없다. 그러나 아래 내용은 참고할 만하다.『지리산』에 나오는 동경제대생
   정준영은 "나는, 나 혼자 잘난 척하기 싫어서 지원했소."(『지리산』 2권, 한길사,
   2006, 142쪽)이라고 학병에 지원한 이유를 밝히는데, 같은 처지에 놓인 조선인들
   의 시선을 의식한다는 점에서 "집안의 힘으로 혼자만 모면했다는 오해를 받을지
   모른다는 염려" 때문에 지원한 유태림과 통한다. 정준영의 이런 말은 대중과 함께

것인지 이병주 문학에서 확인할 수는 없다. 그러나 이 같은 심리를 넌지시 드러내 보임으로써 작가는 그 명분에 동의하지 않은 전쟁에 참전해야 했던 자신을 비롯한 조선인 학병 지원자들에 대한 연민을 드러내 보였다.

'운명'이 학병 지원의 한 이유라는 것도 자기 연민의 의식을 표현한 것이다. 초월적인 무형의 힘이 압도적으로 작용하는 것을 뜻하는 운명이라는 말 앞에 모든 것은 의미를 잃는다. 운명이라는 말이 지배하는 시공간에서는 무엇을, 왜, 어떻게 등등의 의문은 들어설 수 없다. 소설의 주인공이 자신의 삶에서 큰 의미를 지니는 과거 행위를 두고 운명 때문이었다고 한다면, 그 순간 소설성은 질식하고 만다. 한 개인의 실존적 선택의 문제이기도 했지만 수천 명 지식 청년의 선택 문제이기도 했던 역사적인 대사건에 얽혀 있는 사회역사적 관계의 그물을 한순간 무화하는 운명론은 폭력적이다. 그러나 모든 것을 무화하는 운명론은 다른 한편 운명의 꼭두각시가 되어 죽음의 길로 떠났던 조선인 학병 지원자들의 슬픈 행로를 깊이 연민하는 마음을 담고 있는 것이기도 하다. 그들은 그 운명에 갇혀 벗어날 수 없었다는 것이다.

그렇다면 '청춘을 잃'었기 때문에 학병에 지원했다는 유태림의 말은 무엇인가? 이 말은 김광섭의 <自畵像三七年>의 5연 "아침에 나간 靑春이/저녁에 靑春을 일코 도라올줄은 밋지못한일이엿다."[32)]에 나온다. "薔薇

---

하겠다는 생각을 담고 있는 것이라는 점에서 창씨개명령이 고시되었을 때, "창씨 개명한 일반 대중"(『지리산』 1, 223쪽)이 자신에게 미안해하고 자신을 미워할까 보아 창씨개명을 해야겠다고 하는 『지리산』의 등장인물 하영근의 생각과 통한다. 한편 "혼자만의 패배"에 대한 두려움으로 떨고 있는 『별이 차가운 밤이면』의 주인공 박달세는 상숙에서 진지 구축 작업을 하고 있는 조선 출신 병사들을 보고 "공동의 패배를 준비하고 있는" 그들에게는 "고비가 지나면 구원이 있을지 모른다."(『별이 차가운 밤이면』, 627쪽)는 생각을 하는데 이 또한 우리의 이런 해석과 연결된 것이다.

32) 김광섭,『동경』, 대동인쇄소, 1938, 73쪽. 소설에는 제목이 '이 해의 자화상'으로 되어 있는데 이는 잘못이다. 김광섭은 시집『동경』에 수록되었던 <自畵像三七年>

를 일은해", "나의하늘을 흐리우든날", "우수", "溺死以前의感情", "니힐의꽃" 등, 어둡고 무거운 언어로 가득 차 있는 이 시의 핵심 내용은 청춘의 상실이다. 청춘의 상실을 우울하게 노래하고 있는 이 시에 유태림은 감응하여 "이러한 혼미한 나날을 애상(哀傷)과 더불어 내 마음을 어루만지는"[33] 이라고 하였다. 한껏 피어나는 육체와 정신의 활기로 생동하며, 미래에 대한 기대와 동경으로 설레며, 아직 세상의 때가 묻지 않아 순수하고 세파에 시달리지도 상처입지도 않아 건강하고 아름다운 청춘을 잃었다고 신음처럼 토하는 이 우울한 시를 이제 갓 스물을 넘은 청춘이 읽고 감응하여 위안을 얻는다고 하였다. 그 또한 청춘을 잃은 청춘이기 때문임은 자명하다. 그런데 그 청춘의 상실이 학도병 지원의 한 이유였다는 것은 무엇을 뜻하는가? 두 가지 해석이 가능하다. 하나는 유태림의, "야무진 행동을 통해 비굴에서 스스로를 구하려는 발작"이라는 말과 관련한 해석이다.

　　--우리를 희생하고 동족을 살린다.
　　또는,
　　--우리가 일본의 병정 노릇을 함으로써 일본의 조선인에 대한 차별대우를 없앤다.
　　이렇게 말하기도 하고 생각하기도 했지만 스스로의 비굴함을 당치도 않은 궤변으로 합리화시키려는 두 꺼풀의 비굴한 행동이었음은 두말할 나위가 없었다. 이러한 비굴함이 일본의 패색이 짙어 감에 따라 선명하게 부각되어 가는 것이니 어떤 야무진 행동을 통해 비굴에서 스스로를 구하려는 발작이 나타남직도 했었다.[34]

---

을 이후 <어느 해의 자화상>으로 제목을 바꾸고 그 내용도 조금 수정하였다. 『관부연락선』의 주인공이 김광섭을 시를 인용한 때는 1943년 말이므로 그가 읽은 것은 <自畵像三七年>이어야 한다.
33) 『관부연락선』, 앞의 책, 658쪽.
34) 『관부연락선』, 앞의 책, 112쪽.

'스스로의 비굴'을 견디지 못해 그 비굴에서 자신을 구하고자 하는 충동적인 마음이 그들로 하여금 학도병 지원으로 내몰았다는 것인데, 그 충동적인 마음은 자신의 비굴을 알면서도 회피하는 데서 비롯된 것이니 청춘을 상실한 자의 또 다른 차원의 비굴인 것이다.

다른 하나는, 이병주의 소설과 수필 곳곳에 나오는 '청춘의 불모성'론과 관련한 해석이다.

> 한편 우리의 세대가 얼마나 어려웠던가를 생각하고 자기 연민에 빠지는 경우도 있다. 우리는 역사의 고비마다에서 거센 바람을 맞았다. 3·1운동의 소용돌이를 전후해서 이 세상에 태어나선 일제의 대륙 침략의 회오리 속에서 소년기를 지나 황국신민의 서사를 외면서 청년시절을 보냈다. 체제 내적인 노력에 있어서도 위선을 배웠고 반체적인 의욕을 가꾸면서도 위선을 배워야 했던 바로 그 사실에 우리 청춘의 불모성이 있었고, 누구를 위하고 누구를 적으로 할지도 모르는 용병이 될 수밖에 없었던 바탕이 있었던 것이다.[35]

학병동지회에서 펴낸 『1·20학병사기』에 발표된 글인데 '위선'과 '청춘의 불모성'이라는 말이 섬뜩하다. 1920년 전후에 태어나 일본군인으로서 참전해야 하는 등 험한 세월을 건너 간신히 살아남은 작가 세대의 정신과 삶에 대한 깊은 통찰이라 할 것인데, 이 아래 놓인 것은 자기 연민의 의식이다.[36]

---

35) 이병주, 「청춘을 창조하자−과거엔 우리는 젊음이 없었다」, 『1979년』, 세운문화사, 1978, 215~6쪽.

36) 이병주 문학의 중심 주제 가운데 하나는 자중자애, 참고 기다리며 자신을 성장시켜나가 결실하는 것이 의미 있는 삶이라는 생각이다. "산다는 건 일종의 타협이다." (『지리산』 1, 224쪽)라는 명제는 이것을 압축해 놓은 것이다. 역사의 소용돌이에 휩쓸려 많은 사람이 희생당하는 격동의 역사를 배경으로 하고 있기에 특히 뚜렷하게 부각되는 이 주제의 안쪽에는 희생자들에 대한 깊은 연민의 의식이 놓여 있다.

학병 문제를 다룬 이병주 문학은 전체적으로 보아, 학병 지원에 대한 부정의식에 짓눌려 비슷한 유형의 인물, 체험, 사유의 동어반복에서 크게 벗어나지 못하였다는 한계를 보인다. 이병주 문학에서 이런 부정의식에서 벗어나 학병 지원을 대하는 경우는 거의 찾을 수 없다. 물론 전혀 없는 것은 아니다. 『지리산』의 중심인물 가운데 하나인 이규가 작가의 분신인 김경주를 두고, "병정 생활 체험이 하나의 인간을 비약시키는 탄조(彈條)를 마련했을지도 몰랐다."[37]라고 말하는 것, 김경주가 자신의 학병 체험을 두고 "나는 일본 국비로 수학여행 다녀온 셈 쳤는데."[38] 등이 여기에 해당한다. 그러나 방대한 이병주 문학을 샅샅이 뒤져, 학병 지원에 대한 부정의식에서 벗어나 학병 지원을 대하는 경우를 단 두 개 확인할 수 있다는 것은, 이병주 문학이 얼마나 이 같은 부정의식에 짓눌려 있는가를 뚜렷이 보여주는 것이 아닐 수 없다.

이병주가 학병 지원에 대한 이처럼 철저한 부정의식에서 벗어나지 못했던 것은 학병 문제를 다룬 그의 문학이 자전(自傳)의 울타리에 갇혔기 때문으로 보인다. 자전의 울타리에 갇힘으로써 자신의 학병 지원을 용서할 수 없다는 윤리적 자의식에서 벗어날 수 없었던 것이다. 이로 인해 역사적 사건인 '학병 지원'에 대해 객관적 거리를 확보할 수 없었기에 이병주는 지원 동기, 계층 등 여러 측면에서 학병 문제를 폭넓게 다루는 문학을 일구는 데까지 나아가지는 못하였던 것으로 판단된다. 그러나 이런 한계에도 불구하고 이병주 문학은 학병 문제를 윤리의식의 차원에서 깊게 파고든, 우리 문학사에 희유한 세계를 열었다는 점에서 문학사적으로 큰 의의를 갖는다.

---

37) 『지리산』 3, 앞의 책, 215쪽.
38) 『지리산』 6, 앞의 책, 19쪽.

## 3. 타자의식의 결여, 그리고 보편적 인간형의 창조

상해를 배경으로 한 우리 소설 일반에서는 타자로서의 중국과 중국인에 대한 의식을 거의 찾을 수 없는데[39] 이병주 문학에서도 마찬가지이다. 중국과 중국인에 대한 타자 의식의 결여는 보편적 인간형에 대한 작가의 관심과 무관하지 않은 것으로 보인다. 시공간을 넘어 편재하는 보편적 인간형에 대한 관심이 특수한 시공간 안에 존재하는 개별자에 대한 관심을 가로막아 이런 현상이 생겨났다고 할 수 있는 것이다.[40]

### 1) 상해 체험과 타자 의식의 결여

학병 체험을 다룬 이병주 소설의 중심 무대는 중국 소주와 상해이다. 당연하게도 중국과 중국인이 자주 등장하지만 대부분의 경우, 배경으로 등장하거나 작은 삽화의 등장인물로 나올 뿐이다. 이병주의 인물들은 자신들의 고통스러운 상황, 복잡 미묘하여 감당하기 어려운 자기의식 등에 갇혀 중국 그리고 중국인을 앎의 대상, 성찰의 대상, 관계의 대상으로 인식하는 정신적 여유를 가질 수 없었기 때문일 터이다. 다음 인용은 학병 체험을 다룬 이병주의 소설 가운데 들어 있는 중국과 중국인에 대해 말하고 있는, 그 많지 않은 것 가운데 하나이다.

---

39) 이에 대해서는 정호웅, 「한국 현대소설과 상해」, 『문학사 연구와 문학교육』, 푸른사상, 2012) 참고. 이는 일본 현대 문인들이 상해를 다녀와 쓴 글들에서 확인할 수 있는 타자로서의 상해에 대한 의식(劉建輝, 『魔都上海－日本 知識人의 '近代' 體驗』, 筑摩書房, 2010 참고.), 요코미츠 리이츠의 장편소설 <상해>와 영국인 작가 크리스토퍼 뉴의 장편 『버려진 자들의 천국 상해』에 뚜렷한 중국 대한 타자의식(이에 대해서는 정호웅, 앞의 논문 참고) 등과 대비된다.
40) 물론 이것이 전부는 아니다. 학병 지원에 대한 부정 의식에 압도당해 타자의 특수성에 대한 관심이 약화된 것도 요인의 하나이다.

태림은 그 가운데서 적의(敵意)의 하나라도 찾아보려고 했으나 허사였다. 의론이나 한 것처럼 무표정한 얼굴, 무표정한 눈빛. 그러나 상점엔 표정이 있었다. 아직 겨울인데도 점두까지 넘쳐 있는 갖가지 과일, 껍질을 벗긴 채 발톱을 아래로 하고 매달린 돼지들. 일본군이 가든 오든 어떻게 해서라도 살아야겠다는 의지를 사람에게서가 아니라 상품에서 느꼈다.[41]

우리의 논의와 관련하여 볼 때 학병 문제를 다룬 이병주 문학의 핵심은 지금까지 검토해온 '윤리적 자의식'의 문제이다. 이병주의 인물들은 자신들의 비겁과 비열을 용납할 수 없다는 강박관념에 짓눌려 그것과 관련된 것만을 보는 데 갇혔다.

중국과 중국인에 대한 더 이상의 탐구는 학병 체험을 다룬 이병주 소설에서 찾을 수 없다. 이병주의 인물들에겐 타자로서의 중국과 중국인에 대한 의식이 거의 없었던 것인데 이는 상해를 배경으로 한 우리 소설 일반에서 타자로서의 상해에 대한 의식을 거의 찾을 수 없는 것[42]과 동궤에 놓인다. 이병주와 이병주의 분신들인 그의 소설 속 조선인 학병들은 일본의 항복 후 상해에서 5달가량 머무르며 귀국을 기다려야 했는데, 짧지 않은 그 기간 동안 그들이 겪은 상해 체험에서도 중국과 중국인에 대한 타자 의식은 거의 찾을 수 없다. 상해 체험을 다루고 있는 『관부연락선』에서조차 "당시의 상해 생활을 적으려면 너무나 장황하게 될 염려가 있으므

---

41) 『관부연락선』, 앞의 책, 73쪽.
42) 이에 대해서는 정호웅, 「한국 현대소설과 상해」, 『문학사 연구와 문학교육』, 푸른사상, 2012 참고. 이는 아쿠다가와 류노스케, 다니자키 준이치로, 무라마츠 쇼부, 이노우에 고바이 등의 일본 현대 문인들이 상해를 다녀와 쓴 글들에서 확인할 수 있는 타자로서의 상해에 대한 의식(劉建輝, 『魔都上海─日本 知識人의 '近代' 體驗』, 筑摩書房, 2010 참고.), 요코미츠 리이츠의 장편소설 『상해』와 영국인 작가 크리스토퍼 뉴의 장편 『버려진 자들의 천국 상해』에 뚜렷한 중국 대한 타자의식(이에 대해서는 정호웅, 앞의 논문 참고) 등과 대비된다.

로 생략하기로 하고 유태림의 중요한 행동만을 요약하기로 한다."[43)]이라
고 하여 지나치거나 "상해라는 곳은 한번쯤은 파고들어가 볼 만한 도
시"[44)]이라고 말하지만 '파고들어가'지는 않는다.


### 2) 보편적 인간형의 창조

한편 『별이 차가운 밤이면』에는 『관부연락선』, 『지리산』, 『남로당』
등에 다른 이름(안달영, 심형택 등)으로 거듭 나오는 안영달이 실명으로
등장하는데, 작가의 도스토예프스키 독서 경험과 보편적 인간형에 대한
관심과 관련된 것으로 이해할 수 있다. 이병주의 소설과 수필 여기저기에
서 우리는 도스토예프스키 독서 체험을 만날 수 있는데, 이 가운데 특히
주목되는 것은 도스토예프스키 소설들에 나오는 개성적인 인물형에 대한
관심이다. 이병주는 "심리적 시간"[45)]이라는 '마지못해 조작해' 본 용어로
써 『죄와 벌』의 라스콜리니코프, 『악령』의 벨호벤스키 등을 설명하였다.
핵심은 "도스토예프스키의 심리적 시간 속에선 세인트헬레나에서 죽은
바로 그 나폴레옹이 라스콜리니코프라고 하는 생신(生身)의 인간으로 페
테스부르그의 빈민가 다락방에 뒹굴며, 기왕 세계를 정복하려던 그 두뇌
로써 전당포의 주인 노파를 죽일 계획에 열중하고 있다."[46)], "해방 직후
우리 주변엔 얼마나 많은 뾰뜰 벨호벤스키가 있었던가."[47)] 등에서 분명
하게 알 수 있는, 그들이 시공간을 넘어 편재하는 보편적 인간형이라는
것이다.

---

43) 『관부연락선』, 앞의 책, 122쪽.
44) 같은 책, 68쪽.
45) 이병주, 『이병주 고백록―자아와 세계의 만남』, 기린원, 1983, 54쪽.
46) 이병주, 『이병주의 동서양 고전 탐사』 1, 생각의 나무, 2002, 55쪽.
47) 같은 책, 118쪽.

도스토예프스키 독서에서 배운 이 같은 보편적 인간형에 대한 관심이
비겁 또는 비열이라는 윤리적 관념의 잣대와 결합하여 안영달(공산주의
자, 학병, 뒤에 남로당의 거물이 됨)이라는, 자신의 이익을 위해서는 무슨
일이든 서슴지 않는 보편적 인물형을 창조해 내었다.


## 4. 마무리

방대한 이병주 문학의 중심에 놓인 주요 체험 가운데 하나는 학병 체험
이다. 이병주는 첫 소설인 『내일 없는 그날』에서 마지막 작품인 『별이 차
가운 밤이면』에 이르기까지, 소설과 수필 곳곳에서 자신의 학병 체험을
바탕으로 한국 현대사의 난제 중 하나인 학병 문제를 거듭 다루었다.

학병 문제를 다룬 이병주 문학은 전체적으로 보아 비슷한 유형의 인물,
체험, 사유의 동어반복에서 크게 벗어나지 못하였다는 한계를 보이는데,
그 가장 큰 이유는 학병에 지원하여 일본의 침략전쟁에 협력한 사실을 용
납할 수 없다는 부정의식이 작가를 짓눌렀기 때문인 것으로 판단된다. 작
가의 학병 체험과 관련된 문학에서 중국과 중국인에 대한 타자의식은 거
의 찾을 수 없는데 그 요인의 하나는 앞에서 말한 부정의식에 압도되었기
때문이다. 물론 중국과 중국인에 대한 타자 의식의 결여는 다른 요인에서
비롯된 것이기도 하다. 보편적 인간형에 대한 작가의 관심이 구체적인 시
공간에 존재하는 개별자에 대한 관심을 가로막은 것을 그 주요한 요인의
하나로 들 수 있기 때문이다.

이 같은 부정의식에 짓눌려 동어반복을 거듭하는 가운데서도 이병주는
학병 체험자의 의식을 깊이 파고들어 우리 문학사에서는 달리 찾을 수 없
는 개성적인 문학을 건설하였다.

학병 문제를 바라보는 작가의 의식은 크게 일본이 내세운 전쟁 명분에 동의하지 않았다는 의식과 자기부정의 의식으로 나눌 수 있다. 앞의 것은 다시 반전 의식과 이단자 의식으로 변주되고, 뒤의 것은 자기 처벌의 의식, 자기 연민의 의식으로 변주된다.

학병 문제를 다룬 이병주 문학은 1920년 전후에 태어나 고등교육을 받은 우리나라 지식인 계층의 우여곡절에 대한 사실적 증언이다. 이 점에서 이병주 문학은 다른 데서는 만날 수 없는 역사적 자료를 구체적으로 담고 있는 자료의 보고라 할 수 있다. 이들 지식인 계층이 크게 활약했던 일제 강점기와 그 이후를 다루는 문학 작품의 창작에 도움이 될 자료를 이병주 문학은 앞으로 계속하여 제공할 것이다. 학병 문제를 다룬 이병주 문학의 의의 하나는 이것이다.


## 참고문헌

1. 소설, 수필

이병주, 「유맹」(상, 중), 『문학』, 1959. 11, 12.
이병주, 『관부연락선』, 『한국소설문학대계』 52, 두산동아, 1995.
이병주, 『남로당』 전 2권, 청계, 1987.
이병주, 『지리산』 전 7권, 한길사, 2006.
이병주, 『그해 5월』 전 6권, 한길사, 2006.
이병주, 『소설 · 알렉산드리아』, 한길사, 2006.
이병주, 『마술사』, 한길사, 2006.
이병주, 『그 테러리스트를 위한 만사』, 한길사, 2006.
이병주, 『별이 차가운 밤이면』, 문학의 숲, 2009.
이병주, 『백지의 유혹』, 남강출판사, 1973.

이병주,『1979년』, 세운문화사, 1978.

이병주,『용서합시다』, 집현전, 1982.

이병주,『이병주 고백록－자아와 세계의 만남』, 기린원, 1983.

이병주,『산을 생각한다』, 서당, 1988.

이병주,『이병주의 동서양 고전 탐사』전 2권, 생각의 나무, 2002.

김남천,「1945년 팔일오」,『자유신문』, 1945－6.

이태준,「해방전후」,『문학』, 1946. 8.

채만식,「민족의 죄인」,『백민』, 1948. 10, 11.

최인훈,『태풍』, 문학과 지성사, 2009.

김원일,『불의 제전』전 5권, 문학과 지성사, 1983.

이가형,『분노의 강』, 경운, 1993.

크리스토퍼 뉴(이경민 옮김),『버려진 자들의 천국 상해』전 3권, 삼성서적, 1994.

요코미쓰 리이치(김옥회 옮김),『상하이』, 소화, 1999.


2. 논문, 저서

정호웅,「해방 후 지식인의 행로와 그 의미」,『한국의 역사소설』, 역락, 2008.

정호웅,「존재 전이의 서사」,『태풍』3판(최인훈 전집 5, 308－519면), 문학과지
　　　성사, 2009.

정호웅,「한국 현대소설과 상해」,『문학사 연구와 문학교육』, 푸른사상, 2012.

조윤정,「전장의 기억과 학병의 감수성」,『우리어문연구』40(505－543면), 2011.

김광섭,『동경』, 대동인쇄소, 1938.

김윤식,『일제 말기 한국인 학병세대의 체험적 글쓰기론』, 서울대 출판부, 2007.

김윤식 외 편,『역사의 그늘, 문학의 길』, 한길사, 2008.

1·20학병동지회 편,『1·20학병사기』전 4권, 1984~1998.

정범준,『작가의 탄생』, 실크캐슬, 2009.

리어우판,『상하이 모던』, 고려대학교출판부, 2006.

山口淑子,『'李香蘭'を生きて』, 日本經濟新聞出版社, 2007.

오오누기 에미코 저, 이향철 옮김,『사쿠라가 지다 젊음도 지다－미의식과 군국
　　　주의』, 모멘토, 2004.

劉建輝,『魔都上海－日本 知識人의 '近代' 體驗』, 筑摩書房, 2010.

# 2.
# 장편소설론

# 이병주의『관부연락선』연구

조갑상(경성대 명예교수)

## 1. 서론

이병주는 우리 소설사에서 특이한 위치를 점하고 있는 작가이다. 늦은 등단 이후 현대사의 격동적인 흐름을 소설로 포착하면서 우리 소설의 영역을 넓혔다는 점에서 그러하다. 소설 쓰기의 영역을 확장하였다는 것은 '실록'이라는 형식의 많은 장편소설을 발표했다는 의미인데,『관부연락선』은 바로 실록형식의 소설쓰기의 첫머리에 놓이는 작품이다. 처음으로 어떤 형식의 글쓰기를 한다는 것, 그러므로『관부연락선』은 이병주 문학에서 의미 있는 작품이 될 수밖에 없는 것이다. 또한『관부연락선』은 우리 소설사에서 비워진 일제 말기를 시대적 배경으로 한다. 물론 쓰는 시간은 1970년대이지만 그 시기에 일제말기의 시대상황과 지식인의 고뇌를 총체적으로 그렸다는 사실 자체로도 소설사적 의미를 갖는 것이다.[1]

---

1)『관부연락선』을 재평가해야 한다는 주장은 김외곤에 의해 제기되었다. 그는 '거의 공백기로 남아있는 시대를 다루었다는 것만으로도 충분히 그 문학적 의미를 평가받

하지만『관부연락선』에 대한 연구와 평가작업은 몇몇 단편적인 평론[2] 정도에 그치고 있을 뿐이다. 이병주의 첫 장편소설인『관부연락선』을 다양한 소설연구의 방법을 통해 살펴봄으로써 그 의미와 소설사적 위치를 매겨 보도록 한다. 텍스트는『관부연락선』상하권, 기린원, 1980년 판으로 한다.

## 2. 혼합된 양식과 서술방법

소설의 성격은 쓰는 방법, 어떤 이야기를 어떤 방법으로 담아내느냐에 의해서 결정된다.『관부연락선』은 서장에서 어떤 동기로 글이 쓰여지게 되었는지, 이야기가 진행되는 방식에 대해 정확하게 밝히고 있다. 일본에서 내게 편지가 한 통 온다. 발신인은 예전 동경에서 대학 전문부 문과를 같이 다니던 일본인 친구 E이다. 28년만의 일이다. 그가 나에게 편지를 한 이유는 단 하나, 같이 학교를 다니던 유태림의 소식을 알기 위해서이다. 하지만 유태림은 행방불명된 지 오래인 인물이다. E의 편지를 받는 시점으로부터 16년 전의 일이다. 나는 그 사연을 E에게 적어 보내는데 E로부터 또 다른 부탁을 받게 된다. 학교 다닐 때 유태림이 써둔 '관부연락선'이라는 원고를 보관하고 있는데 본인이 부재한다는 걸 안 이상 자신이 공개를 할 수밖에 없으므로 종전 직후부터 행방불명까지의 행적을 알면 해설과 더불어 글의 의미를 더 명확하게 조명할 수 있겠다는 내용이다.

---

을 수 있을' 것이라면서『지리산』에 가려 크게 주목받지 못하고 있지만『지리산』을 가능케 한 원동력이자 원형으로 볼 수 있다는 가능성을 제시한다. 김외곤, 「격동기 지식인의 초상」,『소설과 사상』, 1995. 가을호, 276쪽.

2) 작품 해설의 정도를 넘어선 본격적인 평론으로서는 이보영의 역사적상황과 윤리 (『현대문학』, 1977, 2-3월호)가 주목할 만하다.

유태림의 원고가 동족이 아닌 일본인의 손에 있다는 것, 그걸 나로서는 용납할 수가 없다. 그러므로 나는 유태림의 원고를 받는 조건으로 E의 부탁을 들어주기로 한다. 내가 태림에 관한 행적을 적어 보내면 그쪽에서는 원고를 사진으로 보내주는 일종의 맞바꾸기. 그 중심에는 물론 유태림이 존재한다. 그리고 유태림은 현재시간에 존재하지 않기에 이야기는 모두 과거일 수밖에 없다.

현재시간에 오가는 태림의 행적(그것을 화자는 '전기'라는 이름을 붙이기도 한다)과 일본에서 보내오는 태림의 수기,『관부연락선』의 근본적 이야기형식은 이 두 가지 양식이다. 하지만 작품은 실록을 하나 더 추가해야만 방법과 양식의 문제를 모두 해소할 수 있다. 작품에 나오는 많은 인물들 중에서 상당수가 실명만 바꾸었을 뿐 실존했던 모델에 근거한다는 것, 그것을 작가가 주석 형식으로 명백히 밝혀놓았다는 점에서 작품의 실록적 성격은 명확해진다(안달영, 이만갑, 박순근 등의 주석). 아울러 작품이 다루고 있는 시간과 배경, 그리고 사건들이 모두 역사적 구체성에 근거한다는 점에서도 이 작품은 실록 형식을 벗날 수 없다. 허구로서의 소설의 본질성을 훼손해 가면서, 실재했던 사건과 인물을 소설에 담아낸다는 것은 작가 이병주가 다루는 일제말과 해방공간, 그리고 6·25라는 역사적 무게 때문일 것이다. 그것은 곧『지리산』의 '실록대하소설'적 형식을 두고 김윤식이 지적한, 작품이 다루고자 하는 '사건 자체의 난점이 아니라, 그 사건에 접근하는 일의 난점'[3)]과 관계될 것이다.

부분적이기는 하지만 유태림의 회상의 자료로서 일기를 동원하는 장면이나 ('흘러간 풍경' 서두) 인물간의 대화만을 집중적으로 다루고 있는 장치 ('탁류 속에서' M교사와 유태림과의 대화), 의병대장 이인영에 대한

---

3) 김윤식, 「지리산의 사상」,『한국문학의 근대성과 이데올로기 비판』, 서울대출판부, 1987. 173쪽.

일군 헌병대의 취조 문서의 수록 ('유태림의 수기 3') 등,『관부연락선』은 양식으로서의 소설이 문헌에서 차용할 수 있는 모든 양식을 아우르고 있다. 그런 면에서『관부연락선』은 소설양식이 수용할 수 있는 모든 양식의 집합체라고 할 수 있다. 그러나 과도한 대화 사용은 스토리(역사) 위주로 작품을 이끌면서 내적 긴장이나 밀도를 떨어뜨리는 약점으로 작용하기도 한다.

『관부연락선』은 '서장'에서 '유태림의 수기 5'까지 모두 17개의 장으로 이루어져 있다. 총 5회에 걸쳐 분절된 '유태림의 수기'를 하나로 본다면 13개의 장으로 볼 수도 있겠지만 그렇게 물리적으로 나누는 게 의미가 없음은 한꺼번에 이야기를 다 해버리는 데서 오는 긴장감의 상실을 작가는 앞서 이야기가 성립되는 조건, 화자인 이선생이 아는 유태림의 행적과 E가 보관하고 있는 수기의 맞바꾸기에 의해 조절하기 때문이다. 즉『관부연락선』은 유태림의 일본유학시절에 대한 수기와 해방 후의 행적의 엇섞임이 기본 플롯이 되는 소설인 것이다.

하지만 회상체 소설은 경우에 따라 회상하는 현재 시간대를 하나의 축으로 삼는 수가 많은데 이 작품에는 그런 영역이 완전히 제거되어 있다. E의 편지를 받았을 때 이선생인 내가 어떤 일을 하고 있는지, 그리고 내가 처해 있는 현재의 상황이나 시간이 과거의 사건에 어떤 영향력을 미치는지에 대한 언급이 전혀 없다. 다만 제시되고 있는 점은 과거 회상에 대한 일인칭 화자의 감정 정도이거나('서장'의 말미) 단독정부 수립에 대한 역사적 판단의식 ('불연속선'의 당시 남한 정치지도자들에 대한 견해) 정도이다. 역사적 사건에 대한 판단의식도 화자의 현재 상황과 맞물려 있지 않기에 논평 정도의 수준에 머물고 만다. 따라서『관부연락선』은 현재의 시간이 결여된 완전한 회상시간, 과거의 시간만을 다룰 뿐이다. 시간이란 물리적으로 분절되는 게 아니라 서로 맞물려 있거나 뒤섞여 있음으로 하여 그 가치를 가진다. 지나간 시간은 현재에 영향을 미칠 때 참다운 의미를 가질 수 있다는 면에서 본다면 이러한 과거 일변도는 다루어지는 사건의 무게나 부피가 아무리 무겁고 크다 하더라도 소설적 역동성을 얻기는 어려울 것이다.

또한『관부연락선』의 서술방법을 인칭과 시점의 측면에서 본다면 전체적으로는 유태림에 관한 이야기를 화자인 내가 한다는 점에서 일인칭 목격자 소설에 속하지만 일제시대를 다룬 유태림의 수기가 일인칭으로 쓰여졌다는 점에서는 두 시점이 혼합된 스타일이다. 더하여 유태림의 학병시절을 다룬 '흘러간 풍경'은 그에게서 들은 이야기와 주위 사람들의 이야기, 그리고 나의 학병시절 체험을 통한 추측을 토대로 하고 있음을 밝혀두고 있다. (상권, 66쪽) 이러한 스타일의 혼형은 주도적인 시점으로 택한 일인칭관찰자 시점이 한계로 말미암아서인데 일인칭목격자 시점은 주지하다시피 관찰의 대상과 목격자가 시간과 공간을 공유할 때만이 온전하게 다루어질 수 있다. 그런데 관찰의 대상이 목격자의 시선을 벗어나는 경우에는 직접 목격이 아닌 다른 방식으로 빈곳을 메워야 하기 때문이다.

결국『관부연락선』을 이루고 있는 약식과 서술방법의 선택4)은 작품이 다루고 있는 내용에 대한 작가의 구체적 대응방식의 결과이다.『관부연락선』은 일제말기와 해방, 단독정부 수립, 6·5라는, 굴절되거나 상처받은 격동의 시대를 다룬다. 10여년이라는 긴 시간을 편중되지 않고 고르게 다루는 데서 오는 여러 난점을 극복하는 방법으로서, 그리고 문학과 역사에 대한 작가의 태도, 즉 목격자와 증언자로서의 작가적 태도가 혼합적 양식고 서술방법을 결정지은 것이다.

---

4) 이보영은『관부연락선』에 사용된 창작방법으로 방법과 詩的방법과 대화적방법, 시록적방법을 지적하는데 시적방법이란 관부연락선에 대한 기록을 통해 상징성과 영욕을 드러내는 방법 등을 두고 하는 말이다. 이보영, 앞의 책,『현대문학』, 1977. 2월호. 333쪽.

## 3. 관부연락선의 의미와 시간구조

　『관부연락선』이 유태림에 관한 이야기라면 소설 내의 시간은 태림의
1) 일본 유학시절과 2) 학병, 3) 해방공간에서의 교사생활, 4) 6·25와 행
방불명까지로 크게 나눌 수 있다. 그러나 이런 시간을 다루고 있는 작품
에 굳이 『관부연락선』이라는 제목을 부여한다는 건 다소 어색하다. 소설
에서 다루어지는 시간 중 가장 먼 시간은 송병준을 암살하려다 실패하고
현해탄에 몸을 던진 '원주신'이라는 인물의 행적을 찾는 데서 밝혀진 대로
근대 이후 비극적 한일관계의 시작인 을사늑약(을사조약) 시점이다. 작가
처럼 1921년에 출생한 세대들에게 시대의 시작은 1905년 을사늑약과
1910년 경술국치부터라고 하여도 하등의 무리가 없다. 일제 강점시대의
한 가운데서 태어나 20대를 일제말기에 보냈다는 사실은 그들 생애에서
지울 수 없는 멍에이자 무게이므로 해방공간과 6·25도 그 연장선상에 놓
여있을 뿐이라는 강박관념은 충분히 이해할 수 있는 일이다.(작품에서 다
루어진 유태림의 생애는 20대까지이다.) 그들 세대에게 '관부연락선'은
단순한 교통제도 이상의 의미, 역사적 삶의 구체성 그 자체인 것이다.

　또한 '관부연락선'은 한일관계를 설명할 수 있는 구체적 증거물이자 상
징적 의미를 내포하고 있다 유태림이 '관부연락선'을 통해 한일관계의 역
사성과 현재성을 따져 볼 생각을 한 것은 1938년 도버에서 칼레로 가는
연락선의 자유로운 분위기를 보고서이다. 그때 그는 S고를 다니다 경찰의
주목으로 대부분의 친구들이 감옥살이를 하고 혼자 유럽을 방황하고 있
을 즈음이었다. 영불 양국간의 평화와 자유에 대한 구체적인 목격은 식민
지 젊은이에게 충격이었을 테고 그가 위치한 한일관계를 살펴보고 싶은
충동을 부여한 것이다. 그는 돌아온 뒤 신분보장을 위해 대학 전문부에
적을 두고 관부연락선과 한일관계에 대한 자료 수집에 들어간다.(상권,

123쪽) 대학 전문부에 적을 둔 것이 자료수집과 집필을 위한 수단이었다는 발언으로 볼 때 이 작업에 대한 유태림의 열정을 짚어 볼 수 있다. 어쩌면 공부나 학력이 생계차원의 방법일 수는 없는 부잣집 아들인 태림의 형편을 감안한다면 C고 퇴학 후 태림이 일본유학의 유일한 목적이 이 작업이었다는 설명도 가능해진다. 모두 5장으로 나누어진 유태림의 수기는 1941년에 시작되는데(상권, 192쪽) '수기 1'은 관부연락선의 역사와 의미를 살피게 된 동기와 송병준과 원주신이라는 인물에 대한 추적, '수기 2'는 원주신이라는 인물의 기록을 찾기 위한 귀국길, '수기 3'은 원주신의 실체와 의병대장 이인영의 취조 기록 소개, '수기 4'는 1942년 2월 15일 하루동안의 기록으로서 일인형사의 심문과 이사꼬와의 교제, '수기 5'는 친구 최종률의 사망과 학병에 지원하는 태림 자신의 심정을 그 내용으로 한다.

'관부연락선' 취항의 역사적 배경과 의미를 유태림은 러일전쟁의 결과물로 본다. 한반도를 둘러싼 청·러·일 삼국의 역학관계에서 일본이 최종 승리자가 되었다는 것, 1905년 9월 5일 러일강화조약 체결 20일 후인 9월 25일 첫 관부연락선이 취항했다는 사실과 그로부터 73일 뒤인 11월 17일에 을사늑약이 체결되었다는 것은 관부연락선 취항이 일본의 제국주의 출항과 동격의 의미를 갖는 증거들이다. "일로전쟁에 승리한 그해 일본은 '관부연락선'을 시항하고 2차대전에 패배한 해에 종항했다는 데 역사로서 또 다른 의미가 있기도 하다." (작가부기, 하권, 314쪽)

관부연락선은 '일본제국주의를 실어나르면서 근대 한·청·만·일. 교섭사의 전부를 연출해' 낸 하나의 실체였으며5) 관부연락선이 일본 제국주의와 함께 태어나고 함께 운명했다는 것은 제국주의 출현과 종말 사

---

5) 임종국, 「현해탄의 역사적 의미」, 오늘의 역사, 오늘의 문학 8권, 『관부연락선』 해설, 중앙일보사, 1987. 478쪽.

이에 한국의 운명이 함께 했다는 의미이기도 하다.

관부연락선의 역사적 의미 찾기의 핵심은 경술 칠적 중에서도 가장 적극적이었던 송병준과 거기에 맞서는 원주신의 실체 파악에 있다. 유태림의 수기는 실상 '수기 5'를 제외하고는 송병준 암살에 실패하고 융희 3년(1909년) 12월 시모노세끼 발 부산행 이끼마루 갑판에서 유서를 남기고 바다에 몸을 던진 원주신이라는 인물의 행적 찾기에 바쳐진다. 1941년에 1909년의 사건을 쫓음은 관부연락선의 초기 상황을 두 인물의 행적을 통해 상징적으로 이해하려는 의도에서이다.

그러나 유태림이 E와 같이 원주신에 대한 자료를 찾아 한국으로 가는 1941년의 관부연락선의 모습은 엄청 다르다. 중국전선으로 가는 병사들과 만몽개척단, 만철조사부 직원과 대륙 낭인, 고등문관시험에 합격하여 군수로 나가는 한국인 등은 팽창하는 일본제국주의의 일면을 축약적으로 보여준다. 특히 권이라는 한국인은 "야마도다마시(大和魂)에 귀의하는 길 외엔 우리의 살길은 없소."라는 발언을 서슴없이 한다. 1941년의 관부연락선에는 확장일로에 있는 군국주의와 민족정신을 팔아먹은 자들이 설치는 곳이다. 그게 1909년과 1941년의 관부연락선의 차이인 것이다.

일제의 패망을 예고하는 1943년 12월 20일에 침몰한 콘론마루(崑崙丸)에 최종율을 태워 사망하게 한 것은 관부연락선의 첫 시항호인 이끼마루에 송병준이 일등빈객으로 탔다는 사실과 대칭되는, 관부연락선이 가지는 역사성에 대한 소설적 장치이다.

유태림의 학병체험은 '흘러간 풍경'에서 진술되는데 이 장은 '유태림의 수기1'에 앞서 있으면서 '1946년. 여름'의 장 다음에 놓여있다. 시간의 역전은 소설이 취하는 가장 일반적인 기법이기는 하지만 물리적 시간으로 '수기 5' 다음에 와야 할 학병체험이 '수기 1'보다도 앞서 있음은 『관부연락선』이 태림의 수기를 받는 조건으로 내가 그의 귀국후의 삶을 쓴다는 소설 자체의 내부조건과 관계되면서 그러한 시간 역전이 곧 플롯의 뼈대로 작용함을 보여준다. 또한 태림의 생애 중 유학시절은 '관부연락선'의 역사와 의미 추적 과정을 통해 자연스럽게 노출되면서 1인칭으로 쓴 반면 학병체험의 시간은 앞서 2장에서 지적한 바대로 복합적 시점을 사용한 것은 귀국 후의 관찰자시점으로 옮겨가기 전의 과도적 장치로 볼 수 있다.

유태림의 학병체험은 1944년 1월 28일 대구의 80연대를 출발하는 것으로 시작되어 1946년 3월 3일 미 군정청이 보낸 LST편으로 부산에 도착하는 만 2년 2개월에 걸쳐있다.

귀국후 유태림의 행적은 고향에 잠시 머문 뒤 서울로 간 것으로 설명된다. (상권, 39쪽) 유태림이 C시에 내려 온 것은 모교인 C고의 교사로 부임하기 위해서이다. 46년 9월 하순, 그는 교사로 취임한다. 일본 유학시절 유태림에게 빌린 책 한 권 때문에 감옥살이를 한 서경애가 대구 10·1사건으로 피신 차 C시에 나타나고 1947년이 된다. 6·25 전까지 유태림이 보낸 시절은 해방 공간의 3년 동안의 정치사회적 혼란과 모색, 그리고 48년 단독정부 수립 전후의 두텁고도 급박한 시간층이다. 그것은 좌우익의 충돌과 부침, 그리고 그 가운데 선 비극적인 한 젊은 지식인의 초상화를 그려내는 바탕이 된다. 일제 강점기 체험과 46년 가을 유태림의 C고 부임부터 단독정부 수립까지의 시간 속도는 느리고 그 이후 전쟁과 유태림의 행방불명까지의 속도가 빠름은 관부연락선 말기 세대로서의 치열한 자기 모색과 탐구가 모든 사상이 흑백으로 명백해진 전쟁으로 그 빛을 바래기 때문이다. 전쟁은 모든 것을 명확하게 결정짓는 속성을 가지고 있기에 유태림에게 그 시간은 단숨에 끝나버려야 하는 것이다.

## 4. 공간 구조

### 1) 시모노세끼와 부산의 풍경

『관부연락선』의 공간은 소설이 다루는 두 개의 시간에 의해 분절된다. 일제말기 유학생인 유태림과 해방 후의 교사 유태림, 그것은 크게 동경과 진주라는 두 공간을 근본 축으로 한다.

유태림의 공간이동은 고향인 경남하동－진주－동경－런던과 파리－동경－중국 소주－상해－부산－하동－서울－진주－해인사에 걸쳐있다. 하동은 그의 고향으로 성장과 성장 이후 잠간잠깐 머무는 곳이며 런던과 파리는 고등학교에서 퇴학당한 뒤의 여행 체류지로서, 소주와 상해는 학병 체험으로 머문 곳이다. 시모노세끼와 부산은 귀국과 동경행의 경유지로서 등장하는데 그것은 곧 관부연락선의 속성을 살피는데 하나의 보조적인 지점으로 작용한다.

소설에서 시모노세끼는 두 번 제시되는데 첫 번째는 송병준의 소실을 만나 그에 관한 이야기를 듣는 것이다. ('유태림의 수기 1') 송병준에게 시모노세끼는 신변에 불리한 일이 생겼을 때에는 일본으로 건너와 머물다 형세가 호전되면 국내로 돌아오는, 일종의 피신처이자 합방의 구체적 방법을 모색하는 장소이다. 여관업을 하고 있는 소실은 지금도 이곳의 시장과 경찰서장이 자작부인으로서의 자신을 소중이 해우한다는 말을 한다. 그녀에게 시모노세끼는 매국노9유태림의 입장에서)와의 인연을 되씹으며 사는 영화와 향수의 땅이다.

또한 시모노세끼는 연락선 부두로서 수상한 사람들에 대한 신고정신이나 감시가 완벽한 도시의 모습을 하면서 동시에 식민지 백성의 굴욕적 자기 존재를 강제로 인식케 하는 곳이다. 호텔 급사에게서 소개받은 퇴직 선원들에게 연락선에 얽힌 뒷이야기를 듣고는 곧장 형사들의 심문을 받는 장면이나 E의 반대에도 불구하고 굳이 검문이 수월한 2등표를 끊는 태림의 의식과 행동이 이런 측면을 뒷받침한다.

부산은 일제강점기에 한해서는 적어도 시모노세끼에 맞서거나 대칭되는 항구이다. E에세 부산은 미지의 항구를 눈앞에 둔 여행자의 흥분이 서려있지만 태림에게 부산은 떠날 때나 돌아올 때나 '매양 느껴보는 착잡한 감회'에 사로잡히는 곳이다. 바다에서 두 도시를 보는 풍경도 대조된다. '시모노세끼를 항구라고 말할 수 있다면 부산은 부피만 큰 어촌이다. 그러니 높은 굴뚝을 가진 호화선이 부산에선 귀공자처럼 어울리지 않는다.' 또한 부산 부두에는 도항증 검사소가 있어 언제나 체증을 일으킨다. '내선일체가 절대로 통하지 않는 데가 이곳'이다.6)

하지만 부산은 봉천행 열차가 출발하는 '대륙에 이르는 관문'이기도 하다. 그러기 위해 부산은 '이곳에 사는 일본인은 일본에 사는 일본인 이상으로 일본적이고 반도인은 또 일본인 이상으로 일본말을 잘' 하는 곳이다. 1941년의 부산은 중학생이 카키색 제복에 전투모를 쓰고 각반까지 찬데다 배낭을 메고 학교에 가서 황국신민 서사를 제창해야 하는 땅이다. 1940년 11월에 발생한 '노다이'사건은 한국인과 일본인에 대한 노골적인 차별대우에 대한 한국인학생들의 시위사건이다. 태림은 중학교 동기인 홍(洪)군을 찾아 사건의 뒤를 알아보지만 사건의 주모자로 잡혀 재판을 받고 있는 동생을 둔 홍군은 '직접 관계가 있는 사람의 일이 아니거든 이런 사건엔 관심을 갖지 말게.'라는 충고를 한다. 금융조합에 다니는 홍군은 일본인에 비해 배가 차이 나는 월급을 받으면서도 차별은 불쾌하지만 자신은 '기차의 삼등표를 산 사람이라고' 생각한다면서 패배주의에 젖어

---

6) 귀국하는 유학생이 당하는 검문과 감시가 가장 완벽하게 묘사된 소설은 염상섭의 『만세전』이다. 조갑상, 「『만세전』에 묘사된 부산과 그 의미」, 『경성대학교 논문집』, 18집 1권, 1997.

있다. 일제강점기 말기의 부산은 독립은 꿈도 꾸어볼 수 없게 되어버린 차별대우와 황민화 작업에 길들여진 순응의 땅이 되어있다.


### 2) 동경과 진주의 사상

시모노세끼와 부산이 관부연락선으로 이어진 선적여로의 한 지점으로서의 역할은 하지만 작품은 전체적으로 유태림이 유학생활을 하는 동경과 해방 후에 교사로서 활동하는 진주라는 두 공간에 의해 이루어진다. 동경에서의 유태림의 생활은 유학생의 그것이지만 아무래도 그는 예외적 유학생에 속한다. 첫째 그는 유학생으로서 뚜렷한 지향점을 가지고 있지 않다. 그것이 그가 몸담고 있는 A대학 전문부 문학과라는 삼류 학교의 특성과 관계될지 모르지만 유태림이나 일본인 E와 H 등은 모두가 정규 고등학교를 다니다 여하한 사건들로 모두가 퇴학이나 자퇴를 한 공통된 경력이 있다. 그것은 곧 어떤 정규의 길을 가다 거기서 샛길로 빠졌다는 의미이다. 유태림에게 샛길로 가게 만든 계기는 한국인 유학생들을 흔히 얽어매는 독서회 사건이고 E에게는 연애사건, H에게는 마르크사상이다. 그들에게 남은 것은 체제와 무관한 철학과 문학의 세계일 뿐이다. 그러나 두 일본인 친구들과는 달리 식민지 출신인 유태림에게는 한국인으로서의 근본적인 문제가 있다. 유태림에게는 박순근과 같이 "조선이 자치령이 되도록 하자는 것이 나의 포부다."라고 주장할 순진성도 없을뿐더러 박군슨을 수진하고 비웃는 한(韓)이라는 법과생처럼 고등문관 시험이라는 현실 타협적 목표도 없다. 동경에서의 유태림의 모습이 확연하게 드러나는 곳은 '수기 4'인데 1942년 2월 15일 태림은 특고계 형사들의 조사를 받고 그 우울함을 풀기 위해 거리를 방황하고 박순근을 만나고 일본 상류층 출신인 이사꼬를 만나 연애감정에 빠진다.

하숙집으로 찾아온 형사들에게 하는 말처럼 '최악의 경우 나는 동경에서 에뜨랑제로서 조용하게 숨도 크게 쉬지 않고 살았으면 살았지 일본제국의 질서를 추호라도 파괴하는 방향으론 가지' 않는다는 게 1942년을 사는 태림의 방법이다. 그것은 '동경에서 느끼는 에뜨랑제는 8백만의 인구 속에 살아가고 있는 미립자로서의 감미로운 겸손이'라도 있지만 고향에 돌아가기만 하면 주위에 둘러치인 친화감에 적성(敵性)을 느껴보는 오만한 감정 때문에 발광할 지경이 되는 봉건적 조건과도 관계된다. 이러한 사상은 학병을 택하는 부분에서도 크게 바뀌지 않는다. 병정은 그저 병정일 뿐 스스로의 뜻을 없앨 수 있으니까 병정이 되었다는 것, 태림의 사상은 운명의 사상 바로 그것이다.

작품에서 C시는 맑은 날 멀리 지리산이 보이고 N강이 흐르는, C루(樓)와 S대(臺)가 있는 곳이다. 그것들을 남강과 촉석루, 서상대로 읽으면 C시는 진주가 된다. 그곳은 유태림의 고향이자 나의 고향인 하동과 30킬로미터 떨어진 '오랜 역사 속에서 자라난' 도시이다.

동경에서 유태림은 8백만 중의 한 미립자로서 살아갈 수 있지만 진주에서는 그렇지 못하다. 그는 인근 대지주의 아들로서 그리고 수재로서 언제나 주목의 대상이 된다. 그리고 일제 말 동경에서는 독립에 대한 향상심만 지우면 고독은 하더라도 에뜨랑제로서 살아갈 수 있지만 진주라는 공간에서 그에게 닥친 문제는 거의 언제나 즉답을 요구하는 성질의 것이다. 광복과 그에 이은 새 국가 건설문제에서 누구도 자유로울 수 없는 것이지만 특히 유태림과 같은 지식인에게 미군정 시절과 단독정부수립 문제, 그리고 6·25는 끊임없는 사상적 선택을 요구한다. 여기서 유태림이란 존재를 둘러싸고 있는 비극의 모습은 그가 모교에 교사로 부임하기로 했다는 게 알려졌을 때 그의 사상적 성향에 대해 좌우익이 서로 다른 해석을 하고 있다는 데서 찾을 수 있다. ('탁류 속에서') 특히 우익적 성향이 어느 정도 드러난 뒤에도 공산당 진주시 당책이 태림을 만나는 일이나 태림이 크게 심적으로 빚을 지고있는 서경애가 중도적 입장의 유태림을 비난하는 장면 등은 유태림이 개인적 존재로 남을 수 없음을 보여주는 대표적인 사례들이다.

진주는 한때 경남도청 소재지로서[7] 행정 문화 교육의 중심지였으며 지리산을 둘러싼 도시 중 가장 큰 도시이다. 진주라는 곳이 지리산과 필연적 관계가 있다는 사실은 하준수와 서경애, 그리고 유태림 자신의 문제 등에서 제시된다.

하준수는 하준규의 다른 이름으로 작품에 등장하는데 일제시대 학병을 피해 지리산으로 피신하여 보광당을 만들어 활동하다 해방 이후 정세의 변화에 따라 여순사건의 퇴패자들과 합류하고 종래에는 중장 남도부로서 죽음을 맞은 사람이다. 좌익인 강달호가 지리산으로 피신하였다가 고등학교 동기인 하준수의 도움으로 자수를 하게 된다든지, 대구 10·1 사건으로 쫓기는 몸인 서경애가 최후로 지리산을 선택하려고 한다든지, 유태림이 전쟁 중 이동연극단을 만들어 움직이다 북한군의 후퇴로 연극단을 이끌고 지리산으로 가야할지 C시로 가야할 지를 망설이는 대목 등에서 지리산이 압도적인 비중을 지닌 배경으로 자리하고 있음을 알 수 있다. 지리산은 작품 전면에 등장하지는 않으면서도 끊임없이 인물들을 지배하는 공간이다. 지리산이 어떤 이들에게는 희망의 장소이든 또 어떤 이들에게는 비극의 장소이든 진주는 지리산과 더불어 존재함으로써 소설사적 공간으로 의미 깊게 자리할 수 있는 것이다. 동경이 식민지 출신의 젊은 지식인에게 일인 형사들의 사상검증이 언제라도 강요되는 곳이기는

---

7) 진주는 조선시대 이래 전국 20대 목(牧) 중의 하나였으며 1896년 1부 13도제가 실시될 때에도 경상남도 관찰부 소재지였다. 1913년 총독부령 제111호 중 '경상남도 위치 진주'를 '경상남도 위치 부산'으로 개정한 것은 1924년이며 도청 이전은 1925년도에 이루어졌다. 손정목, 『일제강점기 도시화과정연구』, 일지사, 1996. 514~521쪽.

하지만 에트랑제로서의 자기존재를 내세울 수 있는 최소한의 도피가 가능한 곳이라면, 해방과 미군정, 단독정부수립과 6 · 25가 휩쓰는 진주는 질문과 답, 좌와 우 중의 어느 한쪽이기를 강요하는 공간이다. 그것은 당대현실이 젊은 지식인에게 거는 기대의 다른 이름일지라도 유태림에게는 그의 삶을 비극으로 몰고 갈 수밖에 없는 과정으로 작용한다. 즉답과 정답이 모두이자 최선이 아닌 그런 영역에 태림의 본질에 닿아있기 때문이다.

## 5. 유태림의 선택과 비극

### 1) 정체성 확립을 위한 시도와 에트랑제 의식으로의 후퇴

유태림의 유학생활은 자기 정체성, 나아가 식민지 민족 구성원으로서의 정체성 찾기에 바쳐지고 있다. 그것은 인식의 과정과 도달하는 결론만 조금 다를뿐『무정』의 이형식이나『만세전』의 이인화에서부터 계속되어 온 문제이다. 민족과 개인의 정체성 확립의 문제는 결국 왜 한국은 일본의 침탈을 받게 되었는지, 그리고 주어진 상황 속에서 개인이 가야할 길은 무엇인지로 압축된다. 유태림은 이형식처럼 다분히 감정적이고 관념적인 차원에서 준비론에 서 있지도 않으며 이인화처럼 독백적 의분 속에서 절망감에 사로잡히지도 않는다. 그는 좀더 이성적으로, 한편으로는 역사적으로 접근하고 있다. 이런 차이가 가능한 것은『관부연락선』을 쓰는 시간이 객관성 확보와 검열의 문제로부터 자유롭다는 점과, 작중인물이 처한 시기가 군국주의가 최고도로 확대 팽창되는 일제 말기라는 점과 관련이 있을 것이다. 일제시대에 태어나 1940년대를 20대에 보내는 유태림 세대에게 민족과 개인의 문제는 감정적이고 주관적이기에는 너무나 단단한 체제이므로 오히려 이성적 접근이 가능하다는 역설적인 측면이 성립될 수도 있는 것이다.

따라서 유태림은 과학적 방법으로 한일 관계에 접근하면서[8] '관부연락선'을 연구한다. 송병준과 元周臣은 그 과정에서 만나는 구체적 대상이며 이완용, 이인영, 나아가 『목민심서』까지 거슬러 올라가면서 침탈의 원인과 거기에 대응하는 사례들을 찾는다. 아울러 침탈이 한일관계라는 상대적 문제이므로 일본측의 견해까지 시야를 확대하여 감정적인 민족주의적 오류에서 탈피하고자 한다. 부산에서 만나는 고오다라는 일본인 교사, 이인영의 자료를 가지고 있는 헌병 통역 출신의 사꾸라이노인의 '합방'에 대한 견해가 그 예이다. 또한 독립운동을 하다 옥고를 치른 오촌 당숙, 고등문관 합격자와 지망생, 자치령 지지자인 박순근, 친구 황이 만난 이상백(李相佰) 등은 일제말기를 사는 한국인들의 다양한 입장을 보여준다. 역사 속의 사건이나 인물이든 현실 속의 인물이든 모두가 유태림에게는 반면교사인 것이다.

유태림은 송병준과 출세지향적인 고등문관 지망생을 제외하고는 그들이 제시하는 현실관을 나름대로 이해하려는 입장에 선다. 그것은 이성적 태도를 견지하려는 유태림의 입장에 부합되기는 하지만 근원적으로는 그 자신의 모색적이자 소극적 성향과 맞물려 있기 때문이다.

그러나 원주신을 찾기 위한 젊은 지식인다운 일련의 노력이 끝난 뒤 유태림은 현실 속으로 급격하게 후퇴하고 마는데 ('수기 4') 그것은 전시체제의 강화라는 정세와 무관한 태림의 조건에 근거한다. 민족차별대우. 경찰의 미행과 감시는 모든 유학생에게 공통된 원체험이라 하더라도 서경

---

8) 이 문제를 이보영은 주체성 확인작업이라는 용어를 쓰면서 비교적 방법을 자주 사용한다고 했다. 송병준과 이인영, 유태림 자신과 일본인 E, 유태림 자신과 현실타협적인 한국 유학생의 비교가 그런 예라고 했다. 이보영, 앞의 글. 『현대문학』, 1977. 2월호. 330쪽.

애의 옥고에 대한 자책과 죄의식은 개인적 상처로서 깊이 작용한다. '일본인뿐만 아니라 같은 동포를 대할 때도 진실의 내가 아닌 또 하나의 나를 허구' 한다든지. '동경이 일망무제한 폐허가 된다고 하더라도' '에트랑제로서의 나를 정착시키는 곳을 동경으로 두고 생각할 수' 없다는 발언 등은 원주신과 이인영을 통해 발견한 민족적 긍지의 자료도 종래는 자학적 포오즈로 귀착되고 마는 허탈한 모습인 것이다.

학병지원과 그 체험에서 보여주는 유태림의 태도도 그 연장선상에 있다. 학병지원은 그 대상이 소수이기는 하지만 전시 여론이나 '내선일체'에 미치는 파급효과가 지대하다는 걸 고려한다면 더욱 치밀하면서도 많은 방법이 동원된 작업이었다. 내노라하는 지도자급 인사의 강연과 저서들, 이런저런 인연으로 묶인 현지 경찰서장의 권유 등에서 유태림도 자유롭지는 못하다. 그것은 하준규와 같은 극소수의 예외자들을 제외하고는 누구도 피치 못할 절대적 조건이다. 그럼에도 유태림은 자기의 성(城)을 쌓으면서 지원한다. '병정에라도 가지 않으면 할 일이 있을 것 같지 않아서' '전세계가 전쟁통에 뒤흔들리고 있는데 나 혼자 정자나무 그늘에 낮잠을 잘 수 없다는' 생각이 절반의 진실은 된다. 그리고 궁극적으로 "물을 수 없으니까 병정이 된 것이며 스스로의 뜻을 없앨 수 있으니까 병정이 되는 것이다."라는 운명론으로 후퇴한다.

하지만 이런 면이야 유태림의 학병지원에 관한 일반적 동기가 '나'에 의해 제시되어 있다는 점으로 본다면 시적(詩的)장치에 지나지 않지만 학병생활에서 눈여겨 보아야 할 점은 유태림의 태도이다. 학병생활에서 가장 맹렬한 유혹은 '탈영'일 것이며 그 뒤에는 '광복군' 이 자리할 수 있다. 실제 유태림은 허봉도의 모습을 목격하기도 한다. 다른 하나는 공산주의의 확산인데 안달영을 통해 그 실체가 소개된다. 허봉도의 탈영 과정에서 보여주는 삽화는 비극적이지만 유태림이 보여주는 태도는 극히 냉정하며 현실적이다. 교양모임 장소를 둘러싸고 안달영과 벌이는 논쟁에서 보여주는 태도는 독단과 모험주의로 연결된 신념의 위험성에 대한 경계이다. 어떤 하나의 이념이나 사상이 절대적으로 옳다면 그 속에는 그만큼의 독소가 포함되어 있다는 태림의 생각은 그가 결코 정치적 인간이 될 수 없음을 보여주는 증거가 된다. 차라리 태림은 이와사끼와 '철학자로서의 병정이 가능한가?'와 같은 논제에 매달리는 게 체질에 맞는 인물인 것이다.


### 2) 해방정국과 6·25에 대한 교사의 논리

해방정국은 모든 질문과 모든 답이 가능했던 한국현대사에서의 특수한 공간이었다. 하지만 그 열린 다양성에도 불구하고 좌와 우로 획일화될 수밖에 없었음은 소련과 미국이 이분화된 세계질서 속에 한국의 운명이 압축됨을 보여주는 비극이다.

유태림이 C고 교사로 부임했을 때 좌우익이 그에게 자기 편으로서 거는 기대는 태림의 존재가 그 지역에서 그만큼 중요하다는 의미이기도 하면서 다른 한편으로는 그 중간 지역에서 머물 수밖에 없음으로 인한 비극적 징조를 예시하는 부분이기도 하다. (<탁류 속에서> 앞부분) 이 기간 중 유태림이 보여주는 입장과 태도는 그 자신이 교사라는 점을 놓치고서는 이해가 불가능하다. 유태림에게 학교와 학생은 좌우의 문제가 아니라 우선 정치적 색채로부터의 탈피가 급선무라는 점에서 파악된다. 학교 내에서도 학생운동의 본산이나 다름없는 고급 2학년을 장악하면서 그가 첫날 학생들에게 들려주는 이야기의 핵심은 '교사 대망론'이다. (<서경애> 중에서 장군의 기록) 그것을 두고 서경애는 '좌익도 아니고 우익도' 아닌 것은 신념과 성의가 없는 것이라고 비판하면서 '누구에게나 굿 보이가 되어야' 한다는 태림의 강박관념을 지적한다.

교내 '좌익교사의 두목'인 M과 교내문제와 관계된 정세를 이야기할 때 유태림이 "나의 목적의식은 윤리의식에 있고 M선생이 – 목적의식은 혁명에 있으니 합류되기는 어려울 것 같은데요."라고 말할 때 윤리의식이란 계몽적 교양주의의 입장에 서 있음을 뜻한다.9) 그러므로 그가 학생동맹으로부터는 '반동' 소리를 듣고 학생연맹으로부터 '회색분자'라는 소리를 듣는 것은 필연적인 것이다.

정세에 대한 입장 중에서 유태림이 좀더 좌익에 가까웠던 단 하나의 사건은 남한 단독정부 수립 반대이다. 그는 단독정부 수립이 정치 이전의 문제라고 생각하면서 반대 이유를 '국토의 분열을 항구화 하는 계기'를 마련해 준다는 점에서 찾는다. 그것은 화자인 나의 지적대로 명분론에 근거한다. 그러면서 태림은 자신의 지난 과거를 방관자로서의 비굴함이라고 자책하면서 목적과 사명감을 들먹인다. 나는 이런 태림의 고민을 서경애의 음연한 압력과 공산당 C시 당책의 권고에 대한 체면, 옳은 일에 앞장서겠다는 학생들에 대한 약속 등, 그의 굿 보이 체질이 표출된 거로 파악한다.('불연속선') 단독정부 수립 문제가 제기되면서 화자인 '나'의 모습이 작품 전면에 나서게 되는데 태림의 견해에 대한 명백한 비판의식과 지적, 최영자와의 약혼파기 등이 그런 측면이다.

전쟁 중 유태림이 당한 고통은 이중적이다. 적치에서 반동으로 몰려 연극동맹을 만들 수밖에 없다는 것과 그것이 죄가 되어 검찰에 구속되었다가 풀려난 것이다. 이런 이중적 고난이 유태림에게 충격적이었던 것은 자신의 사상, 어떤 안목으로는 회색이지만, 중도적 합리주의가 어디에도 통할 수 없다는 데서 온 결과이다. 해인사행은 "농부가 될 작정이다."라는

---

9) 이보영은 유태림의 이러한 면을 두고 계몽적 지식인의 이상형을 본다고 지적하면서 『관부연락선』의 약점이라고 했다. 아울러 태림이 연출한 '살로메'의 선택을 두고 모랄이 배제된 미학, 또는 미학적 모랄로 기울어진 모험의 한 예라고 지적한다. 앞의 글, 『현대문학』, 1977, 2월호. 331~333쪽.

시적(詩的)결심의 연장선상에 있다. 하지만 빨치산에 납치되어 생사를 알수 없게 됨으로 그는 '신화'가 되고 만다. 유태림의 생애를 그렇게 종결지은 사실을 두고 이보영은 기록적 방법과 어울리지 않는 내적 방법상의 파탄이자 중심인물에 대한 책임회피로서 작가의 모랄 문제를 지적한다.10) 이러한 결말처리는 실록과 허구의 경계를 오가는 작가의 창작 태도로 볼때 실록적 성격이 끝났을 때 남겨진 허구의 영역을 과장한 것으로 파악할수도 있다. 역사의 목격자나 증언자로서의 작가 의식은 시적 의식과 종이한 장 차이로 존재하는 것이다.


### 3) 두 개의 자아와 작품의 위치

양식과 서술방법에서 언급한 바대로 『관부연락선』은 유태림에 대한이야기를 유태림 자신과 후배인 '나'가 한다. 나는 유태림과 동향에 중학후배이자 일본에서도 같은 대학 전문부를 다니게 된다. 같은 시 공간에두 사람이 놓여있기는 하지만 동경에서 학교를 다닐 때의 나의 시선은 유태림에 대한 학교생활, 그것도 편입시에 집중되어 있을 뿐이다. ('서장') 전문부 시절 유태림을 둘러싸고 있는 주요인물은 일본인 E와 H이다. 그것은 그들 셋이 고등학교를 다니다 어쩔 수 없이 전문부에 적을 둔 '낙원같은 참새들의 학급에 이질분자'로 끼었기 때문이다. 나는 태림과 같은하숙에 든 일도 없고 깊은 고민을 나누어 본 적도 없다. 태림이 E와 H 등과 동인지 계획을 세울 때에도 한국인으로는 S고 동급생이던 황과 최종율을 참가해도 나는 빠져있다. 일본에서 유태림은 그가 남긴 수기가 그러하듯 자기 자신에 의해 그 모습을 드러낸다.

그러나 해방 후 나와 유태림은 급속하게 가까워지고 태림은 거의 전적

---

10) 이보영, 앞의 글, 『현대문학』, 1977, 2월호. 334쪽.

으로 '나'에 의해 복원된다. 진주에서 두 사람은 유태림을 초빙하는데 앞장서거나 동료교사로서, 그리고 좌익 교사들과 맞서는 입장으로 거의 하나나 마찬가지이다. 경우에 따라서는 "이와 같이 생각하고 있는 우리들의 태도가 또 당국의 의심을 받게 마련이었다."('몇 개의 삽화') 라는 문구에서 보듯 관찰자는 관찰하는 대상과 자신을 동일시해 버리기도 한다. 관찰자 소설은 근본적으로 관찰자와 관찰대상이 서로 구분되지 않으면 성립하지 못하는 형식이지만 『관부연락선』의 경우에 이 둘은 묘하게 뒤섞여 있다.

서술 관찰자인 '나'와 유태림이 나누는 시간을 작가 자신의 생애와 더불어 따져 본다면 두 사람의 관계는 분신관계에 가깝다. 동향. C중학 선후배, 동경의 대학 전문부, 중국에서의 학병체험, C고 교사생활이 그들이 공유하고 있는 시 공간인데 그것은 또한 작가 이병주의 자전적 체험과 거의 일치한다. 나와 유태림이 구분되고 점이라고는 유태림의 일본 S고 입학, 퇴학 후 유럽 여행, 해방 후 잠깐의 서울 체류, C고 퇴직 후 C시의 신설대학으로 전직 정도인데 작가 자신의 진주농대 출강 경력과 겹치는 태림의 대학 전직 외에는 허구의 부분적 변용으로 볼 수 있다. 결국 '나'와 유태림은 작가 자신의 체험이 허구로 분산, 심화될 때 탄생된 쌍생아로 보아도 하등 무리가 없는 것이다.

『관부연락선』은 작가가 「마술사」, 「변명」, 「목격자」 등의 중단편을 쓰고 난 뒤의 작업이자 『지리산』, 『소설 남로당』을 쓰기 전의 가운데에 위치한다. 이병주의 소설 작업의 원천이 일제 강점기 말기의 유학생체험, 중국에서의 학병체험, 해방공간에서의 교사체험, 그리고 언론인체험과 1960년대 옥고(獄苦)라면 초기의 중단편들은 옥고(「소설 알렉산드리아」, 「겨울밤」)와 학병체험 (「마술사」, 「변명」)을 대상화한 것들이다. 그렇다면 『관부연락선』은 최초로 유학생체험과 학병체험, 그리고 교사체험을 복합적으로 대상화한 첫 작품이 되면서 지리산을 가까이 둔(하동 출신, 진주에서의 학생시절과 교사생활) 작가가 써야만 하는 지리산을 둘러싼 격동기 이야기의 출입문에 해당하는 것이다. '지리산'이 안고 있는 역사적 무게와 부피에 접근하는 방법으로서의 '실록'형식의 시금석이 『관부연락선』에서 마련되고 있는 것이면서 동시에 소설형식의 다변화를 통해 과거를 껴안는 방법을 우리 소설사에서 보여준 작품이기도 하다.

## 6. 결론

『관부연락선』은 일제 말기와 해방정국을 거쳐 6·25에 이르는 현대사를 헤쳐나가는 한 젊은 지식인의 삶을 혼합된 양식과 서술방법을 통해 보여준다. 회상체 소설에서 과거는 현재시간과 밀접한 관련을 가짐으로 긴장된 의미를 갖는다고 볼 때 화자인 이선생의 현재시간이 결여되어 있어 작품의 내적 역동성을 획득하기 어려운 면이 있다.

일제 말기는 물론 6·25까지를 다루는 작품의 제목을 『관부연락선』이라고 한 것은 1940년대를 20대로 보낸 유태림 세대에게 관부연락선은 단순한 교통수단 이상의 한일관계사가 압축된 장치이자 해방도 그 연장선상에 있다는 의미 판단 때문이다. 일본유학 시절과 해방정국에서 유태림의 시간이 지연되어 있음에 비해 6·25전후의 시간이 압축되어 있음은 모든 것이 명명백백할 수밖에 없는 전쟁이 모색적인 유태림의 인물성격과는 어울릴 수 없기 때문이다.

유태림이 머문 공간은 크게 동경과 진주이며 그 아래의 작은 단위로 관부연락선의 구체적 속성을 보여주는 시모노세끼와 부산이 존재한다. 동경에서 태림은 에트랑제로서 자기존재를 확인하며 8백만 중의 한 미립자로서 지낼 수 있지만 해방정국과 전쟁이 휩쓰는 진주는 질문과 답이 명백하기를 강요하는 공간이다. 또한 진주는 빨치산이 활동하는 지리산을 곁에 둠으로 해서 참다운 소설적 공간으로 자리할 수 있다.

유태림의 유학 생활은 자기 정체성, 나아가 식민지 민족 구성원으로서의 정체성 찾기에 바쳐지고 있으며 '관부연락선' 연구는 그 구체적 산물이다. 그러나 이러한 노력들도 현실적 억압조건 아래서 허무주의적 몸짓으로 후퇴하고 말면서 학병지원으로까지 이어진다. 해방에서 6·25까지의 유태림은 교사로서 학생들을 정치로 격리시키는 일에 주력한다. 그것은 그가 계몽주의의 입장에 서 있음을 말하는 것인데 즉답만이 요구되는 시절에 이러한 그의 태도는 양날의 칼로서 그를 압박한다. 전쟁 중 유태림이 당한 이중적 고통은 그러한 결과이며 소설의 결말을 '신화'로 종결지은 것은 실록적 성격이 끝났을 때 남겨진 허구의 영역을 작가가 과장한 결과라고 보아야 할 것이다. 『관부연락선』은 작가의 굴곡진 체험이 종합화된 최초의 작품이면서 현대사를 소설에 수용하는 한 방법을 보여준 작품이다.

## 참고문헌

김윤식,『한국문학의 근대성과 이데올로기 비판』, 서울대출판부, 1987.
김윤식,「작가 이병주의 작품세계」,『문학사상』, 1992. 5.
김윤식, 정호웅,『한국소설사』, 예하출판사. 1993.
김찬정,『관부연락선』, 朝日新聞社, 1988.
김  현,『문학사회학』, 민음사, 1983.
손정목,『일제강점기 도시화과정연구』, 일지사, 1986.
부산직할시사편찬위원회,『부산시사 1권』, 1989.

신용하 외,『한국근대사와 사회변동』, 문학과지성사, 1980.
이보영,「역사적상황과 윤리」,『현대문학』, 1997. 2~3.
이동렬,『문학과 사회묘사』, 민음사, 1988.
민족주의민족전선,『해방조선 1. 2』, 과학과사상, 1988.

# 이병주의 『관부연락선』에 나타난 인물의 내면의식 고찰

## 유태림을 중심으로

곽상인(서울시립대 객원교수)

## 1. 머리말

이병주(1921~1992)는 1965년 7월 『세대』에 「소설 알렉산드리아」를 발표하여 등단[1]하였다. 역사와 문학을 접목시켜 이데올로기의 허와 실을 작품에 기록하고, 그 '기록하는 방법을 모색'[2]한 데서 작가로서의 소명을 다한 그는 역사적 사실을 있는 그대로 전달하고자 한 작가로 평가받아왔다. 또한 일제 강점기 및 해방 전후의 역사적 격변기를 기록하고, 좌·우의 이데올로기가 배태한 수많은 모순들과 더불어 근현대사의 이면에 감추어진 진실을 파헤치는 데 치중하여 작품창작을 하였던 것이다.

특히 이병주는 아직까지도 '미해결의 장'으로 남아있는 분단이라는 역사적 현실을 감당하기 힘든 무게로 체험했다. 당대인들에게 인간성의 상

---

1) 이병주는 등단 이전인 1954년 『부산일보』에 『내일 없는 그날』을 연재하였다.
2) 이보영, 「역사적 상황과 윤리―이병주론」(상), 『현대문학』, 1977년 2월, p.333.

실과 분단의 아픔을 체험케 하였을 절망적인 현실에서 이병주는 비극을 자기만의 방식으로 육화시켜 작품에 투영했는데, 본고에서 다룰 『관부연락선』(『월간중앙』, 1968. 4~1970. 3)이 바로 그 비극적인 현실의 연장선 상에서 생산된 작품이라 하겠다. 여기서 주목할 것은 이병주가 단편적인 서사보다 중 · 장편의 서사를 주로 발표했다는 점인데, 이는 역사를 보다 절실하고 상세하게, 그리고 생생하게 '기록'해야만 했던 때문이다. 그만큼 그에게 역사적 기술은 창작의 중요한 한 방법이었던 것이다.

그렇다면 이 작품에 대한 기왕의 평가들을 살펴보자. 이병주에게는 '역사', '이데올로기', '지식인', '학병체험', '기록문학' 등이 작품의 중심을 관통하거나 주변을 위요하는 테마이자 서사를 이끌어가는 주된 모티프였다고 대부분 연구자들이 지적하고 있다. 『관부연락선』의 경우 1940년에서부터 1950년에 이르는 한국문단의 암흑기를 메우고 있다는 점에서 의의가 있다고 말한다.

본격적으로 『관부연락선』에 대한 연구로는 이보영, 김종회, 김외곤, 조갑상, 정호웅의 글이 대표적이다. 먼저 이보영의 연구는 『관부연락선』에 대한 최초의 분석 글이라는 점에서 의의가 있는데, 그는 『관부연락선』이 '민족의 비극적인 감정에 경도되지 않으면서도 종합적인 전망과 파악을 하였기에, 역사의 중압을 받으면서도 체념하지 않고 자기를 지키고 형성해가려는 작가의 의지가 배어있다'[3]고 하였다. 김종회의 경우는 이병주의 자전적 글쓰기를 언급하면서, 『관부연락선』이 '역사를 보는 문학의 시각과 문학 속에 변용된 역사의 의미를 동시에 걷어 올린 거대한 좌절의 기록'[4]이라고 언급하였다. 김외곤의 경우도 '근현대의 역사적 진실을 추구한 점, 지식인을 작품의 중심인물로 등장시킴으로써 현실을 폭넓게 반

---

3) 위의 글, p.329.
4) 김종회, 「근대사의 격량을 읽는 문학의 시각」, 이병주, 『관부연락선』, 동아출판사, 1995, pp.667~674.

영하고 비판적으로 평가한 점, 격동기를 살아가는 지식인의 모습을 잘 그렸다'[5]는 점에서 긍정의 평가를 내리고 있다. 조갑상의 경우는『관부연락선』을 '작가의 굴곡진 체험이 종합화된 최초의 작품이면서 현대사를 소설에 수용하는 한 방법을 보여준 작품'[6]으로 평가하였고, 마지막으로 정호웅의 경우는 '『관부연락선』은 역사의 진보라는 관념에 갇혀 그 역사를 살고, 만들었으며, 이끌었던 인간을 역사에 종속된 것으로 인식하는 우리 문학의 지배적인 한 경향에 근본반성의 실천으로서 중요한 의미'[7]를 갖게 한다고 지적하였다.

　『관부연락선』에 대한 학위논문으로는 김민희[8]와 강경선[9]의 글이 대표적이다. 김민희는『관부연락선』에 등장하는 인물을 유형별로 나누어 작품을 설명하고는 있으나, 사실 지나칠 정도로 줄거리 요약에 치중하고 있기에 심도 있는 논의전개가 이루어지지 않았다. 강경선의 경우도『관부연락선』에 기술된 글쓰기 방식과 역사적 의미, 그리고 학병세대의 비극을 큰 주제로 설명하고 있지만, 역사적 실증을 바탕으로 하기 때문에 작품에 대한 내재적 분석이 안 되어 있다고 하겠다.[10]

　이상의 글들에서 보여지는바, 이병주는『관부연락선』을 통해 역사를 기록하고, 그 기록을 통해서 현대사를 반성하고자 했으며, 그 반성하는

---

5) 김외곤, 「격동기 지식인의 초상; 이병주의『관부연락선』」,『소설과사상』, 고려원, 1995년 가을호, pp.280~281.

6) 조갑상, 「이병주의『관부연락선』연구」, 한국현대소설학회,『현대소설연구』(제11호), 1999, p.287.

7) 정호웅, 「해방 전후 지식인의 행로와 그 의미-이병주의『관부연락선』」, 한국현대소설학회,『현대소설연구』(제24호), 2004, p.73.

8) 김민희, 「『관부연락선』연구」, 홍익대 석사학위논문, 2005.

9) 강경선, 「이병주의『관부연락선』연구」, 경성대 석사학위논문, 2005년 8월.

10) 참고로 '이병주론'에 대해서는 용정훈의 논문이 대표적이라 할 수 있다. 용정훈은 이병주의 시대적 상황에 대한 인식과 이를 해결하는 현실 대응의 태도에 대해서 논하고 있다. 용정훈, 「이병주론-계몽주의적 성향에 대한 비판적 고찰」, 중앙대 석사학위논문, 2001.

과정에서 발전적인 역사적 전망을 모색하고자 했던 것으로 평가받는 작가라고 정리할 수 있다.

　기왕의 연구사들이 『관부연락선』을 통해서 당대의 역사를 읽어내는 데 치중했던 것에 반해, 본고에서는 인물의 내면세계에 대한 천착을 함으로써, 지금까지 간과해왔던 부분(인물의 심리분석)에 대한 해석을 할 것이다. 다시 말해 이 글은 이병주의 『관부연락선』이 역사, 사건, 기술, 기록이라고 하는 측면에서 해석되어왔던 것에 대해 문제제기를 하고자 쓴 것이다.

　따라서 『관부연락선』에 대한 인물분석을 통해 기왕의 연구물들과 차이를 갖도록 하고, 해석의 여지를 확장하는 게 본고의 지향점이라 하겠다. 또한 인물, 특히 유태림의 내면의식을 살핌으로써, 근원적 태생 때문에 인물이 어떠한 의식을 갖게 되고 어떻게 행동하는지를 살피고자 한다. 태생에서 비롯된 불행의식과 중간자 의식은 원죄의식과 연결이 되며, 종국에는 굿보이 콤플렉스를 낳게 되는 계기로 작동하고 있음을 분석할 것이다. 마지막 장에서는 대화를 통해 이원론으로 규정된 세계를 유태림이 어떤 식으로 통합하려는지 그 지향의식을 살필 것이다.


## 2. 태생에서 비롯된 중간자 의식

　『관부연락선』이 역사를 기록하는 문학의 형식을 취한다고 하였던바, 이 장에서는 유태림을 중심으로 인물의 내면의식을 고찰하고자 한다. 특히 태생에서 비롯된 중간자 의식을 살펴보고자 한다.

　『관부연락선』은 일본에 있는 'E'가 '나'에게 유태림의 실종을 묻고, 유태림의 수기인 『관부연락선』을 완성하고 싶다는 편지를 보내온 데서부터 서사가 진행된다. 이 후 '나'는 '이십팔 년 전'으로 거슬러 올라가 유태림에 대한 기억을 더듬고 그의 행적을 담은 글을 다시 'E'에게 보낸다. '나'와 'E'는 유태림의 수기 『관부연락선』을 완성하기 위하여 서로 서신을 주고받는다. 수기를 토대로 유태림의 교사생활과 일본에서의 생활은 되살아난다. 유태림은 교사 시절에 좌우의 이데올로기를 선택해야만 하는 상황에서도 노선을 분명히 하지 않은 채 교직생활에만 최선을 다했고, 일본 유학생 시절에는 온갖 검문을 당하면서도 민족적 비운의 정조에 경도되지 않기 위해 노력한 인물이다. 또한 유태림은 좌우 양쪽을 중재하거나 사건을 매듭짓는 역할을 하는 지식인의 면모를 보여준다. 하지만 결미에서는 지식인으로 판명되어 공비에 의해 빨치산으로 잡혀가 실종된다.

여기서 유태림은 지주의 자식으로, 일제강점기에 일본으로 유학을 간 한국인 학생으로 등장한다. 지주의 아들로 태어났다는 점에서 유태림은 '예외적인 존재', 그리고 '격동기 지식인의 초상'[11]으로 형상화된다. 여기서 예외적이라 함은 일제시대에 지주의 자식이었다는 점, 그래서 민중들의 애환과 고통을 같이 나눌 수가 없었다는 점, 조선과 일본 사람들에게 대하는 방식이 중립적이었다는 점, 또한 일본 유학길에 올랐을 때는 일본에 거주하는 한국인(이방인)이었다는 점, 더군다나 한국도 일본도 아닌 중국을 위해 학도병으로 지원했다는 점 등을 언급하는 것이다.

유태림은 '어떠한 형태의 것이든 착취'[12](p.52)로써 재산을 축적한 지주의 아들로 태어났기 때문에 열악한 초등학교를 다닐 수가 없었고, 항상 집안과 주변 사람들의 시선을 의식하면서 행동해야만 했던 존재이다. 주변에 모범이 되기를 강요한 가부장적인 집안, 일제치하에서도 막강한 권

---

11) 이보영, 「역사적 상황과 윤리─이병주론」(하), 『현대문학』, 1977년 3월, p.275.
12) 이병주, 『한국소설문학대계─관부연락선』, 동아출판사, 1995, p.52. 이하 작품에 대한 인용은 본문에 페이지 수만을 기재한다.

력을 가진 집안에서 태어난 유태림은 '선택한 길'이 아니라 '선택되어진 길' 쪽으로 행보가 결정되어진다. 미래의 길 또는 선택의 길은 자신을 위한 것이 아니라 집안을 위한 것이며 또 자기 집안을 우러러보는 주변인들을 위한 길이었기에, 유태림은 자기 의지대로 무언가를 결정하거나 선택할 수 없는 중간자적 의식세계를 내면에 고착화시켜 나가게 된다.

이와 같은 중간자 의식은 관부연락선을 타고 일본으로 건너가는 상황에서 극명하게 드러난다.

> 한국에서 일본으로 건너가는 사람들도 부쩍 늘었다. 소수의 유학생이 있었고 대다수는 노동자들이었다.(중략) 그와 같은 위험한 노동에 종사하기 위해서는 내기 어려운 도항증을 내어 개돼지 취급을 받으면서도 관부연락선을 타야 한다는 것은 비참함을 넘는 상황이 아닐 수 없다.(pp.134~135)

위 장면은 유태림이 관부연락선에 대해 갖고 있는 감정을 술회한 것이다. 유태림은 일본으로 유학을 가면서 일제 강점기에 한국의 비극을 타국에서, 그것도 비극을 야기한 주체국인 일본에서 경험해야 했던 인물이다. 그 비극을 체험하기 위한 일차 관문으로 그는 관부연락선을 경험한다. 관부연락선에서 행해지는 조선인들에 대한 일본인들의 '개돼지 취급'을 중간자적 입장에서 묵묵히 지켜본다는 것은 유태림에게 있어 고역이었을 것이다. 지식인이고 유학생이었고, 지주의 자식이라서 그들의 고통을 현실적으로 나누지 못했던 때문이다. 태생이 그들과 달랐기에 '개돼지 취급'이 벌어지고 있는 현실을, 마치 영화 속 스크린에서 펼쳐지는 영상으로 받아들인 것이다. 그렇다보니 그들의 고통은 유태림의 고통이 되지 못하고, 그와 일정한 간극을 형성하게 된다. 이에 중간자 의식은 내면화가 될 수밖에 없는 것이다.

비극적인 풍경은 유태림이 스스로를 '이방인'[13]이라고 인식한 데서도 펼쳐진다. 유태림은 자기보다도 집안을 먼저 생각하고 주변을 의식하며 명분을 중요시할 수밖에 없는 지주의 아들이다. 때문에 고통을 받고 있는 동족에 대해서도 중간자가 될 수밖에 없음을 인식한다. '지배자에 대한 피지배자의 어쩔 수 없는 열패감과 거부감, 높은 수준에 도달한 근대적 문명의 현실 앞에서 그것에 대비되는 고국현실을 떠올리며 가지게 되는 부러움의 생각과 열등감 등등이 뒤섞여 혼란'[14]스러웠던 것이 유태림의 내면 풍경이라 하겠다.

유태림은 중간자 의식을 지니고 있다가 해방이 되어 한국에 돌아와서는 교편(교사와 교수)을 잡는다. 그러나 학교에서 좌우 이데올로기의 대립이 극에 달했을 때, 유태림은 항상 중립을 지켜 양쪽 모두를 아우르거나 중재하고자 하는 태도를 취한다. 그리고 중립을 지키고자 한 유태림의 태도 때문에 사건이 해결되는 경우가 종종 발생하게 된다. 이것은 지식인의 한 전형을 보여주는 것이기도 하거니와 어느 한쪽을 선택했을 경우에 잃게 될 손실을 염두에 둔 유태림의 불안의식이 발동한 것이라고 볼 수 있다. 불안의식에서 비롯된 억압 때문에 유태림은 스스로 어느 노선도 선택하지 않으려고 한다. 선택의지를 스스로 억압함으로써 중간자적인 정서를 유태림은 내면화했던 것이다.

요컨대 유태림은 비극적 현실을 맞이한 조선의 지식인이었기에, 자신 앞에 펼쳐진 풍경을 객관적으로 묘사하려는 의식을 내면화시킨 것이다. 세대가 흘러도 당대에 일어난 사건이나 모순을 중간자적인 입장에서 바

---

13) 정호웅, 앞의 논문, pp.78~79. 정호웅은 『관부연락선』의 서사를 이끄는 원리 중의 하나로 '이방인성'을 언급하고 있다. 그는 해방 전에도 해방 후에도 에뜨랑제였다. 에뜨랑제로서 역사 전개에 적극적으로 개입하지 않으려 애쓴 그조차도 저 비정한 역사는 그냥 지나치지 않았으며 마침내 그 소용돌이에 휘말려 행방불명되고 마는 그의 짧은 생애는 곧 그 역사의 폭력성에 대한 증언이다.

14) 위의 논문, pp.81~82.

라보는 것이 역사를 올곧게 기록하는 방법이라고 생각했기 때문이다. 곧 '증언문학으로서의 형식'[15]을 취함으로써 유태림(의 기록)은 중간자적인 위치와 '기록'의 객관성을 확보할 수가 있게 된다.


## 3. 원죄의식과 굿보이 콤플렉스의 발현

앞서 유태림이 지주의 아들로 태어났기 때문에 중간자 의식을 지니며 방관자로 살아갈 수밖에 없다고 지적한 바 있다. 아울러 자신의 욕망보다 집안의 기대가 더 컸기에 선택의지를 스스로 억압함으로써 살아갈 수밖에 없는 불완전한 주체성을 지닌다고 언급하였다. 이는 역설적으로 완전한 자기 정체성을 확립하기 위한 시도를 보여주는 것과 같은 맥락이라 하겠다. 이 장에서는 완전한 자기 정체성을 확립하기 위한 과정에서 발현되는 원죄의식과 굿보이 콤플렉스를 살펴보고자 한다.

유태림은 중간자적인 입장을 취하면서 '조선인 의식', '이방인 의식'을 넘어서려고 했으며, 학교에서는 이분법적인 상황을 하버마스식의 '대화'로 풀어나가려 했던 인물이다. 그런데 문제는 중간자적 의식을 갖기 이전에 이미 원죄의식이 발동하고 있었다는 점이다. 불완전한 주체성을 극복하기 위해서는 불완전을 야기한 심리적인 요인에 근접해야만 한다. 하여,

---

15) 정찬영은 증언소설의 특징을 다음과 같이 기술한다. 1. 배경과 인물의 전부를 역사적 사건에서 가져오며, 2. 현재 또는 한 세대 전의 과거를 다루며, 3. 사실을 재현하려는 의도가 강하며, 4. 현재의 사건이나 모순이 현존하는 역사적 사건에 집중하며, 5. 변동기의 전체적 모습을 보여주는 다양한 인물이 등장하고, 6. 미해결의 장으로 남아있는 미완성의 공간을 따르기 때문에 열린 소설이며, 7. 방법적으로 복합적 장르의 형식을 띠고 형식적 중립성을 취하며, 8. 증언소설의 작가들은 서문의 형식에서 위 유형이 글쓰기와 맺고 있는 관계를 밝히려고 노력한다. 정찬영, 『한국 증언소설의 논리』, 예림기획, 2000, p.40.

유태림은 자신을 불안하게 만들고 불완전한 주체로 만든 직접적인 원인과 대면하기 위해 노력한다.

주지의 아들로 태어나 조선인으로 일제강점기에 일본 유학을 떠나면서 관부연락선의 살벌한 풍경을 목도하게 되고 일본에서 이방인으로 살아갈 수밖에 없었던 유태림의 행보는 모두 원죄의식에서 비롯된 것이라 할 수 있다.[16] 이 때문에 유태림은 소외를 경험하게 되고 급기야는 이분법적인 세계를 부정하기에 이른다.

유태림이 지주이자 권력자인 집안에서 태어나지 않았다면 그는 관부연락선을 타고 유학길에 오르지 않았을 테고, 조국의 비극을 일본에서 간접적으로 체험하는—마치 영화를 보는 것처럼—죄인이 되지도 않았을 것이다. 급기야는 학병으로 끌려가 중국 소주에서 군복무를 하게 되는데, 이러한 학병체험도 하지 않았을 것이다.

그는 '원주신'을 찾는 과정에서 별 다른 소득이 없자, 관부연락선을 타고 부산으로 들어오게 된다. 이때 2등표를 사게 되며 작중화자인 '나'에게 열등감을 심어주고, 최영자와 서경애를 '나'로 하여금 비교하게 한다. 뿐만 아니라 자신이 서경애에게 책만 주지 않았더라면 서경애가 감옥살이를 할 이유는 없었을 것이다. 해방 후 C학교에 취직하지 않았더라면 좌우의 대립적인 사건들에 휘말리지도 않았을 것이다. C대학의 교수로 가 있었기 때문에 지식인으로 판명이 나서 공비에 의해 빨치산으로 끌려가 실

---

16) 이보영의 글에서도 원죄의식에 대한 언급이 있다. '한국청년의 순진한 학구열은 관부연락선에서의 민족차별대우에서부터 멍든다는 것, 여기서 유태림의 원체험은 시작되며, 그것은 그후 조선인 학생으로서의 고민과, 정신적 방황과, 주체성 추구의 원인이었다. 재일한국학생에 대한 형사의 미행과 조사, 유태림에게서 빌려간 책 때문에 서경애가 치른 억울한 고문과 옥고, 그녀의 처지를 방관한 자신의 비굴함에 대한 자책과 죄의식 등은 연애감정마저도 멍들게 하는 피압박민족의 가혹한 생존상황의 탓이며, 그로 말미암아 저 기이한 원죄관념이 형성되었다.' 이보영, 앞의 논문(상), p.331.

종을 당한 것이다. 이 모든 것들이 바로 '유태림의 원죄의식'에서 비롯된 것이라 하겠다.

> 나는 2등표를 사자고 하고, E는 3등표를 사자고 고집을 부렸다. 내가 2등표를 사자고 하는 데는 다음과 같은 이유가 있었다. 특고의 감시가 3등에 비해 2등이 훨씬 누그럽다. 3등을 탔다간 틀림없이 나는 특고의 명령으로 트렁크를 열어야 하고 몸 수색을 당해야 하고 귀찮은 질문을 받아넘겨야 한다. 그렇게 되면 사람은 십상팔구 비굴한 몰골이 되는 것이다. 일본인인 E는 일본인이라는 신분만 제시하면 무난히 관문을 넘는다. 무난히 관문을 넘은 E가 잔뜩 부릅뜨고 있을 그 호기의 눈앞에 내 비굴한 몰골을 드러내고 싶지 않았다. 그리고 또 하나의 이유는 일본인들도 3등객일 경우는 별수 없었겠지만 3등 선창, 그 창고 같은 선실에 짐짝처럼 실려가는 동포의 누추한 꼴들을 E에게 보이기 싫었다는 데 있었다.(pp.245~246)

유태림과 'E'는 '원주신'을 추적하다가 별다른 소득이 없자 부산으로 들어오게 된다. 인용문에서처럼 유태림에게는 조선인이라는 원죄의식이 있었기에 관부연락선의 2등 이상의 표를 사려고 했던 것이다. 그러나 일본인인 'E'는 3등표도 괜찮다고 말한다. 여기에서 유태림이 굳이 2등표 이상을 사야 한다는 것을 '설익은 귀족 취미'(p.246)로만 보기에는 무리가 있다. 왜냐하면 그 자신이 비굴한 몰골을 한 한국인이었기 때문이고, 몸수색을 당할 우려가 있는 유학생이었기 때문이다. 이 모든 것이 유태림에게는 '조선인으로 태어난 죄'[17]라는 관념을 심어준 계기로 작동하게 된다.

---

17) 위의 논문, p.330. '유태림 같은 학생의 예민한 문제의식은 근원적인 성격을 띠게 되어 그는 일제의 압박 속에서도 자신의 인격적 자아를 찾아보지 않을 수 없고, 그러자면 역사의식은 존재론적인 물음으로 뻗어나가서 결국 조선인으로 태어난 것이 죄라는, 당연하면서도 기묘한 원죄관이 형성된다. 이 원죄관 속에는 굴욕적인 망국사와 그 당시 한국인의 일상행동에 대한 제약의 근원이 압축되어 있다.'

특히 관부연락선에 탑승한 조선인에게 연민과 애정 어린 시선을 보내는 것이 아니라, 자신과 별 상관이 없는 외부적 풍경으로 구경만 하고 있다는 것이 원죄의식을 더욱 극대화하는 상황이라 하겠다.

또한 유태림이 서경애에게 갖는 감정에서도 원죄의식은 발동한다. 유태림은 자신의 아내와 이혼하고 싶은 생각을 갖는다. 그러면서도 이혼은 '한 세대 위의 어른들이 살아계시는 동안은 철벽을 뚫는'(p.272) 일이라 생각했기에 서경애를 멀리 할 수밖에 없는 것이다. 이미 결혼한 '죄' 때문에 서경애에게 마음을 열지 못하고, 서경애도 자신의 욕망을 철저하게 억압하면서 유태림을 대한다.

게다가 '나'와 서경애를 통해서도 유태림의 원죄의식이 간접적으로 비춰지고 있다. 가령 '나'가 서경애와 첫 대면을 하는 순간 '나는 한동안 넋을 잃고 서경애를 바라보고 있었다. 서경애의 곁에 두고 보니 나의 애인의 모습은 장난으로 만든 조화 같기만 했다'(p.56)고 말한 부분이나, 유태림이 A전문학교로 입학을 하게 되는 장면에서 '유태림은 우리 고향에서 수재로서 이름난 사람이었고 그의 광채가 너무나 강렬했기 때문에 나를 비롯한 몇몇 유학생들의 존재는 상대적으로 희미해 있었다'(p.19)고 말하는 부분이 유태림의 원죄의식을 드러내는 장면이라고 할 수 있다.

또한 해방 후 유태림이 C고등학교에 발령받은 것을 알고서 '나'가 '그때 그 학교에선 나는 실력이 있는 교사로서 인정되어 있었는데, 유태림이 등장하기만 하면 실력파인 척하는 나의 가면이 벗겨질 것은 빤한 사실이었다.'(p.44)고 술회하고 있는 부분도 그러하다.[18] 서경애를 통해서도 유태

---

18) 이 점을 두고 이보영은 이병주가 유태림을 신화적 인물로 만든 것이라고 하면서, 이러한 경향이 바로 '후진국의 계몽주의적 요소를 지닌 소설의 맹점'이라고 지적하였다. 위의 논문, p.332. 더불어 『관부연락선』이 감동을 주면서도 정작 유태림과는 별로 친해질 수 없는 것은 그가 늘 친구, 동료, 제자들을 가르치고 논파하고 설득하는, 수난자이면서 과오가 없는 인물이기 때문이다'(위의 논문, p.336)고 지적하고 있다.

림의 원죄의식은 드러난다. 그녀는 유부남인 유태림을 사랑할 수밖에 없는 자신을 확인했고, 유태림이 건네준 책을 보면서 좌익에 물들었으며, 그에 대한 연정을 잊기 위해 사상에 몰입할 수밖에 없었던 것이다. 이러한 상황들이 유태림의 원죄의식을 더욱 일깨워주는 대목이기도 하다. 곧 유태림은 그 잘난 용모와 더불어 완벽한 인물이었기 때문에 '나'와 서경애에게 열등의식을 심어준 죄인이 돼버린 셈이다.

중요한 것은 유태림이 이와 같은 원죄의식을 인식하지 못하고 '굿보이가 되어야 한다는 것'(p.325)에 집착했다는 점이다. 누구에게나 악의와 반감을 갖지 않고 살아가자는 것이 유태림의 신조라 하겠는데, 이는 오히려 다른 사람에게 열등감을 심어주는 원죄로 작용을 하고 있다. 여기서 유태림은 라캉 식으로 말해, 타자들이 항상 욕망하는 팔루스와 같은 존재로 유비될 수 있다. 팔루스적 주체는 타자[19]의 욕망을 만족시켜주고 타자의 결핍을 채워준다. 타자가 원하는 선망의 대상이 되면서 타자의 시선에 의한 욕망의 대상이 되고 싶은 것이다.[20] 그러나 타자들은 팔루스적 주체를 통해 자신의 욕망이 항상 결여되어 있다는 것을 역으로 환기하게 된다. 곧 인물들은 동일화의 모범적이고 이상적인 전형을 유태림에게서 발견한다. 이러한 모든 인과관계는 유태림이 내면화시킨 '굿보이 콤플렉스' 때문이라 하겠다.

## 4. 대화를 통한 일원론적 세계관의 지향

이 작품은 이데올로기가 인간 위에 군림하게 되면서 발생한 역사적 비

---

19) 여기서 타자의 개념은 내 안의 욕망하는 타자가 아니라, 나와 근원적으로 분리가 되는 타인을 일컫는다.

20) 페터 비트머, 홍준기, 이승미 옮김, 『욕망의 전복』, 한울아카데미, 1998. pp.123~130.

극을 그리고 있다. 더불어 좌우의 이데올로기라는 명분하에 행해졌던 무자비한 폭력을 반성적으로 고발하고 있다. 좌우의 대립구도에 대한 회의를 통해서 이를 중재하거나 일원론적 세계를 모색하고자 한 것이 이병주의 작가의식이라 하겠다. 이병주는 유태림을 통해서 그 폭력적인 세계를 고발하고자 한다.

이병주에게 역사에 대한 관심과 시대에 대한 관심은 호르크하이머와 아도르노가 『계몽의 변증법』에서 갈파한 '비인간성의 폭로', '인간 위에 존재하는 신념에 대한 부정', '계몽이라는 이름하에 공공연히 자행된 인간의 잔인성 고발', '세계사의 발전을 가장한 주변적인 것에 대한 철저한 배제와 소거'21) 등과 맞물려 있다. 인간이 살상이라고 하는 만행을 서슴없이 저지를 수 있었던 가장 큰 원인은 인간과 신념이 전도된 데서 비롯된바, 이데올로기에 대한 절대적 신봉이 동족살상을 야기하지 않았나 판단한다.

이 작품에서 드러나듯 유태림은 이원론적 세계관에 대한 부정의식을 내면화하고 있다.

> 그럼 나도 솔직하게 말하지요. 부끄러운 얘기지만 나의 정치적 견식은 확실하지 못합니다. 이건 사상의 문제이기 전에 신념의 문제지요. 미 군정에 항거하는 태도가 옳은 건지 추종하며 이용하는 태도가 옳은 건지 또는 미 군정에 대한 전면적인 항거가 그만한 보람을 가지고 올 수 있을 것인지, 추종하며 이용한다는 태도가 과연 소기의 성과를 거둘 수 있을 것인지 판단이 서질 않는단 말입니다. 그러니까 나는 내가 감당할 수 없는 범위에 대한 판단은 일체 보류하고 내가 감당할 수 있는 범위 안에서 최선을 다해 대응할 수밖에 없다고 생각하고 있는 거지요. 되도록 보다 높고 넓은 시야의 정치적, 또는 인간적인 견식을 갖도록 노력해야겠다고도 생각하고 있습니다.(p.183)

---

21) M. 호르크하이머/Th. W. 아도르노, 김유동 · 주경식 · 이상훈 옮김, 『계몽의 변증법』, 문예출판사, 1995 참조.

"좌익이 학생들을 끌고 가려는 방향을 옳지 못하다고 판단할 수 있다면 우익이 학생을 끌고 가려는 방향도 결정적으로 옳다고는 말할 수 없지 않겠습니까. 유태림 씨는 좌익도 아니고 우익도 아니라고 하지만 좌익의 방향을 반대했으니까 우익의 방향으로 돌려놓은 것이라고 말할 수 있잖겠어요? 그런데 그 방향이 옳다고 어떻게 해서 이 마당에 증명할 수 있느냐 하는 말입니다. 성의가 있다면 확신이 있어야 할 게 아녜요? 확신이란 어떤 방향이 옳다는 데 대한 확신이 아니겠어요. 좌익도 아니고 우익도 아니라면 유태림 씨 독특한 제3의 방향이 있다는 얘긴데 그 제3의 방향이 오늘날 어느 정도의 객관성과 설득력과 실현성을 가진단 말입니까. 그런 애매한 신념은 신념이 아니고 그러니 성의도 아니라는 말입니다. 엄격하게 보면 유태림 씨는 신념도 없이 성의도 없이 그저 잔재주 솜씨만을 이용한 술책으로써 학생들을 현혹했을 뿐이란 얘깁니다."(p.324)

인용문의 앞부분은 유태림이 가진 생각을 스스로 말하는 부분이고, 뒷부분은 서경애가 유태림의 성격을 말하는 부분이다. 유태림의 전언에서 확인할 수가 있는바, 그는 무엇이 옳고 그른지를 판별할 수 있는 능력을 지니지 못했기에 보다 높고 넓은 시야를 갖기 희망하는 인물이다. 그것이 교사로서의 소명을 다하는 것이라고 말한다. 이러한 이유 때문에 그는 C학교에서 벌어졌던 좌우 이데올로기 중 어느 쪽도 학생들에게 선택하게끔 하지 않았던 것이다. 또한 나중에는 자신이 좌익에 반대하는 것으로 주변인들에게 비춰지자, 좌익 사상을 공부하여 어느 노선이 과연 옳은가를 판가름하는 토론회를 열자고까지 말한다. 그것이 전적으로 교사 혹은 지식인의 직분이라고 유태림은 지각한다. 그러나 서경애가 진술하고 있는 것처럼 유태림은 특정 노선에 대한 확신이 없거나 우매한 사람들에게 '잔재주 솜씨'나 '술책'을 부리는 인물로 인식되기도 한다.

유태림은 이원화된 신념 때문에 인간이 대결 양상을 구축하게 되고, 그

구도로 인해서 야기된 파국을 지식인의 양심적 대화로 해결하고자 한 인물이다. 그래서 유태림은 일정한 노선을 택하지 않으면서 이원화된 세계를 대화로 중재하고자 하는 욕망을 지니게 된다. 언어가 갖는 폭력성과 허구성을 유태림이 인식하고 있었기에 그러하다. 좌와 우를 똑같은 저울에 올려놓기를 희망하는 것이 바로 이원론적 세계관을 부정하는 유태림의 의식이라 하겠다. 신념과 인간의 대결은 유태림이 볼 때 소모적인 것에 불과하기 때문이다.

이처럼 유태림이 언어, 대화를 통해서 이원화된 세계를 일원론적 세계로 통합하고자 하는 것은 환언하면 언어가 갖는 폭력적인 속성을 거세하고자 하는 태도와 관련한다고 볼 수가 있다. 이러한 태도는 두 이데올로기 중 하나를 맹신하거나 추종하지 않는 중립적 태도에서 비롯된 것이 아니라 끊임없는 자기반성의 결과[22]로서 체화된 것이다. 곧 양 극단의 논리를 따르지 않으면서도 이념을 초월하여 인간적인 연대의식을 갖고자 한 것이 유태림의 지향점이다. 언어가 양산한 이분법적인 사고와 신념, 그리고 이데올로기를 똑같은 무게로 조율하고자 하는 것이 바로 유태림의 대화방식인 셈이다.[23] 요컨대 유태림에게 있어 대화는 좌우를 아우르거나 이를 중재하는 훌륭한 수단이다. 또한 유태림의 언어는 자신의 불명확한 노선에 대한 태도를 충분히 위장할 수 있는 도구이다.

중도적 입장을 취하는 유태림의 성격은 지주 태생이라는 의식에서 비

---

22) 홍기삼도 '그의 소설은 인간 존엄에 위해를 가하는 모든 제도, 정치체계, 이데올로기 및 사상과 가치 전반에 대해 회의하기도 하고, 이의를 제기하기도 하면서 격렬하게 비판하거나 저항하기도 한다'고 하였다. 홍기삼, 「생명의 존엄을 위한 옹호」, 『한국문학평론』, 국학자료원, 2008년 12월, p.54.

23) 끊임없는 사고와 논쟁과 연구의 과정을 거친 후 도출되는 그의 신념은 그를 보다 강건하게 한다. 작가는 이러한 과정을 보여주는 것을 통해 유태림의 신념이 보다 객관적이며 정당할 수 있음을 증명하려 한다. 이것이 『관부연락선』의 장점이다. 추선진, 「역사를 넘어선 비상, 『관부연락 선』」, 한국문학평론, 2008, p.312.

롯되었으며, 절박하게 살지 못한 데서 비롯되었던 것이다. 또한 스스로가 선택한 인생을 산 것이 아니라 선택을 강요받거나 선택받은 삶을 살았던 때문이라고 볼 수 있다. 현실을 객관적으로 그리기 위해서 중립적 입장을 취하고, 이로써 이데올로기의 허위성을 고발하고자 한 유태림의 신념은 양극단의 충돌을 막기 위한 지극히 휴머니즘적인 행동이었다고 볼 수 있다.

## 5. 맺음말

지금까지 본고에서는 이병주의『관부연락선』에 나타난 인물 중 유태림의 내면의식을 살펴보고자 했다. 이를 위해서 먼저 본고는 이병주의『관부연락선』이 '역사의 기록'이라는 측면에 국한되어 해석되는 것에 문제의식을 갖고 출발하게 되었다.

이를 위해 우선 유태림의 내면의식을 분석함으로써 근원적 태생 때문에 인물이 어떠한 의식을 갖게 되는지를 살펴보았다. 그 결과 유태림은 지주의 자식이라는 근원적 태생 때문에 중간자 의식을 갖게 되었음을 확인했다. 자기보다도 집안을 먼저 생각하고, 주변을 의식하며, 명분을 중요시할 수밖에 없는 지주의 아들이었기에, 선택의지를 스스로 억압함으로써 중간자적인 의식을 유태림은 내면화했다.

이러한 의식이 원죄의식과 굿보이 콤플렉스를 낳게 하는 계기로 작동함을 분석하였다. 유태림은 누구에게나 악의와 반감을 갖지 않고 살아가자는 신조를 가졌는데, 그것이 오히려 다른 사람에게 열등감을 심어주는 동력으로 작용했다. 그러나 유태림은 이를 인식하지 못하고 굿보이 콤플렉스를 내재화했다. 그 결과 타자가 원하는 선망의 대상이 되는 팔루스적 주체와 유태림이 닮아 있음을 확인했다.

마지막으로는 대화를 통해서 일원론적 세계를 모색하는 인물의 내면 의식을 살폈다. 양 극단의 논리를 따르지 않으면서도 이념을 초월하여 인간적인 연대(유대)의식을 갖고자 한 것이 유태림의 지향점이었다. 언어가 양산한 이분법적인 사고와 신념, 그리고 이데올로기를 똑같은 무게로 조율하고자 한 것이 유태림의 대화방식이었다. 유태림은 이원화된 세계를 중재하고자 언어를 사용했던 것이다.

　이상과 같이 본고는 작품과 외적구조(역사)의 관계만을 규명하는 데 주력해왔던 기왕의 해석들과 차이를 확인하기 위해서 쓰였다. 따라서 본고는『관부연락선』을 분석할 때 주변으로 밀려나있던 작중인물 분석을 해석의 '중심'으로 끌어올림으로써 논의를 확장시켰다는 데에 의의가 있다. 이러한 분석을 통해 이병주의『관부연락선』에 대한 문학적 가치가 새롭게 부각되리라 판단한다.

　그러나 본고에서 분석하지 못한 한계 또한 명백히 존재함을 인정한다. 주인공인 유태림의 내면의식뿐만 아니라 작품에 등장하는 여러 인물들의 내면의식을 밝히는 것, 그리고 그들과의 관계를 통해서 욕망의 구조를 분석하는 것은 유의미하다고 하겠다. 더불어 작품의 내적구조를 세밀하게 분석해야 하는 과제도 남아 있다. 예컨대『관부연락선』은 내적(서사)구조의 특성상 인물의 주체화(형상화)가 되지 않았다고 볼 수 있다. 대개의 인물들이 'E', 'H'와 같은 이니셜로 명명되어 있어서 개성을 파악하기가 어려운데, 왜 이러한 명명법을 썼는지 분석하는 것도 의미가 있겠다. 또한 이 작품에는 수많은 역사적 자료와 이데올로기 간의 대립을 중재하는 '대화'들이 난무하고 있어서 서사가 매끄럽게 진행되지 못한다. 독자들은 연속된 서사를 기대하기 마련인데, 그 '기대 불일치'가 주는 의의는 무엇인지 분석해야 하는 것도 과제로 남아 있다. 마지막으로 시, 주석 달기, 내포작가의 개입처럼, 다양한 글쓰기 방식이 작품에 삽입되어 있다. 이것이 이병주 소설(문학)에서 어떠한 가치를 지니는지 분석하는 것은 의미가 있을 것이기에, 추후 과제로 남겨두고자 한다.

## 참고문헌

### 1. 기본자료
이병주, 『한국소설문학대계-관부연락선』, 동아출판사, 1995.

### 2. 국내 저서 및 논문
강경선, 「이병주의 『관부연락선』 연구」, 경성대 석사학위논문, 2007.
구모룡, 「관부연락선이 의미하는 것」, 『작가와사회』, 작가와 사회 출판부, 2007년 가을호.
김만석, 「근대 소설에 나타난 관부연락선」, 『작가와사회』(통권28호), 2007년 가을호.
김민희, 「관부연락선 연구」, 홍익대 석사학위논문, 2005.
김외곤, 「격동기 지식인의 초상; 이병주의 『관부연락선』」, 『소설과사상』, 고려원, 1995년 가을호.
김종회, 「근대사의 격랑을 읽는 문학의 시각」, 이병주, 『한국소설문학대계-관부연락선』, 동아출판사, 1995.
용정훈, 「이병주론-계몽주의적 성향에 대한 비판적 고찰」, 중앙대 석사학위논문, 2001.
이보영, 「역사적 상황과 윤리-이병주론(상)」, 『현대문학』, 1977년 2월.
이보영, 「역사적 상황과 윤리-이병주론(하)」, 『현대문학』, 1977년 3월.
이병주, 「시간의 의미」, 『관부연락선』, 경미문화사, 1979.
이형기, 「이병주론-소설『관부연락선』과 40년대 현대사 재조명」, 『한국현대작가연구-황순원에서 임철우까지』, 문학사상사, 1991.
정찬영, 『한국증언소설의 논리』, 예림기획, 2000.

정호웅, 「해방 전후 지식인의 행로와 그 의미 – 이병주의 『관부연락선』」, 한국현
대소설학회, 『현대소설연구』(제24호), 2004.

조갑상, 「이병주의 『관부연락선』 연구」, 한국현대소설학회, 『현대소설연구』(제
11호), 1999.

추선진, 「역사를 넘어선 비상, 『관부연락선』」, 한국문학평론, 2008.

3. 국외 저서 및 논문

M. 호르크하이머/Th. W. 아도르노, 김유동 · 주경식 · 이상훈 옮김, 『계몽의 변
증법』, 문예출판사, 1995.

페터 비트머, 홍준기 · 이승미 옮김, 『욕망의 전복』, 한울아카데미, 1998.

자크 라캉, 민승기 옮김, 「남근의 의미작용」, 권택영 엮음, 『욕망이론』, 문예출판
사, 1994.

# 끝나지 않는 전쟁의 산하, 끝낼 수 없는 겹쳐 읽기
## 식민지에서 분단까지, 이병주의 독서편력과 글쓰기

황호덕(성균관대 교수)


## 1. 책과 사건, 겹쳐 읽기의 층위들

오늘 이 자리의 주제는 <내전·냉전·분단, 1950 이야기 겹쳐 읽기 — 두 개의 전쟁, 두 개의 전후(戰後)>이다. 나는 이 주제를 한국전쟁이라는 사건 혹은 이 사건에 대한 이야기들을 '겹쳐 읽는' 방법, 즉 사건과 책의 관계를 묻는 질문으로 이해했다.

한국전쟁에 관한 이야기와 다른 이야기를 겹쳐 읽는다는 것은 무슨 뜻일까. 우선 이 말은 둘 이상의 '사건'을 교차적·담론적으로 '읽는'다는 것을 의미한다. 또 이 말에는 사건 그 자체가 하나의 책과 같이 독해를 기다리는 '읽을 수 있는 텍스트'로 존재하는 뜻이 내포되어 있다. (여기서 우리는 한스 블루멘베르크가 논한 바 '세계의 독서가능성'(Die Lesbarkeit der Welt)이라는 해묵은 논제를 떠올리게 된다.) 우리는 어떻게 하나의 사건을 잘 '독해'할 수 있는가. 성서와 자연의 관계처럼 세계가 말씀이라는 언어에 의해 창조된 하나의 책이라면, 사건과 사건은 그 성서의 '낱장'들일

터, 우리는 '겹쳐 읽기'를 통해 책 전체는 아니더라도 어떤 (작은) '묶음'에
는 도달할 수 있을지도 모른다.

그러니까 이 글은 한국의 1950년 전후의 내전·냉전·분단의 문제를
하나의 읽어야 할 텍스트로 본다. 그렇다는 것은 겹쳐 읽기의 문제와 관
련해, 이 사건=텍스트를 다른 사건, (물리적인 의미에서의) 다른 책들의
목록 속에서 검토하게 될 것임을 뜻한다. 사건을 책의 형식으로 파악하려
는 한편, 책들 속에서 사건을 해석하려는 입장을 떠올릴 때, 한 사람의 작
가가 선명하게 떠오른다. 저 '잔혹한 책', 한국전쟁에 관한 읽기를 오직 그
에 겹쳐진 다른 '책들'과 관련해 논하려 할 때, 한 사람의 독서광 작가―이
병주(李炳注, 1921~1992)의 사례는 의미심장한 참조점이 된다. 왜냐하
면 이병주만큼 한국전쟁의 전후를 시공간적 중층 속에서 '겹쳐 읽은' 소설
가도 드물 뿐 아니라, 일련의 사건을 그처럼 허다한 '이미 읽은' 책들의 이
름 속에서 '다시/겹쳐' 읽으려 했던 작가도 거의 없기 때문이다. 『관부연
락선』, 『지리산』, 『산하』, 『남로당』, 『그해 오월』 등 이병주가 쓴 장편소
설이 여타의 한국전쟁을 배경으로 한 소설들과 확연히 구별되는 점이 하
나 있다. 단적으로 말해, 이병주의 소설들에는 참으로 많은 '책들'이 나온
다. 감히 말하건대, 한국 소설가 중에서 이병주에 필적할 만큼 빈번하게
스스로의 작품 속에서 책의 이름을 거명했던 작가는 아마 최인훈 정도가
될 것이다. 총소리와 피와 공포로 가득한 내전·냉전·분단의 이야기 안
에 겹쳐 새겨진 그 많은 독후감들. 어떤 의미에서 그의 파란만장한 삶 자
체가 "본질적인 부분에 있어서 책을 통한 편력"[1]이었다 하겠다. (그의 이

---

1) 이병주, 『허망과 진실: 이병주의 동서양 고전탐사 1: 서양편』, 생각의 나무, 2002,
p.6. 27년 동안 한 달 평균 1천매의 원고를 썼다는 이 작가의 "초인적인 다작(多作)"
은 "엄청난 독서량과 박식현시 욕구"(조남현), 한국현대사에 대한 "기록과 증언이라
는 이병주의 창작방법"(정호웅)에 기인했다고 이야기된다. 단편 「겨울밤」의 사례만
해도 그렇다. 이 짧은 소설 안에는 수많은 사상가, 정치가, 작가들의 이름들이 등장
하는데, 이를 다 적어 보면 그 이름만으로도 반 페이지가 넘는다는 것이다. 김윤식·

러한 세계 독서 혹은 독서 세계야말로 그를 남작濫作의 딜레탕트로 낙인 찍게 한 원인이었을 터이다) 책이 책을 낳았으며, 책들 속에서만 사건은 비로소 기록될 수 있었다. 낱장의 사건을 묶음화하려는 이 독해의 충동은 끈질기고 또 두텁다. 읽어 온 책들을 압도하는 사건들 속에서 그는 읽고 또 읽는다. 불가해보이는 사건을 해석하기 위해, 또 불가해한 사건 저편 에서 여전히 세계의 독해가능성을 확보하기 위해 그는 그렇게 한다.

한국전쟁이라는 주제, 이병주 소설이라는 논제와 관련해 나의 질문은 두 가지다. 첫째 책을 통해 사건을 구조화하려는 충동과 그 의미란 무엇 인가. 둘째 '실록'대하'소설'이라는 모순형용의 장르가 한국에서 주도적 문학 양식이 된 이유는 어디에 있는가. 혹 대하소설이란 결국 독해불가능 한 역사적 사건들을 '읽을 수 있는 것'으로 만들어내기 위한 끝없는 시도 가 아니었을까.

요컨대 이병주는 겹쳐 읽는 사람이다. 그는 한국전쟁을 식민지에, 해방 에, 4월혁명에, 5·16 쿠데타에, 유신에 겹쳐 읽는 대하소설들을 써나갔 다. 시공간적 중층을 종횡하며 지리산의 빨치산을 스페인 인민전선에 겹 쳐 읽고, 분단에 의한 '조국의 부재'를 식민지 경험에 겹쳐 읽고, 박정희 체 제 속에서 보나파르트에 의한 앙시앙 레짐의 복귀를 읽는 사람. 그렇게 그의 소설들은 여전히 씌어질 수 없었던 한국현대의 '역사'를 도스토예프 스키와 루쉰에, 정약용과 루소에, 발자크와 고리키에, 피히테와 짐멜에, 매슈 아놀드와 마르크스에, 미키 기요시와 고바야시 히데오에, 가와카미 하지메와 나카노 세이고에, 김사량과 현영섭에, 김산과 이시하라 간지에,

---

임헌영·김종회 편, 『역사의 그늘, 문학의 길』, 한길사, 2008 참조. 니체를 독일어로 제대로 읽으면 어떻겠느냐는 아베 도모지의 제안에 이병주는 이렇게 대답한다. "한 가지 전문가가 되기엔 이 세상엔 재미나는 일이 너무나 많은 것 같아요" 그는 '많이' 읽기를 원한다. 아베 도모지의 대답은 그에게 찍힐 하나의 낙인을 예고한다. "그렇 다면 결국 딜레탕트가 되고 만다." (이병주, 위 책, p.236.)

칸트와 헤겔에, 랭보 · 말라르메와 발레리에, L.H. 라스키와 한스 켈젠에, 베른하임과 사마천에, 레이몽 아롱과 샤르트르에, 기타 잇키와 박정희에, 앙리 레비와 들뢰즈에 겹쳐 읽은 기록에 다름 아니다. 그 겹쳐 읽기는 대개 '실패'하며, 따라서 독서는 계속된다. (지금 거명한 저자들의 태반이 단한 편의 장편소설에 등장할 수 있을까. 만약 그렇다면 그 소설의 저자는 이병주가 아닐 수 없다.) 결국 세계를 단숨에 읽을 수는 없더라도, 책들의 질서 안에 이 세계를 읽을 방도가 있을 것이다. 사건과 책 사이에는 일종의 메타포적 관계가 있어서, 책이라는 상형문자를 잘 읽어낼 수만 있다면 우리는 사건의 본질에 가까이 갈 수 있다. 세계를 이해한다는 것은 결국 책들을 읽는다는 것이다. 아마 그는 그렇게 믿었던 것 같다. 우연히도 근대 소설의 시작점인 돈키호테나 마담 보바리도 그러했다. 삶이 책과 다르다는 사실로 인해 흔들리는 독서인, 그럼에도 책을 매개로 세계에 닿으려는 충동이야말로 근대소설의 시작을 가능하게 한 근원인지 모른다. 문학이란 책읽기와 삶 사이의 불일치 자체에서 출발해 이를 일치시키려는 '불가능한 시도'에 다름 아닌 것이 아닐까.

이병주의 소설은 결코 '사실'로서는 쓸 수 없는 불허된 사건, 불가해해 보이는 사건들과 이미 씌어진 다른 책들 사이를 왕복하며, 결국 '실록대하소설'이라는 의미심장한 형용모순에 도달한다. 이미 씌어진 책을 다 덧대면 그 불허된/불가해한 사건이 해석가능해지고 기록될 수 있을지도 모른다는 듯이 그는 그렇게 한다. 읽기를 사건이, 사건 해석을 책읽기가 방해 혹은 지탱하며 이 '위대한' 딜레탕트는 '금지된 역사들'에 근접해 간다. 다독에서 다작으로의 이행과 그 사이에 놓인 현대사의 사건들, 실록대하소설이라는 이름의 기록 혹은 증언—여기서는 일단 이러한 그의 소설의 방법론을 '고쳐−베끼기' 혹은 '끝낼 수 없는 겹쳐 읽기'라 잠칭(潛稱)해보기로 하자.

식민지말의 학병 체험(=노예의 사상), 해방 정국에서 한국전쟁에 이르는 기간의 사상적 편력과 언론인 생활(=조국부재의 사상), 5 · 16군사쿠데타 직후의 투옥과 언론계 축출의 경험(=망명의 사상), 그래서 택한 소설가라는 직업(=사관으로서의 소설가의 탄생). 경험적 직접성을 넘는 방법으로 고안된 그의 겹쳐 읽기는 흔히 교양주의, 학병세대의 글쓰기, 빨치산 문학의 틀 안에서 설명되어 왔다.[2] 하지만 실제로 그의 소설의 진정한 새로움은 그러한 일련의 '유일하고 운명적인' 한국현대사의 사건들을 세계의 독서가능성 안에서 쓰다가 파산해간 그의 장엄한 독서들, 그 독서가 사건과 만나 빚은 장대한 고쳐 베낌 — 겹쳐 읽기들에 있는지 모른다.

독서의 경험에 의해 구성되는 내향적 지(知)의 총체를 우리는 흔히 교양이라 명명하는 바, 따라서 교양주의의 근원에 자리한 믿음은 책에 의한 세계의 독해가능성이라 하겠다. 거기서 사건들의 총체로서의 역사는 읽을 수 있는 것, 이미 씌어진 적이 있는 것과의 유비 관계를 통해 구성된다. 적어도 각각의 책은 '낱장'들로서 하나의 묶음을 형성하며, 세계에 대한 독해는 그만큼 두터워진다고 믿어진다. 그러나 실제로 많은 경우 이는 다른 책에 의해 사건의 유일성이 대체되는 양상으로 나타나기도 한다. 한 사태를 가리키는 기호가 다른 사태에로 끊임없이 전이되는 독해의 지연 혹은 회피가 그것이다. 책들 사이의 미로, 사건과 책 사이의 메타포 관계에 의해 사건의 유일성이 사상되게 되거나 책에도 없는 불가지(不可知)의 운명으로 낙착되기도 하는 것이다.

이병주는 자기가 읽은 모든 책에 대해 말을 하며, 스스로의 소설을 '패배의 기록'으로 규정한다. 나아가 "문학이란 필패(必敗)의 역사"(『관부연락선』서문)라 쓴다. 이 점이 중요한데, 왜냐하면 이 필패의 역사에 관한

---

2) 대표적인 것으로 김윤식, 『일제 말기 한국인 학병세대의 체험적 글쓰기론』, 서울대학교출판부, 2007. 김윤식, 『이병주와 지리산』, 국학자료원, 2010.

책이야말로 그가 쓸 수 있는 유일한 책, 아직 씌어진 적이 없는 책이기 때문이다. 요컨대 이런 것이다. 이병주의 소설방법론은 이 읽을 수 없으나 씌어져야 하는 사건을 이미 씌어진 책에 겹쳐 읽도록 하는 베끼기라는 장치에 의해 성립된다. 그런 의미에서 그는 이미 존재하는 지식의 존엄과 세계의 합리적 구성을 믿는 교양주의자다. 그러나 그가 써야 하는 식민지에서 해방, 전쟁과 분단, 혁명과 반혁명에 이은 투옥, 정치 에세이스트에서 소설가로의 추방의 경험은 좀처럼 책의 질서 안에서 포착되지 않는다. 이 경험을 지도화(mapping)하기 위해 그의 책읽기와 인용은 늘어만 간다. 오직 다른 책들 위에 겹쳐지는 형태로만 적혀질 수 있는 사건들, 그러나 결코 완전히 겹쳐 읽을 수는 없기에 수효를 더해 가며 동원되어야 하는 책들. 그리고 그 겹쳐지지 않는 부분에서 그만의 책, 그만의 사상이 실록 대하소설로서 탄생한다.

## 2. 책 안의 책이름들―읽은 책들과 읽어야 할 사건들

### 1) 세계책과 책세계, 그리고 겹쳐 읽기

"책 속의 삶의 길은 삶 속에서 걷기 힘든 길이다." 일찍이 문학평론가 김현은 그의 비평서 『책읽기의 괴로움』(1984)에서 베끼기의 문학적 의미를 논하면서 소설의 원점으로 독서 행위를 위치시킨 바 있다. 그는 이 비평서에서 독서인의 유형을 두 가지로 분류했다. 어떤 사람은 책에 씌어진 대로 살고, 어떤 사람은 책으로 망명해 산다. 전자에게는 세상에 오직 하나의 책[眞書]만이 존재하며, 후자에게 책들은 세계 바깥쪽에 있다. 정말 하나여서가 아니라 책만이 유일한 길이기 때문에 하나라는 것이다. 정말 세상 밖에 책이 있기 때문이 아니라, 책만이 이해가능하고 완결된 세계이기 때문이다. 김현에게는 『황제를 위하여』의 '백제(白帝)'의 경우가 전자의 사례였고, 『회색인』의 독고준의 경우가 후자에 해당했다. 책이 사건을 압도해 버린 세계—사건이 책의 내용과 다르면 사건 자체를 책에 끼워 맞추는 황제의 사례를 '그대로-베낌' 혹은 '읽은 대로 살기'라고 부를 수 있다면, 책이 세계이자 여자이고 나라이자 고향인 독고준(혹은『광장』의 이명준)에게 책이란 도피처 혹은 망명지이면서 '끝내는 바닥을 드러내는 계집질'과도 같다. 이런 읽기를 아마 '삶 밖에서 읽기'라 해도 좋을 것이다. "이야기가 더 현실적이고, 현실이 더 거짓말 같은 질서"(최인훈,『회색인』)의 양쪽에 황제와 독고준이 있고, 양자 모두는 책에 의거해, 책 안에서 세계를 (안)살다 파멸할 운명이었던 것이다.3)

김현의 분류를 한스 브루멘베르크 세계책Bücherwelt과 책세계Weltbuch의 분류와 겹쳐 읽으면 흥미로운 두 개의 입장이 오롯해진다. 책이 말씀이자 지적 축적의 최대치일 때, 독서가에게는 세계란 책 그 자체가 된다. 오직 '세계책'만이 필요하며 책과 자연을 일치시키는 일이 사유의 과제가 된다. 반면 책은 사람을 근시안으로 만들며, 무기력할 뿐더러 대리불가능한 것에 대리물을 갖다 대려 한다는 관점이 있을 수 있다. 즉, 숨막힘, 어두침침함, 먼지, 근시안, 그리고 대리기능에의 굴복이라는 요소로 정의되는 '책세계' 속에서라면, 책은 곧 비자연(非自然)적인 것이 되며, 아무리 책들을 읽더라도 인간은 결코 세계를 독해할 수 없다.4) 책세계를 사는 입장에서 세계책을 사는 사람은 맹목적이며, 세계책을 사는 입장에서 책세계를 사는 사람은 공허하다. 책이 믿음의 대상이 될 때, 사건은 책의 예제에 불과해진다. 책이 욕망의 대상이 될 때 독서가에게는 너무 많은 책이

---

3) 김현,『책읽기의 괴로움/살아 있는 시들: 김현문학전집5』, 문학과지성사, 1992 참조.
4) Hans Blumenberg, *Die Lesbarkeit der Welt*, Suhrkamp Verlag, 1986, pp.17~18.

필요하며, 결국 그는 책세계 안에서 탕진과 회오에 도달하고 만다. (신봉했던 책이 엉터리였거나, 이 여자나 저 여자나 같을 때, 세상은 얼마나 참담한가.)

세계 그 자체이거나, 가짜 경험 혹은 참된 인식의 방해물인 책. 그러나 나는 오늘 여기서 '그대로-베낌'이나 '끝이 나기 마련인 계집질'과는 다른 또 하나의 세계 읽기의 유형을 첨가하려는 소박한 열정을 가지고 있다. 김현이 '그대로-베낌'의 다음 심급으로 위치시킨 '고쳐-베낌', '끝낼 수 없는 겹쳐 읽기'의 진정한 사례는 한국현대사와 자신의 삶을 세상의 모든 책들을 통해 겹쳐 읽은 이병주의 몫이라 믿기 때문이다. 세계를 책으로 보기에 세계책이라는 독해가능성 안에서 써나가면서도, 어떠한 책들 속으로도 수렴되지 않는 세계 경험으로 인해 책세계 속을 헤매는 사람, 그것이 독서인의 제3유형으로서의 '겹쳐 읽는 사람'인 것이다.


### 2) 다섯 권의 책-어떤 독서의 기록

무엇을 읽고 무엇을 어떻게 썼는가. 이병주의 자전적 소설과 고전읽기 에세이에 기반하여 이병주의 독서편력을 재구성해보는 일은 세계와 사건이 만나 빚은 역사와 그 역사를 읽어내기 위한 실제적 독서들을 가늠하는 데 있어 필수적인 기초 작업이라 할 수 있다. 불완전하나마 이를 간략히 정리하면 글 말미에 제시한 바, <표1: 자전적 소설과 고전읽기 에세이에 기반한 이병주의 독서편력(1925~1953)>[5]과 같은 것이 된다.

---

5) 자전적 소설이란 『관부연락선』, 『그해 5월』, 『별이 차가운 밤이면』 등의 작품을 뜻한다. 여기서는 주로 『관부연락선』과 『허망과 진실: 이병주의 동서양고전탐사』를 중심으로 독서편력 목록을 작성하였다. (이 목록은 현재 이병주에 관한 학위논문을 준비 중인 성균관대학의 정병섭 군의 도움을 토대로 필자가 재작성한 것이다.) 『관부연락선』에 제시된 목록은 실제 이병주의 유학 경험보다 1년씩 앞당겨져 있다. 즉

수많은 고유명에 질려 버린 사람들도 있겠지만, 눈썰미 있는 독자들이라면 <표 1>의 목록에 한국의 소설가나 사상가가 거의 등장하지 않는다는 사실을 눈치 챘을 것이다. 대부분이 서양의 고전들-철학서와 문학서, 교양서들이며, 일본(어)소설이 당대의 일본근대사상의 진폭과 관련해 일부 등장할 뿐이다. 어디까지나 일본문화를 멀리하고 자국의 역사 및 전통과 거리를 둔 이질적인 서양의 철학, 문학, 역사 등의 인문학을 습득하여 인격적 완성을 도모한다는 다이쇼 교양주의6)의 마지막 세례자로서, 또 보편과 개인의 문제에서 종과 직분의 원리로 옮겨가던 쇼와 교양주의의 앙등7) 속에서 이병주의 청년기 독서는 이루어졌다. 1940년에서 1943년까지의 극단의 시간에 일본유학을 경험했던 그였기에, 이병주는 다이쇼 교양주의의 보편과 개인의 논리, 쇼와 교양주의를 틀지운 국가와 민족이라는 종(種)의 원리를 스스로의 독서편력 속에서 동시에 경험하고 있었다. 여하튼 그의 독서 편력에서 지배적인 경험은 폭넓은 의미의 서양철학

---

그의 유학은 1940년 하반기부터 시작되었으나, 소설 속 대학입학은 1939년 9월이다. 따라서 이 표에서는 고전읽기 에세이의 회고와 유비시키기 위해, 소설 속 기록을 1년씩 뒤로 미루어 작성한 부분이 많다. 목록은 이 글의 주요 분석 대상인 『관부연락선』을 중심으로 작성한 것으로, 현재로서는 매우 불완전하다. 보다 정확한 목록과 의미 규정은 정병섭의 논문을 기다리기로 한다.

6) 이향철, 「근대일본에 있어서의 『교양』의 존재형태에 관한 고찰-교양주의의 성립, 전개, 해체를 중심으로」, 『일본역사연구』제13집, 일본사학회, 2001, pp.100~105.

7) 竹内洋, 『教養主義の没落』, 中央公論新社, 2003, p.58. 한편 식민지 조선에서의 교양주의의 정치성을 논한 허병식은 그의 일련의 글에서 조선의 지식인들이 가졌던 교양주의의 성격을 다음과 같이 논하고 있다. 교양과 무질서의 대립 개념 속에서 "교양을 통해 헤게모니를 창출해 내고, 자신이 아니라고 믿는 것으로부터 자신을 구분하는 차이의 정치학"은 필연적으로 어떤 질서 위에서의 내면성의 추구와 결합한다. 그런데 "식민지 출신 지식인에게 미리 주어져 있던 주체 위치란 제국의 신민으로 회귀할 때 비로소 주체로 승인받을 수 있는 자리였다." 따라서 개별적 교양은 하나의 질서 속에서의 위치, 즉 직분론이나 기술적 합리성과 결합해 공동체의 자원으로서 기능하게 된다. 허병식, 「한국 근대소설과 교양의 이념」, 동국대박사학위논문, 2006. 허병식, 「개발/계발과 문학 ; 교양의 정치학: 신체제와 교양주의」, 『민족문학사연구』제40집, 민족문학사학회, 2009 외.

서 읽기라 할 것인데, 문학의 경우 역시 기본적으로 외국문학 읽기가 압도적이다. 그는 문예와 불문학을 공부한 독서인이자 교양인이었지만, 이 시기의 독서만 보더라도 소설가를 최종 목표로 하지는 않았던 것 같다.

그렇다면 마흔이 훌쩍 넘은 나이에 이병주는 왜 소설을 쓰기 시작했을까. 왜 한 사람의 독서가, 분단국가의 언론인은 소설가가 되지 않으면 안 되었을까. 내가 이 자리에서 논의의 대상으로 삼고자 하는 것은 식민지, 내전, 냉전을 관통하며 살아 온 한국의 한 소설가가 가혹한 경험의 직접성 속에서나마 여전히 세계의 독해가능성 안에 머물려 했던 사정에 관한 것이다. (어쩌면 이미 씌어진 책에 대조하는 방법 없이 저 파란만장한 한국현대사에서 언어를 길어내기란 애초부터 불가능한 것이었을지도 모른다.) 그는 누구이며, 왜 소설가가 되었을까. 근대 한국의 많은 인물들이 그렇듯이 한 인간을 가장 위험하고도 '명료하게' 정의해 온 사법적 '전기(傳記)'가 참고가 된다.

피고 이병주는 18세시 진부농립학교 제4학년을 수료한 후 도일하여 서기 1932년 메이지대학 전문부 문학과를 졸업하고 동 1944년 와세다대학 불문과 2학년에 재학 중 학도병으로 일본군에 지원입대하여 동 1945년 8월 1일 일본육군 소위로 임관되었다가 동 1946년 3월경 종전으로 귀국한 후 진주농립고등학교 교사 동 농업대학 조교수, 해인대학 부교수 등을 역임하고 동 1958년 10월에 부산 국제신보사 논설위원으로 전직하여 동 1959년 7월에 동사의 주필 동년 11월에 주필 겸 편집국장으로 취임하여 동 1960년 5월 20일까지 재직하여 오던 자.

피고인 이병주는 상피고인 변영섭이 사회당경상남도당 준비위원회의 무임소 상임위원이라는 정(情)을 알면서 동인이 주장하는「중립의 이론」이란 책자 발행에 찬동하여 공소외 한영석 동 김태홍 등과 상호 합동하에 서기 1961년 4월 25일 동책자를 발행함에 제하여,

(1) 동책자에「조국의 부재」라는 제호로써 "조국은 없다. 산하가 있

을 뿐이다. 조국은 또한 향수에도 없다."는 등 내용으로 조국인 대한민국을 부인하고 "역사는 지배와 피지배와의 관계를 밝힘으로써 기술되는 일련의 생명의 기록이다. 지배계열의 분석 특히 지배계급의 바탕 지배할 위력을 가질 수 있게 된 과정, 지배하는 사람들의 사고방식 이러한 것들을 들추면 우리는 우리의 어두운 과거를 안다. 오천년 역사를 두고 이 나라에선 지배자가 바뀐 일은 있어도 지배계급이 바뀌어 본 일이 없는 것이 특징이다" "말하자면 이러한 사고방식이 권모와 술수로 다하는 한 우리들의 조국은 없다." 등 내용으로 대한민국은 유사 이래 부루죠아계급만이 지배자가 되었기 때문에 조국이 아니고 프롤레타리아계급이 지배하는 국가만이 조국이라 하고 "국민상호간에 이해대립이 있어 주권반영에 차이가 있을 땐 다수를 점하는 국민의 주권성에 우선권을 주어야 한다. 그럴 때 이 아 나라의 주인이 누구냐고 물으면 노동자 농민이라고 대답할 수 밖에 없다" "이제 관권의 침범도 없을 것이다. 만약 있다면 이에 저항해야 한다. 주인이 주인으로서 주권행위를 하는 데 있어서 구애를 받을 아무런 조건도 없다"는 등 내용으로 노동자 농민에게 주권의 우선권이 있으므로 "차(此)를 쟁취하기 위하여 봉기해야한다"는 지(旨)를 시준하고 차선의 방법으로 대한민국의 국내적 국제적 정세에 비추어 현실불가능한 것이라는 것을 번연히 알면서도 중립화통일론을 주장하고

(2) 동책자서문에 「통일에 민족역량을 총결집하라」는 제호로써 "같은 국토를 갈라 놓고 총과 총이 맞서고 있다. 누가 누구를 경계하는 것이냐? 어디로 향한 총부리냐? 무엇을 하는 무장이냐? 삼팔선을 지키기 위하여 백성은 중세에 허덕이고 삼팔선을 지키기 위해서 유위(有爲)한 청년이 생명을 바치고 삼팔선을 지키기 위해서 민주적 권리마저 희생해야 한다. 이러한 우열(愚劣), 이러한 무의미는 또 다시 있을 수 없다"는 등의 내용으로 삼팔선을 방위하는 국군장병의 행위는 우열한 것이니 무장해제를 하여야 하고 호국의 영령으로 화한 용사에 대하여도 멸시의 태도로 임할 뿐 외(外)라 일반국민에게 납세의무의 불이행을 호소하고 "삼팔선 때문에 국민의 민주적 주권마저 희생당한다"라는 등 지(旨)의 선동을 하고 "누구나의 가슴 속에도 통일에의 숙망이 괴어 있음에도 불구하고 도대체 어떠한 조건이 통일을 방해하고

있느냐? 국제정세를 이유로 드는 자가 있다. 사상과 주의의 빙탄불상용(氷炭不相容)의 대립을 이유로 삼는 자가 있다. 보다 더 잘 살기 위한 몸부림 앞에 사상과 주의가 어떻단 말인가? 이러한 부류가 없고서 장면씨와 김일성이가 삼팔선상에서 악수를 하고 통일을 위한 방안모색을 못할 이유가 없는 것이다"라는 내용으로 대한민국을 북괴와 동등시하고 남북협상을 통한 평화통일을 주장할 뿐 외(外)라 공산통일이면 어떻단 말이냐고의 지(旨) 호소하고 "어쨌든 통일에 관한 한 우리는 위정자에게만 맡겨 둘 수 없다. 요원한 불길처럼 민중의 정열을 팽배시켜 위정자로 하여금 민중의 의사에 따라오도록 세력화시켜야 하는 것이다"고 주장하여 은연중 밑으로부터의 대중의 힘에 의한 목적관철의 수법으로 통일을 하여야 한다는 지(旨)의 내용을 피고인 이병주가 집필한 것을 회동하여 서상(敍上) 책자에 게재하고 동책자 3000부를 발행 반포함으로써 일반국민에게 용공사상을 선전 선동하고.[8]

이것이 저 유명한「國際新聞主筆 및 常任論說委員事件」의 내역이자 당시까지의 이병주의 '약전(略傳)'이다. 언론인 이병주는 5·16군사쿠데타 이후의 혁명재판에 회부되는데, 이 때 '조국의 부재'와 같은 그의 논설들은 '특수반국가행위사건'으로 규정되었다. "「조국의 부재」,「통일에 민족역량을 총집결하라」라는 제호로" "북괴의 김일성이가 서기 1960년 8월

---

8) 韓國革命裁判史編纂委員會 編,「國際新聞主筆 및 常任論說委員事件」『韓國革命裁判史』第3輯, 韓國革命裁判史編纂委員會, 1962, pp.274~277. 물론 이 재판기록과 실제 이병주의 이력 사이에는 적잖은 차이가 있다. 예컨대 1921년생으로 재판 당시 41세였던 이병주가 '1932년'에 메이지대학 전문부 문학과를 졸업(1932년이 불과 12세 때이다!)했다는 것은 말도 되지 않는다. (공소사실과 판결 모두에 동일하게 기록되어 있음을 볼 때 단순 오타는 아니다.) 그의 유학은 1940~1943년까지로 메이지대학 전문부 문과 문예과(별과)를 졸업한 때는 1943년 9월 25일이다. 서류 증명을 동반한 가장 상세한 연보로는 다음의 서적이 참고가 된다. 정범준,『작가의 탄생－나림 이병주, 거인의 산하를 찾아서』, 실크캐슬, 2009. 교토3고 입학 및 퇴학에 관한 설 등이 유족의 증언과 함께 설명되어 있다. 이러한 재판 기록 상의 오류를 보더라도 소위 '혁명재판'의 성격이 짐작되지만, 피고의 자기진술에 기반한 사법부의 인식이 대략 위와 같았다는 점에서는 얼마간 참고가 된다.

14일 밤 8 · 15해방 15주년경축대회에서 연설한 논조와 자못 흡사한 것이 있을 뿐 아니라 프롤레타리아 계급이 지배하는 국가만이 조국이고 또한 공산통일이 되어도 나쁠 것이 없다고 주장한 점"과 사회당의 주요간부의 지위에 있는 자와 책의 발행을 공모 실행한 점에서 중죄라는 것인데, 이병주는 이 '사건'으로 <특수법죄처벌에 관한 특별법> 제6조를 소급적용 받아 10년형에 처해지게 된다. 항소는 기각되었고, 그의 언론인 시대는 이것으로 끝난다. 그에게 언론인 시절은 종종 루쉰을 열 번 이상 반복해 읽으며, 노예에서 인간으로의 길을 생각했던 '황금시절'로 회상되곤 한다.[9] 민주주의와 혁명을 횡령당하고도 무력한 사람들을 향해, '읽은 바 그대로'의 '있어야 할 조국'을 써나가던 논설인 시대가 막을 고하게 된 것이다.

요컨대 도스토예프스키와 루쉰의 시절이 재판과 투옥의 과정에서 강제적으로 종결되었다. 아니 그들이 비로소 문학가로 '다시 읽혀지는' 시간이 돌아온 것이다. 이 글에서 필자는 이병주의 삶을 다섯 권의 책과 관련짓고, 이를 다섯 단락으로 정리해 보려 한다. 물론 이 책은 고유명으로서의 책이라기보다는 문제권으로서의 책이다. 첫째 쇼와 일본의 사상권 혹은 대학시절의 독서로서의 미키 기요시와 고바야시 히데요는 당대의 사상적 조류 속에서의 그의 고민과 인생관 형성을 집약적으로 보여주는 이름들이다. 둘째 식민지 백성, 태평양전쟁에 종군한 용병=학병 기간에 그를 지탱해준 것은 도스토예프스키였다. '식민지 출신 일본군 졸병의 모자.' 이 부조리는 그가 읽어온 어떤 책과도 좀처럼 겹쳐지지 않는다. "'그러나 도스토예프스키에겐?' 그에게만은 어울릴 것 같다. 시베리아 감옥에

---

9) 이병주는 말년까지도 언론인으로서 삶, 정체성을 놓지 않았던 것 같다. 그는 심지어 이러한 일과 무관해 보이는 배우 최지희에게까지 신문사를 함께 해보자고 제안하고 있다. 그의 제안은 한중수교를 앞두고 「한중신문」을 인수해보자는 것이었고 이병주와 최지희가 대주주가 되어 참여를 준비하던 중 이병주가 타계한다. 최지희, 「내 삶의 버팀목」, 김윤식 · 김종회 편, 『문학과 역사의 경계에 서다』, 바이북스, 2010, p.229.

서, 병영에서 감쪽같이 고통을 견디어낸 그에게는 이 일본군 졸병의 모자가 어울릴 것만 같았다"[10]는 것. 셋째, 노예의 사상에서 벗어나 이제 인간이 되려 하는 순간 만났던 스승은 루쉰이었다. 이병주에게 루쉰이란 '지나전선'의 학병과 분단조국의 언론인을 연결하는 이름이었다. 스스로를 노예에서 풀려난 개/돼지라 규정한 이병주는 해방기 내내 루쉰 연구에 몰두한다. "나는 루쉰의 제자로서 자신을 끝끝내 보존하고 싶었다. 그 결과가 내게 징역 10년을 안겨준 필화사건으로 나타났다."[11] 넷째 언론에서 추방당하고 투옥된 후 부산 영도 경찰서에서 읽기 시작한 책이 바로 사마천의『사기』였다. 진실된 간언(諫言)으로 권력자에 의해 궁형을 당해야 했던 사마천의 처지에 동질감을 느끼는 한편 '역사 쓰기'를 통한 복수를 결심했을 때, 이병주가 의지한 인물이 사마천이었다. 다섯째 분단조국이기에 결코 가보지 않은 길, 이데올로기에 번롱(翻弄)당한 자신이기에 결코 갈 수 없었던 길로서 그가 택한 이름이 혁명가=테러리스트 보리스 샤빈코프(=『창백한 말』의 롭신)이다. 물론 이 이름은 경험과 현실의 바깥에 놓인 일종의 한계개념이라는 점에서 앞서의 네 독서와는 구별된다.

이 주위를 포진하고 있는 서적들은 허다하다. 그러나 그가 인생의 책, 매 시기의 결절점에 놓인 운명적 만남으로 기록하고 있는 책이 위의 고유명들과 관련되어 있다는 점에서 나는 이 고유명들을 하나의 문제권, 시대에 대한 보편적 규정과 개별 인식, 자기 규정의 술어로서 이해하려 한다. 그는 이 '고전'들과 대결하며, 이 책들을 따라 읽으며 살아갔다, 고 썼다. 고전이란 결국 그 작품과 맺는 관계 안에서 마침내는 그 작품과 대결하는 관계 안에서 스스로를 규정할 수 있게 하는 책[12]이기 때문이다. 특히 이

---

10) 이병주,『관부연락선』1, 한길사, 2006, pp.108~109. (이하,『관부연락선』1, page)로 표시. 이 소설은 1968년 4월에서 1970년 3월까지『월간중앙』에 연재되었으며, 1972년 4월에 처음 단행본(신구문화사 간행)으로 나왔다.
11) 이병주,『허망과 진실: 이병주의 동서양 고전탐사 2: 동양편』, 생각의 나무, 2002.

글에서는 『관부연락선』에 보이는 일본유학기를 전후로 한 독서 편력을 살펴봄으로써 쇼와 교양주의와 그 효과, 그것을 벗어나기 위해 시작된 일련의 독서가 한국전쟁을 비롯한 한국현대사의 사건들에 대한 독해와 어떤 관련을 맺게 되는지를 검토해보기로 한다.

### 3) 『관부연락선』 – 책들의 책, 책 너머의 삶

한 사건에 대한 해석에 작용하는 판단력과 그것을 규정하는 요소에는 여러 가지가 있을 것이다. 경험, 선험적 인식, 직관 등등이 그것이다. 이러한 '능력'과 함께 사건의 해석에 있어 가장 절대적인 영향을 미치는 것이 독서이다. 독서는 선천적 능력과 경험, 사건에 대한 판단을 일종의 순환 혹은 변증법적 관계 아래 놓이게 한다. 그렇다는 것은 적어도 한국전쟁 그 자체와 그에 이르는 개인의 삶에 대한 해석에 있어 그 이전에 경험한 지(知)의 총량이 상당히 결정적인 영향을 끼쳤을 것이라는 짐작을 가능케 한다. 특히 식민지 모순—혹자의 표현대로라면 "식민지의 압력솥"(브루스 커밍스)이 폭발해 만들어낸 한국전쟁이라는 엄청난 사건에 있어 식민지기의 독서, 또 그에 연이은 해방기의 독서, 분단 고착 과정의 독서가 어떠한 것인지를 살피는 일은 이 사건에 대한 겹쳐 읽기, 해석의 역사를 재구하는데 적잖은 도움을 줄 수도 있을 것이다.

이 장에서는 이병주의 독서 체험을 되도록 꼼꼼히 따라가며 이 해석적 틀, 독해가능성의 자장의 형성되는 과정을 살펴보기로 하겠다. 특히 식민지 말에서 해방정국, 분단 및 내전에 이르는 시기의 작가 이병주의 편력이 녹아 있는 『관부연락선』을 중심으로 '1940년대'를 산 한 (후기)식민지 지식인의 독서 편력을 재구해 보도록 하자. (글 말미의 <표1: 자전적 소설과

---

12) 이탈로 칼비노, 『왜 고전을 읽는가』, 이소연 옮김, 민음사, 2008, p.16.

고전읽기 에세이에 기반한 이병주의 독서편력(1925~1953)>을 참조.)

이병주의 식민지 경험을 집약적으로 보여줄 뿐 아니라, 그의 문학의 가장 큰 봉우리 중 하나이기도 한『관부연락선』의 구성은 흥미롭다. 우선이 책 안에는 책이 하나 더 있는데, 주인공 유태림이 작성한 것으로 되어있는 동명의 수기—즉『관부연락선』이 그것이다. 이 소설의 상당 부분이 유태림의 수기에 대한 직접 '인용'이며, 나머지는 이 수기에 대한 독후감과 주변 인물의 삶의 행적으로 채워져 있다. 소설 속 화자는, 관부연락선에서 자살한 원주신이라는 수수께끼의 인물을 추적하는 유태림의 편력(수기『관부연락선』), 그것을 지켜보는 일본인 친구 E와 E의 장문의 편지, 해방기에서 한국전쟁에 이르는 유태림의 행보를 떠올리며 E에게 쓴 화자의 답장 혹은 그 구상, 이들의 연결을 돕는 H의 편지 등등 여러 저자들의 낱장들이 묶여져 이 한 권의 책이 이루어졌다고 말한다. 즉 책 안에책들이 있는 것이다. 하나의 책을 다른 책이 감싸는 형식으로 소설은 진행된다. 독서와 사건, 혹은 세계의 독해가능성이라는 측면에서도 이 소설은 의미심장하다. 가상의 책을 설정하고 그에 의거해 사실 효과를 극대화하는 소설적 장치, 즉 책에 의거해 책을 써나가는 방식은 한국현대문학사의 흐름 속에서도 특별한 위치에 놓인다.

이병주는 독서를 통해서만이 세계를 독해할 수 있다고, 그러나 책들의 언어를 통해서도 결코 기록할 수 없는 전승불가능한 경험이 존재한다고 생각했던 것 같다. 그런 의미에서 그의 '실록'류 소설은 세계의 독해가능성과 전승불가능한 경험이 만나 빚은 결과라 할만하다. 분명한 것은 적어도 세계 그 자체를 책들의 연쇄에 의해 파악하고, 그것 없이는 사건의 전개를 이어갈 수 없는 것이 그의 체험적 수기들의 특징이자, 이병주의 독특한 창작방법이라는 사실이다.

그러니까 요점은 그가 실제로 무엇을 읽었는가, 정말 그 시기에 읽었는가가 아닐지 모른다. 오히려 중요한 것은 그가 책을 통해서 서사의 추동력을 얻고, 책을 통해 한 인간의 삶과 세계의 전개를 서사화할 수 있었다는 사실이며, 그럼에도 불구하고 여전히 해결불가능한, 전승불가능한 사건의 사건성이 '대하실록소설'이라는 장치를 통해 보존되고 있다는 점이다. 『관부연락선』에서는 두 인물이 역사의 격랑 속에서 실종된다. 우선 유태림이 찾아 헤매는 원주신 혹은 그 이름을 둘러싼 비밀독립결사체가 어떤 전승도 불가능한 상태로 사라진다. 고유명이자 복수명사이고, 이름이자 결사체인 '원주신'을 규정하는 말은 결국 '테러리스트'일터인데, 이 인물(들)은 어떤 추적가능한 고유명도, 기록도, 이름도 남기지 않고 사라진다. 오직 낱장과 흔적으로만 존재하는 이들의 삶과 사상은 유태림의 수기에 의해 겨우 '전승(불)가능성'의 형태로 전승된다. 둘째 주인공 유태림 스스로가 역사 속에서 실종된다. 분단의 와중에서 좌우 대립의 한가운데 섰던 유태림은 대한민국 경찰과 조선민주주의인민공화국 인민군으로부터 동시에 시달리다가, 지리산의 비정규군―빨치산에 의해 '납치'된 채 행방불명된다. 그의 수기조차 일본인 친우 E의 표현 그대로 "당시엔 일본측에서 불온시할 내용이었지만 귀국(貴國)이 독립한 오늘에 와서 보면 되려 귀국측에서 불온시할 수 있는 내용"이기에 일본에서도, 한국에서도 충분히 전달될 수 없다. 유태림의 삶은 화자, 일본인 친우 E와 H, 유태림 스스로의 수기 등등을 통해서만 겨우 전해지는데, 이런 역사의 격랑 속에서 유태림이 취했던 '진짜' 입장 역시 지리산의 한켠으로 실종되어 '읽을 수 없는 것'으로 남는다. 가장 정당한 책, 가장 두꺼운 책, 가장 많은 낱장들을 포함한 책은 결코 읽혀질 수 없다. 숨은 책 혹은 씌어져야 할 책으로서만 존재하기 때문이다. 그의 소설은 그러한 아직 씌어지지 않은 역사, 전승되어야 할 경험에 대한 대리보충의 성격을 갖는다.

　여기서 물어야 할 것은 '독해가능성'의 범위, 책들에 대한 독해 형식으로 전달되는 사건들 속에서 결국 무엇이 '전달불가능한' 것으로 남는가 하는 문제이다.13) 작가가 소설 『관부연락선』에서 취급한 물리적 시간은 1945년 8월 15일을 축으로 해서 그 직전 5년 동안과 그 직후 5년 남짓이다. 그리고 이 시간의 근원과 결과로서 등장하는 시간은 한말에서 1960년 대에 이르기까지의 반세기이다.14) 이 시간은 책들에 의해 연결되어 있다. 소설의 구성은 도쿄 유학 기간에 작성된 유태림의 수기가 전체의 1/3, 학 병시기를 포함하여 해방, 분단, 전쟁의 상황 속에서의 유태림의 행보가 2/3를 이루고 있다. 하지만 독서의 목록은 학창시절과 겹치는 식민지기 의 독서가 압도적으로 많다. 더구나 해방 후의 독서는 사실상 정세 분석 이나 처세 방식과 관련된 조각글들이 대부분이다. 결국 청춘의 독서와 그 후 효과가 이병주 자신의 한국전쟁관과 차후의 행보—교수, 언론인, 소설 가, 사관으로서의 기록자로의 이행—를 어느 정도 결정 혹은 제약하고 있 었다는 이야기가 된다. 실제로 그렇다기보다는 작가의 소설에 등장하는 독서의 자장 및 사건 독해의 원천이 이 시절에 맞추어져 있다는 것이다. 유태림의 앎이나 행보와 상당 부분 겹치는 이병주 자신의 경험 세계와 입 장은 바로 이 전전 일본의 교양 세계에서 형성된 것으로 판단된다. 그렇 다고 할 때, 이 독서를 따라가 보면 『관부연락선』의 주인공 유태림의 해 방기의 행보나 한국전쟁의 기원/결과를 보는 이병주의 관점이 또렷해질 수 있을 것이다.

---

13) 미리 말하건대, 이미 존재하는 책은 새롭게 융기한 사건들을 결코 포괄할 수 없기에, 세계의 독해가능성과 서사 그 자체를 지탱하는 매개로서만 그 의의를 지니게되며, 결국 '책'으로 남는다. 그것이 책이라는 단단한 독립성과 완결성을 갖기에 작가는 이것을 읽는데, 그러기에 또한 그가 처한 복잡하고 완결되지 않은 사건을 설명하기에는 불충분한 것이 된다. 이 격차야말로 교양주의와 정치적 사실 사이의 거리일 것이다.
14) 이병주, 「서문」, 『관부연락선』 1, 기린원, 1980, p.6.

## 3. 독서와 역사—노예의 책에서 개의 수기까지

### 1) 주인의 책, 노예의 책—미키 기요시와 고바야시 히데오, 도스토예프스키와 루쉰

1937년. 소설 『관부연락선』에 처음으로 등장하는 독서는 유태림과 그의 일본인 친구 H가 1937년 시점에서 각각의 장소에서 열었던 마르크스주의 독서회이다.[15] 주인공 유태림은 최, 황 등의 친구와 함께 S고등학교에서 독서회를 하다 징역살이를 한 것으로 되어 있다.(『관부연락선』1, p.241) 사립학교 전문부로 전학 온 것도 이 사건 때문이다. 이미 운동으로서의 사회주의가 일본에서는 괴멸되다시피 한 시기였지만, 여전히 사회주의 독서회란 "자본주의 사회와 인류사 전체, 그리고 사회변혁과 개조를 위한 복잡다단하고 총체적인 프로그램을 담고 있는 철학·경제학·정치학·사회학·문예학 지식, 즉 과학"[16]이었던 것인지도 모른다. 『관부연락선』의 중반부, 중국전선에서 안달영이 꾸리는 사회주의 비밀모임의 이름은 의미심장하게도 '교양회'이다. 당시의 많은 학생들이 '마르크스비판서'라는 역설적인 틀로 사회주의에 대한 독서를 체제가 허용한 방식으로 진행하고 있었다.(『관부연락선』)

한편 이 시기는 이병주 스스로가 도스토예프스키를 읽기 시작한 것으로 기억하는 시기이다.[17] 1938년은 유태림이 일본의 구제(舊制) S고등학교에서 퇴학당한 후 유럽 여행을 한 시기인데, 이병주 개인의 이력에서 보자면 진주공립농업학교 시절에 해당하는 시기다. 유태림이 1939년 A대학 전문부 문학과에 입학한 것과 달리, 이병주는 1940년 교토에서 전검

---

15) 이병주, 『관부연락선』1, 한길사, 2006, p.231. 이 책은 이하 (『관부연락선』1, p.231)로 표시.
16) 천정환, 「1920년대 독서회와 '사회주의 문화'」, 『대동문화연구』제64집, 성균관대학교 대동문화연구원, 2008, p.60.
17) 이병주, 『이병주의 동서양 고전탐사 1: 서양편』, 생각의 나무, 2002.

(專檢)을 치루고 우여곡절 끝에 1941년 4월 메이지대학 전문부에 입학한다. 소설에서는 주인공 유태림이 이 시기에 자살한 독립운동가 원주신을 추적하며 『관부연락선』을 집필하기 시작한 것으로 되어있다. 문제는 소설 속 유태림과 이병주의 경험이 합류하는 1940년 이 대학 혹은 일본지식계의 분위기 혹은 독서경향일 터인데, 바로 거기에서 서구 교양과 일본 교양이 합류해 일군의 '쇼와 교양인'이 탄생하게 된다.

> "모파상의 단편 하나 원어로 읽지 못하면서도 프랑스 문학을 논하고 칸트와 콩트를 구별하지 못하면서 철학을 말하는 등, 시끄럽기는 했으나 소질과 능력은 없을망정 문학을 좋아하는 기풍만은 언제나 신선했기 때문에 불량학생은 있어도 악인은 없었다."(『관부연락선』1, p.13)

구제고등학교와 제국대학을 정점으로 학제와 교양주의적 분위기의 가장 하단에 놓여 있는 것으로 설명된 이 학교에서도 교양의 기준은 서양 고전인데, 무엇보다 외국어의 높이가 진정한 교양의 유무를 결정하는 것으로 표현되어 있다. "내가 박양과 결혼만 하게 되면 나는 성공한 베르테르고 성공한 쥘리앵 소렐이다"라는 식으로 연애든 뭐든 책에 견주어야 이야기가 성립하는 장소에 유태림이 자리해 있었던 것이다. 만약 이러한 측면을 다이쇼 교양주의와 쇼와 교양주의의 연속성 속에서 파악할 수 있다면, 여기서 주목을 요하는 점은 구제 고등학교 출신인 E, H, 그리고 유태림의 독서가 전하는 1940년대 초의 일본 대학 혹은 지식계의 분위기이다. 그러니까 이 시간은 고바야시 히데오와 미키 기요시라는 두 인물, 두 계열의 서적에 의해 설명되고 있다. 소설 속 세 친구는 지금 "현대 일본의 최대 문제를 토론중"인데, 오늘도 고바야시와 미키가 논전의 중심이다. 파스칼에 대한 해석, 레토릭의 성격, 솜씨와 지성의 문제를 통과한 후 도달한 각각의 입장은 다음과 같다.

(H) 고바야시 선생은 사관을 지도에 비유하고 있거든. 유물사관도 일종의 지도와 같은 것이라 했다. 지도는 그것이 아무리 정교하게 꾸민 것이라도 실제로 있는 토지와는 다르다는 거다. 미국의 지도를 보고 미국을 알았다고 할 수 있을까? 마찬가지로 유물사관이란 지도를 가졌다고 해서 역사를 파악한 것으론 되지 않는다는 얘긴데 공산주의자들은 일종의 지도에 불과한 것을 절대 최고의 지도인 양 알고, 그걸 지도라고 생각하고 있는 정도면 또 괜찮은데 그것이 바로 역사 자체인 양 알고 있고 남에게도 그렇게 덮어씌우려고 하니 탈이란 뜻의 말을 했거든. 나는 그 말을 듣자 그때까지 그렇게 매력이 있었던 유물사관이 낡아빠진 의상을 두른 허수아비처럼 보이기 시작했다. (『관부연락선』1, p.237)

(E) 적어도 미키에겐 인생을 어떻게 살아야 하느냐 하는 문제의식이 강하게 작용하고 있지만 고바야시에겐 인생을 어떻게 처해야 하는가 하는 처세의식 밖에 없는 것 같다. (『관부연락선』1, p.238)

(유태림) 사실 고바야시와 미키의 문제는 현대 일본의 최대의 문제가 아닐 수 없다. 학생이면 일본에선 고바야시의 제자가 되거나 미키의 제자가 되거나 해야 하기 때문이다. …(중략)…고바야시의 활약은 미키와 같은 계몽적 교양적 노력을 꾸준히 하고 있는 존재를 전제로 해야만 결실이 있다고 생각한다. (『관부연락선』1, p.240)

질문은 두 가지였다. 삶을 '변혁'하는 마르크스주의자가 될 것인가, 삶의 무상함을 '사는' 다만 자유로운 지성으로 충분한 것인가. 실제로 이병주는 미키 기요시처럼 체제 내에서 전체주의와 싸우며 때때로 타협하는 태도를 취하면서도, 자신에 대한 정치적인 탄압에 직면해서는 고바야시 히데오와 같이 '무상한 것(無常なるもの)' 안에서 이념과 현실을 음미하는 방식으로 후퇴하곤 했다.

당시 다수의 조선인 학생들은 "보들레르니 지드에게 한창 미쳐 있는"

(『관부연락선』1, p.241) 것으로 나오는데, 독서회 멤버인 유태림, 황, 최
는 『목민심서』와 『자본론』의 비교에 열중해 있다. 사상의 입장에서든,
현실의 입장에서든 유태림을 통해 그려낸 이 시기 이병주의 입장은 그 어
느 쪽에서든 모순을 발견하고 있었다. 어떻게 이념과 현실에의 열정과 회
오(悔悟) 뿐인 인생을 동시에 그려낼 것인가. 미키 기요시와 고바야시 히
데오 중에서 택일하거나 이를 종합하는 것만으로는 불가능하다. 그것은
주인의 언어이거나 적어도 주인을 염두에 둔 언어였기 때문이다. 작가의
표현대로라면, 유태림은 그 누구의 제자도 될 수 없는 식민지의 노예였다.

   하지만 이러한 독서들은 해방기 한반도에서 유태림이 정치적 선택의
상황에 놓일 때 적잖은 영향력을 끼친다.[18] 무엇보다 양자택일이 아닌 목
적으로 가는 의장(意匠)으로서 개별 사상들을 파악하는 방법이 그렇다.
철학자나 운동가가 아니라 비평가이자 심판의 입장에 서는 것이다. 물론
유태림에게 고바야시 히데오와 미키 기요시의 대립은 일본적 교양의 축

---

[18] 고향의 모교에서 교사를 시작한 이후 좌익세력과의 맞대면하게 된 유태림은 공산
주의 이론 연구를 결심한다. "나는 공산주의의 이론을 철저하게 연구해볼 작정이
다. 그래서 그 주의의 생리와 병리에 통달해볼 참이다. 그들의 정체를 밝히기 위해,
그들이 내건 이상과 그들이 채용하고 있는 방법과의 사이에 있는 모순을 파 드러내
볼 작정이다.…(중략)…지금 공산당은 해방의 기쁨에 뒤이어 혼란하고 있는 민심
을 횡령하려 하고 있다. 나는 횡령의 방법까지를 규명할 작정이다." (『관부연락선』
1, p.332) 그리고 고급 2학년 학급 담임을 자청하며 이들에게 그 연구의 결과를 설
득한다. 유태림의 소위 '소크라테스의 방법'은 고바야시의 「각양각색의 의장」을
연상시킨다. (여기에 대해서는, 황호덕, 「무상의 시간과 구제의 시간 : 끝나지 않는
신체제, 종언이후 일본의 역사상」, 『프랑켄 마르크스』, 민음사, 2008을 참조) "'소
크라테스'의 방법이란 것은 대강 다음과 같은 것…… 예를 들어 사회주의란 문제가
나왔다고 하면 태림은 일단 사회주의를 긍정하는 입장에 서서 학생과의 문답을 통
해 평이하고 간명하게 사회주의의 의미를 해명한다. 그리고는 사회주의도 많은 주
의주장 가운데의 하나이며 그 자체를 몇 갈래로 나눌 수 있는 것이며 공산주의도
그 몇 갈래로 나뉜 것 가운데의 하나라고 설명한다. 이렇게 함으로써 사회주의라는
것이 절대 유일한 사상도 아니며 공산주의도 그러하다는 인식의 근처에까지 학생
들을 인도하는 것이다."(『관부연락선』1, p.69)

적 과정과 개화(開花) 방식을 보여주는 사례이지, 온전히 절실함이 살아 있는 문제는 아니었다. 오히려 그에게는 조선 독립 문제와 관련된 '원주신 관부연락선상의 투신'이 진정한 숙제이다. 그러나 이 숙제에는 그 어떤 교양의 축적도 없고, 교사도 없다. 피식민자에서 용병으로 이동해가는 삶의 행로에서, 유태림은 스스로가 축적한 교양의 무력함을 절감하며 도스토예프스키에 의지한다.

> '보들레르에게 이 일본 졸병 모자를 씌워 총을 들고 이 성벽 위에 세운다면?'
> 상상할 수가 없다.
> '괴테에게 이 일본 졸병의 모자를 씌운다면?'
> 그것도 상상할 수가 없다.
> '칸트에게? 베토벤에게? 톨스토이에겐? 니체에겐?'
> 역시 상상조차 할 수가 없다.
> '그러나 도스토예프스키에겐?'
> 그에게만은 어울릴 것 같다.
> 시베리아 감옥에서, 병영에서 감쪽같이 고통을 견디어낸 그에게는 이 일본군 졸병의 모자가 어울릴 것만 같았다. 그리고도 그는 기연했을 것 같았다.(『관부연락선』1, p.109)

앞서 보았듯이 작가에게는 많은 책들이 있었다. 그럼에도 그는 자신의 인생에 영향을 끼친 '한 권이 책'으로 도스토예프스키의 『악령』을 꼽기에 주저하지 않는다. 특정한 시기의 삶과 생각을 결정지은 책들과 달리, 도스토예프스키는 "아직도 그 주박에서 풀려 나오지 못하고 있다"[19]는 점에서 이병주의 책의 배면에 깔려 있는 책이라고도 할 수 있다. 그는 도스토예프스키의 『죽음의 집의 기록』에 의지해 용병으로서의 고통을 견딘

---

19) 이병주, 『허망과 진실: 이병주의 동서양 고전탐사』1, 생각의나무, 2003, p.108.

다.[20] 혁명과 필봉을 횡령한 힘들에 대한 거듭된 분석에도 불구하고 '결사'는 거부하는 작가 혹은 작가의 분신들이 견지하는 태도는 종종『악령』의 스타브로긴에 겹쳐진다. 마치『관부연락선』의 기회주의적 운동가 안영달이 표트르 베르호벤스키에 겹쳐 읽히듯이 말이다.

미키도 고바야시도 유태림에게는 본질적인 문제일 수 없고 따라서 '한 권의 책'일 수 없다. 그렇다고 주인에서 노예로 떨어지는 도스토예프스키의『악령』이 삶의 '좌표'가 되어 줄 수 있는 것도 아니다. 도스토예프스키가 노예와 주인 사이에서 교착된 일그러진 지식인의 허위의식, 니힐리즘을 그려 보인 것은 사실이지만, 이는 용병이 되어 남의 땅에 서 있는 마음을 위로해줄 뿐 언어화 가능한 주체 구성의 논리라 하기 어렵다. 그렇다면 스스로를 모순을 느끼는 존재, 이를테면 노예의 사상은 어떻게 표현가능한가. 만약 전달가능성이 주인―언어―역사에서 생겨난다면, 이 노예는 어떻게 스스로를 표현해야 좋은가. 읽은 것 사이에서 융기하는 표현으로는 부족하다. 그 이상의 체계(framework)가 필요한 것이다.

주인의 언어를 넘어서는 노예의 사상, 스스로를 노예로 직시하는 언어의 주인이 그에게는 필요했다. 그렇게 해서 바로 저 루쉰의 이름이 호명된다. 그가 '일제의 용병'에서 해방기의 교사, 분단 체제의 언론인으로 변신하며 의지한 대상은 루쉰이었다. 학병의 중국이 그에게 노예에서 주인이 되어가는 과정을 매개했던 것이다. 그러니까 사실상의 데뷔작「소설 알렉산드리아」에서부터 "사람을 죽여서 굶주린 개의 창자를 채워라"[21]라는 노예 혹은 짐승의 독설은 그의 문학의 한 원점을 이루는데, 그러한 언어 혹은 자세야말로 루쉰에게 배운 것이었다.

20) 이병주,『허망과 진실: 이병주의 동서양 고전탐사』1, 생각의나무, 2003, p.227.
21) 이병주,『소설 · 알렉산드리아』, 한길사, 2006, p.125.

"해방 후의 혼란은 루쉰과 같은 스승을 가장 필요로 하는 시기이기도 했다. 나는 그의 눈을 통해 이른바 우익을 보았다. 인습과 사감(私感)에 사로잡힌 반동들의 무리도 보았다. 민주주의에 대한 지향이 없다고는 할 수 없었으나 불순한 권모술수가 너무나 두드러지게 나타나 있었다. 나는 또한 루쉰의 눈을 통해 좌익을 보았다. 그것은 인민의 이익을 빙자해선 인민을 노예화하려는 인면수심의 집단으로 보였다. 그곳에서의 권모술수는 우익을 훨씬 상회하는 것이었다. 인민을 선도하는데 목적이 있는 것이 아니고 모스크바의 상전에 보이기 위한 연극에 열중해 있는 꼬락서니였다. 이러한 관찰을 익히고 보니 나는 어느덧 우익으로부턴 용공분자로 몰리고, 좌익으로부턴 악질적인 반공분자로 몰렸다. 가장 너그러운 평가란 것이 회색분자란 낙인이었다."22)

현실적으로 노예이지만 부정(不定)의 사유 안에서는 주인인 존재, 이념의 주인인 듯 그것의 노예인 존재. 마치 루쉰이 혁명이 현실로 나타나는 모습, 현실의 모순이 혁명의 과정에서 반복되는 모습 속에서 아큐(阿Q)라는 기괴한 형상을 보았듯이, 이병주는 바로 그러한 시선을 통해 좌와 우의 '술수'와 '꼬락서니'를 본다. 여기까지는 마치 고바야시 히데오의 포즈처럼 보이지만, 이 모순의 자리 한가운데에 자기 자신을 놓고 있다는 점에서 이 겹쳐 읽기는 각양각색의 의장을 적발하는 고바야시의 것과는 다르다. 그 꼬락서니와 술수의 한가운데에 자기자신도 있을지 모르기 때문이다.23)

하지만 이러한 '루쉰적 방법'은 이병주의 차후 행보가 보여주듯이, 루쉰과 달리 매우 혼란스러운 것이었다. 학병이라는 원죄와 함께, 격화된

---

22) 이병주, 『허망과 진실: 이병주의 동서양 고전탐사』 2, 생각의나무, 2003, p.15.
23) 자기자신을 혁명의 주체이자 극복대상으로 파악하는 루쉰의 입장과 이에 대한 당대 한국 및 중국/대만 작가들의 공감에 대해서는 다음의 글을 참조. 황호덕, 「제국 일본과 번역 (없는) 정치―루쉰 · 룽잉쭝 · 김사량, '아큐(阿Q)'적 삶과 주권」, 『대동문화연구』 제63집, 성균관대동아시아학술원, 2008.9

좌우대립과 분단으로 인해 작가 앞에는 '표현불가능'해진 공간이 넓게 자리하고 있었다. 사회변혁의 선봉에 서 투옥되기도 했지만, 한편으로는 독재자의 술친구가 되기도 했던 사람. 4·19혁명에 연이은 정치열 속에서 통일과 민주화의 필봉이 되었다가 마침내 투옥되고, 후에는 중앙정보부장 이후락의 약전을 쓰기도 했던[24] 이 사람. 루쉰과 아큐 사이에 있는 이 존재를 우리는 무엇이라 불러야 할까. 나는 그의 모습을 일단 저 노예의 중국, 혁명가의 중국 사이에 서있는 식민지 지식인의 모습에서 발견한다. 이병주 문학의 흥미로움, 역설적 위대함은 이 모순의 드러남, 아니 드러냄에 있다. 그는 소설로써만이 이것이 가능하다고 생각한 듯하다. 말하자면 그의 뒤늦은 문학적 출발이란 '아큐의 땅', '아큐인 자신'을 그 자체로 드러내고자 한 결심의 소산이었을지 모른다. 그것이 그가 말한 바의 루쉰이든, 아니면 루쉰이 그려 낸 아큐이든. (루쉰 스스로는 이 둘을 구별하지 않았다.)

이를테면 그에게는 세 개의 루쉰이 있었다. 강직한 필봉의 에세이스트 루쉰, 주인의 언어를 넘어서는 노예의 사상가 혹은 스스로를 노예로 직시하는 언어의 주인으로서의 루쉰, 그리고 마지막으로 역설과 아이러니에 가득찬 아큐의 형상에 겹쳐진 '중국인' 혹은 아시아인으로서의 루쉰이 그들이다. 첫 번째 루쉰은 언론인으로서의 이병주에, 두 번째 루쉰은 학병에서 학도들의 교사/교수로 이행하던 지식인 이병주에, 세 번째 루쉰은 이념적·역사적 정당성과 삶의 모순을 함께 써야 했던 소설가 혹은 자연인 이병주에게 결정적인 영향을 미쳤던 것으로 보인다. (특히 그는 루쉰식의 역설을 즐겨 사용하였다.) 제국 일본이라는 식민지 지성의 압도적

---

24) 예컨대 이병주, 「朴正熙와 李厚洛 간의 텔레파시」, 월간조선편, 『秘錄 한국의 大統領 : 權力과 人間, 政治와 人生』: 조선일보사출판부, 1993. 그는 이후락을 자기 글쓰기의 보호자이자 안전핀으로 여겼던 것 같다. 정치와 선이 닿는 자신만이 저 참담한 사건들에 대한 증언자일 수 있다는 조금은 모순된 인식 위에 있었던 것이다.

'원천'에 대한 촘촘한 조명과 함께, 이제 이 중국 체험이 던진 질문으로부터 한국근대문학을 다시 읽어야 하는 한 이유가 여기에 있다. 노예가 해방과 더불어 간단히 주인이 되는 것은 아니다. 이 엄청난 심연과 단락을 잇는 사유와 언어가 필요한데, 이병주는 바로 그러한 방법을 루쉰에게서 발견했던 것으로 보인다.

### 2) 전승불가능성의 전승, 사마천의 길─체험적 수기와 실록대하소설 사이[25]

이병주가 조선인 학도지원병제도 실시에 따라 대구 소재의 일본 제20사단 제80연대에 입대한 것은 1944년 1월 20일이었다. 식민지 백성으로 태어난 사나이, 죽지 않기 위해 노역에 종사하는 노예, 그리고 마침내 인간이 되기 위해 병사를 '자원'하지 않으면 안 되었던 4000여 명의 조선 지식인 청년들이 하나의 장소에 모여들었다. 국가의 시민(citoyen)이 되고 나서, 처음으로 인간(homme)이 된다. 루소가 그의 『사회계약론』에서 한 말이다. 내선일체와 황도조선이라는 기치에 의해 제국일본의 일반의지에 압착된 이 사람들은 군인이 될 수 있다고, 또 그렇게 인간이 될 수 있다고 믿었을지도 모른다. 국가라는 '일반의지'와 자신을 하나로 느끼고, 이를 위해 죽을 수 있는 존재만이 '인간'으로 도착(倒錯)될 수 있기 때문이다. 일본국가의 식민지 학병의 길이란 그렇게 노예에서 시민=인간으로 향해가는 기약 없는 행로의 일부였다.

하지만 국가의 시민─즉 국민은 항구적인 범주가 아니다. 일반의지 역시 변한다. 식민지에서 해방까지의 시간이 바로 그런 시간이었다. 이것이

---

25) 이 장의 내용 중 일부는 다음 글의 주지나 전개와 겹친다. 黃鎬德, 「帝国の人間学 あるいは植民地動物の鋳物工場─「非人」の地' 後期植民地からの断想」(全雪鈴訳), 『現代思想』2009年7月号, 青土社, 2009.

도착인 이유는 이 '인간'이 어떤 일반의지의 소멸과 함께 종언을 고하게 되기 때문이다. 여기 돼지처럼 먹고 개처럼 짖어야 할 운명에 붙들린 사람이 있다.

> "그러나/ 사자는 사자 시대의 향수를 지니고 있다./ 독사는 독사시대의 향수를 지니고 있다.// 그런데/ 너는 도대체 뭐냐, 용병을 자원한 사나이./ 제값도 모르고 스스로를 팔아버린 노예.// 그러니/ 너에겐 인간의 향수가 용인되지 않는다. / 지금 포기한 인간을 다시 찾을 순 없다. / 갸륵하다는 건 사람의 노예가 되기보다는 말의 노예가 되겠다는/ 너의 자각이라고 할까.// 먼 훗날/ 살아서 너의 집으로 돌아갈 수 있더라도/ 사람으로서 행세할 생각은 말라./ 돼지를 배워 살을 찌우고/ 개를 배워 개처럼 짖어라. // 고 적어놓은 네 수첩을 불태우고/ 죽을 때 너는 유언이 없어야 한다. // 헌데 네겐 죽음조차도 없다는 것은/ 죽음은 사람에게만 있는 것이기 때문이다./ 죽을 수 있는 것은 사람뿐이다./ 그밖의 모든 것, 동물과 식물, 그리고 너처럼/ 자기를 팔아먹은, 제값도 모르고 스스로를 팔아먹은,/ 노예 같지도 않은 노예들은 멸하려 썩어/ 없어질 뿐이다……."26)(이병주, 「8월의 사상」 중에서)

시민과 국민과 인간을 잇는 일반의지와 그 방위자라는 국가의 서사는 국가의 봉인이 풀려버린 자리에서 공소한 것이 되고 만다. 국가를 위해 죽음 앞에 선 시민에게만 인간의 자격이 있다 한다. 과연 그런가. 제국은 죽어 버렸다. 그 때, 그는 인간도 시민도 아니며 동물을 배우지 않으면 안 된다. 시민이 되고 인간이 되는가. 아니다. 시민이 되고자 해도 동물이 될 수 있다. "일제 때 수인(囚人)들은 고통 속에서도 스스로를 일제의 적으로서 정립시킬 수 있었다. 그런데 일제의 용병들은 일제의 적으로도, 동지로서도 어느 편으로도 정립할 수가 없었다. 강제의 성격을 띤 것이라곤 하지

---

26) 이병주, 「8월의 사상」(1980)『그 테러리스트를 위한 만사』, 한길사, 2006, pp.277~278

만 일제에게 팔렸다는 의식을 말쑥이 지워버릴 수 없었으니 말이다."[27] 전선에서조차 적과 동지를 결정할 수 없었던 그들은 병사에서 풀려나자마자 어떤 언어로도 스스로를 설명할 수 없게 되어 버린다. 애초부터 '정치적인 것'이 될 수 없었던 그들은 일본국가의 봉인이 풀리자마자, 개를 배우고 돼지를 배워야 겨우 살 수 있었던 존재로 전락한다.

이병주의 이러한 인식은 해방기와 분단, 전쟁의 와중에서 직접적으로 분출되기보다는 지식인 혹은 국민의 자격을 회복하기 위한 직접적인 활동으로 나타났다. 그에게 조국은 인간이 되기 위해서는 반드시 구제되어야 할 가치에 다름 아니었기 때문이다. 그런데 문제는 '조국'조차 없었다는 사실이다. 그의 언론인으로서의 생활은 바로 이 부재하는 조국을 대망하고 호명하는 직접적인 '정치-말(polis=logos)'의 실천에 다름 아니었다. 4·19혁명 이후에 분출된 문제의 논설 「조국의 부재」(1960.12)는 이렇게 시작된다.

> 조국이 없다. 산하가 있을 뿐이다. 이 산하는 삼천리강산이란 시적 표현을 가지고 있다. 삼천리강산에 삼천만의 생명이 혹자는 계산하면서 혹자는 계산할 겨를도 없이 스스로의 운명대로 살다가 죽는다.
>
> 조국은 또한 향수에도 없다. 기억 속의 조국은 일제의 지배 밑에 신음하는 산하와 민중. 해방과 이에 뒤이은 혼란을 고민하는 산하와 민중, 그리고는 형언하기도 벅찬 이정권(李政權)의 12년이다.
>
> ……(중략)……
>
> 진정 조국의 이름을 부르고 싶을 때가 있었다. 8·15의 해방. 지난 4·19의 그날. 이를 기점으로 우리는 조국을 건설할 수가 있었다. 그 이름 밑에서 자랑스럽고 그 이름으로 인해서 혼연히 죽을 수 있는 그러한 조국을 만들어 나갈 수 있었다. 그러나 이조 이래의 추세는 참신한 의욕을 꺾었다. 예나 다름없는 무거운 공기 회색 짙은 산하,

---

27) 이병주, 「8월의 사상」(1980), 『그 테러리스트를 위한 만사』, 한길사, 2006, pp.276.

조국이 부재한 조국. 이것이 오늘날 우리들의 조국의 그 정체다.
다시 말하면 조국은 언제나 미래에 있다.[28]

　모든 근대의 정치사상서들이 말해주듯, "민주적 제 권리를 완전히 향유
하도록 철저한 보장이 있어야만 조국이 있는 것이다." 그러나, "권력을 장
악한 자, 이에 망집하는 자가 이 권력에 도전하는 자를 제압하기 위해 38
선을 이용"하는 현실에서는 조국은 없다. "우리 내부에 38선부터 철거해
버려야 하는 것"이라 할 때, 국토의 통일에 민족 역량은 집중되어야 하며,
"이 딜레마를 풀기 위한 이념의 일단으로서 한국중립화론"을 생각해볼
수 있다는 것이 이 시적 논설의 요지이다. 이를테면 "이북을 이남화한 통
일이 최선이라 하고, 이남이 이북화된 통일을 최악이라 할 때, 중립화 통
일론은 차선의 방법은 되는 것"이라는 주장인 셈인데, 앞서의 소위 혁명
재판의 판결문에서 보이듯, 이는 혁명을 사산시킨 세력에 의해 대한민국
을 부정했을 뿐 아니라, 북과 내통한 언어로서 단죄된다. "이 나라의 주인
은 누구냐. 국민이다. …(중략)…국민 상호간에 이해 대립이 있어 주권 반
영에 차이가 있을 땐 다수를 점하는 국민의 주권성에 우선권을 주어야 한
다. 그럴 때 이 나라의 주인은 누구냐고 물으면 노동자 농민이라고 대답
할 수밖에 없다." 과연 이 모든 말이 '정치적'인 한편 '상식적'이다. 하지만
이러한 주인인 국민을 대표하거나 자처하는 언어, "멀고 먼 조국의 아침
이여, 오호! 통절한 우리들 조국의 부재여!"를 외치는 공간은 5 · 16 군사
쿠데타와 함께 금지된다. 그가 5 · 16에서 다시금 '노예의 운명'을 대면했
다 느낀 것도 이 때문이다.
　정치가 결국 '말' 안에서 구성되고 조정되는 것이라고 할 때, 결국 (정당
한) 정치적 실천이란 말과 그 전달가능성에 의존한다. 정치=말을 박탈당

---

28) 이병주, 「조국의 부재」, 『세대』1960년 12월호, p.32. 이 글은 그의 자전적 소설
　　『그해 오월』제2권(pp.16~29)에 그대로 전재되어 있다.

했을 때 이병주가 선택할 수 있었던 것은 벌거벗겨진 삶과 닫힌 법 사이에 있는 소설 언어밖에 없었다. 이때의 소설이란 짐승의 부르짖음과 인간의 유언 사이에 존재하는 무엇이다. 이것이 바로 그의 소설이 "정치사상적 에세이를 쓰기 위해 소설의 형식을 빌렸다고 할 정도"[29]로 모호하고 기괴한 형식이 된 이유이다. 그러니까 '주인'으로의 도약 과정마다 매번 좌절해야 했고, 그 때마다 지배 언어의 형식에 가로막혀 스스로를 전달할 수 없게 된 이 노예에게 허용된 언어의 자리란, 직접적 현실 바깥쪽의 픽션밖에 없었다.

할 수 있는 것은 실종된 정당성, 정당한 세계 읽기를 복원하기 위한 사초(史草)들의 작성뿐이었는지 모른다. 1961년, '그 해 오월'과 함께 이병주의 모든 기록은 "역사적 평가를 위한 한 우수한 관찰자의 기초자료모음집"(임헌영)으로 화하게 되었으며, 작가는 스스로의 기록을 '실록대하소설'이라는 어정쩡하고도 적확한 말로 규정했다. 정치=말(logos)과 픽션=허언(虛言) 사이로 역사로서의 강[大河]이 흐르게 하는 것. 그렇게 하기 위해 작가는 만년까지 읽고 쓰고 탐문하는 일을 계속한다. 본래부터 사초란 그렇게 거칠고 장황하고 두서없는 것이라는 듯. 예컨대 위의 인용문 「조국의 부재」가 전재된 『그 해 오월』은 10.26 사건에서 시작하여 1961년으로 거슬러 올라간다. 마치 『사기』처럼 '기전체'로 박정희 장기집권 18년 동안을 각종 사료와 여타의 서적을 참고해 가며 기록한 이 소설에는 중간중간 저자의 평가가 곁들여져 있다.[30] 놀랍게도 이 글의 기록자는 사마천의 이름을 연상케 하는 '이사마'이다.

노예에게는 말(logos)이 허용되지 않고 부재하는 조국에 정치란 없을 터이나, 그는 이 말과 정치의 탈환을 염두에 두고 '픽션'을 써나간다. 중언

29) 남재희, 「이병주 소설을 읽는 이유」, 『삐에로와 국화』, 일신서적공사, 1977, p.314.
30) 임헌영, 「기전체 수법으로 접근한 박정희 정권 18년사―『그해 5월』」, 김윤식 · 임헌영 · 김종회 편, 『역사의 그늘, 문학의 길』, 한길사, 2008, pp.449~450.

부언의 '허언(虛言)'을 반복한다. 그의 질문은 이런 것이다. 과연 나를 학병으로 내몬 제국일본, 나를 범죄자로 가둔 대한민국에 정당한 '자격', 정당한 '말'이 존재하기는 하는 것일까. 정치와 말의 탈환을 위해 싸운 기록들이란 것이 과연 저 '인간'의 말로 전승가능할까. 시민이 되고 인간이 된다고 하자. 그런데 시민이란 결국 현재의 일반의지와 질서에 복종하는 신민(신민, subject)에 지나지 않는 것이 아닌가. 그렇다면 '허용된' 말이 아니라, 그로부터의 적극적 소외 형식인 허언=픽션이야말로 사초들의 피난처가 된다.

이병주가 느낀 환멸은 자신의 언어가 전달 가능한 것이 아니라는 자각으로 인해 증폭된다. "돼지를 배워 살을 찌우고 개를 배워 개처럼 짖어라"고 적어놓은 수첩마저 불태우고, "죽을 때 너는 유언이 없어야 한다"고 그는 쓰고 있다. 비단 이병주뿐 아니라 노예에서 개돼지로, 인간을 향해 가던 자에서 반역자로, 그리고 마침내 적과 내통한 자가 되어 정치에서 추방된 사람에게 남은 것이란 가장 삶에 밀착된, 벌거벗은 삶의 영역으로 밀려난, 아니 스스로 소외된 문학의 언어밖에 없었던 것이 아닐까.

그러니까 그가 전달할 수 있는 유일한 것은 전달(불)가능성 그 자체뿐이었던 것인지도 모른다. 우리가 읽는 것은 '불태운 수첩' 그 자체이다. 아니 이 수첩은 이미 태워져버렸기에 '읽을 수도 없다.' 소설은 이 불태워진 수첩까지를 전달하려 애쓰는 그런 언어, 전달불가능성 자체를 '전달'하려 애쓰는 그런 언어인 것이다.

세계의 독해가능성 안에 계속 머물려 했던 한 식민지의 교양주의자에게 한국현대사의 전개는 결코 온전히 읽어낼 수 있는 것, 전승가능한 것이 아니었다. 일반의 의지와 무관하게 교체되는 '일반의지'와 그것에 의해 폭력적으로 정립되는 정치=말의 공간 속에서라면, 독해를 위해 계속 더해지는 책들에도 불구하고 여전히 잉여의 경험이 남게 된다. 그 잉여는 정치=말의 공간에 바로 등재될 수 없는 성질의 것이다. 수첩에 적으려는 의지와 그것을 불태우려는 자괴 사이의 격투로 인해 그의 소설은 언제나 서사 미달의 '체험적 수기'로 낙착된다. 그리고 그것이 한국의 현대에서 가능한 사마천식의 글쓰기인 것이다. 그런 의미에서 (실록)대하소설이란 한국의 근대가 만들어낸 사마천식 글쓰기가 되는 셈이다.

### 3) 학병과 빨치산 — 사라진 정당성과 목소리의 사유

유한성(motality) 안에 있는 생명이 인간이 되기 위해서는 언어라는 전 달가능성 혹은 영속성(immotality) 안에 접속되어야 한다. 인간이란 결국 말하는 동물, 말하는 유한자에 다름 아니기 때문이다. 유한한 인간은 말 이라는 전달 가능성 안에서 영속을 꿈꾸고, 그러하기에 죽음의 공포까지 견뎌낸다. 인간은 죽지만 그냥 죽는 것이 아니라, 무엇인가를 위해서 어 떤 일반의지를 위해서 죽는다. 이 의지와 함께 기록됨으로써 기꺼이 죽을 수 있는 것이다. 그런데 이병주를 종군하게 한 '일반의지', 제국일본은 죽 어 버렸다. 이병주를 법정에 세운 한 줌의 혁명정부는 일반의지(들)의 혁 명을 사살했다. 전달가능성은 시민=국민, 국가=영속이라는 틀 안에서 만 구성 가능한 것인 까닭에 스스로 노예이자 동물임을 자처한 이병주의 언어는 처음부터 전달불가능성의 경험 안에서 말(logos)과 목소리(phōnē) 사이의 비식별역에 놓이게 된다. '인간'의 정치는 말을 통해 그저 살아가 는(zôon) 종들과는 달리 선과 악, 정의와 불의의 공동체에 기반하게 된다. 그러나 그 과정에서 필연적으로 지배적 정치의 말에 회수되지 않는 개별 적 삶의 전달은 언제나 말(logos)에는 도달할 수 없는 '목소리'가 된다. 어 떤 의미에서 말과 (목)소리의 분절 자체가 정치인 까닭에, 그러한 분절을 멈추는 일이야말로 정치비판의 궁극적 과제이자 문학의 과제인 것이다.31) 목소리의 사유로서의 문학이란, 바로 이 비식별역에서 '정치=말'을 묻는 맹목적 질문에 다름 아니다.

전승이란 그 내용이 아니라 전승의 가능성 그 자체를 의미한다고 할 수 있다. 왜냐하면 내용의 전달은 늘 하나의 단일한 서사와 프레임을 필요로 하기 때문이다. 전달 가능한 것만이 전달된다. 그럼에도 작가 이병주는 소설조차 될 수 없는 '체험적 수기', '패배의 기록'을 쓰고 또 썼다. 환멸은 내러티브가 될 수 없기에, 탐정소설적 모티브와 같은 양식적 장치만이 그 '소설'을 겨우 지탱한다. 친일 인텔리에서 황군의 학병으로, 국가건설기의 계몽가에서 빨치산으로 전화하는 어떤 동세대인의 삶을 다룬『관부연락선』(1972), 빨치산을 다룬 최초의 본격 장편으로 반공사관과 현실사회주의 양자를 비판의 대상으로 삼았던『지리산』(1985), 노비출신의 친일 제국대학생의 출진과 고뇌를 다룬 미완의 장편『별이 차가운 밤이면』(1989~1992). 어떤 의미에서 이병주에게 정치의 극단이자 헐벗은 삶의 문턱인 황군과 빨치산이야말로, 정치=말에 대한 회의(懷疑)야말로 그의 간절했던 소설쓰기의 원점이자 종착지였다. 그도 그럴 것이 그에게 "문학이란 필패(必敗)의 역사"이자 '패배의 기록'이기 때문이다.32) 이 패배란 정치=

---

31) 말과 목소리 사이의 분절을 서구 형이상학 및 정치학의 근원으로 보는 사유방식은 조르조 아감벤의 저작 전편에 걸쳐 나타난다. "어떻게 해서 생명체가 언어를 갖게 되었는가"라는 아리스토텔레스의 질문을 아감벤은 "어떻게 해서 벌거벗은 생명은 폴리스에 거주하게 되었는가"라는 질문으로 해석한다. 말하는 동물=인간은 자기 안의 목소리를 없애버리는 동시에 보존함으로써 로고스를 갖게 되었다. 마찬가지로 정치적 동물=인간은 (동물과 공유하는) 벌거벗은 생명을 폴리스의 내부에서 '예외'로서 배제함으로써 폴리스에 거주할 수 있었다. (조르조 아감벤, 『호모사케르』, 박진우 옮김, 새물결, 2008, p.44.) 어떤 의미에서 바로 그 배제와 포함의 관계 야말로 정치 혹은 국가권력이 조직되는 원리인 것이다, 따라서 목소리를 포기하지 않는 사유야말로 정치 그 자체를 묻는 언어가 될 수 있다. 목소리가 된 말, 말을 파열시키는 목소리야말로 문학의 언어라고 할 때, 문학은 여전히 '정치적'이다.

32) 이병주,「序文-패배의 기록」,『關釜連絡船』上, 기린원, 1980. 이병주의 자서는 이렇게 시작한다. "태산까지도 억눌러 버리는 무거운 침묵 속에서 밤의 나락(奈落)을

말이 규정하는 패배이다. 누구보다도 앞서 "민족을 단위로 생각하는 것의 어색함"(1980)을 이야기하며, 말과 정치의 문턱에 이르렀던 사람. 그는 전 달불가능한 삶을 적고 또 적는 스스로를 "말의 노예"라 불렀고, 그런 소설 을 불태워져야 할 수첩 혹은 남길 수 없는 유언이라 형용했다. 그리고『악 령』의 스타브로긴처럼 타락해갔다.

하나의 생명이 정치와 말의 작위에 의해 인간과 동물로 분절되는 순간 이 여기 있다. 제국일본의 조선인학도병, 중국인민해방군의 조선의용군, 광복군이 된 황군, 조선민주주의인민공화국(군)조차 배신한 빨치산, 국군 인 사회주의자. 일반의지와 무한을 위해 내걸었던 죽음, 그러나 결코 시 민이나 인민, 국민에 가닿을 수 없었던 그들의 삶은 과연 전달가능한 것 인가. 만약 그러한 전달이 현재의 정치=말 안에서 불가능한 것이라면, 어 떻게 이 목소리들은 기록될 수 있을까.

각각 해방 전과 해방 후의 관점에서 유태림(柳泰林)의 삶에 대한 독점 적 해석권을 주장하는『관부연락선』의 일본인 E와 조선인 나. 역사를 둘 러싼 한일, 남북 간의 투쟁이 산 생명의 목소리=수기 속에서 예감적으로 펼쳐진다. 이병주의『관부연락선』, 또 이가형의『분노의 강』이나 한운사 의『현해탄은 알고 있다』와 같은 학병세대의 소설들이 종종 옛 일본인 학 우의 편지로부터 촉발되거나, 스스로를 일본인 혹은 철저일체론자들의 관점에 놓아 보는 일을 통해 구성된다는 사실은 얼마나 의미심장한가. 모 든 상황을 꿰뚫을 수 있는 말, 시선, 주체란 존재할 수 없는 것이다.

사건과 경험의 전승불가능성은 그가 겪은 한국현대사에만 국한되는 것은 아니다.『관부연락선』의 유태림의 수기가 헤로도투스, 두보, 톨스토

---

기듯 하며, 흐느끼는 울음 소리가 있었다," 다시 말해, "흐느낌과 외치는 소리를 마 냥 들으며 이『關釜連絡船』을 썼다"고 할 때 이 옮겨 쓰기는 말이 아니라 목소리의 옮김이지만, 여전히 말의 질서 안 혹은 경계에 있다. 그는 민족을 의심하며 민족사 에 기한다.

이 등을 인용해가며 내린 최종적 정식은 이런 것이다. "병정은 그저 병정이지 어느 나라를 위해, 어느 주의를 위한 병정이란 것은 없다. 죽기 위해 있는 것이다. 도구가 되기 위해 있는 것이다. 수단이 되기 위해 있는 것이다." 국민, 정치의 언어를 얻기 위해 군인이 되고, 군인이 되는 한 '죽기 위한 도구이자 수단'이라면 인간이란 결국 죽음 앞에 내걸린 수단인 것. 결국 "운명……그 이름 아래서만이 사람은 죽을 수 있는 것이다."(『관부연락선』2, 354~366) 그리고 이러한 인식의 자장은 한국전쟁기에서 반복된 지리산에서의 '징병'으로 인해 더욱 증폭된다.

군인이 된다는 것은 시민으로부터 떨어져 나와 적 앞에 선다는 것을 의미한다. 프랑스 혁명 이후의 징병제를 통해 모든 시민은 잠재적으로 군인이 될 수 있게 되었으며, 그런 한에서만 인간으로 도착될 수 있게 되었다. 그러니까 집합적으로는 국민(peuple)이고, 주권에 참여하는 개인이라는 의미에서 시민(citoyens)이고, 국가의 법률에 종속된다는 뜻에서 신민(臣民sujets)인 이들은 루소의 말대로라면 이제 '인간'이 되었을 법도 하다. 그러나 어떤가 하면, "전쟁은 사람과 사람의 관계가 아니라 국가와 국가의 관계이며, 거기서 개인은 인간으로서가 아니라, 또 시민으로서가 아니라, 단지 병사로서 우연히도 적이 되는 것이다. 조국을 구성하는 자로서가 아니라 조국을 지키는 자로서."[33] 국가는 개인들 각각의 '안전(security)'을 그 목적으로 한다고 했다[34]. 그러나 국민의 예 혹은 예외인 병사는 시민의 밖에 있으며, 국가와 국가의 '관계' 속에서 늘 적으로 나타나는데, 그런 한에서 죽여도 좋은 '인간 아닌 것'이 될 수밖에 없다. 국가를 하나의 사회계약으로 생각할 때, 국가의 적은 "사나운 짐승이나 해로운 동물"(로크)이 되며, 국가를 씨족에 기반한 인류의 공동체로 볼 때 적은 늘 "살아 있는

---

33) 장 자크 루소, 『사회계약론』, 이환 옮김, 서울대출판부, 1999, p.14.
34) Thomas Hobbes, *Leviathan*, XVII, Penguin Classic, 1985[1651], p.223. "인민의 안전을 지키는 것은 국가의 임무이다." (Leviathan:Introduction:81)

전체성에서 부정되어야 할 타자"(헤겔)로 나타난다. 어느 쪽이든, 인간은 없다. 군인이 될 수 있고 시민이 될 수 있는가. 시민이 되고 인간이 되는가. 아니다. 동물이 되고 군인이 된다.

학병에서 빨치산까지, 4 · 19에서 5 · 16까지 이병주 소설이란 바로 이러한 근대 정치의 아포리아 속에서 사라진 정당성, 인간들에 대한 증언 혹은 기록 이외에 다른 것이다. 단 한 번도 인간일 수 없었던 (후기)식민지 소설가의 다짐 — "사람의 노예가 되기보다는 말의 노예가 되겠다"는 자각은 그런 의미에서, '인간'과 '동물'을 분절하는 정치=말 그 자체를 묻겠다는 의지로서 이해되지 않으면 안 된다. 말의 노예라고 말할 때의 '말'이란 실제로는 말'들'이며, 목소리이기도 하다. 왜냐하면 해방과 분단, 혁명과 반혁명이 중첩된 한국 근대사 속에서 정치(polis)와 그것을 구성하는 말(logos)이란, 늘 말의 목소리화 혹은 어떤 인간의 동물화와 함께 성립할 수 있었기 때문이다. 그 잉여의 몫에 점화하는 글쓰기야말로 이를테면 실록 대하소설이었으며, 체험적 수기였으며, 무엇보다 '문학'이었다.


## 4. 노예의 독서, 인간의 글을 쓰기까지 — '산하'에서의 책읽기

겪어 보지 않은 사건, 살아 보지 않은 삶을 지금 겪고 있거나 이미 살았던 삶에 대조하는 방법으로서 인류가 개발해낸 가장 오랜 기술 중 하나가 독서이다. 독서란 사건의 해석을 위한 준비를 뜻한다는 점에서 일종의 '수업'이며, 경험의 직접성으로부터 사건의 사건성과 보편적 의미를 구출하는 논리적 지평을 확보한다는 점에서 편력의 나침반이 되기도 한다. 하나의 편력에 일관된 틀을 제공하는 것 역시 독서다. 따라서 모든 인류의 저작이란 독서 수업 위에서 설명된 편력의 기록에 지나지 않는 것인지도 모른다. 읽기를 통해 사건은 이야기가 되고, 겹쳐 읽기를 통해 하나의 이야기는 그 사건성을 보존한 채로 보편적 해석 가능성을 향해 열리게 된다. 이러한 이야기를 하는 이유는 오늘의 주제가 한국전쟁의 기원과 결과에 대한 시공간적인 겹쳐 읽기를 요구하고 있기 때문이다.

미키 기요시와 고바야시 히데오에서 시작해 도스토예프스키를 거쳐 루쉰에 이르는 길, 그리고 거기서 또 다시 좌절해 사마천에 귀의하기까지의 독서과정은 식민지출신 한 학생이 지배자의 용병으로 나아갔다 돌아와 해방기의 문학 · 철학 · 외국어 교수에서 건국기의 언론인이 되기까지의 길, 그리고 한국현대사의 부침들에 좌절하여 소설가가 되기까지의 삶의 편력들에 정확히 겹쳐진다. 이 삶에는 아주 많은 중첩들이 존재하며, 오직 읽어온 책들이 일련의 전신(轉身)을 연결한다. 도저히 전달할 수 없을 듯한 경험에 일종의 기록가능성의 틀을 제공하는 것이 책들인 셈인데, 그럼에도 책과 삶은 온전히 겹쳐지지 않는다. 글의 초두에서 말한 바. 독서의 세 번째 유형으로서의 '고쳐 베낌' 혹은 '끝낼 수 없는 겹쳐 읽기'란 바로 이러한 유형의 삶 읽기 혹은 읽기로서의 삶을 뜻한다. 세계를 책이라는 형태로 읽어나가기에 늘 실제 세계에서는 좌절할 수 밖에 없는 사람, 그러나 세계의 독해가능성을 믿고 자랐기에 책이 없이는 세계 안의 사건들을 살 수도 해석할 수도 없는 사람. 세계책의 독해가능성 안에서 써나가지면, 어떠한 책들 속으로도 수렴되지 않는 날 것의 경험으로 인해 책세계 속을 헤맬 수밖에 없었던 사람, 어떤 의미에서 이병주야말로 독서인의 제3유형, 즉 '겹쳐 읽는' 사람인 것이다.

물론 이 독서=쓰기의 동체에는 몇 가지 문제점이 존재한다. 개별적으로 존재하는 사건들이 사유의 결과 혹은 책과의 관계 속에서 별다를 게 없는 것으로 제시되어 버릴 때, 그의 글은 딜레탕티즘의 곁으로 접근한다. 사건과 경험이 책과의 근원적 불일치와 그 유일성에도 불구하고 보편적 앎을 계속 지향해갈 때, 그의 글은 겹쳐 읽기의 최고의 층위, 즉 '교양소설'로 나아간다. 이병주는 대하소설을 교양주의 혹은 세계의 독해가능성 안으로 끌어들인 사람이다. 책에 없는 사건을 이해하기 위해 다시금 책을 들여다보는 작가—그의 대하소설을 교양소설로 읽게 하는 이유가 여기에 있다.

그는 "조국은 없고 산하만 있다"고 말했다. 조국과 엮인 것이 정론으로서의 로고스의 언어라면 산하에 얽힌 것이 소설 혹은 증언으로서의 언어이다. 지리산, 국가로부터 도주한 사람들의 땅. 한국'문학'이 쓴, 그러나 한국이라는 '나라'가 쓴 것은 아닌, 지리산 삼부작을 떠올려 보자. 『토지』, 『혼불』, 『지리산』. 교체되는 국가, 하나의 강역 위에서 주장되는 두 개 이상의 주권, 당과 국가의 불일치가 거기 있다. 그러나 삶은 피고 진다. 오직 산천과 산하만이 로고스를 물리치고 '다른 역사'를 구성할 수 있게 한다. 하지만 대문자 역사란 본래 법 위의 글쓰기인 까닭에 이 소문자의 역사란 결국 대하실록 '소설'로 낙착될 수밖에 없다. 대하소설(roman-fleuve/river novel)이란 본래 수없이 명멸해간 날것의 삶들을 자연의 항구성이라는 바탕 위에서 유전케 하는 '전승(saga)'의 일종인 것이다. 유구한 자연이라는 '자연사의 알레고리' 위에서만 겨우 새겨질 수 있는 역사—빠르게 명멸해 간 20세기 한국의 레짐들 속에서 진정한 전승가능성은 바로 문학이라는 목소리의 사유를 통해 겨우 열릴 수 있었던 것이 아닐까.

『토지』의 이동진은 독립운동을 위해 연해주로 떠나며, 동문수학했던 친구 최치수의 물음에 다음과 같이 반문한다. "자네가 마지막 강을 넘으려 하는 것은 누굴 위해서? 백성인가? 군왕인가?" "백성이라 하기도 어렵고 군왕이라 하기도 어렵네. 굳이 말하라 한다면 이 산천을 위해서, 그렇게 말할까."[35] 이 장면을 이병주의 사상적 원점, 정치의 원점으로서의 "조

---

35) 박경리, 『토지』제1부 제2권, 솔출판사, 2002, p.153. 이 거작의 제1부는 1969년 9

국이 없다. 산하가 있을 뿐이다. 조국은 또한 향수에도 없다. 다시 말하면 조국은 언제나 미래에 있다"라는 「조국의 부재」(『세대』 1960. 12.)의 명제에 비추어 보면 어떨까.

겹쳐 읽기를 가능하게 하는 지평 혹은 전승가능성을 여는 언어의 틀이란 어떤 의미에서 시세에 따라 변화하는 백성도, 왕의 정치적 신체 위에서도 아닐지 모른다는 것. 다시 말해 그 지평과 틀이란 산천이자, 산하에 다름 아니라는 것이다. 이것이야말로 한국현대소설의 한 주류적 흐름이 대하소설로 귀결된 이유일지 모른다. 따라서 그 모든 책들에도 불구하고 그 책들이란 산하라는 원텍스트 위에 겹쳐진 텍스트에 불과하다. 책이 있어 산하의 흐름을 읽는 것이 아니라 산하의 흐름 안에서만 책이 읽혀질 수 있다는 것이다. 세계는 책이다. 그러나 세계가 책대로 씌어진 것이 아니며, 하나하나의 책들은 세계를 부분적으로 분유해 가진 낱장들인 것이다. 그런 의미에서 대하소설이란 변화하는 국가들─제국 일본, 대한민국, 조선민주주의인민공화국의 제도를 관통하며 여전히 그 작위를 멈추는 힘으로 건재하는 저 땅과 강에 대한 것인지도 모른다.

그 어떤 법도 여기에 원천을 대지만, 그 어떤 법보다도 근원에 자리한 이것은, 왜 이병주의 소설들이 서울이 아니라 지방, 서울의 인텔리가 아니라 지방의 지식인 및 인민의 군상 속에 쓰여지고 있는가를 짐작하게 한다. 요컨대 『관부연락선』에서 『지리산』에 이르는 이병주의 식민지─해방─한국전쟁의 대하실록은 결국 정치=말에 소환되어 희생당한 자들, 국가로부터 탈주한 자들이 모여드는 곳에 대한 이야기라 하겠다.

이를테면 『지리산』의 하준규야말로 바로 이 회수되지 않는 힘의 그 자체라 할 수 있다. "하준규는 일제 말기 학병을 거부하고 지리산으로 피신했다. 준수의 집이 넉넉하고 사용인도 많고 해서 일제 경찰의 눈을 피해

───────────

월부터 집필하기 시작해 1972년 9월까지 『현대문학』에 연재되었다.

의복, 식량, 약품 등을 그의 아버지는 준수가 숨어 사는 곳에까지 보내줄 수 있었다. 그러는 동안 여러 가지 이유로 지리산에 숨어 사는 사람들이 준수의 주변에 모이게 되었다. 수호지의 양산박 같은 얘기다. 준수 자신은 신판 임꺽정이란 말을 즐겨 쓰더라고 했다." 학병거부자, 즉 징병제라는 국민국가의 첫 명령을 거부한 하준수 주위로 마찬가지로 징용을 거부한 동류들이 수삼백 모여들며 보광당을 형성한다. 이 보광당은 국가의 교체와는 무관하게 하나의 무리로서 움직이는데, 이들이야말로 빨치산의 기원인 것이다. 국가로부터 탈주한 사람들은 당으로부터도 거리를 둔다. 남도부라고도 불렸던 실존 인물 하준수를 모델로 한 하준규는 '두령'으로 불린다. 그는 공산당으로의 편입 이후에도 도당의 어떤 간섭도 받지 않는다. 빨치산, 그 중에서도 특수부대로서 중앙당 지령 외에는 따르지 않아도 되는 완전한 독립된 부대로 승인된 것이다. "아무리 명령이라도 우리 부대에 해가 된다고 판단을 하면 복종할 수 없"다는 하준규의 이 선언에는 세 개의 사건이 겹쳐져 있다. 학병, 대한민국국가, 그리고 당의 명령. '학병'이라는 국가로부터의 첫 부름으로부터의 탈주가 만들어낸 제도와 명령에 대한 거부는 정치=말의 교체가능성에도 불구하고 여전히 기능하는 강력한 부정성을 보여준다. 그가 탈환하려 하는 것은 조국도, 공산주의도, 사회주의 조국도 아니다. 땅에서 온 사람들과 함께 그는 산하의 탈환을 위해 계속 싸울 뿐인 것이다.

아니, 상황은 더욱 급진적인 것인지도 모른다. 관부연락선 다음, 혹은 이전에 존재하는 지리산. 동학잔당, 징병 및 징용 기피자들, 공산주의 운동가들이 탈주해 머무는 반도 안의 유일한 땅. 그 도저한 부정성으로 가득한 탈주의 공간이 뜻하는 것은 무엇일까. 지리산은 결코 민족, 공산주의, 빨치산의 기호들로 수렴되지 않는다. 그것은 노모스와 법 사이에서 파열하는 정치=말을 초과하는 절대적 부정의 힘 그 자체를 의미하는지도 모른다. 그들은 탈환하기 위해서 싸운다. 그러나 그들이 탈환하려는 것은 부정성 그 자체이다. 이들의 존재 자체가 어떤 '부재'의 증거인 것이다. (여기서 나는 샤빈코프 독해를 비롯한 이병주의 혁명가 읽기를 염두에 두는데, 이 글에서는 일단 생략한다.) 물론 지리산이 국가나 당의 밖에 있다고는 단언할 수 없다. 왜냐하면 그들의 탈주는 하나의 강역 안에 하나의 주권만을 세우는 국가 장치에 의해 불가피하게 발생한 내전이 유도한 것이기 때문이다. 작가가 지리산에서의 유태림의 행적을 수수께끼로 남긴 이유도 아마 거기에 있을 것이다. 국가의 탈자연화, 국가라는 작위의 발견 없이 결코 '산하론'은 도출될 수 없다. 그리고 그러한 산하론 속에서나마 정치적 독해를 계속 이어가기란 쉬운 일이 아니다. 그 힘은 정치비판 그 자체로부터 온다기보다는, 오히려 '겹쳐 읽기'에서 온다. 역사와 정치가 끝날 수 없는 것이기에, 이 독서도 끝날 수 없다.

책에는 오만하다고까지 할 수 있는 면이 있는데, 기록 문화가 어느 정도 존속됨에 따라 축적된 저 막대한 양을 대면하는 것만으로도, 이미 책에 실려 있지 않은 것이란 존재하지 않음에 틀림없다고 생각하게 만들기 때문이다. 그러나 개별적 인간이 사는 삶은 늘 새로운 것이며, 하나의 인간이 만나는 사건은 언제나 낯설다. 읽은 대로 살기란 과연 어려우며, 살아 낸 삶을 읽기 또한 어렵다. 그래서 독서인은 종종 삶 밖에서 읽게 된다. 세계책과 책세계 사이에 무엇이 있는가. 실록대하역사소설 쓰기가 있다. 체험적 수기 읽기가 있다. 이 둘은 겹쳐 읽어야 한다.

## <표 1> 자전적 소설과 고전읽기 에세이에 기반한 이병주의 독서편력(1925~1953)

| 시기 | '소설'<br>(저자, 서명, 판본) | 에세이<br>(고전 읽기 회고담) | 소설 전개상의 기능 |
|---|---|---|---|
| 1925 | 『추구(秋句)』 | ● "나는 다섯 살 때부터 백부로부터 『추구(秋句)』를 배웠다. 문자와 접한 최초의 일이란 이상의 것은 아니었다. ─『허망과 진실1: 이병주의 동서양 고전탐사』, 2003(1979) 이하, (『고전』1) | 조선의 지방과 도쿄의 거리를 재는 기준으로서 사용됨. |
| 1933 | 알퐁스 도데 「마지막 수업」 (『소년소녀문학전집』 소재) | ● "「마지막 수업」은 내게 있어서 문학에의 개안(開眼)과 동시에 세계에의 개안, 자기에의 개안의 결정적인 계기가 된 것이다."(『고전』1) | ● 소설 내 알자스와 로렌의 처지와의 유비를 통해 조선의 처지, 자신이 조선인이라는 사실의 의미를 의식적으로 자각하게 됨. |
| 1937 ~1938 | 마르크스 사회주의 독서회 | ※ 이 시기의 마르크스 독서 경험은 회고에서는 등장하지 않음. | ● 일본인 교사와의 대립에 의한 퇴학을 독서회사건에 의한 투옥으로 변형, 지적 편력의 원점으로 삼음. |
| 1937 ~1938 | 도스토예프스키 『죄와 벌』 (『세계문학전집』 改造社 소재) | ● 도스토예프스키 소설과의 첫 접촉. "나는 그것을 탐정소설로 읽었다."(『고전』1) | ● 당시 문학 독서의 분위기 제시, 도쿄 유학 초기의 문학과의 접촉. |
| 1940 년경 | 니체 『차라투스트라는 이렇게 말했다』 生田長江 譯 | ● 입학시험에서 아베 도모지 교수의 니체의 이 책에 관한 질문에 답하는 내용이 등장하며, 합격의 이유였음. (『고전』1) | ● "사람은 탁한 강물이다. 이 탁한 강물을 스스로 더럽히지 않고 받아들이려면 바다가 되어야 한다"는 구절이 인생관 및 소설 쓰기의 근원이 됨. |
| 1940~ 1941 | 도스토예프스키 『죄와 벌』 (영역/불역/일역 대조) | ● 나폴레옹적 인물, 라스콜리니코프적 인물<br>● 가네트 부인의 영역, NRF판불역, 이와나미 문고 나카무라 하쿠요中村白葉의 일역 대조) | ● 법학과 학생들의 『죄와 벌』에 대한 토론을 목격하게 된 것을 계기로 재독하고 세상에 대처하는 두 인물형에 대한 원형을 갖게 됨 . |
| 1940 | 도스토예프스키 『악령』 (이와나미문고, 요네가와 마사오米川正夫 譯) | ● "결정적인 의미로서 자기의 인생에 영향을 끼친 '한 권의 책'" "나는 아직도 그 주박에서 풀려 나오지 못하고 있다" (『고전』1)<br>● "단색으로 펼쳐진 현상 저편에 누적된 원인의 부피를 어렴풋이나마 상정"하게 됨(『고전』1)<br>● "인간의 심연을 열어 보였다" 해방 | ● 정치적 집회나 결사의 필연적 타락과 그에 대한 가혹한 처벌에 관한 선험적 인식과 공포감을 갖게 됨. 예)유학기 '동방청년회' 가입 거절, 학병 시절의 '안영달의 공산주의 독서회 제안' 거절, 해방 후 정당 가입 거절<br>● 식민지─해방기의 상황을 스 |

| 시기 | 저자 | | |
|---|---|---|---|
| | | 기 신중한 처신을 『악령』의 숙독 때문이라 봄. | 타브로긴의 부조리한 의식과 베르호벤스키의 정당성에 기댄 기회주의에 투사 ● 정당성과 조직논리, 혁명과 이기본능 간의 이율배반을 소설의 주제화. |
| 1941년 경 | 발자크 | 문학수업기에 작가에 대한 꿈을 꾸면서 목표로 삼았던 작가 중 한 사람. | |
| | 랭보, 말라르메 보들레르, 지드 | | ● 당시 조선 학생들을 포함한 문학도들이 심취해 있던 대상들로 문학적 치기에 의한 현실 망각을 상징하는 고유명으로 등장. 『관부연락선』 |

| 시기 | 소설 내 저자와 서명 (판본) | 고전 읽기 에세이에서의 회고 | 소설 전개상의 기능 |
|---|---|---|---|
| 1941년 | 루쉰『루쉰 선집(選集)』 문고본에서 시작해 백화문 공부를 통해 원어로 읽기 시작. | ● 1941년 12월 8일. 진정한 문학의 발견. ● "해방 후 혼란은 루쉰과 같은 스승을 가장 필요로 하는 시기이기도 했다. 나는 또한 루쉰의 눈을 통해 우익을 보았다. 나는 또한 루쉰을 통해 좌익을 보았다."(『고전』2) | ● 랭보, 말라르메 등 프랑스 상징주의 문학에 경도되어 있던 자신을 반성, 진정한 문학과 강건한 에세이에 대한 하나의 이미지를 형성. 노예의 사상에서 벗어나 주체로서의 언론인으로서 변신하는데 결정적인 영향. |
| 1941 년초 | 정약용 『목민심서』 | ● 그러나 결국 정약용은 주어진 체제의 절대성을 의심할 수 없었으며 이것이 동시대 서구의 사상과 국내 사상의 결정적 차이점이었으리라는 인식의 획득 (이병주의 동서양 고전 탐사 2, 1979) ● 루소『사회계약론』, 몽테스키외『법의 정신』등과 비교독서. (『고전』2) | ● 조선에도 자부심을 가질만한 세계적 수준의 학자가 있었느냐는 물음에 대한 이상백(李相佰)씨의 추천. 그러나 정약용의 개혁안은 학정에 시달린 조선사의 처참함으로 해석됨.『관부연락선』1 |
| | 김성진(金誠鎭) 편집 『여유당 전서』 중 해방 후에는 이우성 성균관대 교수의 강독모임 | | ● 『목민심서』를 수신서를 위장한 혁명의 책으로 파악함으로써 마르크스에 견줌. |
| 1941 여름 | 오카모토 가노코(岡本かの子) 「학은 병들었다」 아쿠타가와 류노스케(芥川竜之介) | | 문학서로서라기보다는 조선에 대해 쓴 글로서 언급. 관부연락선을 타고 가는 장면에서 두 공간을 연결하는 삽화로서 등장. ● 조선인으로서의 패배를 인간 |

| | | | |
|---|---|---|---|
| | 「장군」, 「어느날의 오이시 요시오」 | | 의 승리로 전화시키라는 고다의 충고. |
| | 랭보 「소년기」 | | ● 유복한 일본인 친구 E의 고향인 도호쿠에서의 여름방학을 묘사하는 장면에서 등장. 청년기의 아주 짧은 절정과 권태의 동시적 출현을 묘사. |
| | 코넌 도일 「샬록 홈즈의 모험」 | 도스토에프스키 역시 애초에는 탐정소설로 읽었다는 언급처럼, 취미로서의 문학의 원점이라 할 수 있다. | ● 원주의 궤적을 더듬기 위해 관부연락선에 오를 때, E가 읽던 책. 유태림의 존재론적 고민과 E의 탐정적 "기분"을 대조하기 위해 설정. |
| 1941 가을 | 나카에 쵸민 | | ● 나카에 쵸민의 제자로 등장하는 사쿠라이 노부오 노인을 통해 간접적으로 등장. |
| | 태평양전쟁 발발 1941년 12월 8일 | | |
| 1942초 | 김사량 장혁주 | | ● "반도 출신의 소설가도 있지 않아? 장혁주니 김사량이니." 경찰까지 알고 있는 조선인 작가로 등장. ● 조선인의 정치적 견해를 추궁하는 지표로서 사용되는 이름들로 등장. 곧이어 경찰은 대동아전쟁에 대해 질문. |
| | 시마키 겐사쿠(島木健作) 「생활의 탐구」 우에다 히로시(上田廣) 「黃塵」 | ※ 일본문학 읽기는 고전 읽기 에세이에 별반 등장하지 않는데, 유학시기와 겹친 당대의 전향 문학 및 국책문학에 대한 위화감이 중요하게 작용했을 것으로 보임. | ● "시마키 겐사쿠의 「생활의 탐구」라는 소설을 주변에서 좋아라고 하는 바람에 읽어보았지만 내겐 생활의 탐구가 아니라 자멸의 탐구로 느껴졌다" ● 중국대륙에서 싸우는 일본군에 적극 협조하는 중국인이라는 대표성 없는 작품 |
| | 미하일 이린 New Russia Primer | | ● 서경애가 유태림으로부터 빌린 이 책으로 인해 서경애는 불온서적 소지 및 조직활동의 죄로 투옥됨. 차후 유태림과 서경애의 부채 및 애정 관계를 이끄는 핵심적인 모티브가 됨. 금서가 서사 변전과 갈등의 주요 요인. |

| | 소크라테스, 잘도노, 브루노, 스피노자 | | ● 곤론마루 침몰로 죽은 일본인 철학과 학생이 남긴 논문을 읽는 과정에서 등장. |
|---|---|---|---|
| 1942 년경 | 마르크스 / 『마르크스-엥겔스 전집』 「공산당 선언」, 「도이치 이데올로기」, 「공상에서 과학으로」, 「경제학 비판」, 「자본론 1권」 등 | ● 마르크스주의에 접근한다는 것이 지니는 위험성을 본능적으로 또 학습의 결과로 명백히 알고 있으면서도, 한편에는 마르크스주의를 외면하는 것이 '청년다운 정의감', '진리에의 탐구심', '민족으로서의 용기'를 배반하는 것이란 부끄러움이 존재. 당시 조선인 청년에게 마르크스주의란 "죽음에 이를 수도 있는 고민"이었다. (『現代를 살기위한 思索』, 240~241) ● 일인친구의 집이 운영하는 고서점에서 독파. "그것을 하숙으로 가져오면 위험물이지만 그 책점에서 읽는데야 불안할 것도 없었다." (『現代를 살기위한 思索』, 244) | ● 고바야시 히데오, 요시노 겐사부로, 아베 도모지 등의 지도 하에 니체, 베른하임 등 마르크스주의를 상대화할 수 있는 사상을 익힌 뒤에 비로소 본격적인 원전에 접근하기 시작 ● 마르크스주의를 직접 접했을 때는 이미 마르크스주의에 대한 비판의 틀이 형성. 자본론의 명쾌한 분석에는 감탄하면서도 마르크스주의자가 될 순 없었다. 지식으로서의 사회주의. ● 같은 마르크스라도 조선인에게는 죽음에 이르는 고민이 될 수 있음을 소설 내 가택 수색 사건으로 보여줌. |
| 1942 년경 | 짐멜의 사회학 저작 『철학의 근본문제』 등 가와카미 하지메 (河上肇) 나카노 쥬지(시게루) (中野重治) 체르니셰프스키와 고리키의 소설 | ● "짐멜의 『생의 철학』, 『철학의 근본문제』, 『쇼펜하우어와 니체』 등의 저서가 연이어 번역되"고 그에 대한 토론의 와중에 모임 참석 제안을 받았으나 "『악령』을 읽은 때문에 생긴 결사와 집회에 대한 공포"로 거절하게 됨. | ● 직접적으로나 간접적으로나 마르크스주의의 영향을 느끼게 하는 책들로서 일본 유학 시절 흥미를 느끼면서도 동시에 가까이 할 수 없었던 책들. ● 짐멜 독해 제안 거절을 통해 식민지 출신의 위축된 처지를 보여줌. |
| 1942– 1943 년경 | 피히테 빈델발트 『철학개론』 | ● 메이지 대학에서의 체계적 철학학습 과정 중에 독서. 주로 요시노 겐사부로(吉野源三郎) 선생의 지도 하에 학습. ● 당시의 일본 철학계의 주류는 '신칸트 학파' 그 가운데서도 리케르트, 빈델반트를 중심으로 한 '서남(西南)학파'였다. (『現代를 살기위한 思索』) | |
| | 베른하임 『역사란 무엇이냐』 | ● 마르크스주의 및 유물사관에 대한 이병주의 질문에 고바야시 히데오가 추천. | '마르크스는 옳지만 내가 그를 추종할 필요는 없다'는 고바야시의 태도에 감화되는 한편, 베른하임 |

| | | | |
|---|---|---|---|
| | | ● 마르크스주의의 극복의 실마리 발견. | 의 책을 통해 유물 사관 역시 하나의 관점, 갈래일 뿐이며 절대화할 필요가 없다는 사실을 깨달음. |
| | **요시노 겐사부로**<br>(吉野源三郞/<br>서양철학),<br>**고바야시 히데오**<br>(小林秀雄 /문학 ),<br>長興善郞(동양철학),<br>板垣鷹穗(미학) 등 | ● 메이지 대학의 교수진.<br>● 메이지 대학에서의 비교적 체계적인 철학과정을 통해 독서. 주로 요시노 겐사부로(吉野源三郞) 선생의 지도 하에 학습. | |
| **1943년<br>경** | 도스토예프스키<br>『카라마조프가의<br>형제들』 | ● 메이지대학 졸업논문의 주제<br>(『고전』1) | ● 소설 내의 극시 「대심문관」의 배경이 되는 핵심문제와 관련되어 있다. 전체(혁명)를 위해 개인의 희생을 요구하는 일은 정당한가. 개인의 희생을 통해 전체를 위한 선을 구축한다는 것은 가능한가라는 문제에 대한 사색과 관련됨. |
| | **고바야시 히데오,**<br>「각양각색의 의장」,<br>「마르크스주의의<br>悟達」 등 | ● 이병주 재학시 메이지대학에 출강했으며, 당대 최고의 비평가로서 존경하는 한편 그의 비평을 자신의 독서에 대한 주요한 지침으로 삼곤 했음.<br>● 마르크스주의에 대한 비판적 관점을 세우는데 도움을 얻는다. 사고의 핵심을 찌르는 사유의 화려함으로 인식. | ● 전향자들에게 논리와 위안을 제공하는 인물로서 전향 청년들의 내면의식을 묘사하는데 중요한 기능을 수행.<br>● 역사에서 명멸하는 무상한 것에 대한 응시자가 아니라, 역사의 그물에서 빠져나가는 사건까지를 그물로 잡는 어부가 되어야 한다는 이병주 고유의 소설론—'패배의 기록'론과도 유관함. |
| | **미키 기요시**<br>『철학입문』<br>동아협동체론 등 | ● 1940년대 당시 일본의 학생들에게 가장 큰 영향을 주었던 일본철학자들로서 기억<br>● 전전 일본의 사상을 고바야시와 미키의 대결로 파악. 각각 계몽/교양과 삶의 에스프리를 상징하는 인물. | "고바야시와 미키의 문제는 현대 일본의 최대의 문제가 아닐 수 없다. 학생이면 일본에선 고바야시의 제자가 되거나 미키의 제자가 되거나 해야 되기 때문이다." (『관부연락선 1』) |
| | **나카노 세이고** | ● 나카노 세이고가 주도한 동방청년회에 가입할 것을 권유받고 나카노=일본국수주의=조선자치령=조선독립이라는 논리의 등식과 역리에 경악 (『고전』1) | ● 동양주의자이자 조선자치론자인 나카노 세이고의 신봉자인 친구 박준군이 그의 실각 및 자결과 함께 순사하는 장면이 등장. 『관부연락선』 |

| | | ● 서명 없이 고유명으로 등장하지만 동방회에서『此一戰 : 國民は如何に戰ふべきか!』가 간행된 것이 1942년 1월 | |
|---|---|---|---|
| | **현영섭 『조선인의 나아갈 길』 장혁주 「조선 지식인에게 호소한다」** | ※ 고전읽기 관련 회고에는 등장하지 않지만, 그의 조선에 관한 독서가 거의 전적으로 일본어를 통해 이루어졌음을 암시. | ● 학병 출진의 의의가 이광수, 김용제 등의 연설로 선전될 무렵의 독서로 등장. 불가피한 사건을 자신에게 설득하는 논리적 방안 모색 과정과 관련. ● 개개인의 능력, 성격, 고민을 손쉽게 민족단위로 추상화해버리는 글의 논지에 반발하며 오히려 자신의 학병행이 이들의 생각을 행동화한 결과로 보일까 우려함. 민족 단위의 발화에 대한 위화감은 이후 계속 이어짐. (『관부연락선』 서문 및 2권 후반부) |
| | 니체 /『인간적인 너무나 인간적인』 | ● 생의 노예가 아닌 주체로 살아야 하며 일체의 기성가치를 부정하고 파괴할 수 있는 지력과 용기를 갖춰야 한다는 교훈. ● '예외자', '고독자'의 삶을 본받는 의미에서 일제말기 교련수업의 거부. ● 니체의 사회주의에 대한 비판을 통해 유학 시기 느꼈던 사회주의에의 유혹과 부채감을 극복할 수 있었다. | ● 공산주의자들에 대한 비판의 질료로 사용되며, 마르크스주의를 주체의 과정없는 시스템으로 파악하는 근거가 됨. |
| | 니체 /『선악의 피안』 | 회고나 고전 읽기 에세이에는 등장하지 않음. | ▲ "병사(病死), 아사(餓死), 그밖에 추잡하게 죽어야 할 운명의 천민들에게 전사(戰死)라는 명예스러운 죽음의 형식을 주었다는 것만으로도 나폴레옹은 위대하다." (「소설 알렉산드리아」, 「쥘부채」에 인용) |
| 1943년 말~ 1945년 8월 | 니체 『비극의 탄생』 | ● "인간의 생활은 예술로서 비로소 완성된다는 것이 나의 신념이며, 정치가 예술화될 때 비로소 인류의 이상이 달성된다는 것이 나의 신앙이다. 『비극의 탄생』은 내게 이러한 신념과 신앙을 안겨준 책이다." (『고전』1) | ● 비극적인 것과 예술의 동일시를 통해 참담한 역사에서 소설쓰기로 나아가는 예술론상의 근거를 제공. |

| | | | |
|---|---|---|---|
| | 카로사, 「루마니아 일기」 | | ● 언어화할 수 없는 것, 한스 크 리비나의 '절규'와 같은 것으로 밖 에 표현될 수 없는 병정이라는 존 재를 표현하기 위해 인용. |
| | 두보 헤로도투스 『역사』 톨스토이 『전쟁과 평화』 | ※『관부연락선』의 마지막에 등장하 는 이름들. 정치의 외부, 논리의 외부 에 존재하는 죽음의 위상을 군인의 죽음을 통해 설명. 목적과 무관하게 오직 '살해 가능성'을 통해서만 존재 하는 군인의 항구한 운명을 통해 인 간을 수단화하는 모든 정치를 공중에 거는 방식. | ● "병정은 그저 병정이지 어느 나 라를 위해, 어느 주의를 위한 병정 이란 것은 없다. 죽기 위해 있는 것 이다. 도구가 되기 위해 있는 것이 다. 수단이 되기 위해 있는 것이다." "운명……그 이름 아래서만이 사 람은 죽을 수 있는 것이다." |
| 1944– 1945 (학병 복무기 간) | 도스토예프스키 『죽음의 집의 기록』 『작가일기』 『악령』재독 | ● "누가 나쁜가. 그렇다. 누가 나쁜 가 말이다." "『죽음의 집의 기록』의 이 마지막 부분을 나는 염불 외듯 하 며 지냈다."(『고전』1) | ● 학병 시절의 정신적 좌절을 위 로해 주었던 책. 위안으로서의 문 학을 경험 ● 도스토예프스키의 문학적 탐 구의 결론으로 이해. 혁명의 불가 능성에 대한 인식의 근거가 됨. |
| | (보들레르, 칸트, 베토벤, 톨스토이, 니체에 대한 명상) | 책을 통해 설명되지 않는 삶에 대해 기록을 사유하기 시작. | ●보초의 사상, 적막과 모멸감을 설명하기 위해 모든 독서를 떠올 리는 과정을 경험 |
| | 칸트 / 『순수이성비판』 | ● 학병 입영 당시 「순수이성비판」을 소지한 채로 입대. ● 복무 중 철학교수 출신 병사 이와 사키 다케오(岩崎武雄)에게 칸트 강 의를 사사. | ● 이와사키라는 동명으로 『관부 연락선』에 등장, 보편주의자/교양 주의자의 애국이라는 논제를 숙 제로 남김. |
| 광복=일본의 패전, 1945년 8월 15일 ||||
| 1946. 10 | 앙드레 지드 「스페인 내전에 대한 성명서」 『소비에트 기행문』 | 도스토예프스키 가족, 필리냐크, 키 릴로프에 대한 소련의 정치적 탄압 | ● 좌우의 틈바구니에서 인민전 선의 사상에 관심을 갖는 유태림 "공산주의자와 지드주의자. 인민 대중을 적으로 돌릴 수는 없다." ● "나의 목적의식은 윤리에 있고 M선생의 목적의식은 혁명에 있 으니" |
| 1946. 10 | 『순자』「권학편」 | ※ 공자에 대한 순자의 관계는, 대한 민국에 대한 마르크스의 관계와 유비 관계에서 설명되고 있음. | 허미수가 쓴 순자에 나오는 글귀, "天貴其明 地貴其光 君子貴其全 也"을 다시 꺼내 읽으며 사문난적 의 범주에 드른 글까지 읽으면서 |

| | | | 도 당쟁과 풍파에도 견딜 수 있는 사상이 무엇인지를 고민함. |
|---|---|---|---|
| 1946 겨울 | 『어우야담』 | | |
| | 체호프『백부 바냐』 | | ● 정치운동에 뛰어든 서경애가 대구로 되돌아가며 화자의 서가에서 뽑아 간 책 |
| 1947 여름 | 가르시아 롭신 『창백한 말』 | | ● "자네 로프신의 『창백한 말』이란 소설 읽어보지 않았나? 모스크바 총독을 죽이는 얘기 말이다. 히틀러나 스탈린의 암살이라면 모럴도 있고 미학도 성립될 수 있을 것 아냐?" 테러 정국에 대한 설명 중에 등장 |
| 1947 가을 | 마크 게인 「재팬 다이어리」 | ※ 『관부연락선』과 『그해 5월』에 모두 등장. 정치적 리얼리즘과 마키아벨리즘을 내장한 이승만의 정치적 승리를 예감하는 대목에서 인용됨. | ● "김규식을 미군정청이 아무리 옹립하려고 서둘러도, 박헌영이 아무리 날뛰어도, 여운형이 뭐라고 해도, 김구가 어떤 지지 세력을 가졌어도 모두 문제가 안 된다. 나는 이승만을 만났을 때 첫눈으로 이 나라 장차의 운명은 이 반안半眼을 감고 앉아 있는 노인에게 있다고 직감."『관부연락선』 |
| 1949 정월 | 투르게네프 『처녀지』 | ※ 『악령』과 더불어 혁명 전야의 환상에 대해 경계하는 발언으로 등장. ※ 북구(北歐)의 사회민주주의, 점진주의에 대한 호감과 관련되어 언급됨. | ● "그 소설의 분위기를 보면 내일이라도 혁명이 일어날 것 같은, 아니 일어나야할 것 같은 상황이 아냐? 그럼에도 러시아 혁명은 그 소설의 무대가 되었던 시대에서 약 3,40년 후에사 발생했고 50년 후에쯤에 성공했거든……." |
| 1949. 10. | 오스카 와일드 『살로메』 (연극연출) | | ● 정치적 긴장에 '문화적 충격'을 가하는 사건에 대한 구상 속에서 공연됨. |
| 1950. 1. | (● 『관부연락선』: 일본문예지 G에 유태림의 작품이 게재됨: "남쪽 한국의 지방 도시, 그 정치적 생활환경을 체호프풍으로 유머러스하게 그린 일품"):일어로 문학수업을 행한 이병주의 문학적 소망의 일단을 드러냄. | | |
| **1950. 6. 25. 한국전쟁 발발** | | | |
| 1950. 6 | 조병옥, 유진산, 신익회, 이범석 강연 | | ● 한국전쟁 발발 |

| 1951 | 공자<br>「논어」 | | ● 危邦不入 亂邦不居<br>해인사로 들어가는 유태림의 무<br>력감과 환멸 끝에 나온 인식 |
| | 불교성전<br>라틴어문법 | | ● 빨치산에 납치될 당시 유태림<br>이 읽고 있던 책. |

## 참고문헌

이병주, 「조국의 부재」, 『세대』, 1960년 12월호.

이병주, 「서문」, 『관부연락선』1, 기린원, 1980.

이병주, 「朴正熙와 李厚洛 간의 텔레파시」, 월간조선편, 『秘錄 한국의 大統領 : 權力과 人間, 政治와 人生』, : 조선일보사출판부, 1993.

이병주, 『허망과 진실: 이병주의 동서양 고전탐사 1: 서양편』, 생각의 나무, 2002.

이병주, 『허망과 진실: 이병주의 동서양 고전탐사 2: 동양편』, 생각의 나무, 2002.

이병주, 『소설 · 알렉산드리아』, 한길사, 2006.

이병주, 『관부연락선』1 · 2, 한길사, 2006.

이병주, 『그 테러리스트를 위한 만사』, 한길사, 2006.

이병주, 『그해 오월』1-6, 한길사, 2006.

이병주, 『지리산』1-7, 한길사, 2006.


김윤식, 『이병주와 지리산』, 국학자료원, 2010.

김윤식, 『일제 말기 한국인 학병세대의 체험적 글쓰기론』, 서울대학교출판부, 2007.

김 현, 『책읽기의 괴로움/살아 있는 시들: 김현문학전집5』, 문학과지성사, 1992.

남재희, 「이병주 소설을 읽는 이유」, 『삐에로와 국화』, 일신서적공사, 1977.

박경리, 『토지』제1부 제2권, 솔출판사, 2002.

이향철, 「근대일본에 있어서의 『교양』의 존재형태에 관한 고찰-교양주의의 성립, 전개, 해체를 중심으로」, 『일본역사연구』제13집, 일본사학회, 2001, pp.100~105.

임헌영, 「기전체 수법으로 접근한 박정희 정권 18년사—『그해 5월』」, 김윤식 · 임헌영 · 김종회 편, 『역사의 그늘, 문학의 길』, 한길사, 2008.

정범준, 『작가의 탄생—나림 이병주, 거인의 산하를 찾아서』, 실크캐슬, 2009.

천정환, 「1920년대 독서회와 '사회주의 문화'」, 『대동문화연구』제64집, 성균관대학교 대동문화연구원, 2008, p.60.

최지희, 「내 삶의 버팀목」, 김윤식 · 김종회 편, 『문학과 역사의 경계에 서다』, 바이북스, 2010.

韓國革命裁判史編纂委員會 編, 『韓國革命裁判史』第3輯, 韓國革命裁判史編纂委員會, 1962.

허병식, 「개발/계발과 문학 ; 교양의 정치학: 신체제와 교양주의」, 『민족문학사연구』제40집, 민족문학사학회, 2009 외.

허병식, 「한국 근대소설과 교양의 이념」, 동국대박사학위논문, 2006.

황호덕, 「무상의 시간과 구제의 시간 : 끝나지 않는 신체제, 종언이후 일본의 역사상」, 『프랑켄 마르크스』, 민음사, 2008.

황호덕, 「제국일본과 번역 (없는) 정치—루쉰 · 룽잉쭝 · 김사량, '아큐(阿Q)'적 삶과 주권」, 『대동문화연구』제63집, 성균관대동아시아학술원, 2008.9.


竹内洋, 『教養主義の没落』, 中央公論新社, 2003.

黃鎬德, 「帝国の人間学あるいは植民地動物の鋳物工場——「非人」の地' 後期植民地からの断想」(全雪鈴訳), 『現代思想』2009年7月号, 青土社, 2009.


조르조 아감벤, 『호모사케르』, 박진우 옮김, 새물결, 2008.

이탈로 칼비노, 『왜 고전을 읽는가』, 이소연 옮김, 민음사, 2008.

장 자크 루소, 『사회계약론』, 이환 옮김, 서울대출판부, 1999, p.14.


Hans Blumenberg, *Die Lesbarkeit der Welt*, Suhrkamp Verlag, 1986.

Thomas Hobbes, *Leviathan*, XVII, Penguin Classic, 1985[1651].

# 식민지를 가로지르는 1960년대 글쓰기의 한 양식*
## 식민지 경험과 식민 이후의 『관부연락선』

김성환(부산대 HK연구교수)

## 1. 일본이라는 타자, 혹은 경로

1965년 일본을 복귀시킨 한일수교는 정치 · 외교의 지평 이상에서 해석되어야 할 사건이었다. 식민지배 종결로부터 20년이 지난 시점에 한국과 일본의 관계에는 식민-피식민, 가해-피해의 대립 외에도 20세기 후반의 세계사적 의미가 중첩되어 있었기 때문이었다. 외적으로는 미국 중심의 냉전적 세계질서가 한일회담을 매개로 한국에 영향을 끼쳤으며, 내적으로는 일본의 재등장이 경제침략, 혹은 문화침략으로 간주되었다. 한편으로 냉전체제의 반대급부로 떠오른 제3세계론이 한국 내 민주주의 문제와 관련되어 새로운 선택지로 제출되기도 했다. 1960년대 후반 한일수교는 세계사의 여러 층위가 한번에 몰려든 담론과 이데올로기의 공간이었다.

한국의 반응은 한일회담이라는 표면적인 사건에 집중되었다. 1964년의

* 이 논문은 2007년 정부(교육과학기술부)의 재원으로 한국연구재단의 지원을 받아 수행된 연구임(NRF-2007-361-AM0059).

한일회담 반대운동을 통해 선보인 첫 번째 반응은 일본에 대한 분노와 배척의 감정이었다. 군사정권의 대응과 맞물려 일본은 격정적 감정의 대상이 되었으며, 이 과정에서 일본은 '재침(再侵)'의 키워드로 해석되었다. 한일회담의 가장 중요한 쟁점이었던 경제협력 문제는 일본의 경제적 침략으로 해석되었고, 4·19 직후 붐을 일으켰던 일본문화는 한일회담 국면을 통해 문화 침략, 문화 식민지라는 부정적 인식으로 전환되었다. 1960년대 초 일본문학에 대한 관심이 4·19의 부수적 효과라면, 일본의 문화적 침략이라는 감정은 한일회담 반대운동이 낳은 정치적 산물이었다.[1]

그러나 적대적 감정으로 한일관계를 설명할 수 있는 부분은 제한적이다. 군사정권이 한일회담의 경제적 성과를 내세워 권력 체제를 강화한 반면, 반대진영의 지식인은 한일수교라는 현실과 군사정권의 권력 앞에서 담론적 대응력을 소진하는 형국이었다. 한일회담의 최대 관심사인 경제문제, 즉 식민지 배상금은 정권의 경제정책의 토대가 되었으며 경제제일주의의 슬로건은 반론을 허락하지 않는 국가적 이데올로기로 자리 잡았다.[2] 게다가 한일회담의 주선자인 미국의 존재 앞에서 『사상계』 중심의

---

1) 1950년대까지 일본문학을 포함한 해외 출판물 수입은 허가제로 통제되었다. 이승만 정권의 배일정책과 맞물려 일본문학은 1950년대까지 정식 번역되지 못했다(이봉범, 「1950년대 번역 장의 형성과 문학 번역—국가권력, 자본, 문학의 구조적 상관성을 중심으로」, 『대동문화연구』 79, 성균관대 대동문화연구원, 2012). 그러나 4·19 직후 해외도서의 수입, 번역이 비교적 자유로워졌으며, 대표적인 수혜자는 일본문학이었다. 1960년 고미카와 준페이의 『인간의 조건』을 시작으로 수많은 일본문학이 번역되기 시작했고, 신구문화사와 청운사에서 각기 『일본전후문제작품집』, 『일본문학선집』 등의 전집이 기획·출판될 정도로 일본문학은 붐을 일으켰다. 『설국』, 『가정교사』, 『빙점』 등이 베스트셀러 목록에 오를 정도로 일본소설은 1960년대 대중 독서시장을 휩쓸었다. 1960년대 일본문학 번역 상황에 관해서는 윤상인 외, 『일본문학 번역 60년 현황과 분석: 1945~2005』(소명출판, 2008)을 참조.
2) 한일회담 이전부터 일본 자본은 한국 경제성장에 필수적인 동력으로 인식되었다. 한일회담 반대운동의 국면에서 일본 자본은 경제침략의 첨병으로 이해되었지만, 수교 이후 일본자본에 대한 반감은 줄어들고, 오히려 일본자본의 '선용(善用)' 방안을 논의하는 상황으로 전개되었다. 이 과정에 대해서는 김성환, 「일본이라는 타자와

지식인의 한계는 분명했다.[3] 한일회담이 일본을 대리인으로 하는 미국의 동아시아 정책에 편입됨을 의미할 때, 이 체제를 거부하기는 어려운 일이었다. 미국 중심의 '반공-자유주의-자본주의'에 대한 근원적인 의문을 제기하지 않는 상황에서 대중의 감정적 반응은 담론의 공간을 갖지 않은 채 소진되는 수순을 따른다.

한일회담 이후 한국은 일본이라는 정치적 실체를 통해 근대적 보편성의 기획을 실천할 수 있었다. 문제는 이 기획에 한국사의 특수성이 필연적으로 투영된다는 점이다. 군사정권은 20세기 후반 신생 독립국의 특수성을 인정함으로써 세계질서 상의 좌표를 확인할 수 있었다. 이러한 상황은 1960년대 한국에서 식민 이후의 담론을 가능케 하는 조건이다. 한국은 '트리컨티넨탈', 즉 식민 이후의 세 주변부의 일부로서 식민성의 주체적 해결을 민족-국가 수립의 필수적인 과제로 부여받은 것이다.[4] 따라서 한국은 일본을 세계체제의 편입의 준거로 삼는 동시에 식민지 역사의 기원으로, 극복의 대상으로 맞이하게 된다. 이때 가장 핵심적인 준거는 경제였다.[5] 제3세계의 지도자와 마찬가지로 한국의 군사정권은 경제제일

---

1960년대 한국의 주체성-한일회담에 관한 논의를 중심으로」,『어문논집』61, 중앙어문학회, 2015, 3장 참조.

3)『사상계』지식인의 친미적 경향에 관해서는 박태균,「한일협정 반대운동 시기 미국의 적극적인 개입정책」(국민대학교 일본학연구소 편,『한일회담과 국제사회』, 선인, 2010.)의 논의를 참조. 제3세계론과 중립국 논의가『청맥』을 중심으로 전개되었지만, 실질적인 힘을 발휘하지 못했다. 김주현,「『청맥』지 아시아 국가 표상에 반영된 진보적 지식인 그룹의 탈냉전적 지향」,『상허학보』39, 상허학보, 2013 및 이동헌,「1960년대『청맥』지식인 집단의 탈식민 민족주의 담론과 문화전략」,『역사와 문화』24, 문화사학회, 2012 참조.

4) 트리컨티넨탈리즘이라는 용어는 로버트 J. C. 영의 제안에 따른 것이다. 포스트식민주의를 대신한 트리컨티넨탈리즘이라는 용어는 포스트 식민주의의 인식론의 원천뿐 아니라 그 국제주의적인 정치적 동일시까지도 정확하게 포착할 수 있다는 장점을 가진다. 로버트 J. C. 영, 김택현 역,『포스트식민주의 또는 트리컨티넨탈리즘』, 박종철출판사, 2005, 24면.

5) 박정희는『국가혁명과 나』(향학사, 1963)를 통해 군사혁명이 경제발전을 목표로 삼

주의를 표방했으며, 군사정권은 근대성의 핵심이 경제라는 정위6)를 거쳐 근대적 보편성의 실천 가능성을 타진했다.

1960년대 이후 일본을 경유하는 보편성의 기획은 문학의 영역에서도 펼쳐졌다. 식민지의 기억을 형상화하는 글쓰기는 4·19세대의 신세대 문학론과 길항하면서 문학 담론을 형성한다. 이른바 학병세대 작가는 분단 이후 단절된 듯 보이는 식민지 기억을 형상화함으로써 4·19세대 문학론과 다른 지점에서 글쓰기를 이어나갔다. 이를 대표하는 작가 이병주의 광포한 지적 경험과 글쓰기는 1960년대 고유의 정치-경제의 문제와 일정하게 대응한다. 식민지 경험을 1960년대의 지평에서 해석한 이병주는 정치-경제의 이면에서 이어진 역사의 연속성을 전제로 식민지 기억을 소환했다. 이병주의 소설은 독립 이후 한국이 세계체제에 진입하기 위한 정체성의 문제와 연결된다는 점에서 식민 이후의 범주에서 설명된다. 한일회담이 정치-경제의 투쟁의 장이라면, 그의 소설은 문학 장에서 담론의 공간을 형성한다. 이 글은 식민지 경험과 이를 형상화한 문학 장의 결과물로서 『관부연락선』을 주목한다. 『관부연락선』에서 식민 이후의 문학적 사유와 사상의 극명한 한 사례를 발견할 수 있기 때문이다. 주인공 유태림이 겪은 식민지-학병체험과 해방공간의 갈등과 분단이라는 사건은 1960년대 한국의 근대적인 민족-국가의 담론 장에서 하나의 사건으로 해석된다. 정확히 말해, 『관부연락선』은 한일회담이 선사한 민족의 타자이자 세계인식의 경로인 일본에 대한 분석을 통해 식민 이전과 이후가 동일한 지평에서 의미화될 수 있음을 증명했다. 『관부연락선』을 통해 식민

---

고 있다는 점을 천명했고, 이는 근대적 합리성의 핵심에 경제적 합리성이 있다는 의미로 재규명된다. 김경창, 「새 정치이념의 전개-민족적 민주주의의 방향」, 『세대』, 1965.8, 58~59면.

6) 민족적 민주주의 이념과 경제 개념이 결합하는 양상에 관해 김성환, 앞의 글, 4장을 참조.

과 분단, 두 사건을 관통하는 글쓰기가 어떻게 식민 이후의 한국의 정체
성과 연결되는지, 혹은 식민 이후의 지평에서 해석되는지를 살피는 것이
이 글의 목표이다.

## 2. 식민 이후, 일본에 대응하는 양식

### 1) 정치-경제와 민족주의의 행방

1960년대 들어 식민성의 문제가 제기된 데에는 일본의 역할이 결정적
이었다. 과거의 식민종주국 일본은 세계질서의 수용을 요구했고 한국은
내적 변화에 직면했다. 그 과정에서 일본에 대한 반감과 수용의 양가적
태도는 식민 이후의 일반적 정황과 일치한다. 식민지배가 접목시킨 근대
적 합리성의 환영은 식민 이후에도 여전히 피식민 민족-국가의 지배체
제에 효과적으로 작동한다는 분석이 식민론의 핵심이다.[7] 식민지적 근대
성은 1960년대 한국에서 경제라는 이름으로 부활했다. 6억 달러에 달하
는 차관(借款)이 촉발한 경제성장의 이데올로기는 정치적 대립을 초월한
지점에서 국가 정체성을 구성했다.[8] 그러나 경제성장으로 성취되는 근대
적 합리성은 식민지배보다 식민지배에 저항한 민족주의의 기획에 더 큰

---

7) 이 글에서는 postcolonial의 번역어로 '식민 이후'라는 용어를 사용하였다. 정치적 식
   민 종결 이후 피식민 민족에게서 재현되는 식민성의 양상을 설명하는 데 적합한 것
   으로 판단했다. 빠르타 짯떼르지는 식민국 이데올로기와 피식민 민족의 독립의 기
   획은 각기 다른 시공간의 역사성으로 인해 개별적인 문제틀(problematic)을 형성하
   지만 본질적인 주제틀(thematic)에서는 동일하다는 사실을 인도의 역사에서 확인한
   바 있다. 빠르타 짯떼르지, 이광수 역, 『민족주의 사상과 식민지 세계』, 그린비,
   2013, 2장 참조.
8) 김성환, 「빌려온 국가와 국민의 책무: 1960~70년대 주변부 경제와 문화 주체」, 『한
   국현대문학연구』 43, 한국현대문학회, 2014, 3장.

영향력을 발휘한다. 식민지배에 대한 저항논리가 식민지적 근대성에서 비롯되었기에 민족주의적 저항은 식민성을 강화하는 모순을 배태하고 있다. 이 모순은 식민 이후의 한국을 비껴나지 않았다. 근대적 보편성을 지배의 기제로 전유한 식민지 기제와 1960년대 군사정권의 근대화 기획의 차이는 분명하지 않았으며, 한일 두 나라가 차관으로 연결될 때 세계체제 내의 상동성이 부각되었다.

근대적 보편성이 식민의 역사를 거쳐 피식민 민족에 당도할 때 식민성은 피식민 민족의 특수성과 결합하여 새로운 양상으로 전개된다. 짯떼르지의 용어를 빌자면, 이는 식민성의 '도착국면'이라 할 수 있다. 해방 이후 한국은 일본을 통해 1960년대의 세계체제에 부합하는 새로운 식민성을 맞이했다. 피식민 민족이 정치적 독립과 문화적 민주주의를 기획할 때 첫 번째 과제는 세계사적 보편성에 의탁하여 민족사를 서술하는 일이다.[9] 민족사에서 보편성을 발견함으로써 식민지 역사를 일시적인 일탈로 처리할 수 있으며, 보편성을 박탈한 식민성으로부터의 해방도 기대할 수 있다. 그러나 식민 이후의 민족사가 지향한 보편성에 과거 식민성의 함정이 숨어 있었다. 짯떼르지는 인도 현대사에서 민족사 서술이 지향한 보편성과 과거 식민지 모국이 중계한 세계사적 보편성, 근대적 합리성을 구분하기란 쉽지 않다는 사실을 발견한다. 일본을 통해 한국에 도달한 보편성은 어떠했을까. 한국이 보편성의 구축을 위해 제시한 민족과 민주의 두 담론은 과연 일본제국이 제기한의 식민성의 한계를 넘어섰던가.

일본과 미국을 경유한 냉전체제는 불가침의 이데올로기 형식으로 제출되었으며 그 중핵인 경제는 대중의 반일감정과는 차원을 달리했다. 이 시기 군사정권의 정치적인 수사로 고안된 '민족적 민주주의'의 구호는 반일감정에 대응하는 내치(內治)의 수단으로 활용되었다. 동시에 이 구호는

---

9) 빠르타 짯떼르지, 앞의 책, 286면.

민주주의라는 보편성과 한국의 특수성이 결합하는 식민 이후의 담론공간이 되기도 했다. 민족과 민주를 결합한 '민족적 민주주의'라는 기표를 이해하기 위해서는 전후 일본의 정치 상황을 참조할 필요가 있다. 일본의 전후 사회운동은 민주주의의 '민족적', 혹은 '국가적' 가능성을 보여준 사례이면서 한국과 밀접하게 연결되어 있기 때문이다. 전후 세계질서가 내세운 민주주의의 기표는 일본에서도 보편적 가치로 실천된다. 안보투쟁, 한일회담 반대운동, 베트남전쟁 반대운동 등 1960년대의 사회운동은 한국을 수신자로 상정함으로써 일본의 특수성을 극복하려 했다. 즉 한국을 냉전적 제국주의의 희생자로 지목하여, 이를 근거로 진보세력의 국제적 연대를 시도했다. 민주주의라는 보편적 가치 내에서 일본의 특수성을 고려할 때 비로소 한국이 시야에 들어왔던 것이다. 일본 지식인의 인식은 필연적으로 한국 민주주의와 민족주의 비판으로 이어진다. 국제프롤레타리아 연대 혹은 반제국주의의 입장에 선 일본 좌파는 군사독재 정권과의 수교협상을 민주주의 가치에 대한 도전으로 평가하면서도, 한일회담 반대운동 과정에서 드러난 한국의 배타적 민족주의가 식민지적 한계에 머문다는 점 또한 냉철하게 비판했다.[10]

　일본발 비판은 트리컨티넨탈의 모순이 여전히 잔존하는 한국의 상황에 맞춰진다. 일본의 좌파 지식인들은 식민 이후에도 식민성이 한일관계에서 반복된다는 사실을 발견한 것이다. 피식민 민족의 근대성의 기획 속에 내재한 모순이란, "이성의 간계(Cunning of Reason)"가 남긴 함정이다.[11] 근대 이성의 간계는 식민성을 형성하는 것은 물론, 피식민 민족의

---

10) 국민대학교 일본학연구소 편, 『한일회담과 국제사회』, 선인, 2010; 최종길, 「전학련과 진보적 지신인의 한반도 인식－한일회담 반대 투쟁을 중심으로」, 『일본역사연구』 35, 일본사학회, 2012; 小熊英二, 『<民主>, <愛國>: 戰後日本のナショナリズムと公共性』, 東京: 新曜社, 2002, 13장 참조.
11) 빠르타 쌋녜르지, 앞의 책, 54면.

나라 만들기에도 개입한 것인데, 한국의 민족적 민주주의 기획도 여기에서 자유롭지 않았다. 군사정권이 내세운 민족적 민주주의란, 근대적 합리성을 바탕으로 민족주의와 민주주의를 포괄하는 담론의 외형의 갖추었다. 그러나 담론에 내재한 식민성은 민족적 민주주의의 구호가 통치 이데올로기에 지나지 않음을 증명했다. 이는 한일회담 국면에서 분명해졌다. 내부에서는 군사정권의 폭력성이 드러났으며, 외부에서는 민족적 민주주의의 비판이 일본에서부터 제출되었다. 이같은 상황은 일본을 경로 삼아 받아들인 세계체제의 본질적인 모순, 그리고 해방 이후에도 지속되는 식민성의 곤란함을 보여준다. 일본 자본을 통해 세계체제에 편입되었으며, 곧이어 불균형성장론, 도약이론 등의 논리로 권력을 구축했을 때,12) 군사정권은 민족주의와 민주주의의 양립불가능성을 스스로 실증한 셈이었다.13)

식민성의 한계는 군사정권을 비판한 지식인의 논리에서도 발견된다. 한일회담 반대운동이 한일간 국제적 협력으로 고양된 시점에서 한국의 비판적 지식인은 일본측의 논리를 참조했다. 그러나 일본 좌파의 기획이 한국에 당도했을 때, 그 내용과 형식은 한국적 특수성의 굴절을 거쳐야만 했다. 일본측 비판이 사회당, 공산당 등의 좌파적 기획으로 제출되었다는 점에서 비판적 지식인, 특히 『사상계』를 중심으로 한 비판론은 한계를 드러낼 수밖에 없었다.

---

12) 한일수교 이후, 군사정권은 미국 중심의 자본주의 체제를 받아들여 균형개발론을 폐기하고, 무역위주의 불균형개발론을 경제정책의 기조로 삼는다. 여기에는 로스토우의 도약이론이 결정적인 영향을 미쳤다. 김성환, 「빌려온 국가와 국민의 책무: 1960~70년대 주변부 경제와 문화 주체」, 3장 참조.

13) 군사정권의 대표적인 대중동원의 사례인 새마을 운동에서 다수 대중의 삶의 근거인 농촌의 전통문화는 전근대적 비효율과 후진성의 상징으로 비판받았다. 1970년대 이후 농촌이 민족전통의 보고(寶庫)이자 타락한 근대성의 치유의 공간으로 급격히 전환되기까지 군사정권의 대중동원의 기제는 대중적 감각의 민족 인식과는 거리가 먼 것이었다. 황병주, 「유신체제의 대중인식과 동원 담론」, 『상허학보』 32, 상허학회, 2011, 172면.

한일 제협정이 우리의 남북통일을 저해한다는 주장은 한일국교가
재개되어 일본의 경제적 및 정치적 세력이 이 땅에 뿌리박는 날에는
그것이 우리의 통일을 저해하는 작용을 하게 될 수 있다는 의미에서
는 수긍할만한 면이 있다. 그러나 이미 우리는 남북이 각각 미국이나
쏘련, 중공과 맺고 있는 군사동맹관계와 같은 통일에 대한 제약적 조
건들을 가지고 있는 터이므로 대일본 국교가 각별히 통일에 대하여
결정적인 장해를 구성하리라고는 생각할 수 없는 것이며 더욱이 일본
사회당이 참으로 우리의 통일을 저해할까 염려하여 한일 제협정에 반
대하는 것이라고는 볼 수 없다.[14]

일본의 한일회담 반대 논리의 핵심은 미국의 제국주의적 책략이 한반
도 분단을 고착하고, 냉전적 위기를 고조시킨다는 점에 있었다. 따라서
한반도 통일의 문제는 한일회담 반대의 중요한 논리적 거점이었다. 그러
나 접점을 확인한 후에도 한국의 지식인은 미국이라는 구심점에서 벗어
나지 못했다. 오히려 일본의 비판론이 좌파 진영에서 비롯되었다는 점만
을 부각하며 냉전 체제 속에 매몰되는 오류를 범한다. 일본 좌파 역시 진
영논리의 한계를 안고 있었지만, 냉전적 세계질서에 대한 반성을 포함했
고, 무엇보다 군사독재정권을 비판하며 민주주의의 본질을 공유할 가능
성을 열어놓았다. 그러나 친미-보수적 지식인의 시야는 여기에 미치지
못했다.

냉전체제 속에서 한국의 비판적 지성은 보편적 가치를 지향했지만, 이
는 냉전 체제를 인정하는 한에서 상상된 것에 불과했다. 민족주의 논의가
한일수교 이후 대응력을 상실하고, 권력에 의해 전유된 것은 당연한 귀결
이었다. 일본과의 관계 속에서 불거진 민족주의는 수행적인 가능성을 상
실한 채[15], 배제와 억압의 형식으로 변형되는 후기식민지의 한 전형으로

---

14) 김철, 「일본사회당의 대한정책」, 『사상계』, 1965.11, 69면.
15) 식민성에 대응한 수행적(performative) 언설/독법이란 발화와 담론을 사회적 실천

떨어진 셈이다. 세계질서가 일본에서 경제적 합리성의 외연으로 재현되고 다시 한국으로까지 확장되는 1960년대의 상황은 식민성의 본질이 민족의 주체성의 형식으로 귀착되는 식민성의 도착국면으로 평가할 수 있다. 동아시아의 구도가 냉전질서에 따라 재편되는 사이, 한국은 이에 대응하기 위한 민족과 민주의 두 과제를 떠안았다. 그러나 다각적으로 펼쳐진 가능성에도 불구하고 한국의 민족주의는 보편성 자체에 대한 의문을 제기하지 못한 채, 민족주의의 부정적인 한계 안에 머물렀다.16)

한일회담 국면에서 일본의 의의는 한국의 민족주의의 한계와 맞물리며 분명해진다. 일본이란 반대운동의 대상이자 동시에 반론의 기원, 혹은 참조지점의 하나였다. 일본을 통해 민족주의의 상상력이 시작되었으며, 민주주의의 가능성을 일본의 사례에서 확인했다. 그럼에도 한국의 민족주의는 분단을 야기한 냉전의 이데올로기를 넘지 못했다. 이 한계 속에서 일본을 타자화하는 민족주의는 공전을 거듭했다. 저항의 대상이자 보편성의 기원이라는 양가성은 보편성의 또 다른 기획인 민주주의 실현에서도 부정적인 원인이 되었다. 한국은 세계사적 보편성을 기획했지만, 일본이라는 경로가 남긴 식민 역사의 잔여에 묻히고 만다. 여기서 잔여란 일본에 대한 적대적 감정이기도 하며, 피식민국에 남겨진 역사적 특수성이기도 하다. 이는 정치−경제보다 더 복잡한 역사 문제를 제기한다. 4 · 19

---

으로 이해하는 방식을 말한다. 하정일의 경우 바흐친의 이론을 바탕으로 일의적 민족주의의 한계에 대응하여 수행적 독법의 의의를 강조한 바 있다. 하정일, 『탈식민의 미학』, 소명출판, 2008, 28~32면. 1960년대 민족주의 담론 또한 내재된 식민성에 맞서 사회적 실천으로서, 즉 수행적인 방식으로 대응할 가능성이 있었음은 물론이다.

16) 일본 내에서의 '일한회담 반대투쟁'은 일본공산당과 사회당의 협력 하에 제국주의적 확장에 대한 비판으로 시작되었지만, 투쟁 논리에 내재한 일본 민족주의에 대한 비판이 제기되며, 한국의 군사독재 및 민족주의 전반에 대한 투쟁으로 전환된다. 이에 따라 신좌익 및 비공산당계열 전학련을 중심으로 프롤레타리아 국제주의가 제출되어 국제관계 인식의 문제점을 노정했다(小熊英二, 앞의 책, 571~572면).

이후 해빙기를 맞은 일본문화가 불과 몇 년 만에 다시 침략의 첨병으로 매도된 것은 이 때문이다. 일본은 그 자체로 식민의 상징이 되었다.

## 2) 양가적 대상으로서의 일본문화

정치-경제의 명료성으로 인해 민족주의의 이행의 서사(transition narrative)[17]에서 주변부성이 가시화된 반면, 문화의 영역에서 근대성의 기원과 영향의 관계는 불투명한 상태로 남는다. 문화의 영역에서 주체성과 자율성의 복원이 시도되지만 식민성의 기원을 은폐하는 효과를 낳을 수도 있기 때문이다.[18] 일본을 청산하고 부정해야 할 대상으로 호명하는 작업은 일제 식민지라는 명백한 역사적 기원과 항상 부딪친다. 일본문화는 전면적으로 도입되지 못한 채, 저질, 왜색이라는 반대급부와 길항할 수밖에 없었다. 특히 문화침략이라는 키워드를 통해 일본문화에 대한 적대적 감정이 유통되면서, 1960년대 이후 일본문화는 한국 민족문화의 타자이자 적대의 대상이 되었다.[19] 일본문화 전반과 비교한다면 문학의 사정은 나은 편이다. 1960년대 이후 독서시장에서의 비중과 더불어, 일본문학에

---

17) 경제정책의 경우 한일회담의 구조에서 보듯이 발신과 수신의 주체가 비교적 분명하다. 한국은 미국 중심의 세계체제의 요구를 받아들여 피식민국가에서 독립국가로, 세계의 주변부에서 중심으로 향하는 민족적 이행을 선언할 수 있었다. 그러나 민족의 이행은 "제국주의가 선사한 서구적 근대성의 기획을 수용한 일종의 파생담론"의 한계를 벗어나기 어렵다. 김택현, 『트리컨티넨탈리즘과 역사』, 울력, 2012, 66면.

18) 전후 민족주의는 근대적 보편성에 기초한 민족문화의 독립을 통해 적법성을 갖는다. 근대적 보편성은 피식민 민족의 문화 정체성의 근거로 자리매김하지만, 그로 인해 보편성에 내재한 제국주의적 성격은 은폐된다. 빠르타 짯떼르지, 앞의 책, 1장.

19) 여기에는 오독과 왜곡이 개입되는데, 그 예로 신일철의 '왜색문화론'을 들 수 있다. 신일철은 야나기 무네요시(柳宗悅)에 기대어 일본문화의 특징을 색정(色情)의 왜색문화로 규정한다. 야나기가 말한 '색(色)'을 '색정(色情)'의 동의어로 파악한 신일철의 오독은 일본문화 경계론의 일반적 오류와 일치한다. 신일철, 「문화적 식민지화의 방비」, 『사상계』, 1964.4, 60~61면.

대한 인식은 문학 일반에 대한 인식의 범위 내로 들어와 있었다. 일본 대중소설에 대한 저질시비에도 불구하고 일본문학은 번역의 중요성과 함께 '좋은 문학'으로서 가지는 기대가 유지될 수 있었던 것도, 문학이 여타의 대중예술보다 우월한 지위에 있었기 때문이었다.

> 나로서는 한국작가 것보다 낫다면 제발 그것을 읽으라고 권하고 싶다. 물질은 국가경제를 위해 조잡하나마 국산을 써야 하지만, 정신계까지 국산이니까 하고 끌어내릴 수는 없다. 얼마든지 외국작품을 읽어야 한다. 다만 좋은 것을 말이다. (중략) 거듭 말하는데, 신문, 잡지, 출판의 일선 담당자들은 돈벌이에만 급급할 게 아니라 더 공부해서 자기를 높이고, 필자의 선정에 과감하고 신중해야 한다.[20]

인용문에서 비판의 기준은 국적이 아니라 문학 그 자체이다. 여기에는 일본문학 역시 문학적으로 평가되어야 하며, 한국문학보다 뛰어날 수 있다는 인식이 전제되어 있다. 일본문학이 '정신계' 발전에 기여할 수 있다는 가정은 몇 해 뒤인 1968년 가와바타 야스나리의 노벨 문학상 수상으로써 증명된다. 노벨 문학상이 일본문학의 보편성을 확증하자 일본문학은 '예술적 감상물로서 시민권'을 얻는다. 능동적인 발의가 아니라 "국제적 공인에 대한 승복"이라는 형태로 이루어졌지만[21] 일본문학에 대한 도덕적, 정서적 비판을 무화시키기에는 충분했다. 그만큼 노벨 문학상의 권위는 절대적이었다.

타의에 의한 복권으로 인해 일본문학에는 이중의 잣대가 적용된다. 저급한 일본의 문화는 배제하되, 세계적으로 예술성을 인정받은 고급한 문학작품은 선별적으로 수입할 수 있다는 논리가 그것이다. 따라서 일본문

---

20) 한말숙, 「일본문학을 저격한다」, 『세대』, 1964. 2, 227면.
21) 윤상인, 「한국에게 일본문학은 무엇인가」, 윤상인 외, 앞의 책, 20면.

학은 한국문학의 기원으로도 자리잡을 수 있게 된다. 김승옥은 일본문학
의 영향에 관해 구체적으로 언급한 바 있는데, 이는 일본문학의 예술적
복권과 연관되어 있다.[22] 기원과 영향의 불가시성에도 불구하고 1960년
대의 한국 문학/문화의 '혁명'의 배경에는 일본이 존재하고 있었다. 4 · 19
이후 한국 문학의 감수성의 비밀은 일본이었다. 일본문학의 영향이 "청년
문화의 중층성 내지는 민족주의의 다의성"을 시사하며, 68혁명과 같은
세계성과 접속하는 지점이었다는 분석은 타당한 것으로 보인다.[23] 이에
따른다면, 1960년대 초반 한국에 들어온 일본문학은 세계보편성에 대한
열망이 한국적 맥락 속에서 수용된 사례이다. 일본문학은 한국의 역사적
특수성 속에서 수용 가치를 가질 수 있었던 것이다. 이 열망의 행방에 따
라 1960년대 문학적 감수성에는 분열증이라는 진단이 내려질 수도 있다.
분열증이란 일본 대중문학에 대한 폭발적 수용－예컨대 「빙점」, 「가정교
사」, 「청춘교실」 등의 번역, 번안을 포함하며, 1968년 가와바타 야스나리
의 노벨 문학상 수상 이후 일본문학의 위상 변이까지도 함께 고려할 수
있다－과 민족주의적 저항/검열의 기제들이 공존한 사실을 가리킨다. 일
본의 저급한 대중문학/문화의 범람을 막아야 한다는 배타적 민족주의의
한편으로, 고급한 일본 문화를 수용하려는 문화 생산자의 태도가 오랫동
안 어색하게 공존했다.[24]

---

22) 김승옥은 문리대 잡지 『형성』에서 "청준이는 뭐니뭐니 해도 토마스 만이고 나는
   太宰治인데 작품 두 개를 쓰고서는 내가 왜 太宰를 승복할 수 없는가 하는 생각이
   들더군. (중략) 太宰에서 얻은 것이 있다면 표현을 어떻게 이렇게 할 수 있을까? 이
   런 표현이 가능한가? 하는 것이지."라며 일본문학의 영향을 분명하게 언급했다.
   (『형성』 2-1, 1968.봄, 78면.) 그러나 이후 김승옥은 일본문학의 영향에 대해서는
   적극적으로 발언하지는 않았다. 이런 사실이 김승옥의 감수성에 대한 기대를 배반
   하는 것으로 보였을 가능성이 컸기 때문일 것이다. 「4월혁명과 60년대를 다시 생
   각한다」(좌담, 최원식 외, 『4월혁명과 한국문학』, 창작과비평사, 1999.)에서 다시
   언명하기까지 일본문학의 영향은 본격적인 논의의 대상에 오르지 않았다.
23) 권보드래 · 천정환, 『1960년을 묻다』, 천년의상상, 2012, 529~530면.

그러나 문화금수의 정치적 아이러니가 낳은 두 결과를 문화적인 분열 증으로 진단하기에는 무리가 따른다. 전후 일본문화와 직면했을 때, 신구 세대가 각기 저항적, 보수적 민족주의로 나아간 이항대립적 상황으로 일본과의 관계를 정확히 해명할 수 없기 때문이다. 이항대립을 확정할 경우, 기원과 영향으로서의 일본문학의 성격은 논의하기 어려워진다. 그만큼 일본이라는 기표에는 식민지 역사와 1960년대의 세계체제의 구조, 그리고 이를 받아들이는 한국의 심성이 고루 엮여 있었다. 추종 혹은 거부의 대상이 아니라 경로와 기원으로서의 일본을 상정한다면, 일본을 통해 도입된 정치-경제의 문제성이 문화 영역에서도 재현될 수 있다. 즉 일본이라는 경로를 거칠 때, 한국의 특수성과 세계사의 보편성의 충돌은 문화 영역에서도 문제지점을 형성한다. 경제적 침략은 경계하되, 일본의 자본으로 한국의 근대화를 추진해야 했던 모순과 같이, 왜색 시비를 거쳐 일본의 보편적 문학성으로써 한국의 현대적 감수성을 갖출 수밖에 없는 것이 1960년대의 문학 풍경이었다.

일본은 한국의 특수성을 인식하게 만드는 역할을 한다. 요컨대 일본은 싫지만 일본을 통해 보편성을 도입할 수 있다는 양가적인 태도는 '일본이라는 경로'의 소산이다. 민족의 타자인 동시에 보편성의 기원이 된 사례는 지식인의 일본 기행문에서도 볼 수 있다. 수교 이후 20년 만에 발 디딘 일본은 식민지 역사의 흔적과 함께 전후 부흥을 체현한 선진국의 겉모습을 갖추고 있었다. 전자가 과거사에 대한 분노를 촉발했다면 후자는 경제성장의 전망을 제시했다. 특히 한국전쟁의 참화가 고스란히 일본의 경제적 이익으로 전환되었기에 부러움과 배신감은 노골적일 수밖에 없었다.

> 별수없이 나도 재떨이氏한테 일금 십원을 빼앗겼다. 생각하면 일본
> 까지 와서 기막힌 일이다. 우리나라에서 바꾼 딸러이기에…… 재떨이

---

24) 위의 책, 11장 참조.

도 돈을 버는 나라, 아무리 생각해도 일본은 기계를 시켜 착취하는 나라만 같았다.[25]

길건너 저편은 화려한 문화생활과 주지육림의 세계이건만 이쪽은 굶주림과 질병과 신음의 연쇄세계이다. 슬럼가 釜崎에서는 芥川賞에 빛나는 문학가가 나왔다는 말도 들린다. 釜崎와 山谷의 큰 빈민가를 보지 않고 일본사회의 화려한 면만을 본다는 것은 매우 치우치기 쉽다.[26]

일본의 집요한 상업화의 이면에는 추악한 빈민가가 존재한다. '앵무새' 같은 상업적 친절이란 진실성이 의심되는 가식일 뿐이며, 돈이라면 수치심마저 던져버리는 곳이 일본이다.[27] 상업화 극복 가능성은 오히려 경제성장의 그늘을 겪지 않은 한국에서 발견된다. 한국은 여전히 인간미가 살아 있는 곳이며, 미국의 영향으로 영어 간판 일색인 일본과는 달리 자주적인 문화가 살아 있는 곳이 한국이다.[28] 양가적 감정으로 전후 일본을 채색한 기행문은 민족적 이행을 위한 두 과제로 경제성장과 인간성 회복을 제안한다. 경제성장이라는 명제를 인정하면서도 그 부정성을 윤리로 극복하려는 태도는 식민지 시기의 저항 감정과도 유사하다. 식민지 체제 내에서 식민지의 부정성을 극복하려는 태도가 상상적인 보상으로 이어진 것과 같이[29] 일본의 경제성장은 한국에게 전망을 제시하는 동시에, 인간성 회복의 과제 또한 주문한다.

---

25) 오소백, 「여권 4457호-닥치는대로 본 일본사회의 저변」, 『세대』, 1964. 9, 180면.
26) 위의 글, 185면.
27) 오소백, 「스트립 쇼와 대학모-닥치는대로 본 일본사회의 저변」, 『세대』, 1964. 11.
28) 지명관, 「일본기행」, 『사상계』, 1966. 2, 227면.
29) 식민지 체험을 다룬 1960년대 논픽션에는 윤리적 태도가 일본에 대한 저항의 중요한 기제로서 등장한다. 주인공의 동료는 차별적인 일본인 교사에 맞서, "廣島 高師를 나온 놈이 누구한테 함부로 떠들어, 홍, 우리 아버지는 그래도 동경제대 출신이야."(박숙정, 「만세혼」, 『신동아』, 1966. 9, 387면)라고 말하는데, 여기서 제국의 기제로써 제국의 억압을 극복하는 윤리적 저항방식의 아이러니를 볼 수 있다.

일본에 대한 양가적 감정은 민주주의 문제에서 더욱 분명하다. 기행문은 일본이 식민지의 원흉이지만 동시에 자유진영의 파트너이기도 하다는 사실을 발견하고 민주주의의 모범적 사례로 일본을 꼽는 데 주저함이 없다. 한일수교라는 사실을 수리한 결과 일본은 반공 체제의 일원임이 강조되고 전후 민주주의 체제는 긍정적으로 평가된다.

> 그는 하는 수 없이 역사의 방향을 간 것이니 중립적으로 취급해야 한다는 의견이 우세하였다. 그러나 우리는 그러한 구실이 바로 일본을 지배하기 시작한 복고조를 대변하는 것이라고 하였다. 東條가 아니라도 누군가 그 일을 담당하였을는지 모른다. 그렇다고 하여 윤리적인 판단을 포기할 수는 없다. 東條를 부정적으로 판단하려는 데 사실은 지난날을 비판하고 민주주의 적으로 결단하려고 하는 일본인의 결의가 있다고 보기에 우리는 교과서에 東條가 복귀하려는 데 의아스러운 생각을 가진다.[30]

일본인들이 전범 도조 히데키(東條英機)를 '중립적'으로 이야기하는 풍경은 일견 의아스럽지만, 여기에는 진지한 반성이 전제되어 있으며 민주주의적 과정을 거쳤다는 점에서 충분히 인정할 만하다. 이 경우 식민지에 대한 반성 혹은 무관심은 결과적으로 일본의 전후 민주주의의 성과로 평가된다. 이에 따라 일본은 민주주의를 공유하는 가치 있는 협력대상이 될 수 있다.

> 한국사람들의 오인의 하나는 일본이라든가 일본사람을 완성된 나라 사람들로 잠재적 인식을 갖고 있다는 점이다. 일본사람이란 아직 미숙한 우리들과 꼭 같은 사람들이다. 서구 사람들과 달리 이제부터 완성에의 길을 찾고자 하는 사람들이다. 이 일본에 대해 서구 사람들

---

30) 지명관, 「속 일본기행」, 『사상계』, 1966. 9, 219면.

과 같이 대해서는 차이가 생긴다. 일본 실책(失策)에는 이것을 지적하고 충고를 하여 실수 없게 이웃 사람의 책임과 긍지를 가져야 한다. 적대와 반박을 버리고 도의의 선도역을 하여야 한다. 이러한 관점에 입각하여 일본이란 나라와 사람들을 우리는 대해주어야만 되겠다. 이것이 곧 우리가 일본사람들로부터 대등한 입장과 존경을 받게 되는 유일한 길이기 때문이다.31)

인용문에서 적대감정은 희박하다. 일본인은 한국과 마찬가지로 좋은 점과 나쁜 점을 모두 가진다. 그리고 일본의 세계성 역시 미완의 형태이기 때문에 그 완성은 한국에서 선취될 수도 있다. 다만 역사적 차이로 인해 완성의 가능성의 지점은 각기 다르다. 일본이 경제성장이라는 실체로서 완성했다면, 한국은 '도의'의 실현으로 역사성에 대응한다. 민주주의의 가능성은 일본보다 우위에 선 도의 속에서 형성된다. 전후 일본이 도조(東條)를 객관화할 정도의 민주주의에 이르렀다면, 한국은 그보다 더 성숙한 민주주의로써 일본을 선도해야 한다는 과제가 제출된 것이다.

1960년대 이래 한국은 일본에 대한 추종과 거부의 양가적 감정을 통해 보편적 가치들을 실천할 수 있었다. 문학에서 일본의 영향을 거부하되, 기원으로 삼는 것, 일본을 경제성장의 모델로 삼되 그 부정성을 극복하는 일, 그리고 일본의 식민지 역사를 경계하되 그로부터 민주주의의 가능성을 확인하는 일 등, 일본은 양가적 감정 속에서 한국의 정치-경제와 문화의 참조지점이 되었던 것이다. 이는 일본이라는 경로, 혹은 한국과 일본 역사의 특수성에서 비롯된 것임은 상술한 바와 같다. 식민지 기억에도 불구하고 일본을 경유하여 보편성으로 접근할 때, 한국은 그 장점과 단점을 동시적으로 체현한 이중의 보편성을 떠안았다.

---

31) 전준, 「일본교과서에 나타난 한국관─한국 민족사를 왜곡하는 일본인」, 『사상계』, 1965. 5, 173면.

## 3. 식민지 경험과 『관부연락선』 글쓰기의 기원

### 1) 보편으로서의 문학에 대한 열망

일본에 대한 양가적 태도는 민족 정체성의 위기를 불러일으킨다. 특히 문화와 문학의 영역에서 이 위기는 지식인 고유의 사상의 위기로 증폭된다. 한글세대와 달리 식민지 체험세대에게 일본이 정체성 위기의 기원이라는 사실은 분명했다. 그러나 식민지의 지적 체험이 식민 이후에 작동하는 구조를 파악하는 일은 자동적이지 않았다. 1960년대 근대화 기획 속에서 식민지의 기억을 정확히 재현하는 것은 물론, 이를 현재화된 상황으로 해석하는 작업을 담당할 작가는 많지 않았던 탓이다. 이른바 '학병세대'는 식민지 전후 체험을 기술할 수 있는 유일한 세대였으며, 이병주는 학병세대를 대표하는 작가였다. 『관부연락선』은 학병세대의 글쓰기의 총합으로서, 식민지 전후 시기, 즉 학병으로 동원된 태평양 전쟁기와 해방공간의 이데올로기 대립의 시기를 가장 적실하게 재현한 1960년대 말의 성과이다.

『관부연락선』에서 이병주는 특유의 박람강기(博覽強記)를 선보인다. 그가 체험한 1930년대 말 문헌들은 주인공 유태림의 행적을 서술하는 배경으로 충실히 활용된다. 식민지 유학생에서 학병, 그리고 좌우 이데올로기 대립의 희생자인 유태림의 사유의 근저에는 동서고금을 아우르는 방대한 독서체험이 자리잡고 있다.[32] 『관부연락선』에 펼쳐진 지적인 풍요를 "쇼와 교양주의"라고 말할 수 있지만, 출세의 수단이 아니라는 점에서 일반적인 제국의 교양주의와 구분해야 한다.[33] 『관부연락선』에 인용된

---

32) 『관부연락선』의 주인공 유태림은 작가와 주변 인물의 경험이 투영된 인물이다. 유학시절 에피소드는 작가와 친밀한 관계를 유지해온 황용주의 실화와 유사한 점이 많으며, 학병체험과 한국전쟁기의 에피소드는 이병주와 거의 일치한다. 이병주의 식민지 경험에 대해서는 안경환, 『황용주, 그와 박정희의 시대』, 까치, 2013. 및 손혜숙, 「이병주 소설의 '역사인식' 연구」, 중앙대 박사논문, 2011, 2장을 참조.

문헌들은 당대의 쓰임새를 떠나 서술 시점에서 체험과 기억을 역사로 재구성하는 원동력이다.[34] 여기에는 식민지 경험을 역사화하는 것은 물론 작가가 직접 겪은 1960년대의 정치적 현실에 대응하는 글쓰기 전략이라는 의미도 포함된다.[35] 작가의 경험이 서사의 전면에 배치된 글쓰기는 이병주 고유의 글쓰기 전략으로 이해하는 것도 이 때문이다. 식민지와 1960년대를 가로지르는 이병주의 독서체험은 따라서 하나의 세계인식의 방법론으로 자리잡는다.[36] '세계책'이라는 개념을 상정했을 때 책읽기는 곧 세계인식이자 실천이며, 이를 통한 사유의 체계는 다시 글쓰기로 재생산된다. 소설 쓰기는 온갖 책읽기로부터 촉발된 사건이기에 독서체험의 기원이 소설 속에 선명하게 침전된 것은 당연한 결과일 터이다.

여기서 중요한 과제는 이병주의 독서체험을 1960년대 후반의 시점에서 재의미화하는 작업이다. 한 개인의 문화적 역량으로 계량될 것이 아니라면,[37] 그의 독서체험은 식민지 전후의 사건을 매개하는 근거라는 점에

33) 노현주, 「이병주 소설의 엑조티즘과 대중의 욕망」, 『한국문학이론과 비평』 55, 한국문학이론과비평학회, 2012, 105면.
34) 기억과 역사 서술의 관점에서 이병주의 소설을 분석한 연구로 손혜숙, 앞의 논문; 손혜숙, 「이병주 소설에 나타난 '식민지 기억'과 역사 다시 쓰기-『관부연락선』과 「변명」을 중심으로」, 『어문론집』 53 , 중앙어문학회, 2013; 손혜숙, 「이병주 소설의 역사서술 전략 연구-5 · 16소재 소설을 중심으로」, 『비평문학』 52, 한국비평문학회, 2014 등을 들 수 있다.
35) 고인환, 「이병주 중 · 단편 소설에 나타난 서사적 자의식 연구」, 『국제어문』 48, 국제어문학회, 2010; 이정석, 「이병주 소설의 역사성과 탈역사성」, 『한국문학이론과 비평』 50, 한국문학이론과비평학회, 2011 등을 참조.
36) 황호덕, 「끝나지 않는 전쟁의 산하, 끝낼 수 없는 겹쳐 일기 식민지에서 분단까지, 이병주의 독서편력과 글쓰기」, 『사이間SAI』 10, 국제한국문학문화학회, 2011.
37) 『관부연락선』에는 방대한 문헌사항과 식민지 일본의 풍경과 관련한 고유명사들이 등장하는 만큼 오류도 빈번하다. '이무란(移貿亂)'을 '이하란(移賀亂)'으로 표기한 것(1권 247면)은 출판과정의 오식(誤植)일 가능성이 크다. 그러나 인명과 지명의 경우 작가의 착각이나 부주의에서 비롯된 오류도 흔히 발견된다. 『관부연락선』의 문헌적 기원을 찾는 일은 자칫 작가의 지식의 양과 질을 실제와 대비하여 계량하는 결과를 낳을 수 있다. 이 비교는 1968년 『월간중앙』 연재본과 1971년의 단행

서 주목해야 한다. 『관부연락선』에 등장하는 여러 작품들은 1930년대 말 실재한 텍스트로, 1960년대 한국의 일반적인 독서와는 다른 벡터에 존재한다. 작품 목록 중 몇몇은 당시까지 한국어로 번역되지 않았다. 무엇보다 학병이라는 특수한 식민지 경험을 의미화하고 있으며, 이로부터 분단의 문제까지도 확장시켜 이해하려 있다는 점에서 1960년대 대중교양의 독서와는 구분된다. 식민지 전후를 한데 묶는 시도는 이병주의 '책읽기'에 내재한 기획들 중 하나이다. 그런데 정작 문제는 그의 책읽기가 사상적, 정치적 의도를 가지지 않은 순수한 교양주의의 산물이라는 점이다. 스스로 '딜레탕티즘'이라고 말하고 긍정한바,[38] 그의 지적인 편력은 오히려 순수한 지성의 세계, 순수한 문학의 세계를 겨냥하고 있었다. 한국의 발자크가 되고자 공언했던 만큼[39] 그의 순문학적 태도가 어떻게 역사성을 담보하는 근거가 될 수 있는지를 살펴야 한다.

순문학 지향과 역사적 서술의 관계에서 먼저 고려해야 할 점은 책읽기가 형성된 식민지라는 시공간적 조건이다. 1930년대 말 조선 유학생들의 문학적 소양은 일본인들과 유사하게 지식인의 자의식을 그려내는 데 유용하게 작용한 것으로 보인다.

> 고등학교는 엄두도 못내고 3류 대학의 예과에도 붙을 자신이 없는 패들이면서 법과나 상과쯤은 깔볼 줄 아는 오만만을 키워가지곤 학부에 진학할 때 방계입학할 수 있는 요행이라도 바라고 들어온 학생은 나은 편이고 거의 대부분은 그저 학교에 다닌다는 핑계를 사기 위해 들어온 학생들이었다. (중략) 모파상의 단편 하나 원어로 읽지 못하면

---

본, 그리고 최근의 전집판을 비교했을 때에 좀더 정밀할 수 있다. 본고의 작품인용은 2006년 한길사판 『관부연락선1, 2』을 저본으로 삼았다. 이하 인용에서는 서명과 면수만 병기.
38) 이병주, 『허망과 진실1』, 생각의나무, 2008, 236면.
39) 안경환, 앞의 책, 89면.

서도 프랑스 문학을 논하고 칸트와 콩트를 구별하지 못하면서 철학을 말하는 등, 시끄럽기는 했으나 소질과 능력은 없을망정 문학을 좋아하는 기풍만은 언제나 신선했기 때문에 불량학생은 있어도 악인은 없었다.[40]

유태림이 속한 '3류 대학 전문부 문학과'는 식민지 핵심기제의 변두리이다. 이들에게 문학이란 출세의 교양주의와는 거리가 먼 비현실적인 유희였다. 그러나 문학에 진지하게 접근할 경우 문제의 발단이 될 수 있다. 지방 부호의 아들 E와 중견작가의 아우 H의 등장은 이를 상기시킨다.

> 현재 일본문단의 대가이며 당시에도 명성이 높았던 중견작가 H씨의 아우라는 사실에다, M고등학교에 들어가자마자 불온사상 단체의 실제 운동에 뛰어들었다는 경력까지 겹친 후광이 있었고[41]

구제 고등학교 출신의 일본인 수재와 식민지 수재 유태림과의 만남은 전문부의 수준을 넘어 식민지 체제와 세계사를 논하는 지적인 유희로 이어진다. 이들의 담화는 프랑스로 대표되는 서구의 문학세계와 고바야시 히데오(小林秀雄), 미키 기요시(三木清) 같은 당대의 지성을 포괄할 만큼 방대하다. 고등학교-제국대학-고등문관의 출세가도를 포기한 청년들은 문학이라는 관심사를 공유하며 식민지 현실을 비판적으로 인식하기에 이른다.[42] 그 결과로 제출된 것이 '관부연락선'이라는 표제를 단 유태림의 수기이다. 이들은 관부연락선으로 대표되는 한일 관계사를 탐구하면서

---

40) 『관부연락선1』, 13면.
41) 『관부연락선1』, 15면.
42) 관부연락선에서 만난 조선인 '권'은 제국의 출세가도를 밟은 인물로 일본인보다 더 철저하게 제국에 충성한다. 그렇지만 권의 논리는 일본인 사내의 도의론 앞에서 힘을 잃을 수밖에 없다. 유태림은 권의 모습을 통해 제국의 체제에 불응하는 가능성을 확인할 수 있었다. 『관부연락선1』, 285~287면.

문명론적인 핵심을 향해 나아가는 담론의 담지자의 위치에 설 수 있었다.

그렇다면 유태림의 문학은 식민지배에 대응하는 가치를 가질 수 있을까. 달리 말해 문학이 식민지에 대한 반성에 효과적일 수 있을까. 이 물음은 보편적 문명을 지향한 유태림의 문학적 열의와 관련된다. 유태림에게 서구문학은 인류보편의 가치를 담지하여 조선의 운명을 구원할 근거처럼 보인다. 이에 따르면 문학의 가치는 두 갈래에서 가능성을 가질 것이다. 문학의 성취가 인류 보편성을 통해 식민성을 비판하는 데 이른다면, 문학은 긍정적인 대응담론을 구축할 수 있다. 이와 반대로 문학이 식민지적 교양 내부에서 차이와 차별을 확정하는 경우라면, 문학이란 식민지의 동어반복이 될 수도 있다. 따라서 유태림―학병세대의 지적인 기원을 밝히는 일은 식민성 해석의 또 하나의 판본을 확인하는 작업이 될 것이다.『관부연락선』에 풍성하게 삽입된 문학적, 문화적 기원은 당대의 일본의 대중 교양을 위시하여, 일본이 보유한 세계문학의 지평을 모두 망라한다. 그뿐만 아니라 당시 절정을 누렸던 제국의 물질문명과 대중문화들도 포함된다. 일본을 통해 경험한 선진 문화는 학병세대의 지적 자양분이자, 수기 '관부연락선'을 서술하게 만드는 원동력이다. 유태림의 수기는 일본은 통해 전수받은 보편성이 식민지 조선에서 재현될 가능성을 실험한 장이었다.

이 지점에서 유태림의 글쓰기는 근대적 보편성의 식민지적 번역이라고 명명할 수 있다. 예컨대 프랑스 문학의 정수를 받아들이되, 이를 다시 조선의 상황으로 다시쓰기는 작업은 조선을 인식하는 동시에 그 경로가 무엇인지를 노출하는 행위이다.43) 관부연락선의 역사와 독립지사 원주

---

43) 번역이론에서 번역은 타자의 언어를 전유하는 문화비평의 한 형식으로 정의된다. 문화비평으로서의 번역이란 번역불가능성에 근거한 다시 읽기, 혹은 다시 쓰기의 형식으로 성립된다. 앙드레 르페브르(André Lefèvre)에 따르면, 번역은 본질적으로 재기술(再起述)이며, 재기술의 과정에는 공시적 이데올로기에 따른 다중적인

신의 정체를 찾아 나선 도중 유태림과 E는 다시 문학과 만난다. E는 "사색의 훈련을 한답시고" 수학책을 읽은 반면, 유태림은 랭보를 읽는다. 수학과 랭보 사이에 격차가 존재하지만 근대적 학문이라는 범주 속에서는 하나로 묶인다. 차이가 있다면 E가 순수한 사유, 즉 철학을 상상한 반면, 유태림은 랭보의 시를 조선의 상황으로 번역함으로써 문학의 효용을 시험했다는 점이다. 유태림의 번역은 다음과 같다.

> 이 우상, 검은 눈, 검은 머리, 양친도 없고, 하인도 없고, 동화보다도 고상한 조선인이며 일본인. 그 영토는 오만하게 드높은 감벽의 하늘, 푸르른 들, 뱃길도 없는 파도를 헤쳐 당당하게도 일본, 조선, 중국의 이름으로 불리는 해변에서 해변으로 이른다.44)

랭보의 「소년기」에 등장한 프랑스, 멕시코 등의 기호가 일본인, 조선인으로 번역되었을 때 식민지 현실은 더욱 분명해진다. 그러나 번역은 최종적으로 식민지에 대한 비판 대신 원작의 고유한 가치를 재확인하는 지점에 머문다. 원시의 마지막 구절 "아아, 어쩌란 권태일까! '안타까운 육신'과 '안타까운 마음'의 시간"은 번역을 통해서도 변형되지 않았는데, 이는 랭보가 20세기 문명 앞에서 마주한 권태가 식민지 조선의 현실에서도 동일하게 유효했기 때문이다. 이것이 랭보와 프랑스 문학의 힘이다. 프랑스 문학의 보편성은 조선의 근대사 탐구를 중단시킬 만큼 매력적이다. 랭보의 문명사적 보편성 앞에서 유태림이 발견한 것은 권태의 조선적 특수성이 아니라 권태 그 자체의 황홀감이다.

---

의미 굴절(refraction)이 개입된다. 早川敦子, 『飜譯論とは何か』, 東京: 彩流社, 2013, 63~68면.
44) 『관부연락선2』, 33~34면.

14세에 시작, 21세에 끝낸 시작으로 프랑스 문학사에 찬란한 광망을 던진 아르튀르 랭보는 우선 그 기구한 운명으로써 우리들을 사로잡을 마력을 지니고 있었다. 게다가 본인이 말한 대로 연금술사를 자처했듯이 그 황홀하고 유현한 시는 읽는 사람으로 하여금 일종의 치매상태에 빠지게 한다.[45]

랭보의 시는 조선이 경험하지 못한 권태를 상상하게 만들어 '치매 상태'에 빠뜨릴 정도로 황홀하다. 이처럼 위대한 랭보를 번역할 때 강조되는 것은 조선의 현실이 아니라 서구 문학의 위대함이다. 제국의 불문학을 통해 경험한 랭보를 읽는 일, '누런 머리'를 '검은 머리'로, '멕시코인'으로 '조선인'으로 고쳐 쓰는 행위는 서구 문학의 보편성을 식민지 청년의 내면에 장착하는 과정이다. 번역은 이를 위한 필수적인 절차였다.[46] 서구 문학의 위대함을 확증하기 위해 식민지의 상황에서도 그 보편성이 재현된다는 사실을 실증해야 했기 때문이다. 식민지 학문 체제 속에서 수입한 서구 문학의 보편성을 증명하고 이를 식민지적 상황으로 번역하는 일련의 문학적 행위는 식민지 지식인, 특히 학병세대 내면 형성의 필요조건이었다.

보편성을 지향한 피식민 민족의 문명사적 기획은 종종 식민성의 함정에 빠질 위험에 노출된다.[47] 그들이 지향한 보편성이 결국 식민성의 범주임이 드러날 때 식민지 비판의 가능성은 의심받는다. 랭보를 번역함으로써 서구 문학의 보편성이 조선의 현실에 의해 굴절되는 현장을 목격할 여지가 충분했지만, 유태림은 그와 정반대로 보편성이 담보한 황홀경에 매

---

45) 『관부연락선2』, 34면.
46) 이 장면에서 유태림은 프랑스어로 된 랭보를 읽고 자신의 언어로 번역했는데, 그 언어가 일본어인지 조선어인지는 명확하게 언급되지 않는다. 사실 여기서 번역의 도착어는 그다지 중요하지 않다. 유태림에게 랭보의 번역에서 언어는 문제시되지 않았으며, 조선과 검은머리라는 식민지의 상황으로 전환되었다는 사실만이 강조되었기 때문이다.
47) 김택현, 앞의 책, 61~63면.

몰되고 만다. 서구 문학의 보편성을 상상하는 기제에 일본, 혹은 세계와
의 관계가 내재해 있는 한 식민성의 함정을 피하기는 어렵다. 서구 중심
의 세계문학이라는 상상 속에 내재한 일본과 서구와의 비대칭적인 관계
는 조선에서도 반복된다. 일본이 상정한 세계문학은 조선에서도 여전히
보편성의 기원이 되며, 이를 수용한 지식인에게 세계문학은 불가침의 보
편성을 의미하게 된다. 세계문학에 접근하는 지점에서 조선의 현실이 드
러나더라도 이는 보편의 해석상의 결과일 뿐이다.

　이처럼 『관부연락선』은 일본과 조선의 식민지적 관계를 드러내고 있
다. 『관부연락선』의 서사는 일본을 통해 경험된 서구 문학의 가치를 인정
하는 데서 시작된다. 유태림이 전쟁 중에도 좇은 어떤 보편성은 식민지의
부정성을 드러내기 위한 것이 아니라 체험과 인식의 경로를 드러내기 위
한 것이었다. 학병 체험 서술이 전쟁 그 자체가 아니라 전장에서 펼쳐진
지식인의 내면에 초점이 맞춰진 것은 이 때문이다.

　　60만 인의 잠이 눈 날리는 새벽의 고요를 이루고 있다는 사실에 태
　림의 의식이 미치자 빙판을 이룬 듯한 태림의 뇌수 한구석에 불이 켜
　지듯 보들레르의 시 한 구절이 떠올랐다. "너희들! 짐승의 잠을 잘지
　어다!" (중략) 유태림은 터무니없는 국면에서 보들레르의 이단을 모방
　한 스스로의 오만에 야릇한 감회를 느껴보면서 자기가 하잘 것 없는
　일본군의 보초임을 깨닫고, 잠자지 못하는 하잘것없는 보초가 잠들어
　있는 사람들에게 대해 깨어 있는 자의 오만을 모방해본다는 것은, 거
　리를 끌려가는 사형수가 그 뒤를 따르는 구경꾼에게 대해 느껴보는
　허망한 오만과 비슷하지 않을까 하는 생각도 가져보았다.[48]

　유태림은 보초로서 전장을 지켜보면서 문득 보들레르를 떠올린다. 보들

───────────

48) 『관부연락선1』, 108~109면.

레르의 문학이란 학병이라는 현실을 극복하기 위해 소환된 것이 아니다. 오히려 사형수가 구경꾼을 대하듯, 현실과 동떨어진 심정적인 보상의 차원에서 전개된 지적인 사유의 한 단면이다. 유태림이 말한 '보초의 사상'에는 보들레르 외에도 괴테, 베토벤, 톨스토이, 도스토예프스키 등 서구 문화 전반이 개입해 들어온다. 이때 유태림의 학병 체험을 완성시키는 조력자는 철학교수 이와사키이다. 이와사키의 식견과 윤리는 유태림에게 안도감과 존경의 대상이 될 만큼 결정적인 영향을 미친다.[49] 식민지 지식의 체계는 문학에서 철학에 이르기까지 폭넓은 스펙트럼으로 펼쳐져 있었다.

문제는 유태림의 식민지적 보편성이 식민 이후에도 여전히 유효하다는 사실이다. 두 번에 걸쳐 인용된 『루마니아 일기』[50]에서 보듯, 식민지 시기의 문화적 경험은 해방공간에서도 의미화의 준거로서 작동한다. 『루마니아 일기』는 학병 지원의 순간에도 인용되지만[51] 해방공간에서 여운형 암살 사건의 평가에도 유효하게 활용된다. ""유산탄 하나면 없어져버리는 인간이 어째서 정신적 통일체일 수가 있단 말인가." 한스 크라비나의 외침이 나의 가슴속에서 고함을 질렀다."[52]라는 서술은 식민 이후의 사건이 식민지의 지적 경험에 의해 의미화될 수 있음을 보인다. 달리 말해 유태림이 인용한 『루마니아의 일기』란 일본이 수입한 서구 문화를 조선 지식인이 재번역한 판본이다.

식민지 지식체계는 『관부연락선』이 쓰인 1960년대 후반의 상황에도

---

49) 유태림은 "이와사키와의 대화를 생각하고 있으면 마음이 포근할 수가 있다"라고 말하며, 일사병환자에게 수통을 내어주는 이와사키의 윤리적인 태도에 감동을 받는다. 『관부연락선1』, 113면.
50) 『루마니아 일기』는 일본에서 1935년과 1941년에 두 종의 번역서가 나왔을 만큼 대중적이었다. 한국에서는 1970년대에 들어서 처음 번역된 사정을 고려한다면, 학병세대의 지적 기원이 어디에 있는지를 짐작할 수 있다.
51) 『관부연락선2』, 364면.
52) 『관부연락선2』, 135~136면.

적용된다. 작품 속에서 불친절하게 등장하는 지적 배경은 작가 개인의 경험의 차원을 넘어서서 소설이 서술되는 시점의 상황에 대입가능하다. 1960년대 일본문화를 두고 펼쳐진 분열 양상은 세대론적인 차이와 겹친다. 이 분열이 접합되는 지점에서 이병주/유태림의 지적 환경을 찾을 수 있다. 일본문화 수입에 중추적 역할을 한 이병주/학병세대의 문학적 경험이 비록 신세대 작가에 의해 소외되었지만,[53] 그것이 1960년대에 전적으로 단절되었다고 단정하기는 어렵다. 1960년대 고급 일본문학의 번역자들이 주로 학병세대였으며, 중역된 세계 사상도 이들에 지적능력에 의거했을 가능성이 크다. 이는 일본문학의 맥락들이 한국의 시공간에서 재조정됨을 뜻하는 것으로, 일본문학의 분열이 아니라, 한국에서 문학적 분열이 일본을 통해 가능했다는 점을 적시한다. 1960년대 이병주의 문학적 서술이란 곧 식민지에서 경험된 문화 제도의 1960년식 전환, 혹은 번역의 한 양상으로 읽을 수 있다. 이는 1960년대 한국 문학이 일본에 대응하는 한 지점이었다.

## 2) 식민 전후를 관통하는 역사 쓰기

일본이라는 경로를 거쳐 문학을 서술하는 행위, 식민지 경험을 바탕으로 1960년대의 맥락에서 문학을 의미화하는 행위는 문학이라는 대상의 수용과 전환, 즉 큰 의미에서의 번역의 차원으로 이해할 수 있다. 문학이라는 대상이 일본을 통해 한국에 당도하는 과정을 번역의 차원으로 이해한다면, 식민성을 관통한 1960년대 한국의 역사 서술의 방식도 마찬가지로 분석할 수 있다. 다음의 장면은 이와 관련하여 의미심장하다.

---

53) 김윤식, 『한일 학병 세대의 빛과 어둠』, 소명출판, 2012, 144면.

"윤심덕이 직금 살아 있었으면?"

"세키야 도시코關屋敏子 정도는 못되었을 게고 세키타네코關種子 쯤이나 되었을까?"

"그렇다면." 하고 E는 말했다. "윤과 김의 자살사건은 그 원인이 어디에 있었건 한갓 에피소드에 불과하다 이에 비하면 우리의 원주신은 바로 역사다. 여기서 매력은 원주신에게 있다."[54]

유태림과 E는 현해탄에서 자살한 원주신과 윤심덕을 비교한다. 윤심덕은 통속, 원주신은 역사라는 말에는 30여년의 시차를 뛰어넘는 서술상황이 드러나 있다. 둘의 대화는, 윤심덕이 당대의 일본 여가수와의 비교를 통해 평가되듯이, 원주신의 존재는 윤심덕을 소재로 삼은 현재의 시점에서 평가될 때 비로소 역사로 성립될 수 있음을 암시한다. 『관부연락선』에 포함된 한일 관계사, 혹은 한국 근대사 서술은 이 지점에서 발생한다. 유태림과 E가 관부연락선의 역사를 발굴하고 원주신의 정체를 규명하는 작업은 식민지 내 학문으로서의 역사를 써나가는 행위이다.

『관부연락선』의 서술 층위는 몇 가지로 나뉜다. 첫 번째는 이선생이 서술자의 위치에서 유태림 행적을 서사화한 글쓰기이며, 두 번째는 유태림이 수기에 담긴 관부연락선의 역사, 그리고 한국 근대사의 서술이다. 그리고 마지막으로는 E와 H의 서신으로부터 시작된 이선생의 발화로, 앞의 두 이야기의 외부인 1960년대 후반에 존재하는 이야기이다. 세 이야기가 액자형식으로 구성된 『관부연락선』은 각각의 층위에서 역사로서의 과거와 현재를 서술한다. 첫 번째가 학병과 해방공간의 유태림의 행적을 담고 있다면, 두 번째 층위에서는 20세기 초의 조선의 역사와 1930년대 말 동경 유학의 시간을 담고 있다. 그리고 세 번째 층위에서는 액자의 외부에서 20세기 초에서 1960년대 후반에 이르는 시간의 격차를 아우르며

---

54) 『관부연락선1』, 295면.

하나의 글쓰기 주제를 형성한다. 그 주제의 핵심에는 식민성이 놓여 있다. 식민지를 관통한 유태림의 글쓰기를 통해 식민지 이전의 역사와 식민 이후 한국이 겪은 분단의 문제가 하나의 서사로서 갈무리 된다. 『관부연락선』의 두 화자인 유태림과 이선생은 연쇄적으로 과거의 사건을 자신의 시간에서 의미화한다. 유태림이 20세기 초와 식민지 현실을 연결하고 있다면, 이선생은 1960년대의 시점에서 학병과 분단을 하나의 사건으로 엮는다. 이들은 현재의 관점에서 과거를 해석함으로써 각자의 역사 쓰기를 진행한다.

우선 유태림의 역사 쓰기를 살펴보자. 유태림의 한일관계사는 『대한매일신보』에 실린 매국노 송병준 관련 기록으로부터 시작하여, 식민지로 떨어질 수밖에 없는 조선의 운명을 파헤친다. 여기에는 조선의 문제점뿐 아니라, 유태림의 역사 쓰기의 욕망, 즉 전쟁의 소용돌이 속에서 제국주의와 민족주의의 위기를 하나의 역사로 확정하려는 욕망이 내재해 있다. 이는 유태림 개인의 욕망을 넘어서 과거를 역사를 재구성하려는 민족적 시도로 확장될 수 있다.[55] 민족의 과거를 보편의 역사로 재구성함으로써 식민지를 특수한 사건으로 전환시키고, 민족의 역사를 인류보편성의 틀 속에서 재정립하려는 것이 민족사의 최종목표이다. 그러나 유태림의 역사 쓰기가 식민성을 극복할 수 있을지는 의문으로 남는다. 근대성과 보편성의 향한 민족사의 기획과 식민지 근대성은 뚜렷이 구분되지 않기 때문이다. 역사를 발견할수록 조선의 근대성과 합리성은 미달의 형태로 증명되고, 그 결과 식민의 함정, 혹은 간계 속에 조선의 역사는 고착된다. 유태림의 '관부연락선사(史)'가 발견한 과거도 이 지점에 있다. 송병준의 정체

---

55) 인류 보편에 부합하는 민족사 만들기는 식민지 과거를 에피소드적인 것으로 바꾸어 놓는다. 그 결과 부정적인 과거는 민족의 본질과는 무관한 것으로 절하될 수 있다. 빠르타 짯떼르지, 앞의 책, 286~289면.

성은 한 개인의 일탈과 인격적 결함으로 설명될 뿐, 전체 역사의 행방은 변하지 않는다.

송병준이 아니었다면 조선의 역사는 어떻게 되었을까.

> 한일합방은 불가피한 일이었다. 그렇다손 치더라도 송병준 같은 인간의 활약으로 이루어졌다는 것은 한국으로서 치욕이며 일본을 위해서도 불행한 일이라고 생각한다. 이용구, 송병준, 이완용이 없었더라면 한일합방이 이루어지지 않았으리라고곤 생각할 수 없다. 그러나 이런 분자가 없었더라면 이왕 합방이 되더라도 민족의 위신이 서는 방향으로 되지 않았을까 한다. 이들 가운데 송병준이 가장 비열하고 간사한 인물이었다는 것은 기록을 종합해보면 안다.[56]

유태림은 송병준의 인격과 한일합방을 아우르는 역사의 결론에 도달한다. 송병준에 비하면 이완용은 인간적인 면모, "한조각의 진실, 한 가닥 고민의 흔적"[57]을 갖춘 인물이다. 이완용의 인간적인 내면이 미국에서 겪은 모멸과 병치되어 한일합방은 필연적인 결과로 인식된다. 그리고 송병준의 인격은 식민지 역사의 외부로 밀려난다. 예외적인 악인을 제외하면 식민지 역사는 이완용의 내면처럼 역사적 보편성에서 벗어나지 않는다. 송병준에 대한 분노는 『대한매일신보』에 게재된 분노의 시가와 함께 원주신이라는 존재를 통해 심정적으로 해소됨으로써 역사 속에서 용해된다. 시가에 나타난 분노의 감정은 식민지에 대한 분노가 아니라 식민지 현실에 대응하는 보편적 감정이라는 점에서만 타당하다.

1930년대 말의 상황을 고려하더라도 유태림의 역사 쓰기의 한계는 분명하다. 제국주의 체제를 인정하고 송병준의 인격에 의문을 제기하는 데 그친 유태림의 인식은 식민성에 대한 반성으로 이어지지 않는다.

---

56) 『관부연락선1』, 149면.
57) 『관부연락선1』, 155면.

나 역시 그런 의문을 가졌다. 흔하게 난무한 테러가 어떻게 송병준을 칠십 가까운 나이까지 살다가 고이 천수를 다하도록 내버려두었을까 하는 데 대한 의문이 없지 않을 수 없었다.[58]

유태림은 식민지 체제가 아니라 피식민 민족의 반응에 의문을 제기한다. 유태림이 발견한 송병준의 패악과 조선인의 대응은 감정적 대응—분노와 테러의 형식으로서만 인정받을 수 있다. 따라서 원주신이라는 저항조직은 조선인의 감정적 대응의 존재를 증명한 채 필연적으로 실패할 수밖에 없으며, 그 실패로써 조선인의 감정이 해소되는 식민지적 논리정합성이 다시금 확인된다. 이를 파헤치는 작업인 역사 쓰기는 유태림에게는 환멸과 우울을, E에게는 매력을 선사한다.

학문의 외피를 두른 제국의 지식체계는 조선인 유학생과 일본인 사이의 격차를 줄여주는 역할을 한다. 유태림은 제국의 교양을 통해 E, H와 우정을 쌓을 수 있었다.[59] 제국의 교양은 때로는 식민지 체제에 대응하는 미덕으로 작용하기도 한다. 일본 경찰의 사상적 통제에 맞선 "슬라브적 게마인샤프트와 게르만적 게젤샤프트"니, "핫코이치우(八紘一宇)의 정신은 곧 우주정신"이니 하는 현학적인 언설의 원천이 식민지 제도가 제공한 보편적 학문의 세계임은 충분히 짐작할 수 있다.[60] 유태림의 프랑스 편향이 교양주의의 결과이듯, 그의 역사 쓰기 또한 객관적 학문의 범주에서 벗어나지 않았다.

---

58) 『관부연락선1』, 158면.
59) 유태림은 E와 H 사이에서 벌어진 고바야시-미키 논쟁에 대해 판정을 내릴 만큼 제국의 교양에 충실한 인물이다. 『관부연락선1』의 '유태림의 수기2' 에피소드는 유태림의 지적 역량을 과시하며 이를 통해 세 청년의 우의가 형성될 수 있음을 보여준다.
60) 『관부연락선2』, 172~173면.

"정열 없이 역사를 읽어서도 안 되지만 역사를 읽을 땐 어느 정도 주관을 객관화시키려는 마음먹이가 필요하지 않을까. (중략) 송병준 이란 자의 인품이 비열하고 그자가 쓴 책략은 추잡하기 짝이 없지만 그자의 행동방향, 그자가 내세운 목적은 옳았다고까진 말할 수 없어도 불가피했던 것은 아니었을까 하고. 결과적으로 그렇게 되어 있지 않나, 이 말이다."

증거로서의 현실이 그렇게 되어 있는데야 내게 할 말이 있을 수가 없다. 그러나 뭔지 그 의견에 동조하기 싫은 기분이 솟았다. 나는 송병준 같은 놈들만 없었더라면 역사가 다르게 씌어질 수도 있었을 게라고 짤막하게 말했다.61)

유태림이 쉽사리 동조할 수는 없었지만 E가 내세운 역사성 인식, 즉 객관으로서의 역사라는 틀은 거부할 수 없다. E가 말한 객관성의 범주를 거부하서고는 유태림의 역사 쓰기는 중단될 처지이다. 이 때문에 유태림의 역사 쓰기는 친일의 논리를 비껴설 수 있었다. 한일합방이 합리성의 결과이듯, 이를 수용하는 유태림의 글쓰기의 흔적들은 역사의 객관성을 증명하는 해(解)인 셈이다.

대신 유태림의 역사 쓰기는 전근대 조선의 역사로 향한다. 조선 역사의 '프라이드'에 해당하는 다산 정약용은 역사의 객관성 내에서 평가된다. 이에 따르면『목민심서』란 "어차피 망할 나라였으니까 민족이니 조국이니 하는 관념을 말쑥이 씻어버리라는 데 의도62)"를 가진 저술이다. "가혹한 정황 속에서도 예의를 지켜온 조선민족의 위대성"이라는 자조(自嘲)와 허무를 배제한다면, 정약용의 정신이란 개혁의 가능성을 가리킬 수 있다. 그러나 그 개혁의 방향도 역사성의 사고를 벗어나지 않는다. 다음과 같은 진술은 유학생들의 역사의식의 행방을 볼 수 있다.

---

61)『관부연락선1』, 227면.
62)『관부연락선1』, 245면.

정다산 같은 현실주의에 처한 사람이 허무주의자로서 낙착되지 않을 수 없을 것이란 확신도 들었다. 만일 스스로의 허무주의를 가슴 속에 숨겨두고 개혁의 가능을 믿는 척 목민심서를 썼다면 더욱 위대하다고 아니할 수 없다.

황도 최도 나의 의견에 동의하는 성싶었다.

"목민심서를 읽고 있으니 동학란이 일어난 사정을 잘 알 수가 있어."

이 말에 최가 벌떡 일어났다.

"그러면 정다산은 한국의 마르크스다. 그 목민심서라는 것은 자본론에 해당하는 거고…… 그렇다면 정다산은 결단코 허무주의자가 아니다."63)

『목민심서』는 유학생들의 사유를 건너면서 각기 다른 국면 속에서 의미를 획득한다. 처음에는 조선의 몰락, 나아가 한일합방의 당위성을 증명하는 논리와 감정 속에 『목민심서』는 존재한다. 이 감정은 '황'이 말한바, 반어적, 자조적 태도와 연결된다. 반어적 의미의 위대함은 유태림식의 사유와 반성 속에서는 다시 허무주의의 사상으로 이어진다. 그리고 마지막으로 혁명론의 가능성으로도 확장된다. 유학생들의 대화는 과거로부터 의미를 추출하는 역사 쓰기의 한 사례이다. 이를 학문의 이름으로 연장한 지점에 유태림과 E의 글쓰기가 자리한다. 송병준, 원주신이 정념의 차원에 존재한다면, 이를 의미화하고 역사로서 서술하는 행위, 유학생들의 상념의 주고받음 속에서 허무주의와 혁명론이 돌출되는 방식은 여러 층위로 나뉜 『관부연락선』 글쓰기의 본질과 일치한다.

유태림의 식민지 역사 쓰기가 분단 역사 쓰기로 이어질 때 한국사 전체의 기획은 완성된다. 이를 실행하는 화자는 작가 이병주와 가장 가까운 서사적 거리를 유지한 이선생이다. 이선생은 유태림의 행적을 좇으며 해방공간의 상황을 식민지와 연결된 역사로 설명하려는 욕망을 드러낸 바

---

63) 『관부연락선1』, 248~249면.

있다. 학병에서 만난 좌익분자의 기록, 그리고 해방공간에서의 대립과 대화의 기록은 이선생의 서술 시간인 1960년대 후반으로까지 끌어올려진다.[64] 이선생은 1960년대말의 정치적 맥락을 안고 유태림의 기록에 접근한다. 이때는 군사정권이 민족적 민주주의를 시험하던 시점으로, 그에 대한 불온의 가능성도 이때 불거질 수 있었다.

> 그 원고의 대부분이 한일합방과 한국 독립운동에 관한 새로운 해석으로 이루어져 있는데, 그것을 썼을 당시엔 일본측에서 불온시할 내용이었지만 귀국이 독립한 지금에 와서 보면 되레 귀국측에서 불온시할 수 있는 내용의 것이 더러는 있다는 점이다. 그러니 E의 간독성실(懇篤誠實)한 해설이 붙지 않으면 그 원고의 가치가 살아나지 않는다는 것이다.[65]

'관부연락선'의 불온성에는 수기가 쓰인 1943년과 소설의 서술된 1960년대의 격차가 개입한다. 전자에 비하면 후자의 불온성은 불분명한 편이다. 해방 이후 이데올로기의 문제에서 온건함을 유지했던 작가의 상황을 고려했을 때, 1960년대의 불온이란 역사 해석의 문제와 연관시킬 수 있다. 식민지배의 역사를 서술하려는 민족사의 기획에 유태림, 혹은 이병주의 역사 쓰기가 개입할 경우, 민족사와 상충하는 해석의 지점이 돌출하기 때문이다. 유태림의 수기 '관부연락선'은 식민지 과거에 대해 "두 세줄 밖

---

64) 이선생은 유태림의 '관부연락선'을 직역한다고 진술한다(『관부연락선1』, 135면). 그러나 직역은 해방 이전의 행적에 한정되는 것으로, 학병체험과 해방공간의 사건은 이선생의 서술에 의해 구성된다. 그리고 직역이라는 소설적 장치를 동원했지만, 유태림의 수기는 1960년대 말의 상황에 수렴된다. 이를 보여주는 증거로 몇 가지의 착오를 들 수 있는데, 식민지 시기 유태림의 서사의 시간에서 빈번히 등장하는 '한국', '한국인'이라는 오류가 한 예이다. 이와 같은 오류를 통해 서술의 시간의 준거가 1960년대에 있음을 짐작할 수 있다.

65) 『관부연락선1』, 26~27면.

에" 서술하지 않은 공식적인 역사에 대립하는[66] 역사를 꾀한 불온의 증거로 충분하다.

실상 1960년대의 불온의 혐의는 학병세대의 역사 쓰기의 시도 자체에 씌워져 있었다. 그렇기에『관부연락선』의 작가는 1960년대의 상황에 민감하게 반응할 수밖에 없었다. 민감한 현실감각은 때로는 서사 밖에서 개입되기도 한다.

> 본문 중, 이름을 바꿔 놓았지만 그 안(安)이란 인물은 6 · 25 전후를 통해 묘한 역할로서 역사에 등장한 실재 인물이다. 그는 귀국하자 조선공산당에 가입, 당 간부로 활약하다가 6 · 25 몇 달 전에 체포되어 전향하고 이주하, 김삼룡을 잡아 대한민국의 관헌에 넘겨주었다는 사실이 오제도라는 검사가 쓴『붉은 군상』에 기록되어 있다.[67]

> 이만갑은 본명이다. 일제말기 관부연락선을 이용한 사람은 이 이름을 들으면 대강 기억할 것이다. 이만갑은 한국이 독립하기 직전, 고향인 경남 창원군 진동면에서 살 수가 없어 밀선을 타고 일본으로 건너갔다고 들었다. 지금 버젓한 교포노릇을 하고 있을는지 모른다. 소설에 본명을 기입하는 것은 사도(邪道)인 줄 알지만 그자에게 화를 입은 많은 동포를 위해서 관부연락선의 필자로선 그렇게 하지 않을 수 없는 심정이 된 것이다.[68]

위 인용은 주석의 형태로 작가가 개입한 사례이다. 내포 화자 이선생과 실제 작가 이병주 목소리가 혼재되어 있는 주석은『관부연락선』의 중요한 서술지점을 가리킨다.『붉은 군상』은 실재하는 책으로 주석의 내용과 일치한다.[69] 가명 혹은 실명을 선택한 데에는 1960년대의 정치 감각

---

66)『관부연락선2』, 57면.
67)『관부연락선1』, 97면.
68)『관부연락선2』, 77면.

이 작동했을 가능성이 크다. 실존 인물 안영달에게는 전향의 문제가 민감하게 남은 반면 이만갑은 단죄의 과정 없이 한국을 떠난 사실이 서술에 영향을 끼친 것이다.[70)]

실제 작가에 근접한 화자는 체험과 지적 역량을 동원하여 식민지와 해방공간을 하나의 역사로 연결한다. 식민지 전후를 연결하는 결정적인 매개는 좌익 인물들이다. 유태림이 만난 선동가 안달영은 지도자적 영향력에도 불구하고 좌익사상의 본질적인 문제를 드러내었으며, 해방공간에서 민족의 적이라는 점이 부각된다. 좌익의 이론은 본질적으로 허구적일 뿐 아니라 반민족적이라는 사실을 근거로 식민지와 해방공간은 민족사 구성에서 가장 중요한 시기로 정위된다. 반공 이데올로기를 근간으로 좌파의 책략을 분쇄할 때 민족적 민주주의가 완성될 수 있다는 논리는 식민지와 해방공간의 시기를 관통한 이데올로기였다. 이선생의 서술전략은 식민지 전후를 하나의 민족사로 수렴하는 데 성공한 듯이 보인다. 좌우 이데올로기의 대립이 이미 식민지 시기에 시작되었으며, 이 문제가 해방공간에서 불거졌을 때 유태림과 같은 학병세대 지식인이 주도적으로 사상투쟁을 전개해 나갔다는 점을 강조함으로써 민족사의 핵심에 도달할 수 있었다.

결국 학병세대의 역사 쓰기는 1960년대 현실의 맥락에서 최종적인 의미를 획득한다. 『관부연락선』의 비서사적인 토론은[71)] 공산주의의 허구

---

69) 오제도, 『붉은 군상』, 희망출판사, 1953, 102면.
70) 1960년대의 현실이 개입한 사례는 학병을 도운 은인의 소개(『관부연락선1』, 134면), C시의 출세한 동기들에 대한 자랑(『관부연락선1』, 107면.) 등을 들 수 있다. 이런 사례 중에는 허구와 구분되지 않은 경우도 있다. 유태림 수기에는 박순근의 경우 "박순근은 경남 진양군 문산면 출신. 1943년 나카노 세이고 씨가 당시의 수상 도조의 헌병대에 강박당해 자인한 직후, 스가모의 하숙에서 자살했다. 나카노의 죽음과 더불어 그의 꿈이 깨진 것을 깨닫고 절망한 탓이 아니었을까 한다."라고 서술되어 있다(『관부연락선2』, 185면). 하지만 이 내용만으로 박순근이 실존인물인지는 판명하기 어렵다.
71) 『관부연락선』에는 전형적인 소설 형식과 거리가 있는 발화가 자주 등장한다. 화자

성을 비판하는 데 초점이 맞춰지는데, 이는 "공산주의 이론을 철저하게 연구"하여 "그 생리와 병리에 대해 통달"72)한 학병세대만의 고유한 지적 성과이다. 공산주의의 문제점을 비판하고 분단의 역사를 사유할 수 있다는 자신감은 이병주의 작가의식과 일치한다. 『관부연락선』이후 『지리산』 (1972)과 『남로당』(1987)에 이르는 작품은 현대사를 사상사적으로 이해하고 평가하려는 이병주 소설 쓰기의 사명이었다. 그리고 그 사명은 항상 현실과 길항하며 실천되었다. 『관부연락선』은 1960년대 이병주가 처한 정치적 입지 속에서 쓰였다. 정치적 억압을 경험한 이병주는 소설로써 자신의 사상을 증명하려 했다.73) 정치적 포즈 대신 공산주의에 대한 탐구로써 정치적 상황을 극복하려 한 이병주의 의지가 『관부연락선』에서 번다한 토론과 분석으로 나타나는 것은 당연한 일이다. 식민지와 분단을 지식인 청년으로서 체험한 이병주, 혹은 학병세대는 고유한 지적인 성과를 통해 역사 쓰기의 가능성을 『관부연락선』을 통해 증명하려 했으며, 이는 권력의 의지와 갈등을 빚을 수밖에 없었다.

『관부연락선』에는 여러 층위의 역사 쓰기가 혼재되어 있다. 유태림은 식민지의 한계 속에서 조선의 역사를 서술했으며, 이를 다시 해방공간의

---

의 서술 없이 직접 인용된 대화를 연쇄적으로 병치하는 경우를 흔히 볼 수 있다. 이보다 더 일탈적인 경우는 '탁류 속에서', '불연속선' 등의 장에 등장한 극 형식의 토론이다.

72) 『관부연락선1』, 332면.

73) 5·16 직후 필화사건으로 옥고를 치른 이병주가 소설 양식으로써 정치 현실에 맞서려 했다는 사실은 익히 알려진 바이다. 이병주는 「소설 알렉산드리아」를 필두로 군사정권의 현실을 상기시킬 만한 작품들은 내 놓았다. 그의 소설은 알레고리의 장치를 활용하거나, 환각으로써 현실에 대응했다.(손혜숙, 「이병주 소설의 역사서술 전략 연구—5·16소재 소설을 중심으로」, 2장; 고인환, 앞의 글, 3장). 그러나 문학적 전략은 정치 상황에 따라 부침을 거듭하기도 했다. 1970년대 중반 이후 이병주는 군사정권에 친화적인 태도를 보이며 초기 소설의 비판적 시각은 상당히 둔화되었다. 군사정권이 다시 소설에 등장한 것은 1982년 연재를 시작한 『그해 5월』이었다.

갈등과 연결시켜 하나의 역사로 서술한 이가 이선생이다. 두 역사를 하나의 글쓰기로 묶는 것이 가능할 것인가. 결여로서의 조선의 역사, 이념 갈등에서 비롯한 한국사의 비극은 이병주의 『관부연락선』을 통해 하나의 역사로 통합된다. 두 역사를 엮은 글쓰기로 『관부연락선』이 유일한 것은 아니다. 이병주의 성취는, 두 역사를 당대의 시점으로 끌어올렸다는 점에 있을 것이다. 학병세대의 특수한 식민지 경험을 역사 쓰기로 재현하는 행위는 식민지 과거를 1960년의 정치성 속에서 해명하려는 의지의 표현이다. 이병주의 역사 쓰기는 식민성의 문제가 1960년대에서 비로소 유효한 주제가 된다는 사실을 증명한 것이다.


## 4. 맺음말


『관부연락선』과 이병주는 한국 현대문학사에서 소외된 듯이 보인다. 1960년대 한국문학에 경험으로서의 식민지를 이보다 더 적실하게 다룬 작품이 없었음에도 이병주가 재현한 식민지 역사를 당대의 지평에서 해석하려한 문학적 논의는 찾기 어렵다. 이는 한국 문학의 사상적 폭이 식민지를 성찰할 만한 시간적 거리를 갖추지 못한 탓이 크다. 한글세대의 감수성으로 재단한 기존 문학사의 관점에서, 경험을 내세운 식민지 역사, 식민지 지식의 세계는 벅찬 주제였다. 게다가 학병세대만의 독특성과 이병주 개인의 정치적 위상 등을 고려할 때 그의 소설을 문학사 내에 위치 짓는 데에는 많은 시일이 걸렸다. 2000년대 이후 이병주의 문학세계는 문학과 역사의 주제에서 연구대상에 오르며 그에 대한 온당한 평가가 시작되었다. 그러나 1960년대 문학사의 관점에서 이병주는 여전히 동떨어져 있는 듯이 보인다. 이병주의 체험과 방대한 지적 자산들을 발생과 수용의 지점에서 평가하지 않고서는 이병주 문학은 여전히 변방에 머물 것이다.

이병주를 문학사의 변방에서 끌어올리기 위해서라도, 이병주의 체험이 가진 의미와, 그것이 1960년대에 서술된 구조를 면밀하게 들여다보아야 한다. 이 작업은 이병주 문학의 회복이 아니라 1960년대 지적 구조의 이해를 위한 토대이다. 이 글에서는 식민지 전후의 경험이 서술되는 상황에 초점을 맞추었다. 식민종주국 일본이 다시 도래했을 때 한국이 일본을 통해 세계체제를 받아들인 상황을 고려하면, 식민지 체험을 서술한 이병주 고유의 글쓰기 양식을 짐작할 수 있다. 식민지의 정체를 깨닫고 현재의 상황에서 식민성을 재전유하는 일은 정치-경제의 차원에서 국가 권력에 의해 실천되었으며, 문화의 장에서 대중이 경험한 바이다. 그리고 문학적, 혹은 역사적 글쓰기에서 실천한 결과가 이병주의 『관부연락선』이었다.

『관부연락선』이 상기시킨 식민성의 양상은 이병주가 읽어낸 문헌들만큼이나 다양하다. 문학은 물론, 사상과 철학, 역사 등 인문학적 지식을 망라하려는 시도가 『관부연락선』에서 펼쳐졌다. 이 글은 서구 문학의 보편성에 이끌린 한 식민지 지식인의 내면과 거기에 이어진 역사 쓰기의 양식에 초점을 맞추었다. 『관부연락선』의 주인공 유태림의 서구 문학에 경도된 글쓰기는 보편으로서의 문학을 지향하는 한편, 식민지 현실을 인정하는 보편성의 효과마저도 떠안아야 할 처지였다. 구한말과 식민지 조선, 해방공간과 분단으로 이어지는 역사의 단락들은 유태림과 이선생, 혹은 이병주라는 화자에 의해 서술되고 역사 속에 기입된다. 그 역사란 1960년대 후반에 유효한 한국사임은 물론이다. 식민지와 분단을 하나의 역사로 기술하려는 욕망은 권력 외에도 한 작가의 글쓰기 열망 속에서도 실천되었다. 이 과정에서 작가의 욕망과 권력은 상충할 수밖에 없었으며, 글쓰기의 과정에서 형성된 윤리적 내면의 문제 역시 중요한 주제를 형성한다.

식민성과 정치, 식민성과 윤리의 문제는 『관부연락선』 이후 전개된 이병주 문학의 큰 틀 속에서 다시금 면밀히 살펴야 할 주제이다.

## 참고문헌

### 1. 기본자료

이병주, 『관부연락선1 · 2』, 한길사, 2006.
_____, 『허망과 진실1』, 생각의나무, 2008.

김경창, 「새 정치이념의 전개-민족적 민주주의의 방향」, 『세대』, 1965. 8.
김 철, 「일본사회당의 대한정책」, 『사상계』, 1965. 11.
박숙정, 「만세혼」, 『신동아』, 1966. 9.
박정희, 『국가혁명과 나』, 향학사, 1963.
신일철, 「문화적 식민지화의 방비」, 『사상계』, 1964. 4.
오소백, 「여권 4457호-닥치는대로 본 일본사회의 저변」, 『세대』, 1964. 9.
_____, 「스트립 쇼와 대학모-닥치는대로 본 일본사회의 저변」, 『세대』, 1964. 11.
오제도, 『붉은 군상』, 희망출판사, 1953.
전 준, 「일본교과서에 나타난 한국관-한국민족사를 왜곡하는 일본인」, 『사상계』, 1965.5.
지명관, 「일본기행」, 『사상계』, 1966. 2.
_____, 「속 일본기행」, 『사상계』, 1966. 9.
한말숙, 「일본문학을 저격한다」, 『세대』, 1964. 2.

『사상계』, 『세대』, 『신동아』, 『형성』

### 2. 국내논저

고인환, 「이병주 중 · 단편 소설에 나타난 서사적 자의식 연구」, 『국제어문』 48,

국제어문학회, 2010.

국민대학교 일본학연구소 편,『한일회담과 국제사회』, 선인, 2010.

권보드래 · 천정환,『1960년을 묻다』, 천년의상상, 2012.

김성환,「빌려온 국가와 국민의 책무: 1960~70년대 주변부 경제와 문화 주체」, 『한국현대문학연구』43, 한국현대문학회, 2014.

_____,「일본이라는 타자와 1960년대 한국의 주체성−한일회담에 관한 논의를 중심으로」,『어문논집』61, 중앙어문학회, 2015.

김주현,「『청맥』지 아시아 국가 표상에 반영된 진보적 지식인 그룹의 탈냉전적 지향」,『상허학보』39, 상허학회, 2013.

김택현,『트리컨티넨탈리즘과 역사』, 울력, 2012.

노현주,「이병주 소설의 엑조티즘과 대중의 욕망」,『한국문학이론과 비평』55, 한국문학이론과비평학회, 2012.

손혜숙,「이병주 소설의 '역사인식'연구」, 중앙대학교 박사학위논문, 2011.

_____,「이병주 소설에 나타난 '식민지 기억'과 역사 다시 쓰기−『관부연락선』 과「변명」을 중심으로」,『어문론집』53, 중앙어문학회, 2013.

_____,「이병주 소설의 역사서술 전략 연구−5 · 16소재 소설을 중심으로」,『비 평문학』52, 한국비평문학회, 2014.

안경환,『황용주, 그와 박정희의 시대』, 까치, 2013.

윤상인 외,『일본문학 번역 60년 현황과 분석: 1945−2005』, 소명출판, 2008.

이동헌,「1960년대『청맥』지식인 집단의 탈식민 민족주의 담론과 문화전략」, 『역사와 문화』24, 문화사학회, 2012.

이봉범,「1950년대 번역 장의 형성과 문학 번역−국가권력, 자본, 문학의 구조적 상관성을 중심으로」,『대동문화연구』79, 성균관대 대동문화연구원, 2012.

이정석,「이병주 소설의 역사성과 탈역사성」,『한국문학이론과 비평』50, 한국 문학이론과비평학회, 2011.

최원식 외,『4월혁명과 한국문학』, 창작과비평사, 1999.

최종길,「전학련과 진보적 지신인의 한반도 인식−한일회담 반대 투쟁을 중심으 로」,『일본역사연구』35, 일본사학회, 2012.

하정일,『탈식민의 미학』, 소명출판, 2008.

황병주,「유신체제의 대중인식과 동원 담론」,『상허학보』32, 상허학회, 2011.

황호덕,「끝나지 않는 전쟁의 산하, 끝낼 수 없는 겹쳐 일기 식민지에서 분단까지, 이병주의 독서편력과 글쓰기」, 『사이間SAI』 10, 국제한국문학문화학회, 2011.

### 3. 국외논저

小熊英二, 『＜民主＞, ＜愛國＞: 戰後日本のナショナリズムと公共性』, 東京: 新曜社, 2002.

早川敦子, 『飜譯論とは何か』, 東京: 彩流社, 2013.

빠르타 짯떼르지, 이광수 역, 『민족주의 사상과 식민지 세계』, 그린비, 2013.

로버트 J.C. 영, 김택현 역, 『포스트식민주의 또는 트리컨티넨탈리즘』, 박종철출판사, 2005.

# 실록소설로서의 이병주의 『지리산』론

박중렬(전남대)

## 1. 머리말

이병주의 『지리산』은 작중 인물인 이규의 진주중학교 시절부터 최후의 빨치산을 자처했던 박태영이 죽기까지 20년 이상의[1] 한국근대사를 형상화한 실록소설이다. "작중에 등장하는 대부분의 인물은 실재 인물이다."라거나 "이 소설의 마지막 부분은, 등장인물의 한 사람인 '이태'의 수기가 없었다면 서술이 가능하지 못했을 것"[2]이라고 작품 후기에서 밝히고 있듯이 이병주는 하준수와 이태의 수기뿐 아니라 자신의 실제 경험담, 신문 기사 등을 작품 안으로 폭넓게 도입함으로써 『지리산』을 실록소설로 자리매김하였다.

---

[1] 제1권에서 마지막 7권에 이르는 전체 시기는 20년을 상회하지만 작품의 주제의식에 비추어 볼 때 실질적인 기간은 1945년 해방 이후부터 1955년 박태영이 죽기까지 10여 년이라 할 수 있다.
[2] 이병주, 『지리산』 제7권 후기, 기린원, 1997, 344면. 이태의 수기는 나중에 「남부군」으로 간행되었다.

실록소설은 역사적 서사의 형식을 취하되 사실의 충실한 기록에 더 큰 의미를 부여한다. 그런데 김윤식이 지적하고 있는 것처럼 실록소설이란 용어에는 형용모순이 내포되어 있다. "소설적 상상력에 대한 능력 부족을 실록으로 채우거나, 반대로 실록의 취약점을 상상력으로 넘어서는 불확실성의 영역으로 떨어질 우려"[3]가 있을 뿐만 아니라, 자칫 야사나 비화로 전락함으로써 사실과 허구, 역사소설과 실화의 경계에 파묻힐 가능성이 크다. 이처럼 '존재론적 틈'에 놓일 가능성이 다분함에도 불구하고 『지리산』을 실록소설로 규정하려고 했던 이유는 무엇일까. 김윤식은 '지리산'에 접근하는 것이 현실적으로 금기사항이었음과 무관하지 않아 보인다고 지적했다. 조정래의 「태백산맥」이 발표되었을 당시 이념적 논란거리를 유발했던 것을 상기한다면, 이보다 훨씬 앞서 1972년에 발표되기 시작하였던 『지리산』이 냉전 상황의 이념적 희생물이 될 가능성이 농후했으므로 작가의 개입을 최소화하기 위해 실록소설의 형식을 채택했을 것이라고 짐작할 수 있다.

다양한 인물군과 잡다한 사건이 통시적이고 병렬적으로 제시되는 형식을 취하는 것이 실록소설이라는 점에서 『지리산』은 실록소설의 범주에서 벗어나지 않는다. 그러나 막상 『지리산』을 대하면 단지 실록의 범주를 넘어서게 된다. 오히려 주인공인 박태영의 서사적 일대기에 가깝다. 마치 박태영을 그려내기 위해 여타의 실록이 필요했다고 판단해도 무방할 정도이다. 박태영은 『지리산』을 추동하는 내적 원리로 형상화되어 있을 뿐만 아니라 『지리산』을 이해하는 거멀못으로 기능하고 있다.

작가는 의도적으로 실록소설을 자처했다. 그러나 내적 형식의 측면에서는 오히려 주인공 박태영의 극적인 삶이 중심점으로 작동하고 있다. 작가 이병주는 이 이율배반성을 어떻게 바라보았을까. 그리고 『지리산』에

---

3) 김윤식, 「지리산의 사상과 『지리산』의 사상」, 『지리산』 7권, 한길사, 2006, 381쪽.

투영한 이병주의 진정성은 무엇일까. 단지 현상적으로만 알려졌을 뿐인 '지리산'의 의미를 역사적 서사로 재현하였던 궁극적인 지향점은 어디일까. 이러한 문제의식에서 본고는 출발한다.

## 2. 실록, 소거된 역사의 복원

『지리산』의 제6권 <분노의 계절> 편에 언급된 다음의 시는 박태영을 통해 작가의 진정성과 실록 형식의 연관성을 확인해볼 수 있는 출발점에 해당한다.

> 어디서 죽고 싶으냐고 물으면, 카카로니아(카탈루니아의 오기임 – 필자)에서 죽고 싶다고 대답할 수밖에 없다.
> 어느 때 죽고 싶으냐고 물으면, 별들만 노래하고 지상에선 모든 음향이 일제히 정지했을 때라고 대답할 수밖에 없다.
> 유언이 없느냐고 물으면 나의 무덤에 꽃을 심지 말라고 부탁할 수밖에 없다.[4]

이 시는 사회주의 정권을 무력으로 전복했던 프랑코 정권에 대항하였던 스페인 인민전선봉기가 배경이다. 비록 내전이지만 스페인 인민전선을 돕기 위해 4만 여명의 국제의용군이 조직되고, 어니스트 헤밍웨이, 파블로 네루다, 조지 오웰 같은 작가들이 참전했던 데에서 알 수 있듯이 파시즘과 민주주의의 대결이라는 국제전의 성격을 띠고 있다. 이 시는 당시 스페인 내전의 마지막 전투라고 일컬어지는 카탈루니아 전투에서 불리었던 시인 로르카(Garcia Lorca) 곧 당대 청년들의 혁명적 순수성과 열정 그

---

4) 이병주, 『지리산』 6권, 기린원, 1997(이하 『지리산』으로 표기함), 33쪽.

리고 비장함을 상징하는 시로 널리 알려져 있다.

『지리산』제6권, 주인공 박태영이 그의 철학과 교수인 이동식의 친구 김경식을 만나면서 이 시는 새로운 의미로 재해석된다. 김경식은 지리산에서 빨치산으로 활동하는 청년들의 죽음을 다음과 같이 애상조로 안타까워한다.

> 나는 지리산에 있는 빨치산들, 전국 각지에 산재해 있는 야산대들이 안타까워 정말 견딜 수가 없습니다. 그들은 지금 몰살될 운명에 놓여 있는데, 그들의 죽음이 무엇을 의미할까요. 그들의 죽음에 영광이 있을까요. 물론 있다고 할 사람이 있을 줄 압니다. 그러나 나는 허망한 죽음일 뿐이라고 생각합니다. (중략) 아무튼 불행한 나라야. 민족의 수재라고 할 수 있을지 모르는 사람들이 허망한 정열에 불타서 죽고, 죽어가고 있고, 계속 죽어야 하니까 말이다. 아아, 허망한 정열! 스페인의 내란 때 죽은 로르카의 시에 이런 것이 있더라.[5]

새로운 사회를 건설하기 위한 정열과 역사적 진보에 대한 신념, 이에 따른 혁명적 실천의 과정에서 죽음은 필연적이다. 그리고 그 죽음 안에는 역사적 숭고함이 내재되어 있다. 이 때문에 빨치산 야산대의 죽음과 로르카의 죽음은 긍정적이든 부정적이든 동격이다. 빨치산들의 죽음에 영광이 있을 수도 있다고 생각하는 김경식 또한 스페인 내전이나 해방공간의 사회주의 운동이 갖는 의미와 그 죽음의 역사적 가치를 이해하지 못할 리없다. 좌익 학생들로부터 반동 교사로 불리는 것을 자처하다시피 한 교사로서의 김경식이 객관적 시대감각을 갖추고 있다는 점은 분명해보이기 때문이다. 그럼에도 불구하고 그들을 '허망한 죽음'에 불과하다고 단언하는 이유는 사상과 제도, 사상과 현실 사이에 놓인 비인간적 거리 그리고

---

5) 『지리산』6권, 31쪽.

광포함 때문이다. 이는 김경식뿐만 아니라 박태영의 교사 역할을 자임하는 하영근이나 권창혁에게 있어서도 마찬가지다. 이들은 박태영 같이 뛰어난 학생들이 시대와 이념의 희생양으로 전락하는 현실이 안타까웠던 것이다.

『지리산』 전 7권에 걸쳐 훈육과 간청의 형태를 띠고 반복적으로 구체화되는 이들의 목소리는 그러므로 계몽적이다. 사상의 허구성을 직시해야 한다는 것, 목숨을 버릴 정도의 지나친 이상주의를 경계하고 학생이므로 장래를 기약해야 한다는 것이다. 이 목소리는 『지리산』의 후반부인 남부군의 활동 대목에 이르면 "나는 나를 용서할 수가 없다."라는 박태영의 내면화된 목소리로 변모하게 되지만 이는 기실 역사 속에서 감추어져 있었던 이들의 삶을 실록으로써 증언하고자 했던 이병주의 목소리이기도 하다. 이병주는 『지리산』의 전신이랄 수 있는 『관부연락선』에서 이 목소리의 단초를 내비친 바 있다.

> 그렇다고 해서 나는 『관부연락선』을 역사라고 할 생각은 없다. 역사의 행간에 깔려 있는 가냘픈 잡초들, 밟아 없애도, 뜯어 없애도 역사의 흐름엔 아무런 관계가 없는, 그런 만큼 안타깝기 그지없는 생명들의 몸부림을 스케치해본 데 불과한 것이다.6)

1940년에서 1950년까지 해방 전후 10년간을 다룬 역사소설 『관부연락선』의 작가 후기이다. 『관부연락선』이 『지리산』일 수는 없지만 작가의 창작 고백은 『지리산』을 이해하는데 시사적이다.7) 이병주는 『관부연

---

6) 이병주, 『관부연락선』, 경미문화사, 1979, 586쪽.
7) 정호웅, 「해방 전후 지식인의 행로와 그 의미」, 『현대소설연구』 24(현대소설학회, 2004), p.89. 해방 공간 지식인의 행로와 역사적 의미를 다루고 있다는 점, 작중 인물 유태림이 남긴 수기인 『관부연락선』을 바탕으로 실록 형식을 취하고 있다는 점, 작가가 『관부연락선』에 담긴 소재로 다시 다르게 쓰기도 한 생각을 지워버리지

락선』을 역사의 시각에서 창작한 것이라고는 말하지 않는다. "역사의 흐름엔 아무런 관계가 없는" 주변적 운명의 기록이기 때문이라는 것이다. 그러나 이병주는 오히려 이 작품의 유태림처럼 살아갈 수밖에 없었던 소위 방외자의 운명을 통해 역사를 전면화한다. 방외자란 기억되지 못하는 존재이다. 이병주는 여기에 주목한다. 역사가 외면한 사실을 기록할 때 오히려 역사의 실체를 근본적으로 성찰할 수 있다고 믿는다. 역사의 이면을 통해 역사를 다시 조명할 수 있다는 역설과 "안타깝기 그지없는 생명들의 몸부림"에 대한 동정적 시선은『지리산』에 이르러 작가의 '의분'으로 구체화된다.

> 해방 직후부터 1955년까지 꽉 차게 10년 동안 지리산은 민족의 고민을 집중적으로 고민한 무대이다. 많은 청년들이 공비를 토벌한다면서 죽었고, 역시 많은 청년들이 공비라는 누명을 쓰고 죽었다. (중략) 그러나저러나 이런 분자들의 선동과 조종을 받아 그 많은 청년들이 공비라는 누명을 쓰고 죽어야 했다고 생각하면 의분을 억제할 수가 없다. 말하자면 소설『지리산』의 주제는 이 의분이다.[8]

『관부연락선』이 해방직후부터 1950년까지 5년 동안의 기록이라면 『지리산』은 여기에 6·25 휴전 협정 후 고립무원의 처지에 놓였던 빨치산의 5년 행적을 더한 것이다.『관부연락선』이 해방 전후 지식인의 행로를 추적했다면,『지리산』은 그 행방이 죽음으로 끝맺게 되는 역사의 비극을 파헤치고 있다.『관부연락선』이 유태림의 짧은 생애를 통해 한국근대사를 조명하고 있다면,『지리산』은 박태영의 짧은 생애에 빨치산의 집단적 죽음을 덧보태고 있다.『지리산』의 중심에 이 같은 '죽음'이 놓여 있기

---

못하였고 그로부터 10년 후인 1978년에『지리산』을 완성했다는 점에서『관부연락선』은『지리산』과 짝을 이루는 작품이라 할 수 있다.
[8]『지리산』7권, 344쪽.

에『관부연락선』의 안타까움은『지리산』의 의분으로 나타날 수 있었다.

그렇다면 '의분'을 파생한 죽음과 그 안에 내재된 실체적 진실은 무엇일까. 빨치산의 죽음은 역사 속에서 사회화된 죽음이다. 개인적 운명을 넘어 역사 속에서 인과적 필연성으로 존재한다. 스페인 인민전선의 로르카의 죽음이 그러하고, 빨치산 야산대의 죽음 또한 마찬가지다. 그들의 죽음은 역사적 죽음이었다. 그러나 작가가 보기에 이 죽음은 누명이다. 사실이 아닌 일로 이름을 더럽히는 억울한 평판이 누명이라면, 변혁의 순수한 열정으로 역사 속에 투신했던 청년들이 물건을 약탈하고 사람을 이유 없이 해치는 공비 곧 공산당의 비적으로 간주되어 억울하게 죽임을 당했다는 것이다. 죽음도 억울하거니와 공비라는 누명이 덧씌워졌다고 확신하는 의분이 실록소설『지리산』을 낳은 것이라고 작가는 고백하고 있다.

역사 속에서 빨치산은 공비라는 누명으로 덧칠되어 있다. 그 누명은 조선공산당의 형성과 6·25 전쟁이 매개된 것이겠지만 이와는 무관하게 그들이 변혁 열정의 순수 청년이라는 점을 이병주는 증언과 실록 그리고 자신의 체험을 통해 확인할 수 있었다. 따라서 그에게 있어서 빨치산에 대한 기존의 역사적 평가는 편견이자 불신에 불과하다. 한 걸음 더 나아가 이병주는 역사적 기록에서 의도적으로 소거된 이들의 삶을 되살리는 방법을 모색했다. 작가의 기억에 의존하여 시간적 질서로 그 죽음의 의미를 재구성하는 역사보다, 하나의 기록으로서 명료하게 사실화한 실록이 그들의 죽음에 내재된 민족사적 고민의 실체를 드러내고 역사적 기록이 외면한 현장의 기억을 되살릴 수 있다고 믿었던 것이다. 이병주는『지리산』을 통해 소거된 역사를 전면화하였다.『지리산』을 역사소설이 아니라 굳이 실록소설로 명명했던 이유도 여기에 있을 것이다.

## 3. 휴머니즘의 윤리와 교사―학생의 형식

『지리산』은 표면적으로 해방 전과 해방 후의 서사로 구성되어 있다. 해방 전의 이야기는 학병 징집을 피하기 위해 덕유산에 들어가 보광당을 조직하고 항일 운동을 펼쳤던 서사가 그리고 해방 후의 이야기는 보광당에 몸담았던 인물들의 행로와 그들이 지리산에서 활동했던 빨치산의 운명에 관한 서사가 중심이다.

그런데 작가가 표방하였던 것처럼 『지리산』의 주제 의식 즉 '의분'에 초점을 맞춘다면 『지리산』의 서사를 추동하는 내적 형식9)의 측면에서 또다른 방향의 서사를 재구성할 수 있다. 하나는 1933년의 국내외 격동기부터 1955년 박태영의 죽음에 이르기까지 한국현대사의 정치적 사건을 기술하는 구성적 측면이다. 이 안에는 작중인물 하준규로 지칭되는 실존 인물 하준수의 학병 수기와 이태의 남부군 수기가 포함되어 있으며 여러 사건의 보도 자료, 정치적 문건 등이 작가 이병주의 자전적 체험과 결부되어 기술되어 있다. 대부분 실재 인물과 실재 사건으로 구성되어 있다는 점에서 실록적 성격이 지배적이다. 다른 하나는 하준규, 이규, 이현상, 하영근, 권창혁과 같은 인물들이 복합적으로 개입하면서 묘사되고 있는 박태영의 운명에 관한 서사이다. 특히 작가가 강조하고 있는 '의분'이 박태영을 통해 초점화되고 있다는 점을 알 수 있는데, 이 부분이야말로 실록이면서도 이념형 역사소설로 범주화할 수 있는 『지리산』의 성격일 것이다.

작가는 이 두 서사를 교차해가면서 애초에 의도했던 한국 근대사의 비극과 이 현장에서 초래된 '의분'의 역사적 의미를 재조명하고자 했다. 달리 말해 『지리산』을 심층적으로 이끌고 있는 참 주인공은 '의분'이다. 역

---

9) 내적 형식이란 작가가 내세운 주제의식을 구현하는 작품의 지배적 원리로서 작가의 세계관, 태도, 작품의 어조 등과 긴밀히 연계되어 진행된다.

사적 '의분'을 보여주고 그려내기 위해 실록과 박태영의 운명이 존재한다고 해도 과언이 아니다. 작가는 『지리산』의 독자가 그 '의분'에 '공분(公憤)'할 수 있도록 자신의 자서전적 경험담을 축으로 실록의 세계와 비극적 운명의 주인공을 교직한 것이다.

실록의 1차적인 가치는 사실을 객관적으로 기록하는데 있다. 실재 사실을 수집하고 있는 그대로 기록하기 위해서는 무엇보다 집필자의 자의적인 판단과 선택을 최대한 삼가야 한다. 자료의 해석자가 아니라 수집가이기 때문이다. 실록은 그러므로 역사 해석의 기초 자료라 할 수 있다. 사초인 셈이다.

하지만 실록이 소설 속에 자리 잡는다고 할 때 양상은 사뭇 달라진다. 작가가 내보이는 실록은 작품의 전체 세계상과 연계되어 그 연장선상에서 의미가 재구축된다. 온전히 객관적인 기술이라 할지라도 작품의 담론, 전망, 스토리 등과 연관되어 굴곡지거나 첨삭된다. 『지리산』의 주요 시간 배경은 6·25 전쟁이다. 한국현대사에서 이념적 갈등이 가장 첨예하게 노정되었던 시기이고, 지금까지 민족 대립의 현재형으로 남아 있다. 집단적 광기와 피해의식이 상존하고 있다. 뿐만 아니라 작가는 아예 『지리산』의 주제가 '의분'이라고 못 박고 있다. 이런 까닭에 작품에 등장하는 인물이 대부분 실재 인물이라거나 작품이 실록소설이라는 점을 강조한다 하더라도 『지리산』의 실록에는 애초부터 오독의 가능성이 내포되어 있었다.

소설 담론은 현실과 전망 사이에서 객관적 거리를 확보할 때 긴장(suspense)과 발견(surprise)으로서의 서사성을 유지할 수 있다. 객관적 거리란 달리 말해 "책에 의해 재현된 세계를 믿게 하는 것, 이러한 재현을 만들어 낸 사람(이 경우에는 소설가)의 권위를 믿게 하는 것, 이 신뢰가 다른 신뢰를 불러일으키는"[10]것을 의미한다. 오독 가능성이 내포된 실록의 사실성

10) 장 귀르, 『사실주의 문학의 이해』, 조성애 옮김, 동문선, 1995, 139쪽.

을 강화하고, 실록과 '의분' 사이에 놓인 객관적 긴장을 유지하기 위해 이병주는 크게 세 가지 서사 구조를 배치한다. 작가의 생애 곧 자전적 세계에서 비롯한 교사와 학생의 구조, 역사적 사건의 논평적 담론 구조 그리고 보광당과 남부군을 중심으로 한 대위법적 담론의 구조이다. 이 세 가지 질료는 『지리산』의 참주제인 '의분'으로 나아가기 위해 씨줄과 날줄로 엮이며 전개된다. 본고에서는 첫 번째와 세 번째를 집중적으로 살핀다. 두 번째의 구조는 논의의 장을 달리할 것이다.

반실화적 자전 기록이라고 일컬어질 만큼[11] 이병주는 자신의 실재 경험담과 이념을 작품 속에 투사하고 있음을 알 수 있다. 그 가운데에서도 중학교 시절부터 대학 시절에 걸친 작가의 학창 시절은 『지리산』을 추동하는 주요한 기제로서 작동[12]하고 있다. 김윤식이 지적한 [13]대로 이른바

11) 이점에 대해 장백일과 김종회는 다음과 같이 지적하고 있다. "작가 이병주는 소설 『지리산』에서 자신의 분신을 여러 곳에다 심어 두었음을 본다. 가장 크게 관심을 표명하는 애정의 인물은 휴머니스트이면서 낭만주의적 사회주의 혁명가인 박태영 (朴泰英)이요, 그러면서 사회주의의 모순에 대해서는 권창혁을 통해서 통렬하게 비판했고, 역사의 소신은 이규(李圭)를 통해 보여준다."(장백일,『한국 현대문학 특수소재 연구-빨치산 문학 특강』, 탐구당, 2001). "(작중 인물 이규-필자 주)이 해설자에게 시대와 사회를 바라보고 판단하고 평가하는 자기 자신의 시각을 투영했으며, 그런 만큼 그 해설자의 작중 지위는 작가의 전기적 행적과 상당히 일치되는 부분이 많은 특성을 나타내고 있다."(김종회,「근대사의 격랑을 읽는 문학의 시각」, 이병주,『관부연락선』해설, 동아출판사, 1995). 이상은 용정훈,『이병주론-계몽주의적 성향에 대한 비판적 고찰』(중앙대 석사, 2001)을 참조하였음.
12) 이병주는 1921년 경남 하동에서 태어났다. 1931년에 북천공립보통학교, 1933년에 양보공립보통학교를 졸업했으며, 1936년에 진주공립농업학교를 졸업했다. 이후 1941년에 일본 메이지대학 전문부 문예과를 졸업한 후, 와세다대학 불문과에 재학 중에 학병으로 동원되어 중국 소주에서 일본군 수송대에 복무하게 된다. 해방 후인 1948년 진주 농과대학과 해인대학(현 경남대학)에서 영어, 불어, 철학을 강의했다. 연보에서 확인할 수 있듯이 이병주의 학창 시절은 한국현대사의 격동기를 관통하고 있다. 특히 진주중학교는 일본의 조선어 과목 폐지와 일본어 상용, 신사 참배, 창씨 개명에 맹렬히 저항한 것으로 이름이 높았는데,『지리산』1권에서 진주중학교 학생들의 단체 스트라이크로 묘사된 바 있다. 또한 진주공립농림학교는 당시 전국에서도 알아주는 명문 농업학교로서 수재들이 대거 진학했던 학교였다. 작품에서

계몽소설이자 교육소설에서 발견할 수 있는 교사와 학생의 구조라고 할 수 있는데, 이규와 박태영이 학생이라는 점에서 더욱 강력한 자장을 형성한다. 이 구조는 이규의 프랑스 유학과 박태영의 초반 공산당 활동이 시작되는 『지리산』의 4권까지 비슷한 구조로 변형되어 반복된다.

교사와 학생의 구조에서 일차적으로 문제시되는 것은 당연히 발신자인 교사와 관련된 서사 맥락이라 할 수 있는데, 이에 대해 다음과 같은 질문이 가능할 것이다. 교사는 누구이며 어떠한 자질을 지니고 있는가, 교사의 메시지는 어떠한 상황에서 형성된 것인가, 교사와 학생이 만나게 된 서사는 무엇인가, 그리고 교사는 학생에게 어떻게 수용되며 그들의 서사적 지위는 어떻게 변화하는가.

이규와 박태영이 이러한 구조 속에 위치하게 되는 첫 번째 서사는 수재 박태영의 '고리키 수필집 사건이다. 박태영이 고리키의 수필집을 서점에서 구입하는 것을 어느 형사가 목격하여 그의 하숙집을 뒤져보니 일기장이 발견됐고, 그 안에 조선어 교육이 폐지된 것을 이규와 함께 슬퍼했던 기록이 담겨져 있어 경찰서에서 추궁 당한다. 이 사건을 계기로 하영근, 이규, 박태영이 조우하게 된다.

하영근의 서재에서 이규와 박태영이 일본군에게 교수형을 당한 독립운동가의 사진을 찾아내어 분개하자 하영근은 이들에게 다음과 같이 몸조심을 당부한다.

> "역사라는 것은, 헤아릴 수 없는 희생의 더미를 남기며 진행하는 거창한 드라마다. 인생이란 것은, 그런 희생의 더미를 일일이 따져 가며 살아갈 수 있을 정도로 여유 있는 게 아니다. (중략) 자네들은 당분간 앞만 바라보고 걸어라. 남의 일, 또는 과거를 들출 때가 아니다. 우선

---

박태영이 수재이자 의협심이 높은 학생으로 묘사된 것도 이와 무관하지 않을 것이다.
13) 김윤식, 앞의 글, 384쪽.

자네들이 커야 하니까. 그런 뜻에서도 그 사진에서 받은 충격 같은 건 잊어버리도록 해야 한다."14)

하영근은 만석꾼의 지주이면서, 일본 외국어학교 출신의 지식인이다. 그는 조선의 신분제적 봉건제도와 근대 자본주의의 상승하는 시민 계급의 틈바구니에서 놓인 인물이라 할 수 있다. 그의 보신주의와 역사적 허무주의는 이러한 존재론적 상황이 반영된 것이다. 「고리키수필집」을 읽고 그의 집을 방문한 그들은 하영근에게 있어서 역사적 격동기에 혼돈에 빠진 학생들이자, 이념의 열정에 사로잡혀 선악과 시비를 분별하기 어려운 학생들이다. 이념적 선택의 책임을 스스로 감당할 수 없는 존재들인 것이다. 그가 교사를 자처한 것도 어린 학생들을 역사의 격동기에서 구해내고자 하는 휴머니즘적 이념의 발로이다. 섣부른 행동이 장래를 망칠 수도 있다는 염려에서 출발한 셈이다. 그러나 교사로서의 하영근에게 이규와 박태영이 마음속으로 동조하지 않으리라는 것은 당연하다. 그들은 상승하는 계층이자 지식인 학생이기 때문이다.

이후 박태영과 이규는 보광당에 합류하면서 또 다른 교사 권창혁과 이현상15)을 만나게 된다. 보광당은 학병을 피해 괘관산으로 들어간 하준규와 그의 일행이 중심이 되어 조직한 150여명 정도의 소규모 항일 단체이

---

14) 『지리산』 1권, 92쪽.
15) 권창혁은 하영근과 동경 외국어대학 동문으로서 만철조사부 시절에 사상운동에 가담했다가 6년간의 옥고를 치른 인물이다. 그는 스탈린 시절 공산주의 운동에 헌신했던 부하린이 불합리한 재판 과정을 거쳐 억울하게 처형당한 사실을 확인하고 공산주의 운동에 회의를 느껴 스스로 허무주의자를 자처하게 된 인물이다. 전북 금산 출신으로서 조선공산당의 초창기부터 노명상이라는 가명으로 활동해 왔던 이현상은 12년간의 감옥생활 중 병보석으로 풀려나온 틈을 타 지리산으로 잠입, 괘관산의 보광당 일행과 은신골에서 만나 은일자중하는 인물로 묘사된다. 이현상은 적어도 사제관계의 축에서 보면 권창혁과 동질적인 교사라 할 수 있지만 이념의 측면에서는 권창혁과 대척점에 서 있다.

다. 보광당은 일본의 패망을 앞두고 보광당의 진로에 대해 고민하기에 이른다. 한편 이현상은 이 틈을 타 보광당의 단원들에게 다음과 같이 조선 공산당 가입을 종용한다.

> 절대 이 기회를 헛되이 해선 안 되오. 지금 우리가 잘못하면 그야말로 천추에 유감을 남기게 되오. 이 나라를 기어이 진정한 인민의 나라로 만들어야 하오. 여러분은 그 전위대가 되어야겠소. 전위대가 된다는 건 인민에게 복무헌단 말이고, 인민에게 봉사헌단 말이오. 인민을 올바른 길로 인도헌단 말이오. 인민과 더불어 새 나라 새 역사를 만든다—얼마나 영광스러운 일이오.16)

박태영이나 이규에게 있어서 "인민과 더불어 새 역사를 만든다."는 이현상의 주장은 하나의 이념적 좌표이다. 해방의 열망을 구체적이고 조직적으로 실천할 수 있는 매혹적인 계기로 작용하였을 것이다. 일본 경찰서를 습격하거나, 잡힌 동지들을 구출하는 등 민족적 자부심을 최대치로 발휘하였던 이들의 보광당 활동 또한 선택의 기제로 작동했을 것이다. 그러나 중도적 민족주의자이자 이념적 허무주의자인 권창혁에 의하자면 이현상의 주장은 허구에 불과한 것이 된다. 그에게 있어서 공산당의 이론은 실현될 수 없는 공상적 이데올로기에 불과하다. 또한 노동자와 농민의 당이라는 공산당의 주장은 직업 혁명가가 정권을 잡으려는 술책 정도에 불과하다고 비판한다.

> 자기가 자기의 주인이 되기 위한 개성의 존중, 자기가 자기의 주인이 되기 위한 자유의 존중, 인간의 생존권을 존중하고 일체의 반인간적 조건을 극복하려는 노력 – 나의 가치 기준은 바로 이런 것이다.17)

---

16) 『지리산』 3권, 122쪽.
17) 『지리산』 3권, 142쪽.

이현상의 연설을 청취한 이규가 공산주의의 역사와 성격에 궁금해 하면서 권창혁의 신념을 묻자 이에 답한 권창혁의 말이다. 비록 이상과 실천을 현실적으로 매개하여 이해하지 못하는 책상물림 지식인[18]이라 할 수 있겠지만, "일체의 반인간적 조건을 극복하려는 노력"으로 표상되는 권창혁의 이념형은 휴머니즘으로 요약할 수 있다. 사실 정치한 이론과 실천 체계를 요구하는 이데올로기의 속성을 고려할 때 그 앞에서 휴머니즘을 내세우는 것은 논리적 세계에서 벗어나는 것이다. 그럼에도 불구하고 그가 이규와 박태영에게 휴머니즘이라는 이데올로기의 윤리성을 문제 삼을 수 있었던 것은 교사와 학생에서 출발했고, 그 안에서 완결되었기 때문이다. 이규와 박태영은 학업을 제대로 마치지 못한 학생이라는 것, 따라서 한 개인으로서 자신을 완성시키는 것이 우선이라는 것, 이데올로기는 당파성, 집단성, 은폐성, 합리성의 신화, 권력에 대한 봉사[19]를 지향하므로 이들의 순수한 이상과 어울리지 않기 때문에 섣부른 참여가 오히려 화를 불러일으킬 수 있다는 것이다.

교사는 부모와 마찬가지로 직접적인 도덕적 채무자[20]이다. 이 도덕은 현재적일 뿐만 아니라 미래적이기도 하다. 교사이므로 학생의 현재와 미래상까지 자신의 책무로 끌어들일 수밖에 없다. 그러므로 하영근에서 비롯하여 권창혁으로 이어지는 도덕의 계보는 필연적으로 휴머니즘의 색채를 띨 수밖에 없으며, 이런 점에서 이들이 느끼는 안타까움과 작가 이병주의 '의분'은 동일선상에 놓여 있다. 이병주의 역사 감각 또한 이 같은 교사의 길에서 거의 벗어나지 못하고 있음을 알 수 있다. 이병주가『지리산』의 참주제를 '의분'이라고 명명한 것은 그러므로 필연적이면서도 옳다. 이

---

18) 김윤식, 위의 글, 387쪽.
19) 올리비에 르블, 『언어와 이데올로기』, 홍재성 · 권오룡 옮김, 역사비평사, 1994, 22~24쪽.
20) 고병권,『니체, 천개의 눈 천개의 길』, 소명출판, 2002, 82−83쪽.

'의분'은 해방 전 보광당과 해방 후 남부군이라는 대위법적 담론의 형식을 통해 더욱 강화된다.


## 4. 화원의 사상과 대위법적 담론

해방 후 하영근과 권창혁의 권고에 따라 프랑스로 유학 갔던 이규는 전쟁 후인 1956년에 일시 귀국한다. 박태영이 행방불명되었다는 소식을 접한 이규는 우여곡절 끝에 진주형무소에 수감되어 있는 정순덕을 만나 박태영의 소식을 듣는다. 지리산의 마지막 여자 공비로 불리는 정순덕은 이규를 보자마자 다음과 같이 절규한다.

> "이규 도령, 너 프랑스 갔다가 반동이 되어 돌아왔구나."
> 이규는 목구멍이 칵 막혔다. 가까스로 한다는 말이 고작
> "순이야, 널 이렇게 만나다니······."
> 흘러내리는 눈물을 감당할 수가 없었다.
> "순이야, 우리 이야기 좀 하자."
> 겨우 이렇게 말했는데 순이는
> "이규 도령, 너하고 할 말이 있었지만, 나는 반동하곤 얘기하기 싫다. 하 두령님도 반동놈들 손아귀에 죽었데이. 박태영 도령도 죽었데이."
> 하고 통곡을 터뜨렸다.[21]

정순덕은 이규가 해방 직전 1년 동안 괘관산과 지리산에서 함께 지냈던 산골 처녀 정순이의 호적상 이름이다. 박태영이 지리산에서 살아남은 빨치산 8명을 마을의 광에 가두고 이장에게 선처를 부탁한 다음, 함께 지

---

21) 『지리산』 7권 에필로그, 336~337쪽.

리산으로 되돌아갔던 일행 중의 한 명이기도 하다. 박태영과 의남매였고 보광당의 하준규 두령에게 순정을 바쳤던 시골 처녀이자 학교 근처에도 가 보지 못한 정순이가 이규를 보자마자 '반동'이라고 힐난하고, 하 두령과 박태영의 죽음에 통곡한 이유는 무엇이었을까.

박태영은 항복함으로써 살아남을 수 있었다. 그러나 "대한민국이 나를 용서한다고 해도 나는 나를 용서할 수 없다."고 외치며 다시 지리산으로 귀환함으로써 죽음을 선택했다. 정순덕 역시 전향함으로써 사형을 면할 수 있었지만 거부했다. 죽음을 스스로 선택할 수 있을 만큼 이들의 신념은 순수했다. 해방 전 괴관산에서 그들은 독립된 해방 국가로서의 민족 공동체를 실현하고자 했다. 비록 남부군의 공비라는 누명을 쓰고 이데올로기의 질곡하에서 허망한 죽음으로 남았지만 역설적으로 그들은 자신들의 죽음을 통해 이 순수성을 입증하고자 했다. 따라서 '나를 용서할 수 없다.'는 박태영의 비장함이나 '나를 빨리 처형해 달라.'는 정순덕의 절규는 민족의 해방을 위해 헌신하였던 삶이었지만 오히려 같은 민족에 의해 핍박받았던 현실에서 비롯된 '의분'의 반영일 것이라 판단된다. 이 '의분'의 중심에는 그러니까 보광당과 남부군이 자리하고 있었다. 이병주는 두 개의 실록, 작중 인물 하준규인 하준수의 「新版林巨正－學兵拒否者의 手記」[22]와 이태의 남부군 수기를 해방 전의 지리산과 해방 후의 지리산에 배치함으로써 『지리산』의 참주제인 '의분'의 실체를 보다 선명하게 드러내고자 했다.

보광당은 일본의 학병 징집을 피해 지리산 근처로 숨어 들어간 일군의 청년들에 의해 자연스럽게 결성된 단체이다. 당초에는 몇 명에 불과했지만 지리산에 숨어 있는 청년들과 이들의 활약상에 동조하는 청년들을 규합, 150명의 인원으로 경찰서를 습격하는 등의 항일 운동을 벌여 나간다.

---

22) 『新天地』, 1946.4.~6.

보광당의 두령이었던 하준규의 인사말과 성한주 노인의 연설을 통해 보광당이 추구했던 이념상을 감지할 수 있다.

(1) "하늘 아래 이처럼 착한 모임은 없을 줄 압니다. 하늘 아래 이처럼 아름다움 모임은 없을 줄 압니다. 그러니까 하늘 아래 이처럼 즐거운 모임도 없으리라 믿습니다. 우리가 덕유산 은신골에서 모여 길게는 1년 4개월, 짧게는 반 년 동안을 같이 지내옵니다만, 한 사람도 병든 사람이 없습니다. 한 사람도 나쁜 짓을 한 사람이 없습니다. 착하고 올바르고 아름다운 노릇만 하는 사람은 병들지 않는다는 증거로서도 우리 보광당은 성스러운 모임입니다. 보광당은 민족의 양심입니다. 보광당은 민족의 희망입니다. (중략) 우리가 정당한 한, 우리에게 패배가 있을 까닭이 없습니다. 비록 우리의 육체는 죽을지 몰라도 우리의 정당함은 영원한 승리로 남을 것입니다."[23]

(2) "나는 인제 이 자리에서 당장 죽어도 여한이 없다. 그러나 여러분은 오래오래 살아서, 이 나라를 풍성하고 윤택하고 인정이 철철 넘쳐흐르고 길가에 재물이 떨어져도 줍지 않고 나쁜 짓을 하면 자기 스스로 땅 위에 동그라미를 그려 놓고 그 속에서 벌을 서서 반성하는 그런 나라로 만들어 다오. 그리고 괘관산을 잊지 말아라. 이 화원을 잊지 말아라."

꽃밭으로 지칭되는 화원의 사상이란 궁극적으로 완전한 민족적 독립국가의 건설을 의미한다. 이들은 절제와 헌신, 자발적이고 능동적인 생활원리를 실천함으로써 보광당을 이상적 공동체로 만들었다. 더 나아가 "한 사람도 나쁜 짓을 한 사람이 없으며", "나쁜 짓을 하면 동그라미를 그려놓고 그 속에서 벌을 서서 반성하는 그런 나라"를 건설하려는 추동력으로 삼았다. 물론 순수 이상주의의 발로이다. 그럼에도 불구하고 이들이 괘관

---

23) 『지리산』 4권, 20쪽.

산에서 발견한 것은 "별빛이 그 길을 환히 밝혀 주던 시대"[24]인 선험적 형이상학적 세계였고, 이를 실현할 수 있으리라는 낙관적 전망이었다.

그러나 '화원의 사상'은 박태영의 마지막 기록에서 암시하고 있는 것처럼 실패의 역사로 귀결되고 만다.

> '신화(神話)보다도 확실하고 선명한 화원이 있었다. 1백50명. 3백 개의 젊은 눈동자가 송이송이 꽃으로 핀 괘관산의 그 화원은 올림포스의 제우스가 질투할 정도로 황홀한 화원이었다. 그 화원에서 화원의 사상(思想)을 익혀 화원을 떠나던 날, 초목은 움직이지 않고, 매미 소리도 없었는데, 그 까닭을 나는 이제야 알았다. 그들은 운명을 알고 있었던 것이다. 아아, 나의 뼈를 그 화원에 묻어 줄 자비(慈悲)는 없을까……'[25]

스페인의 시인 로르카의 시 일부인 "어느 때 죽고 싶으냐고 물으면, 별들만 노래하고 지상에선 모든 음향이 일제히 정지했을 때"를 연상케 하는 이 기록은 박태영의 사후 이규가 입수한 그의 수첩에서 발견한 것으로서, 그의 깊은 회한이 담겨져 있다. 박태영이 한스럽게 자신을 질책한 이유는 그가 품은 동경과 이상이 지나쳤거나 공산주의의 이론과 실천의 거리를 제대로 가늠하지 못했기 때문이 아니다. 그의 회한은 자신이 추구하는 이념적 실천의 방향이 잘못된 줄 알면서도 거기에 함몰되었다는데 있다. "나는 보다 인간적인 사람이 되기 위해 공산당에 입당했다."는 루이 아라공의 말을 빌어 공산당 활동을 시작했던 박태영이 비로소 자신의 운명을 방치했던 '주체의 방만'과 '사상의 허망함'을 깨달았기 때문이다. 그러나 박태영이 '허망한 정열'과 '감상적 이상주의'를 자각하고, 스스로 죽음을 선택하였다고 해서 작품의 주제항인 '의분'이 완결되지는 않는다. 박태영

24) 게오르그 루카치,『소설의 이론』, 반성완 역, 심설당, 1985, 29쪽.
25)『지리산』 7권, 146쪽.

을 비롯하여 지리산에서 죽은 청년들의 죽음에 대한 '의분'은 남조선인민유격대의 남부군이 전제되어 있기에 가능한 것이었다.

남조선인민유격대는 1948년 10월에 발생한 대구 폭동에서 경찰과 군인에 쫓긴 남로당원에 의해 결성되기 시작되었다. 서울대학교 학생 조직화사업에 투신하던 박태영이 6·25 전쟁 와중에 검속을 피해 조선노동당 전라북도 유격대에 참여한 것은 1950년 9월이다. 토벌대의 공격을 피해 퇴각하던 중 이현상이 이끄는 남부군과 합류하게 되고, 이때부터 6년 가까이 유격대로 활동하게 된다. 그러나 박태영의 유격대 활동은 그가 해방 후부터 감지해 왔던 남조선노동당의 무책임성과 반인간주의 성향을 전투를 통해 확인한 것에 불과했다. 이 과정에서 이현상이 회선입당을 권유하지만 사양한 이유도 여기에서 기인한 것이었다.

> "당은 네가 원수로 생각하는 김일성의 당이라는 걸 잊으면 안 된다. 너는 너 혼자를 위한 파르티잔일 뿐이다. 무엇을 위한, 누구를 위한 파르티잔도 아니다. 오직 너 자신을 위한 파르티잔이며, 너의 오산, 너의 '선택적 실패'라는 대죄를 보상하고 있다는 사실을 잊으면 안 된다. 내일 죽음이 있을지 모레 죽음이 있을지, 바로 다음 순간에 죽음이 있을지 모르는 판국인데 자기기만이 있을 수 있는가. 타협이 있을 수 있는가……."[26]

이현상이 입당을 권하자 이를 거절하면서 마음속으로 자신의 생각을 되짚으며 자신의 신념을 다짐하는 대목이다. 인민을 위해 복무하고자 했던 박태영은 해방 후와 남부군 활동을 거치면서 철저한 공산주의 비판자로 변모하게 된다. 그러나 "운명을 너무 쉽게 선택"해버린 자신의 죄과에 스스로 형벌을 부과하는 박태영이기에 그가 공산당에 회선입당하는 것은

---

26)『지리산』7권, 287쪽.

결국 자기기만에 불과할 것이다. 박태영의 변화는 무엇보다 나라에 빛을 비추자는 의미로 결성했던 보광당의 동료들이 결국 같은 민족에 의해 생을 마감할 수밖에 없는 작금의 현실과 그들이 추구했던 '화원의 사상'이 북조선의 술책에 의해 기만적으로 좌절당하는 것에서 비롯된 것이라 할 수 있다.

이병주가 기획한 보광당과 남부군의 서사 구도는 이런 점에서 그가 '의분'의 역사적 의미를 부각시키기 위한 대위법적(對位法的)[27] 담론이라고 할 수 있다. 이 담론은 해방 후 그가 봉직했던 진주농고에서 학생들로부터 용공분자와 악질적인 반공분자로 불리었던, 그러나 인간적 회색주의자로 자위했던[28] 그의 사상적 행로와 무관하지 않을 것이다. 회색주의자로서 택할 수 있는 소설가의 삶이란 관찰자와 기록자의 삶에서 크게 벗어나지 못한다. 그러므로 실록대하소설 『지리산』은 기록자를 자처했던 이병주의 가장 정직한 산물일 것이다. 『지리산』에서 '의분'을 발견할 수 있었던 관찰자이자 기록자를 자처한 이병주의 고백이 이를 웅변한다.

---

27) 대위법은 선율적 독립을 특징으로 하는 다성음악의 기법으로서, 음의 수평적 결합에 의해 조화를 이루어 간다. 보광당과 남부군은 각기 일정한 규칙에 따라 수평적으로 존재하지만, 한국현대사의 관점에서 이념의 길항 관계를 통합하는 상징적 기표라는 점에서 대위법적 구조와 흡사하다고 보인다.

28) "해방 후의 혼란은 루우신과 같은 스승을 가장 필요로 하는 시기이기도 했다. 나는 그의 눈을 통해 이른바 우익을 보았다. 인습과 사감에 사로잡힌 반동들의 무리도 보았다. 민주주의에 대한 지향이 없다고는 할 수 없었으나 불순한 권모술수가 너무도 두드러지게 나타나 있었다. 나는 또한 루우신의 눈을 통해 좌익을 보았다. 그것은 인민의 이익을 빙자해서 인민을 노예화하려는 인면수심의 집단으로 보였다. 그곳에서의 권모술수는 우익을 훨씬 상회하는 것이었다. 인민을 선도하는 데 목적이 있는 것이 아니고 모스크바의 상전에 보이기 위한 연극에 열중해 있는 꼬락서니였다. 이러한 관찰을 익히고 보니 나는 어느덧 우익으로부터 용공분자로 몰리고, 좌익으로부턴 악질적인 반공분자로 몰렸다. 가장 너그러운 평가란 것이 회색분자란 낙인이었다. 루우신도 한때 이와 같은 곤경에 빠진 적이 있었다. 나는 루우신이 이 상황 속에 살아 있다면 어떻게 대처했을까 하는 마음으로 언론계, 특히 문학계를 지켜보았다."(이병주, 『이병주 고백록』, 기린원, 1983, 13~14면.)

해방과 6 · 25를 전후하여 지리산에서는 2만여 명이 죽어갔습니다. 파르티잔과 군경 토벌대인 이들은 대부분 젊은이들이었지요. 어떻게 해서 그런 일이 일어났든지 간에, 또 파르티잔의 상당수가 잘못 선택한 길을 갔든지 간에 그들의 죽음은 민족과 시대의 관점에서 다시 조명되어야 합니다. 2만여 생명이 죽어간 민족의 비극을 그냥 묻어 둔다는 것은 기록과 문자가 있는 나라에서 있을 수 없는 일이며, 그들의 일이 가슴에 호소하는 그 무엇으로 남겨져야 합니다.

이병주의 고백에서 확인할 수 있는 '의분'이란 두 가지이다. 하나는 젊은 청년들의 억울하면서도 허망한 죽음에 대한 의분이겠고 다른 하나는 이들의 죽음을 기록하지 못하고 역사의 뒷전에 방치했던 허위의식에 대한 의분일 것이다. 이 의분이야말로 『지리산』의 창작 모태이다. 더 나아가 그들의 죽음을 "민족과 시대의 관점에서 다시 조명"해야 한다는 역사적 책무와 어느 한 편에 서지 못하고 중립적 회색지대에 머무를 수밖에 없었던 작가의 회환과 정직성이 『지리산』을 실록소설로 자리매김한 것이라 할 수 있다.

**참고문헌**

1. 1차 자료
이병주, 『지리산』 1-7, 기린원, 1997.
이병주, 『지리산』 1-7, 한길사, 2006.
이병주, 『이병주 고백록』, 기린원, 1983.
『新天地』

## 2. 참고논저

강진호 외,『증언으로서의 문학사』, 깊은샘, 2003.

고병권,『니체, 천개의 눈 천개의 길』, 소명출판, 2002.

김영화,『분단상황과 문학』, 국학자료원, 1992.

김윤식,「지리산의 사상과『지리산』의 사상」,『지리산』7, 한길사, 2006.

용정훈,『이병주론 – 계몽주의적 성향에 대한 비판적 고찰』, 중앙대 석사, 2001.

이동재,「분단시대의 휴머니즘과 문학론 – 이병주의 지리산」,『현대소설연구』
　　24, 현대소설학회, 2004.

이재선,『현대 한국소설사』, 민음사, 1991.

임헌영,『분단시대의 문학』, 태학사, 1992.

정호웅,「해방 전후 지식인의 행로와 그 의미」,『현대소설연구』24, 현대소설학
　　회, 2004.

조남현,『한국 현대문학사상 연구』, 서울대출판부, 1994.

게오르그 루카치,『소설의 이론』, 반성완 역, 심설당, 1985.

올리비에 르블,『언어와 이데올로기』, 홍재성 · 권오룡 옮김, 역사비평사, 1994.

장 귀르,『사실주의 문학의 이해』, 조성애 옮김, 동문선, 1995.

# 몸과 질병의 관점에서 『지리산』 읽기*

이 경(한국국제대 교수)

## 1. 들어가기

소설에 대한 연구성과물의 수가 작가가 생산해낸 작품의 수를 넘지 못하고 해도 과언이 아닐 만큼, 이병주의 소설은 학계의 주목을 받지 못했다. 양적으로도 그렇거니와 그 내용에 있어서도 지극히 한정된 관점에서 해석되어 왔다. 『지리산』1)의 경우도 예외는 아니다. 민족적 편견에 사로잡히지 않은 학병세대의 자의식이라는 관점의 평가2)를 제외하고는 대개

---

* 이 글은 같은 제목으로 코기토(부산대 인문학연구소) 제70호, 2011년 하반기, 2011, 225~248면에 수록된 글을 다시 편집한 것이다.

1) 『지리산』은 1972. 9부터 1978. 8까지 「세대」에 연재되다가 잠시 중단된 이후 1978년 세운문화사에서 10권으로 출판되었다. 이 글에서는 한길사본(이병주, 『지리산』 제1권~제7권 (서울, 한길사, 2006)을 텍스트로 삼았다. 이하의 인용에 표기된 숫자는 <권수-면수>를 의미한다.

2) 이병주의 문학관을 "학병세대의 콤플렉스"라는 관점에서 분석한 글로는 김외곤, 「이병주 문학과 학병 세대의 의식 구조」, 『지역문학연구』 제21호. (2005) 9~33 참조. 김윤식, 「작가 이병주의 작품세계─자유주의 지식인의 사상적 흐름을 대변한 거인 이병주를 애도하며」, 『문학사상』 (1992) 326~7도 학병세대의 문학적 발언으로

부정적 평가로 일관된다.

부르조아 휴머니즘[3], 사상과 조직의 대결에 근거한 교육소설[4]이라는 관점에서 그 긍정적 의의가 일부 인정되기도 하지만, 대부분의 경우 역사와 이데올로기의 관점에서 비판적으로 해석될 뿐 서사의 다양성이 간과되어온 것은 사실이다. 반공으로 유도되는 서사의 이데올로기적 지향으로만 평가할 때『지리산』의 인물들은 이데올로기의 도구로 박제된다. 생동하는 인간의 실제는 숨어버리고 이데올로기의 대리전을 수행하는 평면적 대상으로 남을 뿐이다. 반공소설 혹은 '퇴행적 소설'이라는 평가로 일축되거나,[5] "반공 이데올로기에 편승한 관제작가라는 인상"[6]이라는 지적, 남한지배체제의 우월성이라는 주관적 판단에 근거한 소설[7], 혹은 통

---

설명하고자 한다. 또한 강심호,「이병주 소설 연구 −학병시대의 내면의식을 중심으로−」,『관악어문연구』제27집 (2002), 187~206)도 마찬가지다. 이보영도 인격적 자아의 회복과 행사라는 지식인의 당면문제를 보다 근원적으로 철저히 하려하였다고 하면서 이병주 문학의 의미를 부여하고자 한다. 이보영.「역사적 상황과 윤리」,『역사의 그늘, 문학의 그늘−이병주 문학연구』(서울, 한길사, 2008), 42.

3) 이동재,「분단시대의 휴머니즘과 문학론−이병주의 「지리산」」,『현대소설연구』제24권 (2004), 328~347.

4) 김윤식은『지리산』이 "신판 임꺽정−학병거부자의 수기"(『신천지』제1권 제3호, 1946)를 토대로 쓰여진 것으로 그 속의 하준수라는 실존인물을 하준규로 바꾸어 서술하는 실록의 성격을 띤다고 한다. (김윤식,「지리산의 사상」,『문학사와 비평』제1권 (1991) 233~257.『지리산』을 실록이라는 관점에서 해석하고자 한다는 점에서 이를 증언소설로 분석하고자 하는 정찬영의 글도 이와 맥락을 같이 하는 셈이다. 정찬영,「역사적 사실과 문학적 진실−『지리산』론」,『한국어문논집』, 제36권 (1999) 303~336. 김종회,「이병주 문학의 역사의식 고찰−장편소설『관부연락선』을 중심으로,『한국문학논총』제57집 (2011), 특히 132도 실록으로서의 의미를 강조한다.

5) 박명림,「『태백산맥』, '80년대' 그리고 문학의 역사」,『문학과 역사와 인간』(서울, 한길사, 1991). 하지만, 이동재,「분단시대의 휴머니즘과 문학론−이병주의 「지리산」」,『현대소설연구』제24권(2004)은 이런 한계를 인정하면서도『지리산』이 가지는 실록적인 성격과 인간내면의 생생한 재현 등으로 인해 "그 이전의 반공문학과 1980년대 조정래의『태백산맥』을 잇는 가교 역할을 하고 있다"고 평가한다.

6) 강심호,「이병주 소설 연구−학병시대의 내면의식을 중심으로−」, 188.

7) 임헌영,「빨치산 문학의 세계」,『분단시대의 문학』(서울, 태학사, 1992)

일을 지향해야 하는 시기에 출간되었음에도 여전히 냉전 · 반공 · 분단을 지향하는 시대착오적 소설8)이라는 평가가 그 예이다.

이에 이 글은 투항으로 귀결되는 반공 이데올로기의 실현방식이 몸에 근거하고 있다는 사실에 주목한다.9) 『지리산』은 전형적인 반공소설의 틀을 갖추고 있으나 실제로 소설을 추동하는 힘은 몸과 정신의 대결에 있다는 사실에 착안하여 이념의 싸움보다는 이념과 그것을 배반하는 몸의 투쟁사를 살펴보려 한다. 질병10)을 매개로 한 몸의 실력행사에 초점을 맞출 때 작중인물은 수동적이고 평면적인 이데올로기의 대행자에서 피와 살을 가진 인간으로 입체화되며 서사 또한 투항일지를 넘어선 의미를 획득한다. 몸담론의 분석은 반공 이데올로기에 한정되지 않는 소설의 의의와 한계가 구체적으로 드러날 수 있는 매개로 작동한다.11)

---

8) 박명림, 「『태백산맥』, '80년대' 그리고 문학의 역사」
9) 이정석의 경우 시적 정의와 탈역사적 정향의 구획 아래 이병주의 문학이 영웅적 서사에서 사소설적 성향의 것으로 이전한다고 지적하고 있으나(이정석, 「이병주 소설의 역사성과 탈역사성」, 『한국문학이론과 비평』 제50집 (2011))『지리산』에는 양자의 경향이 동시에 제시되고 있다. 뿐만 아니라 몸담론의 관점에서 『지리산』을 해석할 경우에는 양자의 결여를 통해 경계가 희석되는 모습을 드러낸다.
10) 이 글에서 말하는 질병의 개념은 G. Lewis의 "질병의 사회적 구성(social construction of illness)"이라는 관점에 기반하고 있다. 그는 질병을 질환(disease)과 좁은 의미의 질병(illness)로 구분하고 전자는 육체적 · 물리적 · 심리학적 · 해부학적 의미로 그리고 후자는 사회적 의미망 속에서 비정상적인 것 혹은 바람직하지 못한 것으로 수용되는 것으로 나눈다. 그가 말하는 질병의 사회적 구성은 후자 즉, 일정한 신체적 · 정신적 상태에 대한 사회적 기대 및 관념을 바탕으로 구성되는 질병의 개념에 중점을 둔다. G. Lewis, "Some Studies of Social Caused of and Cultural Response to Disease," in: C. G. N. Mascie-Taylor, ed., The Anthropology of Disease (Oxford: Oxford Science Publications, 1993), 94, 99. 흔히 "건강과 복지가 손상된 상태"로 이해되고 있는 질병이 시대와 공간에 따라 달리 수용되고 있는 양상에 관하여는 C. G. N. Mascie-Taylor, "The Biological Anthropology of Disease," in: C. G. N. Mascie-Taylor, ed., The Anthropology of Disease (Oxford: Oxford Science Publications, 1993) 1f. 참조.
11) 물론 몸담론을 통한다고 해서 빨치산/비빨치산이라는 대립구도가 해소되지는 않는다. 다만 몸과 질병이라는 프리즘은 빨치산뿐 아니라 비빨치산의 한계까지 드러

서양사상의 전통을 이루어 온 정신 중심주의의의 철학이 반성과 비판의 대상이 되어온 것은 그 유아론적 지향 때문이다.[12] 유아론과 정신주의는 서로를 보충한다. '나'의 정신은 스스로 인식할 수 있는 반면, 타인은 오로지 몸으로 보일 뿐이기에 타인의 정신은 성찰의 명증한 대상이 되지 못한다. 자신의 정신성에 비해 타인이 매우 불리한 입지에 처해 있는 것은 바로 이 때문이다. 이성중심주의는 '나'를 중심으로 타자를 대상화할 수밖에 없다. 이와 같은 정신주의의 폭력은 소설에서 이데올로기가 인간의 몸을 도구화하는 것으로 드러난다. 『지리산』은 질병을 매개로 몸과 생명에 가하는 이념의 폭력성을 탁월하게 형상화한다고 이해될 수 있는 것이다.

그러나 소설의 몸담론은 상호육체성의 윤리에는 이르지 못한다. 유아론으로 귀결되기 쉬운 정신주의와 달리 몸담론의 진정성은 상호육체성에 있으며 진정한 몸철학은 타인에게서 출발한다. 메를로 퐁티는 주체/객체, 정신/물질의 이원론을 해체하는 매개를, 만지면서 만져지는 몸의 상호성, 상호육체성 *intercorporéité* 에서 찾는다. "나의 몸과 너의 몸 그리고 그들의 몸이 함께 사회 세계의 <살>을 붙여 나가는"[13] 상호성을 통해 "세계 안에 함께 새겨져 있는 존재"로서의 우리가 형성된다. 몸에 대한 인간의 자각은 타자를 향한 윤리로 나아갈 때 극복된다. 시간과 죽음의 접촉에 취약한 몸의 한계에 대한 인식은 상호육체성에 의해 극복의 가능성을 지닌

---

넘으로써 반공이데올로기의 옹호에만 초점이 맞추어지는 연구사를 일정 정도 넘어설 수 있다는 것이다. 몸이라는 토대는 빨치산 뿐 아니라 비빨치산의 한계를 노정하기 때문이다.

12) 이하의 몸담론은 조광제, 「타자론적인 몸철학의 길」, 이거룡 외 편, 『몸 또는 욕망의 사다리』(서울, 한길사, 1999), 160; 조광제, 『주름진 작은 몸들로 된 몸』(서울, 철학과 현실사, 2003), 58~89, 105~129); 정화열, 박현모 역, 『몸의 정치』(서울, 민음사, 1999), 244) 참조.

13) M. Merleau-Ponti, *The Visible and the Invisible*, p.139; 정화열, 『몸의 정치』, 155에서 재인용.

다. 원하든 원하지 않든 인간은 타자와 육체적으로 접속한다. 버틀러는 타자야말로 나의 주체성의 근원을 이룬다고 설명한다. 자신의 의지가 형성되기도 이전에 이미 타자와 관계하고 있기 때문이다. 나라는 주체의 탄생은 나의 육체를 통해 타자의 육체를 인식하는 상호적 관계 속에서 성취되는 것이지 미리 주어져 있는 것은 아니다.14) 이와 같은 공존과 배려의 도덕율을 지향할 수 있다는 데 이성중심주의와 구분되는 몸담론의 의의가 있다. 몸으로 등장하는 타인의 존재는 몸으로 구성되는 나의 주체를 반성하게 함으로써 공동체적 주체를 형성하게 한다. 서로의 몸이 상호간의 존재를 확인시키는 상호육체성은 연대의 바탕을 이루는 것이다.

이처럼 몸은 정신주의의 유아론적 폭력을 고발하고 주체와 타자를 상호성의 영역에 위치시키는 매개라는데 그 의의가 있지만, 소설의 몸담론은 여기까지는 나아가지 않는다. 몸과 생명을 도구화한 이데올로기의 폭력성을 고발하고 있으나 몸담론의 윤리성을 확보하지 못한 것이다. 이제, 인간을 몸의 포로로 가두고 만 서사의 궤적을 따라가 보기로 한다.


## 2. 몸의 도구화와 질병의 실력행사

빨치산15)에게 몸과 이념은 늘 이원적으로 분리되어 제시된다. 이념이 몸을 동원하거나 몸이 이념을 배반하는 갈등관계로 제시될 뿐 양자는 조화를 이루지 못한다. 이념을 위한 도구에서 이념을 포기하게 만드는 계기

---

14) 임옥희, 『주디스 버틀러 읽기』 (서울, 여이연, 2006), 253~254
15) 이동재에 따르면 빨치산은 자의반 타의반으로 휩쓸려 들어가 기존의 체제에 반기를 드는 인물, 신념에 투철한 인물로 분류되고 있으나 서사는 주로 전자의 인물에 할애되어 있으며 질병 역시 이들에게서 드러난다. 이동재, 「분단시대의 휴머니즘과 문학론—이병주의 「지리산」」, 333 참조.

로 몸의 의미는 이동하며 질병은 이를 매개한다.

빨치산들은 몸을 정신의 도구로 본다. "정신이 썩어빠진 국민은 육체가 아무리 건강해봐야 기껏 남의 나라의 노예밖에 되지 않는다"(4-269)는 노신의 인용은 빨치산들의 질병과 몸 그리고 죽음에 대한 태도 전반을 설명한다. 질병은 정신력으로 극복되어야 하는 장애이고 몸은 이념을 위해 동원되는 도구이며 정신의 힘은 죽음을 초월해서 견지된다.

> 말라리아로 열이 난 여학생이 조퇴하려고 하니까 한 소리예요. 지금 탄환을 맞고 쓰러지면서도 기를 쓰고 싸우는 전사가 있는데 그깟 병이 뭐냐고 악을 쓰더란 말예요. <6-183>
> 죽더라도 뚜렷한 깃발 아래서 죽읍시다. 주인없는 개처럼 죽지는 맙시다. <6-231>
> 나는 여기서 죽어도 내 추억까지를 합쳐 박군은 계속 살아갈 것이라고 생각하니 용기가 난단 말이오. 박군이 뒤에 남아 있다면 그게 바로 내 희망인 기라. <5-164>

보광당의 두령, 하준규의 태도는 몸을 도구로 삼는 단적인 예이다.[16] 음식을 훔친 대원이 자수하지 않자 송곳으로 자신의 손을 찌름으로써 하준규는 자수와 기강확립이라는 두 가지 효과를 동시에 유도한다. 자해를 통해 범인을 색출하고 또 배고픔이라는 몸의 욕구를 초월해야 한다는 내부의 기율을 확보한다. '아름다운 사람은 병들지 않는다는 증거로서도 보광당은 성스러운 모임'이라는 두령의 말에서 잘 드러나듯 질병의 극복은 신념과 그에 기반한 연대의 힘에 의한 것으로 해석된다. 정신의 힘이 몸의 안전성을 보증하는 이와 같은 태도는 전시체제하 일본의 파쇼적 폭력

---

16) 이는 일제의 학병 징집을 피해 은신한 집단인 보광당 시절에 일어난 일이지만 보광당 구성원의 대부분은 이후 빨치산이 되기에, 보광당은 빨치산의 예비단계에 해당된다고 보아도 무방할 듯하다.

과 상통하는 일면이 있다. 제국을 위해 전쟁 중인 전사를 생각한다면 말라리아라는 '그쯤 병'은 간단히 간과되어야 한다는 일본교사의 언설은 몸을 도구화하는 폭력을 잘 보여준다.

죽음 역시 이념에 복속되기에 죽음 자체보다는 '뚜렷한 깃발 아래서' 죽는다는 사실을 중시한다. 여기서 죽음은 '뚜렷한 깃발 아래서의 죽음'과 '주인 없는 개처럼 죽는 죽음'으로 대별되며 전자의 죽음만이 의미 있는 것으로 제시된다. 죽음은 일회성으로 끝나는 사건이 아니라 대의를 위한 복무의 기회이거나 '또 하나의 나'로 재탄생하는 계기로 제시된다.17) 하지만 바로 이 때문에 몸을 필멸하게 하는 폭력 또한 합리화된다. 그것은 물리적인 소멸이 아니라 불멸의 기초를 이룬다. 이데올로기의 힘은 필멸의 육체를 불멸하게 한다. 이데올로기에 위배되는 자를 가차 없이 처단하는 기율과 '일단 적에게 넘어갔던 대원은 처단해버리는 것이 빨치산의 불문율'이라는 사실은 이를 잘 설명한다. 이는 이데올로기가 주체이며 인간의 몸은 그 도구에 지나지 않는다는 말에 다름 아니다.

하지만 이와 같은 이념 우위의 사고는 잦은 질병과 전염병의 발생에 의해 도전에 직면한다. 질병은 곧 악이라는 낙인찍기가 시작되는 것은 이 때문이다. 질병은 제거되어야 하는 악으로 은유된다.

> 썩은 피는 수술을 해서라도 흘려버려야 해. 보수반동의 피는 썩은 피여. 그 썩은 피를 아끼다가는 신선한 인민의 피를 흘려야 하는 화근을 만들게 돼. <3-134>

---

17) 이는 이데올로기에 의한 "몸의 재영토화(re-territorialization)"에 해당한다. 몸이 그 주체의 것이 되지 못하고, 사회적인 것, 공적인 것(public matter) 또는 사회적 경험으로서 몸이 규정되고 있을 따름이다.(Sarah Nuttal, "Dark Anatomies in Arthur Nartje's Poetry," in: F. Veit-Wild & D. Naguschewski, eds., *Body, Sexuality, and Gender: Versions and Subversions in African Literature 1*, (Amsterdam-New York; Rodopi B. V., 2005), 204-5)

제거되어야 하는 악이라는 질병의 은유는 그대로 인간을 겨냥하기 때문에 문제적이다. 보수반동/인민을 썩은 피/신선한 피에 배치하고 보수반동적인 인간을 병집에 비유함으로써 제거되어야 하는 당위를 부각시킨다.

하지만 제거되어야 하는 악의 은유인 질병에 의해서 정작 흔들리고 있는 것은 빨치산조직 그 자체이다.

> "기침엔 주스가 좋을 겁니다." (……) 거짓말처럼 기침이 멎었다.
> "그것 신통하군." (……) "이런 과일즙까지 미국놈 것을 먹게 되었으니……" <4-280>

질병은 이데올로기에서 몸으로 주도권이 넘어가는 계기로 이해될 수 있다. 영양실조에 기인한 기침과 병색을 치료하는 것은 미국산 주스이며 굶주림과 부실한 섭생으로 인한 질병은 지주 하영근의 도움으로 치료된다는 사실이 이를 잘 보여준다. 질병의 원인에 이데올로기가, 그 치유에 자본이 배치되는 것이다.

이들이 지리산에 은신한 이후 이와 같은 양상은 더욱 강화된다. 몸과 질병의 실력행사로 인해 실제의 전투는 원경으로 밀려날 정도이다. 제거되어야 하는 악이 제거될 수 없는 현실은 거꾸로 이데올로기를 위협한다.

> 백여 명의 파라티푸스 환자가 바위틈 이곳저곳에 산재해 있는 광경은 「벤허」의 문둥병 환자들 장면을 방불케 했다. <6-293, 294>

전염병에 걸린 빨치산들을 문둥병 환자에 비유하는 장면은 질병으로 인한 이데올로기의 약화를 단적으로 제시한다. 신체가 무자비하게 훼손되는 문둥병 환자들은 일생동안 격리되고 사회적으로 죽은 상태 취급을 받기에, 이보다 더 무서운 영향을 끼친 질병은 없었다.[18] 병든 빨치산의 모습에서 문둥병 환자를 연상한다는 것은 그만큼 고립과 소외를 강하게 인식한다는 말이며 이는 또한 투항이 멀지 않았음을 의미한다. 빨치산의 지도자격인 태영이 문둥병으로 은유되는 이 병에 걸렸다는 사실에서 그의 신념 역시 흔들리고 있음을 알 수 있다. 고열로 인한 의사죽음의 경험은 몸에 대한 각성을 새롭게 함과 동시에 이데올로기에 대한 회의를 강화한다. 잦은 전염병으로 인해 몸의 비중이 커짐에 따라 몸의 희생을 요하는 빨치산의 강령은 힘이 약해질 수밖에 없다.[19] 이들의 질병이 동상, 각기병, 전염병 등이라는 사실은 투항이 임박했음을 알리는 표지이기도 하다. 이는 주로 즉각적인 치료를 요하기 때문이다. 이념은 발병의 원인을 제공할 뿐 아니라 치료를 원천적으로 가로막는 근본원인이기도 하다. 이념에의 투신으로 인해 격리되고 그로 인해 병을 얻으며, 그 결과 치료조차 차단된 것이다.

이와 같은 사실은 격리의 계기를 이루는 이데올로기에 대한 원망으로 수렴될 수밖에 없다. 동상은 상황을 악화시키는 결정적인 계기로 작용한다. '걸을 수 있는 동무만 갑시다'라는 당 간부의 말에서 제거되어야 하는 질병의 은유가 이제 인간의 제거로 실현되고 있음을 잘 알 수 있다. 이와 같은 현실은 이데올로기에 대한 회의로 귀결된다. 생사를 넘나드는 긴장과 고통 속에서 인간은 몸의 한계에 부딪칠 수밖에 없기 때문이다. '밥이나 실컷 먹고 그냥 죽어도 한이 없겠다는 심리상태' 속에서 '동무의 발은 공화국의 발이요'라고 주장하는 이념의 힘은 극도로 무력하다.

질병과 함께 시작된 이데올로기의 균열은 몸의 복권을 유도한다.

---

18) 헨리 지거리스트, 이희원역, 『질병은 문명을 만든다』(서울, 몸과 마음, 2005), 114, 117.
19) 이는 콜레라가 유행하지만 그것이 큰 변화를 일으키지 않는 서울의 상황과 극명한 대조를 이룬다. 서울의 경우 전염병이 유행한다는 사실만이 간략하게 제시될 뿐이다.

농부들이 점심 먹는 것을 보았다. 꽁보리밥을 고추장에 비벼 먹는데 몹시 먹음직스럽게 보였다. (……) 그 보리밥을 먹은 이래, 그처럼 지독했던 위장병이 썰물 빠지듯 사라지기 시작했다. 일주일이 지나는 사이 나는 완전히 건강을 되찾았다. 각기 증세도 어느 사이엔가 없어져버렸다. <7-44>

남자와 여자의 사랑은 이미 정신적으로 통일되어 있었다 해도 결국 육체적 일치로써 완성되는 것일까 (……) 혁명은 망상이었다. 조국은 환상이었다. <6-222>

이제 네 육체까지도 썩히려 하느냐. 그것만은 결단코 용서할 수 없다. <7-175>

Roy Boyne의 말처럼 몸이 사회적으로 포획(enclosure) 당하였다 하더라도 그것은 완전히 봉인된 상태에 차폐되는 것은 아니다. 오히려 몸은 그 틈새를 찾아내어 스스로의 시간, 몸의 시간(the time of the body) 혹은 육체의 시간(corporal time)을 만들어낸다.[20] 각기병과 위장병을 앓던 이태는 그 고통으로 인해 빨치산이라는 조직에 회의를 느끼지만 신념이 약화되고 병이 악화된 것과 달리 몸은 시간에 의해 치유된다. 농부로부터 얻어먹은 밥 한술이 오랫동안 시달려온 위장병을 낫게 하고 각기병까지 회복하게 하는 것이다. 이데올로기로부터 자유로운 몇술의 보리밥이 병을 치료하는 기적은 몸을 억압하고 도구화하는 이데올로기에 대한 몸의 실력행사에 다름 아니다. 그 밥 한술은 병의 치료는 물론, 빨치산 외부로의 길을 열어준다. 투항의 순간 '갑자기 견딜 수 없는 배고픔'이 각인되는 것은 이런 맥락에서이다.

박태영 역시 몸을 통해 이데올로기의 균열을 자각한다. "마지막 불을 끄지만 않으면 생명은 기적처럼 되살아난다"며 잘 먹고 잘 쉬면 회복되기

---

20) Roy Boyne, *Subject, Society and Culture*, (London: Sage, 2001), 106~107: Sarah Nuttal, "Dark Anatomies in Arthur Nartje's Poetry," 204에서 재인용.

마련인 몸의 본성을 강조하는 것은 이태의 경우처럼 몸을 억압하는 이데올로기의 폭력성을 드러내는 역할을 한다. 몸을 썩은 정신의 안전지대로 두는 그의 태도는 이를 단적으로 드러낸다. 남녀간의 사랑 또한 육체적 일치로서만 완성된다는 그의 말은 몸의 우위에 대한 선언에 다름 아니다. '최후의 빨치산'인 그가 조국과 혁명을 이데올로기의 망상과 환상으로 규정하게 되는 것은 몸의 복권이라는 전제 때문인 것이다.

하지만 이와 같은 몸의 복권은 어디까지나 주체의 몸에 그친다는 데에 한계가 있다.

> 생존을 위한 투쟁만 남았을 때의 항복은 결코 수치스러운 것이 아니다. (……) 자기 목숨 하나를 구하는 것이 지금에 있어선 대사업이다. 지금부턴 자기 목숨 하나를 구하기 위해 용감해져야겠다. <7-363>
> 사람은 자기 하나를 지탱하면 그로써 족한 거라. 그 이상의 것, 그 이외의 것은 모두 허망이다. <6-225>

"생존을 위한 투쟁만 남았을 때 항복은 수치가 아니다"라는 선언은 몸에 대한 경사를 단적으로 요약한다. 그는 뚜렷한 깃발 아래서의 죽음이 아니라 깃발을 등진 삶을 택한다. 불멸하는 이데올로기의 실천이 아니라 자기 목숨 하나 구하는 것을 대사업으로 삼게 된 것이다. 소설은 몸을 이야기하되 자아의 보신에 국한된 몸만을 다룬다. 인간을 몸에 갇힌 존재로 한정함으로써 이데올로기와 유사한 한계 속에 인간을 가둔다. 몸을 발견함으로써 이데올로기라는 거대담론의 허위를 지적하였으되 몸이라는 다른 거대담론 속으로 회귀하고 만 것이다.

몸을 통해 정신이 존재한다는 이와 같은 몸담론의 힘은 또한 빨치산을 무력화하는 유효한 매개인 동시에 우익진영의 '배제적' 선민의식을 드러내는 계기이기도 하다. 이하에서는 비빨치산의 몸과 질병을 살펴본다.

## 3. '신외무물'의 몸 읽기

하영근[21]을 비롯한 우익 계열의 작중인물들은 몸 속에 정신이 있다고 판단한다. 신외무물이라는 말이 요약하듯, 이들은 몸이라는 한계 안에서 인간의 정신 및 역사를 설명한다. 불멸에의 욕망이 없는 것 또한 이와 유관하다. 몸에 비중을 두기에 생명과 삶에 초점을 맞추며 몸이 그 기능을 상실하는 죽음에는 초월적 의미가 부기되지 않는다. 이념과 역사 또한 원경으로 밀려난다. 삶과 몸 그리고 현재를 중시하는 이들의 태도는 미래와 이데올로기에 초점을 맞추는 공산주의와 정면으로 배치된다.

일찌감치 전향한 이규와 그의 친척들, 친구이자 의사인 상태 그리고 정신적 아버지인 하영근의 대화는 이를 잘 보여준다.

> 신외무물身外無物이고 대인일수록 자중자애해야 한다. <2-81>
> 어느 누구도 생리적 한계를 넘어설 순 없단 얘기다. <3-290>
> 그러나 육체의 건강없이 무슨 정신이 있노. 병에 걸리면 병 걱정 밖에 못하는 거 아니가. 죽으면 그것도 저것도 없고. <4-269>

몸 외에는 아무 것도 없으며 '대인'이라는 입지 또한 생리적 한계 안에서 승인될 뿐이다. 육체는 모든 것에 우선하는 최종심급으로 자리한다. 하영근의 경우가 이를 대표하는데 질병으로 인해 모든 사명감을 포기했노라는 그의 고백은 역사를 몸보다 하위에 위치시킨다.

---

21) 하영근은 온갖 질병을 앓고 있는 자로서 제시될 뿐 아니라, 근대교육제도에 근거하여 이규, 박태영을 가르치는 교사(김윤식, 「지리산의 사상」, 250)로 명명될 만큼 영향력을 미치는 인물이기에 몸과 질병에 대한 그의 해석은 대표단수로서의 성격을 띤다.

"나도 한동안 사명감 비슷한 걸 가졌었지, 그런데 병 걸리고부턴 전부 포기했어.(……)"<1-87>

몸이 우선순위를 차지하며 역사는 몸을 통해 나아갈 수 있는 차선으로 밀려난다. 그의 병은 역사에서 도피하고 있는 입장에 대한 변명과 면죄부 역할을 한다. '신외무물'의 압도적 우세 속에서 친일을 마다하지 않는다는 고백의 역사적 비중은 약화된다. 고학생을 돕는 선의와 독립운동에 자금을 제공하는 행동은 자신의 '친일'에 대한 역사적 평가를 희석시킨다. 일본여자와 결혼했으나 창씨개명은 거부하며, 일본에 협조하되 독립군에 자금을 대는 그의 양가적 태도 또한 역사의 후경화라는 장치를 통해 쉽게 수용되는 측면이 있다. 그가 일본제국주의 시대에서부터 그 이후 좌우로 나뉜 이념의 시대에 이르기까지 늘 세상으로부터 비껴 서 있는 것도 이런 맥락에서 수용된다.

이와 같은 장치를 통해 그는 스스로의 한계를 성찰하는 반성자로 부각된다. 질병과 건강에 대한 성찰적 인식은 이를 더욱 강화한다. 몸을 중시하기에 질병 또한 중요한 계기로 등장하지만, 건강한 몸을 절대가치로 두지 않는다는 데에 그의 특이점이 자리한다. 여기서 몸은 단지 인간의 한계와 취약성을 상기시키는 범주로 제시될 뿐이다.[22] 그를 비롯한 비빨치산 인물들에게 있어 질병은 단지 제거되어야 하는 악으로 은유되지 않는다. 질병은 도려내어야 하는 환부가 아니라 더불어 살아가야 하는 삶의

---

22) Jean Jackson에 의하면 만성병 환자의 경우 그 질병으로 인한 고통이 증가할수록 환자들은 자신을 "고통에 찬 나(pain-full me)"로 인식하고 이를 "고통 없는 나(pain-free me)"과 대비시키면서 고통을 자신과 동일시하게 된다고 한다. 극단적인 경우 자신 = 고통으로 인식하면서 자아와 몸 그리고 고통이 결합된 새로운 정체성을 확보하게 된다고 한다. "Chronic pain and the tension between the body as subject and object," Thomas J. Csordas, ed., *Embodiment and expereince: the existential ground of culture and self,* (Cambridge: the Press Syndicate of the University of Cambridge, 1994) 201~228, 207, 209

조건으로 제시된다. 이는 건강이라는 환상에 포획된 빨치산의 경우와 대척점을 이룬다.

> "(……) 고칠 수 있고 없고엔 관심이 없어. 어떻게 하면 이대로나마 오래 살 수 있을까 생각은 하지. 그리고 나는 병자라는 것을 그다지 불행하게 생각지 않아. (……)  비겁하게 살아가기 위한 변명의 재료 (……) 이래저래 편리한 게 병이거든" <1−87, 88>
> 똑같이 병중에 있는 몸이면서도 큰외삼촌과 하영근은 달랐다. 하영근은 언제나 세계의 중심에 있는 사람처럼 보였다. 비록 앓고는 있을망정, 그 의식은 자기를 세계의 중심에다 두고 엮어져 나갔다. <1−99>

여기서의 질병은 건강을 위협하는 은유가 아니라 인간을 설명하는 준거 역할을 함으로써 근대의 위생담론을 넘어선다. 근대의학은 서로 유기적으로 연관된 것으로 인식되었던 인간의 신체와 자연을 별도로 분리시키고 인간의 신체를 계산하고 통제할 수 있는 기계적 대상으로 전이시킨다.  건강/병, 정상/비정상, 선/악이라는 대립각들을 생산함으로써 인간을 '건강이라는 환상'에 지배되도록 만드는 근대 의학은 인간의 신체를 대상화하고 도구화한다.[23] 바로 이 점에서 근대의학의 권력과 이데올로기는 상통한다. 건강이라는 환상 아래 몸을 도구화하듯 이념이라는 환상으로 인간의 몸을 도구화하는 것이다.

하지만 우익계열의 중심인물인 하영근은 그 숱한 질병에도 불구하고 이와 같은 이분법적 선분에서 일탈된 존재다[24]. 그는 질병을 건강의 대척점에 두지 않으며, 오히려 질병과 함께 하는 삶의 가능성을 제시한다. 역

---

23) 가라타니 고진, 박유하 역, 「병이라는 의미」, 『일본근대문학의 기원』 (서울, 민음사, 1997), 141~144
24) 물론 비빨치산에게는 만성질병이, 빨치산에서는 급성질병이 배치되는 것 자체가 반공소설이라는 한계를 드러내고 있지만 그렇다고 해서 몸/정신, 건강/질병의 경계를 교란시키는 몸담론의 의의가 간과되어서는 아니된다.

사의 심판 운운하며 외국의 좋은 병원을 찾아가지 않는 것은 이와 유관하다. 건강에 대한 강박이 없다는 사실은 인간의 몸이 가지는 근원적인 취약성에 대한 인식에 기인하며, 질병과의 공존을 자연스러운 것으로 받아들이고 치료에 연연하지 않는 것 또한 마찬가지다. 몸의 취약성을 인정한다. 그는 질병을 제거해야 하는 악덕으로 바라보지 않고 더불어 살아가야 하는 생의 한 국면으로 수용한다. 그가 자신을 '세계의 중심에 두고 있는 것처럼' 보이는 것은 이 때문이다. 그는 건강이라는 환상의 노예가 아니라 질병과 함께 하는 삶의 주인인 것이다.

그 결과, 질병은 건강의 대척점이 아니라 오히려 인격을 구성하는 요소로 제시된다. 헨리 지거리스트[25]에 의하면 질병은 고통이고 고통은 고통받는 사람을 성숙하게 만들어준다. 고통을 통해 정신을 강화시켜 영원을 지향하게 함으로써 현재에의 집착을 넘어서게 한다. 그는 질병으로 인해 주체의 취약성을 자각하며 욕망과 야심으로부터 거리를 확보한다. 질병을 통해 체득한 주체의 취약성에 대한 인식이, 대지주이자 거부임에도 불구하고 보신과 안녕에 급급하지 않게 만드는 것이다.

의사인 김상태 역시 유사한 질병관을 가지고 있다.

> 건강과 생명은 아무 관계도 없다는 생각도 들어. 생때같은 건강체가 정체도 모르는 병 때문에 나무가 꺾이듯 하기도 하니까. 의사라는 것은 기껏 병을 고치는 척해보는 배우야. 배우. 인명은 재천이니 의사는 안심하고 배우노릇을 할 수 있지. <4-341>

건강과 생명은 별개의 차원이라는 것이 그의 신념이기에 그는 위생권력을 가진 특권적 존재가 아니라 '기껏 병을 고치는 척해보는 배우'에 가깝다. 의학과 과학을 최종심급에 두지 않으며 인간이 파악할 수 없는 초

---

25) 헨리 지거리스트, 『질병은 문명을 만든다』, 112.

월적 영역을 인정하기 때문에 그는 위생권력을 스스로 반납한다. 이처럼 환자와 의사는 모두 건강/질병의 선분 외부에 존재한다. 질병은 역사적 판단을 원경화시키지만 그렇다고 해서 그가 건강을 최종심급에 두는 것은 아니다. 건강을 물신화하지 않음으로써 건강/질병의 이원론을 넘어서고 질병과의 공존가능성을 제시한다. 거부인 하영근, 의사인 김상태 등 특권화된 소수의 배제적 사유라는 한계, 그리고 질병의 비가시화 혹은 낭만화라는 위험에도 불구하고 여기서의 질병이 극복과 치유의 전단계가 아니라 그 자체로 생의 한 양상이거나 비범함의 표식으로 작용한다는 사실은 중요하다. 질병/건강의 이분법 밖에 자리한 몸은 병과 신체의 상호적응의 가능성을 함축하는 것이다. 질병과 몸의 상호적응가능성을 통해서 악, 비정상이라는 질병의 낙인은 제거되었으며 나아가 질병은 공감의 매개로 자리매김된다.

성병에 대한 김상태의 태도가 잘 보여주듯이 질병은 봉사와 연대의 매개가 되기도 한다.

> 성병이 겁나서 조금 아프더라도 카테렐로 세척해야겠다고 생각한 거지. 그런데 그 아가씨들의 사정 얘길 듣고 보니 '병에 걸릴라믄 걸려라.' 하는 생각이 들더구만. 병에라도 걸려 고생이라도 해야 보상될 것 같은 기분이니 이상하지. <3-308>

단지 고통스런 질병일 뿐, 선과 악의 가치로 재단되지 않았던 성병은 19세기 이후 중산층의 성장에 따라, 성적 문란, 죄악, 비정상이라는 낙인 찍기의 대상이 되었다. 가정의 신성성과 정조관념이 강조됨으로써 결혼관계 외에서 감염되는 경우가 많은 성병을 죄에 대한 응징으로 지목하였다.26) 술집 아가씨들과의 관계로 인한 김상태의 걱정 역시 처음에는 이와

---

26) 헨리 지거리스트,『질병은 문명을 만든다』, 120~129.

같은 성병의 은유에서 크게 벗어나지 않았으나 그녀들의 고통에 대한 공감이 매개가 되어 성병에 대한 관념은 변한다. 꺼림칙한 마음에 세척 등으로 성병을 예방해야겠다던 애초의 결심이 사라지게 된 계기는 술집 아가씨들의 인생살이에 대한 공감이다. 이들의 삶에 대한 공감에 의해 그는 예방 혹은 치료에 대한 의지를 거두고 '걸릴테면 걸려라'와 같은 마음의 상태에 도달한다. 함께 병에 걸리는 것이 그들의 고달픈 인생에 대한 보상과 공감의 역할을 할 수 있다고 판단하는 것이다. 성병은 위생처리의 대상에서 이해와 공감의 대상으로 변모한다. 같이 병을 앓는 것 또한 그녀의 고통에 대한 동참의 방식이 된다. 술집아가씨/우리, 접대부/손님, 비정상/정상, 타락/건강의 잣대를 스스로 허문다. 성병은 죄와 타락의 은유가 아니라 더욱 강력한 결속의 계기로 작용한다. 질병은 공감과 배려의 매개로 작용하며 성병 또한 마찬가지의 매개적 기능을 수행한다. 건강이 아니라 함께 병에 걸림으로써 고통을 나누려는 노력으로까지 진행되는 것이다.

하지만 이와 같은 경계 해체와 상호성의 가능성은 어디까지나 일회적인 데 그칠 뿐이며 예외적 현상에 한정될 뿐이다. 그것은 '순결한 술집여자'라는 예외적 존재와의 관계에만 한정되는 공감과 연대의 가능성일 뿐이다. "권력과 정치에 의해 짓밟힌 사람들에 대한 관심"으로 이어진다는 작가의 휴머니즘[27]이 "기록자"의 수준을 떠나 주변사람들의 연대를 엮어내는 힘으로까지 확산되지 못하고 있음은 바로 이 때문이기도 하다. 하영근의 경우 역시 유사한 맥락으로 설명된다. 병과 상호적응하는 자신의 몸에 대한 인식이 타자에 대한 연대로까지 폭넓게 나아가지는 않는 것이다.

즉 작중인물의 지향성은 몸으로 귀결되되, 상호육체성은 결여되어 있다는 점에서 빨치산의 경우와 일치한다. 소설은 질병을 통해 몸을 도구화

---

27) 강심호, 「이병주 소설 연구 –학병시대의 내면의식을 중심으로–」, 190.

한 이데올로기의 폭력성을 부각시키지만 몸에 갇힌 개인이라는 한계를 넘어서지 못한다. 몸을 인정하기까지의 장구한 서사가 몸의 복권과 함께 종결됨으로써 몸이 새로운 물신으로 자리하는 위험을 성찰할 가능성은 아예 배제된다는 것이다.

## 4. 나가기

이 글은 질병과 몸담론을 중심으로 『지리산』을 분석함으로써 이데올로기의 층위, 즉 반공소설이라는 기존의 평가를 넘어선 소설의 의미를 탐색하고자 하였다. 질병과 몸을 매개로 한 이데올로기의 폭력을 드러내는 한편 이데올로기에 의해 도구화된 작중인물을 피와 살을 가진 인간으로 재조명할 수 있었다. 정신을 중시하고 몸을 도구화한 빨치산과 몸 속에 정신이 있다는 우익의 궤적을 비교함으로써 인간을 도구화한 이데올로기의 폭력을 드러내는 동시에 동일자적 연대로 귀결되는 반공이데올로기의 한계를 규명할 수 있었다.

2장에서는 빨치산들의 몸과 질병을 분석함으로써 생명을 도구화한 이데올로기의 폭력이 드러나는 양상에 초점을 맞추었다. 즉각적인 치료를 요하는 급성 질병 혹은 전염병의 만연은 몸의 발견을 추동하고 이는 투항으로 유도된다. 여기서 몸은 이념의 도구에서 이념의 폭력을 폭로하는 매개로 이동한다. 이데올로기의 대결이 정신과 몸의 대결로 전화되는 과정을 통해 몸의 역습에 패한 빨치산의 경로를 확인할 수 있었다.

3장에서는 '신외무물'로 시종하는 우익의 몸담론을 검토하였다. 이들은 정신을 중심으로 몸을 도구화하지 않으며 질병 또한 제거해야 하는 악덕이 아니라 비범함의 표식으로 의미화된다. 질병은 건강의 대척점이 아니라 더불어 살아가야 하는 존재론적 조건이기에 건강은 일종의 환상이라는 통찰을 통해 악, 비정상이라는 질병의 낙인을 효과적으로 제거한다. 선택된 소수들 간에만 교환되는 한계에도 불구하고, 몸과 질병에 대한 소설의 성찰은 몸/정신, 질병/건강을 나누는 근대의 이분법에서 일탈하는 상호성의 가능성을 제시한다.

정신이 썩어 빠진 육체는 의미가 없다는 빨치산 진영과 신외무물로 일관하는 우익 진영이 구사하는 몸담론은 정반대 지점에서 출발하며 질병 역시 극복되어야 하는 것과 상호적응을 통해 함께 살아가야 하는 것으로 양분된다. 정반대의 도정에도 불구하고 몸으로 귀결되는 양 진영의 귀착점은 동일하다. 뿐만 아니라 자기 몸으로 귀착됨으로써 공존과 배려로 이어지는 상호육체성의 경로를 제시하지 않는다는 점에서 더욱 그러하다. 상호육체성에 기반한 연대를 상정하지 않음으로써 이성중심주의가 봉착한 유아론적 상태에서 소설의 몸담론은 크게 나아가지 못한다.[28] 취약한 육체를 통찰하는 비범한 주체는 제시되되, 서로의 몸을 통해 공동체적 주체를 형성하는 상호육체성의 비전은 존재하지 않는 것이다.

하지만 이와 같은 한계는 동시에 소설의 가능성을 담보한다. 반공이데올로기의 결여를 노출함으로써 그것을 절대적 우위에서 이탈시켜 상대화하기 때문이다. 몸이 유행담론이 되기 이전임에도 불구하고 이데올로기의 대립을 이데올로기와 몸의 대립으로 바꾸어냄으로써 소설은 선취된 몸담론의 성과와 문제점을 뚜렷이 제시한다. 반공이데올로기의 토대를 이루는 소설의 몸담론은 몸의 물신화라는 한계를 드러낸다. 유아론으로

---

28) 이 때문에 "그 사상이란 근대성을 내포하고 근대성을 **끊임없이 묻고 있었던 것**"(김윤식, 1992:326. 강조는 인용자의 것)이라는 김윤식의 요약은 보기 나름으로 수정을 요한다. 그는 근대성을 추구하였을지언정 근대성의 한계에 대한 질문과 성찰은 미약하였다. 현실주의와 합리주의에 입각하였던 작중인물들이 시대의 억압에 직면하여 '허무주의'를 선택할 수밖에 없게끔 강요하는(강민호, 2002:204) 입장은 이런 성찰의 부족에서 비롯되는 것이다.

수렴되고 마는 몸담론의 한계는 곧 반공이데올로기의 결여를 의미한다. 몸과 질병이라는 프리즘은 이데올로기의 폭력성뿐 아니라 반공이데올로기의 결락지점 또한 뚜렷이 노정한다. 이는 반공이데올로기의 한계를 드러냄으로써 그것을 '상상적으로' 극복하고자 하는 소설의 무의식에 다름 아니다. 이 점에서 『지리산』의 몸담론은 공산주의 이데올로기의 폭력성을 폭로하는 동시에 몸을 물신화하는 반공이데올로기의 위험성을 예고하는 성찰적 매개로 자리매김될 수 있는 것이다.

## 참고문헌

이병주, 『지리산』 제1권~제7권, 한길사, 2006

강심호, 「이병주 소설 연구 —학병시대의 내면의식을 중심으로—」, 『관악어문연구』 제27집, 2002

고미숙, 『한국의 근대성, 그 기원을 찾아서』(서울, 책세상, 2001)

김외곤, 「이병주 문학과 학병 세대의 의식 구조」, 『지역문학연구』 제21호, 2005

김윤식, 「지리산의 사상」, 『문학사와 비평』 제1권, 1991

김윤식, 「작가 이병주의 작품세계—자유주의 지식인의 사상적 흐름을 대변한 거인 이병주를 애도하며」, 『문학사상』, 1992

김종회, 「이병주 문학의 역사의식 고찰—장편소설 『관부연락선』을 중심으로, 『한국문학논총』 제57집, 2011

박명림, 「『태백산맥』, '80년대' 그리고 문학의 역사」, 고 은, 박명림 외, 『문학과 역사와 인간』(서울, 한길사, 1991)

이동재, 「분단시대의 휴머니즘과 문학론—이병주의 「지리산」」, 『현대소설연구』 제24권, 2004

이보영. 「역사적 상황과 윤리」, 김윤식 · 임헌영 · 김종회 외, 『역사의 그늘, 문학

의 그늘-이병주 문학연구』(서울, 한길사, 2008)

이정석, 「이병주 소설의 역사성과 탈역사성」, 『한국문학이론과 비평』 제50집, 2011.

임옥희, 『주디스 버틀러 읽기』(서울, 여이연, 2006)

정찬영, 「역사적 사실과 문학적 진실-『지리산』론」, 『한국어문논집』, 제36권, 1999.

임헌영, 「빨치산 문학의 세계」, 『분단시대의 문학』(서울, 태학사, 1992)

정화열, 박현모 역, 『몸의 정치』(서울, 민음사, 1999)

조광제, 「타자론적인 몸철학의 길」, 이거룡 외 편, 『몸 또는 욕망의 사다리』(서울, 한길사, 1999)

조광제, 『주름진 작은 몸들로 된 몸』(서울, 철학과 현실사, 2003)


가라타니 고진, 박유하 역, 「병이라는 의미」, 『일본근대문학의 기원』(서울, 민음사, 1997)

헨리 지거리스트, 이희원역, 『질병은 문명을 만든다』(서울, 몸과 마음, 2005)


Jackson, Jean, "Chronic pain and the tension between the body as subject and object," Thomas J. Csordas, ed., *Embodiment and expereince: the existential ground of culture and self*, Cambridge: the Press Syndicate of the University of Cambridge, 1994

Lewis, G., "Some Studies of Social Caused of and Cultural Response to Disease," in: C. G. N. Mascie-Taylor, ed., *The Anthropology of Disease*, Oxford: Oxford Science Publications, 1993

Mascie-Taylor, C. G. N., "The Biological Anthropology of Disease," in: C. G. N. Mascie-Taylor, ed., *The Anthropology of Disease*, Oxford: Oxford Science Publications, 1993

Nuttal, Sarah, "Dark Anatomies in Arthur Nartje's Poetry," in: F. Veit-Wild & D. Naguschewski, eds., *Body, Sexuality, and Gender: Versions and Subversions in African Literature 1*, Amsterdam-New York; Rodopi B. V., 2005)

# 국가로망스로서의 이병주의 『지리산』

최현주(순천대 교수)

## 1. 『지리산』과 국가로망스

이병주의 『지리산』은 1930년대 식민지 시기부터 1940년대 해방 공간을 거쳐 한국 전쟁 종전까지의 한국 근현대사를 소재로 한 대하장편소설이다. 이 작품은 한국 현대사 가운데 가장 격동의 시기로 한반도에 새로운 근대 국가 형성[1]에의 열망이 가득한 시간과 사회주의/자본주의, 식민

---

[1] 만(Mann 1986)에 의하면, 국가는 "명확히 구획된 일정 영토에 대해 물리적 폭력 수단의 독점에 근거하여 구속력 잇는 권위적 규칙 제정권을 독점적으로 행사하는 정치적 중앙집권성의 구체적 표현인 일련의 제도와 사람들"로 정의된다. 이러한 정의에 따라 국가의 형성 과정은 다음 세 가지로 분석될 수 있다. 첫째, 국가 권력의 형성 과정이다. 이러한 국가 권력의 형성은 그 구체적 표현으로서 공적 권력을 독점한 조직이나 집단의 형성으로 나타난다. 둘째는, 국가 권력의 물적 제도적 구체화로서 국가 기구의 수립을 의미한다. 이는 국가 기구를 장악하고 운영하는 국가 운영자들의 충원과정도 포함한다. 셋째로, 정치 사회 즉 국가 권력을 둘러싼 정치적 경쟁의 장과 경쟁의 규칙이 형성되는 과정이다. 이는 구체적으로 정당에 대한 국가 통제 매커니즘의 형성, 국가 권력을 둘러싼 경쟁의 규칙인 선거제도의 형성, 정당화 이데올로기의 형성 과정 등을 의미한다.(박찬표 지음. 『한국의 국가 형성과 민주주의』, 후마

주의/탈식민주의, 민족주체 정립/타율적 외세의존이라는 핵심의제들의
대립과 길항이 반복 교차하던 광기와 폭력의 공간을 배경으로 하고 있다.
그러한 혼돈과 갈등의 최종 지향점은 오로지 진정한 단일 민족국가로서
의 근대국가 건설이었다. 그런 점에서 소설『지리산』은 근대국가 건설의
과정을 다룬 국가 창건서사 혹은 국가로망스라고 명명할 수 있다.

국가 창건 서사 혹은 국가 로망스란 개념은 호미 바바가 편저한『국민
과 서사』에서 반복적으로 제시되는 개념이다. 국가의 중심이나 기원에
초점을 맞추어 국가의 기원 이야기, 국부 신화, 영웅의 계보 같은 서사들
이 국가 창건 서사 혹은 국가 로망스라는 것이다. 대체로 이러한 서사 장
르들은 대체로 식민지 체험이 있었으며, 특히 탈식민을 시도하는 국가들
에서 로망스적인 장르 형태와 결합된 형태로 제시되고 있다. 이를테면 라
틴아메리카의 국가로망스들은 사랑이야기라는 서사적 요소와 더불어 소
설보다 더 과감한 알레고리로서의 역사와 픽션과 정치의 불가분성을 갖
고 있다.2) 또한 이 작품들에서는 다양한 주체들의 여러 가지 방식의 국가
형성에의 노력과 열정뿐만 아니라 거부와 갈등, 치환, 배제의 양상들을
찾아볼 수 있다.3)

그런데 국가로망스는 근대 사회 형성과정에서 문제적 개인인 고아들
이 새로운 아버지를 찾아 나서면서 새로운 가족을 구성해나가는 성장의
서사들, 즉 가족로망스와 서사구조상의 연관성을 갖는다고 할 수 있다.

---

니타스, 2007, 25~26쪽 참조.)
2) 도리스 서머, 「거역할 수 없는 로망스-라틴아메리카 창건소설」, 『국민과 서사』,
121~2쪽 참조.
3) 모든 '창건소설들' 속에서 국가 전통의 기원이란 협력 수립의 행위인 만큼이나 거부,
치환, 배제, 문화 분쟁의 순간들이 드러난다. 이렇게 변형으로 기능하는 국가의 역
사 속에서는 사회적 적대나 모순의 힘들은 초월하거나 변증법적으로 넘어설 수 없
다. 국가 텍스트를 구성하는 모순들은 비연속적이거나 단절된다.(호미 바바, 『국민
과 서사』, 「내러티브로서의 국민」, 후마니타스, 2011, 16쪽.)

가족로망스의 주인공들이 봉건적인 아버지를 부정하고 새로운 근대적 가족 관계를 구성해내는 서사의 심층구조는 국가로망스에 있어서 서사주체들이 기존의 불합리한 국가체제를 부정하고 새로운 근대국가를 건설하려는 것과 구조적 상동성을 갖고 있는 것이다. 특히 가족을 국가의 소우주로 전제한다면 가족로망스와 국가로망스는 양자 모두 형성중인 문화의 헤게모니 장악이라는 일반적인 부르주아 기획의 일환4)이라는 공동의 목표를 공유하고 있기도 하다.

그런 점에서 로망스의 개념을 근대 소설에 앞선 장르로 인식하는 서사의 진화론적 관점을 부정하려고 했던 마르트 로베르는 근대에 들어서 로망스와 소설은 대체되거나 대립적인 것이 아니라 두 장르의 기저에는 이상과 현실 사이의 긴장이라는 현대 서사체의 핵심적 특성이 공존하고 있다고 지적한 바 있다.5) 특히 그는 프로이트의 「신경증 환자의 가족로망스」에서 가족로망스를 정신분석학적 거짓말의 원형으로 제시하면서, 신경증 환자에게 집요하게 나타나는 가족로망스란 업둥이와 사생아의 두 가지 단계로 나타나는데, 소설을 쓰는 방법으로 사생아의 방법이 사실주의적 방법으로서 세계를 정면으로 공격하면서도 세계를 도와주는 것이고, 나르시스적인 업둥이의 방법이 지식도 없고 행동 능력도 없어서 세계와의 싸움을 교묘하게 피하는 것이라고 주장한다.6)

이러한 가족로망스론은 봉건체제를 부정하고 근대 세계를 창조해낸

---

4) 도리스 서머, 앞의 글, 152쪽.
5) 월리스 마틴, 『소설이론의 역사-로망스에서 메타픽션까지』, 현대소설사, 1991, 55~58쪽 참조.
6) 업둥이는 자기의 부모가 절대적인 능력의 소유자가 아니라 보잘 것 없는 평민이라는 것을 알고 그들을 진짜 부모로 생각하지 않게 되면서 자신의 진짜 부모는 왕족으로서 언젠가는 자기의 신분을 회복할 수 있으리라고 이야기를 꾸미고, 사생아는 아버지와 어머니 사이에 성적 차이가 있다는 것을 깨닫고 어머니는 진짜 어머니지만 아버지는 현재의 아버지가 아니라고 생각하여 아버지를 부인하는 단계이다.(마르트 로베르, 『기원의 소설, 소설의 기원』, 문학과 지성사, 1999, 39쪽)

근대 기획 일반에서 작동하는 집단무의식을 이해하는 데 많은 시사를 주고 있다.[7] 그런 점에서 국가로망스는 주인공들이 무능력하고 신뢰할 수 없는 아버지 세대를 부정하고 새로운 사회의 지향점과 이데올로기를 찾아 나서면서 새로운 근대국가를 건설하려고 한다는 점에서 가족로망스의 업둥이 단계의 서사와 성격상 유사성을 갖는다.

따라서 이병주의『지리산』은 근대국가 형성의 과정에서 작가가 지향한 이상과 현실의 모순에 대한 정치와 윤리학, 그리고 미학이 교차하는 국가로망스라 명명할 수 있을 것이다. 이 글은 이병주의『지리산』을 텍스트로 하여 지리산이란 공간이 갖는 정치 사회적 함의, 작중 인물들의 이념적 지향과 민족국가 건설에 대한 열망, 그리고 작품이 지향하는 탈이념/탈식민적 양상에 대해 살펴봄으로써 이 작품이 갖고 있는 국가로망스로서의 의의와 한계를 탐색해내고자 한다.


## 2. 업둥이로서의 소설가 이병주와 소설쓰기

이병주는 식민지 시기로부터 유신정권에 이르기까지 일본유학생, 학병, 교사, 언론인, 투옥, 국회의원 입후보 등의 체험을 통해 한국 현대사를 직접 체험하고 실감하였다. 특히 그는 이러한 과정을 가장 실감할 수 있는 언론인이었으며, 필화 사건으로 투옥되어 현실 정치와 국가 형성과정에 대한 다양한 정보와 첨예한 비판의식을 확보할 수 있었다. 또한 그는 근대 국가 형성의 안과 밖, 주변과 중심을 아울러 체험함으로써 유예와 투쟁의 이중적 상황[8]에 직면하게 되었고 그러한 상황적 인식이 발생한

---

7) 김명인, 「한국 근현대소설과 가족로망스-하나의 시론적 소묘」, 『민족문학사연구』, 32권, 2006, 333쪽

8) 소설이 낙원의 비전을 단념하지 않은 채 내부에서 커져가는 관찰자의 시선을 더 이

지점에서 소설가의 삶을 선택할 수밖에 없었다.

식민지의 청년으로서 학병으로 끌려가 치욕스러운 노예체험을 해야 했던 그의 상처는 그러한 식민지적 상황을 만들었던 아버지 세대에 대한 부정의식과 연동되면서 스스로 고아 혹은 업둥이임을 자임하게 되었을 것이다. 그리고 그러한 의식은 단지 이병주 개인만의 것은 아니었으며, 당시 식민지 청년들이 가지고 있는 집단무의식의 성격을 가지고 있다. 그러한 집단 무의식은 새로운 아버지 찾기 혹은 자신의 삶을 재구성해낼 수 있는 이데올로기를 요구했으며, 그 궁극은 식민지적 상황을 벗어난 진정한 의미의 독립적인 근대국가 건설이었다.

하지만 해방정국과 6·25전쟁의 광기어린 역사는 이병주를 그저 고민하고 주저하는 지식인으로서의 삶을 살게 하였다. 젊은 학생들 앞에 서는 것마저 양심에 거슬렸던 그는 교사의 삶도 포기하고 언론인의 삶을 선택한다. 근대국가 형성과정에서의 부조리와 혼돈에 대한 업둥이로서의 인식은 그를 현실정치로 뛰어들게 하였지만 두 번의 국회의원 선거에서 모두 아까운 표차로 떨어지고 만다. 이러한 과정에서 그에게 주어진 과업은 바로 아버지 세대의 유산인 식민적 배치와 이념을 극복하는 근대적인 단일 민족국가 건설이었다.

특히 학병에 끌려간 노예체험 때문에 교직을 그만두고 언론사의 주필로 활동하던 그에게 갑작스런 군사정변은 대단히 시대착오적인 것이었고 진정한 근대국가 형성의 장애로 인식되었을 가능성이 크다. 필화의 대상이었던 논설에서 "이북의 이남화가 최선의 통일방식"이라 서술함으로써 군사정변 세력에 의해 투옥되게 되는데, 여기에는 그의 남북한의 국가체제에 대한 구별짓기가 이루어지고 있다. 가족로망스적 측면에서 보면 이

---

상 완전히 회피할 수도, 그 불가피성을 무시할 수도 없는 유예와 투쟁의 이 순간 바로 그 때 소설은 시작된다.(마르트 로베르, 앞의 책, 119쪽)

는 현실의 아버지에 대한 강한 부정과 새로운 아버지에 대한 긍정의 내면이 드러나고 있는 것이다. 그러한 그의 인식이 군사정권에 대한 비판적 논조의 글을 쓰게 하였고, 그러한 논설들은 현실 정치 권력과 연관될 수밖에 없었으므로 응분의 책임이 요구9)되었고, 결국은 그것이 문제가 되어 2년 7개월 동안 수감되었던 것이다. 그러한 업둥이의 아버지에 대한 구별짓기와 그로 인한 감옥 체험이 그를 언론인에서 소설가로 변신시킨 계기가 되었다.

또한 이병주가 소설 창작으로 나아가게 된 계기에는 소설쓰기가 그의 정치적 이상을 보다 효과적으로 제시할 수 있는 논설의 대리보충물10)이 될 수 있으리라는 인식 때문이었을 것이다. 현실의 실제적 사실에 기초한 논설만으로는 결코 현실의 모순을 제대로 비판해낼 수 없다는 것을 그가 간파해내었기 때문일 것이다. 소설이 그 어떤 사실 기록이나 비판적 논설보다도 현실을 보다 직접적이고 구체적으로 드러내 보여줄 수 있기 때문이다.

한편 그가 사실은 있지만 실체의 진실이 규명되지 못한 해방 전후기 국가 창건에 대한 이야기를 소설로 쓸 수밖에 없었던 것은 기초적인 사료의

---

9) 사설, 논설, 칼럼 등 이른바 대설이란 새삼 무엇인가. 글쓰기의 일종이 아닐 수 없다. 그러나 이 글쓰기는 엄격한 현실적 제약이 전제되어 있음에 주목할 것이다. 저 상상적 글쓰기와는 달리 이 현실적 글쓰기에는 반드시 응분의 책임이 뒤따른다는 사실이 그것이다. 저 상상적 글쓰기와는 비교도 안 될 정도의 위력을 발휘하는 것에 비례하여 책임감이 뒤따랐다. 그 책임감이란 윤리적인 것에 앞선 것으로 바로 현실정치적인 것이었다.(김윤식, 『이병주와 지리산』, 국학자료원, 2010, 47쪽)

10) 18세기 말, 19세기 초 유럽에서 근대 국민국가의 등장은 상상 문학의 형식 주제들과 분리될 수 없다. 한편으로 근대 민족주의의 정치적 과업은 '민족성'이니 '모국어'니 하는 낭만주의적 개념들을 거쳐 (상당부분 실체가 없는) 국민문학으로 문학을 분화시키기까지 하는 문학의 흐름을 주도했다. '19세기 유럽의 민족주의 컬트'와 함께 번성한 소설은 복합적이면서도 경계가 분명한 예술 작품으로서 국민을 '상상의 공동체'로 정의하는 데 결정적인 역할을 했다. (티모스 브레넌, 「형식을 향한 국가의 열망」, 『국민과 서사』, 81쪽)

부재 때문이었으며, 그것이 소설 창작으로 나아가게 된 계기가 되었던 셈이다.[11] 이병주는『지리산』의 에필로그에서 "역사는 산맥을 기록하고 나의 문학은 골짜기를 기록한다"고 기술하고 있다. 이는 우뚝 선 산맥으로 표상되는 기득권의 이념이나 역사보다는 그러한 굵은 선과 면에 의해 가려진 골짜기로 표상되는 민초들의 작은 서사가 진실이나 실체를 함의해 낼 수 있다는 이병주의 소설가로서의 직관이 드러나는 구절이다. 그는 소설을 통해 공식 역사에서는 확인하거나 추론해볼 수 없는 자신만의 정치의식과 역사의식의 실체를 드러내고 싶었던 것이다.

그런 점에서 이병주는 이태와 하준수라는 실존 인물의 기록과 수기를 바탕으로 삼아『지리산』을 창작하였다. 이태의『남부군』과 하준수의 수기「신판 임꺽정─학병 거부자의 수기」(『신천지』, 1946. 4~6.)가『지리산』의 창작의 기원으로 자리하고 있는 것이다.

결국 그가 역사나 논설이 아닌 소설을 선택한 이유는 공식적 역사로 드러나지 않는 가려진 역사에 대한 재평가와 재정립의 의지 때문이었을 것이다. 이는 문학이 역사현실과의 거리를 두었을 때 가장 객관적 평가와 비판을 해낼 수 있다는 문학의 미학적 자율성에 대한 이병주의 미의식이 작용했을 가능성이 크다.

더불어 그가 이처럼 가려진 역사를 현재화하려고 했던 것은 왜곡된 조국의 역사에 대한 안타까움과 함께 역사의 현실에서 사라져간 수많은

---

11) 베네수엘라 출신의 시인 아드레스 베요는 "역사 방법론"이란 에세이에서 픽션과 역사는 필연적으로 연과되어 있는데, 아메리카 대륙에서 -내러티브와 반대되는- '과학적' 역사 쓰기를 고집하는 것은 어리석은 짓이라고 주장했다. 경험적, '철학적' 연구가 가치없다는 게 아니라 가장 기초적인 사료조차 없는 대륙에서는 적절치 않거나 시기상조라는 것이다. 대신 그는 내러티브 형식을 선택하면서, "수집 정리하고 판단해야 할 불완전하고 흩어져 잇는 기록 문서들과 막연한 전통 말고는 나라의 역사가 존재하지 않을 때에는 내러티브가 필수적 방법이다."라고 주장하였다, (도리스 서머, 앞의 글, 124쪽 참조.)

민초들의 고통스러운 삶에 대한 인간적 연민 또한 전제되었다고 할 수 있다. 그러한 민중들의 상처와 희생이 근대 국가 형성의 기원이 되었다는 작가의 신념이 『지리산』이라는 국가 로망스의 창작의 기원이 되었을 것이다.

이처럼 『지리산』을 국가로망스라 명명할 수 있는 또 다른 근거는 이 작품의 작가가 우리 소설사에서 가장 정치적인 서사를 개척해낸 이병주였기 때문이며, 한편으로는 그의 정치의식 속에 현실의 아버지를 부정하고 새로운 아버지를 지향하려고 하였던 고아 혹은 업둥이의 의식이 그의 소설쓰기의 단초가 되었기 때문이기도 하다. 「소설알렉산드리아」로부터 시작되는 그의 소설쓰기는 민족의 현실적 상황에 대한 철저한 문제의식을 바탕으로 한 비판적 정치의식을 전제로 하였으며, 그 완성이 대하장편소설 『지리산』이었다.


## 3. 훼손된 국토, 소수(素數)의 화원으로서의 지리산

국토의 개념은 근대의 기원과 더불어 구성된 것이라 할 수 있다. 피히테가 「독일민족에게 고함」이라는 글을 통해 민족주의를 소리 높여 제창하기 시작하면서 국민국가의 제일차적 필요충분조건으로서의 국토의 개념은 강조되고 구체화되기 시작하였다. 개별국민, 민족을 구별하여 정초할 수 있는 가장 기본 단위가 국토로 상정되었던 것이다.

> 태영은 흙이 곧 조국이란 사상을 익혀보았다. 모든 생명이 흙에서 나서 흙으로 돌아간다. 흙은 신성하다. 이 신성한 흙이 강토의 규모가 되면 거기 조국이 생긴다. 흙이 신성한 것처럼 조국도 신성하다. 사람은 조국의 신성을 더욱 신성하기 위해 아쉬움 없이 목숨을 바칠 수가

있다. 목숨을 조국을 위해 바친다는 것은 조국의 생명에 스스로의 생명을 귀일시킨다는 뜻이 된다.[12]

위의 문면에서와 같이 이 작품의 주인공 박태영은 흙이 곧 조국이며, 흙의 신성성이 곧 조국의 신성성이라는 민족주의 사상에 충실한 존재이다. 그러한 민족적 각성으로 그는 조국에 목숨을 마치겠다는 그 나름의 신성한 결심을 하게 된다. 이 작품에서는 민족국가의 근간으로서의 혈연이나 국민 언어보다 기원으로서의 국토가 더 근본적인 것으로 전경화되어 드러나고 있다.

식민지 말기 박태영은 일제의 학도병 징집에 반발하여 하준규 등 10여 명의 일본유학생과 더불어 지리산으로 숨어든다. 그들은 '보광당'을 조직하고 민족 해방이후 민족국가 건설에의 초석을 다지자고 결의하는데, 작가 이병주는 근대국가의 기원으로 지리산을 제시하고 이를 '소수(素數)의 화원(花園)'이라 명명한다. 1과 자기 자신만으로 나누어 떨어지는 1보다 큰 양의 정수인 소수는 고결, 순결의 의미를 내재하고 있는데, 리만이란 수학자에 의하면 "자연수의 세계에서 원자와 같고 가장 아름다운 조화를 유지하고 있다"고 설파한 바 있다. 이병주는 아름다운 화원과 같은 지리산에 모여든 박태영과 같은 젊은이들을 민족의 순수를 담보하고 있는 소수와 같이 순결하고 고결한 존재로 표현한 것이다.

　이곳은 화원(花園)이었다. 그러니 이곳에서 생각한 모든 생각은 화원의 사상이다. 기막히게 아름답고 거룩한 사상이다. 우리는 이 화원의 사상을 길이 잊지 말아야 하겠다. 화원의 사상이란 다른 것이 아니다. 우리는 조국의 독립을 바랐다. 우리는 민족의 해방을 원했다. 일본놈의 속박, 그 압제에 항거했다. 그리고 보다 슬기롭게 착하게 바르게

---

12) 이병주, 『지리산』, 한길사, 2006, 2권 191쪽.(이하 작품 인용은 권과 쪽수만 밝힘)

살려고 애썼다. 이것이 곧 화원의 사상이다. 우리는 앞으로 더욱 이 사상을 가꾸어나가야 하겠다. 조국의 독립이 빨리 이룩되도록. 민족의 해방이 빨리 성취되도록 하는 것이 곧 화원의 사상을 가꾸는 길이다.(3권 155쪽)

이처럼 작가는 이 작품에서 근대국가 개념의 핵심인 국토[13]의 원형을 발견하고 제시해내고 있다. 국가와 국토의 원형적 공간으로서 화원의 사상의 정초지로 이병주는 지리산을 발견해낸 것이다. 그리고 작가가 발견한 화원의 사상의 요지는 근대국가 건설이었던 것이다.

그런데 작가는 이 작품을 처음 『세대』(1972. 9)에 연재하면서 이 작품의 부제로 "智異山이라고 쓰고 지리산이라고 읽는다"라고 서술한다. 이는 지리산이 가지고 있는 양면성, 시대와 역사로부터 맥락화된 역설적 의미망에 대한 작가의 날카로운 직관이 드러난 구절이다. 한자 그대로 아는 것과는 다른 산, 쓰는 것과는 다르게 읽혀지는 산, 풍성하게 흐르는 계곡과 부드러운 능선을 품고 있는 어머니 산이면서 굽이굽이마다 권력자들의 폭력성과 그로 인한 민중들의 생채기를 안고 있는 산이 지리산이다. 이처럼 지리산이 갖고 있는 이중성과 모순을 작가 이병주는 일찍이 포착해 낸 것이다.

지리산 자락 언저리, 하동에서 태어나고 자란 이병주에게 인식된 지리산은 고향, 친구, 추억, 국토, 역사의 비극적 현장이 복합적으로 중첩된 공

---

13) 국토는 "자연의 세계"에 속한 "토지"와 다른 "정신적 의미를 차지"하게 되면서, "(국토와) 실질적 정신적 연관이 지극히 긴밀"한 민족과 결합하여 "국가의 참된 기반사회"로 자리잡게 되었다. 실제로 국토는 "자주적 경제력"을 확립하여 "자주독립국가의 완벽을 期必"하고, 나아가 "國勢"의 증진과 긴밀히 연관된 것으로 이해되고, 또 그렇게 표상되었다. 이렇듯이, 흙은 민족과 연관해서 뿐만 아니라, 국가와 관련해서도 국가 존립과 발전의 기반으로 그 의미와 중요성이 부여되게 되었다.(임종명, 「탈식민지 시기(1945–1950) 남한의 국토 민족주의와 그 내재적 모순」, 『역사학보』 제193집, 2007, 90쪽)

간이었을 것이다. 그가 직관적으로 포획해낸 것처럼 지리산은 양가성을 잠재태로 시대와 역사에 대한 역설과 비극을 함의하고 있는 공간이었다. 지배권력에 대해서는 저항과 비타협의 자세를, 핍박받는 민중에 대해서는 포용과 모성의 태도를 보여주었던 공간이 바로 지리산이다. 지리산은 겉으로는 따뜻하고 부드러운 선을 가지고 있지만 안으로는 고결한 열정만큼의 둔중한 무게를 갖고 있다. 하여 지리산은 소통과 상생의 산이면서 비판과 저항의 거점이었다. 골짜기 계곡마다 지배권력으로부터 소외되거나 쫓겨온 수많은 민초들의 삶의 근거지이자 저항의 교두보가 되기도 하였다. 특히 지리산은 한국 현대사 가운데 근대국가 형성과정에서 혹독한 고통과 죽음의 비극이 반복되는 공간으로 민족의 힘겨운 운명을 상징하는 수난의 산으로 인식되었던 것이다. 이처럼 지리산은 한국 근현대사의 전개 과정에서의 반제 반봉건의 거점이자 소수와 같은 고결한 존재들의 투쟁의 공간이자 영원한 안식처가 되었다.

그런 점에서 소설 『지리산』의 배경으로 설정된 지리산은 소수의 존재들에게 새로운 민족국가의 근원으로서의 재구성된 국토로서의 상징성을 갖는다. 박태영을 비롯한 소수와 같은 존재들에게 지리산은 여백으로서의 국토이자 새로운 근대국가 건설의 출발점이었다. 하지만 그들의 화원인 지리산은 끝내 좌우 냉전이념의 압축적인 대결장이 됨으로써 피의 살육으로 크게 훼손되었고, 고결한 존재들이었던 소수들의 목표인 근대적 단일 민족국가 건설은 실패할 수밖에 없었다.


## 4. 허망한 정열과 국민되기의 실패

『지리산』의 주인공 박태영은 가족로망스의 층위에서 보면 업둥이에 다름 아니다. 소설의 시작부분부터 중학생인 박태영은 고향의 아버지보다 대지주이자 지식인인 하영근에게 정신적으로 강하게 의지한다. 그는 하영근의 서재에서 하영근의 지식과 사상을 수용한다. 하영근은 그에게 육체적 아버지가 아닌 새로운 아버지였으며, 때문에 박태영은 가족로망스에서의 또 다른 업둥이인 셈이다. 그는 시골에 있는 아버지보다 새로운 문명과 지식에 밝은 하영근에게 철저히 의지하는데. 박태영의 아버지는 식민지 지배구조를 강화하기 위한 수단으로 기능하는 함양 군청의 말단 하급 관리였다.

> 태영의 아버지는 소심하기 짝이 없는 사람이었다. 아들이 자기의 비위에 어긋나게 자라고 있어도 속으로 마음만 태울 뿐 정색을 하고 나무란 적이 한 번도 없었다. 그런 만큼 직장에서도 상사나 동료들의 눈치만 보고 지냈다. 하급 관리로서의 비굴한 근성이 체질화되었다고 할 수 있었다.(2권 268쪽)

위의 문면에서와 같이 박태영의 아버지는 식민지의 하급 말단 관리로 소심하고 비굴한 근성이 체질화되어 있는 사람이다. 식민지 체제를 철저히 부정하는 박태영은 식민지 체제의 도구로 전락한 아버지를 부인하고 새로운 아버지인 하영근의 도움으로 새로운 세상과 이데올로기의 지평을 찾아 나서게 된다. 그런 아이와 아버지 사이이 문제가 식민지를 경험한 경우에는 더욱 특징적으로 부각된다. 그것은 오이디푸스 구조 자체가 자본주의 체제의 극단화된 양상으로서의 일종의 식민화 구조이기 때문인데, 아버지의 부재와 고아 상태를 경험하는 식민지 상황에 처한 주체는 반항적인 고아적 무의식을 통해 식민주의와 자본주의의 오이디푸스 구조에 저항하는 '변형의 욕망'을 드러내게 된다.[14] 이 지점이 『지리산』이 가

---

14) 나병철,『가족로망스와 성장소설』, 문예출판사, 2007, 33쪽 참조.

족적 로망스와 구조적 유사성을 보여주면서 국가로망스로 명명할 수 있는 또 다른 근거가 된다.

박태영은 조선에서 중학을 중퇴하고 친구 이규가 있는 일본의 교토로 간다. 그는 전검(專檢)시험을 치른 후 중학교 졸업자격을 취득하고 동경에 가서 사립대학 전문부에 적을 두게 된다. 박태영은 우유배달 등의 고학을 하면서도 민족 해방에 자신이 어떤 방식으로든 기여를 하겠다는 뜨거운 열정을 간직하고 있다.

> "철저하게 왜놈과 싸울 끼다. 그들이 하는 전쟁에 어떤 의미로든 협력하지 않을 끼다. 그리고 앞으로 2년, 우리나라가 어떻게 하면 독립할 수 있을 것인가를 연구하고, 동시에 어떤 체제, 어떤 규모, 어떤 내용의 나라가 되어야 할 것인가를 모색하고, 그것을 한 권의 책으로 만들 작정이다. 우리나라엔 손문 선생의 삼민주의에 필적할 만한 책도 없지 않은가."(2권 21쪽)

위는 박태영이 일본에 유학을 와 있던 친구 규를 찾아가 독립과 민족국가 건설에 대한 열정을 토로하고 있는 문면이다. 쇄락한 봉건 왕조 청나라를 무너뜨리고 중국이라는 근대국가를 건설해낸 손문의 삼민주의를 지향점으로 삼겠다는 태영의 의지가 드러나고 있다. 그리고 그는 학병 징집을 거부하고 고향 선배인 하준규 등과 함께 지리산으로 들어가게 된다.

> 태영에게 있어서 진주로 간다는 것은 고향으로 간다는 뜻이 아니고 지리산으로 간다는 뜻이다. 지리산으로 간다는 것은 일본의 지배에서 벗어난다는 뜻이다. 소극적이건 적극적이건 일본에 항거한다는 의미로 요약할 수 있다. 일본의 지배에서 벗어난다는 것은 영광스러운 탈출이라고 할 수 있다.(2권 118쪽)

위의 문면에서 볼 수 있듯이 태영이 학병을 거부하고 지리산으로 간 것은 일본에 대한 항거이자 일본의 지배에서 벗어나려는 영광스러운 탈출이었다. 그리고 영광스러운 탈출은 제국주의와의 투쟁을 통한 민족 해방과 국민국가 형성에 대한 강한 열망을 간직한 것이었다. 그런 열망을 간직한 그들은 지리산에 들어와 있던 다른 일본군 징병거부자들을 규합하여 민족국가의 원형이자 초석으로서의 '보광당'을 조직하게 된다.

그런데 호미 바바에 의하면 초기 국가 창건 서사의 원형은 문화적 동질성의 공적 영역이 아니고 사회의 인과율이 이해되지 못하는 공간을 배경으로 하며, 정치적 합리성의 사적 영역과 공적 영역이 양분될 수 없는 상태를 보여준다[15]고 한다. 이를 적절하게 보여주는 것이 바로 박태영과 하준규 등이 조직한 '보광당'이다. 그 구성원들은 조선인이자 징병 거부자라는 공통점 외에는 다양한 계급과 이데올로기, 학력을 가지고 있다. 해방 이후 프랑스로 유학을 떠나는 이규 뿐만 아니라 사회주의자인 이현상과 사회주의를 비판하는 권창혁까지 가세한 보광당에서 구성원들의 문화적 동질성과 이념적 유사성을 찾아보기 힘들게 된다. 하지만 그들의 궁극적인 정치적 지향점은 통일된 국민국가 형성임은 결코 부인할 수 없는 공분모인 것은 확실하다. 자신만의 정체성을 가진 소수와 같은 존재들의 리좀적 결합으로서의 '보광당'이 강력하게 열망한 바가 바로 민족 해방과 단일민족국가 건설이었던 것이다.

'공화국을 만든다!'
빛나는 꿈이었다.
'공화국을 만들어 우리는 그 최초의 국민이 되고 최초의 주인이 된다. 살아선 그 영광을 위해 노력하고, 죽을 땐 그 이름 아래에서 죽는다.'

15) 호미 바바, 「디세미-네이션: 시간, 내러티브, 그리고 근대국가의 가장자기」, 『국민과 서사』, 481쪽.

그 이름 아래에서 죽을 수만 있다면 아무런 두려움도 없겠다는 생
각이 들기도 했다.(3권 60쪽)


위의 문면에서와 같이 박태영은 '보광당'을 근간으로 진정한 근대국가
로서의 공화국을 만들고 그 이름 아래에서 죽을 수 있는 진정한 국민국가
의 국민되기를 열망한다. 그는 국민의 과업으로 공화국 건설에 참여하는
것을 당연한 것이자 고귀한 그 무엇으로 생각한다. 그럼에도 위의 문면에
서 '아무런 두려움 없이 그 이름 아래에서 죽을 수 있다는' 박태영의 죽음
을 각오한 열정은 종국에는 그가 허망하게 좌절될 지도 모른다는 암시와
복선으로 기능하기도 한다.

해방 이후 박태영은 진정한 국민되기의 강력한 열망으로 공산당에 입
당하게 되는데 조직의 경직성과 비인간적인 모순에 환멸을 느끼고 당조
직으로부터 뛰쳐나오게 된다. 그는 당시 현실적인 조선공산당의 조직과
활동으로는 진정한 국민국가 형성이 어렵다는 것을 간파한 것이다. 그렇
다고 그의 국민되기의 열망이 사라진 것은 아니었다. 그는 여순사건 이후
지리산에서 벌어지고 있는 유격투쟁을 배후 지원 하다가 결국은 검거되
고 감옥에서 6·25전쟁을 맞이한다. 적어도 감옥에서 절망의 늪에 빠져
있던 그에게 6·25는 해방으로 다가왔다.


이윽고 박태영의 감방 문이 덜컥 열렸다. 눈에 선 군복 차림의 사람
들이 서 있었다. 그 가운데 하나가
"동무들, 해방이오."
하고 외치고,
"모두들 가진 것 가지고 앞뜰로 나가시오."
어안이 벙벙하여 박태영은 외마디 소리도 내지 못했다. 그러나 가
슴에 맺히는 관념의 덩치를 확인할 순 있었다.
'이 감격을 위해서라도 내 생명을 바칠 것이다!'(6권 102쪽)

감옥에서 6·25로 인해 자유를 얻게 된 그는 해방의 감격을 위해 자신의 생명을 바칠 것을 다짐한다. 그러한 다짐으로 인해 그는 결국 빨치산 투쟁에 가담하게 된다. 하지만 세계사적인 빨치산 투쟁 가운데 박태영이 뛰어든 조선공산당의 빨치산 투쟁은 냉전으로 인한 갈등과 대립이 반복되는 정치 권력 투쟁의 철저한 희생양으로 전락하고 만다. 6·25전쟁 이후 박헌영과 이승엽 등 남로당의 숙청으로 알 수 있듯이 지리산의 빨치산은 북한 정권에 의해 존재 자체를 인정받지 못하였고, 남한 정권에서 의해서도 당연하게 그들은 토벌의 대상일 뿐이었다.

결국 박태영은 빨치산으로 입산하여 토벌대의 숱한 공격에 죽음의 고비를 넘나들면서 빨치산 지도부의 일관성 없는 전략과 전술에 회의하고 좌절하면서 동시에 자신의 현실적 상황에 대해 끊임없이 반성하고 성찰한다. 자신의 존재 이유와 당위에 대한 끝없는 철학적 사유야 말로 존재론적 위기 상황에 당면한 모든 빨치산들의 대응방식[16]이겠지만 박태영의 그러한 노력은 더욱 고단한 것이었다. 그러한 반성과 철학적 사유의 결과 그는 온몸을 다 바친 빨치산 투쟁이 허망한 정열의 소산이었음을 깨닫는다. 그러면서 그는 진정한 국민되기를 포기하고 그것을 모두 운명의 탓으로 돌린다. 그리고 그 운명에 대한 자기 책임을 다하는 것으로 자신의 존재 이유를 찾게 된다. 그런 점에서 박태영의 국민되기는 정체성 정립과 상실의 이중적 시간성에 노출된 채 오묘한 불안정성의 순간[17]을 맞게 된다. 그는 좌우의 이념 대립에 대한 정확한 인식이나 사회주의에 내

---

16) 파르티잔이 새로이 결정적인 역할로서 지금까지 승인되지 않았던 새로운 세계정신의 모습으로 처음 등장했다는 것이 1813년 단명했던 프러시아의 의용군칙령 속에 집중적으로 나타나 있다. 용감하고 호전적인 민족의 저항의지로서가 아니라, 교양과 지성이 파르티잔에게 이러한 문을 열고 철학적 토대를 가진 정통화를 부여한 것이다. 여기에서 파르티잔은 철학적으로 전권을 부여받아 전쟁 참가 자격자가 되었다. (칼 슈미트, 『파르티잔 이론』, 인간사랑, 1990, 52쪽)
17) 호미 바바, 「디세미-네이션: 시간, 내러티브, 그리고 근대국가의 가장자리」, 481쪽.

재되어 있는 폭력의 문제[18]와 실체에 대해 제대로 인식하지 못하였다. 뿐만 아니라 국내외 정세에 대한 체계적이고 과학적인 분석을 하지 못했기에 그는 그러한 불행의 근원을 운명으로 귀결시키고 이를 허망한 정열이었다고 자기 반성한다.

이러한 박태영의 추상적이고 운명주의적인 태도는 현실과 이상의 간극에 대한 철저한 탐구나 근대의 과학적 인식과 거리가 있으며, 그가 끝까지 홀로 빨치산 투쟁을 이어가려한 것에는 낭만주의적 태도가 남아 있다고 할 수 있다. 그런 박태영의 세계에 대한 대응 양식은 가족로망스에서의 업둥이가 가진 무의식과 유사한 측면이 있다. 업둥이의 무의식을 가진 소설은 세상을 잘 모르는 상태에서 도피나 거부를 통해 사회에 등을 돌리는 방식을 취하[19]는데, 『지리산』에서 박태영이 결말에서 운명주의로 회귀한 것도 어쩌면 세상에 대한 도피나 거부의 모습으로 비쳐진다. 그는 빨치산이 되어 거친 현실에 뛰어 들었지만 부조리한 현실을 철저히 알지 못하였고 또한 그것을 극복한 능력을 갖지 못하였기에 결국은 운명으로 도피하고 말았던 것이다.

---

18) 맑스주의는 폭력문제와 역설적 관계를 맺고 있다. '역사속에서 폭력이 향한 역할', 한편으로는 지배 · 착취 형태, 다른 한편으로는 사회적 폭력의 구조적 양상과 계급 투쟁 · 혁명과정의 필연성이라는 구조적 양상 사이의 접합을 이해하거나 현대 정치의 조건과 쟁점을 정의하는 데 결정적으로 기여했지만 맑스주의는 정치와 폭력을 대립물의 통일(이것 자체가 지극히 '폭력적'이다) 속에서 내적으로 결합하는 비극적 연계를 사유하는데 근본적으로 무기력했기 때문이다. 그 이유는 첫째, 맑스주의 이론이 지배형태(노동착취)만 특권화였고, 둘째 인류의 생산력 발전이 곧 진보라는 관점에 포획되었고, 셋째 역사를 '부정의 부정'이라는 과정의 구체적 실현으로 이해함으로써 폭력이 정의로 전환될 수 있는 철학적 도식을 갖고 있었기 때문이다.(에티엔 발리바르, 『폭력과 시민다움─반폭력의 정치를 위하여』, 난장, 2012, 11~12쪽 참조.)
19) 나병철, 앞의 책, 27쪽.

## 5. 탈이념과 탈식민의 지향과 좌절

『지리산』은 식민지시기부터 해방전후사, 그리고 6 · 25전쟁까지의 기간을 다루면서 근대국가 형성의 과정을 형상화해냄으로써 국가로망스로서 명명될 만한 작품이다. 특히 지리산이라고 하는 공간을 국토에 대한 상징으로 제시하고 박태영의 열정을 진정한 국민되기의 기투로 형상화함으로써 국가로망스가 가지고 있는 자질들을 포획해내고 있다.

작품의 주인공 박태영은 민족국가 형성을 위해 온갖 고난을 거치면서도 최초의 근대적인 단일 민족국가의 국민이 되고자 하였다. 하지만 한반도에서의 통일 민족국가 형성은 외세의 냉전 이데올로기에 의해 포획된 남북 분단과 갈등, 그리고 전쟁이라는 참혹한 현실 속에서는 불가능한 것이었다.

> "전쟁이 없는 세상, 조선같은 처지에 있는 나라가 아무런 속박도 제압도 받지 않고 독립할 수 있는 세상, 우리 일본으로 말하면 모두가 자기 스스로 주인행세를 하고 살 수 있는 세상, 말하자면 불합리한 지배관계가 없어지고 제각기 자기 주장을 하고 그 자기 주장의 조절이 가장 민주적으로 진행될 수 있는 세상……."(2권 72쪽)

어떤 세상이 살기 좋은 세상이냐는 태영의 물음에 대한 일본 지식인 무나타의 대답이지만 작가 이병주의 정치적 지향점이 드러나고 있는 발화이다. 이는 조선도 일본으로부터 해방하여 탈식민화된 국가, 민주적인 국가를 이루어야 한다는 요지의 발화로서. 박태영 또한 진정 이루고자 하는 국민국가의 이상적 모습이었다.

하지만 해방 전후기 동안 민족 구성원들은 정치와 이념의 지형과 실체를 바로 파악하지 못했고 여전히 외세가 간섭하고 구속하는 식민적 현실로부터 자유롭지 못하였다. 진정한 민족국가 건설은 철저한 탈식민과 탈이념을 전제로만 가능한 것이었다. 하지만 해방 전후기의 한반도는 철저히 미국과 소련의 냉전이데올로기의 대결장이었고, 더불어 일제의 식민적 배치의 후유증이나 외세의 식민적 자장으로부터 자유로울 수 없었다.

주인공 박태영은 해방 후 공산당에 가입하지만 조직과 이념의 문제점을 곧바로 인식하고 관여하고 있던 조직으로부터 뛰쳐나온다. 조국과 민족, 그리고 진정한 근대 국가 건설을 위해서는 탈이념적 지향이 필요함을 그는 깨닫게 된 것이다.

> 남한에서의 갖가지 좌익 운동은 그 운동 자체로 혁명 성취에 직접 접근하려는 것이 아니고, 모스크바에 보여주기 위한, 일종의 전시효과를 노리는 것이라고 전제하고 생각하니, 작금의 여러 가지 사태가 비로소 이해되었다. 뒷수습에 대한 연구나 계획이 전연 없이 폭동을 일으키는 처사라든가, 무력 투쟁을 하라고 지령만 내릴 뿐 보급 등 사후 대책이 전혀 결여되어 있는 상황이라든가, 실질적인 일은 등한히 하고 선전 효과만 노리는 일에 열중하고 형식적인 수를 늘리는 데만 급급하다든가 하는 일련의 사태는 모조리 어떤 보는 눈, 이를테면 스탈린의 눈만을 의식한 결과라고 풀이할 수 있지 않은가.(5권 154~5쪽)

위의 문면에서와 같이 박태영은 공산당에 가입하고 난 뒤에도 공산당의 무분별한 폭력적 양상과 소련에 자주적이지 못한 채 지나치게 그들에 의존적인 투쟁 방향에 실망한다. 더구나 북한이나 동유럽이 아니라 미군이 점령한 지역에서의 공산주의 투쟁은 철저히 잘못된 것이라는 결론을 내리게 된다. 그는 해방 정국에서 철저한 탈이데올로기적 지향이 필요하다는 것을 확신하게 된 것이다.

또한 6·25전쟁 이후에도 남부군의 지도자였던 이현상 등의 일관성 없는 전투지휘와 조직운영에 환멸을 느끼고 사회주의 이념에 대해 철저히 비판하고 저항한다. 그는 탈이데올로기적 태도를 강하게 지향하면서 결국 빨치산으로 죽을 수밖에 없는 운명주의적 태도를 수용하고 만다.

> "나는 죽을 때까지 이곳에 있어야 한다. 왜? 유일한 답은 이거다. 나
> 는 내 운명을 너무나 쉽게 선택해버렸다. 그 경솔한 소행은 마땅히 벌
> 을 받아야 한다."(7권 127쪽)

일제 식민지 말기 학병을 거부하고 지리산에 숨어 들어 보광당을 조직하고 조국과 인민을 위해 복무하겠다는 박태영의 굳은 의지는 어느새 운명에 대한 수용으로 바뀌고 만다. 철저한 이데올로기 투쟁이나 반제국주의 투쟁으로 나아가지 못하고 모든 것을 개인의 운명의 탓으로 돌리고 만 것은 여전한 식민주의의 영향 탓이라고 할 수 있다.

이처럼 박태영이 자신의 투쟁이 허망한 정열의 소산이며 모든 것을 운명의 문제로 도피하게 된 것은 일제의 식민지 교육과 더불어 그에게 많은 정신적 영향을 미쳤던 하영근과 권창혁과 같은 인물들 때문이다. 이규와 박태영에게 하영근, 권창혁 등은 사상적 성장과 정치적 선택에 많은 도움을 주었던 교사와 같은 인물들[20]이었지만 제국의 식민담론에 포획된 존재들이었다. 그들은 일본 유학을 다녀오고 외국의 자유로운 사상의 세례를 경험했지만 결국은 제국의 식민적 배치와 결과물로서 제국의 포스트 식민정보원[21]의 역할을 수행할 수밖에 없는 인물들이었다. 식민적 배치

---

20) 김윤식은 이병주의 『지리산』을 교육소설 혹은 계몽소설의 범주로 규정한다. 그 이유는 이 작품이 하영근과 박태영/이규, 이현상/권창혁과 박태영을 비롯한 보광당 구성원들이 교사와 학생관계를 중심구조로 하고 있기 때문이다.(김윤식, 앞의 책, 232쪽 참조)
21) 18세기말에 시작된 자본주의적 영토 식민주의와 제국주의는 신식민주의가 시작된 1940년대 중반에 끝났다고들 한다. 그 초기 시절 동안, 백인은 아니지만 —상당히— 백인 같으면서 외국인 지배자들과 토착 피지배자들 사이의 완충지대로서 활동했던 토착민 출신의 기능적 지시계층이 생산되었다. 그들은 거대한 영토 제국주의자

의 수단으로서의 문화와 교육에 대한 비판적 인식보다 결국에는 그것들을 무의식적으로 수용하고 민족 구성원들에게 그것을 유포시키는 매개자로서의 역할에 그치고 말았던 것이 그들의 한계였던 셈이다.

> 인격주의는 사회구조에의 참여나 실천적 개입보다는 개인의 내면적 수양과 인격의 중요성을 강조하는 경향을 보여주었다. 이는 권리주체로서의 개인보다는 도덕적 행위자로서의 개인을 강조하는 논리였다. 때문에 인격주의와 수양주의는 결과적으로 기존 질서를 수용하는 보수주의적 태도와 친화력이 높았고, 개인주의의 탈정치화와 유순화를 초래할 가능성도 매우 높았다. 무엇보다 이러한 경향은 총독부가 식민 교육을 통해 주입하고자 한 규율화된 개인주의와도 친화력이 있어 식민지 사회질서를 정당화하는 이데올로기로 활용되기도 했다.[22]

위의 문면에서 볼 수 있듯이 해방전후기의 교양과 인격주의는 일제에 의한 식민교육의 산물이었는데, 작품에서 하영근과 권창혁은 정신적 성장과정에 있던 젊은이들에게 이러한 교양주의를 계속해서 강조했던 것이다. 그들이 강조한 교양주의는 결국은 민족국가 형성의 장애로 작용할 수에 없었다는 점에서 일제의 식민적 배치의 결과였던 셈이다. 즉 박태영의 허망한 정열이나 운명주의적 태도, 그리고 최후의 빨치산이라는 영웅주의적 선택의 심층에 이들 포스트식민정보원이 강조한 교양주의나 개인의 윤리적 선택에 대한 화두가 자리하고 있었던 것이다. 그 때문에 해방 전후기 민족 구성원들은 철저한 탈이념과 틸식민을 성취해내지 못했고 그 결과

---

들이 와해되기 시작하고 탈식민지화가 시작되었을 때 새로운 국가적 민족적 문화 정체성을 형성하는 데 강력한 역할을 수행하였다. 그들은 향수어린 토착주의 혹은 민족주의에 편승하면서 신식민주의를 주도하는 미국의 자기재현(탈식민화, 민주화, 근대화, 발전의 수호자라는)을 지지하는 역할 속으로 흡수되기도 하였다.(가야트리 스피박 지음,『포스트식민 이성 비판』, 갈무리, 2005, 494~495쪽 참조.)
22) 소영현,『문학청년의 탄생』, 푸른역사, 2008, 193쪽.

진정한 의미의 근대적인 단일 민족국가 건설에 실패할 수밖에 없었다.

그런 점에서 육체적 아버지를 부인하고 새로운 아버지를 찾아나섰던 업둥이로서의 박태영의 선택은 실패한 것에 다름 아니다. 실재의 아버지를 부인하고 찾은 새로운 아버지 또한 그가 추구하려는 온전한 삶이나 이데올로기를 올곧게 제시해주지 못하였다. 그들 또한 온전한 아버지가 될 수 없었다. 왜냐하면 그들 또한 진정한 아버지를 찾지 못한 업둥이에 불과했기 때문이다. 그런 업둥이들에 의해서는 결코 외세의 강고한 타율적 힘들을 극복하고 온전한 탈이념과 탈식민을 구현해낼 수 없었다. 이는 비서구지역에서의 가족로망스는 외래의 힘에 의해 아버지가 부정됨으로써 파행적으로 전개되며, 이에 따라 비서구 지역의 근대소설은 안정된 '부르주아 주체의 서사시'인 서구 근대소설과는 달리 분열된 '피식민주체의 서사시'라는 특색을 갖는다23)는 논지와도 깊은 연관을 맺고 있다. 따라서 이병주의 『지리산』은 탈이념과 탈식민을 제대로 실현해내지 못함으로써 근대국가 형성에 실패한 업둥이들의 국가 로망스라 할 수 있을 것이다.


## 6. 『지리산』의 국가로망스로서의 의의와 한계

이병주의 대표작인 대하장편소설 『지리산』은 일제 식민지 시기부터 6 · 25 전쟁이 끝나는 기간까지를 배경으로 하고 있다. 일제에 대한 식민지 투쟁과 해방 전후기의 좌 · 우익 대립, 냉전 이데올로기의 각축장이 되었던 6 · 25전쟁까지의 기간은 한반도에 있어서 단일 민족국가 형성의 유일한 기회였다. 하지만 외세의 타율적인 힘의 논리와 냉전 이데올로기의 갈등으로 한반도에서의 단일민족국가 건립은 실패하였다.

---

23) 김명인, 앞의 논문, 332쪽.

이병주의 『지리산』은 근대 국가 형성의 과정과 모순을 구체적으로 제시했다는 점에서 국가 창건 서사 혹은 국가 로망스라 명명해볼 수 있는 것이다. 작품에서 제시된 공간으로서의 지리산은 화원의 사상의 공간이면서 민족국가의 기원으로서의 국토라는 개념을 포획해내고 있다. 또한 주인공 박태영을 비롯한 서사주체들은 진정한 근대 민족국가의 국민되기를 위해 고통스러운 기투를 감행하지만 허망한 정열로 귀결되고 만다. 결국 그것은 여전히 한반도에 진정한 의미의 탈식민과 탈이념이 관철되지 못했기 때문일 것이다. 그런 이유로 주인공 박태영은 가족로망스에서 볼 수 있는 업둥이로서의 성격을 갖게 되는데, 육체적 아버지가 아닌 하영근과 권창혁을 매개로 새로운 사상이나 세상을 수용하고, 결국은 빨치산으로서의 실패의 원인을 운명으로 귀결시키면서 세상을 거부하거나 도피하는 양상을 보여준다. 그는 세계의 모순에 대한 적확한 지식이나 그것을 극복해낼 뛰어난 능력을 갖지 못하였기에 세계와의 대결을 포기한 채 운명으로 도피하고 만 업둥이었을 따름이다.

따라서 대하장편소설 『지리산』은 많은 업둥이들의 기투와 열정에도 결국은 실패로 돌아간 근대국가 건설의 양상을 제대로 보여준 국가로망스이다. 작가 이병주는 아버지로 인한 상처를 극복하기 위해 새로운 아버지를 찾아 진정한 가족을 재구성하려고 했던 가족로망스의 업둥이처럼 실패한 근대국가 건설의 트라우마를 극복하고 진정한 근대국가 형성을 지향하는 국가로망스를 창작한 셈이다. 그는 민중들이 지향하는 정치학과 그들에게 친숙한 대중미학화의 방식을 결합시킴으로서 그만의 정치 서사를 구축해냈으며, 『지리산』이라는 대하 역사소설을 통하여 근대국가 형성과정에 대한 민중들의 열정과 좌절의 국가로망스를 제시해낸 것이다

한편으로 만약 해방 전후기 탈식민과 탈이념에 성공하여 진정한 의미의 근대국가 형성에 성공하였다면 이 작품은 로망스적 성격이 아니라 또

다른 서사적 성격의 국가창건 서사가 되었을지도 모른다. 아직 국가로망스에 대한 개념은 그 경개를 확정하기가 쉽지 않다. 차후 이러한 장르의 개념과 서사적 성격에 대한 다양한 논의가 나오기를 기대해본다.

## 참고문헌

가라타니 고진 외, 송태욱 옮김, 『현대 일본의 비평』2, 소명출판, 2002.

가야트리 스피박 지음, 『포스트식민 이성 비판』, 갈무리, 2005.

강심호, 「이병주소설연구」, 『관악어문연구』27집, 2002.

김명인, 「한국 근현대소설과 가족로망스-하나의 시론적 소묘」, 『민족문학사연구』, 32권, 2006.

김외곤, 「이병주 문학과 학병 세대의 의식 구조」, 『지역문학연구』제12호, 2005.

김윤식, 『이병주와 지리산』, 국학자료원, 2010.

김윤식 · 김종회 엮음, 『문학과 역사의 경계에 서다, 낭만적 휴머니스트, 이병주의 삶과 문학』, 바이북스, 2010.

김윤식 · 임헌영 · 김종회, 『역사의 그늘, 문학의 그늘』, 한길사, 2008.

나병철, 『가족로망스와 성장소설』, 문예출판사, 2007.

마르트 로베르, 『기원의 소설, 소설의 기원』, 문학과 지성사, 1999.

모리스 메를로-퐁티, 박현모 외 옮김, 『휴머니즘과 폭력-공산주의 문제에 대한 에세이』, 문학과 지성사, 2004.

바트 무어-길버트 지음, 『탈식민주의! 저항에서 유희로』, 한길사, 2001.

박명림, 『한국 1950 전쟁과 평화』, 나남출판, 2004.

박명림, 『한국 전쟁의 발발과 기원 II』, 나남출판, 2003.

박찬표 지음, 『한국의 국가 형성과 민주주의』, 후마니타스, 2007

빌 에쉬크로프트 · 팔 알루와리아 지음, 『다시 에드워드 사이드를 위하여』, 앨피, 2005.

에티엔 발리바르, 『폭력과 시민다움 - 반폭력의 정치를 위하여』, 난장, 2012.

윌리스 마틴,『소설이론의 역사-로망스에서 메타픽션까지』, 현대소설사, 1991.

이병주,『지리산』1-7, 한길사, 2006.

이현희,「일제강점이 한국인 의식구조상에 남긴 영향」,『현대사연구』제2호, 1993.

임종명,「탈식민지 시기(1945-1950) 남한의 국토 민족주의와 그 내재적 모순」, 『역사학보』제193집, 2007.

정성진,『마르크스와 트로츠키』, 한울아카데미, 2006.

존 맥클라우드, 박종성 외 번역,『탈식민주의 길잡이』, 한울 아카데미, 2003.

칼 슈미트,『파르티잔 이론』, 인간사랑, 1990.

프란츠 파농, 이석호 옮김,『검은 피부 하얀 가면』, 인간사랑, 1998.

호미 바바, 나병철 옮김,『문화의 위치-탈식민주의 문학이론』, 소명출판, 2003.

호미 바바,『국민과 서사』,「내러티브로서의 국민」, 후마니타스, 2011.

홍성태,「식민지체제와 일상의 군사화-일상의 군사화와 순종하는 육체의 생산」, 『근대주체와 식민지 규율권력』, 문화과학사, 2000.

히라노 겐, 고재석/김환기 옮김,『일본 쇼와문학사』, 동국대학교출판부, 2001.

# 이병주 『산하』의 다층적 서사의 구성과 의미

정미진(경상대)

## 1. 들어가며

이병주에 대한 기존의 평가는 곧잘 엇갈린다. 일제말기와 해방, 6·25 전쟁을 가로지르는 뼈아픈 역사에 대한 섬세한 기록을 담고 있는 『관부연락선』과 『지리산』을 쓴 작가도 이병주[1]이며, 기존의 문단 관행과는 다른 파격적인 행보[2]를 보이며 지나치게 통속적이라는 비판에 놓인 작품을 줄기차게 발표한 작가도 이병주이기 때문이다.

그러나 소설가 이병주에 대한 당대의 관심은 현재의 평가와는 사뭇 다

---

1) 이병주에 대한 연구가 본격적으로 이루어진 것은 2006년 이후이다. 그나마도 초기 단편이나 그의 대표작이라 할 수 있는 『관부연락선』과 『지리산』에 한정되고 있는 실정이다.
2) 이와 관련하여 안경환(「이병주와 그의 시대」, 『2009 이병주 하동 국제 문학제 자료집』, 이병주기념사업회, 2009, 36면 참고.)은 다종 다작으로 인한 질적 불균형, 여러 매체 동시 연재로 인한 집중력의 분산, 이중게재, 제목 변경, 작품 일부의 별도 발표 등 문단의 전통과 윤리를 벗어난 출판 행태를 보여 작가의 성실성에 상처로 남았다고 밝혔다.

르다는 것을 알 수 있다. 한 작가에 대한 당대의 관심을 살펴볼 수 있는 근거에는 여러 가지가 있겠지만 소설이 여러 매체로 전환되었다는 사실을 통해서도 확인할 수 있을 것이다. 『산하』[3]는 연재 당시인 1978년 TBC를 통해 라디오 소설로 전파를 타는가 하면, 1987년 MBC에서 8부작 미니시리즈로 제작 · 방영되기도 했다. 또 연재 당시에도 그렇지만 1978년 3월 동아일보사에 의해 단행본으로 출간된 이후에도 꾸준히 인기를 누렸던 것으로 보인다. 『산하』가 발간된 즈음 베스트셀러 소설부문 1위에 이름을 올렸고[4] 그 이후에도 꾸준히 베스트셀러 목록에 한 자리를 차지한 것을 어렵지 않게 확인할 수 있다. 『산하』가 꾸준히 읽혔다는 것, 연재가 종료되기도 전에 단행본으로 출간되어 많은 독자를 확보했다는 것, 더 나아가 드라마로 제작되었다는 것[5]은 『산하』에 대한 당대의 관심을 방증한다.

1945년 해방과 1960년 이승만 대통령의 하야까지의 15년을 배경으로 전개되는 서사의 폭과 그 무게가 결코 가볍지 않음에도 불구하고, 『산하』에 대한 연구는 적극적으로 이루어지지 않은 것이 사실이다. 그간 이루어진 『산하』에 대한 논의를 정리해 보면 다음과 같다.

먼저 이광훈[6]은 『산하』에 대해 "이종문이라는 인물을 중심으로 해방공간에서 자유당 정권을 거쳐 4 · 19에 이르기까지의 15년 현대사를 실록

---

3) 1974년 1월부터 1979년 8월까지 월간지 <신동아>에 총 68회에 걸쳐 연재되었고, 이후 1985년 6월 동아일보사에서 단행본으로 간행된다. 이 글은 2006년 한길사에서 간행된 ≪이병주전집≫에 포함된 것을 대상으로 한다.

4) ≪매일경제≫, 1978. 5. 30.(같은 주 소설부문 베스트셀러 4위는 이병주의 『낙엽』이었다.)

5) 특히 드라마로 제작된 <산하>는 소설에 못지않은 관심을 받은 것처럼 보인다. ≪동아일보≫(87. 7. 13.)는 드라마 <산하>에 대해 "MBC '산하' 해방직후 정치판 흥미롭게 묘사"했다고 평가한다.("MBC TV가 지난 6일부터 매주 월요일 밤9시 50분에 방영하는 8부작 미니시리즈 '산하'(이병주 원작, 김지일 연출)는 방영시기의 적성한 선택, 치밀한 극적 구성, 뛰어난 주인공의 성격 묘사 및 연기 등이 좋은 조화를 이뤘다.")

6) 이광훈, 「행간에 묻힌 해방공간의 조명」, 『산하』 7, 한길사, 2006, 291~302면.

대하소설로 압축"했다고 분석한다. 손혜숙[7]은 '역사인식'이라는 키워드로 이병주 소설을 전반적으로 다루고 있는데, 그간 배제되었던 다양한 작품들을 분석 대상으로 삼고 있다는 데에 의미가 있다. 특히『산하』의 경우 우리 역사를 비교적 사실적으로 제시하고 역사의 한 축이 되는 이승만 정권의 모순과 한계를 날카롭게 포착하고 있다고 평가한다. 한편 추선진[8]은 이병주의 소설에서 현실이 허구적 장르인 소설로 들어오는 방법을 시기별로 분석한 논문에서『산하』를 "우연과 운명의 연관성을 설명하기 위한 장편소설"이라 규정한다. "『산하』의 서사는 '무식한 이종문의 서사'와 '당시 정치 상황에 대한 기록'이 함께 나타난다."고 설명하는 가운데, 무식한 노름꾼 이종문이 정치가로 성공한 데에는 비합리적인 우연과 운명이 작용했다고 본다. 이러한 요소에 의해 역사의 흐름이 결정되는 것은 허망한 것이고, 이병주는 그러한 허망한 역사를 기록하고자 했다는 결론을 도출하고 있다.『산하』에 대한 최근 논의로는 박병탁[9]의 논문이 있다. 그는 이병주의 소설 중『관부연락선』,『지리산』,『산하』를 역사소설 3부작으로 상정하고 각 작품을 분석한다.『산하』에 대해서 "역사적 진실 복원의 작가적 의지에 따른 새로운 유형의 소설적 시도"를 한 작품이라고 평가하면서『산하』를 기층민과 지식인의 실상을 동시에 다루는 작품으로 보고 있다.

　이들의 논의는 그간 심도 있게 연구되지 않던『산하』를 대상으로 하고 있다는 점에서 의미를 갖지만,『산하』가 가진 의미의 폭을 이종문이라는 인물을 통해 제1공화국의 혼란한 시대상을 보여주고 이승만 정권의 한계를 드러내는 동시에 비판하는 것에 한정하고 있어『산하』가 가지는 의미를 축소하고 있는 듯하다.

---

7) 손혜숙,「이병주 소설의 '역사인식' 연구」, 중앙대학교 박사학위논문, 2011.
8) 추선진,「이병주 소설 연구」, 경희대학교 박사학위논문, 2012.
9) 박병탁,「이병주 역사소설의 유형과 의미 연구」, 경희대학교 석사학위논문, 2014.

한 편의 소설은 단일한 서사로 구성되지 않는다. 장편소설의 경우 복합 구성을 취함으로써 다양한 인물들과 인물을 중심으로 하는 서사가 교차되기 마련이다. 이병주의 소설들도 그러한데 특히 역사를 소재로 한 소설의 경우[10] 서사가 세 가지 층위에서 기술되는 양상을 보인다. 대표작으로 잘 알려진 『관부연락선』과 『지리산』의 경우 서술자인 '나'에 의해서 유태림의 서사가, 이규라는 인물을 중심으로 박태영의 서사가 작품의 중심부에 놓인다. 여기에 유태림과 박태영의 행적을 좇아가면서 서사를 전달하고 관망하는 '나'와 이규의 서사가 교차한다. 그리고 『관부연락선』과 『지리산』에서 역사는 단순히 배경화되는 것이 아니라 기록이라는 측면에서 서사의 전면에 부각되어 나타난다. 즉 역사적 사건을 배경 위에 작가의 상상력으로 탄생된 인물의 서사가 놓이는 것이 아니라 역사 그 자체가 하나의 서사로 제시되고, 인물의 서사가 역사적 서사와 평행을 이루며 진행되는 형태라고 할 수 있다.

『산하』의 서사 구조도 이와 유사하다. 격동의 역사를 배경으로 부침하는 중심인물 이종문의 서사와 이승만을 중심으로 하는 사실 기록의 서사, 역사적 현실을 관망하고 비판하는 이동식의 서사가 그것이다. 그러나 『산하』는 이병주의 소설에서 주로 등장하는 지식인이 아니라 사회 밑바닥을 살았던 '이종문'이라는 인물의 서사가 포함되어 있으며, 『관부연락선』과 『지리산』이 가지고 있는 자기체험적 요소가 상대적으로 약화되었다는 측면에서 변별된다 하겠다. 이러한 문제의식에서 출발하여 이 글에

---

10) 이병주 소설을 내용에 따라 분류한다면 역사적 진실을 추구하는 소설(「소설 · 알렉산드리아」, 『관부연락선』, 『지리산』, 『그해5월』 등)과 대중소설(『낙엽』, 『비창』, 『여인의 백야』, 『서울버마재비』 등)로 구분할 수 있다. 이러한 구분은 대부분의 연구자들이 의견을 같이 하는 것으로 보이며, 작품에 대한 구체적인 구분은 손혜숙(「이병주 대중소설의 갈등 연구」, 『한민족문화연구』 26, 한민족문화연구학회, 2008, 203~205면 참고)의 논의를 참고할 수 있다.

서는 『산하』의 서사를 세 갈래로 나누어 살펴보고 그것이 가지는 의미를 밝히고자 한다.

## 2. 다층적 서사의 구성과 특징

### 1) 기록으로서의 소설 쓰기, 제1공화국의 서사

『산하』는 이승만을 중심으로 혼란과 격랑의 시대였던 해방과 제1공화국에 이르기까지의 역사를 여실하게 다루고 있다. 1945년 8월 15일 일본은 연합군에 항복했고 조선은 일제의 오랜 통치로부터 해방되었다. 그러나 식민지 기간 내내 다양한 방법으로 독립투쟁이 전개되었음에도 불구하고 그 해방은 우리 민족의 자력에 의한 것이 아니라 연합군의 2차대전 승전에 의해 주어진 해방이었고, 예기치 못했던 방식으로 이루어짐으로써 해방의 기쁨과 동시에 혼란한 시기를 맞게 된다. 해방과 함께 한반도는 미국과 소련에 의해 남북으로 분할 점령되었고, 해방 직후의 정국은 건국준비위원회, 조선인민공화국 등 좌파와 막 활동을 시작한 한국민주당이 중심인 우파의 대립이 본격화되는 추세였다. 이러한 역사의 한가운데서 초대 대통령인 이승만이 정권을 잡고 1960년 4·19를 계기로 자진 사퇴할 때까지의 서사가 빼곡하게 제시되고 있다.

이러한 역사적 사실에 대한 충실한 기록은 이병주가 줄곧 추구해 왔던 글쓰기 방식의 연장이다. 실제 이병주는 다양한 에세이와 칼럼을 통해 자신의 글쓰기 행위는 역사의 기록이라는 데 기반을 두고 있음을 밝히기도 했다. 아래는 이병주의 에세이 「문학이란 무엇인가」의 한 부분이다.

"역사가는 정치가를 그 치적으로써 평가하며 기록한다. 문학인은 그 동기로써 정치가를 평가하는 것을 잊지 못한다. 역사가는 성공자와 승리자에게 중점을 두지만 문학은 좌절한 자, 패배한 자를 중시하는 것을 잊지 않는다. (…) 이와 같이 나는 믿기 때문에 내 자신을 문학인으로서 자처할 수 있는 사실에 커다란 자랑을 느낀다. 동시에 이 자랑이 자랑일 수 있자면 이상과 같은 문학적 인식을 보다 철저하게 해야 한다는 자각 또한 잊지 않는다. 최후의 승리자는 기록자에게 있다. 이것이 나의 신앙이며 신념이다."11)

기록으로서의 소설 혹은 기록자로서의 소설가라는 인식은 이병주 소설의 근간을 이루는 것이었고, 개인적 체험을 바탕으로 역사를 기술하는 『관부연락선』과 『지리산』은 그의 문학적 신념이 고스란히 드러나는 작품으로 평가받아 왔다. 이병주에게 있어 개인적 체험을 다루는 것은 일제 말기, 모순적이며 치욕스럽기까지 한 학병 체험과 6·25전쟁 중 겪은 이데올로기의 대립 문제, 독재 정권에서의 언론 혹은 개인에 대한 억압의 역사를 기록하는 것에 다름 아니다. 이것은 또한 비단 개인의 문제에 국한되는 것이 아니라 사회와 시대의 문제이기도 했으며, 이것이 이병주 문학이 갖는 의미이자 가치라는 의견이 지배적이다.12)

학병 체험과 감옥 체험 등 질곡의 시대에 한 개인이 겪을 수 있는 고통을 모두 겪은 이병주는 감옥에서 만난 사마천을 통해 '기록으로서의 문학', '필패의 역사로서의 문학'이라는 인식을 보다 굳건히 확립해 나갔다. 이런 이병주의 신념은 『산하』에서도 격랑의 시기에 발생한 사건을 고스

---

11) 이 글의 발표시기와 발표지면은 명확하지 않으나 김윤식·김종회 역, 『문학을 위한 변명』(바이북스, 2010, 134~135면)에서 가져 왔음을 밝혀둔다.
12) 『역사의 그늘, 문학의 길』(한길사, 2008.)에 수록된 이광훈, 「역사와 기록의 문학」/ 송재영, 「시대 증언의 문학」/이보영, 「역사적 상황과 윤리」/김종회, 「근대사의 격랑을 읽는 문학의 시각」/송하섭, 「사회의식의 소설적 반영」/정찬영, 「역사적 사실과 문학적 진실」 등의 글을 참고할 수 있다.

란히 재현하는 것으로 동일하게 유지되고 있다.13)

『산하』에서 이병주가 역사를 서술하는 전략은 크게 두 가지로 나타난다. 우선 다양한 담론이 그 형식을 유지한 채 서사 내로 들어오는 형태이다.14) 이들은 필요에 따라 여러 가지 형식으로 제시되는데, 그것은 실제인물의 사건 기록이나 증언, 신문 기사인 경우도 있고 허구적 인물의 일기나 메모 형식을 갖기도 한다.

> 여기서 소설의 흐름을 잠깐 중단하고 여순반란사건의 개요를 적어둘 필요를 느낀다.15)

> 육당 최남선은 3·1운동 30주년을 즈음해서 30년 전 자기가 기초한 독립선언문이 실린 신문에 아래와 같은 글을 썼다.16)

---

13) 손혜숙은 「이병주 소설의 역사인식 연구」(앞의 글)를 통해 『산하』에 등장하는 인물들과 실재인물을 비교하여, 역사가 어떤 방식으로 기술되는지를 밝히고 있다. 『산하』에 대해 "역사적 현장을 배경으로, 실존 인물의 서사를 중심으로 하고 있기 때문에 인물들의 목소리가 (작가의 해석과 상상력에 의한) 허구적 서사임에도 불구하고 (실제인 듯한) 착각을 하게 되는 것"이라고 설명한다.(괄호는 글쓴이)

14) 이와 관련하여 손혜숙은 「이병주 소설의 역사서술 전략 연구」에서 (『비평문학』 52호, 한국비평문학회, 2011.) 5·16을 소재로 삼은 이병주 소설을 대상으로 이병주 소설의 역사 서술 전략을 밝힌다. 특히 『그해 5월』에 포함된 곁텍스트가 역사적 사건과 평가에 '사실성'을 부여한다고 평가하는 동시에 기득권층에 의해 기록된 공적 역사의 허구성을 증명하는 영웅 중심의 기존 역사를 비판하고 전복시키기 위한 서사전략으로 작동한다고 분석하고 있다.
'곁텍스트'란 제라르 주네트에 의해 만들어낸 용어로 서사와 함께 동반되는 일련의 자료들을 지칭한다. 글로 된 서사에 덧붙여진 언어를 총칭하는 것으로, 각 장의 제목, 난외 표제, 목차, 서문, 후기, 삽화, 표지와 같이 텍스트에 곁가지로 뻗어 있는 모든 자료들을 말한다. 이렇게 곁가지로 뻗어 있는 모든 자료들은 서사를 경험하는 일에 크고 작은 영향을 미칠 수 있기 때문에 이들 자료 모두는 서사의 일부라고 할 수 있다.(H.포터 애벗, 우찬제 외 역, 『서사학 강의』, 문학과 지성사, 2010, 69∼72면.)

15) 『산하』 4, 172면.

16) 위의 책, 29면.

거창사건은 그야말로 처참한 민족사의 한 대목이라고 할 수 있다.
우선 그 사건의 진상을 김재형 씨의 기록을 통해 살펴보기로 한다.17)

소설의 서사가 역사를 고스란히 기록한다 하더라도 소설 장르가 근본
적으로 갖게 되는 허구성은 독자의 독서 행위에 영향을 미친다. 따라서
허구적 인물의 행동이나 대화를 통해 제시되는 사건의 경우, 독자는 그것
이 사실의 기록이라 하더라도 사실이라기보다 허구로 인식하는 경향을
보이게 되는 것이다. 그러나 작가가 직접 표면에 등장해 서사를 요약 제
시할 경우, 서사는 중단되지만 작품을 읽어가는 독자는 서사의 배경이 되
는 사건을 보다 정확하게 이해할 수 있는 기회를 얻게 된다. 또한 역사적
사건에 대한 작가의 직접 서술은 독자에게 신뢰감을 주기 때문에, 실제가
아닌 순전히 작가의 상상력에 의해 재구성된 역사적 인물의 행위나 대사
까지를 사실로 인식하게 하는 효과를 얻게 된다.18)

『산하』에서 이승만의 행적이 전기적 사실과 일치한다하더라도 당대를
배경으로 기술된 이승만의 내면 의식이 사실이 아니라는 것은 자명하다.
그러나 독자가, 『산하』가 다루는 역사에 대한 기술을 사실이라고 인식했
다면 그것은 신문 기사, 사건에 대한 실제 인물의 증언, 메모 등의 장르 삽
입과 작가의 직접 서술에 의한 사건의 요약 제시라는 서술 책략에 의한
것이라 할 수 있다. 이들은 역사와 맞물려 진행되는 인물의 서사를 이해
시키기 위한 장치로 기능하는 한편 역사가 기록하지 않은 역사를 기록하
겠다는 이병주 자신의 문학적 소명과도 직접 관련을 맺게 된다.

---

17) 『산하』 7, 10면.
18) 웨인 C. 부스(최상규 역, 『소설의 수사학』, 예림기획, 1999. 238~241면 참고)에 따
르면 작중인물에 의해 제공되는 사실이나 요약을 그 인물이나 사건을 해석하는 단
서로 삼아야할 경우, 그것들은 사실이나 요약이나 묘사로서의 신빙성의 일부를 잃
게 된다고 설명한다. 때문에 사실이나 요약의 제시는 작가에 의한 것일 때에 사실
을 존속하게 하고 신빙성 있는 판단을 가능하게 한다.

다시 말해『산하』에서 역사적 사실을 기반으로 하는 서사는 중심인물
인 이종문의 서사를 가능하게 하는 배경으로서의 역할만을 하는 것이 아
니라 그것 자체로 하나의 서사를 형성하고 있다. 중심인물을 바탕으로 이
루어지는 서사를 중단해 가면서도 기사나 기록을 활용하여 당시의 시대
상을 세밀하게 제시하려는 노력은 이병주 자신의 문학적 신념에 대한 발
현이라 할 수 있다. 그리고 이런 노력이 독자로 하여금 이병주가 제시하
는 역사를 사실로 인식하게 하는 장치로 작용하는 것이다.


### 2) 회색의 사상, 관찰자적 지식인의 서사

한편 이병주 소설의 중심인물은 남성 지식인[19]인 경우가 많다. 특징적
인 것은 단일한 퍼소나의 입을 빌려 역사를 기술하는 것이 아니라 핵심 서
사를 이끌고 있는 인물과 그 주변 인물을 통해 역사적 사실을 전달하거나
역사에 대한 판단과 인식을 드러낸다는 것이다. 이에 대해 김종회[20]는 이
병주의 소설 세계에서 주목해야 할 요체로 해설자의 존재를 꼽으면서, 해
설자는 이병주의 여러 소설에 등장하여 보다 더 직접적으로 작가 자신의
체험과 세계 인식을 반영하며 작가는 이 해설자에게 시대와 사회를 바라

---

19) 흔히 지식인이 주요인물로 등장하면서 지식인의 삶의 방법, 지식인 특유의 문제제
기나 해결과정이 중심사건으로 다루어질 경우 '지식인 소설'이라 부른다. 조남현은
지식인을 등장시키는 이유를 작가의 자기성찰 욕구가 높아 삶·시대·사회·사상
등의 문제를 검토하는 것이 필요하다는 자각 때문이라고 밝힌다.(조남현,『한국지
식인소설연구』, 일지사, 1984, 11~13면, 135면 참고.)
이병주 소설의 남성 주체는 대부분 지식인이다.「소설·알렉산드리아」의 형,『관
부연락선』의 유태림과 이형식,『지리산』의 주인공 박태영과 하준규, 이규, 권창혁,
하영근,『행복어사전』의 서재필,「쥘부채」의 이동식 등은 모두 당대의 지식인이
며, 이들은 모두 역사에 희생당하는 개인을 표상한다.
20) 김종회,「이병주의「소설·알렉산드리아」고찰」,『비교한국학』16, 국제비교한국
학회, 2008, 175면.

보고 판단하고 평가하는 자기 자신의 시각을 투영하고 있다고 분석한다.

이병주의 소설에서 해설자는 작가 이병주의 분신이고, 따라서 이병주의 역사인식을 고스란히 반영하고 있다고 하겠다. 잘 알려진 바대로 이병주는 철저한 자유주의자였고, 그것을 소설 속 인물을 통해 구현해냈다. 그러나 이런 이병주의 노력은 회색주의자 내지는 패배주의자라는 오명을 낳기도 하였다. 자신이 한 대담에서 밝힌 것처럼 이병주는 역사가 흑백의 논리에 의한 승리와 패배의 기록으로만 점철되어 가는 상황에서 그 이면을 추구하기 위해 아무도 찾지 않는 '회색의 군상'으로 눈을 돌렸다. 그리고 그것이 인간성과 직결되는 문제라고 여겼다.[21] 흑백논리에 의한 승패의 결과에 따라 이루어지는 것이 역사라고 한다면 흑백논리에 의해 생동하는 인물이 아닌 회색의 사상을 가진 인물을 창조해냄으로써 "보다 건강하고 선명한 어떤 바탕에 이를 수 있지 않을까 하는 소망[22]"을 드러내고자 한 것이다. 그리고 그런 인물의 시야를 통해 역사를 논평하게 하고 다시 기록하게 함으로써 독자로 하여금 기존의 역사에 대한 재인식의 기회를 제공한다.

『산하』에서 이런 역할을 하는 인물이 이동식이다. 이동식은 이종문의 친구의 아들인 설창규와 같이 학병을 지낸 연유로 이종문의 집에서 하숙을 하며 인연을 맺는다. 이동식의 서사는 이종문과의 관련 속에서 진행되지만 이종문을 객관적인 견지에서 서술하는 역할을 할 뿐만 아니라 제1공화국의 상황을 지식인의 입장에서 해설하기도 한다.

> 마르크스주의가 아니면 모조리 사이비철학으로 모는 공산주의자들의 독선도 물론 견딜 수 없었지만, 반공주의를 내세우기만 하면 경제적으로나 사회적으로 안전한 신분을 보장 받을 수 있는 풍조에 편

---

21) 남재희 · 이병주, <'회색군상'의 논리>, ≪세대≫, 1974, 242면.
22) 위의 글.

승해 있는 교육계의 실정도 그로선 견디어낼 수가 없었다.

응당 공산주의, 아니 마르크스의 학설을 비판해야 할 대목에 이르러
선 절대적인 관권이 탄압하고 있는 시국에 아첨하는 것 같아서 말끝을
흐리지 않을 수가 없었고, 응당 마르크스의 학설을 옳다고 해야 할 대
목에서는 신체적인 불안을 느껴 흐지부지해야만 하는, 그런 어색한 상
황을 매일매일 겪어야 한다는 것은 그야말로 고통이었던 것이다.[23]

이동식은 서울대학교에서 철학을 전공한 엘리트로 공산당선언을 읽고
도 "흥분은커녕 조그마한 감동도 얻지 못"하며, "우익들에겐 생각을 미처
보기도 싫"은 감정을 가지고 있다. "일본군의 쇠사슬에서 풀려나온 학병
동맹의 친구들이 우익의 테러에 처참하게 죽어간 것을 생각"하면 "간이
떨려 견딜 수가 없었"던 때문이다. 지난한 역사의 틈바구니에서 특정 이
데올로기를 선택하는 것도, 적절한 포즈를 취하지 않는 것도 고통이었던
때문에 "세상사에 관한 관심은 포기하고" 있는 인물[24]이 이동식이다. 실
제로 이병주는 자신의 학병체험을 작품 곳곳에 녹여내어 그것이 우리 민
족뿐 아니라 그 자신에게도 뼈아픈 과거였음을 감추지 않는다. 학병에
갈 당시 자신의 민족의식, 세계관, 역사관이 빈약했음을 스스로 인정하며
자기비판을 서슴지 않기도 한다.[25] 또 자신과 비슷한 세대의 경우 불완전
한 사회 분위기와 체제 속에 명확한 태도를 정하지 못하고 일정한 태도
를 취하지 못했다고 고백한다.[26] 이병주 자신이 말한 바처럼 올바른 세
계관과 역사관이 채 싹트기도 전에 급작스럽게 해방을 맞이하고 이데올로
기의 갈등과 전쟁의 소용돌이에 휩쓸려야 했던 학병세대가 어떤 사상을

---

23) 『산하』 5, 49~50쪽.
24) 정미진, 「이병주의 소설에 나타난 종교의 의미」, 『국어문학』 58집, 국어문학회,
　. 2015, 459면.
25) 송우혜, 「이병주가 본 이후락」, 《마당》, 1984. 11, 58면.
26) 남재희·이병주, 앞의 글, 239면.

쉽게 선택할 수도, 그 선택을 온전히 유지하기도 힘들었을 것임은 짐작 가능하다.

> 생명이란 것이 그것을 유지하기 위해서는 갖가지의 형태를 취하지 않을 수 없다는 사상, 얼마든지 추하고 비참하게 될 수 있다는 사상, 역사의 수레바퀴에 치여 죽어야 할 운명이란 것, 전쟁을 일으키려고 작정한 사람들의 두뇌 속에 있는 불가사의라고밖에 말할 수 없는 그 사고의 메커니즘![27]

한편 6·25가 발발하자 이동식은 이종문이 마련한 자동차를 타고 피난을 가는 도중 길거리를 걷고 있는 피난민을 바라보며 복잡한 심경을 토로한다. 이동식은 오로지 생명을 유지하기 위해 추함과 비참함을 감수하고 피난을 떠나는 것은 전쟁을 일으키려 작정한 사람들의 사고와 그리 다르지 않다는 생각이다. 이것은 다시 자신의 욕망을 이뤄줄 힘을 가진 이승만을 종교와 같이 숭배하고 있는 이종문과, 불순한 야심으로 전쟁을 시작한 김일성이 의식의 차원에서 같을지도 모른다는 생각으로 이어진다. 그렇다고 하더라도 결국은 모두가 "역사의 수레바퀴에 치여 죽어야 할 운명"에 놓여 있을 뿐이라는 것이 이동식의 사상이며, 이러한 인식을 바탕으로 이동식은 시대를 증언하거나 비판한다.


### 3) 운명의 역사, 욕망하는 인물의 서사

『산하』는 무식한 노름꾼이었던 이종문이 정치권력의 핵심에 서기까지의 과정을 세밀하게 그리고 있는 만큼 해방과 6·25전쟁 과정 안에서 펼쳐지는 이종문의 부침이 서사의 중심에 놓인다. 여기서 이종문은 이병주

---

27) 『산하』 6, 104면.

의 다른 인물들이 그런 것처럼 온전히 허구적인 인물은 아니다. 이광훈이 밝혔듯 "자유당 시절 이승만 대통령의 총애를 업고 건설업계를 좌지우지하며 자유당 국회의원까지 지낸 실재 인물"[28] 이용범을 모델로 하고 있음을 확인할 수 있다.[29] 그렇지만 실재 인물 이용범을 서사에 그대로 끌어들인 것이 아니라 이승만이라는 거대 권력을 배경으로 펼쳐진 정치적 행보와 일부 정황들만을 선별적으로 가져오고 있을 뿐이다.

시간이 거듭될수록 심화되는 이념의 갈등으로 해방 이후 한반도의 정세는 그야말로 혼란 그 자체였다. 그러나 『산하』의 중심인물 이종문은 해방이라거나 한반도를 뜨겁게 달구고 있는 정치 혹은 이념 문제와는 거리가 멀었다. 한반도가 억압에서 놓여난 벅찬 환희의 순간에도 돼지 판 돈을 밑천으로 투전에 열중하고 있었다. "해방이고 달방이고" 이종문에게 중요한 것은 노름판에서 돈을 잃지 않는 것이고, 자신이 딴 돈을 지키는 일이다. 해방이 이종문에게 의미를 갖는다면 그것은 일본 순사 사사키를 의식하지 않고 "외고 펴고 노름을 할 수 있"다는 데 있을 뿐이다. 그런 이종문은 해방이 된 그날 그 시간부터 자기 노름의 끗발이 나기 시작했다는 사실을 상기하고 그것을 운명이라고 생각한다. 막연히 "서울에 가기만 하면 기막힌 운수가 기다리고 있을지" 모른다는 데까지 생각이 이어진 이종

---

28) 이광훈, 앞의 글, 297면.
29) 이용범은 어린 나이에 부모를 잃고 불우한 환경에서 학교도 다니지 못한 채 성장하다가 20세부터 토건업에 뛰어들었고, 1946년 6월경 마산시에서 대동공업주식회사를 창설해 사장으로 취임한다. 토건업을 운영하던 중 1955년 12월경에는 서울 소재 극동연료주식회사를 인수하여 사장으로 취임하여 경제적 기반을 구축하는 한편 정계에 투신하여 1954년 1월경 당시 집권당이던 자유당에 입당하고 경남 위원장 및 창원군당 위원장을 겸임하면서 1957년 제3대, 1958년 제4대 민의원 의원으로 당선되어 재임하다가 1960년 4·19혁명 이후 전시 자유당 간부 및 민의원 의원직을 사임한다. 국회의원 재임당시 창원군 및 마산시 일원이 '이용범 왕국'으로, 그가 거주하던 오동동 거주지는 '오동동경무대'라 불릴 정도로 막강한 권력을 휘둘러 3·15마산의거의 원인을 제공했으며 정경유착의 원조라는 비판을 받았다.(김주완, 『토호세력의 뿌리』, 불휘, 2005, 137~148면 참고.)

문은 그 길로 즉시 아내와 두 아들을 뒤로 한 채 서울로 향한다.

이후 서울에서 펼쳐지는 이종문의 서사는 욕망과 운이 교묘하게 맞물려 펼쳐진다. 상경하는 기차 안에서 이종문은 차진희라는 여자를 만나 해방 정세에 대해 상세히 알게 된다. 이종문의 운명을 결정지은 '이승만'이라는 이름을 처음으로 듣게 된 것도 기차 안이다. 기차 안의 우연은 또 다른 운명으로 이어지는데, 남성적 욕망으로 차진희에게 치근대던 이종문은 이로 인해 독립투사 양근환[30]을 만나게 된다. 양근환과의 만남은 국내 정세와 시대감각을 익히는 계기가 되었을 뿐만 아니라 훗날 자신의 사업과 정치 인생에 멘토 역할을 하는 문창곡과 성철주와의 관계를 유지하는 근거가 되기도 한다.

특히 이승만과의 만남이 성사된 데에도 이런 반복적인 우연이 작용한다. 차진희의 뒤를 쫓아 식당에서 우연히 만난 양근환을 욕보였다는 이유로 매를 맞고, 공산당 본부나 다름없는 정판사 정문에 나붙은 이승만 비방 벽보를 찢어 공산당원들에게 매를 맞는다. 이런 이종문의 시련은 곧 운으로 뒤바뀌는데 매를 맞은 덕분에 양근환을 만나고, 이승만에게 자신의 존재를 알리게 되었기 때문이다. 그런 까닭에 그는 "두들겨 맞기만 하면 운이 트인다."라는 믿음을 가지기에 이른다. 스스로 자신의 삶을 결정지은 것을 운이라 자각하고 있는 것이다.

이종문은 오로지 두 가지 신념을 바탕으로 행동하는데, 그 중 하나는 '이승만'이고 나머지 하나는 '돈'이다. 막연히 사람들의 입에 오르내리는 이승만이라는 이름을 들으며 "이승만과 자기와는 언제 어디서고 깊은 인연이 맺어질 것이란 믿음 같은 것이 가슴 밑바닥에 고이는 것을 느"낀 이종문은 서울에 와 노름을 해서 처음 번 돈과 아편을 판 돈으로 이승만에

---

30) 양근환(1894~1950)은 실제 인물로 1921년 친일단체 국민협회의 회장인 민원식을 처단한 것으로 잘 알려진 독립운동가이다.

게 정치자금─쌀 값이라는 명목으로─을 꼬박꼬박 보내고, 이승만을 '아부지'라고 부르며 성심을 다한다. 운명에 대한 막연한 희망과 그에 대한 충실성 덕분에 이종문은 사업가로 승승장구하게 된다.

> "비야, 올라온 석 달 열흘만 쏟아져라. 방천이란 방천, 다리란 다리는 모조리 떠내려가라. 이종문이 방천을 만들고 다리를 놓아줄끼다. 이종문이 살판난다……"[31]

> 대구에서 난리가 나고 고향인 경남에서도 난리가 났다고 들어도
> "제기랄, 빨갱이들 어지간히 지랄하는구나."
> 하고 배짱을 부렸을 뿐 거의 무관심했다. 세상이야 어떻게 되든 말든 자기가 벌여놓은 공사가 잘돼서 돈이 벌리기만 하면 그만이었다.[32]

> '가만 본께 이 전쟁은 이종문을 부자 맹글아줄라꼬 일어난 전쟁인가.'
> 이런 생각을 하고 있었던 판이니 그의 입 언저리에서 웃음이 떠날 겨를이 없는 것은 당연했다.[33]

이종문이 성공할 수 있었던 것은 자신의 욕망을 부끄러워하거나 숨기려고 하지 않고 욕망의 성취를 위해 최선을 다했기 때문이다. 이종문에게 관심의 대상이 되는 것은 그것이 돈을 벌 수 있는 일인가 아닌가 하는 것이다. 사람들이 집을 잃고 길을 잃어도, 서로에게 총칼을 겨누고 있어도 이종문은 관심을 두지 않는다. 이종문은 서사의 처음부터 끝까지 자신의 욕망에만 충실한 인물이기 때문이다.

이처럼 이종문의 서사는 순전히 개인적인 욕망에 의해 이루어지는 행위들이 우연에 의해 정치적 것과 관련을 맺게 되고, 결국에는 운으로 작

---

31) 『산하』 2, 123면.
32) 위의 책, 227~228면.
33) 『산하』 6, 88면.

용하게 되는 구조라고 할 수 있다. 그런 과정에서 이종문은 이병주 소설의 주요 인물과 다른 면모를 보이게 된다. 이병주는 소설에서 대개 남성 지식인을 서사의 중심에 내세워 그들이 현실을 인식하는 방법과 대응 태도를 세밀하게 제시하는 한편 역사가 개인에게 미치는 부정적 영향 관계를 다루는 경우가 많았다. 여타 작품에서 이병주의 인물이 역사의 파고 속에서 희생당하는 무력한 개인을 표상한다면, 이종문이라는 인물은 오히려 자신의 욕망을 성취하기 위해 암울한 시대 상황을 적절하게 활용하는 영민함을 보인다. 그러나 이종문의 성공의 이면에는 매관매직, 부정축재, 부정선거라는 비판적 요소들이 내재되어 있다. 이승만을 등에 업은 이종문의 성공은 온갖 비리들로 얼룩진 것이었기에 이승만 정권이 쇠락과 함께 이종문의 시대 역시 막을 내리게 되는 것이다.

## 3. 다층적 서사의 의미 – 개인의 욕망과 역사의 문제

『산하』는 곁텍스트를 활용하여 역사 기술의 사실성에 무게를 두는 한편 불합리한 시대를 객관적으로 바라보고자 하는 지식인 이동식의 서사를 통해 역사에 대한 재인식의 기회를 제공하고 있다. 이를 통해 독자는 근대사의 파고를 보다 사실적으로 인식할 수 있게 된 셈이다. 여기에 욕망과 운명으로 혼란한 시대를 살아갔던 인물의 서사를 핵심에 놓는 구성을 가지고 있다. 앞서 살펴본 것처럼 '이종문'은 이병주 소설의 다른 인물과는 확연한 차이를 가지는 인물이다. 유태림과 박태영이 역사라는 거창한 이름에 짓눌려 소리 없이 사라지고, 이형식과 이규, 이동식이 끔찍한 역사를 오롯이 지켜보면서도 행동하지 못하고 절망한 것과 다르게 폭압적인 역사 속에서 적극적으로 자신만의 또 다른 역사를 만들어 낸 인물이다. 그러므로 이종문이라는 인물이 함의하고 있는 것을 어두운 역사가 만들어낸 부정적 인간 유형에 대한 비판으로 해석하는 것은 지나치게 단순한 결론일 것이다.

무식한 노름꾼에 불과했던 이종문은 시대를 읽어내는 일견 예리한 감각을 가지고 있었고34), 그것은 작가 이병주가 갖는 시대 인식과 종종 겹치기도 한다.

> "국치일 기념대회에 안 나갔다고 꾸지람이신디 선생님 절 좀 봐주이소. 국치일은 한일합방한 날이람서요. 일본놈에서 욕 먹은 날이라꼬 그래 국치일이라꼬 한담서요. 생각해보이소. 지금 국치일 들먹이게 됐습니꺼. 어느 놈은 젠장, 미국놈 똥을 못 빨아묵어서 야단이고, 빨갱이는 나라를 아라사에 팔아묵을 라꼬 야단이고, 그래갖고 매일 부끄러운 짓만 하고 있는디 그런 것 말리지 못하고. 젠장, 서울 한구석에 모여 국치일 기념이니 뭐니 하는 건 웃기는 일 아닙니꺼. (…) 한일합방을 반대하고 40여 년을 항일을 하면서 독립운동을 하신 이승만 박사를 몰라보는 것만도 뭣한디 악질반동이란 욕까지 예사로 퍼붓는 놈들이 우굴우굴하는 판에 국치일 기념을 하몬 우찌 된다는깁니꺼."35)

양근환이 '국치일 기념대회'에 참석하지 않은 이종문을 질책하자 이종문은 문창곡에게 전화로 변명을 한다. "어느 놈은 미국놈 똥을 못 빨아묵어서 야단이고, 빨갱이는 나라를 아라사에 팔아묵을라꼬 야단"인 상황에 국치일 기념 대회는 "웃기는 일"이라는 것이다. 해방 직후 이데올로기의

---

34) 여순반란사건으로 골치를 썩고 있는 이승만에게 이종문은 싱글거리는 얼굴로 나타나 '여순반란사건은 대한민국의 복'이며, '철저하게 빨갱이를 없애버리라는 옥황상제의 지시'이며 그것이 우리나라의 '운'이라고 말한다. 일견 단순해 보이지만, 반공에 대한 의지가 철저했던 이승만에게는 적절한 조언이다.(실제 여순반란사건 이후 이승만은 좌익 세력 색출을 위한 국가보안법을 마련하고 대대적인 좌익 탄압을 시작하고 반공체제를 강화했다.)
35) 『산하』 2, 191면.

대립으로 인해 심각한 갈등 국면에 있었던 국내 상황을 짧고 강렬하게 표현한 이종문의 대사는 이병주로 하여금 옥고를 치르게 했던 논설의 핵심과 맞닿아 있다.

> 무장을 엄하게 한 장정이 한편은 북으로 한편은 남으로 경계의 눈을 부릅뜨고 있다.
> 누가 누구를 경계하는 것이냐?
> 어디로 향한 총부리냐?
> 무엇을 하자는 무장이냐?(…)
> 혜산진에서 제주도에 이르기까지 이 아담한 강토가 판도로서 스칸디나아반도의 나라들처럼 복된 민주주의를 키워 그 속에서 행복하게 살고 싶다. 이렇게 되기 위한 준비의 시간으로서 1961년의 해를 활용해야만 한다. 통일을 위해서 민족의 전 역량을 집결하자!
> 이 비원 성취를 위해서 민족의 정열을 집결하자!36)

이승만 정권이 권력의 유지를 위해 비민주적인 부정선거를 저지르자 이에 반발하던 학생과 시민들은 마침내 거리로 뛰쳐나온다. 4·19로 인해 이승만 정권이 자진 사퇴하고 마침내 독재체제에서 해방되자 국내 정세는 잠시나마 안정되어 갔다. 이런 상황에서 통일에 대한 논의가 적극적으로 이루어지기 시작하는데 ≪국제신보≫ 주필로 근무하던 이병주는 1961년 ≪국제신보≫ 연두사를 통해 '통일'의 중요성과 의지를 강조한다. 흔히 알려진 것처럼 이병주는 반공주의자도 아니고 사회주의자도 아니다. 그는 해방과 6·25를 거치는 동안 인민군과 국군에게 각각 고초를 겪는 등37) 극단적인 상황에 처하기도 했으며 이런 경험들은 이병주로 하여

---

36) 이병주, '통일에 민족역량을 총집결하자', ≪국제신보≫ 年頭辭, 1961. 1. 1.
37) 이병주는 6·25 당시 진주가 함락됨에 따라 인민군에 의해 '경남 문화 단체 총연맹 위원장' 등의 감투를 써야했고, 이는 진주 수복 이후 부역했다는 빌미로 제공되어 고초를 겪어야 했다.(송우혜, 앞의 글, 58~59면.)

금 이데올로기에 대한 거부를 불러일으켰고, 이데올로기에 앞서는 것이 인간이라는 인식의 근간이 되기도 했다. 그리고 이것은 비단 이병주만이 가진 독특성이 아니라 당시 지식인의 일반적인 경향에 다름 아니며,[38) 이는 곧 『산하』에서 이병주의 분신인 이동식에게서도 드러난다.

> 이동식의 생각으론 당면한 민족의 최대 문제는 38선이고 남북관계인 것이다. 38선 문제 이상으로 무슨 절실한 문제가 있단 말인가. 38선을 두고 어떻게 자주독립이 가능하단 말인가. 38선을 두고 어떻게 민주주의를 생각할 수 있단 말인가. 진정으로 민족의 문제를 생각한다면 첫째 38선에 대한 소신을 밝혔어야 옳았다.[39)

이동식은 김구의 죽음으로 비통함에 빠진다. 김구의 죽음을 목도한 이동식은 김구가 쓴 '사랑하는 삼천만 동포에게'라는 호소문을 읽으며 "민족, 민족 하고 염불하듯 들먹인 선생인만큼 그분을 통해 민족지도자로서의 민족적인 한계를 느껴야 했다는 것이 유감스러운 일"이라고 생각한다. 왜냐하면 이동식은 우리 민족에게 가장 중요하고 시급한 문제는 남과 북으로 나뉜 민족을 통일하는 것이라고 생각했기 때문이다. 통일이 최우선 과제이며 따라서 통일이 된 후에야 자주독립도, 민주주의도 가능하다는 이동식의 인식은 곧 이병주의 인식이기도 하다.

한편 이병주는 이종문과 이승만의 공통점을 송남수의 입을 빌려 직접

---

38) 『대통령들의 초상』(서당, 1991, 52면.)에서 이병주는 "대부분 인텔리들은 극우도 극좌도 싫어하는 마음의 경향을 가지고 있다. 좌우 합작으로 인한 온건한 정부가 소원일 때 이승만의 완고함은 솔직한 얘기로 거부반응을 일으키기도 했다. 설혹 공산당과의 합작까지는 불가능하다고 해도 김구·김규식을 포용한 채 여운형의 세력과 합작할 수 있지 않았을까 하는 아쉬움이 미련처럼 지식인의 뇌리에 도 사리고 있었던 것이다. 그런데 그것이 설익은 정치인식이 빚은 환상이었다는 것을 정세의 변화에 따라 나는 깨닫게 되었다."고 기술한다.
39) 『산하』 5, 95~96면.

밝히며 두 인물을 연결 짓는다. 송남수는 이종문과 이승만이 철저한 마키아벨리스트라는 점에서 닮았다고 평하는데,[40] 송남수가 이종문과 이승만의 공통점으로 꼽은 것은 목적을 위해서는 수단과 방법을 가리지 않는 적극성과 실천력이다. 이런 적극성과 실천력이 없었다면 이종문과 이승만의 관계는 맺어지지 않았을 것이고, 이종문의 운명이 그처럼 바뀌는 일은 일어나지 않았을 것이다. 이종문의 운명은 해방을 시작으로 변화하기 시작해 독립운동가로 미국에 머무르던 이승만이 한국으로 돌아와 정권을 잡고 득세하면서 확연히 달라진다. 노름꾼이었던 이종문은 돈에 대한 충실한 욕망과 이승만이라는 권력을 배경으로 제1공화국을 지나는 동안 성공한 사업가이자 정치인으로 절정을 맞게 된다. 그러나 이승만과 함께 시작된 운은 이승만의 쇠락과 함께 끝을 맞게 된다. 이렇듯 나란히 병치된 이종문과 이승만의 서사는 삶에 대한 그들의 태도와 운명이 결코 다르지 않음을 보여준다. 동시에 그것이 개인의 문제에 국한되는 것이 아니라 시대의 문제까지로 연결된다.

이러한 개인의 욕망과 역사의 문제에 관한 이병주의 인식은 『산하』의 서두 부분을 통해 보다 확연하게 드러난다. 『산하』는 일본 천황 히로히토의 항복 선언에 대한 트루먼, 스탈린, 처칠, 드골, 모택동의 심경을 서술하는 것으로 시작된다. 그들은 국내외 정세와 관련해 각기 다른 생각에 사로잡혀 있지만 그 생각의 근저에 있는 것은 '자국'으로 포장된 '자신'의 이익이거나 자신의 명예를 지켜내는 방편에 관한 것이다. 반면 제국주의의 식민지였던 나라의 수장인 네루, 호치민, 우누 등은 각기 조국의 독립을 위해 고민하고 있는 것처럼 보인다. 그러나 이병주는 "김구와 이승만이

---

40) 이병주(『대통령들의 초상』, 앞의 책, 31~43면)는 이승만 대통령을 이해하는 데 중요한 것으로 카리스마와 마키아벨리즘을 꼽으면서, 이승만은 카리스마와 마키아벨리즘이 조화를 이루는 인물이라고 평가한다.

가장 순수한 심정으로 겨레와 조국을 사랑한 것도 바로 이 순간이 아니었을까 한다."[41]라고 서술함으로써 민족의 이데올로기 싸움 앞에서 허망하게 죽임을 당한 김구도, 그 싸움에서 승기를 잡아 한 나라의 대통령이 되었던 이승만도 결국 순수하게 겨레와 조국에 대한 사랑만을 가지지는 않았을 것이라는 인식을 감추지 않는다.

이는 다시 '무식쟁이에 노름꾼'이었던 이종문이 자신의 부귀와 영달을 좇는 장면과 교차될 수밖에 없다. 결과적으로 놓인 자리가 어떠하든 개인은 그저 자신의 욕망과 신념을 지키려고 애쓸 뿐이라는 것이 이병주의 결론이 아닐까 한다.[42] 이병주는 이종문과 이승만이라는 인물이 빚어내는 서사를 병치시켜 연결함으로써 개인적인 욕망과 신념을 이루기 위한 노력의 과정이 역사가 이루어지는 방식임을 보여주려 했던 것이라 할 수 있다.

즉 이병주는 『산하』에서 역사 자체에 대해 비판과 기록이라는 의도와 함께 역사가 이루어지는 방식에 관한 문제를 다루려 한 것이다. 역사를 움직이는 것은 민족의 발전에 대한 개개인의 희생이나 사명감이 아니라 개인의 욕망일 수도 있음을 이종문과 이승만의 서사를 병치하여 드러내고, 개인의 욕망에 의해 이루어진 역사는 허망하다는 결론을 이끌어낸다. 이는 『산하』의 결말이 무소불위의 권력을 누리던 독재자 이승만은 타국

---

41) 『산하』 1, 12면.
42) 이러한 인식은 사업가로 정치에 뛰어든 부산 출신 사업가 장도근의 입을 통해 직접 기술되기도 한다.

"선거연설은 어떻게 합니까?"
이동식이 흥미가 없지도 않아 이렇게 물어보았다.
"연설? 마구 털어놓지, 별수 있습니꺼. 아무리 좋은 소리 해싸도 국회의원이 될라쿠는 건 제 잘 도리 라꼬 될라쿠는깁니더. 나라를 위한다꼬? 천만의 말씀. 민족을 위한다꼬? 천만의 말씀. 국회가 아무리 떠든다꼬 정치가 잘됩니까? 이승만 대통령 고집 꺾을 수 있습니까? 하기야 자기도 잘되고 나라가 잘되몬 그 이상 바랄 것이 없을깁니더. 나름대로 나라 잘되게 안 할 사람 없습니더. 그러나 자기가 잘될라꼬, 우선 그 욕심으로 국회의원 할라쿠는기지 별수 있소?(『산하』 7권, 118면.)

에서 죽고, 하늘을 찌를 정도의 세도를 누리던 이종문 또한 쓸쓸한 죽음을 맞는 것으로 드러난다. 그리고 이종문이 생명의 위험을 무릅쓰고 평양에서 가져온 수십억 원어치의 금괴 역시 세월의 흐름 속에 영원히 묻히게 되는데, 이병주는 이런 역사를 "아아, 이 산하! 이 땅에 생을 받은 사람이면 좋거나 나쁘거나, 잘났거나 못났거나 모두 이 산하로 화하는 것이다. 이미 이종문은 산하로 되어버렸다. 살아 있는 사람은 일단 산을 내려가야 하는 것이다."[43]라고 기술한다. 욕망의 크기나 시대에 미친 영향력과는 상관없이 한 사람의 인생은 결국 죽음으로 끝이 나고 종내는 기록으로 남을 뿐이라는 인식. 역사로 기록되는 이승만도 소리 없이 사라진 이종문도 그저 산하로 화할 수밖에 없다는 인식을 통해 이병주가 말하는 역사가 허망한 것임을 알 수 있다.

> 사실 소설이라고 하는 것이 여러 가지 복합적인 요소가 많고 또 많은 사명을 지니고 있겠지만 그중 가장 큰 것인 흔히 쓰이는 오소독스한 역사의식이 반드시 역사 그 자체를 옳게 전하지는 못하는 면이 많다는 겁니다. 말하자면 지도자 중심이거나 혹은 정권 중심으로 내려간다든지 또는 영웅주의적인 것으로 나타난다고 해도 그 사이에 여러 가지 배치되는 요소가 있고, 지식인의 고민이 있고, 서민의 애환이 있고, 하는 게 아닙니까? 우리가 역사 그 자체를 배경으로 볼 때 그것은 유형화된, 정리된 일종의 문서로서 생생한 민족의 슬픔이라든지 인간의 애환이나 기쁨 등등을 알뜰하게 표현할 수 없는 것입니다. 그런데 소설은 그런 역사의 뒤에서 생략되어버린 인간의 슬픔, 인생의 실상, 민족의 애환 등을 그려서 나타내주는 것이 그것의 큰 역할이라 하겠습니다.[44]

---

43) 『산하』7, 289면.
44) 남재희 · 이병주, 앞의 글, 237면.

이병주는 소설을 통해 역사라는 거대 담론 뒤에 가려진 '인간'의 삶을 다루려고 했으며, 그것이 문학의 역할이라고 믿었다. 그리고 그러한 역사가 인간의 욕망과 신념에 의해 이루어진다는 것을 『산하』를 통해 내보이고 있는 것이다.

이병주의 역사 소재 소설은 다층적으로 구성되는 경우가 많으며, 그것은 대부분 세 갈래로 구분할 수 있다. 그것은 기록자로서의 소설 쓰기, 특히 역사가 놓치기 쉬운 인간의 삶을 다각도에서 조명하려는 노력의 일환이었을 것이다. 그 중에서 『산하』의 다층적 서사는 보다 확장된 의미를 갖는다. 이병주는 단순히 혼란한 시대를 배경으로 출세하고 몰락했던 한 인물의 삶이나, 나라와 민족을 위해서라는 명목 아래 폭압적인 권력을 행사했던 한 대통령과 그의 시대에 대한 비판만을 다루려 했던 것이 아니다. 욕망의 성취를 위해 고군분투했던 이종문의 서사를 중심으로 이승만으로 대표되는 역사적 서사를 병치하고, 회색의 사상으로 대표되는 이동식의 서사를 배치하는 다층적 서사 구성은 이야기 전개 차원에서 단순하게 접합되는 것이 아니라 '역사가 이루어지는 방식'이라는 주제를 드러내기 위한 전략으로 사용된 것이다.


## 4. 나가며

이 글에서는 이병주의 대하장편소설 『산하』의 다층적 서사 구성을 실재 인물과 사건이 주를 이루는 기록적 서사, 또 다른 인물의 서사와 역사를 전달하고 비판하는 지식인 이동식의 서사, 격동의 역사를 배경으로 부침하는 이종문의 서사로 나누어 접근하여 『산하』가 가지는 의미를 밝히고자 하였다.

이병주는 『산하』에서 역사를 다룰 때 사실에 근접하기 위해 다양한 담론을 활용하였다. 신문기사, 증언, 메모, 일기 등은 그 형식이 훼손되지 않은 상태로 서사 내로 들어왔고 그것은 작가의 직접 요약이라는 형태와 더해져 서사 자체에 대한 신뢰를 강화했다. 한편, 이동식의 서사는 명분 없는 이데올로기에 회의적인 지식인을 통해 암울한 시대를 냉소적으로, 또 때로는 담담하게 전달하며 이병주가 시대를 읽는 방식을 직접 언명하는 역할을 담당한다.

그러나 『산하』를 보다 적확하게 읽어내기 위해서는 이종문이라는 인물이 갖는 특이성에 주목할 필요가 있다. 이종문은 이병주 소설의 다른 인물과는 출신 성분부터 다르다. 글씨를 모를 정도로 무식한 이 인물은 자신의 욕망에 충실한데 여기에 우연의 작용으로 성공에 이른다. 여타 지식인들이 시대에 절망하고 행동하기를 거부했다면 이종문은 욕망의 성취를 위해 시대의 불행을 자신의 기회로 탈바꿈하는 적극적인 인물이기도 하다.

그렇다면 이종문이라는 인물이 서사 내에서 갖는 의미는 무엇인가. 이종문은 불행한 역사가 만들어낸 부정적 인간 유형의 상징이나, 불합리한 시대의 역사를 비판하기 위한 방편으로만 기획된 인물이 아니다. 그것은 무식한 노름꾼에 불과했던 이종문이 가지고 있는 시대에 대한 감각이 당대 지식인을 대표하는 이동식의 시대 인식, 더 나아가 이병주가 갖는 시대 인식과 겹친다는 것을 통해 알 수 있다. 결국 이병주가 이종문이라는 인물의 서사를 통해 드러내고자 했던 것은 민족적인 사명에 앞서는 것이 개인의 욕망이라는 인식과 한 사람의 맹목적 신념이 가져오는 운명, 즉 역사의 변화에 대한 기록이 아니었나 생각한다. 그리고 그것은 이승만의 서사와 병치를 이루면서 개인의 문제에서 시대의 증언으로 그 의미가 확장된다 하겠다. 결국 『산하』의 다층적 서사는 역사 자체에 대한 기록이라는 의미에 덧붙여 역사가 이루어지는 방식에 대한 이병주의 인식을 드러내는 역할을 하고 있는 것이다.

## 참고문헌

### 1. 자료

이병주, 『산하』 1~7, 한길사, 2006.

이병주, '통일에 민족역량을 총집결하자', ≪국제신보≫ 年頭辭, 1961.1.1
_____, 『대통령들의 초상』, 서당, 1991.
_____, 김윤식 · 김종회 역, 『문학을 위한 변명』, 바이북스, 2013.
남재희 · 이병주, <'회색군상'의 논리>, ≪세대≫, 1974.
송우혜, 「이병주가 본 이후락」, ≪마당≫, 1984. 11.

### 2. 논저

김윤식 · 임헌영 · 김종회, 『역사의 그늘, 문학의 길』, 한길사, 2008.
김윤식, 「황용주의 학병세대」, 『2014년 이병주문학 학술세미나』, 이병주기념사
     업회, 2014.
김종회, 「이병주의 「소설 · 알렉산드리아」 고찰」, 『비교한국학』 16, 국제비교한
     국학회, 2008.
김주완, 『토호세력의 뿌리』, 불휘, 2005.
박병탁, 「이병주 역사소설의 유형과 의미 연구」, 경희대학교 석사학위논문, 2014.
손혜숙, 「이병주 대중소설의 갈등 연구」, 한민족문화연구 26, 한민족문화연구학
     회, 2008.
_____, 「이병주 소설의 '역사인식' 연구」, 중앙대학교 박사학위논문, 2011.
_____, 「이병주 소설의 역사서술 전략 연구」, 『비평문학』 52호, 한국비평문학
     회, 2011.

안경환, 「이병주와 그의 시대」, 『2009 이병주하동국제문학제자료집』, 이병주기
　　념사업회, 2009.

이광훈, 「행간에 묻힌 해방공간의 조명」, 『산하』 7, 한길사, 2006.

정미진, 「이병주의 소설에 나타난 종교의 의미」, 『국어문학』 58집, 국어문학회,
　　2015.

조남현, 『한국지식인소설연구』, 일지사, 1984.

추선진, 「이병주 소설 연구」, 경희대학교 박사학위논문, 2012.

H.포터 애벗, 우찬제 외 역, 『서사학 강의』, 문학과 지성사, 2010.

웨인 C. 부스, 최상규 역, 『소설의 수사학』, 예림기획, 1999.


≪매일경제≫, 1978. 5. 30.

≪동아일보≫, 1987. 7. 13.

# 이병주 소설의 대중성 연구

음영철(삼육대 교수)

## 1. 서론

오늘날은 대중의 시대이다. 사실 대중에 대한 의미는 사람마다 시대마다 다르다고 볼 수 있다. 오르테가 이 가세트(José Ortega y Gasset)에 따르면 사회는 "소수와 대중이라는 두 요소로 구성된 역동적 통일체"이고, 군중(crowd)이 양적인 의미를 지닌다면, 대중은 "특정한 기준에 따라 자신에 대해 선악의 가치판단을 내리는 것이 아니라, 자신을 '다른 모든 사람들'과 동일시하면서 불편함보다는 편안함을 느끼는 사람들 모두"를 일컫는 말이다.[1] 하지만 오늘날은 사람들의 인식 수준이 상승하면서 대중에 대한 개념이 수동적인 타자에서 능동적인 주체로 위치 변경을 하는 양상이다. 다시 말해 아도르노로 대표되는 프랑크푸르트 학파의 입장이 대중에 대해 진지하거나 숭고하거나 심오하지 않을 뿐만 아니라 경박하고 저속하다고 본다면, 현대사회의 대중은 소수에 지배당하지 않고 저항하고

---

1) 오르테가 이 가세트, 황보영조 역, 『대중의 반역』, 역사비평사, 2005, 19~20쪽.

반발하는 능동적 주체의 면모가 강한 것이다.[2] 하지만 여전히 대중에 대한 개념이 애매하고 불분명한 것은 사실이다.

대중에 대한 양가적 개념 못지않게 대중문학에 대한 정의 또한 긍정과 부정의 견해가 존재한다. 대중문학에 대한 논의가 대체로 대중에 대한 입장에 따라 다루어졌기 때문에 간단하게 명명할 수는 없다. 현재까지 대중문학에 관한 일반적인 생각은 '대중들이 즐기는 문학'이라는 것이다. 이는 대중문학을 소비자의 입장에서 바라본 것이다. 이는 산업화 시대의 대중 독자를 염두에 둔 정의이다. 문학이 소비재적 성격을 가진 것은 창작자보다는 수용자인 독자의 입장이 강화된 현대의 대중에게 맞는 정의이다. 이에 따라 상업성과 통속성을 갖는 문학이 출현한다. 여기에 해당하는 대표적 장르가 독자의 호기심을 충족시키고 재미를 끌어올리는 탐정소설이다.[3]

하지만 대중문학이 독자들의 욕망을 충족시키는 상품성의 확보에만 초점을 두는 것은 아니다. 안토니오 그람시(Antonio Gramsci)는 "대중에서 분리된 문학은 말라 죽는다."[4]고 주장하면서 "중요한 것은 새로운 문학이 있는 그대로의 대중문화의 토양에 해당 문화의 심미안과 경향, 그리고 그 도덕적·지적 세계—그것이 시대에 뒤떨어지는 것이든 관습적인 것이든 상관없이—와 함께 뿌리를 깊이 내리는 것"[5]에 있다고 하였다. 그람시가 말하는 대중문학은 당대의 대중문화의 토양에 기초해서—그것이 상업성과 통속성을 끌어올릴 수 있는 심미안을 갖추고—대중이 깨어날

---

2) 김중철, 『소설과 영화—서사성과 대중성에 대하여』, 푸른사상, 2000, 98쪽 참조.
3) 조성면에 따르면, 탐정소설은 "퍼블릭 아이의 역할을 대변하는 것처럼 보이지만 실상은 이를 이용해 스토리를 만들어 팔아야 하는 문화상품으로서의 속성을 벗어날 수가 없다."고 본다. 조성면, 『대중문학과 정전에 대한 반역』, 소명출판, 2002, 67쪽 참조.
4) 안토니오 그람시, 박상진 역, 『대중 문학론』, 책세상, 2003, 67쪽.
5) 위의 책, 101쪽.

수 있도록 하는 것이다. 이는 대중문학이 지배계급과의 싸움에서 대항 헤게모니가 되어야 함을 의미한다. 이와 같은 그람시의 인식은 사실 벤야민에게 영향을 받은 것으로 보인다. 벤야민 또한 그람시와 비슷하게 대중에 대한 유연한 사고를 보여준다. 그에 따르면 대중은 양가적 태도를 보인다는 것이다. 예컨대 영화를 관람하는 대중은 "영화는, 관중으로 하여금 비단 비평적 태도를 갖게 함으로써만이 아니라 그와 아울러 이러한 영화관에서의 관중의 비평적 태도가 주의력을 포함하지 않음으로 인해서 종교의식적 가치를 뒷면으로 밀어내고 있는 것이다. 관중은 試驗官과 같은 역할을 하지만, 그러나 그는 정신이 산만한 시험관"6)일 수밖에 없는 것이다. 이것은 본 연구자가 논의하고자 하는 대중미학의 양가성—진정성과 흥미성—을 영화관객인 대중의 입장에서 조명한 것이다. 그러면서 벤야민은 '정치의 예술화'를 표방하는 파시즘이 대중을 황폐화시킬 수 있음을 경고한다. "파시즘은 새로이 생겨난 프롤레타리아化한 대중을 조직하려 하고 있다. 그러면서도 대중이 폐지하고자 하는 소유관계는 조금도 건드리지 않고 있다. (중략) 파시즘이 정치의 예술화로 치닫게 되는 것은 당연한 역사적 귀결이다."7)는 것이다. 이와 관련해서 본 논문에서는 이병주의 소설이 갖는 대중성의 미학을 파시즘과 대중소설의 관계를 통해 규명하고자 한다.

1970년대 한국의 대중소설(Popular Novel)은 전대와는 비교할 수 없는 대중성을 확보한다. 이른바 소설의 시대로 불리는 1970년대에는 대중소설이 도시의 대중들을 사로잡은 것이다. 박경리·방영웅·황석영·조세희 등이 문학이 갖는 진정성으로 독자에게 다가간 작가라면, 최인호·조해일·한수산·이병주 등은 통속성으로 독자들의 욕망을 채워야만 했다.

---

6) 발터 벤야민, 심성완 역, 『발터 벤야민의 문예이론』, 민음사, 1983, 229쪽.
7) 위의 책, 229쪽.

이 두 작가군이 '대중성'8)을 확보했다는 측면에서 볼 때 이의는 없다. 그런데 이와 같은 두 작가군을 한쪽은 본격문학으로, 다른 쪽은 대중문학으로 설정한다. 그래서 전자가 70년대 소설을 대표하는 작가로 자리매김 된다. 한 마디로 본격문학을 우위로 보면서 대중문학에 대한 저급한 평가를 한 것이다. 하지만 이러한 문학에 대한 이분법은 대중에 대한 명확한 인식이 수반되지 않았기 때문에 문제가 있다. 앞에서 언급했듯이 양 작가군은 평론가의 인정에 앞서 대중성을 확보하였기에 유의미한 평가가 가능한 것이다. 그러하기에 본격소설과 대중소설이 대중성과 분리 불가능한 관계에 있다면, 이 둘을 이분하는 것보다 하나로 통합하는 것이 필요한 일일 것이다. 이러한 주장을 하는 것은 소위 본격소설이 대중성의 한 축인 진정성을 기반으로 하여 대중에게 저항의식 심어주었다면, 이와 다른 차원에서 대중소설은 통속성에 기초해 대중을 위안하고, 대중과 소통하며, 지배 이데올로기를 비판했기 때문이다.

이병주(1921~1992)는 1965년에 중편 「소설 · 알렉산드리아」를 『세대』라는 잡지에 발표하면서 등단한 작가이다. 이후로 이병주는 타계하는 순간까지 '대형작가'의 면모를 과시한다. 현재까지 그가 남긴 문학의 분량이 1백 권에 달하는 것으로 추정된다. 하지만 그가 남긴 많은 문학 적 성과에 비해 평단의 평가는 이제까지 부정적인 것이 사실이다. 이병주 문학에 대한 정당한 평가가 이루어지지 못하는 원인 중에 하나가 '대중적인 성격'이 강하다는 것이다.9) 하지만 소설은 작가의 윤리가 작품의 미학적

---

8) 김현주는 "상품으로서의 포장, 즉 교환가치에 치중하면서 현실의 모순을 직접적으로 대면하여 해결하려는 진지한 모색을 외면한 채, 저급한 문화적 취향을 지닌 분별력 없는 대중들의 말초신경이나 심미적 감각만을 자극하는 것이 대중소설의 보편적인 속성, 대중성이라고 속단할 수 없다. 대중성이란 대중들을 둘러싼 시대현실과 그들의 정서를 담고 있는 개념"으로 이해해야 한다고 주장한다. 논자는 이에 동의하면서 논지를 진행하고자 한다. 김현주, 「1970년대 대중소설 연구」, 『1970년대 문학연구』(민족문학연구소 현대문학분과), 소명출판, 2000, 185쪽 참조.

문제가 되는 유일한 장르임을 감안할 때, 통속성에 기반한 대중성을 다뤘다는 것에 문제가 있는 것이 아니라, 독자 대중에게 새로운 문학을 제시했느냐가 관건인 것이다. 왜냐하면 골드만이 지적했듯이 "소설이란 타락된 사회에서 타락된 형태로 진정한 가치를 추구하는 이야기"[10]이기 때문이다.

본 논문에서는 이병주 소설의 대중성을 연구하고자 한다. 먼저 독자층의 호응을 얻기 위해 그의 소설에 나타난 정치비판의 성격을 구명하고자한다. 이를 통해 70년대의 독자들이 주체적인 입장에서 현실을 비판할 수있도록 조력했다는 근거를 제시하고자 한다. 이어서 이병주의 소설을 중심으로 그의 소설에 나타난 대중성이 그의 전 작품에 나타난 진정성과 통속성을 결합한 양가적 미학에 있음을 증명하고자 한다. 이는 그의 대중과의 소통 능력을 검증하는 작업을 기초로 해서 이루어질 것이다.

---

9) 김종회는 이병주 문학이 저평가된 원인을 "역사적인 소설들과는 다른 맥락으로 현대사회의 애정문제를 다룬 소설들을 또 하나의 중심축으로 삼게 되었는데, 이 부분에서 발생한 부정적 작용이 결국은 다른 부분의 납득할 만한 성과마저 중화시켜버리는 현상을 나타내었던 것"이라고 보았다. 하지만 이는 본격소설과 대중소설을 이분법적 관점에서 분리해 평가한 것으로 이병주 문학의 전반적인 성격을 파악하는 데 도움이 되지 못한다. 이병주 소설은 초기작부터 최후작인 『별이 차가운 밤이면』에 이르기까지 일관되게 진지성과 통속성을 결합시켜 자신만의 대중미학을 추구한 작가이기 때문이다. 김종회, 「근대사의 격랑을 읽는 문학의 시각」, 『역사의 그늘, 문학의 길』(김윤식 · 임헌영 · 김종회 편집), 한길사, 2008, 106쪽 참조.

10) 골드만의 소설사회학적 관점은 진정한 가치가 내재적인 차원으로 끌려 들어감으로써 자명한 현실 모순이 사라지는 시대에 작가 개인보다는 작가가 속한 집단의 사회생활 속에 어떤 토대를 참고해야 올바른 평가가 가능하다는 이론을 전개한다. 이에 따르면 대중사회가 출현한 한국의 70년대 문학은 대중성을 추구한 그 자체에 대한 평가가 기존의 전통적 관점에서 벗어나 새로운 시각으로 평가해야 함을 입증한다고 하겠다. 루시앙 골드만, 조경숙 역, 『小說社會學을 위하여』, 청하, 1982, 20쪽 참조.

## 2. 정치비판과 지식인 독자층의 호응

70년대 한국사회는 '정치의 시대'이기도 했지만 한편으로는 산업화에 따른 중간층이 점차 성장하면서 향락과 소비문화에 대한 욕구가 지배적이었다.[11] 박정희의 유신체제가 조국 근대화와 같은 지상과제를 달성하기 위해 '훈육국가'의 규율을 강조하는 만큼 당시의 청년 대중들은 권위주의에 반발하여 장발과 미니스커트로 자신의 주체성을 표현하였다. 70년대의 청년 대중들은 박정희 체제에 순응하기도 하였지만, 대학에 소속된 젊은이들은 단속을 피하거나 저항하기도 했던 것이다.

한국의 소설문학은 이러한 시대적 상황에 대응하여 저항·순응·비판이라는 세 가지 유형으로 나타난다. 첫 번째 '저항 유형'에 해당하는 작품으로는 「객지」, 「난장이가 쏘아올린 작은 공」을 들 수 있다. 저항의 주체인 하층민의 일상을 다루면서 현실 모순을 전면에 부각시킬 수 있었던 것이다. 두 번째 '순응 유형'에 해당하는 작품에는 『풀잎처럼 눕다』, 『명기열전』, 『민비』를 들 수 있다. 이들 작품들은 현실과 거리를 두기에 독자들에게 위로와 흥미성을 심어준다. 하지만 저항과 순응이 교차하면서 지배 이데올로기에 비판적으로 접근하는 세 번째 '비판 유형'인 대중소설도 존재하였다. 『별들의 고향』, 『영자의 전성시대』, 『행복어사전』 등이 그러하다.

이병주는 「소설·알렉산드리아」를 통해 언론의 화려한 조명을 받았다. 문제는 이병주의 첫 작품이 박정희 군부에 대한 정치비판적 성격을 우회적인 방식으로 드러낸다는 것이다. 1966년 6월 6일자 『주간한국』과

---

11) 조희연은 "유신 이후 대학가에서 패배주의와 냉소주의가 확산되던 시기에 등장한, 이른바 통·블·생(통기타, 블루진, 생맥주)으로 상징되는 새로운 문화적 형태"가 70년대 청년문화의 주류가 되었다고 말한다. 조희연, 『박정희와 개발독재시대』, 역사비평사, 2007, 169쪽 참조.

의 인터뷰에서 이병주는 이 작품을 쓰게 된 동기를 아래와 같이 밝힌다.

> 5·16후 2년 7개월의 감방생활에서 풀려나와 옥중기라도 하나 남겨두고 싶었지만 그것은 약간 쑥스러운 것 같아 '픽션'의 형식으로 정리해 본 것이다.[12]

대중의 삶과 밀접하게 관련된 것 중의 하나가 정치이다. 정치가 일상의 삶에 긍정적으로 영향을 미칠 때는 그 힘이 드러나지 않지만, 부정적으로 나타날 때는 특정 권력의 이익을 가져오기에 대부분 그 실체가 드러난다. 왜냐하면 정치는 일상의 문제에 직결되기 때문이다. 인용문에서 알 수 있듯이 박정희 군부는 권력이 가진 힘을 이용하여 당시 쿠데타로 집권한 박정희 정치체제에 비판적이었던 지식인들을 사회로부터 격리하여 감옥에 보낸다. 이병주 또한 남북분단 상태를 타계하기 위해 기고한 신문 논설 2편이 문제가 되어 10년 형을 선고받은 것이다. 이병주는 자신의 필화사건을 계기로 언론인이 아닌 작가의 길로 들어선다. 이병주는 자신의 옥중체험을 계기로 알게 된 박정희 군부의 실상을 '논픽션'이 아닌 '픽션'의 형태를 통해 대중과 소통하고자 했던 것이다.

중앙문단에 정식으로 데뷔한 적이 없는 거의 무명에 가까운 이병주의 첫 소설이 지식인 독자들의 반향을 불러일으킨 것은 그의 감각적인 문체와 감옥체험에 따른 정치 비판에 있다. 여기서 감각적인 문체라 함은 사상을 가진 자의 불행한 현실을 자유가 넘치는 '알렉산드리아'와 대비해서 표현한 데 있다. 소설에서 주인공 '나'는 '형'이 신문 논설에 "이북의 이남화가 최선의 통일방식, 이남의 이북화가 최악의 통일방식이라면 중립통일은 차선의 방법은 되는 것이다. 그런데 이것을 사악시하는 사고방식은

---

12) 정범준, 『작가의 탄생』, 실크캐슬, 2009, 312쪽.

중립통일론 자체보다 위험하다.”[13]는 글이 실렸다는 이유만으로 감옥에 오게되었음을 밝힌다. 사상의 자유를 억압하고 언론을 통제하는 박정희 체제를 소설을 통해 비판하는 것이다. 소설은 논픽션이 아닌 픽션이기에 그에 따른 정치 보복을 피할 수 있기 때문이다. ‘지식인 수난사’에 해당하는 이 소설을 통해 당시의 많은 독자들은 언론의 자유가 부정되고, 사상의 자유가 억압된 현실의 실상을 파악할 수 있었던 것이다.

이병주의 소설에는 ‘지식인 수난사’를 소재로 한 작품이 많다. 『관부연락선』은 일제 말기의 지식인에 해당하는 학병세대가 노예와 같이 전락된 삶을 조명한 장편소설이다. 또한 이병주의 장편실록소설인 『지리산』은 좌우 이데올로기에 희생당하는 지식인 청년이 그려진다. 이 두 소설에서 주인공은 ‘영웅주의적 시각’을 벗어나지 못한 지식인으로 그려진다.[14] 이병주는 위의 소설을 통해 식민지 시대와 해방 정국의 혼란, 그리고 한국전쟁의 비극을 다루었으며, 무엇보다 지식인의 몰락을 가져온 이데올로기의 반인간적인 속성을 파헤친다. 그의 소설을 읽으면서 독자들은 일제 파시즘이 가져온 이데올로기의 폭력성이 해방 이후 이 땅의 지식인들을 사지로 내몰았음을 알게 된다. 또한 그러한 이데올로기의 희생양 중에 한 사람인 이병주를 통해 반공주의 외에 어떠한 통일론도 허용될 수 없음을 확인하게 된다. 이병주는 표현의 자유가 부재하는 남한의 정치 현실을 국가의 검열을 피하기 위해 원제목인 「알렉산드리아」가 아닌 「소설 · 알렉산드리아」를 통해 그려낸 것이다.

이병주는 소설을 통해 정치비판을 감행한 작가이다. 그의 정치비판은 역사적 현실에 기초한다. 임헌영은 그의 소설이 갖는 대중성이 정파를 초월해서 누구나 한번쯤 읽어야 한다고 역설한다.

---

13) 이병주, 『소설 · 알렉산드리아』, 한길사, 2006, 21쪽.
14) 김복순, 「‘지식인 빨치산’ 계보와 『지리산』」, 앞의 책(『역사의 그늘, 문학의 길』, 김윤식 · 임헌영 · 김종회 편집), 323쪽.

그럼에도 불구하고 이병주 문학은 아마 분단시대의 한 중요한 몫을 담당하고 있으니, 그건 철저한 인간주의적 입장에 서 있다는 점이며, 이 점 때문에 씨의 작품은 오늘의 한국문단이나 독자들 모두가, 어떤 특수 이념에 함몰된 작가나 탈이념을 추구하는 작가거나, 민족·민중 문학파나 그 반대의 순수파나, 분단 극복파나 분단 지지파나를 막론하고 누구나 일단은 거쳐야 할 우리 시대의 역사인식 방법론의 한 원형을 제시해주고 있다고 하겠다.15)

이병주가 지식인의 호응을 받을 수 있었던 것은 이데올로기에 함몰되지 않고 인간주의적 입장을 견지했기 때문이다. 그가 본격적인 작품 활동을 시작한 70년대는 박정희로 상징되는 유신시대이다. 당시의 한국사회는 산업화에 따른 계급모순과 분단에 따른 민족모순이 첨예하게 일상의 삶을 지배했던 것이다. 이러한 시대적 억압 속에서 이 땅의 지식인들은 지배계급의 이데올로기가 갖는 억압적 성격과 비인간적 면모를 이병주의 소설을 통해 해소했던 것이다. 물론 저항의 형식을 통해 시대정신을 보여준 여타의 작가들이 70년대 한국 사회에 존재했던 것 또한 사실이다.16) 이병주는 이러한 작가들과 달리 대중의 심리를 흡입할 수 있는 하나의 방편으로 이데올로기 비판적 인물들을 소설 전면에 등장시킨다. 『관부연락선』의 유태림, 『지리산』의 박태영이 그러하다. 이병주는 지배계급의 이데올로기를 비판하는 등장인물들을 통해 이데올로기의 폐해를 지적하고,

---

15) 임헌영, 「현대소설과 이념 문제」, 앞의 책(『역사의 그늘, 문학의 길』, 김윤식·임헌영·김종회 편집), 223쪽.
16) 이동하는 "그들은(소설가들—논자 주) 유신시대의 지배체제가 물질적인 부를 최고의 가치로 규정하고 정신적·문화적 요소를 무시하는 데 반발하여 정신적·문화적 요소의 중요성을 강조했고, 그 지배체제가 빈부격차의 문제를 방치 내지 조장하는 데 반발하여 평등한 세상에로 다가가는 길을 모색했으며, 그 지배체제가 인권유린과 언론탄압을 일삼는 데 반발하여 인권의 존엄성과 언론 자유의 소중함을 열정적으로 부각시켰다."고 분석하였다. 이동하, 「유신시대의 소설과 비판적 지성」, 『1970년대 문학연구』(문학사와 비평연구회), 예하, 1994, 24~25쪽 참조.

이데올로기보다 사람을 중시하는 인간애를 드러낸다. 이처럼 이병주는 지식인 주인공을 통해 개인의 삶에 절대적인 영향을 끼치는 국가정치의 폐해를 지적하고 대중들의 인식지평을 넓혀준 것이다. 그러하기에 임헌영은 이병주의 소설이 하나의 '역사인식 방법론'을 제시한 유의미한 작품이라고 평가한 것이다.

이병주의 정치비판이 적나라하게 드러난 작품으로는 『그해 5월』을 들 수 있다. 증언문학에 가까운 이 소설을 두고 임헌영은 "작가의 분신이 아닌 작가 자신을 등장시켰다는 점 말고도 유난히 실록적 요소가 강해서 소설이라기보다는 차라리 '5·16의 역사적 평가를 위한 한 우수한 관찰자의 기초자료 모음집' 같다."[17]고 하였다. 그만큼 이 작품에는 박정희 장기집권 18년 간의 역사가 총망라되어 있다. 특히 주인공 이사마의 입을 통해 "비분의 눈물이 마르기도 전에 일본군 출신의 하급장교를 국가의 원수로서 받들게 되었다는 사실이 민족사적으로 비극이 아닐 수 없다는 것이며, 겨우 돋아난 민주헌정의 싹을 유린한 쿠데타로 인해 정권이 찬탈되었다는 사실이 민주정치사적으로 비극이었다."[18]고 말하게 함으로써 이병주는 박정희 군부 파시즘 체제에 대해 신랄한 정치비평을 가한다. 소설미학적으로는 증언적 자료의 과잉으로 인해 인물 형상화의 미흡이란 평가가 가능하지만, 이 작품이 독자의 공감을 불러일으킨 요소는 권력을 창출하는 체제에 나름으로 비판을 가하는 지식인의 수난사를 구체적이고 실증적인 자료들을 픽션의 형식으로 보여주었기 때문이다.

이병주의 단편 소설인 「쥘부채」 또한 지배 이념에 순응하지 않은 장기 복역자를 다룬 작품이다. 무기력한 동식이 어느 날 우연히 주은 쥘부채를 통해 알게 된 남한의 실상은 서대문 형무소에 무기, 20년, 15년, 10년 짜

---

17) 임헌영, 「기전체 수업으로 접근한 박정희 정권 18년사―<그해 겨울>」, 앞의 책 (『역사의 그늘, 문학의 길』, 김윤식·임헌영·김종회 편집), 450쪽.

18) 임헌영, 위의 책, 451쪽.

리 장기수가 존재한다는 사실이다. 이 작품은 여자 장기수 신명숙이 죽어서까지 자신을 사랑한 강덕기를 순정한 마음으로 따른다는 내용이다. 통속적인 사랑 이야기로 보이지만 이 소설의 결말은 결코 통속적이지 않다. 동식이 두 사람의 형사에 의해 경찰서에 연행되어 심문을 받기 때문이다.

> 심문은 조금씩 사이를 두고 꼭같은 심문의 반복으로 열 시간이나 끌었다. 호기심 이외에 아무런 이유도 배후의 인물도 없다는 것이 밝혀지자 동식은 풀려나왔다. 그때 경찰관이 다음과 같이 말했다.
> "쓸데없는 호기심을 버리란 말야. 동백림 사건 같은 것도 그 호기심 때문에 저질러진 것이다. 따지고 보면 잠깐 동안 불쾌했겠지. 그러나 이해해라. 모두가 국가의 안전을 위한 일이다. 대한민국의 신경이 조그만 틈서리도 놓치지 않고 이처럼 경계를 치밀히 하고 있다는 것을 안 것만 해도 좋은 일이 아니야."[19]

이병주는 이처럼 사랑 이야기를 다루는 소설이라 할지라도 대중의 말초 신경에 따르기보다 정치비판을 한다. 그는 일상에서 너무나 쉽게 인권이 보호받지 못하는 초라한 현실을 포착하고 사랑 이야기 속에 부조리한 현실 문제들을 겹쳐넣은 것이다. 일상적 차원에서 한 개인의 호기심이 국가에 의해 금지되어야만 하는 현실은 악몽이다. 그러한 현실이 70년대 한국사회였고, 파시즘이 지배하는 공간이었음을 이 소설은 통속적인 '사랑 이야기'에 '국가의 심문은 정당하다'는 논리를 끼워놓으므로 진정성을 드러낸다. 이러한 연애와 정치의 방정식을 소설의 전면이 아닌 삽입을 통해 각인시키는 것이 이병주 소설의 특징이다. 이는 일상의 생활공간을 지배하는 파시즘의 광기가 박정희 체제에 있었음을 비판하기 위해서이다. 결국 이 소설은 르페브르의 '계획되고 프로그램된 사회'[20]라는 개념에 근접

---

19) 이병주, 「쥘부채」, 『소설 · 알렉산드리아』, 한길사, 2006, 221쪽.
20) H. Lefebvre, *The Survival of Capitalism*, Allison & Busby, 1976, 11~15쪽.

한 이와 같은 사회에서 개인은 주체성을 상실하고 정권에 순응하는 대중으로 전락할 수밖에 없음을 제시한 것이다.

이제까지의 논의를 정리하면, 이병주는 작가로서의 출발을 하기 이전에 신문사 주필로 있었다. 언론인으로서 그의 정치의식은 이때 대중들을 상대로 펼쳐진 것이다. 하지만 그의 중립통일론에 관한 사설이 남한의 위정자들에게 반공주의 외의 다른 방법론을 제시한 것이기에, 이병주는 감옥에 가게 된다. 그로 인해 그는 언론의 자유가 탄압받는 부조리한 현실을 논픽션이 아닌 소설을 통해 드러낸다. 70년대에 오면서 이병주는 왕성한 필력을 동원한 그의 대중소설을 통해 일제 말기와 해방 그리고 한국전쟁을 경험한 이 땅의 지식인들의 수난사를 형상화한다. 당시의 지식인 독자들은 지배계급에 대한 비판적 목소리를 직간접적으로 작가의 분신이라 할 수 있는 주인공을 통해 알게 되면서 그의 소설 세계에 빠져들었던 것이다. 이병주가 자신의 소설을 통해 파시즘 체제에 대한 정치 비판을 하면서 일관되게 주장한 것은 휴머니즘이다. 그리고 그 핵심에는 박정희 군부 파시즘 하에서 사상의 자유가 부정되고, 인권이 억압되는 불행한 일상적 삶의 단면을 제시한 것에 있다.


## 3. 양가적(진정성과 통속성)미학과 대중성의 확보

이병주의 소설에서 중심축을 이루는 것은 본격문학이 추구하는 진정성과 대중문학이 추구하는 통속성이 결합되어 문학적 가치를 손상하지 않는 수준에서 대중미학을 추구한 것에 있다. 이형기는 이러한 이병주 문학의 특성을 "재미는 재미대로 맛보게 하면서 또 작품의 문학적 가치는 그것대로 흠 없이 살려나간다."[21)]고 했다. 한국전쟁 이후 60년대의 총아로 각광받은 김승옥의 대중성은 '도시적 감수성'에 있다. 당시에 도시 대중들은 김승옥을 통해 "자신들의 취향뿐만 아니라 감수성을 계발했고, 그것에 주입"[22]되었던 것이다. 그것도 짧은 시간에. 최혜실은 『행복어사전』을 분석한 글에서 김종광, 박민규, 이명랑과 이병주가 닮았다는 혐의를 지울 수가 없다고 말한다.[23] 본고에서는 이병주가 70년대 많은 대학생에게 인기를 끌었던 그의 대중소설들을 중심으로 그의 진정성과 통속성이 결합된 양가적 미학과 그에 따른 대중성을 논하고자 한다.

대중소설은 앞에서 논의한 바와 같이 어떤 관점에서 보느냐에 따라 다양한 정의가 존재한다. 많은 대중들, 특히 지식인 독자들은 이병주의 소설을 선호하였다. 그 이유는 그의 소설에는 본격문학이 추구하는 진정성과 대중소설을 비난할 때 사용하는 통속성이 결합되어 나타났기 때문이다. 물론 일반적으로 말해 통속성에는 지배 이데올로기를 은폐하고 허위의식을 조장하는 현실 순응적 측면이 강하게 나타나는 것은 사실이다. 하지만 통속성은 본격 문학이 기피하는 대중의 욕망과 지배 계급에 대한 풍자와 그로 인한 재미가 내장되어 있는 것 또한 부인할 수 없는 사실이다. 이병주는 「그 테러리스트를 위한 만사」을 통해 '역사의 심판'을 국가가 회피할 때, 개인이 테러의 방식으로 나서는 문제를 제기하여 독자 대중들의 정치 토론을 유발시켰다. 또한 그의 단편인 「철학적 살인」에서는 치정에 따른 '정당한 살인'은 단죄할 수 있는지의 여부를 성찰하게 만들기도 했다.

이병주의 소설에는 정치적 자유가 부재하는 현실을 다룬 작품으로 진정성이 과잉되어 미적 수준이 낮은 소설 또한 존재한다. 예컨대 『그해 5월』을 들 수 있다. 이 작품은 박정희 정치 체제 18년을 기록한 작품으로

---

21) 이형기, 「지각 작가의 다섯 가지 기둥」, 앞의 책(『역사의 그늘, 문학의 길』, 김윤식 · 임헌영 · 김종회 편집), 177쪽.
22) 백문임 외, 『르네상스인 김승옥』, 앨피, 2005, 178쪽.
23) 최혜실, 「한국 지식인 소설의 계보와 <행복어사전>」5권, 한길사, 2006, 359쪽 참조.

문학을 통해 역사를 가르쳐 준다. 하지만 계몽주의적 시각으로 인해 독자들은 역사의 기록을 확인할 뿐 대중미학의 핵심 요소인 재미를 느끼지 못한다. 한 마디로 비소설적 요소들인 역사적 기록만이 소설의 대부분을 차지하면서 소설적 정형에서 벗어난다.

이병주는 『허상과 장미』, 『낙엽』과 같은 소설 등에서 알 수 있듯이, 시대정신과 동떨어진 애정 문제와 사회 윤리에 초점을 둠으로써 지배 이데올로기에 의해 관리되는 '대중을 위한' 소설을 쓰기도 하였다.[24] 하지만 이병주는 '사랑'을 테마로 한 통속성이 강한 작품을 통해 딜레탕티즘[25]을 한 차원 높인 작가로 정의하기에 부족하지 않다. 예컨대 단편소설인 「삐에로와 국화」는 남북한 체제에 따른 억울한 죽음을 북쪽에서 온 전남편을 고발한 어느 여인의 비극을 통해 부각시킨다. 소설 말미에 강신중이 "알았다. 알았어. 자네 소설이 싱거운 까닭을 이제사 알았다."[26]라고 말한 것은, 남한의 실상을 있는 그대로 다루지 못하고 통속성을 가미해야 하는 이병주의 소설작법을 우회적으로 표현한 말이기도 하다. 다시 말해 이 소

---

24) 김현주는 독자 대중의 자발적으로 만든 '대중에 의한' 소설과 지배 이데올로기에 의해서 관리되는 '대중을 위한' 소설을 구분한다. 이러한 관점에서 볼 때, 이병주의 실패한 소설은 후자적 성향이 강하다. 이는 대중이 소외되고 순응하게 된 현실을 비판적으로 다루지 못했기 때문이다. 김현주, 『대중소설의 문화론적 접근』, 한국학술정보, 2005, 36쪽 참조.

25) 이재복은 이병주의 문학이 부정적인 평가를 받아온 근거가 딜레탕티즘에 대한 그릇된 이해에서 비롯된다고 보고, 역사가 허구를 압도하는 한국의 불행한 상황에서 유희적인 글쓰기를 감행하는 것이 "진지하지 못한 작가라는 비난"을 감수해야 하는 입장에 선다고 보았다. 그에 따르면 이병주의 문학은 딜레탕티즘에 대한 나름의 정립이나 자의식이 없는 단순한 즐김(유희)으로 볼 수는 없다고 주장한다. 이러한 평가에 논자는 동의하면서 이병주의 소설에 나타난 딜레탕티즘은 사회적 의미를 담은 통속성에 있음을 밝히고자 한다. 이병주 소설에 나타난 통속성은 긍정적이든 부정적이든 한국 사회의 단면을 드러내는 유용한 개념이기 때문이다. 이재복, 「딜레탕티즘의 유희로서의 문학 – 중ㆍ단편 소설들」, 앞의 책(『역사의 그늘, 문학의 길』, 김윤식ㆍ임헌영ㆍ김종회 편집), 419쪽 참조.

26) 이병주, 「삐에로와 국화」, 『그 테러리스트를 위한 만사』, 한길사, 2006, 257쪽.

설은 박정희 파시즘 체제의 본질을 꿰뚫은 것으로 한국의 반공주의는 불고지죄를 통해 더욱 굳어짐을 알게 한다. 본격문학이 진정성을 추구하면서 작품의 긴장미를 추구한다면, 이와 달리 이병주의 소설은 통속성의 본질인 재미와 진정성의 영역인 삶의 비극성을 결합하여 새로운 대중미학을 제시한다.

이병주의 『행복어사전』[27]은 한 사회의 역사적 기록이 통속성을 갖게 되면 은폐되지만, 노출된 것 그 이상으로 그 사회의 본질을 드러낼 수 있다는 사실을 보여준 대하소설이다. 계몽주의에 기초한 진정성이 너무 강해서 소설적 형상화에 실패한 소설이 『그해 5월』이고, 통속성이 지나쳐 작품의 긴장미를 잃어버린 소설이 『낙엽』이라면, 『행복어사전』은 이 두 요소-진정성과 통속성-가 조화를 이룬 수작이다.

이 작품은 두 가지 서사를 중심으로 진행된다. 하나가 서재필의 애정담이라면, 다른 하나는 70년대의 남한의 사회상이다. 작품의 서사는 애정담이 중심축이 되어 서사를 리드하고, 사회상은 애정담의 어느 지점에 끼워진다. 독자들은 재미있게 책을 읽으면서 70년대 한국 사회가 갖는 시대모순을 깨닫게 되는 것이다. 이처럼 이병주의 대중미학은 양가적 미학이라 할 수 있는 통속성과 진정성이 균형적으로 결합되어야만 그 효과를 극대화할 수 있는 것이다.

신문사 교정부에서 일하는 서재필은 소시민 근성이 철저한 인물이다. 그는 신문사에서 일하는 차성희를 연모하지만 안민숙이나 김소영으로부터 성적 충동을 느끼기도 한다. 그의 여성편력기는 한 여인으로 만족하지 않는다.

---

27) 이병주, 『행복어사전』1권~5권, 한길사, 2006.

> 나는 그 계집아이들을 보며 비린내 나는 에로티시즘이란 말을 창안
> 해보았다. 차성희의 에로티시즘은 코스모스를 담은 에로티시즘이라
> 면 안민숙의 에로티시즘은 해바라기의 에로티시즘, 김소영의 에로티
> 시즘은 암소갈비 맛이 나는 에로티시즘이라면 이 집 아이들의 에로티
> 시즘은 비린내가 나는 에로티시즘일 수밖에 없다.[28]

차성희는 이 작품의 제목이기도 한 '행복어사전'의 공저자로 등장하는 인물이다. 자신이 연모하는 여성을 두고, 서재필은 '코스모스를 담은 에로티시즘'에 비유한다. 코스모스에 비유된 부유한 가정의 차성희는 소시민 서재필과 인연을 맺기엔 너무 고차원적이고 냉정하다. 반면, 서재필에게 안민숙은 해바라기 속성처럼 그를 따르고자 하는 여성으로 볼 수 있다. 김소영은 정신적 사랑이 아닌 육체적 관계로 맺어진 여성으로 '암소갈비 맛이 나는 에로티시즘'에 비유한다. 게다가 서재필은 할 수만 있다면 "차성희와 김소영을 동시에 사랑"(1권 317쪽)하고자 한다. 이처럼 서재필의 여성편력기는 재미라는 층위에서 통속성과 밀접한 연관성이 있다.

소설의 초반부에서 차성희와 안민숙은 서재필과 삼각관계에 있다. 하지만 이들은 서로 서재필과 결혼할 사람은 자신이 아니라고 주장한다. 그로 인해 서재필은 자신이 진정 원하는 사람이 누구인지 헷갈린다. 차성희는 서재필과 '행복어사전'을 만드는 것이 가능하다고 말하지만, 서재필은 자신의 가난한 처지로 인해 차성희를 행복하게 할 수 없다는 자괴감에 시달린다. 소시민 근성이 그로 하여금 '행복'에 대한 이상 추구보다는 현실에 대한 냉엄한 인식을 갖게 한 것이다. 그로 인해 서재필은 차성희와의 만남에 부담을 갖는다. 지극히 통속적인 사랑 이야기다. 하지만 이병주는 서재필과 육체적 관계를 맺은 김소영에 관한 이야기를 하면서 그녀의 비극을 서사에 끼워 넣는다. 이병주의 특기인 양가적 미학이

---

28) 이병주, 『행복어사전』 1권, 앞의 책 276쪽.

이 작품에서도 균형지게 나타나는 것이다.

> "간첩인데도 신고 안 하면 큰일나는 것 아닙니까예. 우라부지는 그
> 랬다고 옥살이를 하다가 죽었어예. 엄마는 그 때문에 목매어 죽고예."
> "그렇다고 아무라도 간첩으로 몬단 말인가?"
> "무턱대고 간첩으로 몬 건 아니라예."
> "하여간 네가 신고를 한 그 사람은 간첩이 아냐. 그러니 잘못했다고
> 해. 그래야 죄가 가벼워진다."
> 검사는 김소영의 죄를 추궁하기보다 잘못했다는 말을 듣고 싶어 안
> 타까운 심정인 것 같았다.
> ─(중략)─
> "돌팔이 의사를 가장한 간첩에 틀림이 없어예. 우라부지는 삼촌을
> 간첩이라고 신고 안 했대서 옥살이를 하고 그 딸은 간첩 신고를 했대
> 서 옥살이를 해야 한다면 전 옥살이를 하겠어예.29)

이병주는 서재필과 관련된 김소영으로 하여금 70년대 한국 사회의 어
두운 단면을 드러낸다. 아버지는 불고지죄로 인해 국가에 의해 희생당한
사람이고, 그의 딸은 아버지의 죽음에 충격을 받아 수상한 사람을 보면 간
첩으로 오인하여 신고하게 되는데 그로 인해 무고죄로 재판을 당하는 상
황이다. 이병주는 이처럼 서사의 핵심원리인 진정성과 통속성을 결합하여
작품을 읽는 독자에게 재미와 긴장을 갖게한다. 이는 그의 대중미학이 철
저하게 시대인식에 기초하고 있음을 말해주는 것이다. 70년대 사회는 이
처럼 간첩과 직간접적인 관계에 있는 사람들이 억울하게 옥살이를 하거나
죽거나 하면서 반공주의가 지배적이었던 것이다. 반공법 위반 혐위로 실
형을 살고 나온 이병주는 이러한 일상적 삶이 되어버린 반휴머니즘적 정
치체제를 통속성으로 에워싸며 그 비극적 실상을 끼워넣는다. 최혜실은

---

29) 이병주, 『행복어사전』 2권, 앞의 책, 70쪽.

이러한 이병주의 소설 기법을 '시침떼기', '유머'라고 언급하였다.[30]

이병주의 사회상을 반영한 시침떼기식 서술 방식은 『행복어사전』 곳곳에서 발견된다. 예컨대 윤두명은 신문사 입사시험에 수석을 차지했지만 좌익운동을 하다 처형당한 아버지 때문에 교정부원의 지위에 만족한다. 70년대 한국사회는 명문대를 졸업한 사람일지라도 신원이 불확실한 사람은 자신의 실력발휘를 할 수 있는 기회가 박탈당한 사회라는 것을 알게 하는 사례다. 구봉우란 인물을 통해서는 출세에 눈이 먼 검사가 자신의 궂은 일을 도맡아온 애인을 배신한 이야기도 나온다. 이것은 산업화이후 신분상승에 대한 욕망이 사랑마저도 교환가치로 치부해버리는 세태를 담고 있는 것이다. 그밖에 실력 있는 선배는 대학의 교수가 되지 못하고, 삼촌 때문에 가족들은 감옥에서 죽거나 풍비박산이 나고, 말 한마디 잘 못하면 경찰서로 끌려가 취조를 받고 고문을 당하는 현실을 작가는 '시침떼기' 식으로 묘파해낸다. 70년대 한국 사회에 대한 이러한 양가적(진정성과 통속성) 미학을 통한 서술들은, 한국 사회에 정치적 자유가 부재하고 소시민으로 전락할 수밖에 없는 무기력한 사회라는 인식을 파편적으로 보여준다. 무엇보다 이병주는 『행복어사전』을 통해 도저히 행복할 수 없는 근원적 원인으로 개인의 일상적 차원을 지배하는 파시즘을 제시한다. 그것도 가족사의 아픔을 체험하고 그로 인해 반공주의가 몸에 벤 김소영이 무고죄로 감옥에 가게 되는 현실을 통해 제시한 것이다.

이병주의 대중미학을 논하면서 빼놓을 수 없는 것이 그의 문체이다. 정명환이 언급했듯이 "한 작품의 문체는 적절하거나 적절하지 못할 따름이며, 그것은 인격의 소산이 아니라 언어와 주제와의 합치 여하에 따라서 결정된다."[31]고 보아야 할 것이다. 문체가 글을 쓰는 사람의 도덕적 인간

---

30) 최혜실, 앞의 책, 361쪽.
31) 정명환, 「문체는 인간이다」, 『문학을 생각하다』, 문학과지성사, 2003, 76쪽.

성을 나타내는 것이 아니라면, 적어도 작가의 개성을 알 수 있는 기호는 될 것이다. 그것이 많은 독자로 하여금 대중성을 확보한다면 이에 대한 연구가 필요하다. 특히 70년대 많은 대학생이 선호했던 『행복어사전』의 경우 베스트셀러라는 평판이 있었음을 감안할 때, 그러한 연구는 더욱 필요하다. 이형기는 이병주의 문장이 갖는 특성을 언급한다.

> 그의 문장은 종래의 우리나라 소설에서 거의 전례를 찾아볼 수 없을 만큼 화려하고 다양하고 또 지성적이다. 방대한 독서량이 뒷받침하는 해박한 인용과 에스프리가 번득이는 아포리즘, 그리고 정력적인 입심이 그것을 호화롭게 수놓고 있는 그의 문장은 그래서 또 풍성한 볼륨을 갖는다. 한마디로 그것은 동양화가 아니라 농도 짙은 서양 유화를 연상케 하는 육식민족의 문장이다.32)

이병주의 소설은 방대한 책을 섭력한 데서 우러나오는 인문고전에 대한 해박한 인용과 소설 내용에 걸맞는 아포리즘이 화려하고 장식된 작품이라 할 것이다. 황순원의 문장이 시처럼 행간의 의미를 다 드러내지 않는 동양화의 수묵화라면, 따라서 빈 여백을 통해 독자로 하여금 많은 상상을 하게 만드는 것이라면, 이병주는 단편이 아닌 장편 소설가답게 긴 호흡으로 유장한 필력을 과시한다. 그래서 채색화라기보다는 오히려 유화라고 볼 수 있는 것이다. 화면을 꽉 채워야만 하는 유화처럼 이병주의 문장은 말의 향연을 들려주는 것이다. 이러한 기존 문단과 거리를 둔 화려하고 남성적인 문장은 그의 자유주의 정신으로부터 연원한다고 볼 수 있다. 호흡이 긴 그의 문장은 단편보다는 장편에 알맞다. 인용문에서 알 수 있듯이 이병주의 문장은 ① 해박한 인용 ② 아포리즘 ③ 풍성한 볼륨으로 세분할 수 있다. 이병주는 누구보다도 방대한 독서를 한 작가로 유

---

32) 이형기, 앞의 책, 181쪽.

명하다. 김윤식은 이병주가 타계했다는 소식을 들었을 때, "경제학 원서로 가득 채워진 그의 서재를 구경하는 일도, 헬리콥터에 관한 질문도 이제 영영 불가능하게 되고 말았다."[33]며 안타까워했다. 이병주는 살아생전 『허망과 진실』이라는 책에서 동서양 고전들을 서평한 적이 있다.

애서가인 이병주는 『행복어사전』에서도 그의 장기인 인용적 글쓰기를 잘 보여주었다. 3권의 시작은 W. H. 오든의 "우리들은 서로 사랑해야 한다/그렇지 못하면 죽음이다"(3권 7쪽)로 시작한다. 독자들은 이병주의 소설을 읽으면서 해박한 인용에 따른 재미를 느낀다. 그로 인해 작가에 대한 신뢰성이 생기고, 그것은 소설을 통해 교양의 축적이라는 효과로 이어진다.

이병주의 소설은 과장을 조금 섞으면 아포리즘, 그 자체라 볼 수 있다. 무엇보다 서재필이 차성희와 공저로 만들고자 한 '행복어사전' 제1장은 아포리즘으로 되어 있다. 서재필이 "행복을 위한 모든 조건을 단연 거부해야 한다"(2권 153쪽)라고 쓴 것은 행복의 조건을 거절했을 때, 남게 되는 불행한 조건은 자신의 선택에 의한 것이기에 고통일 수 없기 때문이다. 고통을 감내해야 하는 것이 사랑이라고 믿는 것이다. 제3장은 "오해를 하는 사람은 오해받을 짓을 하는 사람보다 나쁘다."(2권 153쪽)로 되어 있다. 그런가 하면 『행복어사전』에 나온 소제목들은 아포리즘의 전시장이라 할 수 있다. 예컨대 『행복어사전』은 "인간을 행복하게 하는 의도는 신의 창조계획엔 포함되어 있지 않다."라는 아포리즘을 필두로 하여, 책 전체가 저자의 원숙한 통찰이 잘 드러나게 배치된 소설인 것이다.

이병주의 문장이 풍성한 볼륨으로 되어 있다는 것은 대화체가 많다는 것이다. 공지영은 이병주의 소설 『지리산』과 『산하』를 논하면서 남성적

---

33) 김윤식, 「학병 세대의 내면 탐구」, 『문학과 역사의 경계에 서다』, 바이북스, 2010, 81쪽.

글쓰기의 호쾌함이 드러나 있다고 했다.[34] 박경리의 『토지』가 모성적 글쓰기인 반면, 이병주는 몇 개의 빼어난 문장이 갖는 잔재주로는 따라갈 수 없는 체험에서 우러나오는 역사와 삶에 대한 깊은 깨달음이 있었던 것이다.

그가 작가로의 길을 가는 데 있어서 결정적인 영향을 준 표도르 도스토예프스키의 『악령』에는 '결사(結社)와 집회'의 공포가 나온다.[35] 그의 모든 소설을 관통하는 원리는 어떠한 주의나 단체에 종속되어 이데올로기에 희생되는 인간의 비극을 다룬 것이다. 이병주는 자신의 삶 속에서도 문단과 일정 부분 거리를 두면서 창작 활동을 한 작가이다. 그런 그가 문단의 주류로부터 벗어나 단편소설이 아닌 장편소설을 문학의 본령으로 삼고, 대화체가 아닌 묘사 위주의 문장에 비판적이었던 것은 일면 그의 반항에 가까운 자유로운 삶과 문체가 일치한 면모라 할 것이다. 이러한 요소는 결국 대중 독자들에게 문체의 희소성을 깨닫게 하여, 그의 대중성을 살리는 긍정적 요소가 되었다고 볼 수 있다.


## 4. 결론

본 논문에서는 70년대 소설을 연구하는 분석틀인 본격문학과 대중문학의 이원화된 관점을 하나로 통합하여 이병주의 소설이 갖는 대중성을 연구하였다. 연구 결과 이병주의 소설미학은 진정성과 통속성이 결합된 새로운 문학의 창출에 있었음을 알 수 있었다. 대중 독자들은 이병주의 소설을 읽으면서 시대의 아픔을 느낌과 동시에 통속적인 소시민의 삶의

---

34) 공지영, 「산하가 된 그 이름」, 위의 책, 30쪽 참조.
35) 이병주, 『허망과 진실』1, 생각의 나무, 2002, 108~109쪽 참조.

애환을 발견하게 된다. 이는 문학이 고래로부터 추구한 교훈적 요소와 쾌락적 요소가 그의 소설에 내재함을 뜻한다. 이병주는 대중과 소통하면서 독자들의 인식 지평을 넓혀준 대형작가였던 것이다.

2장에서는 이병주 소설에 나타난 정치비평의 성격을 대중성과 연관하여 살펴보았다. 연구 결과 이병주는 독자들이 동시대의 모순을 깨닫게 하기 위한 방편으로 정치비판을 감행한 것으로 보인다. 독자들은 그의 작품을 읽으면서 일제 때부터 박정희 군부독재시기에 이르기까지 이 땅을 지배한 파시즘의 폭력성을 확인할 수 있다. 이병주는 그러한 이데올로기의 희생양 중에 한 사람이었고, 사상의 자유가 부재한 남한의 현실을 그의 첫 작품인 「소설·알렉산드리아」를 통해 그려낸 것이다. 이병주의 소설은 이제 어느 사상을 가진 사람이건 '역사인식 방법론'을 제시한 전범이 되기에 부족함이 없는 것이다.

이병주가 지배 이데올로기가 갖는 폭력성을 비판하면서 일관되게 주장한 것은 휴머니즘이다. 그리고 그 중심에는 박정희 군부 파시즘에 대한 대항 헤게모니로서 대중주체가 자리한다. 대부분의 작가들이 본격문학의 진정성을 추구하는 과정에서 작품의 긴장미를 추구한다면, 이와 달리 이병주의 소설은 지식인에서 소시민에 이르기까지 통속성의 본질인 재미와 진정성의 영역인 삶의 비극성을 결합하여 새로운 소설미학을 제시한다. 바로 이 지점에서 이병주의 소설은 희소성이 있고, 대중성을 확보했다고 본다.

3장에서는 이병주의 양가적 미학이 조화된 작품이 『행복어사전』임을 구체적 근거를 들어 제시하였다. 이병주의 작품 중에서 계몽주의에 기초한 진정성이 너무 강해 미적 형상화에 실패한 소설이 『그해 5월』이고, 통속성이 지나쳐 작품의 긴장미를 잃어버린 소설이 『낙엽』이라면, 『행복어사전』은 이 두 요소―진정성과 통속성―가 융합된 작품으로 70년대 독자들의 호응을 받았으며, 대중성을 확보한 작품으로 평가하였다. 또한 그의 대중성의 근원에는 철저한 시대인식이 자리잡고 있음을 확인할 수 있었다. 70년대 사회는 반공주의가 지배적이어서 억울하게 감옥살이를 하거나 집안이 풍비박산이 났다. 불고지죄와 무고죄는 일상적 삶이 되어버린 것이다. 반공법 위반 혐의로 실형을 살고 나온 이병주는 이러한 일상적 삶의 불행한 파편들을 『행복어사전』에 집어넣어 행복을 꿈꾸지만 행복할 수 없는 현실을 비판한 것이다.

이병주의 소설이 대중성을 확보한 또 다른 토대 중에 하나는 문체이다. 이병주는 고전에서 따온 해박한 인용과 아포리즘을 자신의 소설에 일관되게 구사한다. 체험을 통해 얻은 삶에 대한 통찰력과 독서로 다져진 역사와 세계에 대한 인식은 그의 소설에 녹아들어 당시의 많은 대중들에게 기쁨을 주었던 것이다. 이러한 이병주를 일컬어 풍성한 볼륨의 작가, 혹은 대형작가라 불러도 손색이 없을 것이다. 이병주는 문단의 주류로부터 벗어나 단편소설이 아닌 장편소설을 문학의 본령으로 삼았으며, 단문 위주의 문체에서 벗어나 대화체를 중심으로 작품을 창작한 작가이다. 이러한 기존 문단과 거리를 둔 양식은 그의 반항에 가까운 자유로운 삶과 문체가 일치한 면모라 할 것이다. 이러한 복합적인 요소가 결합된 이병주의 문학은 70년대 대중들의 미감을 사로잡았으며, 미래의 대중들에게도 긍정적인 영향을 끼칠 것이다.


## 참고문헌

1. 기본자료
이병주, 『관부연락선』, 한길사, 2006.
이병주, 『지리산』, 같은 책.

이병주,『산하』, 같은 책.

이병주,『그해 5월』, 같은 책.

이병주,『행복어사전』, 같은 책.

이병주,『소설 · 알렉산드리아』, 같은 책.

이병주,「쥘부채」,『소설 · 알렉산드리아』, 같은 책.

이병주,『그 테러리스트를 위한 만사』, 같은 책.

이병주,「삐에로와 국화」,『그 테러리스트를 위한 만사』, 같은 책

이병주,『허망과 진실1』, 생각의 나무, 2002.


## 2. 논문 및 단행본

공지영,「산하가 된 그 이름」,『문학과 역사의 경계에 서다』, 바이북스, 2010.

김복순,「'지식인 빨치산' 계보와『지리산』」,『역사의 그늘, 문학의 길』, 한길사,
          2008.

김윤식,「학병 세대의 내면 탐구」,『문학과 역사의 경계에 서다』, 바이북스, 2010.

김종회,「근대사의 격랑을 읽는 문학의 시각」,『역사의 그늘, 문학의 길』, 한길
          사, 2008.

김중철,『소설과 영화—서사성과 대중성에 대하여』, 푸른사상, 2000.

김현주,「1970년대 대중소설 연구」,『1970년대 문학연구』, 민족문학연구소 현
          대문학분과, 소명출판, 2000.

김현주,『대중소설의 문화론적 접근』, 한국학술정보, 2000.

루시앙 골드만, 조경숙 역,『小說社會學을 위하여』, 청하, 1982.

문학사와비평연구회, 이동하,「유신시대의 소설과 비판적 지성」,『1970년대 문
          학연구』, 예하, 1994.

발터 벤야민, 심성완 역,『발터 벤야민의 문예이론』, 민음사, 1983.

백문임 외『르네상스인 김승옥』, 앨피, 2005.

안토니오 그람시, 박상진 역,『대중 문학론』, 책세상, 2003.

오르테가 이 가세트, 황보영조 역,『대중의 반역』, 역사비평사, 2005.

이재복,「딜레탕티즘의 유희로서의 문학—중 · 단편 소설들」,『역사의 그늘, 문
          학의 길』, 한길사, 2008.

이형기,「지각 작가의 다섯 가지 기둥」,『역사의 그늘, 문학의 길』, 한길사, 2008.

임헌영, 「기전체 수업으로 접근한 박정희 정권 18년사-<그해 5월>」, 『역사의 그늘, 문학의 길』, 한길사, 2008.
임헌영, 「현대소설과 이념 문제」, 『역사의 그늘, 문학의 길』, 한길사, 2008.
정명환, 「문체는 인간이다」, 『문학을 생각하다』, 문학과지성사, 2003.
정범준, 『작가의 탄생』, 실크캐슬, 2009.
조성면, 『대중문학과 정전에 대한 반역』, 소명출판, 2002.
조희연, 『박정희와 개발독재시대』, 역사비평사, 2007.
최혜실, 「한국 지식인 소설의 계보와 <행복어사전>」 5권, 한길사, 2006.
H. Lefebvre, *The Survival of Capitalism*, Allison & Busby, 1976.

# 이병주의 『별이 차가운 밤이면』에 나타난 전쟁 체험과 내셔널리티

추선진(경희대)

## 1. 서론

이병주는 소설을 통해 학병세대[1]의 전쟁 체험을 기록[2]하고자 했다. 이병주뿐만 아니라 학병세대는 '체험적 글쓰기'에 적극적이었는데, 지식인으로서 전쟁의 비극성을 고발해야 하는 사명감과 그들 스스로도 그 비극성에서 해방되어야 하는 필요성을 인식하고 있었기 때문이었다.[3] 뿐만 아니라 식민지 조선의 지식인으로서 일본군으로 전쟁에 참여해야 했던 학병세대에 대해 '변명'[4]하기 위해서였다.[5] 학병세대에게 전쟁은, 그리

---

1) 학병세대는 태평양 전쟁 시기 일본이 조선인에 대한 전면적인 징병제 실시에 앞서 1943년 실시한 대학생 지원병 제도를 통해 입영한 학병이었거나 그 학병과 연관되어 있었던 세대의 통칭이다.
2) 이병주는 사관(史官)으로서의 소설가의 모습을 지향했다. 학병세대에게 소설은 자신의 체험을 기록하여 남기기 위한 서사인 경우가 많다.
3) 김윤식, 『일제말기 한국인 학병세대의 체험적 글쓰기론』, 서울대학교출판부, 2007, 머리말.

고 학병으로의 징집은 불가항력과도 같은 운명이었다. 그것을 감내하기 위해 학병세대가 겪었을 내적 고통은 역사가 보상해 주지 못한다면 문학으로나마 기록되어야 한다는 것이 이병주의 문학관이다.

학병의 대상이 되었던 대학생 곧 식민지 지식인들은 일본의 교육제도 하에서 성장하고 근대사상을 습득한 이들이다. 이들은 입신출세주의 교육 이념과 교양주의 사조를 세대 의식으로 가지고 있는데6) 특히 큰 영향을 미친 것은 일본 유학 당시의 주류 사조였던, 파시즘과 전쟁에 반대하는 인민전선사상이었다.7) 따라서 학병에 자발적으로 동참한 이는 거의 없었다.8) 식민지 조선인으로서의 내셔널리티9)에 대한 인식이 있었기 때

---

4) 이병주는 「변명」(1972)이라는 단편소설을 발표하기도 했다. 「변명」에서 작가는 역사가 기록하지 않은 진실을 기록하는 것이 소설의 책무라고 주장한다.

5) "그러나 예외일 수 없이 우리의 세대가 후진들로부터 가장 불신을 받고 있는 세대라는 점을 알아야 한다.(중략) 역사의 고빗길마다 항상 가혹한 시련에 부딪혀야 했던 우리의 세대가 동정을 사기커녕 가혹한 비난의 대상이 되어있다는 것은 참기 어려운 일이지만 엄연한 사실인 것을 어떻게 할 도리가 없다. (중략) "당신들은 일제에 학병으로 갔다고 하는데 그 동기와 이유가 뭡니까?" 나는 학병에 간 사람이면 누구나 할 수 있는 일반적 이유에다 내 개인의 사정을 곁들어 설명했다.(중략) 공격은 그로서 멎지않았다. "그런 과오에 대한 반성은 어떤 형식으로 했느냐" "이 나라의 진정한 자주독립을 위해서 무슨 일을 했느냐" "38선의 철폐를 위해서 어떤 노력을 했느냐" "이 나라 민주주의를 실현하기 위해 무슨 짓을 했느냐" "6·25를 어떻게 받아들이였으며 6·25때 무슨 일을 했느냐" 나는 할 말을 잃었다. 그러나 나는 변변히 못하지만 우리 학병출신 가운데 나라를 위해 혁혁한 공훈을 세운 사람이 많다는 얘기와 더불어 몇 가지 사례를 들기로 했는데 그들은 그 모두를 개인의 출세주의 이기 근성에 의한 야욕으로 번역해버렸다.(중략) 수십만청년 가운데 고등교육의 특권을 향유할 수 있었던 소수청년으로서의 민족에 대한 책무를 다한 것으로 칠 수 없다는 결론이었다.(중략)어쨌든 이런 불신을 씻고 우리의 세대를 구제해야 한다."
이병주, 「다시 인생을 출발하는 기백을 갖자」,『1·20학병사기 제3권 광복과 홍국』, 1·20학병사기간행위원회 편, 삼진출판사, 1989, 671~673쪽.

6) 김윤식,『일제말기 한국인 학병세대의 체험적 글쓰기론』, 서울대학교출판부, 2007, 43~51쪽.

7) 안경환,『황용주 그와 박정희의 시대』, 까치, 2013, 96쪽.

8) 위의 책, 155쪽.

9) 본고에서 내셔널리티는 국적과 정체성의 의미를 모두 포함하는 개념으로 내셔널리

문이기도 했다. 이 때문에 학병으로 동원되었던 이들의 내적 갈등은 심각할 수밖에 없었다. 이병주는 학병세대의 사상을 "회색의 사상"[10]이라고 명명했고 "가치관의 혼란"[11]이라고 설명했다.

이병주 역시 1930년대 후반 일본으로 건너가 유학 생활을 하면서 조선인으로서의 내셔널리티에 대해 인식하게 된다. 제국에서 절감하게 된 식민지인으로서의 내셔널리티는 이병주가 가졌던 지식인으로서의 우월감과 자존감을 훼손하는 것이었다. 이에 대한 반발로 이병주는 조선인으로서의 내셔널리티에 자긍심을 부여하기 위한 노력도 한다.[12][13] 그러나 곧 이병주는 1944년 1월 20일 대구의 일본 제20사단 제80연대에 입대하게 되고 같은 해 중국 소주에 배치된다.[14] 학병으로 동원되어 일본군대에 소

---

즘이 팽배했던 시기에 개인이 가지게 되는, 내셔널리즘과 연관된 정체성의 문제를 의미한다. 내셔널리즘이 팽배했던 시기, 곧 이병주가 형상화해내고 있는 태평양전쟁기 일본의 식민지인 조선과 조선인이라는 배경 내에서 개인의 내셔널리티는 단순한 국적의 문제가 아닌 정체성과 윤리의 문제까지 야기할 수 있는 복합성을 가진다. 따라서 본고에서 사용하고 있는 내셔널리티는 일반적인 의미의 내셔널리티보다 확장된 의미를 지향하며 특정 시대를 반영하는 개념이다.

10) 이병주 · 남재희 대담, 「회색군상의 논리」, 『세대』, 1974. 5, 240쪽.
11) 위의 글, 240쪽.
12) 『관부연락선』에는 한일합방에 가담한 조선인들을 제거하는 임무를 띤 원주신의 행적을 찾는 유태림의 모습이 나타난다. 이병주의 소설은 대부분 자전적 서사이며 이 때문에 등장인물 중에는 이병주의 분신과도 같은 인물이 등장하는데 유태림 역시 그러하다.
13) 내셔널리티에 자긍심을 부여하는 것은 곧 조국애, 민족애를 가지게 되는 것을 의미한다. 이러한 조국애 역시 내셔널리즘에 의해 만들어지고 강제된 것이다.
니시카와 나가오, 윤대석 역, 『국민이라는 괴물』, 소명출판, 2002, 54쪽 참조.
14) 소주 지방은 당시 중지전선에 속했고, 이 전선에 배치된 이들은 거의 간부후보생이 되었다고 한다.
"중지전선에 배치되었던 한국의 학병들은 모두 그 원불원을 떠나 간부후보생에 편입해 있었으므로 우리는 모두 간부 후보생 상등병 마아크를 달고 있었다."
신상초, 「사선을 넘은 분노」, 1 · 20학병사기간행위원회 편, 『1 · 20학병사기 제1권 시련과 극복』, 삼진출판사, 1989, 735쪽.
이병주가 일본군 장교가 되기 위한 훈련을 받는 간부후보생이었다는 기록은 없으

속되면서 열등한 식민지인이자 일본인으로서의 내셔널리티를 강제 받게 된다. 내셔널리즘이 극대화되어 있는 전쟁이라는 배경 속에서 '중국인 살해'를 통해 일본인으로서의 내셔널리티를 각인 받게 되는 폭력적인 과정을 겪으면서 이병주는 조선인으로서의 내셔널리티를 유지할 수 있는 자격이 박탈되었다고 인식하게 된다.[15] 따라서 이병주가 분열된 자신의 정체성을 회복하고 내적 갈등에서 벗어나기 위해서는 내셔널리티를 초월해야 했다. 이에 이병주의 소설에는 트랜스내셔널리티[16]를 지향한 인간애가 표출된다.

김윤식[17]은 『관부연락선』, 『지리산』, 『별이 차가운 밤이면』을 학병세대의 의식세계를 담은 "이병주 문학의 3부작"[18]이라고 평가한다. 특히 『별이 차가운 밤이면』은 『관부연락선』과 『지리산』과는 다르게 양반 지주 계층의 인물이 아닌 양반 첩의 자식이자 노비 신분을 가진 인물이 등장하고 있다는 점에 주목한다. 이에 김윤식은 『별이 차가운 밤이면』이 학

---

나, 정황상 가능성을 찾을 수 있다.
15) 중국인 포로 살해 사건은 이병주의 「겨울밤」(『소설 · 알렉산드리아』, 한길사, 2006, 252~254쪽)에 등장한다.
16) 본고에서 트랜스내셔널리티는 내셔널리티를 극복하고 초월하고자 지향하는 태도나 성향으로 정의한다. 트랜스내셔널리티라는 명명은 트랜스내셔널리즘에서 기인한다. 트랜스내셔널리즘은 내셔널리즘을 극복하기 위한 새로운 역사학의 방법으로 제기되었으며, 그 의미는 "횡단국가적, 초국가적, 통국가적, 탈국경적이라는 의미를 함축하고 있다"(윤해동, 「트랜스내셔널 히스토리의 가능성」, 『역사학보』 200권, 역사학회, 2008.12, 35쪽) 트랜스내셔널리즘은 내셔널리즘이 거론할 수 없는 부분을 지향한다는 점에서 반 내셔널리즘이면서 탈 내셔널리즘적인 방향성을 가진다.
17) 김윤식, 「노비출신 박달세와 청춘과 야망─미완성 최후작 '별이 차가운 밤이면'」, 이병주, 『별이 차가운 밤이면』, 문학의 숲, 2009,
_____, 『일제말기 한국인 학병세대의 체험적 글쓰기론』, 서울대학교출판부, 2007. 『별이 차가운 밤이면』에 대한 연구는 김윤식의 논의가 전부다. 미완결된 작품이기 때문일 것이다.
18) 김윤식, 「노비출신 박달세와 청춘과 야망─미완성 최후작 '별이 차가운 밤이면'」, 이병주, 『별이 차가운 밤이면』, 문학의 숲, 2009, 630쪽.

병세대의 계급적 한계를 "무의식 속에서나마 보이기 위해 쓰였다"[19]고 파악한다. 이병주의 유작『별이 차가운 밤이면』[20]은 김윤식이 지적한 특이성 외에도 내셔널리티에 대한 본격적인 논의를 내재한 인물이 전면적으로 등장하는 유일한 작품이다. 이 작품의 주인공은 스스로 조선인으로서의 내셔널리티를 포기한 인물이다. 학병세대이기는 하지만 예외적인 인물인 박달세를 통해 이병주는 내셔널리즘이 팽배했던 시기에 처했던 학병세대의 내셔널리티를 재현하고 비판한다.


## 2. 학병세대와 내셔널리티

학병세대가 처한 파시즘 시기, 내셔널리즘은 국민 통합을 위한 강력한 이데올로기로 작동했다. 내셔널리즘은 국가도 가족과 같은 자연적이고 본래적인 존재라는 인식을 생성하게 되었기에 국민들에게 내셔널리티는 운명과도 같은 것이 되었다. 일본은 1872년 학제를 성립하고 1873년부터 징병령을 선포하는 등 '국민화 프로젝트'를 가동[21]하여 국가를 위해 죽을 수 있는 명예를 가진 사람[22]으로서의 국민을 만든다. 학병세대 역시 일본의 교육제도 하에 성장하면서 이러한 내셔널리티에 대한 인식을 체득하게 되었다. 조선에서 보통학교를 졸업하고 일본의 대판고등학교를 거쳐 동경제국대학을 다닌 박달세 역시 마찬가지였다.

1944년 학병 출진기. 박달세 역시 학병 동원 대상이었다. 그러나 박달

---

19) 김윤식, 앞의 책, 669쪽.
20)『민족과 문학』1989년 겨울 호부터 1992년 봄 호까지 총 10회 연재되었고, 1992년 4월 이병주의 타계로 연재가 중단되었다.
21) 우에노 치즈코, 이선이 역,『내셔널리즘과 젠더』, 박종철출판사, 1999, 19~20쪽 참조.
22) 위의 책, 27쪽.

세는 일본 경찰 쓰네요시의 도움으로 학병 동원을 피해 상해로 간다. 그리고 그 곳에서 창씨개명한 조선인 이라이닷세의 내셔널리티를 포기하고 일본군 특무 대위 엔도오 키미마사의 내셔널리티를 덧입는다.

> 밤 차창에 비친 일본 장교복 차림의 자기의 모습을 달세는 신기한 괴물을 보는 눈으로 응시하며 시간을 보냈다.[23]

한 때 일본군이 될 수밖에 없었던 학병세대의 현실이 일본군 장교가 된 박달세의 모습과 중첩된다. 작가는 일본 장교복을 입은 박달세를 "신기한 괴물"에 비유한다. 자신이 처한 상황에 대한 철저한 반성이 없는 박달세에게는 조선인으로서 일본군 장교복을 입은 자신의 모습이 "신기한 괴물"에 불과했겠지만, 일본군이었던 현실로 인해 심각한 내적 분열을 겪어야 했던 학병세대 특히 작가에게 그 모습은 "괴물"과도 같았다. 학병세대의 혼재된 내셔널리티는 인간으로서의 정체성마저 부정하게 만드는 요인으로 작동하기도 한다.

대외적으로 규정된 엔도오의 임무는 상해의 조선인들을 감시하는 것이었다. 주로 학병으로 동원되었다가 일본 군대에서 탈출하여 조선을 독립시키기 위한 활동을 벌이는 공작원들이거나 중경을 근거로 활동하는 임시 정부 요인들이었다. 일본군에서 탈출하여 독립운동을 벌이는 학병세대의 모습을 통해 작가는 학병세대의 위신을 세울 수 있는 역사적 행적을 기록한다. 박달세는 일본에게서 조선이 독립하는 일은 불가능하다는 판단 하에 일본을 돕지만 상해의 조선인들과 대면하는 일이 늘어갈수록 심각한 내적 갈등을 겪게 된다.

---

23) 이병주, 김윤식 · 김종회 엮음, 『별이 차가운 밤이면』, 문학의 숲, 2009, 411쪽.

내 세상인 양 상해의 거리를 활보하고 있는 일본인에 섞여 엔도오 대위는 자기 속의 조선인 박달세의 의식을 묵살할 수도 잠재울 수도 없었던 것이다.[24]

박달세의 내적 갈등의 원인은 내셔널리티에 대한 인식 때문이다. 신분의 제약에서 벗어나기 위해 일본인 행세를 하게 된 순간부터 조선인으로서의 내셔널리티는 삭제되었기 때문이다. 독립투사이자 공산주의자였던 김산의 일대기가 담긴 『아리랑의 노래』를 읽으면서부터 박달세의 내적 갈등은 본격적으로 시작된다.

하지만 김산은 당당한 모습으로 달세 앞에 서 있다. 도리 없이 달세는 스스로를 반성해 보지 않을 수 없었다. 달세는 조선의 독립이 불가능하다고 보고 불가능한 길을 택하느니보다 일본에 협조하여 지금의 상황보다 조금이라도 나은 방향으로 조선을 이끌고 가야겠다는 사상의 소유자이다. 그러니 달세와 김산은 전연 반대되는 길을 걷고 있는 셈이다. 김산의 눈으로 보면 달세는 분명히 적 진영에 속한 자이다. 그렇다고 해서 달세가 김산을 적으로 칠 수 있을까. 달세는 생각에 잠겼다.

(중략)

'나는 그완 다르다. 그는 백일몽을 꾸고 있는 사람이다. 나는 현실주의자이다. 그는 패배를 향하여 달리고 있다. 내가 노리는 것은 현실적 인간으로서의 승리이다.'

달세가 말하는 '현실적 인간으로서의 승리'란 것이 무슨 뜻일까. 이상을 노리는 노력은 언제가 실패의 결과밖엔 더 될 것이 없으니 적당하게 타협하고 말자는 패배주의의 선언에 지나지 않는 것이지만 달세의 사고력은 그 뜻을 분석할 수 있는 데까진 미치지 못했다. 더더구나 현실적 인간으로서의 승리를 노린 행위가 어쩌면 인간으로서의 타락, 인간으로서의 몰락으로 통할지도 모른다는 사정을 알 까닭이 없었다.[25]

---

24) 이병주, 앞의 책, 420쪽.
25) 위의 책, 381~382쪽.

작가는 서사에 개입하여 박달세의 현실주의적인 사고방식이 "인간으로서의 타락"과 "몰락"을 자초했다고 분석한다. 그동안 박달세는 눈앞의 현실에만 급급하여 학생인 자신을 경외시하고 자신의 복수를 실행시키는 데 도움을 아끼지 않았던 일본인들만을 좇아왔다. 일본의 교육 제도 하에서 성장하면서 일본 교육이 지시하는 관점으로만 세상을 파악해 왔다. 지식인임에도 불구하고, 비판하고 반성하여 자신만의 철학을 만드는 노력을 하지 않았다. 그러나 일본이 패망할 것이라고 주장하는 중경 임시 정부 관련 인물을 취조하면서 비로소 객관적으로 정세를 파악해가기 시작한다. 세계정세에 대한 새로운 지식들을 받아들이게 되면서 자신의 삶을 되돌아보게 된 박달세는 일본인으로서의 내셔널리티 역시 언젠가는 포기해야 할 것이라고 인식하고 중국 이름을 만든다.

작가는 박달세가 처한 전쟁기에 자신의 내셔널리티를 포기한다는 것, 그것도 점령국의 내셔널리티를 가진다는 것은 "사람"이 되기를 포기하는 것과 같은 일이라고 언급한다. 점령국에 기생하는 "곤충"과도 같은 존재라는 자기 모멸적인 인식으로 인해 박달세의 내적 갈등은 절정에 달한다. 내셔널리티란 본능과도 같은 것[26]. 어머니를 배신하는 것. 어머니에 대한 그리움을 놓치지 않고 살아가는 박달세에게 이러한 인식은 스스로를 학대하게 만든다. 결국 박달세는 "혼자만의 패배"를 맞게 되고 인간으로서의 자신을 상실하게 된다. 중국인으로서의 내셔널리티를 덧입는 것이 박달세가 자신을 되찾는 방법이 될 수는 없었다. 작가는 결국 자멸하는 길을 택한 박달세를 줄곧 비판적인 시선으로 바라본다.

박달세의 처지는 학병세대의 특수한 경우에 해당될 것이다. 그러나 내셔널리티의 문제로 인해 극심한 정신적 방황을 겪는다는 점에서는 학병

---

26) 박달세가 살았던 시공간에서 내셔널리티는 곧 본능이었다. 이러한 국민국가 이데올로기가 가지는 환상성은 1980년대 베네딕트 앤더슨이나 호미 바바에 이르러서야 본격적으로 해체되기 시작한다.

세대의 내적 갈등의 양상과 동일하다. 게다가 학병세대의 전쟁기 내셔널리티 문제는 현재까지도 논란의 여지를 남기고 있다. 학병 동원은 거부할 수 없는 운명과도 같은 것이었다는 이병주의 "변명"은 절대적인 공감을 얻기에는 설득력이 부족하다. 소수이기는 하지만, 학병 동원을 거부한 이도 있었으며, 징집되었다고 하더라도 탈출한 이들이 있었기 때문이다. 학병세대 전체에 대해 불신의 소리를 높였던 이후 세대, 이른바 4·19세대의 비난이 이병주의 변명보다 더욱 설득력 있게 다가오는 것이 사실이다. 그러나 이러한 학병세대의 한계를 분석적으로 바라보는 것은 유효한 작업이다. 무엇보다 당대 최고의 지식인으로서 자기 세대의 한계를 절감하고 글쓰기로 남긴 이가 바로 학병세대였기 때문이다. 『별이 차가운 밤이면』은 학병 세대의 이러한 내면적 고뇌가 드러나 있는 서사이다.


## 3. 내셔널리티와 신분제도

박달세가 조선인으로서의 내셔널리티를 포기한 가장 큰 이유는 전근대적인 제도인 신분제도 때문이다. 조선의 신분제도는 일본의 점령 하에 들어가면서 폐지되어 1920년대에는 존속되고 있지 않았으나 실생활에서는 엄존하고 있었다. 여전히 양반은 인간으로서의 존엄성을 유지할 수 있는 계급이었고 상민, 그것도 노비는 더더욱 인간일 수 없는 계급적 한계를 가지고 있었다. 따라서 노비인 어머니에게서 태어난 박달세는 처음부터 인간일 수 없었다. 그런데 박달세에게는 또 다른 이름이 있었다. 아버지 최진사가 준 최순직이라는 이름이다. 노비 신분에서 벗어날 수 있는 이 가능성으로 인해 박달세의 내면과 삶은 극심한 부침을 겪게 된다. 어머니는 박달세를 최순직으로 입적시켜 인간다운 삶을 살게 되기를 소망한다. 박달세를 길러준 아버지인 박재돌은 어머니의 소망이 허황된 것이라고 판단하고 현실적인 해결책을 제시한다.

> "나는 달세를 학교에 보낼끼라. 크몬 순사로 만들 끼다. 순사가 되기만 하면 양반들도 꿈쩍 못해. 갈티 정 선달 종 아들이 작년에 순사가 되었지 뭔가. 고향에 돌아왔는디 정 선달까지 그 앞에서 말조심을 하더란다."[27]

순사가 되는 것은 곧 점령자인 일본 제도의 집행자로서 일본 사회의 구성원으로 본격적으로 편입된다는 것을 의미한다. 순사가 되면 식민지의 신분제도는 극복할 수 있는 것이 된다. 일본의 제도는 달세와 같은 노비 신분을 가진 이들이 인간으로서의 존엄성을 가질 수 있는 수단이 된다. 그래서 달세는 순사가 되기 위해 교육을 받는다. 그러나 일본의 제도에 접근하는 것이 쉬운 일은 아니었다. 당시 보통학교를 다니는 아이들은 많지 않았고, 있다고 하더라도 대부분 양반댁 자제들이었다.

> 1920년대의 초입엔 도회지를 빼곤 시골에선 대개 그런 현상이 아니었던가.
> 일부 개명한 집안이 아니고선 자제들을 학교, 그때 보통학교라고 했는데 학교에 보내려 하지 않았다. 원인의 하나는 일본에 대한 반발이었고, 다음 원인은 완고하거나 무식한 탓이었고 다른 이유는 한 달에 월사금 50전을 내야 한다는 부담을 감당하기엔 대부분의 농가가 극단하게 가난했다는 데 있었다.[28]

> "그렇지. 그러니 너도 나와 같이 부자가 돼야 해. 뭐니뭐니 해도 돈이 제일이라 쿠다라. 요즘 세상엔 양반 상놈 없다 카더라만 돈이 없으

---

27) 이병주, 앞의 책, 2009, 57쪽.
28) 위의 책, 82쪽.

면 상놈인 기라. 그런깨 돈을 벌어야 해. 알았재?

(중략)

"그러나 넌 돈 벌 생각 말고 자꾸 1등할 생각만 해. 계속 1등만 하고 있으면 수가 터질 끼라. 교장 부인 말씀이 계속 1등만 하고 있으면 넌 크게 출세할 끼라 쿠더라."

"출세가 뭣고?"

"높은 사람이 되는 거지. 높은 사람이 되면 돈 벌 생각 안 해도 돈이 절로 들어오는 기라."[29]

"사범학교는 안 좋아. 넌 고보로 가든지 일본 가서 중학교에 가든지 해야 해. 고보나 중학교를 나와야 대학에 갈 수가 있고 대학을 나와야 판검사나 군수가 될 수 있대. 교장 선생님 사모님으로부터 들었다. 달세와 같은 우수한 사람은 그렇게 해야 한데여."[30]

경제적인 뒷받침이 있어야 교육을 받을 수 있고 교육을 받아야 부를 축적할 수 있었다. 교육을 받을 수 있는 계층은 주로 선대로부터 축적된 재산을 가진 양반 계층이었다. 학비로 인한 경제적인 부담을 덜 수 있는 곳으로 사범학교가 있었다. 그러나 사범학교 진학 역시 노비 계층인 박달세에게는 불가능한 일이었다. 교사가 되어도 신분으로 인해 학생과 학부모들에게 거부당할 수 있으며, 조선인이기에 "높은 사람" 곧 교장이 될 수 없었다. 박달세와 같은 노비가 교육 제도에 편입되는 것은 현실에서는 불가능한 일이었으나, 박달세는 일찌감치 타지로 나가 막노동을 한 박재돌이 벌어들인 돈으로 보통학교를 졸업할 수 있었다.

그럼에도 불구하고 박달세는 결국 학비가 없어 상급학교에 진학하지 못했다. 그러나 일본인 교장 부인의 주선으로 일본 대판에서 일을 하며 야간 중학을 졸업, 결국 대판고등학교를 거쳐 동경제국대학 법학부에 진

---

29) 이병주, 앞의 책, 112쪽.
30) 위의 책, 138쪽.

학하게 된다. 박달세의 목표는 상향 조정된다. 고등문관시험에 합격하여 일본 사회의 상층부로 진입하여 조선의 신분제도에서 벗어나겠다는 계획이었다. 이렇게 집요한 박달세의 입신출세주의는 곧 신분제도에 기인한 것이었다. 작가는 전근대적인 제도(신분제도)가 근대적인 제도(교육제도)와 연계되는 지점을 발견한다.

특히 작가는 박달세의 행적을 통해 입신출세를 가능하게 하는 일본인과의 협력을 지적하기도 한다. 아이러니하게도 서사의 전반기, 박달세를 멸시하지 않고 도움을 주는 것은 모두 일본인이었다. 일본인은 박달세가 학업을 지속할 수 있도록 도움을 주고(보통학교 교장, 교장부인, 히구찌씨), 인간으로서 환대와 우정을 주고(사헤끼), 심지어는 더듬거리는 일본어로 길을 물어도 친절히 가르쳐준다. 박달세는 신분의 차별을 두지 않는 일본의 교육 제도 덕분에 교육을 받고 일본어를 배움으로써 모든 사람들이 경외의 눈으로 바라보는 대판고등학교, 동경제국대학의 학생이 될 수 있었다. 박달세는 어느덧 조선은 암울하고 불결하나 일본은 "살아있는 사람들의 보람 같은 것"을 느낄 수 있는 곳이라 여기게 된다. 박달세의 사고는 서서히 친일적인 방향으로 변화한다.

게다가 박달세에게 중요한 것은 같은 아버지를 두고 있음에도 신분이 다르다는 이유로 자신을 업신여긴 최진사의 둘째 아들 최순영에 대한 복수였다. 노비 신분에서 벗어나는 것은 복수의 방법이기도 했다. 신분 문제로 발생한 갈등을 해결하고 신분의 제약에서 벗어나겠다는 생각 때문에 박달세는 일본의 교육 체제에 대해 반성하고 비판하거나 일본의 사상을 벗어나 세계의 정세를 파악하려는 노력에는 무관심했다. 결국 박달세는 일본 경찰인 쓰네요시의 눈에 들 수 있도록 노력하여 그의 도움으로 최진사가 물려주기로 했던 땅을 받는데 성공하게 된다. 현실적인 문제들을 해결하고 어머니의 원한을 풀어주느라 동분서주하는 와중에 박달세는 어느덧 친일의 행보를 걷고 있었다. 박달세는 쓰네요시의 일을 돕게 되면서 학병 동원에서도 제외될 수 있었다. 그러나 고등문관시험이 폐지되면서 박달세가 신분의 제약에서 벗어날 수 있는 방법은 사라졌다.

상해로 가기 전 박달세의 서사에서는 당시 조선의 사회적 분위기를 파악할 수 있다. 전근대적인 신분제도의 병폐가 잔존해 있었고 일본의 근대교육제도가 자리를 잡아 가고 있었으며, 일본의 제도를 집행하거나 구성하는 직업군들이 위세를 떨쳤다. 일본을 통해 유입된 자본주의제도의 정착으로 교육을 받고 출세를 하기 위해서는 자본의 뒷받침이 필요했다. 이러한 환경 속에서 노비라는 열등한 신분과 미약한 경제적 기반을 바탕으로 한 박달세라는 인물이 출세를 통해 인간으로서의 존엄성을 사수하고자 하는 것은 불가능에 가까운 일이었다.

박달세가 학병세대와 변별되는 지점이 바로 이 부분, 신분의 차이이다. 노비임에도 불구하고 교육의 기회를 얻을 수 있고 대학에 진학하여 학병동원의 대상자가 될 현실적인 가능성은 거의 없다.[31] 그러나 작가는 박달세를 특수한 상황—노비이지만 양반의 아들이며, 양반 가문에 입적시키고 말겠다는 어머니의 집념, 같은 아버지를 두었으니 최순영과 동등한 인간으로서의 대접을 받아야 하겠다는 박달세의 강한 자의식, 결국 물려받게 된 상당한 재산, 그리고 일본인의 적극적인 도움—하에 둠으로써 신분제도와 입신출세주의 그리고 교육제도와 내셔널리티의 관계에 대해 주목한다.

여기에서 작가는 학병세대의 특권 의식에 대해서도 반성하고 비판하

---

31) 그들(학병)의 출신 가문이란, 다양하겠으나 분명한 것 하나는, 자식을 대학에 다니게 할 만큼 상류층에 속했음을 가리킴이 아닐 수 없다. 토호의 가문일 수도, 신흥 친일파의 계층일 수도 있고, 설사 고학을 했더라도 그런 정신력의 기반이 주어진 가문과 무관하지 않다고 보는 것이 자연스럽다.
김윤식, 『한일 학병세대의 빛과 어둠』, 소명출판, 2012, 15쪽.

고자 한다. 어떤 개인에게는 "타락"의 길로 빠지게 만들 수 있는 환경적 제약으로 작동하는 신분제도가 존재하지 않았다면, 양반 계층의 권위 획득과 부 축적은 불가능한 일이었을 것이다. 권위와 부를 통해 교육 제도에 편입될 수 있었기에 학병세대가 형성될 수 있었다. 주로 기득권 계층 출신이었던 학병세대는 신분제도의 수혜를 받았기에 형성 가능한 세대라는, 학병세대의 한계에 대한 작가의 인식이 박달세라는 허구적 인물을 통해 표출되고 있다. 이러한 학병세대와의 거리 두기는 『별이 차가운 밤이면』을 그동안의 이병주의 자전적인 서사와 다른 지점에 놓이게 한다.

## 4. 트랜스내셔널리티와 자기 찾기

신분제도라는 전근대적 제도의 폐해에서 벗어나고자 선택한 근대적 제도는 내셔널리티가 가지는 한계로 인해 극복해야 할 문제가 되었다. 이에 작가는 트랜스내셔널리티를 제시함으로써 전근대와 근대 제도 하에서 지킬 수 없었던 인간으로서의 존엄성을 되찾고자 한다. 『별이 차가운 밤이면』이 트랜스내셔널리티의 방법으로 제시하고 있는 것은 자기 찾기 그리고 자기 연마를 통한 "개인으로서의 결정적인 우월을 쟁취"하여 "세계인" 되기이다.

> 조선인도 일본인도 아닌 인종이란 것이 있을 수 없을까. 양반도 아닌 상놈도 아닌 신분이란 것이 있을 수 없을까. 중학교를 5학년까지 배운 내 어휘엔 '코스모폴리탄'이란 단어가 있었다. 어느 민족, 어느 국적에도 속하지 않는 이를테면 '세계인'이다. 프레데릭 더글러스가 노린 것도 결국 세계인이 아니었던가. 세계인의 구상으로서 톨스토이가 있고 로망 로랑이 있다. 세계인의 사랑은 매혹적이지만 그곳에

이르는 길은 험난하다. 험난하다기보다 그 길을 발견할 수가 없다. 유일한 길이 있다면 개인으로서의 결정적인 우월을 쟁취할밖에 없다. 예컨대 아인슈타인처럼 말이다. 그러나 그것이 가능할 까닭이 없는 것이다.[32]

박달세의 사상의 깊이와 태도는 세계인을 지향할 수 있는 가능성마저 외면하게 할 만큼 성숙하지 못한 것이었다. 이에 대해 작가는 학문을 대하는 태도에 한계가 있었기 때문이라고 분석한다.

> 달세로선 어떻게 할 수 없는 교양과 지식의 한계가 있었다. 달세는 공산주의, 또는 마르크스주의를 배우기 전에 그것의 비판부터 배워버린 사람이다. 달세의 의식엔 공산주의라고 하면 사악한 사상이라고 하는 고정관념이 깔려 있었다. 일본의 제국주의 교육이 탓만이 아니다. 꿀벌이 자기가 좋아하는 꿀만을 채취해서 흡수하듯이 달세의 지식 섭취는 반공산주의, 반마르크스주의의 방향으로만 연속되었다. 일본의 사상가를 들면 달세는 카와카미 하지메의 책은 기피하고 코이즈미 신조오의 책을 읽었다. 나까노 쥬우지의 평론은 읽지 않고 코바야시 히데오의 평론만 읽었다. 서양의 경우에도 마찬가지다. 체르티세프스키는 읽지 않고 도스토예프스키를 읽었다. 고리키는 읽지 않고 체홉만 읽었다. 이런 경향을 가진 달세가 김산을 이해할 까닭이 없는 것이다.[33]

이병주가 유학했던 일본의 1930년대 후반은 마르크스주의에 경도되었던 다이쇼 교양주의가 탄압에 의해 좌절되고, 이를 극복하기 위한 쇼와 교양주의가 등장했던 시기다. 마르크스주의가 논리적인 검증을 받고 있던 시기에 유학 생활을 하면서 이병주는 "기존했던 가치체계에 뭔가 여러

---

32) 이병주, 앞의 책, 191쪽.
33) 위의 책, 380~381쪽.

갈래의 방향이 있다는 것을 의식"[34]하게 되면서 사상에 대해 객관적인 입장에 서야할 필요성을 느꼈다고 한다. 마르크스주의에 대한 비판적인 입장은 박달세 뿐만 아니라 일본 유학 시절 작가 역시 공유했던 것이었다. 그러나 세계에 대한 올바른 인식을 갖고 "개인으로서의 결정적인 우월을 쟁취"하려면 편향된 독서태도는 지양해야 할 사항이었다.

마르크스주의에 대한 비판적인 입장을 체득할 수밖에 없었던 학병 세대의 한계를 인식하고 있었던 작가는 김산의 일대기를 그린 『아리랑의 노래』를 인용하는데 많은 면을 할애한다.

> 달세는 김산에 반발하면서도 김산의 고백으로 된 다음의 문장을 되풀이해서 읽었다.
> ─나의 인생 전체는 실패의 연속이고 내 조국의 역사도 실패의 역사이다. 내가 얻은 유일한 승리는 극기이다. 그러나 이 사소한 승리라도 나의 사명을 위해 노력하는 데 있어서의 자신의 원천이 된다. 내가 체험한 비극과 패배가 나를 분쇄하지 않고 되려 나를 강화했다는 것은 다행한 일이다. 환상은 거의 없어졌지만 인간과 역사를 창출하는 인간의 능력에 대한 신뢰를 잃지 않고 있다.[35]

작가는 김산의 글에서 방법을 찾는다. 극기(克己). 작가는 달세가 패배주의에 빠지게 된 것은 극기에 이르지 못했기 때문이라고 분석한다. 달세가 현실의 제약을 극복하기 하기 위한 극기에 이르기 위해 가장 먼저 해야 할 일은 바로 자기 찾기이다.

박달세의 자기 찾기를 위해 작가는 이채란과 임시청을 등장시킨다. 박달세가 상해에 도착해서 처음 만난 인물이 중국의 유명 가수이자 배우, 이채란[36]이다. 이채란은 중국인으로 행세했으나 실상은 일본인이었다.

---

34) 이병주 · 남재희 대담, 「회색군상의 논리」, 『세대』, 1974. 5, 240쪽.
35) 이병주, 앞의 책, 382~838쪽.

중국인으로 행세하면서 일본의 침략에 중국인이 동조할 수 있도록 유도하는 영화를 찍기도 했다. 내셔널리티를 속이고 점령군에 동조하면서 중국인의 인기를 얻고 있는 이채란은 심각한 내적 갈등을 겪고 있었다.

> 아까 내 인기를 말하셨죠? 그런데 그 인기가 자기를 속인 행위 때문
> 이라면 어떻게 되겠어요. 박수와 갈채가 비난과 저주로 들리지 않겠
> 어요?[37]

이채란은 조선인 박달세가 일본군 장교 노릇을 하면서 자신과 같은 내적 고통을 겪게 되리라는 것을 짐작하고 도우려 한다. 본의에 따라 행동하고 자기를 속이지 말라는 조언을 한다. 그리고 여러 번 쓰네요시의 곁을 떠나라고 충고한다. 『아리랑의 노래』도 이채란이 박달세에게 건넨 책이었다. 그러나 박달세는 이채란의 충고를 받아들이지 않는다. 결국 박달세는 이채란을 제외한 상해에서 교류한 모든 사람들을 기만하게 된다. 박달세의 내적 갈등은 임시청과 같이 친분이 두터워진 사람뿐만 아니라 운명적인 애정을 느끼게 된 양미운에게마저 자신의 내셔널리티를 숨겨야 한다는 사실 때문에 더욱 심화된다.

---

36) 이채란은 실존 인물 이향란이다. 『별이 차가운 밤이면』에는 이향란의 수기가 인용되어 있다. 작가 이병주가 학병으로 동원되었을 당시 일본 병사들에게 열렬한 지지를 받았던 가수이자 여배우가 바로 이향란이다. 이향란은 학병 이병주의 성적 환타지의 대상이기도 했을 것이다. 박달세가 상해에 들어서자마자 만나는 이가 이채란이며 이채란이 박달세에게 특별한 관심을 보인다는 설정은 청년 이병주의 상상이 실현되는 순간이다.
"청년 이병주에게는 만세유방의 환각이나 소주야곡의 음향이란 몸으로 느낀 것, 몸에 새겨진 지문과도 같은 것, 언제라도 분위기만 조성되면 되살아날 수 있는 감각적 측면이 있다.(중략) 아무리 용병이라도 청춘은 있는 법이다."
김윤식, 『일제말기 한국인 학병세대의 체험적 글쓰기론』, 서울대학교출판부, 2007, 201쪽.
37) 이병주, 앞의 책, 349쪽.

임시청은 북경대학 출신의 지식인으로 박달세에게 중국어를 가르쳐 줄 뿐만 아니라 박달세의 정신적 스승으로서의 역할도 한다. 임시청은 박달세가 세계의 정세를 올바로 파악할 수 있도록 돕는다. 박달세는 임시청을 만나고 나서야 비로소 전시 상황이 일본에게 유리하게만 돌아가지는 않고 있다는 사실을 파악한다. 일본군 내의 조선인 병사 즉 학병들이 일본군대에서 탈출하여 조선 임시정부에 협조할지도 모른다는 임시청의 말을 들으며 일본군에 협조하고 있는 자신의 모습에 회의를 느끼게 된다.

> 임시청이 자기를 일본인으로 보고 이런 변명이 필요하다고 느꼈을까 싶으니 달세의 마음은 복잡했다. 코스모폴리탄을 자처하면서도 일본군의 영향권 내에서 사는 스스로가 석연치 못한 기분을 이렇게라도 표현하지 않을 수 없었던 것이 아닌가 싶으니 안타까운 심정이기도 했다. 사실을 말하면 달세는 임시청의 그 말에 스스로를 돌아보는 마음으로 되었어야만 옳았던 것이다.[38]

적극적으로 자신에 대해 반성하지 않는 박달세의 어리석음에 대해 작가는 여러 번 서사에 직접 개입하며 비판한다. 자기를 성찰하는 것을 통해 자기의 "본의"를 알고 행동하는 것이 현실에 대처할 수 있는 방법인데, 박달세는 이를 실행에 옮기지 못한다. 작가는 임시청을 통해 박달세의 내적 갈등을 증폭시킨다.

임시청은 자기 찾기를 통해 자아가 정립되어 있는 인물로, 일본군의 비호 아래에 있으면서도 어떠한 상황에서도 사람을 감시하거나 체포하는 일은 할 수 없다는 신념을 밝히기도 한다. 특히, 임시청은 내셔널리즘의 한계 역시 파악한 인물이다. 임시청은 내셔널리티보다 중요한 것은 "인간으로서의 최후의 선(線)을 지키는 것"이라고 말한다. 국민의 희생만을 강

---

38) 이병주, 앞의 책, 401쪽.

조하고 국민을 위한 어떤 노력도 하지 않는 위정자들의 행태에 분노하고, 만행을 저지르는 군대와 일본군에 대한 적대감을 피력하기도 한다. 이러한 임시청의 모습에서 내셔널리즘과 내셔널리티에 대한 작가의 시각을 파악할 수 있다.

결국 박달세는 아마의 도움을 받아 조선인 공작원들의 탈출을 돕는다. 그러나 오히려 그 일로 인해 모든 공작원들이 체포되는 상황을 목도하게 되면서 좌절한다.

> '도대체 나는 누구인가? 엔도오 대위의 위조품! 노비의 자식 박달세. 방세류의 허구! 일본인 아닌 일본인, 조선인도 채 못 되는 조선인! 아큐만도 못한 버러지……'[39]

> '나의 자아는 어디에 있는 걸까?'[40]

중경 임시정부의 정운경, 임갑성 최치형이 처형되었다는 사실을 알고 "앞으론 조선인을 떳떳하게 대할 순 없겠구나 하는 양심의 가책"을 느끼면서도, "박달세는 현재의 자기 처지를 벗어날 마음은 없었다." 상해라는 새로운 공간에서 새롭게 형성한 자신의 정체성을 포기했을 때, 그 행위의 여파에 대한 부정적인 전망으로 일종의 포기 상태에 빠져 들게 된 것이다.

> 종놈의 아들이 독립 운동을 했다간 되려 멸시의 대상이 될 뿐이다.[41]

> 그녀의 싸늘한 태도는 비수에 찔린 상처처럼 가슴에 고통을 남기고 있었다. 노비의 자식이란 신분에 대한 자기혐오의 감정을 철저하게

---

39) 이병주, 앞의 책, 548쪽.
40) 위의 책, 566쪽.
41) 위의 책, 594쪽.

가꾸게 된 동기가 바로 염정희에게 있었던 것이다.42)

'내가 노비의 자식이 아니었던들 이런 처지가 되진 않았을 것이다.'43)

박달세의 자기 포기, 자기혐오는 극대화되어 간다. 박달세는 "자아를 확립하고 가능한 방편으로 스스로를 정화하기 위해" 노신을 공부해 보기도 한다. 그러나 어떠한 상황에서도 강직하고 비굴하지 않았던 노신에 대해 자신이 공부한다는 것은 노신을 모독하는 것이 될 것이라 생각하면서 그마저도 포기한다. 결국 박달세는 현재의 상황에서 벗어나기 위해 자아를 확립하고자 하는 모든 노력을 중단한다. 노비였기에, 조선인으로 돌아갈 수도 없었을 것이다. 박달세가 할 수 있는 것은 그동안의 자신의 모습을 모두 버리는 것, 중국인으로서 새로운 삶을 살고자 하는 것뿐이었다.

박달세의 '박'은 달세의 진짜 성이 아니다.
엔도오 키미마사란 이름은 도통 그와 상관없는 이름이다.
방세류! 이것이야말로 자기의 이름이다. 이 이름을 계기로 해서 인생을 다시 시작해도 좋다는 기분이 돋았다.44)

그러나 그 역시도 작가가 의도하는 자기 찾기의 방법이 될 수는 없다.

결국 작가는 예외적 인물인 박달세를 비판하는 것을 통해 신분제도, 전쟁, 내셔널리즘, 내셔널리티 등 한 개인을 좌절하게 하는 전근대적인 제도와 근대적 제도의 제약을 극복하는 방법인 트랜스내셔널리티로서 자기 찾기, 자아 정립 그리고 극기를 통해 절대적인 우월을 쟁취하여 신분과 인종과 국적을 초월한 세계인이 되는 방법을 제시한다. 그리고 이를 위해

---

42) 이병주, 앞의 책, 599쪽.
43) 위의 책, 625쪽.
44) 위의 책, 427쪽.

서는 방대한 독서를 통해 세계정세를 정확하게 파악할 수 있는 능력을 기르는 것이 필요하다는 것을 강조한다. 지식인이자 교양주의의 영향을 받은 작가와 학병세대의 사고방식이 반영된 대안이다. 『별이 차가운 밤이면』은 자기 찾기를 실행에 옮기지 못한 박달세라는 나약한 개인에 대한 비판이면서 학병세대로서의 반성이다.


## 5. 결론

『별이 차가운 밤이면』에는 학병세대의 전쟁 체험과 내셔널리티의 문제가 등장한다. 친일의 행보를 보이다 일본군 장교가 되는 박달세의 모습을 통해 학병세대가 공유해 온 내셔널리티 문제로 인한 내적 갈등의 해결방안을 고민한다. 또한 박달세가 조선인으로서의 내셔널리티를 회복하지 못하는 이유에 대해 조선 사회가 극복하지 못했던 전근대적 제도인 신분제도의 문제와 연관 지어 논리적으로 서사화한다. 신분제도의 문제 역시 학병세대가 가진 한계를 시사해 주는 것으로, 신분제도로 인해 최고의 지식인이자 사회 상층부로서 특권화 될 수 있었던 학병세대의 계층적 문제에 대해 반성할 수 있는 여지를 두기도 한다.

『별이 차가운 밤이면』 이전의 이병주는 자전적 서사에 주력해 왔기에 자신과 유사한 인물을 소설 속에 배치하곤 하였는데, 『별이 차가운 밤이면』은 자전적인 서사에서 거리두기를 시도한다. 사실의 기록이 아닌 허구 속에서 이병주는 학병세대의 오랜 내적 갈등을 해결할 만한 새로운 방법을 찾으려 했던 것이다. 아쉽게도 이 시도가 미완으로 남은 까닭에 작가의식을 정확히 파악하기에는 분명히 한계가 있다. 그럼에도 불구하고 『별이 차가운 밤이면』은 작가의 세계를 바라보는 시각이 원숙해지는 노년의 작품이면서 최후작이자 학병세대의 자전적 서사와 거리두기를 시도하고 있는 작품이라는 점에서 논의의 가치를 가지는 소설이다.

작가가 제시하는 '자기 찾기', '자아 확립' 그리고 '극기'는 역사적 · 현실적인 문제마저 한 개인의 능력으로 감당해야 하는 것으로 파악될 소지가 있다. 자아가 확립되고 극기를 수행하는 지식인들의 사회를 지향한 것으로 분석해야 한다. 지식인이자 교양주의의 영향을 받은 학병세대의 사고 체계가 반영된 결과이다. 작가는 개인으로서의 절대적 우월을 달성하는 것을 지향점으로 두고 내셔널리티를 비롯한 근대의 한계들을 포기하지 않고 극복하려는 개인의 모습이 학병세대와 현 시대인들의 대안이라고 주장한다. 『별이 차가운 밤이면』은 한국의 전근대 사회와 근대 사회의 한계를 모두 경험한 학병세대만이 표출해 낼 수 있는 문제 제기라는 점에서 의의를 가진다.

## 참고문헌

1. 자료

이병주, 김윤식 · 김종회 엮음, 『별이 차가운 밤이면』, 문학의 숲, 2009.

2. 단행본

김윤식, 『일제말기 한국 작가의 일본어 글쓰기론』, 서울대학교출판부, 2003.

_____, 『일제말기 한국인 학병세대의 체험적 글쓰기론』, 서울대학교출판부, 2007.

_____, 「노비출신 박달세와 청춘과 야망―미완성 최후작 '별이 차가운 밤이면'」, 이병주, 『별이 차가운 밤이면』, 문학의 숲, 2009, 629~669쪽.

_____, 『한일 학병세대의 빛과 어둠』, 소명출판, 2012.

김윤식 외, 『역사의 그늘, 문학의 길』, 한길사, 2008.

안경환,『황용주 그와 박정희의 시대』, 까치, 2013.

정범준,『작가의 탄생』, 실크캐슬, 2008.

1・20학병사기간행위원회 편,『1・20학병사기』1권~4권, 삼진출판사, 1989.

우에노 치즈코, 이선이 역,『내셔널리즘과 젠더』, 박종철출판사, 1999.

니시카와 나가오, 윤대석 역,『국민이라는 괴물』, 소명출판, 2002.


## 3. 논문

김경연,「해방/패전 이후 한일 귀환자의 서사와 기억의 정치학」,『우리문학연구』
　　　38집, 우리문학회, 2013.2, 289~330쪽.

김외곤,「이병주 문학과 학병세대의 의식 구조」,『지역문학연구』제12호, 2005.
　　　11, 9~33쪽.

윤해동,「트랜스내셔널 히스토리의 가능성」,『역사학보』200권, 역사학회, 2008.
　　　12, 33~65쪽.

조윤정,「전장의 기억과 학병의 감수성」,『우리어문연구』40집, 우리어문학회,
　　　2011. 5, 505~543쪽.

최지현,「학병의 기억과 국가」,『한국문학연구』32집, 동국대한국문학연구소,
　　　2007. 6, 459~486쪽.


## 4. 기타

이병주・남재희 대담,「회색군상의 논리」,『세대』, 1974. 5, 236~245쪽.

# 이병주 역사소설
# 『바람과 구름과 비』에 나타난 대중성

강은모(경희대)

## 1. 서론

이병주[1]는 일제 식민지, 한국 전쟁, 4·19혁명, 5·16 군사 쿠데타. 유신체제 등 험난했던 현대사의 질곡을 온 몸으로 겪어내면서, 그 체험을 소설 속에 담아낸 작가이다. 80여편이 넘는 선 굵은 작품을 남겼음에도 불구하고 현대문학사에서 이병주의 가치는 제대로 평가받지 못했다. 평자들은 그 이유로 이병주의 작품 성향이 대중성을 띠고 있다는 점, 지나치게 반공 이데올로기에 치우쳐 있다는 점, 그리고 이병주가 정식 절차

---

1) 李炳注(호: 那林, 1921. 3~1992. 4)는 경남 하동에서 출생하여 일본 메이지대학 문예과를 졸업했다. 이후 진주농과대학과 해인대학교수를 역임하고 부산『국제일보』 주필 겸 편집국장을 지냈다. 1957년 장편소설『내일없는 그날』(1957. 8. 1~1958. 2. 28)을 <부산일보>에 연재하였다. 그러나 공식적 등단작은 중편「소설·알렉산드리아」(『세대』, 1965. 6)로 보고 있다. 1992년 타계할 때까지,『관부연락선』,『지리산』,『바람과 구름과 비』,『행복어사전』,『별이 차가운 밤이면』등 80여편의 소설, 그리고 수필과 사설을 남겼다.

없이 문단에 등단해서 대중지나 신문사의 교양지에 작품을 발표했다는 점 등을 들고 있다.[2]

그 중에서도 특히 대중성에 대한 가치 폄하가 큰 비중을 차지하고 있음을 알 수 있는데, 이와 같은 태도는 문학이 갖는 대중성에 대한 편견에서 비롯된다. 우리 문학사에서 대중성은 문학의 엄숙성과 예술성의 발달을 저해하는 저급한 문화로 이해되어왔다. 특히 대중성의 한 속성인 '통속성'은 독자들의 저급한 취향에 맞추는 상업적 속성으로 문학의 숭고한 가치를 훼손하는 부정적인 것으로 취급되어왔던 것이 사실이다.

A. 그람시는 대중성을 당대 사회 전체의 담론 구조를 파악할 수 있는 중요한 지표로 여겼다. 그는 '대중소설이 제시하고 있는 보편적인 주제의식을 발견하는 일은 곧 당대 독자들의 기대 지평을 읽는 것'[3]으로 대중성

---

2) 김종회는 "지나치게 대중적인 성격이 강화되고 문학작품이 지켜야할 기본적인 양식의 수위를 무너뜨리는 경우를 유발하면서, 순수 문학에의 지구력 및 자기 절제를 방기하는 사태에 이른 감이 약여했던 것"이라고 지적한다.(김종회, 「근대사의 격랑을 읽는 문학의 시각」, 『위기의 시대와 문학』, 세계사, 1996, 212~213쪽.)

강심호는 "한일관계에 대한 이병주의 독특한 시각과 그가 보인 철저한 반공주의적 태도가 비평가들이나 연구자들에게 선입견을 부과했을 것"이라고 보았다.(강심호, 「이병주 소설 연구—학병세대의 내면의식을 중심으로」, 『관악어문』27, 서울대 국어국문학과, 2002, 188쪽.)

김윤식은 "이병주의 주요 작품의 발표지면이 순수문예잡지와는 거리가 먼 대중지나 신문사의 교양지였"다는 사실을 거론했다.(김윤식, 『일제말기 한국인 학병세대의 체험적 글쓰기론』, 서울대출판부, 2007 참조.)

3) "'상업적' 성격이 우세하게 된 것은 '재미있는' 요소가 '조야하고' '자생적으로' 또, 철저하게 예술적 구상과 혼연일체가 되어있지 않기 때문이 아니라, 그것이 외부적이고 기계적으로 추구되며 공업적인 방식으로 처방전이 제시되고, 즉각적인 성공을 보장해 줄 수 있는 확실한 요소로서 추구되기 때문이다. 하지만 어찌되었든 문학사에서는 상업문학조차 소홀히 다루어서는 안 된다는 의미로 받아들여야 한다. 역으로 바로 이러한 점에서 상업문학은 엄청난 가치를 가지고 있다고 할 수 있는데, 왜냐하면 큰 성공을 거두게 되는 상업문학 계열의 책은 곧 '시대의 철학'을 보여주는, 즉 침묵하는 다수 사이에서는 어떠한 정서와 세계관이 우세한지를 보여주는 지표라고 할 수 있기 때문이다."(A.Gramsci, 『그람시와 함께 읽는 대중문화2』, 로마그람시연구소편, 조형준 옮김, 새물결, 1993, 33쪽.)

에 긍정적 의미를 부여했다. 이는 "대중성을 확보한 문학 작품일수록, 그 속에서 해당 시대의 사회와 문화의 조건, 이 모든 것을 포함하는 인간의 행위를 보다 더 광범위하게 그리고 집중적으로 확인할 수 있다"[4]는 말로 이해할 수 있다.

최근 들어 대중문학에 대한 논의가 활발해지면서 문학의 대중성이 재조명되기 시작했다. 아울러 이병주의 문학이 갖는 대중성 역시 몇몇 평자에 의해 새로운 관점에서 평가되는 시도[5]가 이루어졌다. 이는 결과적으로 "어떤 선입견이나 통념으로부터도 해방되어 새로운 문학사를 기술할 수 있는 토양이 되며, 대중문학의 바람직한 지평을 모색"[6]할 수 있다는 점에서 의미있는 일이라 할 수 있다.

이병주의 소설 세계는 정치서사, 애정서사, 역사서사, 세태서사 등 매우 다양하다. 따라서 그 각각의 서사적 특징에 따라 서로 다른 유형의 대중성을 보이고 있다. 이 중에서 본고에서 고찰하고자 하는 『바람과 구름과 비(碑)』는 구한말의 혼란스러운 시대를 배경으로 하는 역사소설에 해당한다. 한국문학사에서 역사소설이 융성했던 시기는 모두 암울한 시대적 상황이라는 공통점이 있었다. 이 시기의 대중들은 역사소설을 통해 과거의 공간에서 현실의 어려움을 타파할 수 있는 해결책을 찾아보거나, 아예 과거의 공간으로 도피하고자 하는 욕망을 충족했다.

역사소설은 신문연재소설의 상업성과 함께 발달했다. 1930년대 이광수, 김동인, 현진건의 역사소설이 그러하고, 50년대 박종화의 궁중 역사

---

4) 강현두, 「한국에서의 문예사회학 연구를 위하여」, 『한국사회학』13호, 1979, 130쪽.
5) 손혜숙, 「이병주 대중소설의 갈등구조 연구」, 『한민족문화연구』26, 한민족문화학회, 2008.
   음영철, 「이병주 소설의 대중성 연구」, 『겨레어문학』47, 겨레어문학회, 2011. 2.
   노현주, 「이병주 소설의 정치의식과 대중성 연구」, 경희대학교 박사학위 논문, 2012.
6) 정덕준, 「대중문학에 대한 열린 시각의 가능성」, 정덕준 외, 『한국의 대중문화』, 소화, 2001, 294~298쪽.

소설, 60년대의 최인욱의 무협 역사소설이 그러하다. 이들 소설의 공간적 배경은 상이하지만 대중의 눈높이에 맞춰 흥미, 계몽성을 적절히 조화시키고자 했다는 점에서는 일치한다. 따라서 역사소설이 대중의 기대지평을 반영하는 것은 필연적이다.

대중소설의 기대지평은 대체로 독자들이 익숙하고 편안하게 느낄 수 있는 문학적 관습과 관련이 있는데, 카웰티는 그것을 도식성, 오락성, 현실도피성으로 정의했다. 그러나 문학적 관습, 즉 대중소설의 공식은 도식성의 틀 안에서 독자들의 호기심과 긴장감을 유지하기 위해 약간씩 변주된다.[7] 대중소설이 복잡하고 다양하게 보이는 것은 그러한 이유 때문이며, 이것이 대중소설의 대중성을 확보하는 요인이 된다.

본고에서는 이러한 관점에서 이병주의 역사소설 『바람과 구름과 비』의 대중성을 고찰해보고자 한다. 이 소설 역시 신문연재소설의 상업성을 고려하여 역사소설에 대한 대중의 기대지평을 만족시키기 위한 서사전략이 기획단계부터 적용되었다. 그리고 여기에 추가하여 이병주는 역사성을 전달하고자 하는 작가의 기대지평을 드러내며 독특한 서사전략을 구사한다. 따라서 이 소설에서 역사소설의 공식과 변주가 어떻게 이루어지고, 이병주만의 독특한 서사전략은 대중성과 어떤 접점을 이루고 있는지를 살펴보는 것이 본 연구의 목적이라 할 수 있다. 이러한 고찰을 통해 『관부연락선』, 『지리산』 등 현대사를 다룬 작품의 역사의식에 치우쳐 있던 이병주 문학 연구의 편협성을 벗어나 연구의 지평을 넓히는 데 일조하기를 기대한다.

---

7) J. G. Cawellti, 「도식성과 현실도피와 문화」, 박성봉 편역, 『대중예술의 이론들』, 동연, 1994, 84~93쪽.

## 2. 역사소설의 공식과 변주

1970~80년대는 민중에 중심에 둔 허구를 통해 한국 현대사를 재구성하려는 역사소설이 창작되었다. 『토지』, 『객주』, 『장길산』, 『태백산맥』[8] 등의 대하소설들이 그 대표적 작품이다. 이 소설들은 엄청난 대중적 인기를 누리면서, "한국현대사의 전사이자, 한국사회의 구조적 모순을 보여주는 알레고리이자, 민중적 삶의 현장을 중계하는 박물지이자, 삶의 윤리와 이데올로기에 관한 지침서"[9]가 되었다. 이 시기의 대하역사소설의 인기는 1990년대 중반까지 이어졌는데, 이것은 대중들의 역사에 대한 지대한 관심과 함께 교훈과 감동을 줄 수 있는 실용적인 읽을거리에 대한 간절한 시대적 욕구를 증명하는 것이라 할 수 있다.

이병주의 『바람과 구름과 비』 역시 1970~80년대 대하역사소설의 계보 안에서 설명될 수 있는 작품이다. 『바람과 구름과 비』는 1977년 2월 12일부터 1980년 12월 31일까지 약 4년여(총 1천 1백 94회)에 걸쳐 ≪조선일보≫에 연재되었다. ≪조선일보≫의 경우 『바람과 구름과 비』가 연재되기 이전에는 月灘 朴鍾和의 역사소설 『세종대왕』이 8년동안 연재되었으며, 『바람과 구름과 비』의 연재가 종료된 이후에는 바로 이어서 劉賢鍾의 역사소설 『千年恨』이 연재되었다. 이와 같은 사실을 보더라도 당시 역사소설에 대한 독자들의 관심이 얼마나 지대했었는가를 알 수 있다. 상업성을 고려해야 하는 신문사의 입장에서 독자들의 관심이 없었다면 그

---

8) 황석영의 『장길산』은 1974년 ≪한국일보≫에 연재되기 시작하여 1984년에 신문 연재소설 사상 최장기간의 연재가 끝날 때까지 큰 인기를 누린다. 『장길산』과 『객주』는 만화와 드라마로, 『태백산맥』은 영화화, 『토지』는 여러 가지 매체로 여러 번에 걸쳐 전환된 대표적 대하역사소설이다.

9) 박유희, 「역사허구물 열풍과 연구의 필요성」, 대중서사장르연구회, 『대중서사장르의 모든 것─2역사허구물』, 이론과 실천, 2009, 33쪽.

와 같이 지속적으로 역사소설을 연재하지는 못했을 것이기 때문이다.

'역사'이면서 '의미 있는 허구'이어야 한다는 루카치 식의 역사소설에 대한 비평적 기대와, 재미있으면서도 계몽적 역사소설을 원하는 대중의 기대가 화해롭게 조우한 시대[10]였던 1970~80년대의 역사소설에 대한 기대는 이병주에게도 예외없이 적용되었다. 1977년 2월 16일 ≪조선일보≫의 좌담[11]은 이병주의『바람과 구름과 비』에 대한 비평적 기대를 엿볼 수 있는 좋은 예이다. 이 좌담에서 김열규는 "「역사소설의 로망시대」를 청산하고 「역사소설의 리얼리즘 시대」로 접어들었다고 보기 때문에 개척돼야 할 때"[12]라며 역사소설이 리얼리즘을 담는 그릇으로서의 역할을 해야 할 때라는 의견을 피력한다. 이것은 당시 역사소설에 대한 비평가들의 기대를 대변한다고 볼 수 있다. 반면 이병주는 "리얼리즘을 어떤 주어진 상황자체를 가장 진실성있게, 설득력있게 전달하는 것이라고 볼 때 역사소설에 있어서의 리얼리즘은 묘사에 있다기보다는 構成"[13]에 있다고 발언한다. 이는 그가 역사소설에 대한 대중의 기대를 정확히 인지하고 있으며, 대중의 기대지평에 따른 서사전략을 기획하고 있었음을 드러낸다.

역사소설에 대한 대중의 기대지평은 대중소설의 공식과 대체적으로 일치한다. 대중소설의 공식은 독자의 흥미를 유발하고 안정된 수요를 창출하기 위해 작품 내적으로 수용한 일정한 플롯과 갈등구조, 정형화된 주인공, 과잉 정서 등의 문학적 관습을 의미한다. 에코(U. Eco)는 공식과 같은 관습적 인물형과 상황을 토포스(topos)라 정의하였다. 대중문학에서

---

10) 박유희, 앞의 글, 33쪽.
11) 이병주의『바람과 구름과 비』가 연재된 직후인 1977년 2월 16일자 5면에≪조선일보≫는 이병주, 소설가 宋志英, 국문학자 金烈圭의 좌담 내용을 게재하였다.
12) "歷史小說에 새 轉機를", ≪조선일보≫, 1977. 2.16, 5면.
13) "歷史小說에 새 轉機를", 위의 글.

토포스를 활용한 형상화는 구체적인 상황묘사나 참신한 인물묘사 대신 독자가 알고 있는 관습적인 상상력의 틀에 기대는 것이다.[14)

이병주는 『바람과 구름과 비』를 집필하며 "주인공부터가 궁중출신, 양 반을 피하고 밑바닥에 사는 사람, 첩실 소생, 몰락한 양반, 천주교인에 대한 학살로 부모를 잃고 떠돌아다니는 사람"[15)으로 종래 역사소설이 지닌 영웅중심의 인물 묘사의 한계를 뛰어넘겠다고 공언했다. 그러나 주요 인물들이 가진 태생적 비범함은 영웅의 틀을 벗어나지 못한다는 점에서 토포스적 인물형에 속한다고 할 수 있다.

『바람과 구름과 비』의 전반부 내용을 요약하자면 구한말 이씨 왕조의 폭정으로 인한 쇠락한 국운과 피폐한 백성들의 처지에 반감을 품은 관상사 최천중이 새로운 왕조를 건설하고자 하는 이상을 품게 되면서 그 준비 과정의 일환으로 삼전도장을 세우고 전국에 흩어져 있는 인재를 모으는 과정이라 할 수 있다. 따라서 삼전도장에 모이게 되는 각각의 인물 소개가 소설 전개의 많은 부분을 차지하고 있으며, 인물 소개의 핵심은 그 인물들이 삼전도장에 올 수 밖에 없는 비범성과 특이성을 지니고 있음을 설명하는 것이다. 각각의 인물들이 가진 비범성과 특이성은 독자들로 하여금 고전소설의 인물들에서 익히 보아왔던 영웅성과 흡사한 느낌을 주며 익숙함이라는 대중성을 확보한다.

『바람과 구름과 비』의 주요 인물들이 지닌 영웅성은 미천한 신분이지만, 태생적 비범성을 지닌 것으로 구축되었다. 먼저 소설의 중심인물인 최천중을 묘사한 부분을 살펴보자. "키가 훤칠하고 모양이 반듯했다. 툭 튀어나온 이마에선 재기(才氣)가 느껴졌고, 부리부리한 눈망울로 보아 만만찮은 기우(氣宇)의 소지자라고 판단할 수도 있었다"[16)에서는 외모나

---

14) Umberto Eco, 『대중의 영웅』, 조형준 옮김, 새물결, 1994, 11~45쪽.
15) "歷史小說에 새 轉機를", 위의 글.
16) 이병주, 『바람과 구름과 碑』 1권, 기린원, 1992, 19쪽.

분위기가 이미 비범성을 지니고 있음을 나타내준다. 점술사(占術師)이자 관상사(觀相師)인 최천중의 직업적 능력 또한 "산수도인(山水道人)이란 이름의 도사(道士)를 십 년 동안 사사한 후 세상에 나온 지가 2년밖에 안 되었지만, 그를 겪은 사람들은 모두 그의 영특한 신통력에 감탄"[17]할 정도로 출중하며 재물도 풍성하지만 목적을 이룰 때까지 종자를 거느리는 것을 보류할 정도로 절제력이 있는 인물이다.

최천중의 아들인 왕문은 최천중의 철저한 계획으로 탄생한 인물이다. 최천중은 완벽한 유토피아인 이상국가를 세울 결심을 하고 그 준비의 첫 번째로 새로운 국가의 왕이 될 아들을 낳기로 결심한다. 왕이 될 사주를 미리 맞추어 놓고, 왕재(王才)를 낳을 수 있는 여자를 선택하는 등 최천중의 치밀한 계획으로 왕문이 잉태된 것[18]이다.

잉태의 순간부터 왕재(王才)의 자질을 갖춘 준비된 인물로 태어난 왕문은 열 살 때부터 이미 스승을 뛰어넘는 기대 이상의 학문적 재능을 보인다. 선천적으로 타고난 재능과 함께 엄격한 훈련과 교육까지 받게 되어 학문과 인격에 이르기까지 흠결없는 자질을 갖춘 인물로 성장하게 된다.

왕문의 학문적 스승인 강원수(康元水)는 "두 살 때 어머니의 젖꼭지를 물고 언문 14행을 줄줄 외고 십간 십이지(十干十二支)에 통달"했으며, "세 살이 되었을 때에는 천자문을 종횡으로 외고, 추구(秋句) 한 권을 다 떼고", "다섯 살에 이르렀을 때 당송팔가문(唐宋八家文)을 이해하며 암송했"으며 "당시(唐詩) 수 백 수를 외기도 했"을 정도로 천재성을 지닌 인물[19]이다. 게다가 여색을 밝히는 행동에 있어서의 기행(奇行)은 강원수의 비범한 인물로서의 자질을 더욱 강조하면서 독자의 흥미를 끌게 되는 요소가 된다.

---

17) 위의 책, 19쪽.
18) 위의 책, 21쪽.
19) 이병주, 『바람과 구름과 碑』 6권, 기린원, 1992, 7쪽.

삼전도장에 모이게 되는 다양한 재능을 구비한 인재 중에서 무술을 담당하는 연치성 역시 노비에게서 태어난 미천한 출신 성분을 지녔다는 약점 외에는 모든 것이 완벽한 인간이다. "준수한 이마, 반반한 관골, 수발한 코, 꽃잎 모양을 방불케 하는 입술, 옥을 깎아 만든 것 같은 턱"[20]을 지니고 있으며, 최천중으로 하여금 "천지의 조화(造化)가 반드시 무슨 의도가 있기에 저런 얼굴을 만들었을 것"[21]이란 믿음을 갖게 할 정도로 아름다운 외모를 가지고 있다. 뿐만 아니라 무술에도 비범한 능력이 있어 다른 사람들은 십 년의 수련으로도 가망없는 것을 여섯 달, 혹은 두 달만에 배워서 마침내 "열 살이 되었을 때는 출중한 무술가라고 할 수 있을 만큼 성장"하게 된다.

연치성과 함께 뛰어난 무술 실력을 지닌 인재로 김권, 윤량, 이책 등의 인물이 더 등장하는데 이들 역시 무예를 연마하여 궁술(弓術)에 능하고 둔신(遁身), 축지(縮地)에도 능한 재주를 지녔다. 이 소설의 주요 독자층이 남성이었음을 가정한다면, 이들 인물들이 활약을 펼치는 무술 장면에 대한 생생한 묘사는 대중성 확보에 큰 역할을 했으리라 짐작된다.

사나이가 사정없이 반월도를 휘둘렀다. 그 찰나, 날쌘 연치성의 앞발을 가슴에 맞고 칠척 장신의 사나이가 문턱 너머로 나뒹굴었다. '찰그랑!' 한 것은 반월도가 그놈 손에서 떨어지는 소리였다. 연치성이 얼른 뛰어나가 반월도를 집어 들었다. 나뒹굴었던 사나이가 몸을 일으키려고 하는 것을, 반월도의 칼등으로 머리를 때려 실신(失神)시켰다. 두세 놈으로 보이는 역시 복면을 한 놈들이, 마당으로 뛰어내려 무너진 담 근처에 모여 서는 것이 달빛 아래 보였다. (-중략-) 연치성은 칼을 왼손으로 바꿔 쥐었다. 어느 틈에 찼는지 허리춤에 달려있는 혁낭 속으로 연치성의 손이 들어갔다. '철촉이구나' 하고 최천중이 지켜

---

20) 위의 책, 40쪽.
21) 위의 책, 41쪽.

보고 있는데, 연치성의 오른팔이 크게 휘둘렸다. 거의 동시에 '으음'하는 신음 소리와 함께 사람 쓰러지는 소리가 담 쪽에서 들려 왔다. 영문을 몰라 쓰러진 놈을 부축하려다 말고, 엉거주춤 비껴 서려는 놈들에게 연거푸 철촉이 날았다.[22]

이 소설이 창작되기 전의 시기인 1960년대의 역사소설에는 이미 이러한 무협적 요소가 적극 반영되는 추세였다. 이는 신문연재역사소설의 상업화 전략과 맞물려 당시의 역사소설에 대한 대중의 기대를 포착한 신문사의 기획이 큰 영향을 미쳤다. 1962년에 《경향신문》은 역사소설란에 중국 무협소설을 번안한 김광주의 『정협지』를 연재하며 60년대 무협소설 열풍을 주도[23]하였다. 이런 분위기에서 신문사는 역사소설에도 무협소설의 분위기를 섞어넣어주기를 요구했고, 그렇게 탄생한 대표적 작품이 최인욱의 『林巨正』이다. 1962년부터 1965년까지 《서울신문》에 연재되어 선풍적인 인기를 끌었던 『林巨正』은 원래 신문사 측에서 '삼국지'와 '수호지'를 섞은 혼합형 작품을 요구[24]했으나, 작가가 임꺽정이라는 소재를 택했다고 한다. "무협소설을 통해 표현할 수 있는 장쾌한 액션과 함께 우리 민족의 삶을 보여"[25]주는 이런 류의 역사소설에 대한 대중의 기대는 이병주가 『바람과 구름과 비』를 창작한 70년대에도 유효한 것이었다.

대중들이 열광하는 또 다른 영웅의 전형은 의적이다. 사리사욕을 일삼

---

22) 이병주, 『바람과 구름과 碑』 2권, 기린원, 1992, 253~254쪽.
23) 이후 김일평의 『군협지』(1966), 김광주의 『비호』(1969)와 같은 작품과 와룡생의 작품을 중심으로 무협소설은 선풍적인 인기를 끌었다.(정동보, 「무협소설 개관」, 대중문학연구회 편, 『무협소설이란 무엇인가』, 예림기획, 2001.)
24) 김창식, 「최인욱의 『임꺽정(林巨正)』 연구」, 『대중문학을 넘어서』, 청동거울, 2000, 143쪽.
25) 이주라, 「1950·60년대 역사소설에 나타난 역사적 공간의 특징―박종화의 『여인천하』와 최인욱의 『林巨正』을 중심으로」, 『우리어문연구』31, 2008, 430쪽.

는 부패한 세력을 응징하는 익명의 의적은 독자들에게 쾌감을 주고 영웅의 존재에 신비감을 부여한다. 의적은 도둑질을 하는 사람임에도 불구하고 그의 행위가 개인적 욕망을 위한 것이 아니라 민중의 울분을 대신 해소해주는 것이기에 대중들에게 윤리적 정당성을 획득한다.26) 때문에 홍길동과 같은 의적 모티프는 역사소설에서 대중성을 획득할 수 있는 가장 손쉬운 소재라 할 수 있다.

> "이 나라는 비록 강불천리(江不天里), 야불백리(野不百里)한 좁은 나라이긴 하나, 정사만 잘 되면 고복격양(鼓腹擊壤)할 수 있는 곳이여. 그런데도 상(上)은 호사를 탐해 하정(下情)을 모르고, 관(官)은 가렴주구를 일삼으니, 백성의 살 길이 막연하구나. 사나이 이 세상에 나서 의로운 선비는 못 될망정, 이런 꼴을 보고 지나칠 수야 있겠나. 여기 모인 우리만이라도 힘을 합쳐, 이 세상을 좋은 세상으로 만들어 보자꾸나. 의사(義士)가 될 수 없으면 의적(義賊)이라도 되어야 하는 거여. 나쁜 양반놈들의 재물을 털어 가난한 사람들에게 나눠 주는 것은 의로운 일이니라. 알겠나?"27)

최천중의 이와 같은 말은 의적에 대한 민중의 인식을 대변하는 것이다. 그래서 최천중 역시 특유의 지략과 모사로 권문세족의 재산을 강탈하는 데 별로 죄의식이 없다. 그렇게 모은 재산으로 어려운 백성을 돕고 새 나라를 세울 인재를 모으는데 쓴다는 자부심이 있었기 때문이다. 최천중이 부패한 권문세족의 재산을 강탈해가는 소설 속 에피소드들은 동일한 이유로 독자들에게 소설적 재미와 함께 쾌감을 준다. 『바람과 구름과 비』에서 전형적인 홍길동 모티프로 등장하는 인물은 장삼성(張三星)이다. 그의

---

26) 김종수, 「역사소설의 발흥과 그 문법의 탄생-1930년대 신문연재 역사소설을 중심으로-」, 『한국어문학연구』51, 한국어문학연구학회, 2008.8, 앞의 논문, 302쪽.
27) 이병주, 『바람과 구름과 碑』 2권, 앞의 책, 190~191쪽.

실제 이름은 하준호이며, 신분을 숨기고 의적으로 활동하다가 나중에 최천중의 삼전도장을 뒤에서 돕게 되는 인물이다. 장삼성의 활약에 대한 서사가 일개 에피소드로 다루어지지 않고, 소설 속 서사의 중요한 줄기를 형성하고 있는 점은 역사소설 속에서 의적 모티프가 갖는 대중성의 비중이 얼마나 큰 것인지를 반증해준다고 할 수 있다.

『바람과 구름과 비』가 대중의 기대를 충족시킬 수 있었던 또 다른 요소는 소설 속 영웅들이 누리는 무절제한 여성편력이다. 30년대나 50년대의 역사소설에서도 연애담이나 성애묘사는 대중성을 확보하는 주요한 요소였다. 이 시기의 소설 속 역사 공간은 주로 궁궐에 한정되어 있었기 때문에, 왕을 둘러싼 궁중 여인들의 암투나 삼각관계 등이 대중의 호기심을 자극하였다. 일반 백성들이 쉽게 접근할 수 없는 곳이 궁궐이었기에 그곳에서 벌어지는 궁중비화는 대중의 상상력을 더 극대화시켰다. '성'에 대한 개인적인 호기심과 사회적인 금기가 상충되었던 당시의 상황에서 역사소설은 윤리적 갈등에서 벗어나 대중들의 성적 호기심을 채울 수 있는 소설적 공간28)이 되었다.

『바람과 구름과 비』에서 가장 빈번하게 여성들과 관계를 맺는 인물은 최천중이다. 최천중은 부인을 두고 있음에도 불구하고, 완벽한 왕재를 잉태시킨다는 명목으로 겁탈한 유부녀 왕씨 부인을 비롯하여, 평생의 조력자가 되는 점술사 황봉련, 그 밖에도 기생, 과부, 처녀를 가리지 않고 끊임없이 관계를 맺는다. 최천중이 여자들과 관계를 맺는 과정에서 흥미로운 사실은 여자의 동의없이 이루어진 겁탈과 같은 비윤리적 행위라 할지라도 한결같이 피해 여성들의 자발적이고 암묵적인 동의가 이루어진다는 것이다. 어느 여성도 결과적으로는 끝까지 저항하거나 최천중을 원망하지 않으며, 오히려 욕망의 화신으로 변하여 더욱 더 최천중을 갈망하는

<hr>

28) 김종수, 앞의 논문, 308쪽.

태도를 보인다. 이러한 남성중심적 성애묘사 역시 30년대 이후의 역사소설에서 혼히 볼 수 있는 일종의 공식이었다.

한편, 영웅형 인물이라는 도식성의 틀을 유지하면서도, 이 인물들에게 종래의 역사소설에서 볼 수 없는 개성있는 성격을 부여하고자 하는 공식의 변주도 나타난다. 이는 이병주가 그의 기획의도에서 밝혔던 종래의 역사소설에서 볼 수 없던 새로운 유형의 인물을 형상화하겠다는 발언과 상통한다. 카웰티(J. G. Cawellti)는 대중소설이 미학성을 확보하려면, 독자들이 만족감과 안도감을 느끼는 도식성의 틀을 유지하면서도, 자기 나름대로의 개성과 스타일이 있는 인물묘사를 통해 변화의 묘미를 살려야 한다고 주장했다. 예를 들어 셜록홈즈가 초인적인 이성으로 무장된 인물이라는 도식성을 지니고 있지만, 다른 한편으로는 몽상적이고 낭만적이며 아편을 피고 바이올린을 켜는 새로운 모습을 통해 셜록홈즈만의 인물원형을 획득하였다는 것이다.[29]

『바람과 구름과 비』의 영웅형 인물들은 힘없는 백성을 보호하는 의로움을 지녔지만, 완벽하게 윤리적인 인간을 지향하는 인물들은 아니라는 점이 이런 맥락에서의 시도로 보인다. 우선 소설의 주인공인 최천중의 경우 유부녀 납치, 겁탈, 축첩 행위를 비롯하여 사기로 남의 재산을 뺏는 행동에 이르기까지 반윤리적 행위를 자신만의 명분을 내세워 별다른 죄책감없이 서슴없이 저지른다. 삼전도장에 모이게 되는 여러 인물들 역시 비범한 재주를 가지고 있지만, 동시에 온갖 비도덕적이고 상식에 맞지 않는 기행을 일삼는 인물들이 태반이다. 즉, 이 소설의 영웅들은 이전의 역사소설에 나타났던 구국(救國)의 영웅이 아니다. 최천중의 경우 나라를 위기에서 구하기는커녕, 오히려 기존의 체제를 전복하려는 야심을 품고 있으니 체제전복적인 야심가형 영웅이라고 할 수 있다. 즉 이들은 그 비범

---

29) J. G. Cawellti, 앞의 글, 84~93쪽.

성에서는 영웅의 전형성을 지니고 있지만, 성격적인 면에서는 새로운 대중적 영웅이라 할 수 있다.

이렇듯 이 소설의 대중성은 대중의 역사소설에 대한 기대지평을 만족시키는 토포스적 형상화에 있었다. 또한 역사소설의 공식이 허용하는 범위 안에서 인물에 개성을 부여하여 대중소설의 예술적 가능성을 시도하고자 하였다.


## 3. 사관(史官)적 서사전략과 계몽성

『바람과 구름과 비』의 전반부는 기존의 신문연재소설이 가지고 있던 대중의 기대지평에 대체적으로 일치하는 성향을 보인다. 그런데 이 소설의 후반부에서는 이병주 소설의 독특한 특색을 드러내는데 그것은 역사적 사실에 대한 기록과 논평이다. 이병주는 『지리산』을 비롯한 여러 소설에서 기록문학에 가까운 사실적 문체를 구사하였다.

특히 역사소설과 관련하여 이병주는 대중의 흥미를 자극하면서도 사관(史官)의 역할을 함께 해야 한다는 소설관을 가지고 있었다. 대중소설에 있어서도 대중성과 역사성을 함께 고려해야한다는 그의 소설관은 중국의 역사가 사마천을 떠올리게 한다. 이병주가 자신의 글쓰기에서 사마천을 롤모델로 삼았다는 사실은 여러 가지 에피소드에서 드러난다. 필화사건으로 감옥에 2년 7개월을 복역할 때에도 사마천의 『사기』를 즐겨읽었다고 하며, 박정희의 5·16 군사 쿠데타를 기록한 『그해 5월』이라는 소설에는 사마천의 이름을 빌린 "이사마"라는 작중인물이 등장하기도 한다.[30]

---

30) 중국에서는 옛부터 역사와 이야기의 관계가 명확하게 구분되지 않았다. 그래서 예전에는 지금의 관점으로 볼 때, 소설로 분류될 만한 내용의 글들이 역사책으로 분

사관(史官)은 실록을 편찬하는 데 핵심적인 자료인 '사초(史草)'를 작성했다. 사초란 사관이 왕 옆에서 그날그날 일어난 일들을 빠짐없이 기록한 것이다. 조선 시대의 사관은 매일 사초를 작성하여 춘추관에 보고하고, 집으로 돌아와서는 다시 또 하나의 사초를 작성하여 집에 보관했다. 이렇게 사관이 개별적으로 집에서 보관하던 사초를 '가장사초(家藏史草)'라고 하는데, 가장사초는 이후 실록 편찬을 위해 실록청이 설치되면, 그 때 실록청에 제출되어 실록 편찬의 자료로 사용되었다. 사관은 가장사초에 자신이 직접 들은 사건과 인물에 대한 역사적 평가를 기록하였다. 그래서 실록에는 '사실'과 함께 '비평'이 담겨 있는 것이다.31) 이병주가 그의 소설에서 사관(史官)적 서사전략을 활용했다함은 바로 이러한 역사적 사실에 대한 기록에 가까운 문체와 함께 그 사건에 대한 자신의 논평을 작중 인물의 입을 빌어, 혹은 서술자의 직접적 개입으로 서술하고 있다는 점이다.

『바람과 구름과 비』에 민비나 대원군과 같이 실명으로 등장하는 당대 권력층들과 김옥균 박영효 홍영식 서재필 등의 개화파들은 사실에 입각한 인물들로서 역사 소설의 사실성에 부합한다. 따라서 소설 속에서 이들이 관련된 조선말의 역사적 사건들은 실제의 역사적 사실과 밀접한 관련을 맺는다. 이병주가 하필 조선말이라는 시대적 배경을 소설 속으로 옮겨 온 것은 그의 트라우마인 학병체험의 원인이 조선의 멸망과 일제식민지

류되었던 경우가 많았다. 그것은 역사의 기록이나 소설, 이 모두가 행위의 기록과 관련되어 있었기 때문이다. 이것은 전통적인 중국 사회의 궁중에서는 공식적으로 역사를 기록하던 사관(史官)과 허구적인 이야기를 기록하던 집단이 대개 동일한 집단이었다는 사실로도 증명이 된다. 일례로 유명한 역사가인 반고(班固)는 『한서(漢書)』를 집필하기도 했지만, 한 무제(漢武帝)에 대한 일화집인『한무고사(漢武故事)』를 지었다고도 알려져 있다. 이와 같은 역사가와 소설가의 모호한 경계선이 이병주가 지향하는 소설가의 모습이었으리라 추측된다.(안정훈, 「古代 中國의 目錄書를 통해 본 '小說' 개념의 기원과 변화」, 『中國小說論叢』 제7집. 1998, 참조..)

31) 한국학중앙연구원, "한국민족문화대백과사전―사초―"(http://encykorea.aks.ac.kr/Contents/Index) 참조.

화에 있었기 때문이다. 그가 이 소설을 통해 조선의 멸망과 일제식민지화의 근본 원인을 속속들이 파헤쳐보고 싶은 뚜렷한 목적의식을 가지고 있었다는 사실이 아래의 집필 전 편집자와의 인터뷰, 그리고 연재를 마치며 그가 쓴 기고문에 선명히 나타난다.

　"『바람과 구름과 碑』의 무대는 한말(韓末)입니다. 역사상 어느 시기든 중요한 시기는 없었다고 생각합니다. 사람도 중병을 앓을 때가 가장 중요하지 않습니까. 개화기를 앞두고 병부터 먼저 앓았다는 점에서 중요해요. 조선 왕조라는 것이 형편없는 나라더군요. 5백 년 동안 끌어 왔다는 게 이상스러울 지경입니다. 백성을 올바르게 이끈 임금은 세종대왕밖에 없다고 해도 좋지 않을까요? -(중략)-"[32]

　"한말의 역사는 우리 민족의 회한(悔恨)이다. 그런만큼 해석도 다채다양할 수밖에 없는 것이다. 나는 시민의 눈으로, 또는 서민의 애욕을 통해 그 회한을 풀이해 보고자 하는 것이다. 가끔 다음과 같은 생각을 해 보는 것이다. 서울의 지식인들과 일부 지배층이 동학당과 합세해서 청국과 일본의 개입을 막고 혁명의 과정을 밝았으면 어떻게 되었을까? 만일 국왕과 동학도가 일치해 버렸으면 그 결과가 어떻게 되었을까? 나는 이러한 가상 아래 있을 수도 있었던 찬란한 왕국, 기막힌 공화국에의 꿈을 곁들여 민족사의 의미를 생각해 보고 싶은 것이다. 그런 가운데서도 안타까운 것은 의병 운동이다. 국권을 수호하기 위한 그 거룩한 저항의 용사들은 오늘날 국사(國史)에서 정당한 자리를 차지하지 못하고 있을 뿐만 아니라, 일제 사관(日帝史觀)에 억눌려 억울한 대접을 받고 망각의 먼지 속에 파묻혀 있는 것이다. 내가 의도하는 바는, 그것까지를 포함해서 3·1운동까지의 회한사를 적으려는 것이다."[33]

---

32) "<산실의 대화> 소설가 李炳注씨, 역사란 현싯점에서 더욱 새로워, 새 연재 「바람과 구름과 碑」…重病의 韓末을 그리겠다", 《조선일보》, 1977. 1. 19, 5면.
33) 이병주, "「바람과 구름과 碑"」를 끝내고", 《조선일보》, 1980. 12. 31, 5면.

이병주는 1980년 제9권까지에 해당하는 연재를 마치고 7년 만에 제10권을 발간하며 발간사에서 10권은 흥미 본위보다 기록 본위로 썼다고 하였는데, 그 이유는 기록성에 충실한 대목이 없고선 앞으로 전개될 파란만장한 이야기가 알맹이 없는 허구가 될 것이기 때문이라고 설명했다.[34] 그리하여 한말의 주요한 역사적 사건에 대해서는 실록에 근거하여 그 원인과 과정 결과를 자세히 기록하였다. 예를 들어 러시아와 맺은 '조아 육로 통상 장정(朝俄陸路通商章程)'과 같은 조약은 그 문서의 상세한 내용까지 그대로 기재[35]하였다. 동학농민운동과 같은 사건은 최제우로부터 비롯된 동학의 창설부터 탄압, 그리고 전주 민란, 익산 민란, 고부 민란 등이 일어나게 된 원인을 불합리한 조선말의 조세제도까지 자세히 설명하며 분석 제시하였다. 특히 전봉준을 필두로 한 동학농민운동의 봉기과정은 그 시초부터 실패로 끝나기까지의 전개과정과 전봉준의 처형 장면까지 실록에 실린 날짜별 기록까지 차용하여 생생한 역사성을 확보하였다. 청일전쟁이나 갑오경장과 같은 주요 사건들 또한 조선의 실록 뿐만 아니라 일본과 청의 문헌까지 원용하여 기록[36] 함으로써 역사를 바라보는 객관적 시각을 견지하고자 노력하였다.

이러한 사실 그대로의 기록에 가까운 문체는 실제 실록을 접하기 어려운 대중들의 지적 호기심을 충족시켜주는 효과가 있었다. 또한 역사적 인물의 최후와 같은 정사(正史)에서 접하기 어려운 뒷이야기도 대중의 호기심을 채워주었다. 예를 들어 급진 개화파였던 김옥균이 갑신정변에 실패한 후 일본으로 망명하였다가 암살을 당하고 그 시체가 능지처참되는 비참한 최후를 맞는 과정은 기록과 픽션의 적절한 경계를 넘나들며 흥미를

---

34) 이병주, 『바람과 구름과 碑』 10권, 기린원, 1992, 325쪽.
35) 위의 책, 97~101쪽.
36) 위의 책. 221~234쪽.

제공하였다.[37] 김옥균이란 인간을 평가하기 위해 이광수의 자료를 삽입한 것[38]도 역사소설의 객관적 실증성을 부가시키는 효과를 주었다.

"일본의 야심에 그 원인이 있다기 보다, 조선 국민의 민도가 낮아서 그렇게 될 위험이 있다는 겁니다. 민도가 낮다는 말은 적합하지 않을지도 모릅니다. 이렇게 바꾸어 말해야겠습니다. 조선의 국민들은 정부에 애착을 느끼지 않기 때문에, 그런 사실이 일본의 야심을 유발(誘發)할 염려가 있다는 겁니다. 영국이 인도를 먹은 것은, 당초 영국이 그런 야심을 가졌던 것은 아닙니다. 처음엔, '유리하게 무역을 하겠다. 즉, 영국의 상품을 인도에 많이 팔아먹고, 인도에서 생산되는 원자재를 싼 값으로 사 오도록 하겠다.'는 장삿속이 있을 뿐이었습니다. 그랬는데, 인도의 정치 사정이 워낙 혼란되어 있고, 인도 민중의 정부에 대한 애착이나 신뢰가 전혀 없다는 것을 알게 되자, 영국 정치가들 몇몇이 인도를 먹어 버릴 계획을 세우게 된 겁니다. 비록 약하고 작은 나라라도, 국민이 정부에 애착을 가지고 정부를 중심으로 하여 단합되기만 하면, 이웃 나라가 야심을 품고 덤비지 못합니다. 그런데 조선의 사정을 보니 남의 일 같지 않습니다."[39]

"나 같으면 계몽(啓蒙)을 위주로 하여 노력하겠소. 그 계몽 사업을 통해 한 사람 한 사람 동지를 규합하겠소. 목적에 이르기엔 아주 더딘 동작 같지만, 가장 확실한 길이라고 생각하오. 나라의 운명은, 개개인의 포부만으로 결정되는 게 아니오. 의견이 옳은가 그른가 따지기 전에, 얽히고 설킨 이해관계(利害關係)를 먼저 정돈해야 하오. ―(중략)―"[40]

---

37) 위의 책, 117~163쪽.
38) "김옥균의 장점은 교유(交遊)에 있었다. 실제로 교유를 잘 했다. 문장이 교묘하고 화술도 좋았다. 시(詩), 문(文), 서(書), 화(畵), 모든 것에 능했다. 김옥균의 단점은 덕의(德義)와 모략이 없다는 데 있었다."―이광수 '박영효를 만난 이야기'에서(위의 책, 119쪽.)
39) 이병주, 『바람과 구름과 碑』 9권, 기린원, 1992, 140~141쪽.
40) 위의 책, 144쪽.

위 인용문은 최천중이 미국 공사 푸트와 조선의 정세를 논하는 장면에서 푸트가 당시의 정세에 대한 자신의 생각을 말하고 있는 장면이다. 여기서 푸트의 장황한 설교조의 말은 사실 작가가 말하고자 하는 바를 대신 전달하는 것이다.[41] 이렇듯 소설 곳곳에는 사실적 기록과 함께 역사적 상황에 대한 작가의 논평이 개입되어 있다. 이것은 독자들의 이해를 돕는다는 주석적 역할을 한다는 점에서 대중의 눈높이에 맞추고자 하는 대중성의 측면으로는 긍정적으로 해석할 수 있지만, 지나칠 경우 계몽적으로 흐를 수 있다는 한계를 지닌다고 할 수 있다. 역사소설에서 지나친 서술자의 개입이 계몽적 성격을 짙게 띠게 되면, 충실한 역사적 사건의 재현도 될 수 없고 현재의 전사로서의 의미도 지닐 수 없게 되며 결국 공감을 불러일으키지 못하는 한계를 지닐 수 밖에 없다. 또한 역사 소설에서 역사적 사건에 대한 작가의 지나친 논평은 자칫 독자로 하여금 제한된 자료로 작가의 주관적 판단을 절대적 진리로 받아들이게 되는 오류를 범하게 하는 위험을 내포한다. 푸트의 첫 번째 언술에서는 이유가 어찌됐든 제국주의의 침략을 약소국 국민들의 탓으로 돌리면서 정당화하는 오류를 범하고 있으며, 두 번째 언술 역시 강대국의 이권 다툼 사이에 낀 약소 국민의 처신을 지나치게 개인적 차원으로 협소화시켜버리는 오류를 범하고 있다.

> 그 후 세월이 흐르는 동안에 우리 주장대로 국경이 정해졌는데, 2차 대전 후 이 국경 문제가 재연되자, 김일성은 간단하게 중국의 요구대로 굴복해 버려, 백두산이 중국의 소유가 되었다고 한다. 김일성은 이중하만한 견식도 배짱도 가지지 못한 자라고 할밖에 없다.[42]

---

41) 이러한 사실은 푸트 공사의 말을 간추려서 음미하는 최천중의 반응으로 증명된다. "푸트 공사의 말은 대강 이와 같이 간추릴 수 있었는데, 최천중은 그 내용을 반복하여 음미했다. 푸트 공사의 말은 일일이 타당했다."(이병주,『바람과 구름과 碑』9권, 앞의 책, 145쪽.)
42) 이병주,『바람과 구름과 碑』10권, 앞의 책, 91쪽.

위 인용문은 조선과 청국의 국경 분쟁이 생겼을 때 토문 감계사(土們勘界使) 이중하(李重夏)가 토문을 두만강 부근에 두려는 청국의 요구에 끝끝내 불응하였다는 일화를 서술하면서 덧붙인 서술자의 직접적 개입 부분이다. 서술자는 우리나라의 국경문제가 현재와 같이 되어버린 것이 김일성의 탓이라고 덧붙이며, 이중하만도 못하다고 평가하며 불만스러운 감정을 드러낸다. 이러한 부분들이 소설 속에서 여러 번 드러나는데 이것은 독자로 하여금 사실과 허구의 경계에 있어야 하는 역사 소설의 본질을 망각하게 하여 소설적 재미를 반감시키게 된다.

이러한 한계에도 불구하고, 이병주가 계몽적 서사전략을 구사한 이유는 조선 멸망의 원인과 그것에서 얻는 교훈을 현대사와 관련하여 독자들에게 전달하고자 하는 기대지평을 가지고 있었기 때문이었다. 문학의 계몽성은 미학적 견지에서 부정적 요소를 함의한다. 그러나 대중의 입장에서 느끼는 적절한 계몽성은 오히려 독서에서 얻을 수 있는 지적 즐거움의 한 요소가 되기 때문에, 대중성 확보의 중요한 요소가 될 수 있다. 그 예가 소설 곳곳에 등장하는 한시(漢詩)의 인용이다. 이것은 구한말이라는 시대적 배경을 드러내는 장치로 쓰이기도 하지만, 독서를 통해 지적인 욕망을 충족시키고자 하는 대중의 기대를 만족시키기 위한 서술전략이기도 했다. 이 소설의 맨 첫 장인 「서곡(序曲)은 최천중에 관한 본격적인 이야기 전개에 앞서, 중국과 한국의 국난(國難)과 망국(亡國)의 역사와 관련 있는 원호문, 두보, 신원의 한시와 일제 강점기의 안중근, 안병찬, 이상화, 심훈, 윤동주의 시를 소개하는 부분으로 구성되어 있다. 이후 본격적인 소설의 전개과정에서도 등장인물들의 심리를 드러내거나, 인물들 간의 지적 교류의 매개물로 한시를 적재적소에 활용하였다. 한시 외에도 특이한 재주를 지닌 재인(才人)들의 재주를 소개하는 장면도 많이 등장하는데, 특히 가야금, 판소리, 시조창 등의 예악에 관한 묘사는 대중들로 하여금 상상적으로나마 문화적 즐거움을 향유토록 함으로써 대중성을 확보했다. 결과적으로 이병주 소설의 계몽성은 미학적 견지에서는 소설적 완성도를 저해하는 요소가 되었지만, 대중성의 측면에서는 대중들의 기대지평을 반영하는 작가의 서술전략의 일환이었다고 할 수 있다.

## 4. 결론

역사소설은 신문사의 상업적 전략과 함께 발달해왔다. 따라서 역사소설에 대한 대중의 기대지평을 만족시키기 위한 서사전략이 기획 단계부터 적용되었다. 여기에 추가하여 이병주는 역사성을 전달하고자 하는 작가의 기대지평을 드러내며 독특한 서사전략을 구사한다. 따라서 이 소설에서 역사소설의 공식과 변주가 나타나고, 계몽성과 대중성의 접점이 이루어짐으로써 대중성을 확보하고 있음을 확인할 수 있었다.

이 소설에는 대중들이 원하는 영웅 캐릭터가 등장하는데, 이는 토포스적 인물 형상화에 해당한다. 토포스는 대중소설의 문학적 관습에 해당하며, 독자들이 익숙하고 편안하게 느끼는 전형적인 공식을 의미한다. 영웅들은 태생적 측면에서 비범함을 지니고 있어서 영웅의 전형성을 지니고 있다. 무협적 요소, 의적 모티프도 현실 세계의 어려움을 잊고자 하는 대중들의 지지를 받는 강력한 공식의 하나였다. 영웅의 무절제한 여성편력에 대한 묘사는 현실 세계에서 금기시되는 성에 대한 호기심을 채울 수 있는 소설적 공간을 제공함으로써 대중성을 확보했다. 남성 중심적 성애 묘사 역시 30년대 이후의 역사소설에서 흔히 볼 수 있는 공식이었다.

한편, 영웅형 인물이라는 도식성의 틀을 유지하면서도, 이 인물들에게 종래의 역사소설에서 볼 수 없는 개성 있는 성격을 부여하고자 하는 공식의 변주도 나타난다. 이들 인물들은 힘없는 백성을 보호하는 의로움을 지녔지만, 완벽하게 윤리적인 인간을 지향하는 인물들은 아니라는 점이 그러하다. 이렇듯 이 소설의 대중성은 대중의 역사소설에 대한 기대지평을 만족시키는 토포스적 형상화에 있었다. 또한 역사소설의 공식이 허용하는 범위 안에서 인물에 개성을 부여하여 대중소설의 예술적 가능성을 시도하고자 하였다.

계몽성의 측면에서는 역사적 사실에 대한 기록과 비평이라는 사관적 서술전략을 적극 활용함으로써 대중들의 지적 욕망을 충족시켰다. 그러나 지나친 서술자의 개입은 루카치 식의 역사소설에 대한 비평적 기대를 충족시키지 못하는 한계를 지닌다. 또한 독자로 하여금 작가의 주관적 판단을 절대적 진리로 받아들이는 오류를 범하게 한다. 그리고 사실과 허구의 경계에 있어야 하는 역사 소설의 본질을 망각하게 하여 소설적 재미를 반감시킨다.

이러한 한계에도 불구하고 이병주는 조선 멸망의 원인을 독자에게 전달하고자 하는 기대지평을 갖고 계몽적 서사전략을 활용했다. 문학의 계몽성은 미학적 견지에서 부정적 요소를 함의한다. 그러나 대중의 입장에서 느끼는 적절한 계몽성은 오히려 독서에서 얻을 수 있는 지적 즐거움의 한 요소가 되기 때문에, 대중성 확보의 중요한 요소가 될 수 있다. 한시(漢詩), 가야금, 판소리, 시조창 등에 관한 묘사는 대중들로 하여금 상상적으로나마 문화적 즐거움을 향유토록 함으로써 대중성을 확보했다. 결과적으로 이병주 소설의 계몽성은 미학적 견지에서는 소설적 완성도를 저해하는 요소가 되었지만, 대중성의 측면에서는 대중들의 기대지평을 반영하는 작가의 서술전략의 일환이라 할 수 있다.

살펴본 것처럼 이병주의 소설은 대중소설의 공식성과 계몽성이라는 미학적 한계를 지니고 있다. 우리 문학사에서 문학의 미학성을 담보하지 않는 대중성은 저급한 것으로 취급되어왔다. 이병주 소설의 대중성에 대한 부정적 평가는 여기에서 기인한다. 그러나 독자의 입장에서 대중소설의 공식성은 익숙함과 편안함을 주는 것이고, 공식의 변주는 소설에 대한 관심을 지속시킬 수 있는 신선함이기도 하다. 계몽성 또한 적절할 경우 대중의 지적 욕망을 충족시키고 문화적 즐거움을 상상적으로 향유할 수 있는 긍정적 기능을 지니고 있다. 이런 관점에서 이병주 문학의 대중성에 대한 새로운 평가가 가능해지기를 기대한다.

## 참고문헌

### 1. 기본 자료

이병주, 『바람과 구름과 碑』 1권~10권, 기린원, 1992.

### 2. 논문 및 단행본

강심호, 「이병주 소설 연구-학병세대의 내면의식을 중심으로」, 『관악어문』27, 서울대 국어국문학과, 2002, 188쪽.

강현두, 「한국에서의 문예사회학 연구를 위하여」, 『한국사회학』13호, 1979, 130쪽.

김윤식, 『일제말기 한국인 학병세대의 체험적 글쓰기론』, 서울대출판부, 2007.

김종수, 「역사소설의 발흥과 그 문법의 탄생-1930년대 신문연재 역사소설을 중심으로-」, 『한국어문학연구』51, 한국어문학연구학회, 2008.8.

김종회, 「근대사의 격랑을 읽는 문학의 시각」, 『위기의 시대와 문학』, 세계사, 1996, 212~213쪽.

김창식, 「최인욱의 『임꺽정(林巨正)』 연구」, 『대중문학을 넘어서』, 청동거울, 2000, 143쪽.

노현주, 「이병주 소설의 정치의식과 대중성 연구」, 경희대학교 박사학위 논문, 2012.

박유희, 「역사허구물 열풍과 연구의 필요성」, 대중서사장르연구회, 『대중서사 장르의 모든 것—2역사허구물』, 이론과 실천, 2009.

손혜숙, 「이병주 대중소설의 갈등구조 연구」, 『한민족문화연구』26, 한민족문화 학회, 2008.

안정훈, 「古代 中國의 目錄書를 통해 본 '小說' 개념의 기원과 변화」, 『中國小說 論叢』제7집. 1998.

음영철, 「이병주 소설의 대중성 연구」, 『겨레어문학』47, 겨레어문학회, 2011. 2.

이주라, 「1950 · 60년대 역사소설에 나타난 역사적 공간의 특징—박종화의 『여 인천하』와 최인욱의 『林巨正』을 중심으로」, 『우리어문연구』31, 2008.

정덕준, 「대중문학에 대한 열린 시각의 가능성」, 정덕준 외, 『한국의 대중문화』, 소화, 2001, 294~298쪽.

정동보, 「무협소설 개관」, 대중문학연구회 편, 『무협소설이란 무엇인가』, 예림 기획, 2001.

A.Gramsci, 『그람시와 함께 읽는 대중문화2』, 로마그람시연구소편, 조형준 옮 김, 새물결, 1993, 33쪽.

J. G. Cawellti, 「도식성과 현실도피와 문화」, 박성봉 편역, 『대중예술의 이론들』, 동연, 1994, 84~93쪽.

Umberto Eco, 『대중의 영웅』, 조형준 옮김, 새물결, 1994, 11~45쪽.

## 3. 신문기사 및 웹사이트

"<산실의 대화> 소설가 李炳注씨, 역사란 현싯점에서 더욱 새로워, 새 연재 「바람과 구름과 碑」…重病의 韓末을 그리겠다", ≪조선일보≫, 1977. 1. 19, 5면.

"歷史小說에 새 轉機를", ≪조선일보≫, 1977. 2. 16, 5면.

이병주, "「바람과 구름과 碑」를 끝내고", ≪조선일보≫, 1980. 12. 31, 5면.

한국학중앙연구원, "한국민족문화대백과사전"

(http://encykorea.aks.ac.kr/Contents/Index)

3.

주요작품론

# 李炳注의 세계

## 「소설 알렉산드리아」를 중심으로

김영화(제주대 명예교수)

## 1. 머리말

이병주(이병주 : 1921~1992)는 1965년 중편소설 「소설 알렉산드리아」
를 『세대』지에 발표하면서 본격적인 작품 활동을 시작했다. 6ㆍ25 직후
인 1954년 장편소설 『내일 없는 그 날』을 부산일보에 1년간 연재한 일은
잇지만 그것은 습작에 지나지 않고, 본격적인 작품 활동은 「소설 알렉산
드리아」를 발표한 데서 시작된다.

1965년이면 그의 나이 마흔 네 살이 되는 해요, 필화사건으로 영어(囹
圄)의 몸이 되었다가 석방된 직후가 된다. 우리 문단의 관례로 보면 마흔
네 살이 되어 작품 활동을 시작했다는 것은 늦게 출발했다는 것을 뜻한
다. 이렇게 늦게 출발했으면서도 그 후 작품 활동을 정력적으로 계속한
데에는 그 나름의 이유가 있다. 첫째는 필화사건으로 수감 생활을 했기
때문에 수감 이전에 그가 종사해 왔던 신문사로 복귀할 수가 없었기 때문
이고, 둘째 수감 생활을 하면서 그가 보고 느꼈던 일들을 허구의 양식인

소설을 통해 표현하고자 하는 욕구가 있었기 때문이다. 그의 소설 상당부분이 수감 생활과 관련이 있는 것은 그것을 뒷받침한다.

이병주는 「소설 알렉산드리아」를 발표하고 나서 이 작품을 쓰게 된 동기를 '후기'를 통해 다음과 같이 말한 바 있다.

> 1961년 5월, 나는 뜻하지 않은 일로 이 직업(국제신보 주필 겸 편집국장=인용자)을 그만 두지 않으면 안 되었다. 天性 경박한 탓으로 정치적으로 大罪를 짓고 10년이란 懲役을 선고받았다. 그런데도 2년 7개월만에 풀려 나온 것은 天幸이었다.
> 이 때의 옥중기를 나는 「알렉산드리아」라는 소설로서 꾸몄다. 대단한 인물도 못되는 인간의 獄中記가 그대로의 행태로서 讀者에게 읽힐 까닭이 없으리라고 생각한 나머지, 나의 절박한 感情을 虛構로서 染色해보기로 한 것이다. 이것이 소설로서 어느 정도 成功했는지는 나 자신 알 길이 없으나 <픽션>이 事實 이상의 眞實을 나타낼 수 없을까를 實驗해 본 것으로 내게는 애착이 있다.1)

이 인용문을 통해서 우리는 이 작가가 예술적 완성도를 겨냥하기보다 그의 '절박한 감정'을 토로하는 데 역점을 두고 이 소설을 썼다는 것을 알 수 있다. 한일간 신문의 주필 겸 편집국장은 그 시대의 대표적 언론인이요, 지식인이다. 그런 사람의 논설이 화(禍)가 되어 끝내 영어 생활을 했고, 본인 스스로 그 벌(罰)이 납득할 수 없는 일로 받아들여질 때 그 부당함을, 그리고 그 억울함을 표현하고 싶은 것은 작가이기 이전에 인간의 상정이다.

이 논문은 이병주의 생각이나 느낌이 작품에 어떻게 표현되어 있는가에 초점을 두고 이 소설을 점검하려는 데 있다. 그리고 이 소설에서 다루어진 기법이나 세계가 다음에 발표되는 그의 소설에서 어떻게 확대되고 있는가도 아울러 살펴보려고 한다.

---

1) 이병주 작품집, 『마술사』(아폴로사, 1968), 299~300쪽.

## 2. 호소와 증언의 기법

「소설 알렉산드리아」의 시간적 배경은 1960년대 초, 공간적 배경은 이집트 북부 도시 알렉산드리아와 서대문형무소 안이다. 이 소설에는 두 사람의 화자가 등장한다. <형>과 <아우>로 대표되는 이병주의 분신들이다. 이병주는 이 소설에서 자기 자신을 둘로 분화시켜 이야기를 진행시키고 있다.

> 감옥살이에서 체험한 일이지만, 지식인과 무식자는 똑같은 곤란을 당했을 때 견디어내는 정도가 월등하게 다른 것 같다. 지식인의 경우 감옥 속에 있어도 꼭 죽어야 할 중병에 걸리지 않은 한 호락호락하게 잘 죽지 않는다. 그런데 무식자의 경우는, 육체적으론 지식인보다 훨씬 건장해도 대수롭지 않은 병에 걸려 나뭇가지가 꺾이듯 허무하게 쓰러져 버린다. 이런 현상을 어떻게 이해해야 옳을까. 여러 가지 원인을 들출 수 있겠지만 나는 다음과 같은 답안을 내보았다.
> 교양인, 또는 지식인은 난관에 부딪혔을 때 두 개의 자기로 분화된다. 하나는 그 난관에 부딪쳐 고통을 느끼는 자기, 또 하나는 고통을 느끼고 있는 자기를 지켜보고, 그러한 자기를 스스로 위무(慰撫)하고 격려하는 자기로 분화된다. 그러니 웬만한 고통쯤은 스스로가 스스로를 위무하고 지탱하고 격려하면서 견디어낸다. 그런데 한편 무식한 사람에겐 고난을 당하는 자기만 있을 뿐이지 그러한 위무하고 지탱하고 격려하는 자기가 없는 것이다. 바꾸어 말하면 지식인은 한 사람의 겪는 고통을 두 사람이 나누어 견디는 셈인데 무식자는 모든 고통을 혼자서 견디어야 하는 셈이다. 지식인의 난관을 견디어 나가는 정도가 무식자보다 낫다는 사실을 이렇게 이해할 수가 없을까.[2]

---

2) 『소설 알렉산드리아』 42쪽. 이병주 작품집, 『마술사』(아폴로사, 1968)에 실린 중편 소설 「소설 알렉산드리아」에서 인용한 것. 이하 같은 작품에서 인용할 때는 아폴로 사판의 면(쪽)수만 밝힘.

이 소설의 두 화자인 <형>과 <아우>는 이병주의 분신들이다. <형>은 서대문형무소에 수감되어 있을때의 이병주이고, <아우>는 그런 자기를 지켜보는 이병주라고 할 수 있다.

이 소설은 <아우>와 <형>으로 화자가 반복적으로 바뀌면서 사건을 진행시키는 기법을 채용하고 있다. '아폴로사'판(1968)에서 그 면(쪽)을 적어보면 다음과 같이 된다.

| | |
|---|---|
| 1. 아우(9쪽) | 2. 형(9~12) |
| 3. 아우(12~19쪽) | 4. 형(19~20) |
| 5. 아우(20~30쪽) | 6. 형(30~31) |
| 7. 아우(31~40쪽) | 8. 형(40~43) |
| 9. 아우(43~67쪽) | 10 .형(67~69) |
| 11. 아우(69) | 12. 형(69~84) |
| 13. 아우(84~121) | 14. 형(121~131) |
| 15. 아우(131~157) | 16. 형(157~161) |
| 17. 아우(161~163) | |

이병주는 자기 자신을 둘로 분화시켜 수감 생활을 하는 자신과 그런 수감 생활을 하는 자기를 지켜보는 자기로 분화시켜 이야기를 이끌어가고 있다. 이 분석에서 알 수 있듯 홀수는 <아우>, 짝수는 <형>이 화자가 되어 이야기를 진술하고 있다. 소설인 만큼 허구가 가미되어 있지만 작가의 체험을 표현하기에 적절하도록 화자의 이동을 배치한 것이다.

<형>은 직접 이 작가가 전달하고자 하는 메시지를 그대로 편지 형식을 빌어 전달하고, <아우>는 형을 변호하거나 반성하는 입장에서 이야기를 진술한다. 이런 화자의 이동은 밋밋하게 사건을 진술하는 것보다 변화를 주어 독자를 지루하지 않게 하는 효과가 있다. 그리고 소설의 정통

적인 기법인 묘사에 의존하지 않고 진술에 의존하는 에세이풍의 기법에
는 그것이 효과적이다.

그의 소설을 읽으면 부인물(副人物)이 주인물(主人物)의 이야기를 서술
하는 기법을 많이 채용하고 있다. 주인물이 자기 자신일 때(「소설 알렉산
드리아」의 경우)도 있고, 그가 수감 생활을 하는 동안 목격했던 인물들
(「겨울밤」의 경우)이거나, 또는 그가 살아가면서 만났던 인물(「변명」의
경우)들을 화자인 이병주가 부인물이 되어 서술하는 경우가 그것이다. 객
관적으로 사건을 서술하거나 묘사하는 것보다 편하고 쉬운 방법이 이런
방법이다. 그의 소설을 읽으면 소설은 여러 차례 개작하면서 다듬고 또
다듬어서 예술품을 내놓겠다는 정신이 부족한 대신 논설이나 수필 또는
단상(斷想)을 쓰듯 거침없이 써 내려간 듯한 작품들이 대부분이다. 그가
다작의 작가가 된 것은 전달하고자 하는 메시지가 많았던 점도 있지만 소
설을 쓰는 방법을 가볍게 여기고 마구 써 내려간 그의 소설작업에 그 이
유가 있다.

그는 자기 자신의 문제는 호소의 형식으로, 다른 사람의 문제는 목격자
가 증언하는 형식으로 소설을 쓴다. 「소설 알렉산드리아」가 호소의 현식
으로, 다른 사람의 문제는 목격자가 증언하는 형식으로 소설을 쓴다. 「소
설 알렉산드리아」가 호소의 형식과 증언의 형식의 혼합이라면, 「변명」
(1972), 「겨울밤」(1974) 등은 증언의 형식을 택하고 있다.

「소설 알렉산드리아」는 자기 자신의 문제는 호소의 형식으로, 다른 사
람의 문제는 증언의 형식으로 쓴 소설이다. 수감 생활을 하는 자기 자신
과 그가 수감 생활을 하면서 목격했던 다른 죄수들의 문제를 쓴 이 소설
은 그 소설의 기법도 호소와 증언이라는 혼합형을 활용하고 있다. 특히
<아우>의 시점에서 쓴 사라 안젤과 한스의 이야기는 증언의 형식이다.
그가 작품을 기조는 두 가지다. 첫째는 자기 자신의 문제다.

나는 어떤 작품을 쓰는 경우에 있어서도 나의 억울함을 어떻게 호소할 수 있을까. 나의 무죄를 어떻게 증명할 수 있을까 하는 마음을 지워버릴 수가 없었다. 죄없이 재판을 받고 징역을 산다는 것은 법률에 대해서도, 나 자신을 위해서도, 사회에 대해서도, 죄 자체에 대해서도 치욕이란 관념에서 벗어날 수가 없는 것이다.[3]

「소설 알렉산드리아」의 상당부분은 위에 인용한 기조 위에서 씌어졌다. 그러나 그가 수감 생활을 하면서 목격했던 일들에 대한 기록이나, 사라 안젤과 한스에 대한 이야기는 다음과 같은 기조 위에서 씌어진 것이다.

A) "역사를 위한 변명이 가능하자면 섭리의 힘을 빌 수밖엔 없을텐데요."
이때 마르크 브로크 교수는 내게 부드러운 웃음을 보내며 말한다.
"서둘지 말아라. 자네는 아직 젊다. 자네는 역사를 변명하기 위해서라도 소설을 써라. 역사가 생명을 얻자면 섭리의 힘을 빌 것이 아니라 소설의 힘, 문학의 힘을 빌어야 된다."
"어디 역사뿐인가요? 인생이 그 혹독한 불행 속에서도 슬기를 되찾고 살자면 문학의 힘을 빌 수밖에 없을 텐데요."[4]

B) "이 선생은 어떤 각오로 작가가 되었습니까."
하고 되물었다.
"기록자가 되기 위해서죠."
"기록자가 되는 것보다 황제가 되는 편이 낫지 않겠소?"
"나는 내 나름대로의 목격자(目擊者)입니다. 목격자로서의 증언(證言)만을 해야죠. 말하자면 나는 그 증언을 기록하는 사람으로 자처하고 있습니다. 내가 아니면 기록할 수 없는 일, 그 일을 위해서 어떤 섭리의 작용이 나를 감옥에 보냈다고 생각합니다."[5]

---

3) 이병주, 『허망과 진실—문학적 편력』(기린원, 1979), 71쪽.
4) 「변명」(문학사상, 1972년 12월호), 96쪽.

이 인용문들에 드러나듯 그가 소설을 쓰는 이유와 목적을 밝히려고 하고 있다. 그는 목격자로서 증언할 가치가 있는 것을 증언하다는 생각으로 작품을 쓰고 있다. 이런 호소의 문학, 증언의 문학에 알맞은 것이 그가 즐겨 선택한 화자의 이동과 주인물과 부인물의 설정이다. 따라서 그의 소설 방법은 호소나 증언에 효과적일 것이라는 그의 판단에 따라 선택된 것이다.

## 3. 국가 권력의 폭력과 지식인

이 소설의 집필 동기가 되었다고 볼 수 있는 필화사건의 내용은 무엇이고, 이병주는 자기 자신과 관련이 있는 이 사건을 어떻게 보고 있을까.

> 우리 나라에 혁명이 일어났다. 그 혁명(1961년 5·16 군사 쿠테타＝
> 인용자)의 파도에 휩쓸려 형은 감옥으로 가게 된 것이다. 누군가는 이
> 사건을 부려(不慮)의 화(禍)라고 하지만 나는 그렇게 생각하지 않는다.
> 어떤 사상이건 사상을 가진 사람은 한번은 감옥엘 가야 한다고 생각
> 한다. 사상엔 모(角)가 있는 법인데 그 모 있는 사상이 언젠가 한번은
> 세상과 충돌을 일으키지 않을 도리가 없는 것이 아닌가. 세상과 충돌
> 했을 때 상하는 건 세상이 아니고 그 사상을 지닌 사람인 것이 뻔한 일
> 이다. 나는 감옥살이하는 형을 불쌍하겐 여기지만 그의 감옥행(監獄
> 行)이 부당하다고 생각하지는 않는다.
> "자네 형은 커뮤니스트인가?"
> 말셀은 무거운 어조로 물었다.
> "천만에 형은 철두철미한 자유주의자지."(26쪽)

---

5) 「겨울밤」(문학사상, 1974년 2월호), 99쪽.

5 · 16 군사 쿠데타의 명분이 반공의 강화에 있었다. 4 · 19 이후 반공에 허점이 있고, 그래서 국시인 반공을 강화하자는 것이 쿠데타 주역들이 내세우는 명분이었다. 4 · 19에서 5 · 16에 이르는 1년간은 언론 자유가 있었다. 그 때 지식인들 가운데는 언론기관을 새로 창설하여 새로운 통일론을 제창하기도 하고 중립 통일론이 나오기도 했다. 남북회담을 열어야 한다고 주장하면서 50년대 매카시즘적 분위기에서는 도저히 용납될 수 없었던 주장들이 나오기도 했다. 5 · 16후 검거 선풍이 불 때 자유주의적 색채를 가진 지식인들이 된서리를 맞기도 했고, 중립 통일론을 주장했던 사람들이 희생되기도 했던 것이다. 그것을 알고 있는 말셸이 그 당시 감옥엘 갔다면 코뮤니스트이기 때문일 것이라는 생각을 가지고 있었기 때문에 철저한 자유주의자가 왜 감옥엘 가야 하느냐고 의아해한 것이다.

"우리 나라가 남과 북으로 갈라져 있는 사실은 알지. 형은 이렇게 분열된 국토를 통일해야 된다는 논설을 쓴 거야. 그런데 그 표현이 나빴어. 이 이상 한 사람의 희생도 더 내서는 안 된다. 그러나 어떻게 해서라도 통일은 해야겠다. 이렇게 썼거든. 글쎄 이게 될 말이야? 어떻게 해서라도 통일을 해야겠다면 이북(以北)의 통일 방식으로 통일해도 된다는 뜻 아니겠어? 검찰관도 이 점을 추궁했지. 검찰관의 태도는 당연하다고 생각해.

말셸은 잠간 동안 잠자코 있더니 좀더 상세하게 형의 논설에 관한 이야기를 해보라고 했다.(중략)

형은 아마 2천 편 이상의 논설을 썼을 것이다. 그 중에서 단죄(斷罪) 받은 논설 두 편이 있었다.

「조국이 없다. 산하가 있을 뿐이다.」

「이북의 이남화가 최선의 통일 방식, 이남의 이북화가 최악의 통일 방식이라면 중립통일(中立統一)은 차선(次善)의 방법은 되는 것이다. 그런데 이것을 사악시(邪惡視)하는 사고방식은 중립통일론 자체보다 위험하다.」

「이 이상 한 사람이라도 더 희생을 내서는 안 되겠다. 그러면서 어떻게 해서라도 통일은 이룩해야 하겠다. 이것은 분명히 딜레마다. 이 딜레마를 성실하게 견디고 해결하려는 노력에서 비로소 활로가 트인다.」

대강 이상과 같은 구절이 유죄 판결의 근거가 되었다. 「조국이 없다.」라는 말엔 진정하게 사랑할 수 있는 조국이 없으니 그러한 조국을 만들어야 한다는 뜻과 설명이 잇달아 있었지만 그런 것이 통할 리가 없었고, 더욱이 중립 통일을 주장하지는 안했을망정, 그러한 표현이 위험하다는 것은 틀림없는 일이다. 더더구나 어떻게 해서라도 통일을 해야 한다는 대목에 이르러서는 반공 국시가 뚜렷한 이 나라에선 용납될 리 만무한 것이다. 그래서 나는 다음과 같이 말을 맺었다.

"생각해 봐. 말셀. 도대체 그러한 글을 쓸 수 있다는 정신상태가 틀려 먹었다는 것 아냐. 조국이 없다가 뭐야. 또 이런 문구도 있지. 「조국이 부재한 조국」이란. 검찰관과 심판관이 펄펄 뛸 만하잖아? 정신병자가 아닌 담에야 그렇게 쓰지 못할 거야. 평범하게 분수나 지키며 살아야 할 인간이 뭣 잘 났다고 어수선한 글을 썼는가 말이야."(26~28쪽)

작가의 분신인 <아우>의 말을 통해서 필화사건과 옥고를 치르게 된 일에 대한 반성적 성찰을 드러낸 대목이다. 논설 그 자체에 대한 잘못을 시인하거나 그에게 징역을 선고한 법원의 판결에 승복한 것이 아니라, 좀더 앞뒤를 살펴보고 글을 썼어야 했는데 그렇지 못했다는 반성적 성찰이다. 개인의 사상이 경직된 법 적용(국가의 폭력)에 의해 무참하게 된서리를 맞았다는 아픔을 우회적으로 표현한 것이다. 이 작가는 그 자신의 감옥행을 납득할 수가 없었고, 억울하다는 생각을 의식 깊은 곳에 가지고 있다.

이것은 이 작가의 경우만이 아니다. 그가 수감 생활을 하면서 형무소에서 만났던 죄수들 가운데도 억울한 희생자가 많았다고 보고 있다. 이런 의식은 「쥘부채」(1969), 「겨울밤(1974) 등의 작품에서도 취급되고 있다.

우리의 현대사, 그 가운데서도 분단시대에는 국가의 폭력이라고 볼 수 있는 부당한 법 적용으로 희생된 사람들이 많았다. 그것은 민주주의가 제

자리를 잡지 못하고 인권이 무참하게 짓밟히는 경우가 흔했기 때문이다. 그런 문제를 고발하고 증언하고 호소하고 싶었던 것이 이 작품을 쓰게 만든 힘일 것이다.

이병주의 또 하나의 분신인 <형>은 이 사건과 관련해서 직접 자기의 생각을 토로하고 있다.

> 무슨 죄인지도 모르고 벌만 받는 것처럼 따분한 처지란 없다. 그런데 이제야 나는 나의 죄를 찾았다. 섭리(攝理)란 묘한 작용을 한다. 갑(甲)의 죄에 대해서 을(乙)의 죄명(罪名)씌워 처벌하는 교묘한 작용을 하는 것이다. 꼭 벌을 받아야만 마땅한 인간인데 적용할 법조문이 없을 때 섭리(攝理)는 이러한 작용을 한다는 것을 알았다. 격언(格言) 그대로 섭리의 맷돌은 서서히 갈되 가늘게 간다. 나는 나의 죄를 헤아리느라고 요즘 제대로 잠을 못잔다. 남의 마누라를 탐한 일이 없는가. 여자의 순정을 짓밟은 일이 없는가. 남의 눈물을 흘리게 한 일이 없는가.

그가 썼던 논설 그 자체는 죄가 될 수가 없다. 그러나 논설을 쓴 자기는 인간인 이상 자기 자신도 모르게 죄를 짓고 살아 왔을 것이다. 그런 죄 대신에 논설이 문제가 되어 벌을 받은 것은 섭리의 작용이 아닐까 하는 생각이 투영되어 있다. 그는 논설 자체가 벌받을 일이 아닌데 자기는 벌을 받았다는 생각을 하고 있는 것이다.


## 4. 히틀러, 그리고 히틀러적인 인간

이 소설의 공간적 배경은 이집트의 북부 도시 알렉산드리아로 설정되어 있다. 그 이유는 무엇일까.

> 舞臺를「알렉산드리아」로 택한 것은 그곳이 東西文化의 교류지이
> 며 植民勢力과 被植民勢力의 衝突로 빚은 混沌의 땅이며, 뿌리 없는 인
> 간들의 향수가 모이는 곳이라고 생각했기 때문이지, 공연히 異國情緖
> 를 造作한 것은 아니다.6)

이병주의 분신인 <형>이 서대문 형무소에 수감되어 있을 때, 또 하나의 분신인 <아우>는 알렉산드리아에 가 있었다. 그것은 수감 생활을 하는 자신과 그런 자신을 자유로운 곳에서 관찰할 수 있도록 또 하나의 자신을 설정해 놓고 이 작가가 전달하고자 하는 메시지를 효과적으로 전달하려 했기 때문일 것이다.

히틀러와 히틀러적인 인간에 의해 희생된 사람인 스페인 사람 사라 안젤과 독일인 한스가 모일 수 있는 곳으로 알렉산드리아를 설정하고, 국가의 폭력의 희생자라고 할 수 있는 프린스 김(아우=인용자)도 갈 수 있는 곳이 그곳이다. 국가와 민족을 초월해서 국가 권력의 희생자들이요, 뿌리 뽑힌 인간들인 이들이 합류할 수 있는 곳이기도 하다. 말하자면 이 소설의 화자인 <아우>와 나치 독일의 희생자인 사라 안젤과 한스는 피해자로서의 공통점을 가지고 있다. 그런 피해자들이 한 곳에 모일 수 있는 곳이 알렉산드리아이기 때문이다.

사라 안젤은 스페인 출신의 무희다. 그녀는 30여년 전 스페인 북부 바스크지방의 작은 도시 게르니카에 살고 있었다. 30여년 전인 1937년 4월 26일 나치 독일군은 프랑코 군부세력을 지원하기 위해 게르니카에서 민간인들을 상대로 폭격 연습을 감행하여 1천 여명의 주민들을 무차별 살해했다. 그 때 사라 안젤의 가족들도 희생된다.

---

6) 이병주 작품집,『마술사』, 300쪽.

30년이 지났지만 나는 그날의 일들을 똑똑히 기억하고 있습니다. 그날은 화창한 날이었습니다. 에배당 밑의 첨탑(尖塔)이 눈부시게 반짝이고 있었으니까요. 우리 집은 게르니카의 한복판에 있었어요. 아버지는 잡화상을 하고 계셨지요. 동무들과 거리에서 놀고 있었는데 돌연 굉음(轟音)이 들리잖아요? 뭔가 하고 두리번거렸죠. 그랬더니 수십대의 비행기가 나타났지요. 우리 어린 애들은 "야, 비행기 온다. 비행기 온다." 하고 손뼉을 치며 쳐다보고 있었지요. 그 때만 해도 비행기란 신기한 것이었어요. 그랬는데 천지를 진동하는 듯한 소리가 터지며, 아니 그런 소리가 터진다고 생각했을까 말까 하는 순간 저는 정신을 잃어버렸어요.(중략) 정신을 차리자 아버지와 어머니를 불렀지요. 그러나 아버지와 어머니 오빠와 도생들은 간데온데가 없었습니다. 그 폭격 때문에 모두 죽어버린 거지요.(중략) 그 비행기가 독일 비행기란 얘기를 들었을 때, 어린 마음으로도 독일에 대한 저주감을 가졌지요. 아버지 어머니 또 오빠와 어린 동생들의 원수를 갚아야겠다고 이를 악물었지요.(중략) 저는 비행기를 열 대만 사서 거기 폭탄을 가득 싣고 독일의 어떤 도시, 꼭 게르니카만한 크기의 도시를 폭격할 집념(執念)에 사로잡히게 된 거죠. 저와 같은 처지의 스페인 남자를 비행사로 만들고……(61~62쪽)

일본 제국주의자들의 폭력을 경험한 <아우>는 나치 독일의 폭력의 희생자인 사라 안젤과 쉽게 친해진다. 그리고 그 자신도 폭력의 희생자라는 것을 술회한다.

"제가 형하고 일본의 동거서 살고 있을 무렵, 저의 하숙집의 옆집 사람이 무척 꽃을 좋아하는 사람이었어요. 온 집이 꽃 투성이라 별의별 꽃이 다 있었지요. 그리고 그 집 주인의 아침저녁으로 꽃시중 드는 성의가 대단했습니다. 그래서 우리는, 즉 형과 나는 그 사람을 대단히 좋아했었지요. 그런데 어떤 기회에 우리는 그 사람이 전직(前職)일본 경찰이라는 사실을 알았죠. 그리고 그 사람은 우리 동포를 고문하고

치사케한 일이 한두 번이 아닌 위인이란 사실도 알았지요. 그 자를 아는 사람은 그 자의 이름만 들어도 밥맛이 떨어질 지경이라고 말하는 사람도 있었어요.(중략) 우리 동포를 죽도록 고문하는, 고문할 수 있는 마음과 꽃을 좋아하는 마음과 어떻게 유관(有關)할까 하고 생각해 본 적도 있지요. 꽃을 사랑하는 데서 인정의 아름다움을 배우지 못한다면 꽃은 악마의 마음도 즐겁게 하는 갈보 같은 것이 아니냐."(중략)

"프린스 김(아우를 지칭＝인용자)의 그 마음 이해할 수 있을 것 같아요. 저에게도 그런 경험이 있습니다. 나는 꽃을 좋아했지요. 꽃 중에도 장미를 좋아했죠. 그런데 이런 얘기를 읽었죠. 독일 사람들이 2차 대전 중에 여러 군데 강제 수용소(强制收容所)를 만들곤 수백만의 무고한 사람들을 잡아 가두었다는 얘기는 들었죠? 그 가운데 아우슈빗츠라는 곳이 제일 컸답니다. 그 곳에선 매일 수천명씩 사람들을 가스실에 넣어 죽였대요. 죽이고는 그것을 불살라, 재를 만들고 그 재를 수용소 인근에 뿌렸대요. 그 수용소의 마누라는 죽은 사람의 뼈를 가지고 여러 가지 세공물(細工物)을 만들 만한 끔찍한 여자예요. 사진을 보니까 잔인하기 이를데 없이 생겼습니다. 그 여자가 썩 장미를 잘 가꾸었다니까요. 죽은 사람의 재를 비료로 해서 말예요. 연합군이 그곳엘 가 보니 수용소장 사택(私宅)의 뜰에 장미가 만발하고 있었더랍니다. 전 그 얘기를 알고부턴 장미만 보면 구역질이 나요."(56~58쪽)

화자인 <아우>와 사라 안젤은 두 사람 모두 국가 권력의 희생자들이다. 특히 <아우>는 일본 제국의 국가적 폭력의 희생자이기도 하지만 5·16 후 군사정권의 희생자이기도 하다. 다른 점이 잇다면 사라 안젤은 그녀의 가족들의 희생을 헛되게 하지 않기 위해 복수의 집념을 버리지 않고 복수의 기회를 엿보고 있다는 점이다.

"그 비행기가 독일 비행기란 얘기를 들었을 때, 어린 마음으로도 독일에 대한 저주감을 가졌지요. 아버지와 어머니 또 오빠와 어린 동생들의 원수를 갚아야겠다고 이를 악물었지요. 그런데 원수를 갚기는커녕 보이는 대로 이 모양이니…… 그러나 저는 비행기를 열 대만 사서 거기 폭탄을 가득 싣고 독일의 어떤 도시, 꼭 게르니카만한 크기의 도시를 폭격할 집념(執念)에 사로잡히게 되었죠. 저와 같은 처지의 스페인 남자를 비행사로 만들고…… (중략) 이게 지금 저의 꿈이죠. 이 일을 해놓고 나면 저는 아무렇게 되어도 좋아요."(62쪽)

화자인 <아우>는 일본 제국의 희생자이고, 또 5·16 후의 폭력적 권력의 희생자임에도 불구하고 거기에 대한 복수를 한다든가, 저항을 한다든가 하는 일을 하지 못하고 있다. 오히려 현실에서 도피하고자 한다. 그는 스스로의 나약함을 탓하면서 사라 안젤을 돕기로 한다. 그때 또 하나의 특이한 인물이 <아우>의 앞에 나타난다. 독일인 한스다.

한스와 사귀게 되면서 이런 대화들이 오고간다.

"난 독일 사람이란 건 싫어. 베토벤이나 모찰트 같은 천재는 별도로 하고 일반 독일인에 대해선 일종의 증오감을 갖고 있지."(중략)

"독일인을 좋아하지 않을 이유야 많겠지. 나는 솔직하게 그걸 인정해. 독일인인 나 스스로 독일인을 싫어하니까. 헌데 프린스 김이 독일인을 싫어하는 이유가 뭐지?"

"내 형님이 독일인을 싫어하거든. 나도 솔직하게 말하면 그 형의 영향을 받은 거지."

"당신 형은 왜 독일인을 싫어하지?"(중략)

"내 형은 히틀러를 미워하지. 아마 형이 가장 미워하는 사람이 있다면 그건 히틀러와 히틀러적인 인간일거야. 형은 말버릇처럼 했지. 내가 꼭 살인을 승인해야 할 유일한 경우가 있다면 히틀러나 이와 유사한 족속들에 대한 살인이라고."

"히틀러가 독일인 전부는 아니잖아?"

한스의 얼굴엔 여전히 미소가 있었다.

"형의 의견을 빌리면 히틀러를 만들어낸 것은 독일인이고 그러한 독일인은 결국 히틀러 같은 사람이라는 거지. 히틀러가 대죄(大罪)이

고 인류의 적이라면 그를 열렬히 지지한 독일인은 전부 그의 공범(共犯)이라는 거지."(89~90쪽)

한스는 독일인이지만 그 자신도 히틀러의 게슈타포에게 가족들의 희생을 당햇다.

그는 2차대전에 출정했다가 패전 후 귀향했을 때, 그의 가족들이 게슈타포에 희생되었다는 것을 알았다. 그의 가족을 죽게 만든 게슈타포의 하수인이 그가 알고 있던 엔드렛드란 자라는 것을 알아 내고 그 자가 가명으로 피신해서 세계의 여러 나라로 도피해 다닌다는 것을 알고, 그 자를 잡아 복수하려고 세계의 여러 나라를 돌아다니다가 알렉산드리아에 오게 된 것이다.

한스의 동생 이름은 요한이라고 했다. 요한은 병아리가 죽는 것을 보아도 가슴 아파하는 심약(心弱)한 소년이었다. 아마 평생 동안 개미 한 마리 밟아 죽이지 못했을 것이란 그런 소년이었다. 그 소년이 형이 출정한 후인데, 그의 친구인 유태인 소년 하나를 자기집 마구깐의 윗층에 숨겨 주었다. 그 사실을 게슈타포의 앞잡이 노릇을 하고 있던 엔드렛드란 놈이 ㅁ라을 빌리러 와서 우연히 알아냈다. 유태인 소년은 물론 강제수용소로 끌려 갔다. 동시에 요한 소년은 게슈타포의 유치장에 감금했다. 거기서 요한은 형언할 수 없는 고문을 받았다. 또 숨겨 놓은 유태인이 있을 것이니 바로 대라는 것이다. 요한은 당시 병력(兵力)이 모자라서 그 보충 때문에 골치를 앓고 있던 시국임에도 병역을 면제받을 수 있을 정도로 허약한 체질이었다. 이와 같이 몸도 마음도 약한 요한이 그 지독한 고문을 이겨낼 도리가 없었다. 그는 드디어 고문대 위에서 숨을 거두었다.

이 사실을 안 요한의 어머니는 광란 상태가 되어 게슈타포엘 찾아가 시체만이라도 내 달라고 호소했다. 게슈타포는 모른다고 잡아뗐다. 그러던 참인데 어떤 농부가 요한의 어머니에게 귀띔을 했다. 언젠가의 새벽 게슈타포의 차가 마을 건너편 산으로 뭣인가를 운반해서 거기서 그걸 묻은 모양이더라고. 요한의 어머니는 농장의 인부들을 동원해서 그 산을 뒤졌다. 그리고 최근에 흙을 건드린 것 같은 곳이 있기에 파보았더니 요한의 시체가 나타났다. 전신에 타방상, 등뒤엔 전기 인두로서 지진 흔적, 손목엔 전선을 감은 흔적, 두개골은 거의 쪼개질 정도로 부서져 있는 처참한 꼴이었다.(94~95쪽)

한스는 동생과 어머니를 죽게 만든 범인을 찾기 위해 평생을 보내고 있는 것이다. 사라나 한스나 모두 히틀러와 히틀러적 인간에 의해 희생당한 사람들이다. 그러나 그들은 그들의 희생을 헛되게 하지 않기 위해 노력하고 있다.

이 소설의 화자인 <형>과 <아우>도 식민지시대에는 일본 제국주의자들과 그 하수인들에 의해 저할할 수 없는 폭력을 경험했다. 그리고 5·16후에도 국가 권력에 의해 희생되었다. 이 소설에는 명백하게 밝히고 있지 않지만 나치나 일본 제국주의자나 5·16 후의 권력자들인 군부 세력이나 모두 폭력을 휘두르는 똑같은 부류라는 암시가 있다. 때문에 프린스 김(아우)은 사라 엔젤과 한스와 의기가 투합하고 있다. 다르다면 사라와 한스는 좌절하거나 포기하지 않고 복수의 집념을 가지고 있는데 비해 프린스 김은 그러지 못하다는 점이다.

이병주는 중편소설 『마술사』를 발표하고 나서 이 작품에서 의도했던 것 가운데 하나가 나라를 빼앗긴 백성들의 저항의 한 전형을 그려보려 했다는 것이다. 『마술사』의 주인공을 인도인으로 설정한 것은 우리 민족 가운데서 그만한 인물을 찾지 못했기 때문이라고 술회하고 있다. 「소설 알렉산드리아」에서도 복수의 집념을 버리지 못하는 인물로 스페인 여성과 독일인 한스를 설정한 것은 시사하는 바가 있다. 우리 민족 가운데서 사라 엔젤이나 한스, 그리고 인도인인 크란파니와 같은 인물을 찾을 수 없다는 것을 진술함으로써 나라를 빼앗긴 민족, 또는 국가 권력의 폭력에 대해서 무기력하게 무너져 버리는 우리 민족의 아픈 곳을 찌르고 있다. 이 점이 이 대목에서 이병주가 전달하고 있는 메시지일 것이다.


## 5. 옥중기/체험과 사상

중편소설인 만큼 「소설 알렉산드리아」는 서술 방법이나 서술의 초점도 다양하고 취급된 문제도 여러 가지다. 이 소설의 핵심은 자신의 수감 생활에 대한 억울함과 법 적용의 문제에 대한 호소에 있지만, 옥중 생활을 통해서 목격했던 일과 옥중 생활을 통해서 사색했던 일들도 산발적으로 진술되어 있다. 수감 생활을 하는 <형>이 알렉산드리아에 가 있는 <아우>에게 보낸 편지 형식의 글은 그가 수감 생활을 통해 사색했던 일들을 에세이 형식으로 진술한 것으로 그의 사상을 이해할 수 있는 자료가 된다.

이병주의 문학을 해설한 이광훈은 이 소설에 대해서 다음과 같이 말한다.

> 그의 출세작이자 대표작이기도 한 「소설 알렉산드리아」는 자신의 독중 생활에서 얻은 체험과 사상을 작품으로 승화시킨 소설이다. 이 작품의 주인공은 화자인 <나>에 의해 그려지고 있는 <형>이며, 그 <형>은 작가의 사상을 대변해 주는 분신이기도 하다. 그리고 ,아우>인 <나>에세 보내진 형의 편지는 작가의 사상을 가장 잘 나타내 주고 있는 격조 높은 에세이들이다.7)

---

7) 이광훈, "역사와 기록과 문학과……" 『한국현대문학전집 48』(삼성출판사, 1979), 436쪽.

형이 아우에게 보낸 편지 형식의 에세이 가운데 이병주의 사상을 드러내는 것 가운데 몇 가지는 점검해 볼 가치가 있다.

> 나와 같은 방에 있는 K는 아직도 자기의 죄를 발견하지 못한 모양이다. 자기의 죄를 발견하지 못하면서 징역살이를 하고 있는 사람의 처지처럼 딱하고 우울한 건 없다. (중략)
> 그는 말한다 나의 죄는 이 나라를 스칸디나비아반도의 여러 나라와 같은 나라로 만들어 보겠다고 웅분한 노력을 다한 죄밖에 없다. 소가 겨울 동안 쓸쓸해 할까봐 벽에도 풍경화를 그린 덴마크의 농부와 같은 농부를 이 땅에서도 만들어보자고 노력한 죄밖에 없다고.(81~82쪽)

K가 어떤 죄로 징역을 살고 있는지 구체적으로 밝혀져 있지는 않다. 1960년대 초의 스칸디나비아의 여러 나라는 사회보장제도가 잘 된 나라들이다. 그 가운데는 냉전시대임에도 불구하고 어느 한편에 기울어지지 않은 나라도 있었다. 그런 나라가 바람직한 나라가 아니냐는 것만으로도 그 당시는 사상성을 의심받았다. 특히 5 · 16직후가 그랬다.

4 · 19에서 5 · 16으로 이르는 1년 동안은 언론의 자유가 있었던 시기다. 그래서 자기의 생각을 자유롭게 개진했다가 5 · 16후에 된서리를 맞은 사람들이 있었다. 그것이 우리의 역사다. 그 때 희생된 사람이 K와 같은 사람일 것이다. K로서는 법원의 판결에 승복할 수가 없었다. 따라서 본인 스스로 자기의 죄를 인정하지 않은 채 징역을 살아야 한다는 것은, 자기의 죄를 인정하지 않고 징역을 사는 사람보다 더 고통이 클 것이다. 이와 같은 상황은 이병주의 경우에도 해당되지만 같이 수감생활을 하는 K도 같은 상황이다.

이 문제는 이병주에게 있어서 중요한 문제로 받아들인다. 그래서 「예 낭 풍물지」(1972)에서 다음과 같이 계속 이 문제를 다루고 있다.

죄인이란 무엇일까. 범죄란 무엇일까. 대영백과사전은 "범죄……
형법 위반의 총칭"이라고 되어 있다는 것이고, 제임스 스티븐은 "그것
을 범하는 사람이 법에 의해서 처벌되어야 하는 행위 또는 부작위"라
고 되어 있고, 유식한 토마스 홉스는 '범죄란 법률이 금하는 짓을 하는
것"이라고 말하고 있다는데, 나는 이것을 납득할 수가 없다. 형법 어느
페이지를 찾아 보아도 나의 죄는 없다는 얘기였고, 그 밖엔 어떤 법률
에도 나의 죄는 목록에조차 오르지 않고 있다는 변호사의 얘기였으니
까, 그런데도 나는 십년의 징역을 선고 받았다. 법률이 아마 뒤쫓아 오
는 모양이었다. 그러니까 대영백과사전도 스티븐도 홉스도 나를 납득
시키지 못했다.

　"죄인이란 권력자가 '너는 죄인이다.' 하면 그렇게 되어버리는 사람
이다."[8]

　작가의 분신이라고 볼 수 있는 「예낭풍물지」의 <나>에 의해 진술되
는 이 이야기는 이병주의 생각을 기록한 것이라고 볼 수 있다.

　법에 의해서 죄인으로 판정되었다고 하더라도 죄인 스스로 그 죄를 인
정할 수 없다면 문제다. 이런 문제는 흔히 있을 수 있는 문제이기도 하다.
이병주는 수감 생활을 통해서 그것을 절감했었던 것 같다. 그래서 "죄인
이란 권력자가 '너는 죄인이다.'라 하면 그렇게 되어 버리는 사람이라고
증언하고 있는 것이다. 권력자의 편의에 의해서 사람의 죄가 결정되는 고
발 증언하고 있는 셈이다.

　자기의 죄를 인정하지 않고 수감 생활을 하고 있는 K의 이미지는 「쥘
부채」(1969)의 유선생의 이미지와 겹친다. 스웨덴 같은 나라가 되었으면
하는 글을 쓰다가 혼이 난 사람이 유선생이다. 그렇게 혼이 난 후 부터는
몸을 사리고 도피주의에 빠지기도 한다. 젊은이들로부터는 그 "부드러운
눈빛 저편에 적어도 무시무시한 아나키즘쯤 깃들고 있지 않나" 하는 기대

8) 「예낭 풍물지」, 이병주 작품집 『망명의 늪』(서음출판사, 1978), 127~128쪽.

를 받으면서도 혼이 난 후 몸을 사리는 지식인의 모습이 이병주가 수감 생활을 할 때 목격했던 K의 후일의 모습일지 모른다. 죄를 인정하지 않고 징역을 살고, 석방되어 나와서도 무기력하게 살고 있는 인간의 모습에서 절망을 느끼고 있는 것이 이병주가 아닐까.

어제 J라는 청년이 사형집행을 당했다는 뉴스가 흘러들었다. 시간을 꼽아보니 우리들이 한창 식사를 하고 있던 시간이었다. 불과 100미터도 떨어지지 않은 곳에서 인간 도살의 작업이 진행되고 있는데, 그때 황제는 보리밥덩이를 분주히 입속에 집어넣으면서 내 속의 돼지를 먹이고 있었던 것이다.

남이 사형을 집행당한다고 해서 내가 밥을 먹지 말아야 할 법은 없다. 죽는 자로 하여금 죽게 하라! 죽을 만한 죄를 지었기에 사형을 당한 것이겠지.

어젠 청명한 날씨였다. 나뭇가지에 미풍이 산들거리고 새는 흥겹게 재잘거렸다. 이러한 날, 드높은 하늘 밑에서 그 밀실에서 법률의 이름을 빌어 사람을 교살하는 작업이 진행되고 있었던 것이다.(123~124쪽)

어제 조용수가 사형집행을 당했다는 소식이 흘러 들었다. 시간을 꼽아 보니 한창 식사를 하고 있던 무렵이었다. 불과 100미터도 떨어져 있지 않은 곳에서 옛날의 내 제자를 도살하는 작업이 진행되고 있었는데 나는 보리밥덩이를 분주히 입속으로 집어넣어 내 속의 돼지를 먹이고 있었던 것이다. 제자가 사형을 당했다고 해서 내가 밥을 먹지 말아야 할 까닭은 없다.9)

1965년에 발표한 「소설 알렉산드리아」에 J라고 되어 잇던 것을 1974년에 발표한 「겨울밤」에서 J 대신 조용수라고 이름을 밝히고 있다. 화자와 조용수와의 관계를 사제지간이라고 밝혔을 뿐 같은 문장이다. 이어지는 문장도 같다.

---

9) 「겨울밤」(문학사상, 1974년 2월호), 92쪽.

감옥에서 경험한 사형 문제는 그에게 깊이 각인되어 있었기 때문에 사형 문제와 사형 폐지 문제는 소설을 달리 하면서도 거듭 취급되고 있다.

> 작년만 해도 이 감옥에서 처형된 사형수가 57명이 넘는다고 한다. 57명의 생명이 그 문으로 걸어 들어간 것이다. 나는 그 푸르게 페인트 칠한 조그마한 문과 그 곁에서 서 있는 프라타나스의 아직 어린 나무를 바라보고 있다.(중략) 아아, 나는 이 감옥에서 나가면 사형 폐지 운동이나 할까보다.(127~128쪽)

> 작년만 해도 이 감옥에서 처형된 사형수가 57명이나 된다고 한다. 57명의 생명이 그 문으로 들어간 것이다. …… 조용수는 그 문으로 걸어들어가며 무엇을 생각했을까. 아아, 나는 이 감옥에서 나가는 날부터 사형 폐지 운동을 해야겠다.[10]

이병주는 감옥에서, 그것도 군부의 거친 법 집행 당시의 감옥에서 사형 집행의 문제점을 보았고, 그것을 소설을 달리하면서 거듭거듭 이야기하고 있다. 이 문제는 그에게 큰 문제로 보였기 때문일 것이다.


## 6. 맺음말

「소설 알렉산드리아」는 몇 가지 특징이 있다. 첫째, 묘사나 서사에 의존하는 전통적인 소설의 기법에서 벗어나 에세이 형식에 많이 의존하고 있다. 그것은 그가 예술가라기보다 에세이스트적 요소가 많다는 것을 뜻한다. 실제로 그는 많은 에세이와 논설을 써온 작가이다.

둘째, 부인물이 등장해서 주인공을 이야기하는 관점(시점 : 서술의 초

---

10) 「겨울밤」 93쪽.

점)을 많이 채용하고 있는데, 대체로 부인물은 이병주의 분신이거나 그림자다. 이런 방법은 『마술사』(1966), 「쥘부채」(1969), 「예낭 풍물지」(1972). 「변명」(1972), 「겨울밤」(1974), 「내 마음은 돌이 아니다」(1975), 「중랑교」(1975), 「여사록」(1976) 등에도 활용되고 있다. 이런 기법은 자아가 강하고 전달하고자 하는 메시지를 전달하려는 의욕이 많을 때 많이 동원되는 기법이다.

셋째, 같은 소재, 같은 이야기가 반복되어 나온다. 이를테면 국가 권력의 폭력의 문제는 장편소설인 『관부연락선』(1968~1970), 재판의 문제점과 사형제도의 문제는 「예낭풍물지」(1972), 『겨울밤』(1974)에서도 취급되고 있다. 그리고 「겨울밤」과 「내 마음은 돌이 아니다」는 같은 소설이라고 볼 수 있을 만큼 소재나 주제가 똑같다. 이것은 한 주제를 심화시키는 점도 없지 않지만 같은 소재를 반복함으로써 진부함 느낌을 준다.

넷째, 소설의 공간적 배경이 넓다. 이 소설은 이집트의 북부 도시 알렉산트리아까지 공간을 확대시키고 프랑스인, 스페인인, 독일인, 이집트인까지 동원하여 스케일이 크다. 그것은 『관부연락선』에서 일본인, 영국인, 인도인, 중국인을 등장시키고 소설의 무대도 한국, 일본, 영국, 중국까지 넓혀 스케일을 확대시켰으며, 『마술사』에서는 인도인을 등장시키고 무대를 버마까지 확대했다. 이것은 그의 시야가 그만큼 넓다는 것을 뜻한다.

다섯째, 이 소설은 그의 소설의 원형이 될 수 있다. 이 소설에서 다룬 문제가 이어서 그가 발표하는 소설에서도 취급되고 있다. 따라서 이 소설, 「소설 알렉산드리아」를 철저히 분석하면 그의 문학세계는 윤곽이 드러난다. 그것은 이광수의 『무정』(1917)을 분석하면 『흙』(1932), 『유정』(1933). 『사랑』(1938) 등 이광수 문학의 핵심이 떠오르는 것과 비슷하다.

# 소설 · 역사 · 인간

## 이병주의 초기 중 · 단편에 대하여

한수영(연세대 교수)

## 1. 전후세대와 4 · 19 세대의 사이에서

작가 이병주(1921~1992)에게 붙는 여러 개의 수사적 계관 중에서 가장 널리 알려진 것은 그의 이름 뒤에 항상 따라다니는 '늦깎이 작가'라는 별명이다. 등단작으로 알려진 「소설 알렉산드리아」(1965)를 발표한 것이 우리 나이로 마흔 다섯 살 때의 일이니, 이병주는 마흔 살에 등단한 여성 작가 박완서와 더불어 이 분야에서 두고두고 사람들의 입에 오르내리는 대표격이 되었다. 십대 후반에 등단하던 것이 보통이던 근대 문학 초창기는 접어 두고라도, 늦어도 이십 대 초중반이면 작가나 시인으로 입신하는 것이 우리 문단의 관례인 점에 비추어 보면 늦어도 한참 늦은 것이 사실이다.[1]

---

1) 연보에 의하면, 소설을 쓴 것은 1965년이 처음이 아니다. '한국문학사'에서 간행한 『오늘의 작가대표문학선집 10』의 말미에 기재된 작가연보에는 1954년에 『부산일보』에 장편 『내일없는 그날』을 1년 동안 연재했다고 적혀 있다. 그러나 연보에 나와 있는 연재연도는 잘못된 것이다. 정확한 연재기간은 1957. 8. 1~1958. 2. 25이

그러나, 그의 등단 시기가 갖는 진정한 의미는 '지각(遲刻)'이라는 현상 자체에 있는 것이 아니라, 그의 문학의 존재 이유와 연결된 것이어서 문학사 차원의 해명이 필요하다.

1921년생인 이병주는 나이로만 따지자면 한국문학사에서 이른바 '전후문학 세대'에 속한다. 전후문학의 중심그룹은 대부분이 이병주와 같은 1920년대생들이다. 선우휘(1922년생), 장용학(1921년생), 손창섭(1922년생), 이범선(1920년생) 등의 출생연도를 보면 한 눈에 확인할 수 있다. 대체로 한국문학사에서 '전후세대'는 1919년생에서 1932년생 사이에 걸쳐 있다. 이 그룹 중에서 이른 시기에 속하는 작가는 김성한(1919년생)이며, 아래쪽으로는 30년대생인 오상원(1930년생), 서기원(1930년생), 이호철(1932년생), 하근찬(1931년생) 등이 있다.

더구나, 그가 본격적으로 소설을 쓰기 시작한 시점은, 한국문학사에서 이른바 '세대교체'가 일어나고 있던 시기였다. 그 과정에는 격렬한 '신/구 논쟁'이 동반되었다. 4·19혁명을 기점으로 해서, '전후세대'의 바통을 이어받아 이른바 '4·19세대', 즉 출생연도로 따지자면, 전후세대의 아들뻘이라고 할 수 있는 스무살 정도 아랫세대인 '1940년대생들'의 시대가 전개되기 시작했다. 이병주가 「소설 알렉산드리아」를 발표하기 두어 해 전에 이미 '4·19세대'의 총아로 떠오른 김승옥의 「생명연습」(1963), 「무진기행」(1964), 「서울, 1964년 겨울」(1965) 등이 발표되었다. 등단 연도만 따지자면, 이병주는 「퇴원」(1965)으로 등단한 또다른 '4·19세대' 작가인 이청준과 같은 해에 나왔다.

전후문학 세대이면서도, 이병주는 '전후세대'의 문학사적 시효가 의심받던 시기에 소설을 쓰기 시작했다. 다소 과격하게 표현하자면, 그와 체

며, 화가 전혁림의 삽화로 총 206회 연재되었다. 그러나, 등단 시점과 상관없이, 설령 1965년이 재등단이라고 하더라도, 이 글에서 내가 설정한 이병주의 문학사적 '위치'에 대한 의미는 유효하다고 생각한다.

험과 기억을 공유하던 20년대생들의 '문학'이 '4 · 19세대'에 의해 사망선고[2]를 받던 무렵에, 이병주는 새삼스럽게 기지개를 켰던 셈이다.

그 자신 전후문학 세대이면서도, 정작 '4 · 19세대'와 문학생활을 함께 출발하게 된, 이 미묘하면서도 모순적인 이병주의 지점. 이것은 그의 문학을 검토하는 우리에게 한 가지 중요한 검증 원칙을 제공해 준다. 즉, 그의 문학의 존재 이유, 혹은 문학사적 의미는, 그가 서있는 이 '지점'을 얼마나 구체적으로 증명해 주는가에 따라 판명된다는 사실이다. 다시 말하면, 그의 문학은 '전후문학'이 보여주지 못한 것을 과연 보여주고 있는가, 혹은 '4 · 19세대'의 문학과는 다른 문학을 제시하고 있는가. 이 결과에 따라, 그에 대한 문학사적 평가의 긍부(肯否)가 나누어지게 될 것이다.[3]

물론, 이 프리즘 하나로 그의 다채로운 창작 세계 전부를 조망하거나, 그의 작업이 지닌 문학사적 의미를 확인하기는 어렵다. 더구나, 이 글에서 다루는 텍스트들은 등단 이후부터 10년 정도에 걸쳐 쓴 중 · 단편에 한정된다(이후 편의상 '초기 중 · 단편'이라고 부르기로 한다. 미리 밝혀두지만, 이때의 '초기'란 엄정하게 작품의 전개과정 전체를 검토한 끝에 규정하는 시기구분은 아니다). 그의 문학의 본령은 어쩌면 장편 쪽에 있는지도 모른다. 사실 그가 작가로서 명성을 얻고 작업의 추동력을 얻었던 것은 장편을 통해서였음이 확실해 보인다. 『지리산』, 『관부연락선』, 『산하』, 『그해 오월』과 같은 현대사를 다룬 대하장편에서 그는 탁월한

---

2) '4 · 19세대'의 '전후세대'에 대한 부정과 비판의 가장 대표적인 글이 김현의 「테로리즘의 문학」이라고 할 수 있다. 김현의 전후세대 비판 및 이들 세대간의 '신구논쟁'에 관해서는 한수영, 「1950년대 문학의 재인식」(『문학과 현실의 변증법』, 새미, 1997에 수록)을 참조하기 바람.

3) 이병주와는 상황과 조건이 다르지만, 비슷한 시기인 1966년에 다시 소설을 본격적으로 쓰기 시작하는 김정한의 재등장도 문학사적인 '사건'이라고 부를 만하다. 김정한은 이병주보다도 좀더 이른 세대라는 점에서 그 문제성은 좀더 각별하다. 그의 재등단이 지니는 문학사적 의미에 대해서는 한수영의 「김정한 소설의 지역성과 세계성」(『문학도시』, 2004년 봄호)을 참조하기 바람.

기량을 과시하고 많은 독자들을 확보했다.

그러나 등단 이후 10년 정도에 걸쳐 쓴 중·단편은, 작가 이병주의 일관된 상상력의 구조와 작가의식의 단초를 보여 주고 있다는 점에서 매우 중요하다. 이들 중·단편은, 음악에 비유하자면 '변주곡'에서의 '주제'(즉 기본선율)에 해당한다고 볼 수 있는데, 그것은 '왜 소설을 쓰는가'에 대한 자기 확인이 거듭 반복되고 있기 때문이다. 그런 맥락에서, 그의 작품군의 대다수를 차지하는 장편들은, 어떤 의미로는 중·단편에서 화두로 제시된 이 '물음' 즉 '주제부'에 의해 유도되는 '변주곡'에 해당한다고 비유할 수 있다. 장편소설을 쓰는 도중에도 그는 종종 스스로 제시한 '근본적인 물음'으로 돌아오곤 했다.

'나는 왜 소설을 쓰는가?'라는 자문자답. 이 자기의식이 작가로서의 이병주를 탄생시키고, 창작을 유지시켜 나간 근본적인 화두였다. 그 점에서, '소설쓰기'에 관한 이 질문은, 그와 동년배인 '전후문학'세대와 그를 구별 짓는 중요한 조건이 된다. '전후문학' 세대들에게는 '소설쓰기'에 대한 이런 자의식이 강하게 나타나지 않는다. 그들에게는 '추상화된 역사'가 너무 압도적이었기 때문이며, 문학(혹은 소설)은 그 막중한 '역사'의 무게를 견딜 수 있는 유일한, 그리고 이미 선재(先在)하는 출구이자 도피처였다. 그러므로, 이 과정에는 '나는 왜 소설을 쓰는가?'라는 질문이 제기될 여유가 없다. '역사'를 의식하기는 하지만, 그것을 객관화할 '거리'를 확보하지 못했던 까닭에, 역사의 '추상화(抽象化)'에 쉽게 노출되고, 그만큼 문학은 '보편성의 미망'에 빠지기 쉬웠다. 이것은 '전후세대'들의 작가적 능력의 미숙함과는 전혀 다른 차원의 문제다.

그와는 거꾸로, '4·19세대'들은 역사의 추상성에 지배당하고 있던 '전후세대'의 문학을 부정하는 데서부터 출발한다. 그래서 그들은 역사로부터 '개인'을 분리해 내고자 애쓴다. 개인을 짓누르고 있는 '역사'의 무게를 떨쳐 내기 위해서 일부러 '역사'를 희화화하거나 '개인'과 등치시킨다. '전후문학'이 '알레고리'로 함몰되거나, 또는 그에 대한 반작용으로서 지나친 세부에 몰두하는 방식으로 '역사'에 저항하려고 했다면, '4·19세대'는 '역사' 대신 '사회'와 '개인'을 등치시키는 방법, 그리고 '소설쓰기'에 관한 자의식을 '미적 자율성'에 대한 관심으로 치환하는 방법을 선택한다.

'미적 자율성'에 관한 '4·19세대'의 자의식에 견주면, 이병주는 '문학'을 훨씬 '역사'쪽에 가깝게 옮겨 놓고 있다. 그의 소설쓰기는 근본적으로 '역사'에 대한 대타의식에서 비롯되고 있다. 그러나, 이 대타의식은 '전후문학'의 그것과도 다르다. 초기의 중·단편은 이런 미묘하고도 복잡한 이병주의 '작가의식'의 형성과 변천 과정을 보여주고 있다.


## 2. 증언과 기록으로서의 소설쓰기

첫 창작집인『마술사』의 후기에서 이병주는 이렇게 밝히고 있다.

1961년 5월, 나는 뜻하지 않은 일로 이 직업(『국제신문』의 주필 겸 편집국장 직을 가리킨다－인용자)을 그만두지 않으면 안 되었다. 천성 경박한 탓으로, 정치적으로 대죄를 짓고 10년이란 징역을 선고 받았다. 그런데도 2년 7개월만에 풀려나온 것은 천행이었다.
이 때의 옥중기를 나는「알렉산드리아」라는 소설로서 꾸몄다. 대단한 인물도 못되는 인간의 옥중기가, 그대로의 형태로서 독자에게 읽힐 까닭이 없으리라고 생각한 나머지, 나의 절박한 감정을 허구로서 염색해 보기로 한 것이다. 이것이 소설로서 어느 정도 성공했는지는 내 자신 알길 없으나, '획선'이 사실 이상의 진실을 나타낼 수 없을까를 실험해 본 것으로 내게는 애착이 있다.[4]

잘 알려져 있다시피, 이병주는 5·16군사 쿠데타 직후 혁명재판에 회부되어 10년 형을 선고받고 2년 7개월을 복역한 뒤 출소한다. 감옥에서 그가 경험한 것이 정확히 무엇인지 짐작하기는 어렵지만, 소설에 반영된 것만 정리해 봐도 이 체험은 그의 삶과 인식에 중요한 전환을 가져다 준 것이 분명해 보인다.[5] 위의 후기를 통해 중요한 두 가지 사실을 확인할 수 있는데, 첫째는 그의 창작 동기가 '감옥 체험'과 매우 밀접하게 연관되어 있다는 점이며, 둘째는 '옥중기의 픽션화'라는 대목에서 소설쓰기에 관한 그의 자의식의 일부를 엿볼 수 있다는 점이다.

이 후기를 쓰고 있는 시점으로부터 이십여 년 뒤에, 다소 막연하게 표현했던 이 내용들을 그는 다음과 같이 직접적이면서도 상세하게 다시 밝히고 있다.

혁명검찰부와 혁명재판소의 화려한 개소식이 있었다는 소식이 있자 나는 같은 신문사에 있던 논설위원 B군과 서울로 압송되었다. 나를

---

4) 이병주, 「후기」(『마술사』, 아폴로사, 1968년), 299~300쪽. 흔히 「소설 알렉산드리아」로 알려진 작품은 첫 창작집에는 「알렉산드리아」로 표기되어 있고, 후기에도 그 제목으로 언급되고 있다. 원 게재지인 『세대』를 확인하지 못했으나, 처음의 제목은 「소설 알렉산드리아」가 아니라 「알렉산드리아」였던 것으로 짐작된다. 인용문의 한자는 한글로 고쳐 인용했다. 이후에도 이 원칙을 따른다.

5) 초기의 중·단편에 반복해서 등장하는 중요한 '공간'은 '감옥'이라는 점에서, 그의 감옥체험은 텍스트 해석과 밀접한 관련을 지닌다. '감옥'의 모티프는 「소설 알렉산드리아」를 비롯해 「마술사」(1968), 「쥘부채」(1969), 「예낭풍물지」(1972), 「겨울밤」(1974), 「내 마음은 돌이 아니다」(1975), 「철학적 살인」(1976) 등에서 계속 반복된다. 「쥘부채」나 「겨울밤」, 「내 마음은 돌이 아니다」 등의 작품은, 소재의 차원에서만 한정해서 보더라도, 훗날 후배작가인 김하기가 본격적으로 소설화하기 이미 20여 년 전에, '좌익 장기수' 문제를 진지하게 제기하고 있다는 점에서 대단히 중요한 의미를 지닌다. 이념이나 정치의 차원이 아니라, 보편적인 '인권'의 차원에서 '좌익 장기수' 문제가 한국사회의 진지한 쟁점으로 자리 잡은 것이 그로부터 무려 30년쯤이나 뒤인 1990년대 초반임을 감안하면, 그의 문제제기는 놀랄 정도로 선구적이었고, 역설적이지만, 앞선 만큼 사회적 논의로 확산될 가능성은 오히려 적었던 것이다.

얽어맬 법률은 특별법 6조라고 했는데 그 조문을 내게 적용하려면 '정당 사회단체의 간부가 반국가단체인 북괴를 찬양, 고무 또는 동조'한 죄를 내가 범해야만 한다. 그런데 나는 정당 사회단체의 간부가 아니었다.(중략)

쿠데타를 일으킨 집단은 분명히 범죄집단이다. 그들의 심문, 재판, 행형 모든 것이 범죄행위이다.

나는 그 범죄행위로서도 어느 모로 보나 체포 대상이 될 수 없는 인간이다. 그런 인간을 어거지로 단죄하여 징역을 살리는 데 반드시 무슨 영문이 있을 것이다.

그 영문이 무엇인가. 내 가냘픈 정신과 육체는 5·16이 일으킨 무자비한 처사와 고통을 심각하게 체험하고 그 체험을 잊지 말고 기록하라는 섭리의 명령이 곧 그 영문이 아닐까.

소명(召命)이란 것은 모든 분야 모든 영역에서 발동한다. 안네 프랑크는 나치의 잔악한 작태를 잊지 않게 하는 소명을 받았다. 사마천은 한무제의 어처구니없는 소행을 기록하기 위한 소명을 받았다.

나는 박정희를 우두머리로 한 범죄집단의 행적을 안팎으로 관찰하고 판단하여 상세한 기록을 남기라는 소명을 받은 것이 아닌가.(중략) 5·16을 고통을 통해 체험하고 그 체험을 통해 5·16의 의미를 깨닫고, 그 의미를 기록하기 위해선 나 같은 사람이 역사의 섭리상 필요했던 것으로 나는 믿게 되었다.6)

첫 창작집인 『마술사』의 후기에서는, 경박한 성품 탓에 정치적으로 대죄를 짓고 10년 징역을 2년 7개월만 살고 나온 것을 '천행(天幸)'이라고 표현했었지만, 이것은 내장된 분노의 역설적 표현이었다는 것이 위의 인용문을 통해 확인된다. 『마술사』가 나올 무렵은 아직도 박정희 정권의 서슬이 퍼렇던 시절임을 기억할 필요가 있다. 언론인으로서 당한 이 정치적 박해가 그 자신 억울하지 않을 리가 없었을 것이다. 5·16군사쿠데타가

---

6) 이병주,『대통령들의 초상』, 서당, 1991, 105~107쪽.

일어나기 이전에, 이미 『국제신문』 주필과 '군수사령부'의 사령관으로서, 부산의 지역유지였던 이병주와 박정희는 친분이 있었다. 더구나 박정희와 대구사범 동기동창인 황용주(당시 『부산일보』 주필)를 매개로 한 세 사람의 친분을 두고 볼 때, 5 · 16 직후의 이 부당한 정치적 박해는 이병주로서 납득하기 힘들었을 것이다. 쿠데타로 집권한 군사정권을 서슴없이 '범죄집단'으로 규정하는 것으로 미루어보아도, 5 · 16 직후 경험한 그의 '투옥'이 작가에게 얼마나 큰 상처와 고통으로 남아 있는가를 짐작하게 한다.[7]

무엇보다도 중요한 것은, 위의 인용문을 통해 작가 스스로 밝히고 있는 '소설쓰기'의 '소명'이다. 그는 군사정권 아래에서 당한 투옥의 경험과 그 의미를 기록하고 증언함으로써 '역사'에 접속시키려고 했다.

소설쓰기에 관한 이 '증언'과 '기록'으로서의 소명의식은 그의 소설 「겨울밤」(1975)에서 다시 반복된다. 「겨울밤」은 「내 마음은 돌이 아니다」와 연결되는 일종의 연작소설로서, 작가가 관심을 기울이면서 계속 접촉하던 장기수 '노정필'에 관한 이야기다. 남로당 출신으로 휴전 직후 체포되어 꼬박 20년의 형기를 마치고 나온 좌익출신의 이 노인은 출소 후 '묵언(黙言)'으로 일관하며 세상과 문을 닫고 지낸다. 소설 속 '화자'이자 작가 자신이기도 한 '나'는 이 완고한 마르크스주의자의 '입'을 열고, 세상과 다시 만나도록 하려고 차갑고 싸늘한 '냉대'에도 불구하고 계속 그를 방문해서 말을 붙이고, 자신의 소설을 읽어 보라고 건네준다. 「소설 알렉산드리아」와 「겨울밤」 그리고 「내 마음은 돌이 아니다」는 일종의 상호텍스트로 연결되어 있다. '나'가 「소설 알렉산드리아」를 읽어 보라고 권한 뒤 한참 만에 찾아가자, 노정필은 '나'에게 이렇게 묻는다.

---

7) 그러나, '범죄집단'이라는 규정에서 암시되는 '불법성'은, '박정희'를 비롯한 쿠데타 주도세력에 한정되는 것인지, '5 · 16쿠데타'라는 정치적 사건에 한정되는지, 혹은 박정희의 통치기간 전부에 해당되는 것인지는 그의 소설을 통해 분명하게 확인되지는 않는다.

"이선생은 어떤 각오로 작가가 되었습니까?"

하고 되물었다.

"기록자(記錄者)가 되기 위해서요."

"기록자가 되는 것보다 황제가 되는 편이 낫지 않겠소?"

말의 내용은 빈정대는 것이었지만 투엔 빈정대는 냄새가 없었다.

"나는 내 나름대로의 목격자(目擊者)입니다. 목격자로서의 증언(證言)만을 해야죠. 말하자면 나는 그 증언을 기록하는 사람으로 자처하고 있습니다. **내가 아니면 기록할 수 없는 일, 그 일을 위해서 어떤 섭리의 작용이 나를 감옥에 보냈다고도 생각합니다.**"[8](밑줄 강조 – 인용자)

이병주의 중·단편에서 확인되는 양식적 특징 중의 하나는, 허구와 사실의 경계가 불분명하다는 점이다. 작가가 '화자'로 등장하는 소설이 허다하며, 내용 가운데에는 실명(實名)의 인물과 사실(事實)로서의 '사건'이 무수히 등장한다.[9] 「겨울밤」에서도 이 특징은 반복된다. 등장인물 중의 한 사람인 '노정필'은 실존인물인지 아닌지 판단할 근거가 부족하지만, '나'라고 지칭되는 '화자'는 분명 작가 자신이다. 그는 노정필과의 대화를 통해 작가로 나선 자신의 '소명의식'을 다시 확인하고 있다. '내가 아니면 기록할 수 없는 일'은 과연 무엇이며, 그는 그것을 어떻게 보여주고 있는가.

---

8) 이병주, 「겨울밤」(『예낭풍물지』, 세대사, 1974), 76~77쪽.

9) 이병주의 소설이 지닌 양식적 특징의 하나는, 그가 '소설', 특히 '단편소설'이라는 장르의 형식적 완결성에 그다지 깊은 관심을 기울이지 않는다는 점이다. 그는 소설 속에서 재판기록, 편지, 신문 사설과 기사, 실제 인물과의 인터뷰나 가상인터뷰 등을 거리낌없이 배치한다. 주도면밀한 미학적 계산 아래에서 이런 비소설적 텍스트가 삽입되는 것이 아니라는 점이 문제적이다. 이런 양식적 특징에 대해서 이 글은 깊이 고찰하지 못한다. 이병주 소설의 양식적 특질은 또다른 독립된 연구를 필요로 하는 일이다. 다만, 이러한 특징이 그에게 두드러지는 이유의 한 가지를 추정해 보면, 그가 언론인과 교사로 출발했으며, '소설가'는 그의 이전 직업이 갖는 '계몽적 성격'에서 파생된 또하나의 '계몽적 직업'에 지나지 않을 가능성이 크다는 사실이다. 다시 말하면, 그에게는 '장인'으로서의 '소설가'적 자의식은 매우 약했다. 허구와 사실을 마구 뒤섞어놓는 것도 이러한 이유에서 비롯된다.

## 3. 시적 정의(詩的 正義), 혹은 역사를 위한 변명

개인적인 원한과 억울함이 없지 않았을 테지만, 그는 감옥에서 나온 후, 군사쿠데타로서의 '5 · 16'과 그 주역인 박정희를 개별적인 사건이나 인물로 한정하지 않고 '역사'라는 분광기(分光器)에 투사해 보려고 애를 썼다. 이후의 이병주 소설에서 박정희는 여러 형태로 변형되면서 반복 등장한다. 가장 직접적이면서도 상징적인 대목을 통해 이를 확인해 보기로 하자.

「마술사」에는 이런 장면이 나온다. 학병으로 버마 전선까지 끌려 간 '송인규'는 버마독립운동을 펼치다 체포된 인도인 '크란파니'를 감시하다가 그를 동정하게 되고, 마침내 그의 사상과 정신에 감화를 받게 된다. 그러나 송인규의 느슨한 감시는 장교의 질책을 받는다.

> 그런데 어느날 송인규는 감방에 물을 넣어 주다가 순찰장교에게 들켰다. 이제 막 돌아보고 간 순찰장교가 돌연히 다시 돌아온 것이다. 그 순찰장교도 한국인이었다. 일본 육사(陸士)를 나온 육군중위였다. 순찰장교는 당황하고 있는 송인규를 불러세우곤 허리에 차고 있던 칼을 칼집채 풀어쥐고 송인규의 어깨를 내리쳤다.
>
> "이 고약한 놈 같으니, 당장 헌병대에 넘겨야겠다. 네가 지금 물을 주고 있는 놈들이 어떤 놈들인 줄 알지. 대일본제국에 항거한 놈들이야. 곧 총살해버릴 놈들이란 말이다. 자식! 너도 그 패거리와 똑같은 놈이로구나. 너도 함께 총살해버릴 테다. 적전에서의 이적행위는 사형인 줄 알지?"
>
> 그리고 다시 칼집채 송인규의 가슴팍을 찌르며
>
> "진정한 일본군인이 되려면 조선사람은 내지인(內地人) 이상으로 분발해야 한단 말야. 하여간 별명이 있을 때까지 근무하고 있어." (중략)
>
> 그 이튿날 근무하러 나갔더니 교대병이 사라지고 동료가 변소엘 간 틈에 인도인 마술사가 송인규를 불렀다.

"마쓰야마상"

유창한 일본말로 부르는덴 인규는 놀랬다.

"당신에게 꼭 아르켜 줄 것이 있습니다. 어제 당신에게 봉변을 준 그 장교가 아까 당신과 교대한 병정을 보고 말했습니다. 당신은 코리안이지요?"

"그렇습니다."

"그 사람, 코리아인은 신용이 안되니 당신을 경계하라고 합디다."

(중략)

일본인이 되려면 조선인은 내지인보다 분발해야 한다는 말은 일본의 육군사관학교를 나온 히로까와 중위의 입장으로선 능히 할 수 있는 말이라고 생각하고 송인규는 순순하게 소화할 수가 있었다. 그렇지만 아까 인도인이 전한 말 같은 것을 동료인 일본인에게 말했다는덴 아무리 생각해도 납득이 가질 않았다.10)(괄호의 한자병기는 원문에 따른 것임. 이하의 인용문도 모두 같음)

일본 육사를 나온 히로까와 중위와 만주군관학교 출신의 관동군 장교 다카키 마사오(高木正雄, 박정희의 일본식 이름) 중위를 일대일로 대응시키는 것은 너무 단순한 상상력의 발동일는지도 모른다. 그러나, 히로까와가 박정희를 모델로 한 것이든 아니든, 그의 소설에는 이러한 인물이 매우 자주 등장한다는 사실이 의미심장하다. 그의 중·단편 중 또다른 평판작인 「변명」에 등장하는 '장병중'이나 「목격자?」에 나오는 '윤군수' 같은 인물은 모두 이 유형에 속한다. '장병중'은 조선인 독립운동가를 일본헌병대에 밀고하는 상해의 악명 높은 첩자였다. 해방 뒤 독립운동가 행세를 하면서 재산을 모으고 유력한 정치가로 출세한다. 도덕적 결함을 가진 윤군수는 미국에 유학가서 명망있는 정치학자가 되어 돌아온다.

증언과 기록으로서의 '소설쓰기'를 실천하면서, 이병주가 공들였던 부

---

10) 이병주, 「마술사」, 앞의 책, 189~191쪽. 맞춤법의 일부는 지금에 맞게 고쳤다. 이후로도 이 원칙에 따른다.

분은 '결락된 역사'의 '재구(再構)'였다. '결락된 역사'란 다른 말로 하자면 '섭리로서의 역사'가 성립되지 않는 '역사'를 뜻하는 것이다. 이를테면, 위의 소설에 등장하는 '히로까와' 같은 인물은, 자신의 민족을 배신했기 때문에, 조국이 독립된 이후에는 마땅히 '단죄'를 받아야 하며, 그러한 인물을 '단죄'하는 것이 바로 '역사의 섭리'라고 할 수 있는 것이다. 문제는, 실제 진행되는 역사가 그렇지 않다는 데 있다. 이것이 이를테면 '결락된 역사'라고 할 수 있다.

> "그런데 그 히로까와 중위라는 사람의 소식을 알아보았소?"
> "알아볼 필요조차 없었습니다. 굉장히 높은 사람이 되어 있습디다."
> 이렇게 답하는 송인규의 입언저리에 쓴 웃음이 번졌다.[11]

그러므로, 증언과 기록으로서의 '소설쓰기' 과정이란, 이 '결락된 역사'의 틈을 메우는 작업이 된다. 결락된 역사를 '재구'하는 작가 이병주의 역사적 상상력은 우선 '민족주의'에 의해 그 동력을 공급받는다. 「마술사」나 「변명」 같은 작품이 모두 이에 해당한다. 역사의 정의에 관한 이병주의 이런 구도는 '친일청산의 실패'라는 매우 익숙한 주제를 연상하게 만든다. 그리고, 그 배후에서 '민족주의'에 기반한 역사적 상상력이 작동하고 있는 것도 숨길 수 없는 사실이다.

그러나 이병주의 '민족주의'는 조금 독특하다. 「마술사」에 등장하는 인도인 '크란파니'로 인해, 이병주 소설에서의 '민족주의'는 한민족의 안위를 넘어서는 '아시아의 민족주의'로 확장된다. 크란파니는 인도인이면서도, 자기와는 하등 상관없는 '버마'의 독립운동에 투신해서 목숨을 바쳐 싸우는 인물이다. 조선인이면서도 일본군인으로 참전해 버마 전선에 배

---

11) 이병주, 「마술사」, 앞의 책, 260쪽.

치된 '송인규'는 '크란파니'를 통해 '민족주의'의 대의를 배우게 된다. '크란파니'에게 '민족주의'란 단지 한 민족이나 국가가 정치적으로 독립하는 것을 의미하는 것이 아니다. 그것은 모든 '반제국주의 투쟁'의 동지적 연대를 의미하며, 나아가서는 민족이나 국가는 물론이고, 한 인간이 스스로 세계내적 존재로 우뚝하게 서는 사상적 기초로 설정되어 있다.

이 소설에 등장하는 '마술'은 '민족주의'라는 이념 또는 사상의 '은유'이다. '마술'을 단지 하나의 '테크닉'으로서가 아니라, 자신과 세계를 인식하는 '세계관'으로 받아들이고 익힌 '크란파니'와, 그에 매료되어 '마술'을 배우지만 하나의 '테크니션'에 그치고 마는 '송인규'는, 그점에서 극명하게 대비되는 존재다. '마술'이라는 '은유로서의 장치'에 눈길을 뺏기게 되면, 정작 이 소설이 그것을 통해 환기시키려고 했던 '민족주의'가 가려진다. 이 소설이 환기시키려고 했던 바가 소설로서 얼마나 성공했는가의 문제와는 별개로, 「마술사」는 한국문학이 보여 주었던 협애한 '민족주의'의 틀을 넘어서고 있는 것만은 분명하다.

'민족주의'에 의해 추동되는 역사적 상상력으로 '결락된 한국의 근현대사'를 다시 구축하고자 하는 이병주의 의도는, 5·16쿠데타를 통해 집권한 군사정권의 역사적 정당성에 대한 질문을 그 배면에 깔고 있다. 다시 확인하거니와, 그의 작가적 동기는 여기에서부터 출발하고 있기 때문이다. 버마 독립운동에 투신한 인도인 '크란파니'의 설정은, 민족주의의 의미를 한 나라의 정치적 독립 이상으로 확대시키기 위한 것이다. 송인규는 크란파니를 탈출시킴으로써, 그와 함께 모든 제국주의에 맞서 투쟁하는 '연대'를 형성하게 된다. 히로까와는 이 전선에서 일종의 '적'이며, 따라서 제국주의인 셈이다. 그러므로 '히로까와'의 위치는 단순히 한 인간의 배덕(背德)이나 배신(背信)의 의미를 넘어 서게 된다.

그는 '히로까와' 같은 인물이 '단죄'당하지 않고 오히려 득세하는 과정을 추적하기도 하고, 세계사의 여러 정황들 속에서 '결락된 역사'의 동질성을 찾아내 서로 겹쳐 보이는 작업도 마다 않는다. '결락된 역사'는 비단 한국의 근현대사에만 해당되는 사실이 아니라, 현대의 세계사 전반에 걸쳐 일어나고 있음이, 그의 소설을 통해 확인된다.

이러한 세계사적 문제의식의 환기는, 비록 '민족주의'라는 필터를 통해 이루어진다는 점에서 한계가 있기는 하지만, 전후세대들의 텍스트가 갇혀 있던 '보편성의 미망'과는 분명히 구별되는 것이다. 무엇보다도, 1920년대생인 이병주를 통해 재현되는 20세기 초중반의 역사적 경험들이 이채롭다. 이병주는 '실존주의'가 한창 풍미하던 1950년대에 소설을 쓰지 않았던 탓에, 이 영향으로부터 자유로울 수 있었다. 그러므로 동시대의 경험의 의미를 서둘러 '실존주의'의 관념성으로 표백하지 않을 수 있었으며, 이 덕분에 그의 소설에서 재현되는 사건들은 '체험의 구체성'을 띠고 있다. 달리 보면, 이것은 같은 세대보다 훨씬 뒤늦게 문학을 하게 된 이병주의 '늦은 등단'이 가져다 준 뜻밖의 행운이라고 할 수도 있다.

「소설 알렉산드리아」에서는 '형'(곧 작가 자신이다)을 감옥에 가둬놓고 있는 군사정부의 역사적 정당성을 '나치즘'에 오버랩시켜 준엄하게 질책한다. 작가는 '서대문 형무소의 좁은 감방'과 북아프리카의 '알렉산드리아'를 계속 병치시킴으로써, 군사정부의 정치적 억압과 폭력이 '나치즘'과 무엇이 다른가 묻는다. 그 과정에서, '서대문 형무소'와 '알렉산드리아'라는, 처음에는 전혀 어울릴 것 같지 않던 이 두 공간이, 마침내 '역사적 동시성'을 확보하게 된다.

작가의 이 병치전략은 나치의 폭력과 학살, 그 과정에서 생겨난 가해자와 피해자, 진실과 거짓, 단죄와 청산의 복잡다단한 드라마가, 한국의 근현대사에도 고스란히 투사되고 있음을 일깨우는 것이다. '알렉산드리아'라는 멀고 낯선 아프리카의 도시를 주무대로 설정한 것은, 한국의 정치 상황을 드러내 놓고 쓸 수 없는, 권력의 검열 또는 작가의 자기검열 때문일 수도 있을 것이다. 그러나, 동기와 관계없이 이러한 공간 대비의 배치 전략은, '형(兄)'을 감옥 안에다 가둬놓은 한국의 억압적 정치 상황을 세계사의 차원에서 객관화하도록 만든다. 이를 통해, 개인의 자유와 인권을 탄압했던 나치의 '파시즘'과 마찬가지로, '형'을 구금상태로 빠트린 동시대 정권의 억압성과 폭력성이 환기된다.

물론, 「소설 알렉산드리아」에서 병치되고 있는 박정희 군사정권과 나치의 파시즘의 비교는 그 체제의 성격과 작동의 메카니즘에 대한 과학적 분석의 결과는 아니다. 그보다는 오히려 윤리적 당위에 더 가깝게 접근해 있다. 북아프리카의 고도(古都) 알렉산드리아에서는 과연 무슨 일이 일어났던 것일까. 이곳에서 가장 유명한 캬바레 '안드로메타'에서 총격 사건이 일어난다. 나치에 의해 사랑하는 가족을 잃은 한스 셀러라는 독일인이, 무수한 유태인의 학살에 개입했던 '앤드렛드'라는 게슈타포의 앞잡이를 수십 년째 추적한다. '앤드렛드'는 철저히 신분을 숨기고 '알렉산드리아'에 숨어 살아왔다. 마침내 '앤드렛드'를 발견한 한스 셀러는 그를 죽이고자 총을 꺼내는데, 정작 '앤드렛드'는 독일의 공습으로 가족을 모두 잃은 스페인 출신의 무희 '사라 안셀'의 총을 맞고 숨진다.

'앤드렛드'라는 인물은, 이병주의 소설에 등장하는 '히로까와 중위'나 '장병중'이나 '윤군수'와 같은 계열의 인물이다. 무수한 유태인과 선량한 독일인을 죽음에 몰아넣은 게슈타포의 앞잡이 '앤드렛드'가 단죄받지 않는 '독일의 역사'도, 작가가 보기엔 역시 '결락된 역사'이며 '섭리가 관철되지 않는 역사'이고, 그 점에서 한국의 역사와 동일한 궤적을 그리고 있는 셈이다. 한국의 서대문형무소가 이 '결락된 역사'의 모든 모순이 응집된 공간이듯이, '알렉산드리아'는 파시즘의 모순과 상처가 응집된 '역사적 공간'인 셈이다.

이 소설에서 주목할 부분 중의 하나는 '한스 셀러'라는 등장인물이다. 옥중 편지를 보내오는 '형'이 곧 감옥 체험을 했던 이병주의 분신이라면, '한스 셀러'라는 인물은 '작가 이병주'의 분신에 해당하기 때문이다. '한스 셀러'는 '작가 이병주'의 욕망을 대행하고 있다. 즉, '앤드렛드'를 단죄하지 못한 '결락된 독일의 역사'를 대신하여, 수십 년 동안 집요하게 '앤드렛드'의 행방을 추적하고 마침내 그를 응징한 한스 셀러는, '히로까와 중위'와 '장병중'을 단죄하지 못한 '결락된 한국사'를 대신하여, 누구도 쓸 수 없는 자기만의 '증언과 기록으로서의 소설'을 쓰고자 했던 '작가 이병주'와 등가의 계열을 이루는 것이다. 총으로 응징하는가 붓으로 그리는가 하는 '기표(記標)'의 차이만 존재할 뿐, '기의(記意)'의 차원에서 두 행위는 동일하다.

이 지점에서, 작가 이병주가 최초에 설정한 '기록자로서의 객관성'은 '시적 정의'[12]의 욕망에 투항한다. 즉, 그는 단지 증언하고 기록하는 것으로 만족하지 못하고, 텍스트 안에서만큼은, '결락된 역사'의 모자라고 이지러진 부분을 스스로 메우고 채워 넣고자 하는 욕망에 흔들리는 것이다.

그것은 '과연 역사의 섭리란 무엇인가'라는 회의로부터 생겨났다. 역사의 전개 과정에서 안타깝게 희생되거나 억울하게 갇힌 자들의 삶을 추스르고, 그것을 기록하는 과정을 되풀이하면서도 끝내 채워지지 않는 어떤 공허가 작가인 그를 괴롭혔기 때문이다. 이를테면 소설 「변명」에 나오는

---

12) 시적 정의(詩的 正義)란 '포에틱 져스티스poetic justice'의 역어(譯語)이다. 이 용어는 17세기 후반의 영국 비평가 토머스 라이머가 만든 말로, 여러 작중 인물들의 선행이나 악행의 정도에 따라서 그 작품의 끝에 가서 주어지는 상벌을 뜻한다. 시는 독자적인 영역으로 적격률과 도덕률의 지배를 받아야지, 불합리한 현실적 사물의 이치의 지배를 받아서는 안 된다는 것이다. 넓은 의미에서 '고전주의'의 기율인 '적합성decorum'에 포함된다. 일종의 도덕적 인과율이라고 할 수 있는 이 '시적 정의'의 원칙은 '비극'의 예술성에 심각한 지장을 초래하게 되어 논란의 대상이 되었다. '선(善)'의 패배를 통해 비장미가 고양되는 '비극'의 원리에 비추어 볼 때, '시적 정의'의 기율은 모순적이었기 때문이다.

'탁인수'의 신념 같은 것. '탁인수'는 학병으로 중국 전선에 출정했다가 부대를 탈영, 중국군대의 '충의구국군' 소속으로 활동하다가 상해에서 조선인 첩자 '장병중'의 밀고로 체포되어 사형당한다. 재판기록 중에 '탁인수'와 재판관이 나눈 마지막 대화가 이렇게 끝난다.

> 문=네가 순순히 본 법정이 묻는 말에 대답하고 반성하는 빛이 있으면 너는 살 수 있고 그렇지 않으면 죽음이 있을 뿐이다 삶과 죽음 가운데서 어느 편을 택할 것이냐.
> 답=나는 죽음을 택하겠다.(중략)
> 문=너는 가족을 생각해 본 적이 있는가. 너의 불충 불효 불손한 행위가 너의 가족에게 미칠 화를 생각해 본 적이 있는가.
> 답=**나의 불효는 장차 역사가 보상해 주리라고 믿는다**.[13](밑줄 강조-인용자)

열혈청년 '탁인수'가 죽음을 앞두고도 일말의 두려움 없이 뜨거운 신뢰를 보내던 그 '역사'란 과연 무엇인가. 그 '역사'는 '탁인수'에게 어떻게 '보상'을 했단 말인가. 작가 이병주는 여기에 대해 끊임없이 질문을 던지고 있다. 만약 '역사의 섭리'가 정의의 방향으로 구현되는 것이라면, '탁인수'를 일본 헌병대에 고발했던 조선인 첩자 '장병중'이 '역사'의 이름으로 단죄되어야 한 터인데, 그와는 반대로 장병중은 해방 이후 더 많은 재산과 권력을 가지고 한국의 유수한 정치가로 입신하지 않았는가. 이것이 이병주의 반문이다. '장병중'의 이미지는 앞서 본 것처럼 「마술사」의 '히로까와 중위', 「목격자?」에 나오는 '윤군수', 「소설 알렉산드리아」의 '앤드렛드'와도 겹친다는 점(그리고 이 반복되는 이미지는 관동군 중위 다카키 마사오(高木正雄)에서 대한민국의 대통령으로 변신하는 '박정희'에 이르

---

13) 이병주, 「변명」, 앞의 책, 16~17쪽.

러 최종적으로 완결된다)에서, 그의 이 '역사'를 향한 질문은 출발 지점부터 계속 제자리를 맴돌며 반복되고 있었던 셈이다.

그러므로, '시적 정의'에 대한 이병주의 욕망은 어쩌면 당연한 것인지도 모른다. 그러나 의외로 소설에서 이런 '시적 정의'의 욕망은 절제되고 있다. 「소설 알렉산드리아」에서 '앤드렛드'를 응징한 '한스 셀러'의 경우가 그 하나의 예라면, 「쥘부채」에서 각각 사형과 옥사(獄死) 때문에 끝내 부부의 인연을 맺지 못한 좌익수 강덕기와 신명숙을 영혼결혼식을 통해 맺어주는 정도에 그칠 뿐이다.

문제는, 이 '시적 정의'의 욕망이 '소설쓰기'에 관한 그의 자의식에 심각한 균열을 만들어냈다는 사실이다. 소설을 통해 동서고금의 명저(名著)에 관한 박람강기를 유감없이 발휘하던 그는 「변명」에서 프랑스의 역사학자 마르크 블로크(Marc Bloch)와 가상의 '대담'을 시도한다. 대담의 주제는 마르크 블로크의 미완성 유고 『역사를 위한 변명』이다. 냉정하게 말하면, 이병주는 마르크 블로크를 정확히 이해하고 있었던 것 같지는 않다. 특히 그가 인용하는 블로크의 말, '역사에서의 원인의 일원론은 역사의 설명에 장애물일 따름이다. 역사는 원인의 파도를 파악해야 한다'[14]라는, 아날학파의 방법론적 원칙이 되고 있는 이 말을 역사방법론의 맥락에서 이해하고 있지 않다. 그보다도 작가 이병주의 시선을 끌었던 것은 제목인 『역사를 위한 변명』이었으며, 그보다도 더 매혹적인 것은, 이 불세출의 역사학자가 53세의 나이에 교수직을 박차고 항독(抗獨) 레지스땅스 활동을 하다

---

14) 블로크가 속한 '아날'의 역사가들이 '역사의 법칙'에 큰 관심을 기울이지 않았던 것을 생각하면, '역사 섭리의 관철'에 연연하는 이병주가 블로크를 끌어들인 것은 다소 엉뚱해 보인다. 블로크나 그의 동료인 페브르가 생각한 '역사'는 엘리트나 국가 지도자, 왕과 귀족의 '정치사'에 '역사의 모든 것을 수렴시키는 '역사 기술'을 해체하고, 그것을 노동하면서 일상생활을 영위하는 '보통 인간'들의 역사로 대체하는 것이었다. 이병주가 생각한 '섭리의 역사' 즉 '민족주의에 기반한 도덕적 당위가 관철되는 역사'는 어떤 점에서 블로크가 생각하는 '역사'의 대척점에 서 있는 것이다.

가 '프랑스 만세!'를 외치면서 사형당했다는 개인사적 사실이었을 것이다. 이병주에게는 블로크가 역사학 연구 방법론의 계보에서 어떤 위치를 차지하는가보다는, 블로크의 이 드라마틱한 생애와 '결락된 역사'에 대한 작가 자신의 허기(虛飢) 즉 '역사의 섭리'에 대한 그의 의심을 겨냥해서 쓰기라도 한 것처럼 보이는 책의 제목과 그 수사적 광채가 더 강한 자극을 주었을 것이다.

> 나는 초조하게 반박해 본다.
> "역사를 위한 변명이 가능하자면 섭리의 힘을 빌릴 수밖엔 없을 텐데요."
> 이때 마르크 브로크 교수는 내게 부드러운 웃음을 보내며 말한다.
> "서둘지 말아라. 자네는 아직 젊다. 자네는 역사를 변명하기 위해서라도 소설을 써라. 역사가 생명을 얻자면 섭리의 힘을 빌릴 것이 아니라 소설의 힘, 문학의 힘을 빌려야 된다."
> "어디 역사뿐일까요? 인생이 그 혹독한 불행 속에서도 슬기를 되찾고 살자면 문학의 힘을 빌릴 수밖엔 없을 텐데요."
> 그러면 마르크 브로크의 대답이 돌아온다.
> "그렇다. 나도 문학을 외면한 어떤 인간 노력도 인정하지 않는다."[15]

블로크의 책 제목『역사를 위한 변명』을, 작가 이병주는 '소설의 존재 이유'를 증명하는 자료로 끌어들인다. 그의 논법은, 역사를 변명하기 위해서는 '역사가 섭리에 의해 관철된다'는 것을 보여주어야 하고, 그것은 정작 '역사'를 통해서가 아니라 '문학'을 통해서 가능하다는 것. 그래서 마지막에는 블로크가 그것을 인정하는 방식으로 처리하고 있다. 그리고 이것이 그의 '시적 정의'에 관한 욕망을 정당화하는 근거이기도 한 것이다.

그러나, 블로크의 『역사를 위한 변명』을 빌려 와도, '소설쓰기'에 관한

---

15) 이병주, 「변명」(『예낭풍물지』, 세대사, 1974), 30쪽.

그의 자의식의 균열은 매끄럽게 봉합되지 못한다. '증언과 기록으로서의 소설쓰기'와 '섭리가 관철되는 역사'의 대리보상으로서의 '소설쓰기' 사이에서 발생한 균열을 적나라하게 보여주는 상징적 장면이 「겨울밤」에 나온다. 작가는 내면에서 자라나오는 이 균열을 스스로 무시할 수 없었던 것으로 보인다. 「변명」에서의 블로크는 이병주의 생각에 동의하는 것으로 처리되지만, 「겨울밤」에서의 노정필은 정면으로 이 균열의 원인을 질타한다.

> "당신의 '알렉산드리아'를 읽어보았소. 그런데 그건 기록자가 쓴 기록이 아니고 시인이 쓴 시(詩)라고 보았오."
> 나는 듣고만 있을 수밖에 없었다.
> "기록은 철저해야만 비로소 기록이 될 수 있는 것 아니겠소? 시인의 감상은 그것이 아무리 훌륭해도 기록은 될 수 없을 겁니다. 기록이 되려면 시와 결별해야 하오. 기록자는 자기 속의 시인을 추방해야 할 거요."(중략)
> "시인은 패배(敗北)를 미화해 가지고는 모든 사람이 패배자가 되도록 권유합니다. 당신의 '알렉산드리아'는 그러한 시인의 교활한 작품이오. 모든 사람이 술에 취하지 않고 깨어 있어야 할 판인데 당신의 시인은 지옥을 천국처럼 그려 읽는 사람을 취하게 했단 말이오······(중략)"
> 그것은 바로 나의 조작된 센티멘탈리즘에 대한 화살이었다.16)

노정필의 주장은 언뜻 플라톤의 『국가』에서 문학 및 예술의 무용론을 설파하는 소크라테스를 떠올리게 만든다. 그러나, 노정필의 말은 작가의 '각성'에서 그 진의가 확인된다. '시적 정의'에 관한 욕망을 작가는 '조작된 센티멘탈리즘'이라고 바꾸어 표현했다. 노정필은, 역사의 칼날에 베인 억울한 죽음에 대해 동정과 연민을 보낼 바에는, 그러한 죽음이 다시 생겨

---

16) 이병주, 「겨울밤」, 앞의 책, 76~78쪽.

나지 않도록 '작은 실천'을 하는 것이 더 중요하다는 것을 말한다. 노정필은 역사를 대신해서 소설에서 '섭리의 관철'을 서둘러 보여주고 싶어 하는 작가의 욕망을 꾸짖는다. '시적 정의'의 욕망을 접는다면, 다시 말해 '역사를 위한 변명'의 대리위임을 포기한다면, 이병주의 '소설쓰기'란 과연 무엇인가. 이병주에게 이것은 소설쓰기만이 아니라 '역사' 자체에 대한 인식의 변화를 가져오는 매우 중요한 질문이 된다.

## 4. 역사와 인간

노정필은 작가 이병주가 그의 내면에서 불러낸 '또다른 자아'다. 이를테면, 그를 통해 '소설쓰기'와 관련된 자신의 딜레마를 문제의 표면으로 부상시키고 싶었다고 볼 수 있다. 문학을 통해 '결락된 역사'를 메우는 대신 역사에 투신해서 '실천'하는 것이 더 긴요한 것이 아니겠는가, 라고 이 '또다른 자아'는 이병주에게 힐문한다. 그 점에서 노정필은 '악역'을 맡았다. 그러나, 작가는 스스로 제기한 이 질문에 정면으로 천착하지 않는다. 자신이 연출한 그 화면에서 악역(惡役)을 맡았던 노정필을 갑자기 퇴장시키고, 느닷없이 그의 위치에 '박기영'이라는 인물을 대체한다. 박기영은 누구인가?

> 그의 대답엔 구김이 없다. 경박함도 없었다. 심각함을 꾸미는 제스처도 없었다. 인간 그대로의 천진한 모습이 있을 뿐이었다.
> 돌이 되어버린 무신론자의 노정필과 인간의 천진성을 지닌 그 친구의 얼굴을 비교해 본다. 그 친구의 역정이 결코 노정필의 역정에 비해 수월했다고는 말할 수가 없다. 일제 때는 병정에 끌려나가 생사의 고비를 헤맸다. 전범재판(戰犯裁判)에서 하마터면 전범의 누명을 쓰고

처형될 뻔한 아슬아슬한 고비도 있었다. 6·25동란 때는 친형을 잃었다. 그리고 2년 전엔 20수년을 애지중지해 온 부인을 잃었다. 게다가 사형선고나 마찬가지인 병의 선고를 받고 한동안 사경을 방황하던 때도 있었다. 그러나 그는 언제나 활달하려고 애썼고 스스로의 고통 때문에 주위의 사람을 우울하게 하지 않으려고 신경을 썼다. 어떤 중대한 일도 유머러스하게가 아니면 표현을 못하는 수줍은 성격이기도 했다. 출중한 어학력(語學力)을 가지고 있으면서 도리어 그것을 부끄러워하는 태도마저 있었다.(중략)보다도 가장 중요한 일은 철저한 천주교의 신도이면서도 친구들에게 자기의 천주를 강요하지 않았다.17)

작가는 박기영과 노정필을 나란히 비교한다. 이것은, 노정필의 힐문(詰問)에 대해 제대로 대답을 마련하지 못한 작가가, 그에 대해 정면으로 맞서는 대신 박기영을 불러 내어 그의 인간성으로 하여금 노정필의 인간성에 대해 대리전을 치르도록 유도하고 있음을 뜻한다. 남로당의 몰락과 북한 체제의 난맥상에도 아랑곳하지 않고 자신의 신념을 끝까지 견지하는 이 완고한 마르크스주의자는 작가 이병주를 피곤하게 만든다. 그의 신념과 그가 믿고 있는 '역사'를 해체하려고 시도할 때마다 번번이 실패한다. 그냥 실패할 뿐만 아니라, 감당하기 힘든 '힐문'과 '난제'에 봉착한다. 박기영은 이런 곤혹스러운 상황에서 이병주에게 구원병으로 호출된다. 「겨울밤」의 이 마지막 장면, 노정필과의 힘겨운 대화를 중동무이로 마무리한 채, 박기영을 기억의 창고에서 불러내는 이 장면은 대단히 의미심장하다. 이 대목에서, 그는 '역사'에 대해 시종일관 유지하고 있던 긴장의 끈을 슬그머니 풀어 놓기 때문이다. 이것은 '역사'에 대해 집요하게 던지던 질문을 멈추고, 그 방향을 '인간'에 대한 신뢰의 확인으로 돌리는 것을 의미한다.

---

17) 이병주, 「겨울밤」, 앞의 책, 86~87쪽.

박기영은 이병주의 또다른 소설 「중랑교」의 주인공이기도 하다. 「중랑교」에서는 이름을 '박희영'으로 바꾸어 놓았지만 같은 인물이다. 「중랑교」는 작가가 가장 아끼는 벗 '박'의 죽음에 바치는 '조사(弔詞)'이자 만가(輓歌)와 같은 소설이다.

> 박희영에 관해서 얘기를 하려면 한량이 없다. 세상을 살자면 많은 친구를 사귀어야하지만 막상 친구다운 친구가 누구일까 하고 생각하면 진정한 친구의 부재(不在)에 놀란다. 그런 가운데서도 박희영은 내게 있어서 희귀한 친구였다. 친구라고 하기보다 교사라고 하는 것이 지당한 표현인지 모른다. 나는 그로부터 너무나 많은 것을 배웠다. 그와 같이 있은 곳은 언제나 교실이었다.[18]

소설쓰기와 '역사'를 연결짓는 동안은, 노정필은 작가 이병주에게 언제나 거북한 안타고니스트였다. 애초에 설정한 작가로서의 소명과 소설쓰기에 관한 자의식을 거듭 되돌아보지 않으면 안되게끔 만드는 작가 내부의 또다른 목소리이기도 했다. 그런 노정필에게도 한번도 부여되지 않던 '교사'의 지위가, 죽은 벗 박기영에게는 서슴없이 부여된다. 박기영은 역사의 보상을 믿으며 아낌없이 역사에 투신했던 '탁인수'도 아니며, 눈앞의 실패에도 아랑곳하지 않고 자기신념에 투철한 '노정필'과도 다르다. 이병주의 소설쓰기가, 역사가 냉정하게 외면한 무수한 '탁인수'와 '노정필'들에 대한 연민과 동정에서부터 출발했으며, 그의 창작의지가 역사의 외면을 소설의 관심과 애정으로 '복원'해 내려는 욕망에 의해 유지되고 있었음을 생각할 때, 이 변화는 의미심장하다. 이것은 '역사의 섭리' 혹은 '역사의 정의'에 관한 이병주 특유의 진지한 물음을 포기했음을 뜻한다기보다는, '역사'에 대한 피로(疲勞)의 호소라고 이해하는 것이 옳다.

---

18) 이병주, 「중랑교」(『철학적 살인』, 서음출판사, 1979(5판)), 275~276쪽.

이제는 50대 중반을 넘어 60대에 접어든 수많은 동년배들을 등장시켜 그들의 삶의 행로를 스케치해가는 「여사록(如斯錄)」(1976)은 이런 맥락에서 이해해야 그 의미를 간파할 수 있다. 해방 직후 진주농고의 영어교사로 있던 '나'(곧 작가 이병주)는 그 당시 동료교사들과 다시 만나는 모임에 참석하라는 연락을 받는다. 삼십 년만에 해후한 이들은 순식간에 세월의 공백을 건너뛰고 어울려 유쾌하게 술마시며 웃고 떠든다. 이들의 모임을 시간순서에 따라 건조하게 묘사하는 서사전개의 중심 줄기에 두 개의 '역사적 사건'이 배면으로 깔린다. 그 하나는, 이들과 교사생활을 하던 해방 직후 시절의 격렬했던 좌우 투쟁. 그것은 교사 사회뿐 아니라 학생 사회마저도 철저히 좌우로 갈라놓았다. 또 하나의 사건은 '베트남전'에서의 미국과 월남의 패망 소식. 이 두 개의 사건을 이어주는 '거멀못'은 다른 것이 아니다. 베트남전쟁이 항일전쟁까지 합하면 꼬박 30년 동안 진행되었다는 것, 좌우 대립이 격렬했던 해방직후로부터 '오늘'의 모임이 있기까지가 꼬박 30년이라는 것. '30년'이라는 세월의 공통점 말고는 이 두 개의 서로 다른 '사건'을 연결짓는 공통점은 따로 없다. 중요한 것은, 30년이라는 세월에 대한 '나'의 자각이다.

> 싸움엔 승자(勝者)가 없다. 패자(敗者)만이 있을 뿐이다. 싸움에 이기기 위해선 모든 미덕(美德)을 악(惡)의 수단으로 해야 한다. 이렇게 함으로써 오염된 인간성이 바로 패자로서의 낙인이다. 이겼다고 해도 그 기쁨은 한순간의 일이다. '나는 이처럼 악할 수가 있었다'는 자기인식이 드디어는 자멸의 감정으로 고인다. 드디어 '이겼다'는 사실이 '진 것'만도 못하다는 회한만이 남는다……19)

격렬했던 좌우 대립의 추억이 그에게 남겨 놓은 것은, 좌우의 이념 중

---

19) 이병주, 「여사록」(『철학적 살인』, 서음출판사, 1976), 234~235쪽.

무엇이 옳았는가, 혹은 어떤 이념을 따랐던 사람이 옳았는가에 대한 판단이 아니라, 어떤 인간이 선량한 인간이었는가 하는 물음이다. 삼십 년만에 만난 모임 참석자들을 일별하는 '나'의 시선은 모두 이 프리즘을 통과한다.

> 사람들을 흥부형, 놀부형으로 분류해 본다면 분명 이우주씨는 흥부형에 속하는 사람이다. 선량한 세포(細胞)만으로 꾸며진 것같은 그의 해맑은 얼굴이 눈에 선하다.(중략) 김용달씨 역시 선량한 세포로서만 조립된 사람이다. 그런데도 주름이 많은 것은 선량한 사람에겐 혹독한 세파가 더욱 심하게 주름을 만드는 경우도 있다는 얘기로 된다.(중략) 변형섭씨! 이 인물이야말로 훌륭하다.(중략) 해방 후 혼란막심한 진주농고의 상황을 교감의 직책으로 무난하게 감내한 그 실적은 실로 대단한 것이라고 아니할 수 없다. 좌익교사들의 말에도 귀를 기울여 주고 우익교사들의 불평도 진지하게 들었다.(중략) 그리고 자기에겐 엄격하면서도 남에게 대해선 관대한 사람……[20]

한국전쟁을 전후해 유명을 달리하거나, 월북 또는 남한에 잔류한 과거의 좌익 동료교사들의 회고담이 이어지면서, 소설 「여사록」은 다름이 아니라 자신과 동년배인 1920년대생들에게 바치는 작가 이병주의 헌사(獻詞)이자 송가(頌歌)임이 밝혀진다. 브레히트의 시 제목을 빌리자면, 이 헌사와 송가는 '살아남은 자의 기쁨'이면서도 동시에 '슬픔'이다. '나'가 베트남전쟁의 30년을 떠올렸던 것은, 미국의 패배가 지니는 국제정치 판도에 관한 관심도, 베트남 공산화로 인한 아시아정세의 변화에 대한 우려도 아니며, 전쟁이 지속되는 동안 베트남 사람들이 감당했어야 할 그 간난신고(艱難辛苦)의 세월에 동병상련을 느꼈기 때문임이 소설의 말미에 토로된다.

---

20) 이병주, 「여사록」, 235~245쪽.

인간에 대한 이러한 발상형식은 「제4막」(1975)이나 「이사벨라의 행방」(1976)에서도 거듭 확인된다. 칠레의 군사쿠데타를 다룬 소설 「이사벨라의 행방」은, 소재의 측면에 한정해서 보더라도, 발표 당시가 유신체제 하였음을 생각하면 대단히 파격적인 작품이 아닐 수 없다. 그러나, 역시 그의 관심의 최종 목표는, 설사 이것이 유신체제의 정치적 검열을 의식한 우회 전략이라고 하더라도, 칠레 정국보다도, 그 사건의 와중에 연락이 끊긴 '이사벨라'의 안부다. '이사벨라'는 3년 전 '나'의 칠레 여행 때 가이드가 되어주었던 산티아고 출신의 젊고 발랄한 여대생이다. 아옌데 정권의 좌익개혁에 불만을 품은 군부가 쿠데타를 일으키고, 그 와중에서 이사벨라는 실종된다.

> 허나 칠레의 정치는 내가 알 바가 아니다. 그 미래도 나의 관심 밖의 일이다. 내게 절실한 건 이사벨라의 행방이다. 그 갈색의 머리칼, 새하얀 이빨이 눈부신 웃음, 세상의 악을 알 까닭이 없는 천진한 눈동자, 활달한 걸음걸이에 알맞은 스포티한 몸매……그토록 아름다운 이사벨라가 횡액에 쓰러졌다면 그것이 비록 유탄에 맞은 경우라도 칠레엔 광명이 없다.[21]

'정치는 내가 알 바 아니다'라는 건 어느 정도 위악적(僞惡的)인 제스처어이다. 진정으로 정치에 관심이 없는 것이 아니라, 정치적 격변에 시달릴 '인간'의 안위를 걱정하는 것으로 '정치적 관심'의 표명방식이 바뀌었다고 이해하는 편이 온당할 것이다. 문제는 여기에 이르는 동안, 소설과 역사, 그리고 인간이라는, 작가 스스로가 설정한 여러 개의 범주들에 일정한 변화가 생겼다는 사실이다. 처음에 작가 자신이 설정했던 '인간'이해의 범주는 '역사의 섭리'에 투신하거나 저항하는 주체였다. 그러나 시간이

---

21) 이병주, 「이사벨라의 행방」, 앞의 책, 379쪽.

흐르면서, 이 투신과 저항에 대한 판단의 기준이었던 '섭리' 혹은 '정의' 대신에, 가혹한 역사의 전변(轉變)을 견디어 낸 '인간들'에 대한 연민과 동정을 선택한다. 이 변화의 의미가 문학사와 작가의 작품세계 전체에서 차지하는 의미를 살펴보기 위해서는 두 가지 작업, 즉 1980년대 이후의 그의 소설을 검토하는 것과 장편소설을 검토하는 작업을 거쳐야만 한다. 그 점에서, 소설쓰기에 관한 자기의식의 변화 과정을 중심으로 살펴 본 이 글의 한계는 명백하다. 다만, 1980년대 이후 그의 소설이 역사로부터 점차 대중의 일상과 풍속으로 무게중심을 이동해 가는 것과, 역사로부터 인간 이해로 변화해 나가는 그의 중·단편의 변화는 일정한 연관성이 있음을 짐작할 수 있다.

## 5. 맺음말

증언과 기록으로서의 소설쓰기라는, 작가 스스로 최초에 설정한 자기의식으로부터, 십여 년 정도 흐른 뒤의 작품은 얼마만큼의 거리를 두고 있는 것일까. 5·16 직후의 투옥 경험은 그에게 군사쿠데타의 정당성과 쿠데타의 주역인 박정희에 관한 역사적·도의적 윤리에 대해 이의를 제기하도록 만들었다. 억울한 정치적 박해와 투옥을 소설 창작으로까지 연장하게 된 이병주의 출발이 의미 있는 것이 되기 위해서는, 그 억울함을 개인적 차원의 '원한(怨恨)'이 아니라 '역사'에 접속시켜 보편의 문제로 확대할 필요가 있었다. 초기 중·단편에서 이병주의 이러한 의도는 어느 정도 성공적으로 관철되었다고 평가할 수 있다. 그러나 '역사'에 대한 그의 질문이 지닌 최초의 날카로움은 점점 무뎌지고, 그 대답을 추구하는 과정 또한 모호해진다.

이를테면 군사쿠데타를 '범죄행위'로까지 표현했던 그가 유신체제는 용인하는 듯한 자세를 취하는 이 변화의 진폭은 또 다른 설명을 요구한다. 「겨울밤」의 연작인 「내 마음은 돌이 아니다」에서 시종 '나'와 팽팽한 긴장을 유지하던 '노정필'은 드디어 '나'의 노선으로 기울기 시작한다. 마르크스주의에 대한 신념, 그리고 대한민국을 인정하지 않으려던 완강한 노정필의 태도는 이렇게 변한다.

> 그런데 곰곰이 생각해 보니 이선생의 생각이 옳아요. 정치에 지나친 기대를 가져선 안되는 것 같아요.(중략) 그리고 보통의 능력으로 보통의 노력을 해서 보통으로 살아갈 수 있는 사회면 더 바랄 것이 없다는 이선생의 말이었는데 그런 뜻에서 대한민국도 이 정도면 됐다는 생각을 하게 되었습니다.[22)]

유신체제를 반대하는 학생들의 데모에 대해 '나'가 묻자 노정필은 "자위책을 갖지 않는 정부가 어디 있겠소"라고 답변하여, '나'를 어리둥절하게 한다.

> "노선생은 많이 변했습니다."
> "진실엔 외면하지 않기로 했으니까요."
> 그리고 한다는 말이 유신체제 지지여부를 묻는 지난번의 국민투표에 이 세상에 나고 처음으로 투표를 할까하고 마음 먹었다가 조금 쑥스러운 기분이 들어 자긴 기권을 했으나 부인에겐 찬성 투표를 시켰다는 얘기를 했다.[23)]

1975년 발동한 '사회안전법' 때문에, 막 대한민국과 유신체제를 용인하

---

22) 이병주, 「내 마음은 돌이 아니다」, 앞의 책, 210쪽.
23) 이병주, 「내 마음은 돌이 아니다」, 앞의 책, 211쪽.

려던 노정필은 다시 감옥에 갇히게 된다. 노정필의 변화의 진폭이 클수록, 그에게 '사회안전접'의 올가미가 더 가혹할 것임을 아는 '나'는 점점 마음이 무거워진다. 그러나 끝내 '나'는, '또 다른 나'이자 시종일관 '나'의 소설쓰기에 대해 긴장 넘치는 '악역'을 대신해 주었던 '노정필'의 희생을 이렇게 얼버무린다.

> 언제 슬픔이 없는 거리가 있어 보았더냐. 나라가 살고 많은 사람이
> 살자면 노정필 같은 인간이야 다발로 역사의 수레바퀴에 깔려 죽어도
> 소리 한 번 내지 못한들 어쩔 수 없는 일이다.

역사의 보상을 믿으며 죽어간 「변명」의 '탁인수'나, 역사의 보상을 대신해 죄인을 단죄한 「소설 알렉산드리아」의 '한스 셀러'를 향한 작가의 신뢰, 곧 '역사의 섭리'에 관한 작가의 신뢰와 희망은, 이 지점에서는 몹시 희석되고 모호해진다. 1980년대 이후, 다작(多作)과 대중소설화 경향에 대한 평단의 비판에 어느 정도의 개연성이 있다면, 그 단초는 아마도 이러한 의식의 변화와 무관하지 않을 것이다. 유신체제에 대한 태도 여하는, 한국문학사에서 세대론의 개연성을 시험하는 일종의 리트머스 시험지와 같다. 전후세대 중 상당수의 유력한 작가들은 유신체제를 수용하며 그 역사적 불가피성을 인정한다. 그와는 달리, '4·19세대'들은 이것과 길항한다. 이 차이를 만드는 요인이 무엇인지를 밝히려면 다양한 검토가 필요하다. 다만, 그 점에서 이병주는 다른 많은 1920년대생들과 같은 궤적을 그리고 있다는 것. 이것이 의미하는 바가 무엇인지를 밝히는 작업과 아울러, 이병주 문학에 관해 좀더 폭넓고 다양한 연구와 비평이 절실하다. 작가의 규모에 비해, 이병주는 너무 오랫동안 방치되어 왔다.

## 참고문헌

이병주, 『마술사』, 아폴로사, 1969.

이병주, 『예낭풍물지』, 서음출판사, 1976.

이병주, 『철학적 살인』, 서음출판사, 1976.

이병주, 『대통령들의 초상』, 서당, 1991.

김현, 「테러리즘의 문학」(『사회와 윤리』, 일지사, 1974)

한수영, 「1950년대 문학의 재인식」(『문학과 현실의 변증법』, 새미, 1997)

한수영, 「김정한 소설의 지역성과 세계성」(『문학도시』, 2004년 봄호)

마르끄 블로크, 『역사를 위한 변명』, 고봉만 옮김, 한길사, 2000.

# 이병주 소설의 역사성과 탈역사성

이정석(숭실대 교수)

## 1. 문제제기

소설가 이병주(李炳注)는 한국문단의 이방인이다. 1965년 「소설 · 알렉산드리아」로 커다란 화제를 불러일으키며 등장한 이후, 대하장편소설 『지리산』(1972~1977) 등 엄청난 양의 작품들을 쏟아내며 많은 애독자를 거느린 작가이지만, 그동안 그에 대한 문학적 관심은 미비하기 그지없다. 이는 그가 통상적인 문단의 정식 등단절차를 거치지 않고 작가의 길에 들어섰을 뿐 아니라, 정통 문예지보다 시사 종합지를 통해 작가적 명성을 쌓았으며, 폭넓은 인간관계에도 불구하고 문단과는 별다른 교류 없이 창작활동을 지속한 것이 한 원인으로 작용한 감이 없지 않다. 하지만 이병주의 문학세계가 그동안 별다른 문학적 조명을 받지 못한 보다 근본적인 이유는 작품 내재적 요인에서 찾아야 할 것이다. 그의 작품들은 대체로 본격문학과 대중문학의 경계선 위에 위치에 있을 뿐 아니라 그 중에는 태작도 적지 않다. 특히, 그의 작품은 일반적인 문학적 관행에서 벗어난 파격을 지니고 있다.[1] 그럼에도 이병주의 문학은 한국문학이 그다지 다루지 않은 시기를 조명하고 선구적 문제의식을 보여주는 등 나름 적잖은 의의를 지니고 있기도 하다. 따라서 여기서는 한국문학사에서 그의 문학을 어떻게 위치지울 것인가의 문제를 염두에 두고, 사실상의 등단작 「소설 · 알렉산드리아」를 중심으로 이병주 소설 전반의 특성과 그 변모 양상을 살펴보고자 한다.

이병주는 그의 소설만큼이나 파란만장한 생애를 보낸 사람으로 알려져 있다. 일제 식민지 시절에는 일본으로 유학을 갔다가 학병으로 참전을 하고, 해방 후에는 좌우익 충돌의 격랑에 휩싸였으며, 한국전쟁의 와중에는 부역혐의로 인해 적잖은 곤혹을 치루기도 한다. 뿐만 아니라 5 · 16 쿠데타 직후에는 『국제신보』 주필 겸 편집국장으로 재직 중 필화사건으로 인해 2년 여의 옥고를 치루기도 한다. 이렇게 자기 자신이 몸소 겪은 한국 근현대사의 격랑체험은 이병주의 소설 속에 고스란히 녹아들어 있다. 따라서 작가 자신이 직간접적으로 겪은 실제의 경험이 많이 반영되어 있는 그의 문학을 접근할 때는 사실성과 역사성의 측면에 주목할 필요가 있다. 동시에, 그의 소설은 사실성과 역사성의 세계로부터 탈피해 낭만성과 탈역사성의 세계로 진입하려는 경향이 농후하기 때문에 그에 대해서도 주의를 기울여야 한다.

---

1) 일반적인 문학적 관례에 한참 벗어난 창작행위도 그에 대한 무관심을 부추긴 한 원인으로 작용한 감이 없지 않다. 작품의 제목을 바꾸는 경우는 너무나 허다하고. 심지어 『관부연락선』을 「아아! 그들의 청춘」이라는 제목으로 『신경남일보』에 연재한 것처럼 이미 출간된 작품을 제목만 바꿔 다시 연재하거나 이미 발표한 중단편을 다시 장편의 한 부분으로 삽입하는 파격을 연출하는 것은 물론 『바람과 구름과 비(碑)』에서는 나카지마 아츠시(中島敦)의 「산월기(山月記)」를 거의 통째로 전재하기도 한다.(정범준, 『작가의 탄생 나림 이병주. 거인의 산하를 찾아서』, 실크캐슬, 2009, 351면, 366면 참조)

## 2. 자전(自傳)으로서의 소설과 실록(實錄)으로서의 소설

이병주 문학의 사실적 측면은 우선 자전적 소설의 범주에서 논의될 수 있다. 자전적 소설은 저자 자신이 주인공과 동일인임을 부정하거나, 아니면 적어도 그것이 자기의 이야기라고 스스로 말하지 않는다 하더라도, 독자가 그 이야기 속에서 그것이 저자 자신의 이야기와 유사하다는 것을 알아차리고, 그 때문에 작가와 작중인물이 동일인이라고 생각하게 만드는 허구의 텍스트로 정의된다.2) 이런 개념규정에 입각해보면, 정도의 차이는 있을망정 이병주 소설 중 꽤 많은 작품들이 자전적 소설의 범주에 포함된다. 그의 소설에는 대부분 실제작가 이병주 자신의 모습이 투영된 분신적 인물이 존재한다. 「소설 · 알렉산드리아」의 형이 그렇고, 『관부연락선』(1968~1970)의 유태림이 그러하며, 『지리산』의 이규가 그렇다. 그 중에서도 등단작 「소설 · 알렉산드리아」는 필화사건으로 인해 영어(囹圄)의 몸이 되었던 자신의 실제체험을 바탕으로 한 작품이다.

> 형은 아마 이천 편 이상의 논설을 썼을 것이다. 그 중에서 단죄받은 논설 두 편이 있다. 그 논설 가운데 다음과 같은 구절이 있었다.
> "조국이 없다. 산하(山河)가 있을 뿐이다."
> "이북의 이남화가 최선의 통일 방식, 이남의 이북화가 최악의 통일 방식이라면 중립통일은 차선의 방법은 되는 것이다. 그런데 이것을 사악시하는 사고방식은 중립통일론 자체보다 위험하다.」
> "이 이상 한 사람이라도 더 희생을 내서는 안 되겠다. 그러면서 어떻게 해서라도 통일은 이룩해야 하겠다. 이것은 분명히 딜레마다. 이 딜레마를 성실하게 건디고 해결하려는 노력에서 비로소 활로가 트인다."3)

---

2) Philippe Lejeune, 윤진 옮김, 『자서전의 규약』, 문학과지성사, 1998, 35면.
3) 이병주, 「소설 · 알렉산드리아」, 『소설 · 알렉산드리아』, 한길사, 2006, 21면.

이병주는 5·16 쿠데타 직후 군사정권이 공포한 소급입법 '특수범죄 처벌에 관한 특별법'에 의해 중립화통일을 주장했다는 이유로 징역 10년 을 선고받고 2년 7개월가량을 복역한다. 위의 인용문은 당시 문제가 되었 던 바로 그 논설 「조국의 부재」의 일부를 담고 있다.4) 이렇게 문제가 되 었던 논설이 직접적으로 제시되면, 작중인물 형에게서 실제작가 이병주 를 떠올리게하는 것은 물론 작중현실이 지나치게 실제현실과 밀착되는 결과를 낳을 수 있다. 이때 제목에 사족처럼 붙어 있는 '소설'이라는 장르 표지는 이것을 허구로 읽도록 유인함으로써, 그 의도의 유무에 상관없이 작중상황을 지나치게 실제의 현실과 동일시함으로써 생길 수 있는 여러 가지 논란을 차단하는 기능을 한다.5) 결과적으로 「소설·알렉산드리아」 는 자전적 소설의 범주에서 이해될 수밖에 없는데, 흥미로운 것은 그럼에 도 그것이 전혀 사소설적 성격을 드러내고 있지 않다는 점이다.

사소설은 작자의 실제체험에 기초한다는 점에서 자전적 소설과 상당 한 친연성을 갖고 있다. 이를테면, 자기 체험에 바탕을 둔 이상의 소설은 자전적인 동시에 현저히 사소설에 기울어 있다. 물론 그는 자기 체험과 심경을 날것 그대로 제시하는 대신 위트와 패러독스로 자기 위장을 도모 함으로써 표준적 사소설에서 탈피해 자기만의 고유한 작품세계를 구축하 고 있기도 하다. 그럼에도 작가 자신이 직접 겪은 일상적 삶의 체험과 고

---

4) 『새벽』 1960년 12월호에 게재된 이 논설 「조국의 부재」와 1961년 1월 1일 국제신 보의 연두사인 「통일에 민족 역량을 총집결하자」는 5·16 쿠데타 직전인 1961년 4 월에 간행한 『중립의 이론』(샛별출판사)에 대수록된다. 그런데 이 도서의 저자 이름 이 앞표지에는 '국제신문 논설위원 일동'으로 표시되어 있는데 반해, 뒷면의 서지사 항에는 '이병주'로 표기가 되어 있다.

5) 애초 이병주가 이 작품에 붙인 제목은 '알렉산드리아'였다고 한다. 그런데 당시 『세 대』지의 편집장을 맡고 있던 이광훈(「풍류와 멋의 작가」, 김윤식·김종회 엮음, 『문학과 역사의 경계에 서다』, 바이북스, 2010)이 방어적 효과와 공격적 효과를 동 시에 고려하여 '소설·알렉산드리아'로 굳어지지만, 1988년 '책세상'에서 나온 이병 주의 대표중단편선집에서는 '알렉산드리아'로 표기가 되어 있기도 하다.

백에 기초한다는 점에서, 이상의 작품세계는 사소설적 자장 안에 포함될 수밖에 없다. 역설적으로 말해서, 사소설의 창작을 추동하는 근원적인 동력이 생의 위기감이라는 비일상성에 있다6)고 하더라도 그렇다.

근본적으로, 사소설은 일상세계에 몸담고 있는 실제작가의 자기 체험에 근간을 둔 양식이다. 본래 사소설의 태동은 서구적 자연주의가 일본적 자연주의로 굴절되는 과정에서 태어난 사생아로서 자율적인 근대를 이룰 수 없었다는 좌절감을 동반한다고 한다. 일본의 사소설은 또 다른 굴절을 거쳐 식민지 조선에서 수용되지만, 그 성패 여부에 상관없이 역사적 현실의 비판적 재현이 불가능한 상황을 타개하는 주요한 창작방식의 하나로 자리를 잡게 된다. 그리고 해방 이후 사소설은 한국문학에 있어서 극복 내지 은폐의 대상으로 간주되고 만다. 그 한 예로 전후작가이자 미체험 학병세대 작가로 분류될 수 있는 선우휘는 「불꽃」(1957)을 쓸 때 사소설의 극복을 의도했다고 한다.7) 그에 비한다면, 이병주가 의식적으로 사소설의 극복을 의도하고 있었던 것 같지는 않다. 하지만 일제식민지 시절부터 시작해서 격동의 한국 근대사를 발본적으로 탐색하는 과정에서 그의 소설은 자연스레 사적 체험의 폐쇄회로를 벗어나게 된다.

이병주의 대표적 소설들이 자기 체험에 기반하면서도 사소설적 경향으로 기울지 않는 것은 우선 거대역사가 사소설의 지반인 생활세계를 압도하기 때문에 벌어지는 현상이다. 즉, 그의 소설은 작가 자신의 자전적 체험에서 출발하고 있음에도 불구하고, 이를 일상적 삶을 정지시키거나 일상적 삶의 흐름을 좌우하는 역사 속의 '나'와 관련지어 숙고함으로써 사소설적 성격을 완전히 탈피하게 되는 것이다. 더욱이 그것은 이병주의 소설이 개인적 자전의 성격뿐 아니라 역사의 기록이라는 실록적 성격을

---

6) 平野謙, 「사소설의 이율배반」, 유은경 옮김, 『일본 사소설의 이해』, 소화, 1997, 187면.
7) 선우휘, 「처녀작의 처녀성」, 『한국전후문제작품집』, 신구문화사, 1961, 415면.

강하게 내장하게 만드는 요인으로 작용한다.

"이 선생은 어떤 각오로 작가가 되었습니까?"
"기록자가 되기 위해서죠."
"기록자가 되는 것보다 황제가 되는 편이 낫지 않겠소?"
말의 내용은 빈정대는 것이었지만 투엔 빈정대는 냄새가 없었다.
"나는 내 나름대로의 목격자입니다. 목격자로서의 증언만을 해야
죠. 말하자면 나는 그 증언을 기록하는 사람으로 자처하고 있습니다.
내가 아니면 기록할 수 없는 일, 그 일을 위해서 어떤 섭리의 작용이
나를 감옥에 보냈다고 생각합니다."[8]

「겨울밤」(1974)은 「소설 · 알렉산드리아」를 발표한 지 10여년의 세월
이 지난 1974년에 쓴 작품이지만 내용상으로 그 후속작에 해당한다.[9] 여
기서 이병주는 주인공 노정필과의 논쟁을 통해 자신의 문학관을 강하게
피력하는데, 그 골자는 '기록자로서의 소설가' 혹은 '증언자로서의 소설
가'로 압출될 수 있다.[10] 시대의 기록이자 역사의 증언으로서의 소설이라

8) 이병주, 「겨울밤—어느 황제의 회상」, 앞의 책, 283면.
9) 김윤식(「'위신을 위한 투쟁'에서 '혁명적 열정'에로 이른 과정 이병주 문학 3부작론」,
   김윤식 · 임헌영 · 김종회 외, 『역사의 그늘, 문학의 그늘―이병주 문학연구』, 한
   길사, 2008)은 '주인과 노예의 변증법'이라는 심층구조적 차원에서 볼 때, 「소설 ·
   알렉산드리아」(1965) · 「겨울밤—어느 황제의 회상(1974)」 · 「그 테러리스트를
   위한 만사」(1983)가 이병주 문학의 3부작에 해당한다고 본다. 그러나 표층내용과
   인물의 차원에서 보면, 오히려 「소설 · 알렉산드리아」와 「겨울밤—어느 황제의 회
   상」, 그리고 「겨울밤—어느 황제의 회상」의 후일담에 해당하는 「내 마음은 들이
   아니다」(1975), 이 세 작품이 연작의 관계에 있다고 보는 것이 더 적절하다.
10) 이병주가 '기록자로서의 소설가'를 지향하는 데 있어 사마천(司馬遷)과 시바 료타
   로(司馬遼太郞)가 많은 영향을 끼친 것으로 보인다. 그는 『언덕 위의 구름』(명문각,
   1991)의 번역 출간에 붙인 글 「역사와 인간을 보는 눈의 깊이와 넓이 시바 료타로
   · 의 인간과 문학」에서 시바 료타로의 역사소설을 읽을 때마다 "역사는 소설의 힘을
   빌리지 않고는 그 진실을 개전(開展)할 방도가 없다"는 깨달음을 얻게 된다면서 그
   의 소설을 높이 평가한다. 한편, 그가 사마천에게 받은 영향을 알 수 있는 글로는

는 신조는 한국문학에서 유례를 찾아 볼 수 없는 실록소설의 길을 열어 놓는다. 「소설 · 알렉산드리아」에서는 논설의 몇 줄을 대화 안에 삽입하는 데에 그치고 있지만, 『관부연락선』에서는 소설의 중간에 주들을 달아 작중인물의 모델이 된 실제인물의 근황을 전하고 있으며, 『장군의 시대 – 그해 5월』에서는 아예 문제가 되었던 논설 「통일에 민족역량을 총집결하자」와 「조국의 부재」는 물론 『민족일보』 사장 조용수 재판의 공소장과 판결문까지 그대로 전재하고, 공식적으로 '실록'을 표방하고 있는 대하소설 『지리산』과 「여사록(如斯錄)」(1976) 등에서는 실제인물의 실명을 그대로 노출하고 있기도 한다. 작품의 완결성에 시비를 불러올 것이 빤함에도 불구하고, 그가 그 같은 파격을 연출하는 것은 역사적 사실을 있는 그대로 기록하고 증언해 후대의 교훈으로 삼겠다는 의지가 그만큼 강하다는 것을 뜻한다.[11] 특히, 증언과 기록으로서의 소설을 지향하는 의식의 이면에는 근대의 실증적 합리주의 정신이 내재되어 있기도 하다.

그런데, 이병주는 구체적으로 어떤 역사를 기록하고 증언하려 하는가? 단도직입적으로 말해서 그는 노예적 억압상태에서 벗어나 세계의 주인으로 서고자 분투하다 시대의 격랑 속에서 비극적으로 패배한 자들, 시대적 조류에 무비판적으로 휩쓸리지 않고 그 와중에서도 자기의 개성을 주장

---

『이병주의 동서양 고전탐사 2』(생각의나무, 2002, 138면)가 있다.

11) 그와 같은 의지는 조지 오웰이 『카탈로니아 찬가』를 두고 남긴 다음과 같은 발언을 떠올리게 한다.

"나는 이 책에서 나의 문학적인 본능을 거스르지 않으면서 모든 진실을 말하기 위해 상당히 애를 썼다. 그런데 다른 무엇보다 이 책엔 프랑코와 내통한다는 혐의를 받는 트로츠키주의자들을 변호하는, 신문 인용문 따위가 가득한 긴 장(章)이 있다. 이와 같은 장은 1~2년 뒷면 일반 독자의 관심에서 멀어질, 말하자면 책을 망칠 게 뻔한 부분이었다.(…중략…) 하지만 다른 방법이 없었다. 나는 영국에선 극소수의 사람들만 알 수 있었던, 무고한 사람들이 억울한 혐의를 뒤집어쓰고 있다는 사실을 어쩌다 알게 되었다. 그 사실에 분노하지 않았다면 나는 책을 쓸 생각조차 하지 않았을 것이다."(George Orwell, 이한중 옮김, 「나는 왜 쓰는가」, 『나는 왜 쓰는가』, 한겨레출판, 2010, 299면)

하다 몰락한 존재들, 그러니까 「소설 · 알렉산드리아」에 인용된 니체의 경구를 빌려 표현하자면 "스스로의 힘에 겨운 뭔가를 시도하다가 파멸한 자"들의 생을 이야기하고자 한다. 이는 이병주의 문학이 자기 보존본능보다 한 차원 높은 단계 즉, 주체적인 자기 존재성을 승인받으려는 인정투쟁에 투신했던 영웅적 인물에 초점을 맞추고 있다는 것을 뜻한다. 실제로 「소설 · 알렉산드리아」는 중립국 통일방안의 타당성을 의사소통적으로 인정받길 원하다가 감옥에 갇힌 지식인을 주인공으로 내세운다. 또, 『관부연락선』은 일제의 민족적 차별에 민감하게 반응하며 자기 정체성을 인정받고자 하는 지식인의 고뇌에 초점을 맞추고 있다. 『지리산』역시도 일제의 학병을 피해 지리산으로 들어갔던 젊은이들이 해방 후 근대적 민족국가의 건립을 둘러싸고 벌어지는 좌우이념의 충돌 속에서 쓰러져 가는 모습을 그리고 있다. 결국, "사람은 자기 이외의 자기를 넘어 있는 어떤 것을 위하는 그런 것을 가져야 할 것 같애. 보잘 것 없는 자기를 지키기에 전전긍긍하는 꼴을 탈피하고 싶어"[12]라는 유태림의 말에서도 명확히 드러나 있듯이, 주인과 노예의 변증법은 그의 소설을 추동하는 가장 핵심적인 서사의 동학이다. "이병주 문학의 독자성은 그것이 주로 소시민의 자질구레한 일상세계에서만 맴돌지 않고 지식인의 당면문제, 가령 인격적 자아의 회복과 행사를 위한 고통스러운 노력 같은 문제를 추구하되, 일제시대의 체험과 해방 후 좌우익 상쟁의 체험에까지 거슬러올라가 봄으로써 그 추구를 보다 근원적으로 철저히 하려고 한 점에 있"[13]다는 평가도 이를 염두에 둔 지적이다.

---

12) 이병주, 『관부연락선(하)』, 기린원, 1986, 183면.
13) 이보영, 「역사적 상황과 윤리」, 김윤식 · 임헌영 · 김종회 외, 앞의 책, 42면.

## 3. 시적 정의의 요구와 탈역사적 경향

그러나 이병주 문학이 개인적 체험을 거시역사의 차원과 관련지으며 이를 사실적으로 기록하는 실록적 소설을 지향하는 데에 그치는 건 아니다. 그의 문학은 현실의 사실적 재현을 중시하면서도, 또 다른 한편에서는 작가의 주관적 감정을 통해 그 현실을 수정하려는 욕망을 강하게 드러낸다. 특히, 사실적 재현의 양식을 뛰어 넘어선 욕망 투사의 장을 마련함으로써 현실적 패배가 당위론적 승리로 전화되는 '시적 정의(poetic justice)'를 상상적으로나마 구현하려 경향이 눈길을 끈다. 「변명」(1972)에서는 마르크 블로크(Marc Bloch)와의 상상적 대화를 통해 선한 자가 비극적 패배를 맛보고 악인이 승승장구하는 역사적 현실에 항의하며 시적 정의로서의 섭리의 필요성을 부르짖고, 「매화나무의 인과(因果)」(1966) 등의 작품이 표나게 권선징악의 구도를 취하는 것은 시적 정의와 밀접한 관련이 있다. 더구나, 낭만적 상상이 서사의 근간을 이루고 있는 「소설 · 알렉산드리아」는 근대소설의 양식으로 설명이 되지 않는 문제적 측면을 지니고 있다. 다시 말해, 그것은 시적 정의가 실현되는 욕망 투사의 장을 마련하기 위해 리얼리즘이라는 근대소설의 지배적 형식을 훌쩍 넘어서고 있는 것이다.

「소설 · 알렉산드리아」는 감옥과 알렉산드리아라는 두 이질적인 서사공간 즉, 사실적 재현공간과 낭만적 환상공간의 결합으로 이루어져 있다. 여기서 감옥이 노예적 굴종을 강요하는 현실의 공간이라면, 그 대타항으로 설정된 알렉산드리아는 시적 정의의 백일몽이 펼쳐지는 욕망 투사의 공간이라고 할 수 있다. 이때 문제가 되는 것은 낭만적 환상이 사실적 재현의 세계를 압도하고 있다는 점이다. 통상적인 근대소설 양식으로부터의 일탈은 필연적으로 그에 대한 부정적 평가를 불러온다. 이를테면, 작가의 실제체험에 기반한 형의 이야기가 자칫 유행가적 비속성과 공소함으로 추락할 수도 있는 사라와 한스의 이야기를 구해내고 있다는 평가가 대표적이다.14) 그럼에도, 일반적인 소설형태로부터 벗어나 있는 바로 그러한 존재형태가 이병주 소설의 고유한 자질을 형성하며 독자를 사로잡는 주요한 요인으로 작용하고 있는 것도 사실이다.

「소설 · 알렉산드리아」의 낭만적 환상은 감옥에 갇힌 형의 '황제 환상'으로부터 시작된다. 하지만 이것은 현실적 굴종에도 불구하고 주체의 자긍심을 잃지 않으려는 실존적 몸부림으로 볼 수도 있다. 즉, 그것은 관념의 유희15)이기에 앞서 차라리 인간의 자존과 품위를 지키려는 주체의 노력으로 해석될 수 있다. 이에 비한다면, 알렉산드리아의 그것은 현실과 유리된 이국 취미와 낭만적 도피로 받아들여질 소지가 다분하다. 알렉산드리아라는 공간 전체를 뒤덮고 있는 이국성과 낭만성은 '나'를 그곳으로 안내하는 인물 마르셀의 풍모에서부터 감지된다. "키가 너무 커 육지에서 살기가 거북하기 때문에 선원이"16)된 팔척장신이면서도 풍부한 기지와 교양을 겸비한 비단결 같은 마음씨의 소유자로서, "육지에 있으면 바다가 그리워서 견디지 못하고 바다에 있으면 육지가 그리워서 못 견디는"17) 동경병 환자 말셀 가브리엘. 그는 마치 신화 속의 인물처럼 묘사되어 있지만, 실상 작가가 실제인물에 상상력을 덧입혀 창조한 인물일 가능성이 크다.18) 그건 알렉산드리아란 공간도 마찬가지다. 그는 「소설 · 알렉산드

---

14) 유종호, 「항의의 서(書)」, 『조선일보』, 1965. 6. 8.

15) 이보영, 앞의 책, 17~18면.

16) 이병주, 「소설 · 알렉산드리아」, 『소설 · 알렉산드리아』, 한길사, 2006, 12면.

17) 위의 책, 13면.

18) 어쩌면 그는 『관부연락선』에 잠깐 등장하는 인물 P에, 『모비딕』의 등장인물 스타벅과 '희곡 작품을 통해 인간실존의 비극성을, 음악을 통해 인간실존의 기쁨과 아름다움을 그려낸 프랑스 철학자'(김형효, 『가브리엘 마르셀의 구체철학과 여정의 형이상학』, 인간사랑, 1990, 340~341면.) 가브리엘 마르셀(Gabriel Marcel)이 정의한 '여행하는 인간(Homo Viator)'의 이미지가 투영된 인물일지도 모른다. "P는 유태계 프랑스인을 전형적으로 방불케 하는 용모를 가진 사나이다.(…중

리아」의 중심무대가 클레오파트라의 알렉산드리아, 그리고 아나톨 프랑스(Anatole France), 헨리 밀러(Henry Valentine Miller), 로렌스 더렐(Lawrence Durrell), 서머셋 모음(William Somerset Maugham)의 작품 속에 나타난 갖가지 알렉산드리아의 이미지들을 기묘하게 혼합하여 창조한 세계라고 말한다.[19] 실제로 그것은 작가가 상해(上海)라는 실제공간에 애욕과 진실의 드라마가 펼쳐지는 로렌스 더렐의 4부작 『알렉산드리아 사중주』(1975~1960)의 알렉산드리아, 사라 안젤의 원형이 된 듯한 여인이 등장하는 아나톨 프랑스의 『타이스』(1889)에서 금욕적 구도의 공간 사막과 대립되는 세속적 타락의 공간 알렉산드리아, 그리고 서머셋 모음의 『달과 6펜스』(1919)에서 주인공이 온갖 구속에서 벗어나 순간적 계시처럼 격렬한 해방감과 기쁨을 맛보는 마음의 고향 알렉산드리아의 이미지가 중첩되어 만들어진 공간이다.

> "상해라는 곳은 원래 흥미가 있는 곳 아냐? 동양과 서양의 기묘한 혼합, 옛날과 지금의 병존, 각종 인종의 대립, 그 혼혈, 호사와 오욕과의 선명한 콘트라스트, 전세계의 문제와 모순을 집약해 놓은 도시. 특히 1945년 상해라고 내가 말하는 것은 이때까지나 앞으로나 상해해선 기생충과 같은 존재 밖엔 안 되는 한국 사람들이 주인이 없는 틈을 타서 한동안이나마 주인 노릇을, 아니 주인인 척 상해에서 설친 때라는 그런 의미에서였다. 허파가 뒤집힐 정도로 우스운 노릇이었는데 8·

략…) 엑조티시즘이 풍기는 사나이. 그는 학생시절 수영선수로서도 날린 사나이고 기타를 가지고 베토벤 소나타를 완주하려고 덤빈 사나이다.
그러나 그땐 그저 가냘프기만 한 모습으로 앉아 있었다. 유태림은 P를 <나의 친구 마르셀>이라고 부르기를 즐겼다. 그는 학병으로 중국에 갔다. 금화라는 곳에서 일본 병영을 탈출, 중국군에게 일본의 스파이란 혐의를 받고 체포되어 장장 1년이 넘는 세월을 중국 군대의 영창, 형무소 등을 전전하면서 총살의 기회를 기적적으로 모면한, 그야말로 오딧세이라고 할 수 있는 경력을 가지고 있었다." (이병주, 『관부연락선(하)』, 기린원, 1986, 107면)
19) 이병주, 「내 정신의 승리-알렉산드리아」, 『소설문학』, 1983. 9, 34면.

15직후 상해에서 한국 사람들이 우쭐대던 꼴은 꼭 기억해 둘 만한 가
치가 있어."[20]

작가 이병주 자신의 실제경험과 독서체험이 녹아있는 이국적 낭만의
세계 알렉산드리아는 동양과 서양, 성(聖)과 속(俗), 관능과 지성 등 온갖
이질적이고 상반된 것들이 뒤섞여 공존하는 전형적인 코스모폴리탄적 공
간이다. 한국문학사에서는 매우 기이하고 낯설게 느껴지는 이 서사공간
은 자연스레 다음과 같은 의문을 떠올리게 만든다. 왜 이런 코스모폴리탄
적 공간이 필요한 건가? 이 비현실적 낭만의 서사공간을 어떻게 이해할
것인가? 그에 대한 답변으로는 무엇보다도 먼저 '현실적으로 해결할 수
없는 모순을 상상적으로 해결하는 유토피아적 열망의 표출공간'[21]으로
써 알렉산드리아와 같은 서사공간이 요청된다는 답변을 제출할 수 있을
것이다. 즉, 노예의 운명을 강요하는 감옥 같은 근대한국의 역사적 현실
에 대한 대항공간으로서 상상적으로나마 시적 정의가 실현되는 알렉산드
리아의 공간적 병치가 요구되는 것이다. 알렉산드리아라는 낭만적 서사
공간이 존재함으로 해서 자연법과 실정법의 딜레마가 해소되고, 합법이
지만 부당한 행위가 응징을 받고 위법이지만 정당한 행위가 시적 정의의
이름으로 사면을 받게 된다. 그러고 보면「소설 · 알렉산드리아」가 인과
성과 사실적 재현이 중시되는 근대 리얼리즘의 소설형식으로부터 벗어나
로망스(Romance)의 세계로 옮아가는 것은 필연적이다. 본래 로망스는 모
든 문학형식 중에서도 욕구충족의 꿈에 가장 가까운 양식으로, 덕 있는
주인공들과 아름다운 여주인공을 등장시키고 시공간적으로 이상적인 황
금시대를 추구하면서, 사회적으로 기묘하게 역설적인 역할을 수행한

---

20) 이병주,『관부연락선(하)』, 기린원, 1986, 65면.
21) Fredric Jameson, *Marxism and Form: Twentieth Century Dialectical Tehories of Literature*,
    Princeton: Princeton University Press, 1971, pp. 142~143.

다.[22] 물론 이러한 로망스적 서사양식과 초국적 재현공간의 도입은 진보와 합리주의 정신에 기반한 근대적 재현양식으로부터의 일탈이라는 점에서, 일정 부분 비합리주의와 비현실적 낭만세계로의 경사를 보여주는 유력한 증거가 된다.

그럼에도, 「소설·알렉산드리아」의 그것이 세계시민의식과 교양주의에 의해 밑받침되고 있다는 점에 눈길을 줄 필요가 있다. 왜냐하면, 그것은 이병주의 문학이 민족사적 특수성에만 사로잡히지 않고 보편사적 맥락 속에서 한국적 현실의 성찰을 가능하게 하는 중요한 요인으로 작용하기 때문이다. 실제로 이병주의 문학은 완고한 민족주의의 미망에 사로잡혀 있지도, 마냥 서구적 보편주의의 환상에 경도되어 있지만도 않다. 그와 같은 미덕이 가장 잘 발휘된 작품이 바로 그의 대표작 『관부연락선』이다. 이 작품은 한국문학에서 결락점으로 남아 있는 1940년대 식민지 조선의 현실을 꼼꼼히 재현하여 증언과 기록으로서의 문학관을 충실하게 수행하고 있다. 그러면서도 또 다른 한편으론 "우리에게 있어서 실질적으로 2차대전이 끝나는 것은 1953년의 휴전이었다"[23]는 작가후기에 명확히 드러나 있듯이, 민족사적 특수성에만 갇혀 있지 않고 세계사적 보편성을 염두에 두고 균형감 있는 탐색을 시도하고 있다. 그건 로망스의 양식을 도입한 또 다른 초기작 「마술사(1968)」도 마찬가지다. 여기서 인도인이면서 자신과 무관한 버마의 독립운동에 투신한 인물 크란파니의 반제국주의 연대투쟁은 세계시민적 감각과 밀접한 관련이 있으며, 그의 균형 잡힌 인격과 세계인식은 교양을 빼고 얘기할 수 있는 성질의 것이 아니다. 그리고 보면, 이병주의 문학에 나타나는 세계시민의식과 교양은 전후세대의 추상적이고 막연한 보편주의의 미망과 분명히 구별되는 현실적 질

22) Northrop Frye, 임철규 역, 『비평의 해부』, 한길사, 1992, 260~261면.
23) 이병주, 「작가후기―마지막 <관부선>」, 앞의 책, 316면.

감을 지니고 있다. 그가 즐겨 구사하는 아포리즘 역시도 한국적 현실의 특수성을 보편성의 차원에서 사유하려는 태도와 무관치 않을 것이다.

그런데, 역사가 항상 진보와 정의의 방향으로 전개되지 않는다는 점에서, 아니 오히려 너무나 자주 그에 역행한다는 점에서, 시적 정의의 요구는 부조리한 현실과 끊임없는 갈등과 긴장을 초래한다는 점에서, 문제적이다. 시적 정의의 구현과 배치되는 이 난감한 현실이 초래하는 긴장을, 이병주는 시적 정의를 죽음이라는 인간의 숙명적 조건 속에서 해소하려들기도 한다.

> 패자의 관은 하늘이다. 바람이다. 흙이다. 풀이다.
> 다시 생각해 본다. 이 세상에 패자가 아닌 사람이 없다. 어떻게 장식해도 죽음은 패배다.
> 대영웅도 대천재도 대정치가도 한번은 패자가 된다. 그리고 영원히 패자로서 남는다.
> '아마도 성공할지 모른다.
> 그러나 확실히 죽는다.
> 그럼 마찬가지 아닌가.'24)

'승자도 패자도 결코 비켜 갈 수 없는 죽음이라는 인간의 존재론적 숙명.' 이병주는 이 자연의 섭리 속에서 미약하나마 시적 정의가 구현된다고 믿고 싶어 한다. 그러나 이는 부조리한 현실과의 대결을 회피하려는 자의 자기 위안과 허무주의로 인식될 공산이 크다. 시적 정의에 대한 요구는 있는 그대로의 현실에 대한 부정과 항의다. 따라서 죽음이라는 자연적 숙명에서 시적 정의를 구한다는 것은 곧 부조리한 현실과의 대결의 회피로 받아들여지게 되는 것이다. 당연히, 거기에서는 사실로서의 역사와

---

24) 이병주, 「패자의 관」, 『소설 · 알렉산드리아』, 한길사, 2006, 243~244면.

당위로서의 역사 사이에 존재하는 유의미한 갈등과 긴장이 무화될 소지가 크다. 실제로 「내 마음은 돌이 아니다」에 이르면 공적 영역에서의 시적 정의의 요구가 완전히 포기되면서 이후 그의 작품세계에는 중대한 변화가 일어난다.

> 거리는 폭서에 이글거리고 사람들은 쇠잔한 몰골로 붐비고 있었다. 언제 슬픔이 없는 거리가 있어 보았더냐. 나라가 살고 많은 사람이 살자면 노 정필 같은 인간이야 다발 다발로 역사의 수레바퀴에 깔려 죽어도 소리 한 번 내지 못한들 어쩔 수 없는 일이다.
> 나폴레옹처럼 죽어야 할 사람도 있고 소크라테스처럼 죽어야 할 사람도 있다. 소나 개나 돼지처럼 죽어야 할 사람도 있다. 노 정필이 전해 달라고 했다는 그 말을 상기하고 뭐니뭐니 해도 그가 나의 가장 열심한 애독자였다는 아쉬움을 되십으며 나는 관할 파출소를 향해 느릿느릿 걸었다. 신고용지를 받으러 갈 참이었다.[25]

「내 마음은 돌이 아니다」(1975)는 「겨울밤」의 혁명가 노정필의 후일담이자 전향소설이다. 평생을 혁명의 신념으로 일관했던 이 노(老)혁명가는 놀라울 정도로 획기적인 전향을 한다. 그는 대학생들의 반정부 시위를 여유로운 자들의 한가한 투정으로 치부하는 물론 유신체제의 정당성마저 옹호한다. 더욱이 그의 전향은 어떤 외적 강제력도 없이 스스로의 자발적 선택에 의해 이루어진 것이다. 그런데 이러한 노정필의 전향은 단순히 그의 변화에 그치는 것이 아니라 이병주 자신의 사상적 방향전환과 밀접하게 연결되어 있다는 점에서 더욱 중요한 의미를 갖는다.

박정희정권은 1975년 2·12일 유신헌법과 유신체제의 지속 여부를 묻는 국민투표를 실시하고, 같은 해 7월 16일 사회안전법을 제정한다. 사회

---

25) 「내 마음은 돌이 아니다」, 위의 책, 216면.

안전법은 국가의 안녕과 공공질서를 명분으로 공안사범에 보안감호처분을 취할 수 있게 한 법률이다. 「내 마음은 돌이 아니다」는 사회안전법의 취지에 공명한 이병주가 파출소로 보안관찰 대상자를 신고를 하러 가는 장면으로 끝을 맺고 있다. 여기서 국가권력의 강력한 지배와 통제체제를 인정하는 대신 사적 영역에서 주관적 자유를 확보하려는 그의 입장 변화가 감지된다. 따라서 사소설적 성향을 농후하게 풍기고 있는 이 작품은 노정필을 전면에 내세워 그의 전향과 죽음을 다루고 있지만, 실상 이병주 자신의 내면적 사상적 방향전환을 은밀하게 고백하고 있는 작품으로 볼 수 있다.

실제로, 이쯤을 전후해 이병주 문학은 역사적 현실에서 후퇴해 생활세계로 무대를 옮겨 간 작품을 다수 생산한다. 그전까지 인정투쟁을 위해 역사적 소용돌이의 한복판으로 뛰어든 영웅적 인물의 행적을 기록하고 증언하는 것이 그의 문학이었다면, 이후로 '생활세계 속의 나'로 무게중심을 이동해 일상적 삶의 주변에서 소재를 취한 사소설적 경향의 작품을 다수 산출하게 되는 것이다. 이를테면, 실제작가 이병주의 일상적 삶 기록이기도 한 『여사록(如斯錄)』은 해방기 좌우익 충돌세대의 후일담을 별다른 허구적 장치 없이 드러내고 있다. 또, 「이사벨라의 행방」(1976)은 선거를 통해 집권한 최초의 사회주의정권 아옌더정부를 전복한 피노체트의 쿠데타 당시를 배경으로 하지만, 정작 소설의 초점은 칠레여행 때 안내를 해주던 여대생의 안부에 맞추어져 있다. 뿐만 아니라 이후 이병주는 역사적 현실에 등을 돌리고 세속적 인간의 삶에 관심을 집중해 많은 통속적 풍속소설을 양산하기도 한다. 풍속소설의 경우 그 특성상 대체로 체험적 자아로서의 '나'의 비중이 줄어들고 대신 관찰자로서의 '나'의 비중이 대폭 강화된다. 이것은 이병주의 소설이 정치적 열망을 거세하고 단지 세태의 추이를 응시했던 관조적 문학으로 변모하고 있음을 드러내는 표지이다. 이때, 흥미로운 것은 사적 영역에서는 너무나 순탄하고 자연스럽게 시적 정의가 구현된다는 사실이다. 위기에 처한 인물이 가까스로 친구의 도움으로 위기를 벗어나려는 순간 사소한 사건이 빌미가 되어 결국 인과 응보처럼 나락의 길로 떨어지고 만다는 「빈영출」(1982)이나, 능수능란한 술수로 부를 축적하고 동네유지 행세를 하던 자가 인심을 잃고 필연처럼 패가망신을 하게 된다는 「박사상회」(1983)가 이를 잘 보여준다. 여기서 그는 인덕을 쌓으며 세상사의 순리에 따르는 생활세계의 선이라는 입장을 견지하는데, 이는 정치영역에서의 인정투쟁을 일상적 삶의 질서를 어지럽히는 부정적 파토스로 간주하는 탈역사적 태도와 표리관계에 있다.

## 4. 교양, 그리고 자유주의자의 굴절과 실종

이병주 문학의 근간이 되는 것이 바로 교양(culture)이다. 영웅적 인간이 벌이는 인정투쟁의 서사와 세계주의에의 경사는 교양주의를 빼놓고는 결코 제대로 얘기될 수가 없다. 나아가 일제의 강제징집에 의한 참전경험과 더불어, 이 교양주의는 학병세대라는 새로운 세대론을 설정하여 이병주의 문학을 한국문학사에 위치지우는 주요한 근거가 된다.[26] 그런데, 교양은 본질적으로 개인의 내면적 완성과 함께 외적 현실의 조화를 추구하기 때문에 많건 적건 불가피하게 현실질서를 옹호하는 보수적 성격을 띨 수밖에 없다. 이를테면, 정치적 권리를 요구하는 중간계급의 속물성이 당대의 혼란과 무질서를 초래하는 근원이라고 비판하며 '완성에 대한 공부'로서의 교양을 강조한 매슈 아널드(Matthew Arnold)나, 그로부터 적잖은 영향을 받은 것으로 추측되는 미체험 학병세대 작가 선우휘가 그 보수적

---

26) 김윤식, 『일제말기 한국인 학병세대의 체험적 글쓰기론』, 서울대학교출판부, 2007.

성격을 잘 보여준다. 하지만『지리산』에서 아널드식 교양의 문제성을 날카롭게 비판하고 있는데서도 알 수 있듯, 이병주의 그것이 애초부터 일방적으로 보수주의로 치닫기만 한 것은 아니다.

지난날 체제에 의해 옹호된 심미적이며 자기 중심적인 교양은 18세기 계몽사상의 세례를 받으며 인권과 사회적 연대에 눈을 뜬다. 그리고 드레퓌스사건과 스페인내전을 거치며 사회주의자 및 노동자와 연대하면서, 마침내 교양은 완성된 인간의 이상을 넘어 역사 속에서 끊임없이 실천하고 변모하는 삶의 희망과 꿈을 섭취하게 된다.27) 이병주가 체득한 교양도 스페인내전 당시 반파시즘을 기치로 내걸고 연합한 인민전선(people's front)의 자장 안에 놓여 있다. 그러니까 그의 교양주의에는 조지 오웰(George Orwell), 앙드레 말로(André Malraux), 어니스트 헤밍웨이(Ernest Miller Hemingway), 앙드레 지드(André-Paul-Guillaume Gide) 등 공산주의를 거부하는 교양 있는 좌파의 영향이 적잖이 배어 있다. 그 스스로 '회색의 사상'28)이라 부른 이 교양적 이념의 내포는 자유주의로 구체화될 수 있을 것이다. 그의 소설들이 반공주의에의 뚜렷한 경시에도 불구하고 그 분파성을 부정하며 적잖은 설득력을 발휘하는 것도 그와 같은 입장에 기인한 것으로 여겨진다. 그러나 교양 있는 좌파의 세례를 받은 이병주의 자유주의는 분단체제와 그것이 강요하는 협소한 이념적 스펙트럼 속에서 굴절과 실종의 운명을 맞을 수밖에 없게 된다.

이병주 내면의 사상적 입지점이 자유주의라면, 이병주의 현실 대응태도는 순응주의로 정의될 수 있다. 실상 자기 보존본능을 초월한 인정투쟁의 궤적을 기록으로 남겨야 한다는 기록과 증언의 문학론이 성립하기 위해서도 자기 보존을 위한 현실 순응은 필수적인 것이다. 이 내면의 사상

---

27) 이광주,『교양의 탄생』, 한길사, 2009, 784면.
28) 이병주, 「대담: 회색의 군상」,『세대』, 1974. 5. 240면.

적 이상과 현실 순응적 태도가 어우러질 때, 그것이 한국의 이념적 지형 속에서 회색의 색채를 띠며 굴절되는 것은 불가피한 건지도 모른다. 진보적 자유주의자 이병주의 면모가 가장 분명하게 드러난 것은 필화의 단초가 되었던 문제의 논설들이다. 여기서 그는 중립국 통일안을 주창할 뿐 아니라 민주적 제반권리와 복지시스템이 갖추어진 북유럽식 사회문주주의체제를 한국이 지향해야 할 이상적 국가모델로 상정한다.[29] 그러나 이와 같은 견해의 직접적 표명은 4·19라는 예외적 공간에서 행해진 예외적 현상일 뿐이다. 그 예외적인 표출은 그에게 커다란 시련을 안겨주며, 그는 「소설·알렉산드리아」에서 이 시련을 경거망동의 대가라는 인식을 내비친다. 진보당 당수 조봉암과 얽힌 일화를 담은 소설 「칸나·X·타나토스」(1974)에서도, 이병주는 그의 평화통일론을 무책임한 이상주의라고 격하게 비판한 일을 언급하고 있다. 여기에는 없잖아 자기 방어적 알리바이가 개입되어 있는 듯하지만, 내적 이상과 현실적 상황 사이에서 유동하는 그의 모습을 잘 보여 주고 있다. 그건, 「소설·알렉산드리아」도 마찬가지다.

> 나는 그러한 건물과 수목 사이를 걸어 세면장으로 가면서 오면서 북가라과의 어떤 설국(雪國)의 어떤 대학의 캠퍼스를 걷고 있는 것 같은 환각을 가져보았다.
> 그랬는데 지금의 나는 너와 더불어 알렉산드리아에 있다는 환각을 얻으려고 애쓰고 있다. 진짜의 나는 너와 더불어 알렉산드리아에 있고, 여기에 이렇게 웅크리고 있는 나는 나의 그림자, 나의 분신에 불과하다는 환각을 키우려는 것이다.
> 사랑하는 아우. 웃지 말라. 고독한 황제는 환각없인 살아갈 수 없다.[30]

---

29) 국제신보사 논설위원(이병주 외), 「통일에 민족 역량을 총집결하자 서문에 대신하여」, 『중립의 이론』, 샛별출판사, 1961, 3면.
30) 이병주, 「소설·알렉산드리아」, 『소설·알렉산드리아』, 한길사, 2006, 9~10면.

「소설 · 알렉산드리아」에서 형의 환상은 현실 속의 먼 나라 북유럽의 설국에서 갑작스럽게 방향을 돌려 비현실적 이국의 도시 알렉산드리아로 옮아간다. 그리고 결말부에는 사라 안젤과 한스 셀러가 태평양의 한 섬을 통째로 사서 꿈같은 정착을 하게 되는 낭만적 도피의 장을 배치한다. 또, 『관부연락선』을 유태림이 비참한 최후를 마친 게 아니라 낭만적 도피를 한 것이라고 애써 자위를 하는 장면으로 결말짓거나, 『지리산』의 종결부에 박태영이 최후를 맞이하기 직전 얼마간 청학동 동굴에서 목가적 생활을 하는 장면을 삽입한다. 이와 같은 서사구도는 자유주의적 이상이 굴절되는 것과 밀접한 관련이 있어 보인다. 즉, 그것은 현실에의 순응과 그에 대한 보상심리의 서사적 표출로 추측된다. 대개의 그의 작품이 의분의 세계감(世界感)에서 출발하고 있음에도 결국에는 안이하게 느껴질 정도로 손쉽게 운명론적 체념과 낭만적 달관의 세계감으로 치닫게 되는 이유도 그와 관련이 있을 것이다. 그러고 보면, 그를 두고 '이데올로기를 멜로드라마로 추억으로 그리는 사람'[31]이라고 비아냥되거나 역사 허무주의자라고 분노를 표시하는 것[32]이 단순히 경화된 이념분자의 예외적 견해인 것만은 아니다.

70년대에 내면적 사상적 전환은 거친 이병주는 80년대 들어 자유주의적 면모를 완전히 탈색하고 아예 완고한 보수주의자로 돌변한다. 이 변화를 잘 보여주는 작품이 바로 『지오콘다의 미소』(1985)다. 그는 부마(釜

---

31) 이데올로기를 / 이데올로기를 멜로드라마로 그리는 사람 / 이데올로기를 / 이데올로기 추억으로 노래하는 사람 / 소설가 이병주(李炳注) // 그의 소설들은 / 언제나 과거 / 언제나 현실이되 / 현실인 양 / 비현실적인 회한의 반동이었다 // 그가 좋아하는 말은 / 프랑스 영화에서 / 프랑스 영화「외인부대」따위에서 / 총알처럼 박혀오는 단어 한 개 / 운명! // 그가 좋아하는 술은 / 60년대 초 /『국제신문』필화 사건의 사설 이래 / 비싼 술 / 비싼 연애 / 그리고 비싼 권력 언저리였다(고은, 「소설가 이병주」,『만인보 12』, 창작과 비평사, 1996, 122~123면.
32) 이인모,『전 인민군 종군기자 수기 이인모』, 월간 말, 1992, 153~154면.

馬)항쟁에서 광주항쟁 이전까지를 배경으로 당시의 학생운동을 비판하고 있는 이 작품에서 '물의 논리'로 명명한 점진적 변화론을 펼쳐 보인다.

> 물의 논리는 어디까지나 체제내적(體制內的)인 논리다. 그러나 이 체제내적인 논리가 폭우를 빌어 홍수가 되고 광풍을 타곤 노도(怒濤)가 된다. 집을 무너뜨리고 산을 헐고 바위를 밀어버리는 세위를 부려선 드디어 지형(地形)을 바꿔버리는 대변혁을 이룩한다. 한편 불의 논리는 일단 붙었다 하면 이물질(異物質)에 의한 저지가 없는 한 대상을 태워버리고야 만다. 불의 논리는 반체제적인 논리이다. 그것은 작으나 크나 파괴로 통한다. 조그마한 화재로서 끝나는 경우도 있고, 로마를 잿더미로 만든 대화일 수도 있다. 그러나 문명과 사회를 변혁하는 의미에 있어선 물의 세위에 미치지 못한다. 물은 체제내적인 것이지만 그 불변한 논리에 따라 변혁의 의지를 버리진 않는다.[33]

여기서 말하는 '물의 논리'는 본래『관부연락선』에서 철학교수로 재직하다 징집된 일본인 병사 이와사끼가 철학자로서 명분 없는 전쟁에 참여하는 자신의 입장을 설명하는 대목에서 나오는 얘기다. 그러니까, 이것은 거대한 현실의 압력에 정면으로 맞서지 못하고 순응해야만 하는 자유주의자의 곤혹이 짙게 배어 있는 언설인 것이다. 그런데 이명주는『지오콘다의 미소』에서 이를 일체의 정치를 부정하는 보수적 판본으로 비틀어 재등장시킨다. 이로부터 권력의 교체와 제도의 변경을 통한 사회적 변혁의 한계를 지적하고 장기 지속하는 일상적 삶의 장인 문화의 점진적 변화를 통해 발전을 도모하는 계몽주의적 사고를 읽어낼 수도 있다. 그러나 일체의 정치 · 사회적 요구를 불온시하는 동시에, 강압적 힘에 의한 질서를 정당화하며 이를 "학생들의 범죄"적 시위가 부른 반동의 결과로 파악하는 것은 문제적이다. 특히, 부유층의 불륜장면을 촬영해서 돈을 요구하

---

33) 이병주,『지오콘다의 미소』, 신기원사, 1985, 84면.

고 이를 사회정의로 정당화하는 젊은이의 모습을 배치하며, 그것이 학생 운동의 본질에 다름 아님을 우회적으로 암시함으로써 정치적 행위를 사갈시하는 데서는 선정성마저 느껴진다. 이처럼, 말기의 이병주는 자유민주주의에 대한 최소한의 고려는커녕 극우 파시스트적 시각마저 공공연하게 내비친다.

결국, 이병주 문학의 탈역사적 경향은 당위로서의 역사를 뒤로 하고 있는 그대로의 역사를 정당화하는 방향으로 치닫게 된다. 헤겔의『법철학』'서문'에 등장하는 저 유명한 경국 "이성적인 것은 현실적인 것이고, 현실적인 것은 이성적인 것이다"는 그러한 자신의 입장을 정당화하는 논변으로 활용된다.[34) 그럼에도 "자연의 경우에는 도대체 그 속에 어떤 규칙이 있다는 이 사실만으로도 최고의 진리가 되지만 법의 규칙의 경우에는 단지 존재한다는 사실만으로 어떤 사상이 유효할 수는 없고 오히려 여기서는 누구나가 그 사상이 자기 자신의 척도와 합치되기를 요구한다. 바로 여기서 있는 것(was ist)과 있어야 하는 것(was wein soll), 또는 불변의 상태를 유지하는 즉자대자적인 법과 법으로 타당화되어야 한다는 규정의 자의성(恣意性)으로 인한 상호 갈등의 소지가 있는 것이다."[35) 실상, 이병주 문학적 본령은 현실로서의 역사를 기록하는 동시에 당위로서의 역사를 탐색하는 데 있는 것이다. 따라서 양자 사이에 존재하는 긴장감을 상실하고 존재하는 긴장감을 상실하고 존재하는 현실에 함몰될 때, 그의 문학적 생명력은 운명을 다하게 된다고 볼 수 있다.

---

34) 그 한 예로, 그는 헤겔의 이 경구를 인용하며 전두환 군사정권을 옹호한다.(오광수, 「확인 인터뷰: 전두환 · 이순자 부부 최근에 만난 작가 이병주–'이순자씨는 내앞에서 눈물을 흘렸다'」,『주부생활』1988.9. 166면)
35) Geong Wilhelm Freidch Hegel, 임석진 역,『법철학 I』, 지식산업사, 1989, 21면.

# 참고문헌

이병주,『철학적 살인』, 서음출판사, 1978.

_____,『지오콘다의 미소』, 신기원사, 1985.

_____,『관부연락선』, 기린원, 1986.

_____,『지리산 1~7』, 기린원, 1989.

_____,『장군의 시대―그해 5월 1 5』, 기린원, 1989.

_____,『소설 · 알렉산드리아』, 한길사, 2006.

_____, 김종회 · 김윤식 엮음,『박사상회 | 빈영출』, 바이북스, 2009.


고은, 「소설가 이병주」,『만인보 12』, 창작과비평사, 1996.

국제신보사 논설위원(이병주 외), 「통일에 민족 역량을 총집결하자―서문에 대
　　　신하여」,『중립의 이론』, 샛별출판사, 1961.

김윤식, 「'위신을 위한 투쟁'에서 '혁명적 열정'에로 이른 과정―이병주 문학 3부
　　　작론」, 김윤식 · 임헌영, 김종회 외,『역사의 그늘, 문학의 그늘―이병주
　　　문학연구』, 한길사, 2008.

_____,『일제말기 한국인 학병세대의 체험적 글쓰기론』, 서울대학교출판부, 2007.

김형효,『가브리엘 마르셀의 구체철학과 여정의 형이상학』, 인간사랑, 1990.

선우휘, 「처녀작의 처녀성」,『한국전후문제작품집』, 신구문화사, 1961.

오광수, 「확인 인터뷰: 전두환 · 이순자 부부 최근에 만난 작가 이병주―'이순자
　　　씨는 내앞에서 눈물을 흘렸다'」,『주부생활』, 1988. 9.

유종호, 「항의의 서(書)」,『조선일보』, 1965. 6. 8.

이광주,『교양의 탄생』, 한길사, 2009.

이광훈, 「풍류와 멋의 작가」, 김윤식 · 김종회 엮음,『문학과 역사의 경계에 서
　　　다』, 바이북스, 2010.

이병주, 「내 정신의 승리―알렉산드리아」,『소설문학』, 1983. 9.

_____, 「대담: 회색의 군상」,『세대』, 1974. 5.

_____,『이병주의 동서양 고전탐사 2』, 생각의나무, 2002.

이인모,『전 인민군 종군기자 수기―이인모』, 월간 말, 1992.

정범준,『작가의 탄생―나림 이병주, 거인의 산하를 찾아서』, 실크캐슬, 2009.

平野謙, 「사소설의 이율배반」, 유은경 옮김,『일본 사소설의 이해』, 소화, 1997.

Frye, Northrop , 임철규 역,『비평의 해부』, 한길사, 1992.

Hegel, Geong Wilhelm Freidch, 임석진 역,『법철학 I』, 지식산업사, 1989.

Lejeune, Philippe, 윤진 옮김,『자서전의 규약』, 문학과지성사, 1998.

George Orwell, 이한중 옮김, 「나는 왜 쓰는가」,『나는 왜 쓰는가』, 한겨레출판, 2010,

Jameson, Fredric, *Marxism and Form: Twentieth Century Dialectical Tehories of Literature*, Princeton: Princeton University Press, 1971.

# 이병주 초기 소설의 자유주의적 성격 연구

## 작가의식과 작중 인물을 중심으로

이호규(동의대 교수)

## 1. 변명의 문학—살아남은 자의 소명

1921년 경남 하동에서 태어나 지리산을 바라보며 10대를 보낸 이병주는 늦은 나이였던 1965년 중편 소설 「소설 알렉산드리아」를 <세대>지에 발표함으로써 등단한다. 이병주는 한국 현대사의 질곡을 온 몸으로 겪은, 한 마디로 파란만장한 인생을 지낸 당사자였다. 즉 그의 삶이 우리 역사의 아픔을 그대로 대변한다고 해도 과언이 아니다. 그는 일제 식민지 강점시기에 일본 유학을 통해 피식민지 지식인으로서 차별을 겪으며 문학에 대해 눈을 떴으며 1943년 조선인 학도지원병제도 실시로 인해 징집되어 중국에 파병되었고 해방 이후 6 · 25 전쟁 당시에는 정치보위부에 체포되기도 하고 연이어 부역 문제로 체포되는 아이러니한 경험을 한다.

5 · 16 군사 쿠데타 후 그 전에 발표한 두 편의 논설이 지닌 사상이 문제되어 이병주는 10년 형을 언도받고 부산 교도소에서 2년 여 동안 수감생활을 하다가 특사로 풀려난다. 그 두 편의 논설은 1960년 <새벽> 12

월호에 실린 「조국의 부재」와 1961년 1월 1일자 국제신보에 게재한 연두사 「통일에 민족역량을 총집결하자」였다. 1984년 이병주는 왜 그 글들이 문제가 되었는지에 대해 스스로 말한 바 있는데,[1] 조국이 없다라는 말은 반국가적이라는 것으로, 통일의 방식 중에 이남의 이북화라는 최악, 이북의 이남화라는 최선 그 가운데 중립 통일이란 방식도 차선의 방법으로 논의할 수 있어야 한다는 발언은 용공으로 왜곡되었다는 것이다.

아이러니한 것은 바로 이 수감 생활 동안 이병주는 자유의 몸이 된다면 소설을 통하여 "우리 현대사의 진통과 역사가 기록하지 않은, 또는 할 수 없는 그 함정들을 메우는 작업을 해야겠다"는 결심을 했다는 사실이다. 문학청년이었으나 중년이 될 때까지 소설을 쓰지 않았던 이병주가 마침내 작가로 다시 태어나게 된 계기가 바로 반국가적, 용공적이란 죄명으로 죄수로 지냈던 감옥에서였다는 것은 그의 문학이 어디에 기대어 무엇을 보고 어디를 향하는 가를 분명하게 하는 대목이다.

그가 수감 생활을 마치고 토하듯 자신의 울분을 현실과 상상의 직조물로 한 땀 한 땀 짜낸 옥중기가 「소설 알렉산드리아」라면 그보다는 발표가 늦으나 좀 더 냉철하게 자신이 왜 누구의, 누구를 위한 소설을 쓰려고 결심하였는가를 보여주는 작품은 1972년 발표된 「변명」이라 할 수 있다.

이병주 초기 소설은 일제 식민지 시대와 해방 이후 자신의 경험에서 뽑아 올린 일기와도 같다. 「변명」 또한 그러한데, 그가 식민지 말기 소주로 징집되었을 당시 폐기하도록 명령받은 문서 중에서 우연히 보게 된 한 조선인에 관한 군법회의 기록에 얽힌 기억과 사건을 그리고 있다. 잊고 있었던 그러나 잊을 수 없었던 탁인수라는 이름을 이십여 년이 지난 후 어느 신문에 실린 전몰자 명단에서 발견하자 그는 탁인수같은 인물의 죽음이 어떤 식으로든 정당하게 알려져야 하고 그 혼은 올바르게 위무받아야

---

1) 정범준, 『작가의 탄생』, 실크캐슬, 2009, 295쪽 참조바람

한다는 것, 그리고 그것은 역사가 아니라 문학의 힘으로 가능하다는 것을 깨닫는다.

일본군에 징집되었다가 탈출하여 조국 독립을 위해 자신이 할 수 있는 바 최선을 다했던 탁인수는 같은 조선인 장병중의 밀고로 잡혀 해방을 두어 달 앞두고 처형되어 이십여 년 동안 이국의 땅에서 원혼으로 떠돌았던 것이다. 탁인수를 밀고했던 장병중은 해방 이후 오히려 애국자로 사업가로 정치가로 이 땅에서 번듯하게 살아가고 있다. 탁인수와 장병중의 관계를 기록을 통해 알게 되었고 이후 장병중의 변신과 출세의 순간순간을 목격하고 분개하였음에도 아무런 행동도 하지 않고 모른 척 살아왔던 자신에 대한 자책과 살아남은 자로서의 소명에 대한 깨달음이 바로 그로 하여금 소설을 쓰게 만든다.

살아남은 자의 의식은 바로 자신의 삶이 투영됨으로써 이루어진 성찰이라 할 수 있다. '사람이라면 본의 아니게 전쟁에 끌려나가선 안 되는 것이며 누구를 위해 무엇을 하라는 명분이 뚜렷하지 못할 땐 무기 따위를 들어선 결단코 안 된다. 이것이 사람으로서의 최소한도의 각오라야 한다. 이왕 죽어야 할 바엔 항거하다가 죽어야 옳다'[2]라는 신념을 지닌 탁인수 같은 인물의 죽음이 허망하게도 잊혀지고 왜곡되어 버려지는 역사가 살아남았으나 부정한 현실 앞에 똑같이 억압당하고 상처입어 한을 품고 살아가야 했던 중년 나이의 이병주에 의해 포착된다.

이병주는 도저히 납득할 수 없고 인정할 수 없는 죄목으로 수감 생활을 한 억울함이 「소설 알렉산드리아」를 쓰게 했다고 고백했다. 그 억울함이 그의 소설의 출발이지만 그 억울함이 열어준 타인, 즉 탁인수 같은 인물들에 대한 시선이 그의 소설을 관통하는 핵심이다. 억울함과 변명, 즉자적 대응과 대자적 실천이 같이 뿌리를 내리고 있는 지점, 아니 뿌리가 되

---

2) 이병주, 「변명」, 『마술사』, 한길사, 2006, 86쪽

고 있는 것, 그것을 자유주의적 관점에서 살펴보고 그 의미를 궁구해보는 것이 본 논문의 목적이다.

## 2. 진정한 자유주의와 회색의 사상－장치를 통한 분석틀

이병주는 「법률과 알레르기」[3]라는 에세이에서 스무 살 일본 유학 시절에 그와 동학년이었던 친구 일곱 명이 교토의 지방재판소에서 재판을 받았던 일을 이야기한다. '같은 한국을 고향으로 한 학생들끼리 모여 노는 자연스런 클럽에 불과'했던 그들의 모임,'근우회'가 반체제적 단체로 매도되어 재판을 받고 실형을 받았던 기억을 떠올리며 해방 이후 독립국가가 되었음에도 여전히 법률이 권력의 편에서 공정하지 않은 사례가 많음을 비판하면서 자신이 법률에 대해 알레르기가 왜 있는지를 찬찬히 설명한다.

최인훈의 초기작인 「그레이구락부 전말기」의 내용과 너무나 닮아 있는 이병주의 근우회 사건에서 문학적 연원과 스타일이 다름에도 불구하고 역사와 시대에 민감한 그들의 소설의 연관성을 떠올려 보는 것인데, 여기서는 그 문제에 대해 다룰 수는 없고 차후 우리 현대소설에 있어서 교양주의적 자유주의자, 혹은 개인주의적 지식인과 시대의 관점에서 충분히 논의할 필요가 있는 주제라고 생각한다. 그럼에도 그레이구락부와 근우회의 회원들이 그토록 닮아있는 점에서 지금 간단히 이야기할 수 있는 것은 교양과 지식을 통해 스스로의 자유와 존엄을 지키며 사회에 대해 올바른 역할을 하고자 했던 자유주의자의 모습을 그들을 통해 볼 수 있다는 점이다.

---

3) 김윤식 · 김종회 엮음,『이병주 에세이 문학을 위한 변명』, 바이북스, 2010, 42~51
   쪽 참조

이병주는 같은 글에서 '막연한 전체를 위하여 구체적인 개인을 희생시킬 수는 없다. 또 개인을 무시한다는 건 전체 속에 있는 개인을 다음다음으로 무시할 수 있다는 전조가 되는 것이니 전체와 개인을 대비하는 사고방식은 인신공격적 미개인의 사고방식과 통하는 것'이라고 지적한다. 개인을 억압하는 상황, 자신의 신념과 믿음과는 상관없이 강요되는 정치적 입장은 일제시대에는 당연 친일적 이데올로기로써 학교와 군대 그리고 일상적 장치를 통해 작동된다. 친일 혹은 식민지 정책에 순응하지 않는 주체는 바로 그 장치 안에서 배제, 소외 그리고 교화 혹은 징치의 대상이 된다. 개인에게 가해지는 억압적 상황은 해방 이후 한국 사회에 여전히 작동된다.

이병주는 1946년 9월 5일 진주농림중학교 교사생활을 시작한다. 그즈음 학교 내에서도 교사, 학생들이 좌우익으로 갈려 심각한 갈등을 빚고 있었다. 교사나 학생 대부분이 좌익이었던 상황에서 이병주는 우익 쪽에 가까웠고 그러면서도 그 어느 쪽의 이념이나 행동에 치우치지 않고 공정하게 자신의 신념과 논리에 따라 행동하고자 하였다. 극렬해지는 좌우익 대립 속에서 이병주는 공평무사하게 모든 분쟁을 처리하고자 하는 그 태도 때문에 좌우익 양쪽 모두로부터 비판을 받게 된다.4) 이때의 상황을 이병주는 『관부연락선』에서 유태림의 입을 빌려 다음과 같이 말했다. "나도 별반 개의하지 않아. 그러나 기분은 좋잖은데. 학생동맹 아이들은 나를 반동이라고 하고 학생연맹 아이들은 나를 회색분자라하고……치사스러워서, 원". 여기에서 회색이라는 말이 나오는데, 이병주는 다른 글을 통해 보다 직접적으로 그에 대해 말한다.

대한민국 정부 수립 이후 남한에서 좌익이 수세로 몰리자, 그는 '이번에 우익계 학생에게 좌익계 학생이 학대를 받는 경우가 되었다. 나는 좌

4) 정범준, 위의 책, 157~174쪽 참조바람

익계 학생을 비호하는 입장에 서지 않을 수 없었다. 동시에 정세에 몰려 공산주의를 단념하는 것이 아니라 그들의 내부에서 공산주의를 극복해 나가도록 나름대로의 조력을 한 것이다. 이와 같은 노력이 자연 내게 대한 인상을 회색화(灰色化)하는 원인이 된 것은 사실이다. 그러나 나는 나를 회색으로 보는 눈에 비(非)가 있는 것이라고 믿는다. 성급하게 흑백(黑白)으로 나누는 것은 진실을 외면하는 것과 오(誤)를 범하기가 쉽다는 기본적인 입장을 지녔다는 것뿐이지 내 행동이 회색으로 머문 적은 없다. 나는 해방 이후 이 날까지 일관하여 내 나름대로의 반공주의자였던 것이다'5)라고 자신의 입장을 표명했다.

"성급하게 흑백(黑白)으로 나누는 것은 진실을 외면하는 것과 오(誤)를 범하기가 쉽다는 기본적인 입장"은 경멸적이고 배타적인 의미에서의 회색은 아니면서 동시에 온건하고 자유주의적인, 이념보다는 인간에 우선하고자 하는 지식인의 양심이라는 차원에서 보면 긍정적인 의미에서의 회색인이라 할 것이다. 자신이 옳다고 믿는 이념을 따르고 실천하되 이분법적 흑백논리로 인간을 평가하고 배척하고 따라서 폭력적이 되는 것은 비판하고 거부하는 것, 흑백논리적인 잣대보다는 더 우선적이고 높은 공평한 원칙이 존재한다는 것, 그 원칙에 따라 양심껏 행동하는 것이 올바른 지식인의 소명이라고 믿는 것이 이병주의 삶의 방식이었고 그것은 바로 자유주의자의 면모라고 할 수 있는 것이다.

이병주 소설을 자유주의자로서의 글쓰기로 파악한 이는 김윤식이라고 할 수 있는데 그는 이병주를 학병세대라고 불렀고 그 내면의 순수성을 자유주의 지식인이라고 지칭했다.6) 그리고 그 자유주의 지식인의 방향성이란 바로 '회색의 사상'이라 하였다. 학병 세대의 내면 풍경은 곧 가치체계

---

5) 정범준, 위의 책 173에서 재인용했음
6) 김윤식, 「한 자유주의 지식인의 사상적 흐름」, 『역사의 그늘, 문학의 길』, 한길사, 2008, 100쪽 참조

의 혼란, 그것은 흑백논리와 정면 대결되는 회색의 논리라는 것. 이러한 평가는 이병주 소설의 본질을 이야기하고 있다고 보이는데, 그러나 거기에 대한 집중적인 논의는 이루어지지 않는다.

문제는 식민시 시대 자유주의 지식인이었던 이병주가 학병과 전쟁, 분단과 연이은 민족상잔의 아픔을 체험하면서 자신의 의지와 상관없이 이분법적인 강압적 상황에 내동댕이쳐져 격랑에 휩쓸려 버린, 그러나 순수한 영혼으로 자유를 갈망했던 수많은 동시대 청년들을 중년의 나이에 들어 고해성사를 하듯, 울분을 토하듯, 영혼을 위무하듯 소설로 그려냈다라는 사실이다. 학병 세대의 시대적 조건이 자유주의적 발상을 끌어낸 것이 아니라 순수하게 자유주의자로 살고 싶었던 지식인이 시대의 격랑에서 상처와 좌절을 겪으면서 오히려 더욱 자유주의자로서의 개인에 대한 성찰을 스스로 내면 속에서 이끌어낸 것이라고 보는 것이 맞다고 본다.

'역사적으로 살펴 본 협의의 자유주의는 모든 개인은 절대적으로 소중하며 자유롭고 평등하다는 근대 시민사상이며, 비인간적이고 차별적이던 절대군주제와 전통적 신분 사회를 무너뜨리고 민주주의와 법치주의를 축으로 하는 근대 서양의 평등한 시민사회를 건설한 주역인 부르주아의 건강한 시민정신'[7]이다. 이러한 자유주의는 이후 모든 근대 국가의 기본적인 이념이 되었고 어느 집단, 어느 사회이든 이러한 자유주의를 표방해 왔다. 한국 사회에서도 역시 근대 이후 우익 보수집단이든 좌익이든 자유민주주의를 지향하고 내면화하고 있음을 명시해 왔다. 따라서 '사회주의와 비타협적 민족주의, 그리고 민족주의 우파 어느 쪽도 자유 자체를 부정하거나 도외시한 적은 없었다는 점'[8]은 그리 놀라운 새로운 사실은 아니다. 그런데 '우리나라에서 자유민주주의를 말하는 사람들이 자유와 민

---

7) 이근식, 『상생적 자유주의』 돌베개, 2009, 23쪽
8) 한수영, 「이광수 소설에서의 자유주의와 개인 주체」, 『이광수 문학의 재인식』, 소명출판, 2009, 171쪽

주주의라는 말은 꽤 자주 말하고 있지만 자유주의를 말하는 일은 별로 없다. 이는 참으로 괴이한 일이다. 자유민주주의란 자유주의를 바탕으로 하는 민주주의인데 자유주의를 말하지 않고 어찌 자유민주주의를 말할 수 있을까.'9)라는 진술 속에서 다시 보면 한국 사회가 지닌 자유주의 혹은 자유주의자에 대한 인식과 수용능력과 긍정적이고 발전적인 실천 방향에 대해 역사적으로 진지하게 질문을 하게 된다.

한국은 근대 이후로 민주 사회를 지향하고 또한 현재 체제적으로 이루고 있음을 공표해 왔다. '전체주의가 개인의 차이를 인정하는 대신 어떻게 살아야 하는가를 획일적으로 결정하는 유니폼uniform의 사회라면 자유민주주의 사회는 개인의 차이difference로부터 출발한다. 모든 개인은 삶의 존엄을 갖고, 자신의 삶을 스스로 결정할 수 있는 자유의 권리를 가진다. 즉 민주주의는 개인의 자유를 공적으로 보장하고 실현하는 사회적인 제도이다. 그런데 개인의 차이와 자유를 보장하려면 공공질서를 민주적으로 강화해야 한다는 역설이 생겨난다. 즉 개인의 권리와 프라이버시를 보호하기 위해 공권력을 강화하게 되는 것이다.'10)

이러한 딜레마는 피식민지와 전쟁, 분단과 독재체제를 겪고 현재도 여전히 분단 상태인 우리나라에 있어 언제나 긴장 관계를 이루며 충돌을 빚어온 것이 사실이다. 문화민주주의에 대한 평가는 간단한 한 가지 물음으로 이루어질 수 있다고 한다. "얼마나 많은 차이를 관용할 수 있는가?"라는 것. 차이는 개인의 인권과 존엄을 전제한다. 여기서 우리는 몇 가지 질문을 할 수 있다. '우리 사회는 개인에게 얼마나 많은 자유를 허용해왔는가?', '우리의 정치문화는 얼마나 많은 이념의 차이를 허용하였나?', '우리는 과연 다른 사람들의 다른 욕구와 가치를 얼마나 사회적으로 인정하고

---

9) 노명식, 『자유주의의 원리와 역사—그 비판적 연구』, 민음사, 1991, 24쪽
10) 이진우, 『프라이버시의 철학』, 돌베개, 2009, 15~19쪽 참조바람

감내했던가?'[11] 이병주가 소설을 통해 던지고 있는 질문이 바로 그러한 것이라고 할 수 있다. 그러한 질문의 바탕에는 자유라는 가치가 깊이 뿌리박고 있는 것. 피식민지 시기와 2차 대전, 그리고 해방과 이념의 갈등과 분단, 이어진 동족상잔의 전쟁이 한국 사회에 뿌리깊이 만들어 놓은 이분법적 대립, 그 강요된 선명성 속에서 자신의 내면에게나 사회를 향해 무수히 그러한 질문들을 할 수밖에 없었던 부류의 지식인, 족속들을 일컬어 회색분자라고 할 수 있다면 기실 그 회색의 사상은 개인주의적 자유주의자일 것이다.

자유주의의 입장에서 구체적으로 자유의 의미를 규정했을 때 다음과 같이 정리해볼 수 있다.[12] 첫째 자유는 집단이 아니라 개인의 자유를 의미한다. 자유주의는 개인만이 궁극적 가치를 갖고 있다고 보는 개인주의의 입장에 서 있다. 자유는 어디까지나 개인에게 적용되는 말이며 집단에는 해당되지 않는다. 둘째, 자유주의에서 말하는 자유는 사회적 자유(social liberty)다. 이는 개별적 자유(individualistic liberty/freedom)과 구별된다. 개인의 사회적 자유를 주로 제한하는 것은 정치권력, 재벌권력, 종교권력, 언론권력과 같이 모두 사회적인 권력이다. 따라서 자유주의에서 말하는 자유는 사회적 권력의 부당한 침해로부터의 자유라고 볼 수 있다. 셋째, 자유주의에서 말하는 자유는 협의의 자유만을 의미하는 것이 아니라 생명권과 재산권을 모두 포함하는 인권human rights 전체다. 협의의 자유란 강압이 없는 자유로운 상태를 말한다. 보통 말하는 종교의 자유나 결사의 자유 같은 선택의 자유가 이에 해당한다. 광의의 자유란 자유만이 아니라 개인의 생명과 신체, 재산 보장을 모두 포함한 개인 기본권 전체를 말한다. 자유주의자들이 구체적인 강압정치에 대항해서 투쟁할 때 기

---

11) 이진우, 위의 책, 19쪽 참조 바람
12) 이근식, 위의 책, 18~20쪽 참조

치로 내건 자유도 이러한 광의의 자유였다. 그러나 협의의 자유는 실질적으로 광의의 자유와 동일하다. 생명과 인신人身과 재산에 대한 권력의 침해는 자유의 박탈을 초래하기 때문이다.

이러한 자유의 개념을 바탕으로 이병주 소설을 자유주의자와 그를 둘러싼 사회, 역사적 환경과의 관계 속에서 분석해내는 데 있어 유효한 방법론으로 장치라는 개념을 사용코자 한다. 미셸 푸코는 '장치라는 이름으로 제가 포착하고자 한 것은 담론, 제도, 건축상의 정비, 법규에 관한 결정, 법, 행정상의 조치, 과학적 언표, 철학적 · 도덕적 · 박애적 명제를 포함하는 확연히 이질적인 집합'이라고 밝힌 바 있다.[13] '요컨대 특정한 권력의 작용 속에서 살아 있는 개인들을 어떤 방향으로 보게/보지 못하게, 생각하게/생각하지 못하게, 움직이게/움직이지 못하게, 말하게/말하지 못하게 하는 모든 요소들의 활동을 장치라는 개념으로 포착'[14]했던 것이다. 조르조 아감벤은 푸코의 개념을 더욱 일반화해 생명체들의 몸짓, 행동, 의견, 담론을 포획, 지도, 규정, 차단, 주조, 제어, 보장하는 능력을 지닌 모든 것을 장치라고 규정하면서 감옥, 정신병원, 판옵티콘, 학교, 고해, 공장, 규율, 법적 조치 등과 같이 권력과 명백히 접속되어 있는 것들뿐만 아니라 펜, 글쓰기, 문학, 철학, 농업, 담배, 항해(인터넷 서핑), 컴퓨터, 휴대전화 등, 그리고 언어 자체도 권력과 접속되어 있다고 본다.[15]

'푸코는 규율사회에서 장치들이 어떻게 일련의 실천, 담론, 앎, 훈련을 통해 순종적이지만 자유로운 신체를 만들어낼지를 목표로 삼았는지 보여줬다.'[16]그 과정에서 개인은 주체로서의 정체성이나 자유를 받아들인다.

---

13) 조르조 아감벤 · 양창렬,『장치란 무엇인가? 장치학을 위한 서론』, 난장, 2010, 16 쪽의 인용부분 재인용했음.
14) 차승기, 「문학이라는 장치」,『현대문학의 연구 44』, 한국문학연구학회, 2011, 181쪽
15) 조르조 아감벤, 위의 책, 33쪽 참조 바람
16) 조르조 아감벤, 위의 책, 41쪽

즉 장치란 주체화를 생산하는 하나의 기계인 것이다. 그때 주체는 기실 푸코가 말한 근대적 주체이며 달리 말하면 순응적 주체, 억압적이고 폭력적인 규율 사회에 순응하고 그 논리를 받아들이고 수행하는 주체이다. 그러므로 그 주체의 자유는 기실 본래적 의미의 자유가 아니라 예속의 대가로 얻어진 노예적 자유라고 할 수 있다.

이병주 초기 소설은 1940년대 일제 말기 제국주의 전시 체제의 식민지 시기와 해방 정국 그리고 60년대 군부 독재 시기를 대상으로 자유주의 지식인의 운명과 그 의미를 천착하고 있다. 식민지 시기 특히 전시 체제하에서의 일제 말기에 있어서 그 식민지 제국주의 권력의 통치를 가능하게 하기 위해 조선인들의 삶을 포획하고 그에 특정한 형식을 부여했던 장치는 '치안, 고쿠고(國語), 이름(창씨개명), 전쟁(징병 및 징용)등 식민지 인민들의 황민화를 둘러싸고 그 안과 바깥에서 작동하고 있던 장치'[17]라고 할 수 있다. 해방 정국은 일제 식민지와는 다르게 복잡한 양상을 보이는데, 극단적인 이분법적 선택을 강요하는 좌우익의 대립이 낳은 정치적 슬로건과 집회, 그리고 정치적 입장의 선명성이 장치로 작동하면서 불확실성의 시대가 오히려 폭력적인 확실성을 강요당하는 상황이 된다. 이후 분단 상황이 고착화되면서 이루어진 독재 체제는 반공 이데올로기와 천민 자본주의가 결탁되면서 반공, 자유가 변태적으로 착종, 혼종되면서 국민들을 철저히 독재정권의 주체로 생산해내게 된다.

본 논문은 「소설 알렉산드리아」를 비롯하여 「마술사」, 「예낭풍물지」, 「변명」 등 1960년대에서 70년대 초기까지 이병주의 소설들을 대상으로 하여 장치라는 개념을 사용하여 자유주의 지식인의 운명이 한국 현대사에서 어떻게 되었으며 그것의 의미는 무엇인지, 그들의 삶이 가지는 과거와 현재의 의미는 무엇인지 살펴보고자 한다. 그것은 이병주 초기 소설을

---

17) 차승기, 위의 글, 위의 책, 186쪽

관통하는 작가의식을 제대로 규명하는 작업이 될 뿐 아니라 그의 소설이 지니는 역사적, 사회적 의미를 밝히는 작업이 될 것이다.


## 3. 시대적 상황과 장치 – 통제와 억압

이병주 소설을 장치를 통한 시대 상황과 개인의 문제, 정치권력의 폭력성과 개인의 자유라는 관점에서 살펴보고자 할 때, 그의 자전적 색채가 가장 농후한 「소설 알렉산드리아」, 「예낭풍물지」를 비롯하여 직간접적으로 자신의 실제 경험이 녹아있는 「마술사」, 「변명」 등 그의 6,70년대 초기 소설은 주요한 텍스트가 된다. 이 중에서 시대적으로 일제 식민지 시대를 배경으로, 그의 징용 경험이 들어가 있는 소설은 「변명」, 「마술사」 라고 할 수 있는데, 무엇보다 5 · 16 군사 정권에 의해 구속되어 수감 생활을 했던 자신의 체험이 직접적으로 그려져 있을 뿐만 아니라 소설가로서의 출발이기도 한 「소설 알렉산드리아」그리고 수감 생활과 부산에서의 삶이 어우러져 그가 가장 애착이 간다고 했던 「예낭풍물지」를 우선 살펴볼 필요가 있다.

이병주는 어느 글[18]에서 「소설 알렉산드리아」의 창작 동기에 대해 '통분(痛憤)을 진정시키기 위한 작업'이었다고 밝힌 적이 있다. '아무리 생각해도 죄가 없다고 자신하고 있는 사람이 10년 징역의 선고를 받았을 때 통분을 느끼지 않을 수 있을까. 요행스럽게도 2년 7개월 만에 풀려 나왔지만 통분은 고슴도치의 형상으로 가슴속에 남았다.'라고 회상하면서 「소설 알렉산드리아」는 '잊을래야 잊을 수 없는 나의 인생의 기록'이라고 하였다. 즉 「소설 알렉산드리아는」는 5 · 16 군사 쿠데타 후 그가 쓴 논설이

---

18) 이병주, 「작가의 말 – 회상과 회한」, 『알렉산드리아』, 책세상, 1988년, 10쪽.

반국가적, 용공적이라는 것으로 인해 10년 형을 언도 받아 2년 여 기간 동안 수감 생활을 했던 그 사건을 바탕으로 하고 있다. 「예낭풍물지」의 '나'의 수감 경험 또한 그 사건이 배경이 되고 있다. 다만 「소설 알렉산드리아」의 형은 소설 속에서 수감 상태 중이고 「예낭풍물지」의 나는 결핵으로 인해 석방된 상태라는 점이 다른데, 이 다른 점에 주목할 필요가 있다.

형은 수감 중이므로 감옥 밖으로 나갈 수 없고 예낭의 나는 감옥을 나오긴 했으나 결핵이라는 병에 갇혀 정상적인 생활을 하고 있지 못하다. 그러나 예낭의 나는 비록 결핵으로 인해 정상적인 생활을 할 수는 없지만 예낭이라는 한정된 공간에서나마 돌아다닐 수 있고 주변인들과 만날 수 있다. 반면 형은 비록 자신은 갇혀 있으나 동생이라는 분신이 있다. 그를 대신하여 동생은 아예 한국을 떠나 알렉산드리아라는 이국땅에서 새로운 경험을 한다. 감옥과 결핵은 형과 나에게 작동하는 대표적인 장치라고 할 수 있다. 감옥과 결핵을 벗어난 탈주의 방식은 사실 모두 환상이라 할 수 있다. 형의 분신인 동생과 그의 경험, 그리고 결핵환자로서 어슬렁거리며 엿보게 되고 알게 되는 주변인들의 속내와 그에 대한 감상 모두 낭만적 환상이라 할 수 있다는 것이다. 그 낭만적 환상의 필연성 및 리얼리티는 수감 생활이라는 실제와 상반되거나 걸맞지 않는 구성이 아니다. 이 낭만적 환상의 소설적 필연성과 주제적 의미는 마지막 장에서 살펴 볼 것이다.

동생이라는 분신을 만들어 알렉산드리아라는 낭만적 그러나 문제적인 공간으로 보내 경험을 하게 만드는 것, 결핵이라는 또 다른 감옥에 갇혀 있으나 예낭의 좁은 동네를 어슬렁거리며 주변인들의 삶을 통해 슬픔을 보고 느끼게 되는 것 모두 통제와 억압의 권력이 다양한 장치를 통해 작동하고 있음을 보여주기 위한 것이다.

「소설 알렉산드리아」에서 화자인 동생은 감옥에 갇히게 된 형의 불행은 '사상을 가진 자의 불행'인데 형이 가진 사상은 부모가 기대하는 입신과 출세와는 너무나 먼 방향의 학문으로 인해 생긴 것이라고 말한다. 강한 힘이 누르면 움츠러들면 되고 폭력이 덤비면 당하고 있으면 될 것인데, 형의 사상은 형으로 하여금 그렇게 내버려두지 않는다는 것이다. 만인이 불행할 때 나 혼자 행복할 수 없다는 것이 형의 사상인데, 그런 형을 동생은 말셀에게 '철두철미한 자유주의자'라고 소개한다.

그런 형이 두 편의 논설 때문에 죄수가 되어 감옥에 있다. 그것도 소급법에 의해서. 군사 쿠데타 정권의 권력이 만들어낸 논리에 의해 죄수가 된 것이다. 반국가적이고 용공이란 것은 해방 이후 특히 5 · 16 군사 정권 이후 가장 강력한 통치 체제의 장치이다.

> 나는 국가에 대죄를 얻어 십년 형을 받고 징역살이를 하고 있었는데 결핵균의 작용으로 인해서 오 년 남짓한 세월을 치르고 옥문을 나서게 되었다.19)

감옥과 결핵은 반국가적, 용공적 행위를 가한 자에게 작동하는 대표적 장치로 작용한다. 감옥 안의 형과 예낭 거리의 나는 사실 이병주 자신이다. 감옥 속의 억압과 비록 특사로 풀려났으나 논설위원에서 물러나 가슴 속에 분함과 억울함을 안고서 거리를 헤매는 자신은 결코 자유롭지도, 마음 편하지도 않고 마치 치유할 수 없는 결핵환자처럼 여겨졌을 것이다. 감옥 안과 밖은 결코 다르지 않은 억압적 상황으로 그에게 실감되었을 것이다.

감시 체제하에서의 감옥 안과 밖은 그리 다르지 않다. 통제와 억압적 상황에서 감옥 속의 형과 예낭의 나는 자신들의 죄를 이해할 수도 납득할 수도, 용납할 수도 없다.

---

19) 이병주, 「예낭풍물지」, 『마술사』, 한길사, 2006, 112쪽

형법 어느 페이지를 찾아보아도 나의 죄는 없다는 얘기였고 그밖에 어떤 법률에도 나의 죄는 목록에조차 오르지 않고 있다는 변호사의 얘기였으니까 그런데도 나는 십 년의 징역을 선고받았다. 법률이 아마 뒤쫓아 온 모양이었다. (중략) 나는 스스로 나를 납득시키는 말을 만들어야 했다. "죄인이란 권력자가 '너는 죄인이다.'하면 그렇게 되어 버리는 사람이다."[20]

감옥 안의 형 역시 스스로 자신의 죄를 만든다. 그것은 예낭의 나와 마찬가지로 그 억압과 통제의 권력이 만들어낸 기준에 스스로 준하여 자신들의 현재를 순응하겠다는 것이 아니다. 오히려 정치적 권력의 왜곡되고 부조리한 논리가 얼마나 납득할 수 없는 것이며 불합리하고 억압적인지를 강변하는 것이다. 그것은 바로 억압적 장치로 개인의 자유를 침해하고 범죄자로 만들어버리는 당대 권력의 횡포를 드러내는 것이다.

감옥은 철저히 감시와 통제의 구역이다. 거기엔 권력의 논리에 순응하는 감시자와 그렇지 못한 죄수, 두 부류만 있을 뿐이다. 그 안에서 죄수의 프라이버시는 철저히 억압되고 파괴된다. '프라이버시는 항상 내가 누구와 함께 어떻게 살 것인가를 스스로 결정할 수 있는 통제권을 전제한다. 이처럼 개인이 자신의 정체성을 위해 접근의 통제권을 요구할 수 있는 장소가 공간의 프라이버시(locational privacy)'다.[21] 인간은 '프라이버시의 사적 공간에서 자기 자신과의 관계를 정립하고 정체성을 형성한다. 공간의 프라이버시는 근본적으로 자기 이해와 자기 해석을 시도할 수 있는 장소다. 자기 이해는 두 가지를 전제한다, 하나는 자기 발견이고, 다른 하나는 자기 표현이다.'[22] 그런데 감옥은 프라이버시의 공간이 아니라 철저히 프라이버시가 파괴된 통제와 억압의 공간이다. '전체주의 국가는 우리가

20) 이병주, 「예낭풍물지」, 위의 책, 134~135쪽
21) 이진우, 위의 책, 191쪽
22) 이진우, 위의 책, 194쪽

무엇을 생각하는지를 탐색하는 것이 아니라, 우리가 생각할 수 있는 것을 규정하고 주입시킨다.'23) 즉 감옥은 그러한 작업을 가능케 하는 효과적인 장치가 되는 것이다. 그러한 감옥에서 권력이 내린 형벌의 내용을 수긍할 수 없어 스스로 죄를 만들어내는 것은 자유주의자 형의 최선의 저항이라고 할 수 있는 것이다. 그 저항이 낭만적 환상으로 나타나는 것은 '생각과 상상은 우리가 도피할 수 있는, 그리고 어느 누구도 접근할 수 없는 마지막 내면 세계'24)이기 때문이다. 이병주 소설의 낭만적 환상은 그래서 관념적 도피가 아니라 살아있는 저항이자 현실적 의미를 지닌 행위인 것이다. 마지막 장에서 더 살펴보도록 한다.

「예낭풍물지」의 '나'에게 작용하는 장치는 이데올로기와 결핵균으로 나타나는 질병이다. '근대의 국가권력은 개인을 극히 사적인 영역에 이르기까지 포섭, 관리하고 통제하기 위한 방편으로서 의료 영역의 확산을 이용'25)하게 되는데, 특히 전염성이 있는 질병의 관리를 통해 개인은 통제 대상이 된다. 예낭의 나는 반국가, 용공의 이데올로기 장치에 의해 감옥이라는 통제 체제에 속해 있다가 결핵으로 석방되는데, 반국가적 범죄와 질병이 나라는 개인을 관리 통제하는 장치로 같이 작용하고 있음을 알 수 있다.

그가 국가에 지은 '대죄'는 분명히 나타나있지 않다. 병으로 인해 석방된 지금도 그는 '어설프게 나라는 사람의 의견을 말해서는 안된다'고 스스로를 경계해야 하는 상황이다. 달리 말하면 그의 대죄는 자신의 의견을 말한 죄라는 사실을 일깨운다. 감옥이라는 갇힌 공간 속에서 자유를 박탈당했던 상황과 결핵균에 몸을 빼앗겨 그것을 담보로 자유를 누리는 듯해

---

23) 이진우, 위의 책, 195쪽
24) 이진우, 위의 책, 195쪽
25) 조형근, 「식민지체제와 의료적 규율화」, 『근대주체와 식민지 규율권력』, 문화과학사, 1997, 175쪽

보이는 현재는 그리 다르지 않다. 감옥과 결핵균은 자신의 의사와 상관없이 자신의 몸과 정신을 지배하고 구속한다. 감옥과 바꾼 결핵은 곧 그에게 또 다른 감옥이라는 장치로 작용한다. 수감자든 환자든 그 상황에서 그는 자유롭지 못하다. 마음대로 말할 수 없다. 다만 마음대로 생각할 수 있을 뿐이다.

그의 거의 유일한 친구라고 할 수 있는 권철기는 K 신문의 부장기자로 다혈질이며 강직한 인물로 사회에 비판적인 지식인이다. 그는 신문이 신문으로서의 사명을 잃으면 단지 삐라에 불과할 뿐이라며 언제나 부조리한 현실에 대해 분개하는 인물이지만 부조리한 시대의 언론 기관이라는 장치의 작용을 받는 한 그 역시 자유롭지 못하다. 언론의 통제 장치는 군부 독재 정권에서 권력의 중요한 또 다른 작동 장치이다.

이병주 자신의 60년대 수감 생활을 직접적 소재로 하여 발표된 소설이 그의 소설의 시작이었다면, 이후 식민지 시대로 시간대가 확장되면서 20대 젊은 시절의 경험과 사건이 다루어지면서 동시대 다른 이들의 삶이 들어오게 된다.

일제 식민지 시대를 배경으로 한 이병주 초기 소설은 「변명」, 「마술사」를 꼽을 수 있다. 「마술사」는 1968년 경 이병주가 사업에 실패하여 '채귀(債鬼)를 피해 서울 회현동 어느 여관에 숨어살고 있을 때' 3일 만에 쓴 작품으로 알려져 있다.[26] 소설 속에서 화자인 '나'는 우연히 들른 시골 마을에서 돈 문제로 곤경에 빠진 한 마술사의 돈 문제를 해결해주면서 그의 인생사를 듣게 되는데, 소설적 상황이 그의 당시 상황에서 비롯된 것임을 짐작하게 된다.

마술사로 등장하는 송인규는 1941년 어쩔 수 없이 지원병으로 전쟁에 나가게 된다. 피식민지 청년으로 자신의 의지와 상관없이 일본이 일으킨

---

26) 정범준, 의의 책, 323~324쪽 참조바람

전쟁에 희생양으로 나가게 되었던 것. 피식민지 상황과 강압적 군대 지원 즉 징용은 송인규에게는 강박된 억압적 상황이자 장치였던 것이다. 버마 (미얀마) 만달레이의 축하식장에서 벌어진 폭탄 테러로 체포한 폭도의 감시병으로 뽑힌 송인규는 여섯 명의 버마인보다 한 명의 인도인 마술사에게 관심을 가지게 된다. 그에게 관심과 친절함을 보이던 송인규는 육군 중위에게 '진정한 일본 군인이 되려면 조선 사람은 내지인 이상으로 분발해야 한다'는 불호령을 당하지만 그 마술사에게 친절을 베푼다.

어느 날, 그 마술사는 송인규를 불러 육군 중위 역시 한국인인데 같은 한국인 송인규를 경계하라고 하더라는 말을 전하면서 그를 믿지 말라고 충고한다. 조선인으로서 일본의 장교가 된 히로카와는 일본인보다도 더 내지인이 되고자 스스로 선택했고 노력하는 인물이다. 즉 식민지 통치 체제에 스스로 동일화된 주체인 것이다. 철저히 식민지 통치 체제의 규율을 자기화해서 스스로 식민지적 주체가 되는 히로카와에 비하면 송인규는 식민지 체제에 있어 주변인에 불과하다. 그에게 민족 사상을 가지고 있냐고 묻는 인도 마술사의 질문에 순간 망설이며, '과연 자기가 민족사상을 가지고 있는 건지, 지금 자기가 가지고 있는 정도의 민족의식을 사상이라고 할 수 있는 건지'난감해 하는 송인규의 모습은 식민지 체제의 부당성을 알고 있으나 그렇다고 그 반대편 저항의 축에 서서 행동하는 실천적 지식인의 모습 또한 아니다.

그러나 송인규에게 민족의식은 스스로 말하듯 전혀 부재한 것은 아니다. 자신이 갖고 있는 민족의식이 과연 사상이라고 할 수 있는가 스스로에게 질문하는 모습은 외부적 규율이나 원칙에 현실적 이해관계에 의해서나 아니면 맹목적으로 순응하는 주체의 모습이 아니라 자신의 원칙을 찾아 반성하고 성찰하는 주체의 모습을 보여준다. 우리나라 한국 현대 소설에 있어 반성하고 성찰하는 개인의 모습이 최초로 나타났다고 평가되는 염상섭 「만세전」의 문제적 인물인 이인화의 모습을 연상시키는 송인규의 모습은 그래서 이인화와 마찬가지로 개인주의적 자유주의자라고 할 수 있다.

감옥에 있는 동안 자기를 버리고 떠난 아내 경숙을 용서하는 것조차 주제넘다고 생각하는 예낭의 나는 이 세상 어디에도 자신의 억울함을 하소연할 데가 없다. 어느 평온한 날 오후 회사에서 체포된 후 가정은 풍비박산이 나고 여섯 살 난 딸은 급성 폐렴으로 죽고 자신을 대신해 가장이 되어 집안을 책임졌던 아내 역시 결국 집을 떠나고 말았다. 결핵으로 석방된 후 그저 하릴없이 거리를 거니는 나의 시선은 이제 자신의 문제에 대한 성찰에서 나아가 타인으로 확장된다.

「예낭풍물지」의 도원동에 사는 나의 이웃들의 드러난 혹은 숨겨진 슬픔의 내력은 바로 납득할 수 없는 죄목으로 수감 생활을 하고 결핵에 시달리는 나의 불행한 운명과 다르지 않다. 강직하고 올곧은 기자 정신을 가졌으나 부패한 권력이 되어버린 언론사에서 버티지 못하는 권철기나 미군 병사의 아이를 혼자 낳아 기르며 기약 없는 편지를 써서 부치는 서양댁이나 자신을 버린 아내를 찾아 나섰다가 기차 사고로 정신분열증 환자가 되어버린 장 청년, 모두 그렇게 부조리한 현실에 속고 상처입고 스스로의 환상을 붙들고 힘겹게 버티는 비루한 인생들이다. 그들이 화자인 '나'의 눈에 들어오는 것은 그들의 아픔을 바라볼 수 있는 눈과 마음을 가졌기 때문이다.

예낭에서도 가난한 동네, 도원동엔 '거리마다에 골목마다에 가난의 호사가 있다. 보다도 한량없는 슬픔이 범람하고 있다'. 나는 그 '슬픔의 파도를 헤치고' 살아가는 이들의 모습을 장엄하게 바라본다. 국제이발관 주인은 6·25 때 아내가 흑인병사 삼사 명에게 윤간을 당한 상처로 인해 자신이 색정 도착증에 걸렸다는 인물이며, 우주전파사의 주인은 폐병 전력이 있는 인물로, 우연히 라디오를 고쳐주었던 손님이 간첩용의자였던 관계로 혼이 난 일이 있어 그 일로 강박증이 생긴 인물이며, 잡화상에 불과하지만 이름은 세일백화점인 가게 주인은 큰 아들은 좌익운동하다가 죽고 작은 아들은 국군으로 죽은 인물이고 제세당약국의 조 영감이라는 인물의 아들은 '나'와 같은 서울 감옥에 구금되었다가 그해 초겨울 사형을 당했다. 이렇듯 예낭 도원동에는 슬픔이 가득하다. 그 슬픔은 모두 우리 한국 현대사의 아픔에 직접 연결되어 있다. 거기에는 한국 현대사의 굴곡마다에 권력에 의해 작동된 장치가 억압적으로 작동하고 있다. 그러기에 그들의 슬픔은 드러나지 않고 잊혀지고 보상 받지도 못한 채 가슴에 한으로 남아 있다. 그들의 슬픔을 나는 안다. 그들의 삶의 슬픔의 이유와 침묵과 아픔을 나는 체감한다. 그리고 그들의 슬픔이 제대로 위안 받고 치유되어야 올바른 사회가 이루어질 수 있다는 것을 말하고 싶은 것이다.


## 4. 자유주의자의 운명과 소설적 존재 의미─환상적 낭만성의 현실성

> 권력은 이것을 가지고 있는 사람에겐 빛이 되지만 갖지 못하는 사람에겐 저주일 뿐이다. 권력은 사람을 죽인다. 비력자非力者는 죽는다. 권력은 호화롭지만 비력자는 비참하다. 권력자의 정의와 비권력자의 정의는 다르다. 권력자는 역사를 무시해도 역사는 그를 무시하지 않는다. 비력자는 역사에 구원을 요청한다. 그러나 역사는 비력자를 돌보지 않는다. 역사의 눈은 불사의 눈이다. 죽어야 하는 인간과는 아무런 관계가 없는 눈이다.[27]

---

27) 이병주, 「예낭풍물지」, 위의 책, 177쪽

당대 권력의 장치에 의해 스스로 주체가 되지 않는 자유주의자, 이분법적 정치 논리에 순응하지도 납득하지도 못한 채 억압적 장치에 의해 자신의 의지와 상관없이 희생당한 수많은 희생자들의 삶은 철저하게 소외, 배제된다. 스스로 주체가 되지 못하는 자는 주변인, 반역자 혹은 잊혀진 인물이 될 뿐이다.

「소설 알렉산드리아」는 유종호가 날카롭게 지적한 대로, '이 작품의 표면상의 "에그조시티즘"에 넘어가서는 안 된다. 이 작품은 어디까지나 우리의 오늘을 다루고 있으며 이 작품의 진정한 주인공은 "사라"도 "한스"도 아니고 수인(囚人)인 "형(兄)'인 것[28]이다.

분명 「소설 알렉산드리아」는 이병주 자신의 수감 생활에 그리고 있으며 소설 속의 형은 바로 이병주 자신이다. 그런데 유종호가 지적한 부분 중에서 사라와 한스의 이야기, 즉 알렉산드리아가 지닌 에그조티시즘은 그것대로 중요한 의미를 지닌다. 즉 소설 속에서 알렉산드리아, 사라와 한스는 동생이라는 인물을 통해 현실태로 그려지고 있지만 실상은 감옥 속에서 망명과 황제의 꿈을 꾸며 용납할 수 없고 받아드릴 수 없는 수감 생활을 견디어냈던 형, 즉 이병주의 상상이 만들어낸 환상이라는 것이다. 그러나 그 환상은 몽상이 아니라 부당한 현실의 권력과 법에 의해 죄인이 되어 자유를 뺏겨버린 자유주의자가 바라는 아주 현실적인 꿈이다.

불가능한 것을 향한 간절한 꿈이라는 점에서 그 속성은 낭만성이다. 이 사실은 헌신적이고 이타적인 고귀한 인간성, 목숨 같은 사랑, 치명적인 금기, 무한한 인내와 깊은 몰두 등, 인간과 인간 삶의 평범한 차원을 넘어서는 것들이 이 작품의 주요 구성요소라는 사실과 대응한다. 「마술사」의 세계는 강렬한 낭만성의 세계인 것인데, 이 낭만성의 세계에서는 인간의 한계도 비루함도 인간 세계의 속악한 이모저모도

---

28) 정범준, 위의 책, 314쪽에서 재인용, 312~314쪽 참조바람

한순간에 넘어 날아오를 수 있다.

　환각을 만들어내는 마술이란 메타포를 중심으로 구축된 이 낭만성의 세계는 이병주 문학의 두드러진 특성인, 비범함에 대한 예찬과 깊이 관련되어 있다. 이병주 문학에는 초일한 능력을 지닌 천재들과 영웅들이 평범한 재능의 인간들 위에 드높이 솟아 빛나고 있으며, 그런 천재들과 영웅들을 예찬하는 서술자의 거침없는 목소리가 울리고 있다.[29]

　정호웅이 정확하게 지적하고 있는 이병주 소설의 낭만성은 「마술사」에만 적용되는 것이 아니다. 그 낭만성은 환상성이라는 말로 이야기되면서 이병주 소설의 부정적 요소로 지적되어 온 바 있는데, 정호웅이 지적한 바대로 이병주 소설의 낭만성은 부정적 현실에 맞서는 소설적 방법이자 이병주의 현실인식이 만들어낸 전망이기도 하다. 즉 이병주 소설의 낭만성의 본질에 대한 정호웅의 지적은 올바르지만 그렇다고 그것이 단지 천재들과 영웅들을 예찬하는 목소리는 아니다. 오히려 그 반대다. 혼돈의 시대, 부정적 권력이 만들어낸 이분법적 장치의 작동 속에서 희생당하고 상처입고 스러져 간 그리고 그러한 사회가 역사가 존속되는 한 앞으로도 그럴 수많은 자유주의자의 한을 풀고 그들의 삶이 온전히 존중되고 그들의 자유가 보장되고 그들의 희생이 기억되고 보상되는 그러한 사회를 지향하고자 하는 실천적 대안인 것이다.

　「소설 알렉산드리아」의 형은 감옥 안에 있다. 그는 철저히 통제 당하고 있으며 그의 육신은 자유롭지 못하며 그의 프라이버시는 철저히 파괴되어 있다. 그 안에서 형은 납득할 수 없는 형벌의 이유를 자신 안에서 찾으며 스스로 황제라 칭하며 관념의 성을 쌓는다. 관념 속에 자신만의 성을 쌓는 것은 소설 알렉산드리아의 형이 좁은 감방에서 스스로 황제라 칭하

---

29) 정호웅, 「망명의 사상-<마술사>외」, 『이병주 문학연구-역사의 그늘, 문학의 길』, 한길사, 2008, 462쪽

며 자신만의 관념의 성을 짓는 것과 같다. 그 둘은 같다. 그 둘은 이병주 자신이기 때문이다. 그 관념은 그러나 현실도피적인 망상이 아니다. 그것은 스스로 자유주의자로서 자유롭지 못한 현실을 극복해 내는 방식이고 거기에서 작가는 현실적인 비판과 전망을 드러낸다.

이는 「예낭풍물지」의 나도 마찬가지다. 그는 '기적은 이 예낭에 있어서도 바라는 사람 스스로가 만들어야 하는 것이다.'라고 하면서 관념 속에서 새로운 자신만의 집을 짓고자 한다.

> 드디어 나는 비누방울처럼 사라져간 옛집을 그리워할 것이 아니라 새로운 집을 지을 결심을 했다. 그리고 그 집은 어떤 재난도 어떤 권력도 내가 살아 있는 한 빼앗아갈 수 없는 집이라야 한다고 마음먹었다. 내 관념 속에 지어놓은 집은 내 생명을 빼앗아가지 못하는 한 이를 뺏지 못할 것이 아닌가.[30]

「예낭풍물지」의 나는 감옥과 질병으로 정신과 육체 모두 주체적으로 자유롭지 못하다. 그의 정신은 이미 억압당해 하고 싶은 말이라도 그것이 할 수 있는지 없는지를 자신의 신념이나 사상이 아니라 장치에서 요구하는 기준에 의해 판단하고 할 수 있는 진술만 해야 하는 억압적 상황에 놓여 있으며 육체 또한 결핵에 의해 지배당해 제약을 받는다.

그러나 그는 정신적으로 자유롭다. 그 자유로움이 그를 죄인, 환자로 만들었으나 그 자유로움으로 그는 버틴다. 현실적 부자유 속에서 그는 자유로움을 꿈꾼다. 그렇기에 그에게 비루한 인생의 면면들이 눈에 들어온다.

> 사실 나는 나의 병을 통해서 내 나름대로 인간의 진실을 알았다. 자연의 아름다움을 배웠다. 꿈꾸는 능력을 길렀다. 만일 섭리라는 것이

---

30) 이병주, 「예낭풍물지」, 위의 책, 135쪽.

있다면 병은 인간 스스로의 분수를 깨닫도록 하기 위한 책략, 스스로
의 존귀함을 알게 하기 위한 수단, 파괴를 통해서만이 개전開展할 수
있는 생명의 아름다움을 계시하는 혜지의 작용이라고도 말할 수 있지
않을까.31)

여기서 병이란 「소설 알렉산드리아」에서 형의 감옥 생활과 같은 것, 징
집, 이분법적 이데올로기, 반공, 용공 등 자유주의자의 삶을 보장하지 않
고 침해하고 강제하는 모든 권력의 장치로 인한 상처와 울분을 이르는 것
으로 보아야 한다.

앞에서 「소설 알렉산드리아」는 이병주 스스로 자신의 인생의 기록이
라고 밝힌 바 있음을 말한 바 있다. 즉 반국가적, 용공적이라는 죄명으로
죄수가 되어 억울하게 수감 생활을 해야 했던 2년여의 감옥 생활에 대한
분풀이였다는 것. 그런데 같은 글에서 이병주는 「소설 알렉산드리아」의
성공은 독자들이 이병주라는 작가의 인생의 기록, 옥중기로 읽어주지 않
는 점에 있다고 하면서 그 이유는 통분을 픽션=허구의 오블라토로써 쌀
수 있었기 때문이라고 하였다. 이는 유종호가 지적했듯, 표면적인 에그조
티시즘을 말하는 것일 터이고 독자들 대부분이 알렉산드리아라는 공간에
서 벌어진 사라와 한스의 얘기에 주목하고 있음을 지적하는 것일 터이다.
이는 곧 형의 옥중기는 실제이며 사라와 한스의 얘기는 허구라는 것인데,
그 둘은 그러나 서로 긴밀하게 연결되어 있음에 주목해야 한다.

이 소설의 주인공은 형이며 핵심은 그 형의 옥중기이다. 그러나 알렉산
드리아라는 이국에서 벌어진 사라와 한스의 얘기는 허구이기 때문에 오
히려 그 의미를 지닌다. 무슨 말이냐 하면, 실제 알렉산드리아에서 벌어
진 사건처럼 그려진 사라와 한스의 이야기는 옥중에 있는 형의 상상이 빚
어낸 픽션, 소설론적 의미에서의 픽션의 의미가 아니라 소설 속에서 형의

---

31) 이병주, 「예낭풍물지」, 위의 책, 111쪽.

상상이 만들어낸 허구라고 읽혀야 한다는 것이다.

> 진짜의 나는 너와 더불어 알렉산드리아에 있고. 여기에 이렇게 웅
> 크리고 있는 나는 나의 그림자, 나의 분신에 불과하다는 환각을 키우
> 려는 것이다.
> 사랑하는 아우, 웃지 말라. 고독한 황제는 환각없인 살아갈 수 없다.[32]

진짜의 나는 동생과 더불어 알렉산드리아에 있다는 의식, 이것은 곧 알
렉산드리아는 다들 지적하듯 낭만적, 환상적 공간이라는 뜻이다. 옥중 형
의 의식이 만들어 낸 가공의 공간, 그러나 거기에 형의 진의, 작가가 개인
적 옥중수고를 넘어 하고 싶은 이야기가 놓여 있다. 즉 이병주에게 낭만
적, 환상적 공간과 서사는 현실적 힘을 지닌다. 따라서 다음과 같은 평가
는 수정되어야 한다고 본다.

> 이병주의 정신태도의 이중성은 바로 현실주의와 환상취미라는 요
> 상한 옷을 입고 나타나거니와, 저 황제환상은 현실문제를 도피하기
> 위한 관념유희다.(형의 감옥생활은 그런 환상이라도 해야 할 만큼 극
> 도로 괴로운 것도 아니요, 그 황제에게는 국적도 없다.) 그것은 변모
> (變貌)의 욕구에서 온 것이지만, (중략) 이병주의 황제환상은 그런 육
> 신적 필연성이 없는 관념일 뿐이다.[33]

송재영의 다음과 같은 지적도 역시 마찬가지다. '구태여 흠을 잡자면
「소설 알렉산드리아」는 소설미학적으로 보아 미흡한 점이 없는 것은 아
니다. 이를테면 과장성 · 괴기성의 추구, 또 주제와 무관한 듯한 관념의

---

32) 이병주, 「소설 알렉산드리아」, 『소설 · 알렉산드리아』, 한길사, 2006, 10쪽
33) 이보영, 「역사적 상황과 윤리」, 『이병주 문학연구—역사의 그늘, 문학의 길』, 한길
사, 2008, 18쪽

나열 따위가 그러하다.'[34] 이러한 지적은 이병주 소설의 역사적 사실, 혹은 체험이 낭만적인 환상성과 어떤 내적 의미, 연관을 지니는지에 대해 소홀히 한 결과라고 본다.

> 타인의 지도엔 없다는 말이 나의 지도에도 없다는 뜻은 아니며, 공
> 상이 때론 현실보다 더욱 진실일 수 있다는 의미에서 내겐 실재 이상
> 의 실재다.[35]

억압적 상황에서 통제적 장치에 구속되어 자유와 프라이버시를 잃어버린, 그러나 스스로 억압적이고 폭력적인 이데올로기의 주체가 될 수 없는 자유주의자에게 관념은 마지막 보루다. 그 관념은 낭만적 환상을 낳지만 그것은 현실도피적이거나 몽상이 아니다. 그것이 이병주가 역사가 아닌 소설을 택한 이유고 역사에 대한 자신만의 변명이자 문학의 힘이라고 믿는 것이다.

예낭의 거리에서 배회하는 나의 환상은 그러나 실제 살아있는 자들, 소외되고 역사의 주변에 묻혀 사라져가는 평범한 그러나 존중받아야 하고 그 어떤 정치적 억압이나 편견에서도 자유로워야 하고 그들의 희생이 역사 속에서 보상받아야 한다고 믿는 이들의 슬픔을 보아낸다. 옥중에 형은 동생이라는 분신을 저 멀리 알렉산드리아로 보내 거기서 현실적 대안을 모색하고 슬픔을 어루만질 수 있는 방법을 찾는다.

사라와 한스의 평생을 건 복수극은 법적으로 인정될 수 없는 것, 그러나 알렉산드리아의 법정은 그들을 추방함으로써 그들의 살인을 용서해준다. 알렉산드리아라는 공간은 낭만적으로 설정되어 있는 듯하나 사라와

---

34) 송재영, 「시대 증언의 문학」, 『이병주 문학연구—역사의 그늘, 문학의 길』, 한길사, 2008, 56쪽
35) 이병주, 「예낭풍물지」, 위의 책, 107쪽

한스의 재판이 이루어지는 공간으로서 특별한 의미를 지닌다. 즉 알렉산드리아 법원은 가해자와 피해자 모두가 타국인인 범죄 사건을 재판한다. '다시 말하자면 이러한 범죄에 대해 공적 처벌권을 행사하지 않더라도 자국민이나 자국의 주권, 또는 근본적인 법질서에 손상을 입은 것이 아니다. 이러한 관점에서 볼 때 알렉산드리아 법원은 공권력의 행사자이기보다는 운동 경기의 공정한 주심과 유사한 입장'[36]인 것이다. 알렉산드리아가 가지는 역사적 객관성, 그 다원적 포용성을 이병주는 갈망하였던 것이다.

사라와 한스는 그들만의 섬으로 떠난다. 그러나 동생은 알렉산드리아에서 형을 기다리겠다고 선언한다. 동생은 다시 형으로 가야 한다. 옥중에 있는 형의 관념 속으로 돌아가 한국에서 새로운 희망을 품어야 하고 달라진 현실, '이 땅에서 사상이 저지른 죄악에 대한 단죄라는 역사적 과업'[37]이 실현되길 바라야 한다. 한국에서 그것은 아직은, 현실화되지 못했다. 그 인식이 낭만적 환상의 현실태이지만 그것이 이병주 소설의 존재 가치이다.

「변명」에서 부끄러워하며 문학을 통해 탁인수에 대한 자신만의 변명을 마련하고자 하는 나는 '뭣인가 변명에의 노력 없이 우리는 살아갈 수가 없다'라고 항변한다. 마술사 송인규가 사기꾼인지 아닌지 알 수 없다. 어머니의 죽음 앞에 선 예낭의 나는 또한 무연하다. 동생은 알렉산드리아에서 옥중에 갇혀 있는 형을 기다린다. 낭만적 환상의 끝은 슬프고 허망한 듯 하다.

그러나 그들의 존재 이유는 분명히 있다. 그들의 현실과 환상은 사상적 대안의 제시가 원초적으로 불가능한 시대, 자유주의자 지식인의 운명을 보여준다. 이분법적 이데올로기, 특정 사상에 대한 선택권만 주어졌을 뿐

---

36) 안경환, 「다시 읽고 싶은 명작—이병주의 <소설 알렉산드리아>」, 계간 『소설과 사상』, 고려원, 1993, 가을호, 273쪽
37) 안경환, 위의 책, 276쪽

그 사상의 내용을 수정 또는 변용할 수 있는 자유가 없는 통제와 폭력의 시대, 흑백간의 양자택일을 할 수 없는 지식인은 회색인이 된다.

그러나 이병주, 그리고 그의 분신인 소설 속 인물들은 '지적 시니시즘에로의 도피'라는 비난을 받을 이유가 없다. 이병주가 제시한 회색의 객관성은 그 자신 포함하여 엄혹한 통제와 억압의 시대, 흑백 논리의 시대적 폭력 앞에 자유롭지도 안전하지도 못했기 때문이다. 그는 비판적 관조에 머물지 않고 적극적인 변명을 소설을 통해 하고자 했던 것이다.


## 5. 나오며

장치는 생명체를 주체화한다. 하지만 주체화는 생명체 자체의 '있는 그대로'의 존재 방식을 전제하되 그것을 삭제하는 한에서만 이루어진다. 아감벤은 이 '있는 그대로의' 존재 방식을 되찾아야 한다고 본다. 이것을 장치에 대한 논의에 적용시킨다면 장치에 의해 현실화되는 이런저런 특성이나 주체화도 아니고 장치를 완전히 도외시한 채 순수 생명체의 신성함을 주장하는 것도 아니고, 장치에 의해 포함/ 포획되면서 배제된 우리의 '가능성 전체', 보다 정확히 말하면 순수 잠재성[38]을 드러내는 것이 열쇠이다.

---

38) 가능성이란 현실태가 생산됐을 때 과거로 그것의 이미지를 되던짐으로써 구성된다. 다시 말해 가능성은 현실성에 의해 사후적으로 소급해 만들어진 것이다. 가능성은 현실태가 되거나 되지 않거나 하지만, 이 둘 중 어느 하나가 되지 않을 수 없다는 점에서 필연적이다. 반면 잠재성은 현실태의 모습에 비추어 구성된 것이 아니라 생명체가 그 자체로 가지고 있는 역량이다. …가능성과 그 현실화의 관계는 자연을 인간학적 목적론으로 뒤집은 것이며, 생성 또는 잠재성과 그것의 실현관계는 거꾸로 선 개념을 다시 뒤집는 것이다. …조르조 아감벤 · 양창렬, 위의 책, 155~159쪽 참조바람

가능성의 존재가 아닌 잠재성의 개인, 인간으로 사회적 개인을 인정하고 바라보고 포용한다는 것은 주체적 관점에서는 '장치에 의한 (탈)주체화 그리고 이에 이어지는 재주체화로 포획되지 않고, 어떻게 탈주체화의 주체에 머물 수 있는가라는 질문에 대한 답을 찾는 것이 될 수 있을 것이다.

근대에 있어 인간은 주체와의 관점에서 인간 대 인간-비인간으로 구획되었는데, 인간-비인간에는 포함적 배제가 적용된다고 본다. 즉 여기서 인간-비인간은 한 사회에서 장치에 의해 주체화되지 않는/못한 열등 혹은 소외된 자, 본 논문에서의 자유주의적 지식인, 개인주의적 자유주의 그리고 잠재성의 차원에 머물러 순수한 생명체로 존재했던/하는 선량한 다수의 민중들이 될 것이다. 반면 배제적 포함이 적용되었던 고대의 비인간-인간을 비시민-시민으로 바꾼다면 외국인 노동자가 체류자가 해당된다고 본다. 이 논문에서 주목하는 것은 인간-비인간에 해당하는 주체들이지만 인간-비인간, 비인간-인간이라는 범주는 현 사회에서 여전히 유효한 것임을 볼 때 그러한 경계의 넘어섬 혹은 지움은 주체의 문제만이 아니라는 것을 알 수 있다.

문제는 그러한 탈주체와의 문제가 반사회적 혹은 자발적 소외자가 아닌 지점에서 이루어져야 한다는 것이 된다면 그것은 그러한 개인을 또 다른 사회적 역할을 다하는 시민, 즉 '인간'으로 인정하고 배제의 논리가 적용된 인간/비인간의 분할의 경계를 넘어 서로 소통할 수 있을 때 그리고 그것이 사회적으로 인식되고 가능해질 때 이루어 질 수 있다는 점을 깨닫는 것이 될 것이다.

이병주에게 자유의 개념은 매우 중요하며 그의 글쓰기의 원천 및 주제라고 할 수 있다. 그에게 자유는 곧 개인주의를 의미한다. 여기서 우리는 자유와 개인주의의 관계에 대해 정리할 필요가 있다. 이병주 소설의 핵심은 개인주의적 자유주의자가 질곡의 역사를 지닌 한국 사회에서 어떤 비극적 삶을 살아왔는가에 대한 소설적 탐구이자 그들에 대한 위안이며 나아가 그들의 삶을 통해 한국 사회가 얼마나 닫힌 사회였는지, 앞으로 지향해야 할 사회는 어떠해야 하는지를 천착한다.

질곡의 역사를 지닌 한국 사회에서 자유주의적 개인주의자들이 어떤 희생을 겪으며 살아왔는지에 대해 이병주는 다른 방법이 아닌 소설로써 드러내고자 했다라는 사실은 그 역시 자유주의자이기 때문이다. 앞으로 논의할 내용이지만 그의 소설에 대해 많은 연구자들이 지적하고 있는 환상성 그 안에 내포되어 있는 근원적 낭만성은 그의 자유주의적 성향에 기인한다. 자신의 식민지와 전쟁 체험을 바탕으로 한 구체적인 역사적 사건이라는 실제성 곧 리얼리티와 함께 그의 소설 전반에 나타나는 환상적 낭만성의 혼종은 닫힌 사회와 그 안에서 사회적 개인으로서 역할과 의무를 다하면서 진정한 자유를 추구하는 개인주의자의 관념이 빚어내는 결과라고 할 수 있다. 그의 소설이 지닌 역사성 곧 실제성과 낭만적 관념의 개인은 충돌을 일으키는 것이 아니다. 지금 현재의 억압적 상황과 그러한 상황을 회피하지 않고 자유주의자로서 한 개인의 삶이 오히려 보장되고 그러한 삶을 누릴 수 있는 사회를 꿈꾸는 낭만적 자유주의자의 관념, 의지가 내포와 외연을 이룸으로써 한국 사회의 상황과 거대한 역사적 사건 속에서 희생당하고 억압당하며 소외되어온 개인이 대비적으로 선명하게 부각되고 있다.

## 참고문헌

1. 자료

『소설 · 알렉산드리아』, 한길사, 2006,

『마술사』, 한길사, 2006.

이병주, 「작가의 말-회상과 회한」, 『알렉산드리아』, 책세상, 1988.

## 2. 논문과 단행본

김윤식 · 김종회 엮음, 『이병주 에세이 문학을 위한 변명』, 바이북스, 2010.

김윤식, 「한 자유주의 지식인의 사상적 흐름」, 『역사의 그늘, 문학의 길』, 한길
　　　사, 2008.

노명식, 『자유주의의 원리와 역사-그 비판적 연구』, 민음사, 1991.

송재영, 「시대 증언의 문학」, 『이병주 문학연구-역샤의 그늘, 문학의 길』, 한길
　　　사, 2008.

안경환, 「다시 읽고 싶은 명작-이병주의 <소설 알렉산드리아>」, 계간 『소설과
　　　사상』, 고려원, 1993, 가을호.

이근식, 『상생적 자유주의』 돌베개, 2009.

이보영, 「역사적 상황과 윤리」, 『이병주 문학연구-역샤의 그늘, 문학의 길』, 한
　　　길사, 2008.

이진우, 『프라이버시의 철학』, 돌베개, 2009.

정범준, 『작가의 탄생』, 실크캐슬, 2009.

정호웅, 「망명의 사상-<마술사>」외」, 『이병주 문학연구-역샤의 그늘, 문학
　　　의 길』, 한길사, 2008.

조르조 아감벤 · 양창렬, 『장치란 무엇인가? 장치학을 위한 서론』, 난장, 2010.

조형근, 「식민지체제와 의료적 규율화」, 『근대주체와 식민지 규율권력』, 문화과
　　　학사, 1997.

차승기, 「문학이라는 장치」, 『현대문학의 연구 44』, 한국문학연구학회, 2011. 6. 30

한수영, 「이광수 소설에서의 자유주의와 개인 주체」, 『이광수 문학의 재인식』,
　　　소명출판, 2009.

# 李炳注 小說에 나타난 테러리즘의 問題

이광호(서울예대 교수)

## 1. 問題提起－李炳注 小說의 다른 讀法

李炳注 문학에 대한 기왕의 논의들은, 작가의 세대적 체험을 바탕으로 韓國近現代史를 관통하는 거대한 問題意識을 보여주고 있으며[1], 知識人 소설로서의 특징을 또한 드러낸다고 평가하고 있다. 이런 연구 이후의 李炳注 소설의 다른 영역을 드러내기 위해서는 李炳注 문학에서 부분적으로 것으로 간주되어 왔던 要素들에 대한 재인식이 필요하다. 최근에 와서 李炳注 소설에서의 엑조티즘, 탈역사성, 기억, 서사 양식, 딜레탕티즘 [2]

---

1) 김윤식, 「한 자유주의 지식인의 사상적 흐름」, 『역사의 그늘, 문학의 길』, 한길사, 2008, 김종회『근대사의 격량을 읽는 문학의 시각』, 『역사의 그늘, 문학의 길』, 한길사, 2008.은 대표적인 논문이다.

2) 대표적인 최근의 연구 성과는 노현주, 「이병주 소설의 엑조티즘과 대중의 욕망」, 『한국문학 이론과 비평』, 2012. 6, 이정석「이병주 소설의 역사성과 탈역사성」,『한국문학이론과 비평』, 2011, 3. 고인환, 「이병주 소설에 나타난 서사적 자의식 연구」, 『국제어문』, 2010. 4, 서은주, 「소환되는 역사와 혁명의 기억」,『상허학보』, 2010. 10 이재복. 「딜레탕티즘의. 유회로서의 문학」『역사의 그늘, 문학의 길』,한길사, 2006. 등이다.

등 다양한 면모에 대한 接近이 이루어지고 있는 것은 李炳注 문학의 새로운 局面을 이해하는 연구 성과라고 할 수 있다. 본고는 李炳注 소설에서 敎養으로서의 사상과 정치적 행동으로서의 테러리즘, 그리고 예술가적 自意識이 맺는 상관관계를 분석하려고 한다. 李炳注는 한국의 근현대사와 知識人의 사상과 정치적 行動 양식에 대해 많은 관심을 기울인 작가이지만, 한편으로는 藝術家의 존재 양식과 예술의 自律性이라는 문제에 대해 동시에 천착한 作家이다.

특히 그의 中篇들은 이런 측면에서 문제적인 텍스트이다. 본고는 그의 登壇作인 「소설, 알렉산드리아」(1965)와 그의 후기작인 「그 테러리스트를 위한 만사」(1983)에서 '정치와 예술', 그리고 '테러리즘과 예술의 자율성'이라는 문제를 집중적으로 다루고자 한다. 이 소설이 이병주의 문학의 핵심적인 텍스트라고 말하기는 쉽지 않다. 하지만 이 소설은 李炳注 문학의 하나의 特異性을 드러내준다는 측면에서 李炳注 문학의 재인식의 계기가 되어줄 수 있다. 이 두 소설은 정치적 행위와 예술적 自意識 사이의 관계에 대한 소설쓰기라는 측면에서 문제적일 뿐만 아니라, 하나의 주제에 대해 20여년의 時差를 두고 다른 형태의 소설쓰기를 보여주고 있다는 측면에서 그 문학적 特異性을 드러내고 있다.

테러리즘은 어떤 정치목적을 달성하기 위해 暴力을 사용하거나 조직적·집단적으로 위협을 가함으로써 공포상태를 조성하는 것이다. 3) 이 테러리즘은 近代 이후 극단적 수단을 동원한 정치적 의사소통 행위의 하나로 登場한다. 정치적 弱者들이 자신들의 정치적 의도를 관철시키는 방법으로 행사하는 테러의 경우는 대중의 지지를 얻기 위한 것으로 名分을 앞세웠다. 여기에서 중요한 것은 상징적인 공격 대상을 분명히 하고, 정치적인 목표를 확실히 하는 것이다. 이는 1990년대 이후의 대중의 지지를 의

---

3) 『21세기 정치학 대사전』, 정치학대사전 편찬위원회, 2010. 1. 한국사전연구사, 참조.

식하지 않는 무차별적인 대량 인명살상으로서의 '뉴테러리즘'과 구별되는 것이다. 韓國文學史에서 테러리즘이 문학적 소재가 된 것은, 식민 지배와 강대국들의 다툼 속이라는 한국적인 상황에서 테러가 정치적 의사소통의 수단으로의 抵抗的 의미를 가졌기 때문이다. 이런 맥락에서 테러리즘은 近代의 산물이라고 할 수 있다.

이병주 소설의 또 다른 문제의식 중의 하나인 '예술의 자율성(Autonomy of art)' 역시 근대 이후의 예술을 둘러싼 중요한 이념 중의 하나이다. '藝術의 自律性'은 예술 이외의 다른 분야에서 중시하는 가치 기준(진리와 도덕적 선)을 예술에 강요해서는 안 된다는 계몽주의적, 자본주의적 분업의 정신에서 출현하였다. 그런 의미에서 藝術의 自律性은 자본주의와 더불어 가능해진 예술에 대한 近代的 관념이다.[4] 역사적으로 볼 때, 예술의 자율성이라는 말에는 안정된 후원자를 잃고 냉혹한 市場으로 쫓겨난 근대 이후의 예술가의 처지와, 지배 권력으로부터 아무런 보호도 받지 못할 뿐 아니라 오히려 거기에 대립하게 된 예술가들의 不幸이 내포되어 있다. 근대 이후 自律的인 예술은 권력과 자본에 대한 타자로 존재하기 때문에, 이것들을 批判할 수 있는 자리에 위치할 수 있게 된다. 문학의 自律性은 문학외적인 개념으로 환원될 수 없는 문학의 '자기준거성'을 의미하며, 이는 탈이데올로기적 의미를 갖게 된다.[5] 이것이 '美的 現代性'의 중요한 국면 중의 하나라고 할 수 있다. 하지만 예술의 自律性은 상대적인 것이며, 예술적 自律性이 완전하게 관철되기 어렵다는 데에 近代 이후의 藝術의 곤경이 놓여 있다.

테러리즘이 특정한 정치이념의 극단적 표현이고, 예술의 자율성이 외부적인 가치로부터 독립된 예술의 자기준거성을 주장하는 것이라면, 이

---

4) 『문학비평용어사전』, 한국문학 평론가 협회 편, 2009. 6. 국학자료원, 참조
5) 칼 하인츠 보러. 최문규 역 『절대적 현존』, 문학동네, 1998, 320~321면, 참조.

둘은 무관한 것처럼 보인다. 하지만, 이 두 가지는 모두 근대 이후의 歷史的 산물이며, 지배 권력과 지배 가치에 대한 抵抗的인 맥락을 갖고 있다는 측면에서 批判的 知識人의 의식 속에서 중요한 의미를 갖는다. 李炳注의 소설 속에서 이 두 가지 가치가 敍事的으로 만나고 있는 것은 한국문학사의 하나의 맥락을 이해하는데 중요한 의미를 갖는다는 것이 본 논문의 問題意識이다.

## 2. 「소설 알렉산드리아」: 藝術과 思想의 分裂

1965년 7월 『세대』에 발표된 「소설 알렉산드리아」는 李炳注 초기 소설의 思想的 입각점이 어디에 있는가를 이해하는데 중요한 의미를 갖는 작품이다. 소설의 주인공인 '프린스 김'은 異國的인 도시 알렉산드리아에서 카바레 안드로메다의 연주자로 일하고 있다. 프린스 김에겐 다섯 살이 위인, 어려서부터 책 읽기를 좋아했던 형이 있는데, 형은 정치적 논설 때문에 서대문 형무소에 수감되어 있다. 소설 속에는 형이 보낸 편지가 등장한다. 이 편지에는 감옥에서의 소회뿐만 아니라, 정치와 종교와 법과 사상을 둘러싼 형의 談論이 들어있다. 이 텍스트 안의 텍스트는 이 소설이 가지는 敎養主義적인 양상을 드러내주고.6) 역사와 정치과 윤리를 둘

---

6) '교양'을 뜻하는 영어 'culture'의 원뜻은 '경작(耕作)'이고, 독일어의 'Bildung'은 '형성'이라는 뜻임을 보아도 알 수 있듯이, 여기에는 인간정신을 개발하여 풍부한 것으로 만들고 완전한 인격을 형성해 간다는 뜻이 포함된다. 이러한 노력은 시대마다 일정한 문화이념에 입각해서 이루어지므로 교양의 내용은 시대 또는 민족에 따라 달라지는데, 적어도 유럽문화권에 있어서는 이제까지 그리스 · 로마적인 교양의 이념이 일관하여 계승되었다. 17세기 중반에는 교육의 이상으로서 시민 상층(上層)의 정신적 개성과 자유로운 사교의 육성이라는 의미로 사용되기도 했으며, 18~19세기 훔볼트 등의 독일 휴머니즘 사상에서는 일반적 교양을 '모든 인간능력의 조화로운

러쌘 형의 편지들은 西洋의 古典들과 방대한 사상의 바다를 보여주는 것으로서, 이 소설의 '知識形成 소설'로서의 측면을 보여준다. 이 소설에서 敍事構造적인 면에서 큰 기능을 하고 있는 옥중에서의 '형'의 편지는 自由主義者 지식인의 입장에서의 사상의 공간을 펼쳐 보인다.

'책' 속에 살았던 형과 '피리' 연주자인 '나'의 對比는 이 소설의 중요한 의미 형성의 축을 형성한다. "책 속에 처박혀 있는 형에 대한 일종의 반발이라는 그런 만만한 것이 아니라 나는 책 앞에 있으면 머리가 아팠다. 책을 꺼리는 대신 나는 피리를 불었다." [7] '책'과 '피리'의 대립은 "책을 좋아하는 아이는 출세하리라는 통념과 더불어 책을 좋아하지 않고 피리 따위나 부는 아이는 장차 패가망신한다는 통념"[8]과 연관되는 것이며, 형이 동생의 예술에 대해 "내가 만권의 책을 읽고도 이루지 못하는 것을, 너는 한자루의 피리를 통해서 이룰 수 있을 것이다."[9] 라고 激勵하는 말에서도 부각된다.

이 소설의 서사적 국면에서 問題的인 것은 형의 편지를 읽게 되는 사람은 누구인가 하는 것이다. 우선 동생인 '내'가 형의 편지를 읽게 되지만, '나'의 주변에 있는 알렉산드리아의 다른 친구들이 함께 이 便紙를 읽게 된다. 이 편지를 읽게 되는 인물들의 性格과 행동양식이 이 소설의 서사구조를 형성하는 또 다른 局面을 이룬다. 프랑스인 말셀 가브리엘, 스페인 출신의 사라 엔젤, 독일인 한스는 이 소설의 '코스모폴리탄'적인 感受性과 '엑조티즘'의 뉘앙스를 구현하고 있지만, 더욱 중요한 것은 편지의 수화자로서의 이들의 성격과 位置이다. 이들은 대부분 世界史的인 비극의 피해

형성'이라고 간주하였다. 이병주의 교양주의는 지식에 대한 열정과 딜레탕티즘이 결합된 것으로 볼 수 있으며, 여기서 중요한 것은 소설 장르를 '교양'의 전시로 이해하는 태도라고 할 수 있다.
7) 이병주, 「소설 알렉산드리아」, 바이북스, 2009, 21면.
8) 이병주, 위의 책, 22면.
9) 이병주, 위의 책, 22면.

자의 위치에 있다. 게르니카와 아우슈비츠에서 있었던 학살의 피해자로서 이들은 법과 과학과 권력의 힘에 의한 거대한 暴力에 저항하려 한다. 사라 엔젤과 한스의 '복수'를 둘러싼 파토스는 형의 정치 사상으로부터 애써 거리를 유지하고 있는 예술가로서의 '나'의 位置와 선명하게 대비된다.

그런데 이 소설의 의미 있는 주제는 다른 심층적인 문맥과 연결되어 있다. 한스는 '내'가 지켜보는 가운데 사라 엔젤의 도움으로 15년 동안 추적해 온 전범을 카바레 안드로메다에서 만나 복수를 감행한다. 사라와 한스의 복수는 법적인 테두리 바깥의 복수이고, 그 테러는 개인적인 복수이면서, 정치적인 테러 행위이다. 그 테러에 대한 '나'의 입장은 이 소설에서 명백하지 않다. '연주자—예술가'로서의 '나'는 그들의 복수의 감정을 잘 이해하고 있고 同感한다. 하지만 그들이 테러를 공모하고 실행에 옮길 때, '나'는 철저히 傍觀者가 된다. '나'는 다만 그들에게 공감하고 그들을 지켜보는 자일뿐이다.

이런 태도는 감옥에 갇혀 있는 思想犯인 형에 대한 태도에서고 반복된다. '나'는 형에 대한 기본적인 그리움과 존경을 갖고 있음에도 불구하고 형의 사상에 대해 거리를 유지한다. '나'는 "형이 언제나 사회의 주류에 설 생각은 하지 않고 그 주류에서 일탈하려는 꼴이 보기 싫단 말입니다. 형은 권력이란 어떤 형태이건 나쁘다는 관념에 사로잡혀 있는 것 같"[10]다고 비판한다. "세상과 충돌했을 때 상하는 건 세상이 아니고 그 사상을 가진 사람인 것은 뻔한 일이다."[11] 라고 斷言하는 '나'는 기본적으로 사상에 대한 혐오를 가진 사람이다. '나'는 '자연'에 거슬러 살고 싶지 않다. "자연의 일부인 사람은 자연 그대로 살면 될 것이 아닌가. 사상이란 자연에서 벗어져 나오려는 노력이 아닌가. 그렇다면 사상이란 인간을 부자연하게,

---

10) 이병주, 앞의 책, 95면.
11) 이병주, 앞의 책, 27면.

그러니까 불행하게 만드는 작용 이상도 이하도 아닌 것이 아닌가. 강한 힘이 누르면 움츠러들 일이다. 폭력이 덤비면 당하고 있을 일이다. 죽이면 죽을 따름이다."12) 사상이란 자연을 거스르는 것이라는 측면에서 不自然하고 불행한 것이라고 생각한다. '나'에게 예술은 사상과는 무관한 순수한 '自然'에 속하는 것이다.

이 지점에서 이 소설이 갖고 있는 예술의 자율성에 대한 소설적 배치의 문제가 드러난다. 행위(테러리즘)와 사상(정치범)에 대한 '나'의 거리두기는, 예술가와 사상과 정치적 행위 사이의 관계에 대한 알레고리를 만들어 낸다. "내겐 최후의 순간까지 피리와 피리를 불 수 있는 장소만 있으면 그만이다. 그런데 사상은 그렇게는 안되는 모양이다. 형의 불행은 사상을 가진 자의 불행이다."13) 라고 생각한다. 예술의 幸福이란 철저히 思想과 거리를 둠으로써 만들어진다는 논리는, 그러나 역설적으로 하나의 특정한 '사상'이다. 형이 사상범이 된 것이 "조국이 없다 산하가 있을 뿐이다"14)라는 논설 때문이다. 이 탈국가적인 발상과 마찬가지로, '사상을 가진 자는 불행하며 예술은 사상과는 무관하다'는 논리 또한 하나의 이념형이다. '나'는 그들과 거리를 둠으로써 예술가로서의 삶의 위치를 유지할 수 있다고 믿는다. 하지만 이런 방식으로 예술의 自律性을 유지하는 것은, 역설적으로 예술의 세계를 '연주자−장인'의 세계로 고립시키는 것이기도 하다.

"고문할 수 있는 마음과 꽃을 좋아하는 마음과 어떻게 유관할까 (중략) 꽃을 사랑하는 데서 인정의 아름다움을 배우지 못한다면 꽃은 악마의 마음도 즐겁게하는 갈보같은 것이 아니냐"15)라는 문제의식을 '나'는 갖고 있지만, 그것은 예술의 자율성과 사상과의 관련을 심층적으로 질문하는

---

12) 이병주, 앞의 책. 26면,
13) 이병주, 앞의 책, 26면.
14) 이병주, 앞의 책, 28면.
15) 이병주, 앞의 책, 62면.

방향으로 나아가지 않는다. 피카소의 그림 '게르니카'에 대해 형이 "게르니카의 의미를 그린 것이 아니라 바로 의미 그것"16) 이라고 말한 취지를 예술가인 '나'는 정확하게 받아들이지 못한다. 예술에 대한 '나'의 觀念이 정교`해지기 위해서는, 형의 사상과 한스의 복수의 과정으로부터 예술의 자율성이 가지는 역설적인 의미를 思惟했어야 했다. 그럼에도 불구하는 '나'는 예술은 사상과 거리를 두어야 한다는, 일차적인 의미의 自律性에 머물러 있다.

그러나 이러한 '나'의 사유의 수준이 이 소설의 미학적 수준을 결정한다고 말할 수는 없다. 문제는 이런 입장과 욕망들이 어떻게 소설 속에 배치되어 있는가 하는 것이며, 그 과정에서 소설쓰기는 예술의 자율성을 둘러싼 현대적인 질문을 만들어낼 수 있었다. 이 소설은 예술과 사상의 分化라는 현대성의 한 국면을 예술과 사상의 分裂이라는 방식으로 드러낸다. 이 소설은 '예술의 자율성'을 하나의 교양으로 취급하며, 계몽적 전시라는 방식으로 제기하고 있다고 볼 수 있다. 이 소설의 후반부에는 사라와 한스의 테러를 둘러싼 모랄과 법질서의 딜레마에 대해 의미심장한 문장이 하나 등장한다. "딜레마를 해결하는 유일한 방법은 테러이다"17) 라는 한 대학생의 문장은 이병주의 후기 소설 「그 테러리스트를 위한 만가」의 소설쓰기와 오랜 후에 다시 만나게 된다.


## 3. 「그 테러리스트를 위한 만가」: 테러리즘과 藝術의 匿名性

이병주의 후기 문학의 문제작인 「그 테러리스트를 위한 만사」(1983)는

---

16) 이병주, 앞의 책, 72면.
17) 이병주, 앞의 책, 156면.

이념과 예술에 대한 이병주의 사유가 綜合에 도달한 소설로 평가받는다. 제목에서 드러나 있는 대로 이 소설은 한 늙은 테러리스트에 대한 소설적 讀解라고 할 수 있다. '輓詞'라는 표현이 드러내고 있는 것처럼, '죽은 이를 슬퍼하며 지은 글'이라는 성격이 처음부터 제시되어 있다. 그것은 이 소설이 한 인간에 대한 일종의 '哀悼'의 서사라는 것을 강력하게 암시한다. 여기서 애도는 공식적인 역사 뒤에서 사라진 개별자들의 작은 역사를 둘러싼 슬픔이다. 승리한 역사에 의해 역사의 뒤편에서 이름 없이 사라진 사람들에 대한 애도는, 잊혀져버린 과거를 어떻게 다시 드러내고 표상하는가하는 애도의 정치학 혹은 '기억투쟁'의 문제이다. 이 소설의 哀悼는 역사와 인간에 대한 감상적 담론을 넘어서, 사라진 역사를 문학적으로 재생하려는 애도의 정치학, 즉 역사에서 망실된 他者를 다시 받아들이는 문제와 연관되어 있다.

이 소설은 소설가로 등장하는 1인칭 작중 관찰자가 노테러리스트와 관계를 맺으면서 그의 말년의 肖像을 구축한 소설이라고 볼 수 있다. 이 소설에서는 '정람 선생'이라는 인물의 면모를 드러내는 다양한 에피소드와 대화와 담론들이 등장한다. 소설의 본격적인 이야기가 시작되기 전에 서술자는 "정말 특이한 재질과 희귀한 품격을 가졌으면서도 그 보람을 꽃피우지 못하고 누항에 묻혀 살다가 세상을 떠난 사람"18)으로 그를 소개한다. 정람이라는 인물의 '비범함'과 그의 '不遇'는 그의 삶을 요약하는 가장 중요한 요소이며, 애도의 정치학이 성립되는 근거라고 할 수 있다. 그는 자신이 태어난 해도 알지 못하는 존재이며, 그의 목숨을 건 항일투쟁은 정당하게 평가받지 못했고, 천재적인 음악적 재능을 가졌지만 그것을 세상에 드러내지 않는 사람이다. 그는 공식적인 역사에서 사라진 '不在의 삶'을 살았던 인물이다.

---

18) 이병주,『그 테러리스트를 위한 만사』, 바이북스, 2011. 8년.

이 소설은 정람이라는 인물을 통해 '테러리스트란 무엇인가?' 에 대해 끊임없이 呼名하는 소설로 읽을 수 있다. 정람에 대한 인물 묘사와 테러리스트에 대한 定義 사이에서 이 소설은 끊임없이 다른 呼名을 만들어낸다. 처음 정람은 '사자'처럼 "속을 알 수 없는 사람"으로 암시되며, "욕심 없이 살아가는 사람"으로 命名된다. 그는 피리를 불거나 동물구경을 하거나 "아무 짝에도 못 쓸 신화, 전설, 곤충기, 동물기 아니면 소설, 그런 따위"[19]를 읽는 사람이다. 그는 "살아있는 박물관"같은 존재이다. 그리고 그는 "자기 생애를 자기의 생애라고 느낄 수 없을 만큼 고독"한 사람이다. 정람의 고독은 그의 인간적 정치적 면모를 결정짓는 중요한 요소이다. 이 소설의 후반부에서 정람의 마지막 로맨스가 비극으로 귀결되고 결국, 그가 어떤 세계에도 소속되지 못하는 단독자로서의 '獨身者'로 남게 되는 것은 의미심장하다.

정람의 政治觀은 독특한 것이다. 정람은 자신의 행동과 이념을 일치시키기 어려운 사람이었다. 정람의 친구 경산은 이렇게 말한다. "이곳저곳 아나키스트의 결사에 가담하여 정치활동을 한 적이 있었지만 어느 결사에도 자신의 신념이나 사상을 일치시켜본 예란 없었을 걸 아마? 그런데도 항상 가장 위험한 일을 맡고 나섰지. 한 때 만주서 같이 지낸 적이 있지만 무시무시한 일은 꼭 자기가 맡아야 한다고 덤볐으니까".[20] 정람은 레닌과의 교분이 있고 레닌에 대해 특별한 감정을 가지고 있는데, 그는 공산주의는 부정하면서 공산주의의 우두머리인 레닌에 대해선 愛着을 가지고 있다. 정람은 아이러니하게도 레닌으로부터 '공산주의가 불가능하다'는 것을 교훈으로 얻었다. 그가 레닌을 좋아하는 것은 그가 공간주의자여서가 아니라 '위대한 천재'이기 때문이다.

---

19) 이병주, 앞의 책, 81면.
20) 이병주, 앞의 책, 80~81면.

그는 또한 대중을 믿지 않는 엘리트주의자이다. "대중이란 건 사기꾼, 독재자, 야심가들의 미끼가 되는 재료가 아닌가. 언제 대중이 대중다운 의사를 관철해본 적이 있나? (중략) 대중에게 무슨 환상을 가지고 있는 모양이지만 그 환상에서 깨어나는 곳에서 문학이건 뭐건 시작해야" [21]한다고 생각한다. 그는 관념적인 이데올로기도 믿지 않는 사람이다. "나는 정의를 몰라 하두 많은 정의를 보았기 때문에. 정의는 묘하거든. 그걸 실현하려고 들면 그 순간 악으로 변하는 거야. 사람을 죽이든 속이든 해야만 하는 거더만. 진리도 마찬가지지. 저 세상에서의 진리는 이 세상에서는 독이고. 이 세상에서의 진리는 저 세상에서는 독"[22]이라는 진리의 아이러니를 받아들이면서, 抽象的인 正義를 믿지 않는다. 이념의 자리 대신에 그의 믿음이 자리 잡고 있는 것은 '혁명적인 정열'이다.

정람이 러시아 문학에서 고리키보다 더욱 인정하는 사빈코프는 테러리스트이며 작가이다. 이 테러리스트의 수기가 위대한 理由를 다음과 같이 말한다. "자본가니 노동자니 하는 계급관없이 혁명적인 정열이란 것이 인간에겐 있는 것이고 이 정열이 발동하면 그 생애는 혁명적 투쟁의 생애일 수밖에 없다는 인간의 진실을 몸소 체험한 것이 사빈코프이며 그것을 기록한 것이 그의 문학이오" [23] 여기에서 테러리스트의 수기와 문학 사이의 중요한 친연성이 등장한다. 테러리스트는 어떤 특정한 '계급관' 혹은 이데올로기 없이 '혁명적인 열정'을 가진 사람이고 이 혁명적인 열정의 기록은 文學이 될 수 있다. 이데올로기와 관련 없는 '혁명적인 열정'이란 이 문맥에서 예술적 열정과 연결되어 있다. 정람에게 중요한 것은 특정한 정치적 이념이 아니라 순수하고 自律的인 革命的 파토스 그 자체이다.

퉁소 음악이 천재적인 수준이 다다른 그는 세상에서 가장 중요한 것을

---

21) 이병주, 앞의 책, 31면.
22) 이병주, 앞의 책, 42면.
23) 이병주, 앞의 책, 25면.

"나의 퉁소"라고 생각한다. "퉁소는 나의 생명이니까. 나를 속이지 않으니까. 나는 퉁소를 통해 비로소 나라를 사랑할 수가 있어"[24]라고 말한다. 정람을 추종하고 그 음악을 세상에 알리려는 임영숙에게 정람은 "천의무봉의 천재"이며, 그의 음악은 '신의 것'이다. 정람은 자신의 음악을 발표하거나 이름을 붙이지 않으며 "진실로 아름다운 건 이름 같은 게 없어야하오. 무명은 무구와 통하는 것"이라고 생각한다. 그에게 예술은 이름 붙일 수도 써먹을 수도 없는 自律的인 것이다.

정람은 스스로의 입을 통해 테러리스트를 재정의한다. 테러리스트에게는 '소명의식' 즉 운명의 부름이 있다는 것이다. 테러리스트는 보다 큰 사랑을 위해서 사람을 죽일 수도 있는 사람이며, '신을 대리한 섭리의 집행자'이며, '다혈질적이고 괴위하고 당당한 초인'이다. 테러리스트는 "살생하지 않아. 살사할 뿐이야. 다시 말하면 이미 죽은 자를 죽이는 거야"라고 정의된다. 테러리스트는 "죽지 못하는 자에게 죽음의 형식을 주는"자이다. [25]정람이 이미 노인이 된 악독한 관동군 밀정 임두생을 끝까지 응징하려는 것은 그런 소명의식 때문이며, 그것을 멈추게 되는 것은 그가 어린 수양딸을 돌보고 있기 때문이다.

정람에 의하면, 테러리스트는 또한 "욕심이 없는 사람이다. 세계를, 사회를 시정해서 그 속에서 멋지게 살겠다는 따위의 욕심이란 없"는 존재이고 아무런 보상도 바라지 않는다. 때때로 테러리스트는 스스로 "결코 바라는 건 아니지만 강력한 역사의 추진자"가 되기도 한하며, "원한에 사무친 인간들을 대표하는 엘리트"이다. 테러리스트 자신의 소명을 실천하기 위해 '얼음장처럼 미쳐야하는' 존재이며, 또한 "테러리스트는 시인이다. 우주의 원한을 스스로의 가슴속에 용광로에 집어넣어 섭리의 영롱한 구

---

24) 이병주, 앞의 책, 43면.
25) 이병주, 앞의 책, 125~126면.

슬을 주조해내는 언어 없는 시인, 영혼의 시인"이다. 26) 테러리스트는 특정의 정치적 이념과 집단에 봉사하는 사람이 아니라, 어떤 우주적인 섭리를 자신을 통해 구현하는 예술가적 '靈媒'와 같은 존재이다.

테러리스트를 '언어 없는 시인'으로 命名하는 데까지 나아가면, 테러리스트의 정치적 자율성은 예술가의 美的 自律性과 거의 구분되지 않는다. 이것은 어떤 체제와 이념과 시장과도 거리를 두면서 스스로 사회의 타자의 됨으로써 자신의 예술적 개별성을 보존하려는 '모더니즘 예술가'의 미학적 투쟁을 닮아 있다. 이 지점에 이르면「그 테러리스트를 위한 만사」는 일종의 '예술가 소설' 혹은 예술론을 펼치기 위한 서사로 읽을 수 있다. 테러리스트가 가진 정치적 자율성 혹은 자기 倫理의 문제는 예술가의 자율성의 문제와 구조적으로 닮아 있다. 정람이 정의하는 테러리스트가 어떤 이념에 獻身하지 않는 것과 마찬가지로 예술은 어떤 이데올로기에도 복무하지 않는다.

문제적인 것은 이 소설에서 무수하게 호명되는 정람이라는 인간을 둘러싼 테러리스트로서의 면모와 예술가로서의 기질이 하나의 동일성을 향해 나아가는 것이 아니라, 테러리스트와 예술가의 정의를 끊임없이 更新해나간다는 데에 있다. 이 소설에는 정람이라는 인물을 통해 테러리스트를 끊임없이 호명하면서, 오히려 그 동일성을 무너뜨린다. 테러리즘에 대한 정람의 정의 자체에 모순이 존재할 뿐 아니라, 그것은 결국 그 개념 자체를 텅 빈 것으로 만든다. 어떤 정치이념에도 기대지 않는 정치적 행동과 폭력이라는 것은 모순일 수밖에 없으며, 그 모순은 단순한 논리적인 矛盾이 아니라 스스로 개념화에 저항하는 파토스의 논리이다.

이 소설의 내부에는 낭만주의적 충동과 휴머니즘에 대한 옹호, 계몽주의적 열정과 남성적 영웅상에 대한 神話化 등이 출몰하고 있다. 그러나 그

---

26) 이병주, 앞의 책, 126~127면.

어떤 이념적 경사도 이 소설에서 테러리스트의 정체성을 결정적으로 규정해내지 못한다. 그러니까 이 소설이 거둔 역설적인 문학적 효과가 있다면, 테러리스트의 이미지에 자율적 예술가 이미지를 부여했다는 측면에만 한정되는 것은 아닐 것이다. 오히려 이 소설이 테러리스트의 정의를 '匿名化' 했다는 것. 그럼으로써 테러리즘과 예술을 어떤 정형적인 개념화로부터 救濟했다는 것이다. 그 구제를 통해 테러리즘과 예술을 결코 개념화될 수 없는 익명의 열정으로 만든다. 여기서 낭만적 에너지와 혁명적 열정은 서로를 비추는 거울이며, 한편으로는 그것들은 부재하는 삶을 둘러싼 밝힐 수 없는 모험이 된다.

## 4. 李炳注 소설과 美的 現代性의 문제

본고는 李炳注 소설에서 敎養으로서의 思想과 政治的 行動으로서의 테러리즘, 그리고 예술가적 自意識이 맺는 상관관계를 분석하려고 했다. 李炳注 초기 소설의 敎養主義와 異國趣向을 압축적으로 보여주는 「소설, 알렉산드리아」에서 주인공의 태도에서 나타나는 예술의 자율성은 사상이나 政治的 行動(테러리즘)과의 거리두기를 통해 유지되는 것이다. 문제는 이런 입장과 욕망들이 어떻게 소설 속에 배치되어 있는가 하는 것이며, 그 과정에서 소설쓰기는 예술의 自律性을 둘러싼 現代的인 질문을 만들어낼 수 있었다. 소설은 예술과 사상의 分化라는 현대성의 한 국면을 예술과 사상의 分裂이라는 문제로 드러낸다. '예술의 자율성'은 하나의 교양으로 취급되고, 啓蒙的으로 전시하는 방식으로 제기된다.

「그 테러리스트를 위한 만사」에 오면 테리리즘과 예술의 自律性은 분리되는 것이 아니라, 하나의 인간형 안에서 결합된다. 이 소설은 테러리스트의 이미지에 자율적 藝術家 이미지를 부여한다. 테러리스트가 가진 정치적 自律性 혹은 자기 윤리의 문제는 예술가의 자율성의 문제와 構造的으로 닮아 있다. 이 지점에 이르러서 「소설 알렉산드리아」에 나타나던 사상과 예술의 분열은 더 이상 無意味한 것이 된다. 문제적인 것은 이 소설이 테러리스트와 예술가의 정의를 끊임없이 更新해나간다는 데에 있다. 이 소설에는 정람이라는 人物을 통해 테러리스트를 끊임없이 呼名하면서, 오히려 그 동일성을 무너뜨린다. 이 소설이 테러리스트의 정의를 '匿名化' 함으로써 테러리즘과 예술을 어떤 정형적인 개념화로부터 救濟한다. 그 救濟를 통해 테러리즘과 예술을 결코 개념화될 수 없는 匿名의 熱情으로 만든다.

李炳注 문학의 特異性은 테러리즘이라는 政治思想的 주제와 예술의 자율성의 문제를 나란히 세움으로써 예술의 현대성과 미적 현대성을 둘러싼 議題를 부각시켰다는 점이다. 그의 후기 소설에 이르면 그 의제는 테러리즘과 예술의 同一性 자체를 허무는 서사적 모험으로 진행된다. '테러리즘'이라는 용어가 자명한 것처럼 사용되는 것은 오류이고 오히려 테러리즘 운동을 도착적인 방식으로 만드는 것이 될 수 있다. 27)

이것은 작가 李炳注가 직접 표명한 문학과 이데올로기와의 관계를 둘러싼 입장과 연관되어 있다. "어떤 이데올로기에 사로잡히면 문학은 필연적으로 비굴하게 된다. 문학이 바다이면 이데올로기는 강줄기다. 문학이 이데올로기를 재단할망정, 이데올로기의 재단을 받아선 안된다." 28) 라는 작가的 發言과 연결되어 있다. 하지만 이런 作家的 발언이 그 자체로

---

27) 하버마스에 의하면 테러리즘은 오직 사후의 회고를 통해서만 그 政治的 내용을 확보할 수 있다. 데리다는 테러리즘의 개념을 해체하는 것이 정치적으로 책임감 있는 행동이라고 주장한다. 문제는 테러리즘이 어떤 고정된 의미와 정치적 내용으로 고착화되는 것을 부정하는 일이다. 지오반나 보라도리, 손철성 외 역, 『테러 시대의 철학—하버마스, 데리다와의 대화』, 문학과지성사, 2004, 127면.
28) 이병주, 『문학을 위한 변명』, 바이북스, 2010, 122~123면.

소설쓰기의 성취를 보장해주는 것은 아니다. 이것은 現實 속에서 代案을 찾을 수 없었던 이병주의 교양주의와 자유주의가 낳은 문학적 辨明으로 이해할 수도 있다. 이병주의 이런 작가적인 발언보다 중요한 것은 소설 텍스트의 내부에서 그 예술의 자율성이라는 것이 어떤 소설적 담화의 차원으로 배치되어 있는가하는 것이다. 이데올로기적 談話를 이끌어가는 主體가 스스로를 일반 眞理와 동일시하는 越權的 주체라면, 현대의 소설적 主體는 자신의 이데올로기적 위치와 언어적 처리방식을 반성적으로 소설화한다. 계몽적 주체가 현대소설의 미적 주체로서의 한계를 가지는 것은 이런 이유 때문이다.

「그 테러리스트를 위한 만사」에 이르러 테러리즘과 예술의 자율성, 정치 사상과 예술 사이의 분열의 문제를 담론의 차원에서는 해결한 것처럼 보이지만, 교양주의에서 빠져 나올 수 없었던 李炳注 소설의 구조적 딜레마는 解消되지 않았다. 그는 이와 같은 소설에서 소설 장르를 '교양의 전시'로 이해하고 있는데, 이 교양주의적 태도와 예술의 자율성은 이병주의 소설 속에서 모순된 관계 속에 있다. 敎養이 완전한 人格을 추구하는 데에 필요한 것이라면, 예술의 자율성은 계몽적 태도와 거리를 두고 어떤 목표와 쓸모도 갖지 않는 것이다. 李炳注의 소설은 '예술(가)의 자율성'이라는 테마를 지속적으로 제기하고 있지만, 소설 장르의 自律性은 교양주의적 글쓰기로부터 벗어남으로써 가능하다. 知識과 敎養의 전시로서의 소설쓰기라는 방식은 소설 장르의 미적 자율성에 제한을 가하는 것이다.

테러리즘과 예술의 주제를 둘러싼 이병주의 소설은 이데올기적 자기 정당화와 소설적 자기 감시라는 두 가지 측면을 同時에 보여준다. 이것은 그의 敎養主義와 自由主義가 소설의 육체 안에서 發現되는 두 가지 양상이기도 하다. 그리고 이런 자기 정당화와 자기 비판의 분열과 동거는 '現代性'의 한 특징이라고 할 수 있다.[29] 예술의 自律性이라는 주제를 부각시키고 있음에도 불구하고, 李炳注 소설에는 이데올로기적 주체와 분리되지 못한 美的 主體가 내재해 있다. 이병주의 소설은 이데올로기와 소설의 主體와 맺는 현대적 관련을 풍부하게 드러내는 소설 텍스트라는 측면에서, 韓國現代小說이 도달한 하나의 문제적인 장소를 보여준다. 이런 맥락에서 李炳注 문학은 역사소설로서의 성취 못지않게, '美的 現代性'의 문제에 있어서도 중요한 의미를 보유하고 있다.

## 참고문헌

**1. 1차 자료**

이병주, 「소설 알렉산드리아」, 바이북스, 2009.
이병주, 『그 테러리스트를 위한 만사』, 바이북스, 2009.
이병주, 『문학을 위한 변명』, 바이북스, 2010.

**2. 논문 및 단행본**

위르겐 하버마스, 이진우 역, 『현대성의 철학적 담론』, 문예출판사, 1994.
지오반나 보라도리, 손철성 외 역 『테러 시대의 철학—하버마스, 데리다와의 대화』, 문학과지성사, 2004.
칼 하인츠 보러. 최문규 역 『절대적 현존』, 문학동네, 1998.
테터 지마, 서영상 역, 『소설과 이데올로기』, 문예출판사, 1996.

---

29) 위르겐 하버마스, 이진우 역, 『현대성의 철학적 담론』, 문예출판사. 1994. 452면.

# 이병주 소설에 나타난 남성 육체 인식
## 「소설·알렉산드리아」, 「마술사」, 「쥘부채」를 중심으로

전해림(충남대)

## 1. 서론

소설에서 육체는 인물의 사상과 행동을 드러내는 그릇이다. 따라서 작가가 육체를 어떻게 인식하고 있느냐에 따라, 또 비중을 어떻게 두느냐에 따라 소설의 양상은 달라지기 마련이다. 관찰자와 기록자라는 의식을 가지고 있던 나림 이병주 역시 이 부분을 배제하고는 창작할 수 없었으며, 그의 손에서 여성 인물의 육체와 남성 인물의 육체는 대체로 비슷한 양상을 보일 뿐만 아니라 단편 소설의 경우 대체로 비슷한 결말을 가지고 있다. 이는 작가의 육체 인식이 이야기 전개에 영향을 미치기 때문이다. 그럼에도 지금까지는 이병주의 소설에서 여성 인물만 조명되었다. 이는 자신의 체험을 바탕으로 삶과 역사를 결부시킨 이병주의 창작 방법 때문에 남성 인물들이 상대적으로 덜 주목받은 것 때문으로 보인다. 하지만 단면만 보아서는 그의 육체 인식이 어떻게 이야기와 인물에 영향을 미쳤는지 파악하기가 어렵다.

그간 이병주 작품 속 인물의 육체 연구는 노현주[1]의 연애 서사와 섹슈얼리티 연구에서 두드러진다. 노현주는 이병주가 여성 인물을 대상화, 주체화하였다고 분석하였으며, 남성 중심 서사의 무의식이 가진 아이러니를 드러낸 바 있다. 또한 당시 사회의 섹슈얼리티의 영향을 받으면서도 독특하게 구현된 이병주의 여성 형상화에 초점을 맞추었다. 이 외에도 이병주의 작품 속 여성 인물 연구는 수행되어 왔으나 남성의 육체에 대한 연구는 드물다. 이병주 연구 자체도 순조로운 편은 아니어서, 그의 엄청난 집필량과 성과에도 불구하고 타계하고도 한동안 평론과 논문은 몇 편에 불과하였다. 원인으로 가장 먼저 꼽히는 것은 그가 문단과 거리가 있었다는 점이고, 김종회[2]가 설명하고 있는 지나친 대중성, 고인환[3]이 설명하는 한일관계에 대한 독특한 시각과 철저한 반공주의적 태도, 권력 주변에 비친 작가의 그림자, 문단적 관습과 동떨어진 작가적 위치 또한 근거로 들 수 있다. 2007년에 들어서면서 이병주를 재조명하려는 움직임이 활발해졌는데, 음영철[4]은 그간의 이병주 연구를 역사주의 비평, 형식주의 비평, 사회문학적 비평, 사상·철학적 비평, 테마비평으로 나누어 진행되어 왔다고 정리하며 정신분석비평으로 이병주를 연구하였으며, 김경민[5]은 김정한의 「인간단지」와 비교하며 이병주 소설에 나타난 대항적 인간담론을, 이광호[6]는 테러리즘의 측면을, 손혜숙[7]은 이병주의 역사 서

---

1) 노현주, 「이병주 소설의 정치의식과 대중성 연구」, 경희대 박사 논문, 2012, 참조.
2) 김종회, 「이병주의 「소설·알렉산드리아」 고찰」, 『비교한국학』 16호 2권, 2008.
3) 고인환, 「이병주 중·단편 소설에 나타난 서사적 자의식 연구」, 『국제어문』 48호, 2010.
4) 음영철, 「이병주 소설의 주체성 연구」, 건국대 박사 논문, 2011. 이 논문에서 음영철은 역사주의 비평 방법으로 분석한 연구자로는 정범준, 김윤식, 김종회, 이광훈을 들고 있고, 형식주의 비평 방법 연구자로는 이형기, 정호웅, 김복순, 김병로, 이재선, 김기용, 정찬영, 김인환, 조남현, 이형기, 강경선, 이재복을 들고 있다. 사회문화적 비평 방법으로는 임헌영, 김외곤을, 사상·철학적 비평 방법으로는 임헌영, 이동재, 정호웅, 용정훈을, 테마 비평으로는 강심호와 김주연을 들고 있다.
5) 김경민, 「60년대 문학의 대항적 인간담론 형성」, 『어문연구』 40호 2, 2012.

술 전략을 연구하여 발표하였다. 이병주 연구는 대부분 작가론과 창작 방법론이 많은 편이고, 작품론은 초기의 중·단편 소설 연구와 『관부연락선』 연구, 『지리산』 연구가 압도적이다.

그 중 「소설·알렉산드리아」는 이병주의 공식적인 등단작으로 인정받는 작품이다. 화제성, 다양한 곁텍스트로 녹아들어있는 사상들, 체험이 드러난 옥중기, 당대의 정치 상황과 역사, 그러한 현실을 받치고 있는 견고한 상상력의 허구성, 그리고 이후 이병주 작품의 원형이기 때문이다. 여주인공 사라 안젤은 이 작품을 소설답게 만드는 허구적 사건의 핵심이며, 실존하면서도 가상에 가까운 공간 '알렉산드리아'에 매력과 더 높은 수준의 관능을 부과하는 존재다. 이병주는 작품 속에서 사라 안젤의 정신성을 육체를 묘사하여 드러내는데, 이는 그의 작품 속에서 육체가 철저하게 정신에 종속되어 그것을 반영하기 때문이다. 겉과 속은 상호 작용하는 관계여서 실체의 개념에 의한 분리가 불가능하며, 정신과 신체는 상호 교류하여 몸의 작용으로 드러난[8]다는 점을 그는 의식하고 있었던 듯하다. 그것은 특히 그가 주목하지 않은 듯한 남성의 육체에서, 또 남성과 여성의 육체가 극명히 대조되는 그의 초기 단편 소설에서 확인이 가능하다. 따라서 본고에서는 이병주의 남성 육체 인식을 확인하기 위해 선명한 대조가 가능한 남녀 인물들이 등장하는 「소설·알렉산드리아」와 「마술사」, 「쥘부채」를 주 텍스트로 선정하였다.

위의 소설들에서 이병주는 여성 인물들을 등장시킬 때 많은 것을 직접 제시하면서 남성 인물의 육체에는 최소한의 표정 변화나 육체의 움직임만을 제시하였다. 이를 전통적으로 남성의 육체는 탐구의 주체이지 대상

6) 이광호, 「이병주 소설에 나타난 테러리즘의 문제」, 『어문연구』 41호 2권, 2013. 참조.
7) 손혜숙, 「이병주 소설의 역사서술 전략 연구」, 『비평문학』 Vol. 52, 2014. 참조.
8) 이숙인, 「유가의 몸 담론과 여성」, 『여성의 몸에 관한 철학적 성찰』, 철학과 현실사, 2000, 124면.

은 아니9)었기 때문이라고 이해할 수도 있으나, 그보다는 이병주가 그려
낸 인물들의 육체가 정신을 반영, 철저하게 종속되어 나타나고 있기에,
정신 또한 묘사되지 않은 남성의 육체를 내포하고 있다고 보는 편이 옳을
것이다. 또 오히려 대상이 아니었기에 이병주의 육체 인식 자체가 자연스
럽게 남성 인물에게 체화되어 드러난다는 점에서 연구의 가치가 있다. 몸
은 소설의 수사학이자 몸에 대한 작가의 통찰을 보여주기 때문10)이다. 우
리는 작가의 육체 인식을 도출해냄으로써 그것이 소설 속 인물들의 관계
에 어떻게 영향을 미쳤는지를 파악할 수 있으며, 작가의 사회적 경험과
개인적 취향에서 비롯된 육체 인식이 이야기를 어떻게 끌어나가는지도
확인할 수 있는 것이다.


## 2. 남성 육체 묘사와 남성 육체 인식

앞서 언급한 바와 같이 이병주 소설에서 남성 인물은 묘사가 적은 편이
지만 드물게 외형이 두드러지는 몇몇 남성 인물이 존재한다. 이에 따라
직접 제시되거나 묘사되지 않는 남성의 육체는 여성의 육체와, 드러난 남
성의 육체와도 다른 의미를 갖게 된다. 남성의 육체에 대한 이병주의 인
식 역시 여성의 그것과는 다른 양상을 보이는데, 이를 위해 먼저 여성의
육체 묘사 양상부터 확인해보도록 하자. 다음은 「소설 · 알렉산드리아」
에서 그 묘사가 특히 두드러지는 사라 안젤의 외형 묘사다.

---

9) 피터 브룩스, 『육체와 예술』, 이봉지 · 한애경 역, 문학과지성사, 2000, 49면.
10) 안미영, 「근대소설연구에서 몸 담론의 전개과정과 쟁점」, 『여성문학연구』 15호,
    한국여성문학학회, 2006, 138면.

소녀처럼 청순하고 귀부인처럼 전아하고 격한 정열에 빛나는가 하면 고요한 슬기에 잠긴 것 같고 관능적이면서 영적인 여인.11)

머리는 동양적 검은 머리, 긴 속눈썹에 가려진 눈동자는 향목 수풀로써 덮인 신비로운 호수, 그 긴 눈썹을 열면 천지의 정이 고인 듯한 흑요석, 비애도 환희처럼, 환희도 비애처럼 나타나는 표정. 헬레니즘과 헤브라이즘의 조화가 극치를 이룬 전형에 가까운 아름다움. 희랍의 청랑함과 예루살렘의 금욕적 정진과 불란서의 교태와 영국의 마제스틱, 스페인의 정열이 가냘프면서도 탄력성 있는 육체 속에 미묘한 조화를 이루고 있는 신비.12)

이 예문은 형의 분신이자 작가의 분신이기도 한 관찰자 프린스 김이 사라 안젤의 '육체'를 보고 읽어낸 내용이다. 무엇보다 특기할 점은, 사라 안젤의 육체 안에 자연의 미와 문명적인 아름다움이 공존하고 있다는 점이다. 그녀의 육체는 상반된 요소들을 녹여내는 포용력을 가지고 있으며, 육체 안에 스며든 조화는 사라 안젤을 신성한 여왕으로 빚어낸다. 이 두 가지 특성을 이질감 없이 조화시켜 신비를 내포하고 있는 여성 인물은 사라 안젤뿐만이 아니다. 이병주의 세 번째 작품 「마술사」의 여성 인물 인레도 세계 어디에 내놓아도 돌아볼 정도의 미인으로 표현되며, 그 육체는 슬기로움, 모국어 외에 4개 국어를 할 수 있는 영리함을 내포한다. 사실 인레의 외형은 사라와 상당히 비슷하다. 같은 이국의 여성, 허구의 인물이라는 점에서 인레 역시 검은 머리카락, 빛나는 검은 눈동자, 윤택 있고 매끄러운 피부의 미인으로 설정된 듯하다. 그럼에도 그녀의 장점은 문명의 영리함과 자연적인 미로 규정이 가능한데, 이는 작가의 취향 문제로써, 이병주 역시 이를 인식했는지 다음 작품 「쥘부채」에서는 조금 색다른 유형의 여성, 성녀가 등장한다. 성녀의 파리하고 엷은 입술은 문명화된

---

11) 이병주, 「소설 · 알렉산드리아」, 『소설 · 알렉산드리아』, 한길사, 2006, 37면.
12) 이병주, 위의 책, 37면.

세계 속 병자의 인상에 가까우나 젖가슴과 궁둥이, 허벅다리의 볼륨 등은 자연에 가까운 것이다. 즉 이병주가 문명이 가지는 아름다움과 자연적인 아름다움을 모두 갖춘 여성을 미인으로 여겼다는 것을 확인할 수 있다.

이렇듯 철저하게 바라봐지는 대상으로서의 여성의 육체는 그 아름다움으로 인해 오히려 남성들의 접근을 쉽사리 허락하지 않는다. 이질적인 요소들을 녹여내는 포용력, 조화에서 느껴지는 신비에서 숭고가 비롯된다. 본래 숭고는 사람을 압도하고 두려워하게 하고 무력감을 느끼게 하는 대상에 의해 발생13)하는데 이병주는 여성 인물들을 너무나 아름답고 신비롭게 그려낸 나머지 감히 건드려서는 안 되는 숭고한 것이라고 인식했던 것 같다. 이 여성들은 적극적으로 선택하고, 실천하는 인물들로, 이병주의 작품 속에서는 상대를 고르는 권한이 여성에게 주어져 있다. 남성을 선택하지 못하는 것은 소설 전면에 육체가 묘사되지 않는 작부들뿐이다. 정작 남성 인물들은 '납덩이 같은 동정'14)을 버리기 위해 사창굴까지 갔다가 뛰쳐나오거나, 작부와의 관계의 대가로 고통을 겪게 되는데, 이병주의 여성 인물들은 그렇지 않다. 오히려 자신들이 받아들여진다는 것이 성적인 면까지를 포함15)된다는 것을 잘 알고 있는 듯하며 「쥘부채」에서는 남성의 동정이 여성의 순결과 같은 가치를 가지고 교환되기도 한다.

이 여성 인물들은 연애와 서사뿐만 아니라 사건의 중심을 이끌어 가는데, 결말은 좋은 편이 아니다. 이토록 아름답고 숭고한 여성들은 수컷에 해를 끼치는 암컷의 이미지에 가깝기 때문에 그녀들은 남자를 삼키는 유혹적인 여자에 대한 최초의 남성적 환상의 차원에 위치시켜야16) 한다. 여성의 육체에 자국을 내려는 남성의 노력은 여성의 성을 구속하던 족쇄를

---

13) 가라타니 고진, 『일본 근대문학의 기원』, 박유하 역, 도서출판b, 2010, 41면.
14) 이병주, 「쥘부채」, 『소설 · 알렉산드리아』, 한길사, 2006, 208면.
15) 발트라우스 포슈, 앞의 책, 30면.
16) 피터 브룩스, 앞의 책, 165면.

푸는 역할을 하고, 구속에서 해방된 여성의 성은 역으로 상대방 남성에게 상처를 입힌[17]다. 이것이 소설 속에서는 성사될 수 없는 연애 서사, 송인규의 잃은 왼쪽 눈, 관계 후 자신을 버리고 이별을 고한 성녀에 대한 마음의 상처 등의 양태로 드러난다. 즉 이병주는 여성의 육체가 아름답고 매력적일수록 남성에게 파괴적이라고 표현하고 있으며, 숭고미를 극찬하고 그 아름다움에 다가가고 싶어 했으면서도 그것이 특별한 남성에게 종속될 수 없는 어떤 자유로운 성질의 것이라고 여겼음을 알 수 있다.

> 송인규는 그 인도인 마술사에게 특별한 관심을 가졌다. (중략) 이들에 비할 때 그 크란파니라고 하는 인도인 마술사는 키가 버마인보다 목에서부터 위는 더 있는 것 같았고, 코도 덩실 높았다. 움푹 팬 눈엔 지혜의 빛이 있었다. 거무스레한 얼굴을 둘러싼 구레나룻과 턱수염이 그 얼굴에 위엄을 주고 있었다.[18]
> 눈은 움푹 들어가 있었다. 눈동자는 전에 없던 광채로써 빛나고 있었다. 턱에서 귀로 올라간 선이 야무졌다. 몸 전체에서 정기 있는 기품이 풍기고 있는 느낌이었다.[19]
>
> 사라가 한스를 보는 눈엔 날이 갈수록 광채가 더해지는 것 같았다. 많은 고난을 사내답게 견디고, 오로지 한 가지 목적에만 정신을 집중시키고 있는 사람은 이상한 매력을 발산하는 것인가.
> 사라는 한스의 그러한 매력을 조금씩 느껴가는 모양이다.[20]

광채로 빛나는 눈동자와 날렵한 얼굴형, 높은 코와 움푹 팬 깊은 눈, 몸 전체에서 풍기는 기품. 하지만 이 인물들이 처음부터 그리 생겼던 것은 아니며 송인규의 경우 본인도 놀랄 정도로 외형이 달라져 있다. 크란파니

---

17) 피터 브룩스, 앞의 책, 169면.
18) 이병주, 「마술사」, 『소설 · 알렉산드리아』, 한길사, 2006, 23면.
19) 이병주, 「마술사」, 『소설 · 알렉산드리아』, 한길사, 2006, 23면
20) 이병주, 「소설 · 알렉산드리아」, 위의 책, 82면.

는 이 변화를, 이전에 송인규의 얼굴이 짐승과 노예의 얼굴이었다면 지금 송인규의 얼굴은 인간의 얼굴이며, 한 가지 일에만 정진하고 있으면 누구나 아름다운 얼굴을 할 수 있는 것이라 설명한다. 이 확언은 한스 셀러의 외형 변화에도 그대로 적용된다. 여기에서 육체는 정신의 반영이라는 이병주의 육체 인식이 명확하게 드러나 있으며, 인물의 육체가 가지는 아름다움은 전적으로 정신에 종속되어 있음을 알 수 있다.

그런데 주목할 점은, 여성 인물의 경우 자연과 문명을 육체 속에서 조화시켜야만 미인인 데 비해, 남성 인물은 자연과 문명의 조화라는 범주가 적용되지 않았다는 점이다. 포용과 조화는 남성 인물의 육체가 가져야 하는 덕목이 아니다. 남성의 육체는 정신을 좇아야 하고, 정신은 한 가지 목표를 향해 저돌적으로 노력해야 아름다운 외형을 가질 수 있게 되는 것이다. 따라서 그들의 외형 변화는 한 가지 일에 집중한다는 수행을 통해 얻은, 어떤 영웅적인 자질에 가깝다. 물론 마술사라는 직업을 영웅의 자리에 놓는다는 것은 아니다. 하지만 이병주는 남성이라면 어떤 한 가지 일에 집중하여 그것에 노력할 줄 알아야 하며, 그럴 때 육체는 정신을 따라 변모한다고 생각했던 것 같다. 여기에서도 송인규는 마술사로서의 힘을 완성하기 위해 수련 중이며, 크란파니는 마술사의 정점에 서 있는 인물이다. 한스 셀러는 복수 한 가지를 위해 집중하는 인물이다. 즉, 한 가지에 집중하여 그것을 달성한다는 것이 바로 이병주가 생각한 남성이 가져야 할 자질인 것이다.


## 3. 남성의 육체와 에로티시즘의 폭력성

이병주의 남성 인물들에게는 제한이 있다. 여성 인물들에게는 없는 제한, 바로 관능과는 닿지 말아야 한다는 금기다. 「마술사」에서 한때 결혼을 포기했던 크란파니는 인레를 만나서 결혼을 결심했으나 그녀와 관계는 하지 않았다. 아름다움과 열아홉 살의 신선함을 가졌으며 가장 사랑하여 "내 생명 이상"이라고 표현하면서도 고이 간직하기만 한 것이다. 크란파니가 인레에게 가지는 사랑은 남편이 가지는 에로스라기보다 아버지가 가지는 아가페에 가까우며, 오히려 관계하지 않았다는 데에서 송인규는 크란파니의 깊은 마음을 알게 된다. 즉 이병주는 에로스보다 아가페를 좀 더 진실한 사랑의 유형으로 본 것이다. 이미 마술사로서 완성된 크란파니의 몸은, 성적 지배력에 굴복할 경우 그에 대한 대가를 치러야[21] 하기에 결국 어떤 여성과도 닿아서는 안 되는 존재였다.

하지만 송인규는 인레와 관계한다. 성교의 육욕적인 행위는 생명의 에너지를 보여주는 것이고 비극적이게도 그 끝을 예고[22]하기도 한다. 그녀를 에로스적으로 사랑하게 된 송인규에게는 인레 외의 여자를 안으면 안된다는 '금기'가 부여된다. 크란파니가 송인규에게 시킨 서약에는 인레가 무슨 행동을 어떻게 하든지 다른 여자를 알면 안 된다는 내용이 포함되어 있었다. 이는 인레와는 무관하며 오로지 송인규에게만 부여된 것이다. 그러나 금기는 부여된 순간 위반을 포함하니, 송인규가 그 서약을 어긴 것은 예정된 수순일 수밖에 없다. 그는 오사카의 작부와 닿아 왼쪽 눈을 잃었고, 힘이 돌아온 것이 기뻐 다른 여자와 관계했다가 종국에는 마법의 힘까지 잃어버린다. 송인규의 수련으로 얻어낸 정신의 고귀함과 그 고귀함이 반영된 육체가, 말초적인 관능의 힘이 가진 폭력 속에서 무너져 내린 것이다.

한편 전적으로 육체의 본능을 따르는 인물이 있다. 주변 인물임에도 그

---

21) 피터 브룩스, 앞의 책, 166면.
22) 토마스 라커, 『섹스의 역사』, 이현정 역, 황금가지, 2000, 222면.

외형이 섬세하게 묘사되는 가브리엘 말셀이다. 말셀은 왜 남성 인물들 중 예외적으로 묘사되는가 하는 데에 자연스럽게 의아함이 생긴다. 「소설 · 알렉산드리아」에 말셀보다 중요한 외국인이면서 남성 인물 한스가 등장하기 때문이다.

갈색의 머리털, 그 머리털과 같은 갈색의 구레나룻에 덮인, 해풍과 바다의 태양에 그슬린 검붉은 얼굴, 바다 빛과 푸른눈동자. 5척 6촌인 나의 키로선 우러러보아야 할 완장한 턱. (중략) 그의 몸집은 틀림없이 하나의 기현상이다. 마찬가지로 그의 마음도 역시 기현상이다. 거친 선원 생활을 하는 사람으로선 드물다고 할 수 있는 풍부하고 기지있는 교양, 통속적 표현을 빌리면 비단결 같은 마음씨.23)

이는 「소설 · 알렉산드리아」에서 제시한 말셀의 외형이다. 이 작품 속 중요 인물은 한스인데, 한스의 외형 묘사는 위에서 제시한 눈빛의 변모와 체구가 작은 편이라는 언급뿐인 반면 옥중기와 알렉산드리아와의 사건의 연결고리 기능을 하는 주변 인물 말셀의 표현은 상당하다. 말셀은 여성을 노리개라고 부르며 여자가 제일 좋다고 노골적으로 언급하기도 하는데, 그것이 말셀이 생각하는 "생명의 앙양으로써의 섹스"다. 그러나 바다에 나가 일시적인 단절 끝에 여자를 찾는다는 언급으로 미루어 볼 때 말셀 역시 한 가지에 집중하는 인물임에는 틀림없음에도 그의 외형 묘사는 여성의 육체와 흡사하다. 여기에서 두 가지 이유를 짚어볼 수 있는데, 한 가지는 그가 빠져 있는 것이 육체의 탐닉이라는 점이다. 다른 한 가지는 떠돌고 있기 때문에, 역사적 사회적 고통을 겪지 않고 있는 말셀과, 형의 분신으로 알렉산드리아에 와 고통을 분담하고 있는 프린스 김의 입장 차이라는 점이다. 프린스 김과 말셀 사이에 정서적인 교감과 음악적인 공감은

---

23) 이병주, 「소설 · 알렉산드리아」, 위의 책, 13면.

가능하지만 사상적 정신적 유대는 불가능한 것이다. 그렇다면 말셀처럼 육체에 몰입하는 남성 인물을 대상화하고, 그렇지 않은 인물들의 묘사가 적은 이유는 무엇일까.

> 파노라마처럼 심상 위에 전개되는 시인들이 서로 엎치고 덮치는 가운데 나의 하복부에 강렬한 충격이 인다. 밖으로 반사되어야 할 농도 짙은 액체가 거꾸로 장을 통하고 위를 거쳐서 식도 쪽으로 올라오고, 그 짙은 액체가 내분비를 일으켜 혈관 속에 침투해선 심장을 압박한다.
> 이성의 지배를 거부하는 육체의 어떤 부분의 자의처럼 인간의 고독감을 절박하게 하는 건 없을 것이다. 형의 표현을 빌리면 생명발상 이래 몇 억 년을 통해서 꿈틀거리는 '암묵의 의사'. 그러나 나는 이 암묵의 의사에 번롱당하기는 싫다.[24]

육체가 가진 본능적인 성욕, 특히 정신과 별개로 움직이는 이 '암묵의 의사'는 이병주의 중심인물들이 반기지 않는 육체의 의사표현이며 정신을 쫓으려는 인물들의 노력에서 제거되어야 할 에로티시즘이다. 요행히 교합하게 되었더라도 결과는 처참하다. 「쥘부채」에서 동식은 자신의 동정을 성녀의 처녀와 바꾸었다. 그러나 그들이 확인하게 된 것은 하나가 되었다는 충만한 행복감이 아니다. 그들은 진심으로 서로를 사랑했으며 정신적으로는 하나였기 때문에 서로의 정신과 육체가 하나가 되면, 불연속적인 그들이 충만한 연속성을 얻을 수 있으리라고 생각[25] 했다. 하지만 그 결과 그들은 허무와 어색함만을 느꼈으며, 성녀가 다른 사람과의 결혼을 결심하게 된 것도 그러한 이유일 것이다. 이병주의 작품 속에서 남녀가 행복하게 결합된 경우는 17년이라는 오랜 수감 생활 동안 플라토닉한 사랑을 지속하고 그 에로티시즘을 예술로 승화한 신명숙과 강덕기 두 사

---

24) 이병주, 「소설 · 알렉산드리아」, 앞의 책, 31면.
25) 조르주 바타이유, 『에로티즘』, 조한경 역, 민음사, 1989, 22면

람뿐이다. 초기 작품뿐만 아니라 그 이후의 작품에서도 이병주는 행복한 결합을 용인하지 않았으며, 정상적인 부부 생활은 모조리 깨어지고 작부 혹은 술집 여자와 육체만 결합하는 경우만 종종 보인다. 그렇다면 왜 작가 이병주는 그토록 관능을 기피하고, 제거해야 하는 방해물로 여긴 것일까.

## 4. 에로티시즘의 억압

이상 언급한 인물들을 제외한 인물의 묘사는 극도로 적은 편이다. 「소설 · 알렉산드리아」의 형과 프린스 김, 「쥘부채」의 주인공 동식과 친구들, 「패자의 관」의 '나'와 노신호와 K씨, 「겨울밤」의 '나'와 노정필과 노상필, 「마술사」의 '나', 「변명」의 '나'와 탁인수, 「예낭풍물지」의 '나'와 어머니와 경숙과 딸 영희, 「제4막」의 '나'와 세르기 프라토, 「망명의 늪」의 '나'와 죽은 가족들과 지금의 아내며 채종택과 성유정까지. 대략 스물에 가까운 인물들의 묘사를 다 합하여도 위에서 언급한 인물들의 표현보다 적거나 비중이 적다. 물론 그들의 성격을 드러낼 수 있는 사건이 구성되어 있거나, '나'가 기록자로서만 기능하거나 하는 경우도 있으나 중요한 남성 인물의 외형 묘사가 절대적으로 부족하다는 점만큼은 이론을 제기할 수 없다.

이 묘사 분량의 차이는 단연 이병주의 육체에 대한 인식에서 비롯된다. 이병주의 초기 작품 창작에 가장 중요하게 영향을 미친 것이 그의 필화 사건으로 인한 옥중 체험이라는 것은 익히 알려진 사실이다. 그는 1960년 『새벽』 12월호에 논설 「조국의 부재」와 1961년 1월 1일자 『국제신보』에 연두사 「통일에 민족역량을 총집결하자」를 발표, 5 · 16 이후 체포되어 10년 형을 받고 복역하다가 2년 7개월에 출감하였다.

나는 비로소 이곳에 내가 있어야 할 이유를 알았다. 불효한 아들이었다. 불실한 형이었다. 불실한 애인이었다. 불성실한 인간이었다. 이 세상에 나지 않았으면 좋았을 사람이 본연적으로 지닌 죄. 이것을 원죄라고 해도 좋다.26)

이 편지는 「소설 · 알렉산드리아」에서 형이 보낸 엽서의 일부분이다. 물론 등장인물의 발언을 그대로 작가의 발언이라고 성급한 결론을 내릴 수는 없다. 하지만 1966년 6월 6일자 『주간한국』에 실린 이병주의 인터뷰 내용에서 창작 동기가 옥중기를 남기기 쑥스러워 「픽션」의 형식을 빌렸다는 점, 자신의 통분을 소설로 꾸몄다는 발언27) 등을 미루어 볼 때 이병주의 생각과 체험이 형이라는 인물에 투사되었다고 판단하는 데는 무리가 없을 것이다. 이 편지의 논리대로라면 죄가 없는 사람은 존재하지 않으며, 그의 죄 또한 만인이 저지른 원죄이므로 그 외엔 죄가 없다는 뜻이기도 하다. 이것이 바로 그의 창작 동인이었던 만큼, 억울했던 작가 이병주는 원죄 이외에는 죄가 없는, 소급법이라는 국가 권력의 피해자였다. 폭력의 피해자는 억울함과 분노로 가해자가 되기 쉽지만, 이병주의 상대는 반공국시가 뚜렷한 군사정권이 장악하고 있는 국가였기에 그는 환각 속의 황제가 되기를 선택했다. 이 환각은 그가 옥중 생활을 버티게 해주는 원동력이었지만 그렇다고 그가 감옥에 있는 이상 피해자로서의 위치를 벗어난 것은 아니었다. 감옥은 죽음과 가장 가까운 장소이기에 그는 매번 얼굴을 마주한 사람이 죽어 나가는 것을 확인해야 했으며, 사형수를 교살하는 삼줄28)에 대해서도 강하게 인식하고 있었다.

인간은 혼자 태어나 혼자 죽으며, 어떤 한 존재와 다른 존재 사이에는

---

26) 이병주, 「소설 · 알렉산드리아」, 앞의 책, 23면.
27) 이병주, 「작가의 말-회상과 회한」, 『알렉산드리아』, 책세상, 1988, 10면.
28) 삼줄에 대한 표현은 「소설 · 알렉산드리아」(97~98면)에서 등장하며, 이 부분은 「겨울밤」에서도 다시 한 번 인용되었다.

뛰어넘을 수 없는 심연이 가로놓여 있고 거기에는 단절이 있[29]고 바타 이유는 설명했다. 이병주 역시 이 점을 인식하였으며, 또한 자신이 권력의 피해자였으므로, 오판이 생겨날 수 있으니 극단의 형은 삼가야 한다며 사형 제도의 폐지를 신념화하고 있었다. 이러한 발언들이 일회성에 그친다면 작중 인물의 목소리로 여겨야 마땅하겠으나, 그는 초기의 여러 단편 소설에서 서술자에게 비슷한 목소리를 내게 만들었으므로, 이것이 작가의 의도 중 하나라고 판단해도 무방할 것이다. 그는 철저하게 피해자의 입장에서 인간이 불연속적인 존재라는 것을 몇 번씩이나 확인하는 한편, 불연속적 존재로 남기를 간절히 원하는 인간을 죽음이 짓밟아 버리는 장면을 확인한 것이다. 권력이 발판을 확립하는 것은 생명에 대해, 생명의 전개를 따라서이고, 죽음은 생명의 한계, 생명에서 벗어나는 계기이며, 죽음은 삶의 가장 비밀스런 지점, 가장 "사적인" 지점이 된[30]다. 그리고 그 사적인 지점에 있는 것이 섹스이며, 권력과 죽음과 유사한 관계에 놓인 것이 에로티시즘이다.

> 모든 에로티즘 작업은 감히 용기조차 낼 수 없는 존재의 가장 내밀한 곳까지 건드린다. 정상 상태로부터 에로티즘의 욕망 상태로의 이행은 불연속적 질서, 또는 안정된 존재의 상당한 와해를 전제한다. (중략) 존재의 와해 충동에서 원칙적으로 남성 짝은 적극적인 역할을 담당하며 여성 짝은 소극적인 역할을 담당한다. (중략) 어떤 에로 행위든 에로 행위는 폐쇄적 존재로서의 구조를 갖는 정상적 상태의 상대방을 파괴함을 원칙으로 삼고 있다.[31]

성행위는 그 자체로써 남성성의 우월의 원칙으로 간주되며, 지배, 제

---

29) 조르주 바타이유, 앞의 책, 17면.
30) 미셸 푸코, 『성의 역사 1. 앎의 의지』, 이규현 역, 나남, 2004, 155면.
31) 조르주 바타이유, 위의 책, 18~19면

것으로 삼기, '소유' 형태인 것처럼 남자들에 의해 받아들여진[32]다. 즉 에로티시즘의 작업은 여성을 파괴의 피해자로 만드는 작업인 셈이다. 물론 에로티시즘 그 자체를 곧 폭력이라 할 수 없으며, 이는 인간 존재의 의미 측면에서의 파괴와 피해다. 하지만 이병주는 관계에서 에로티시즘이 가지는 의미, 그것이 내포하고 있는 폭력성을 두려워한 것으로 보인다. 이병주의 인물들은 하나같이 육체가 요구하는 '암묵의 의사'에 굴복하기 싫어했으며(프린스 김), 그것에 굴복한 순간 충만하게 넘쳐흐르는 힘을 잃어버렸다(송인규). 그것은 권력이 휘두른 폭력과 여성에 대한 에로티시즘의 폭력이 맞닿아 있기 때문이며, 여성에게 존재의 폭력을 휘두름으로서 가해자의 위치로 돌아서게 되어 자신의 존재 의미를 상실하게 되기 때문이다.

앞에서 언급했듯, 이병주의 초기 작품에 나타나는 남녀의 결합은 남성에게 좋지 못한 결과만을 가져다주는 어떤 것이었다. 그러므로 남성 인물에게서는 이러한 성욕을 제거해야 했으며, 육체가 요구하는 '암묵의 의사'는 무시되어야 하는 것이었다. 그러나 육체와 성욕은 분리할 수 없는 성질의 것이다. 이병주가 감옥에서 견디기 위해 정신과 육체를 분리했기에, 육체보다 정신에 집중했다. 그렇게 탈육체화된 자아는 섹스를 가지고 있지 않으며 섹스를 가질 수도 없[33]었다. 그가 가지고 있는 피해자로서의 위치는 자신의 경험이 투영된 인물의 기저였고, 따라서 그들에게서는 다른 누군가를 피해자로 만드는 행위는 지양되어야 하는 것이었다. 이병주의 초기 작품에 등장한 여성 인물들은 관능을 꺼리지 않는다. 그러나 이병주가 투영된 남성 인물들은 그녀에게서 사랑을 느끼려고도 하지 않는다. 그녀들을 얻을 수 있는 건 그의 옥중 체험이 투영되지 않아서 육체를

---

32) 피에르 부르디외, 『남성지배』, 김용숙 · 주경미 역, 동문선, 2000, 30~33면.
33) 토마스 라커, 앞의 책, 233면.

가지고 있는 인물이거나, 적극적으로 행동하여 목적을 달성한 인물들뿐
인 것이다.


## 5. 결론


육체는 정신의 많은 것을 겉으로 드러내는데, 이병주의 소설 속에서도
인물들의 육체는 철저하게 정신을 반영하고 드러낸다. 그것은 이병주가
주로 탐구 대상으로 삼은 여성의 육체뿐만 아니라, 주목하지 않은 것처럼
보이는 남성의 육체에서도 두드러지게 나타난다. 물론 남성의 육체는 탐
구의 대상이 아니기 때문이라고 이해할 수도 있으나, 그것이 아무 의미도
없는 것은 아니다. 남성의 육체는 오히려 이병주가 관심을 둔 대상이 아
니었기에, 그의 육체 인식이 자연스럽게 체화되어 드러난다.

본고에서는 이병주의 초기 중 · 단편소설을 중심으로, 등장인물들의
육체 묘사를 분석, 이를 통해 이병주의 육체 인식에 대해 연구하였다. 먼
저 그의 소설에서 특히 두드러지게 집중적으로 묘사되고 직접 제시되는
것은 여성 인물들의 육체였는데, 그의 소설 안에서 여성 인물들은 육체도
정신도 극도로 아름다우며 그것이 조화를 이루어 외면에 드러나는 것으
로 확인되었다. 또한 그녀들은 남성 인물들과는 달리 상당히 적극적이고
거리낌 없이 행동하며, 그것이 그녀들을 한층 더 아름답고 신비한 여성으
로 만들어주었다. 남성 인물의 경우 육체가 원하는 관능을 배제하고 자신
의 목적에만 집중하는 남성들은 기품과 빛나는 눈동자를 얻을 수 있었으
며, 목적을 달성한 이후라 해도 본능에 질 경우 자신의 힘뿐만 아니라 외
형을 잃어버리는 것으로 나타났다. 그리고 육체의 본능에 충실한 이들은
묘사는 드러나지만 중요 인물로 기능하지 못했다.

이병주의 남성 인물들은 묘사가 극도로 적은 편이었다. 이렇게 묘사가 적은 인물일수록 이병주 자신의 체험이 투영된 경우가 많고, 이들은 대부분 본능의 욕구를 무시하거나 외면했다. 그 이유는 관계가 가지는 에로티시즘의 본질에서 찾을 수 있었는데, 에로티시즘의 작업은 그 자체가 폭력성을 내포하는 작업이기 때문이다. 필화 사건으로 인해 억울하게 권력의 피해자가 되었던 이병주는 한 존재를 허물어뜨리는 힘을 가진 성적인 관계를 긍정적으로 바라보지 않았다. 그것은 또 다른 피해자를 만드는 행위이기 때문이며, 동시에 그는 피해자가 아니라 가해자로 기능하게 되기 때문이다. 그는 존재는 불연속적이고 누구와도 결합될 수 없음을 옥중 체험으로 깨달았으며, 그로 인해 그는 남성의 본능에서 성적인 모습을 최소화시키게 되었다. 따라서 육체는 자신의 의사를 표현할 수 없었으며, 이병주의 그러한 사고를 기저에 깔고 있는 인물들의 경우 육체를 굳이 조명하고 묘사할 필요는 없었던 것으로 보인다. 더불어 이야기의 구성상 성적인 관계를 맺더라도 그 인물의 연애는 행복하게 마무리될 수 없는 것으로 나타났다. 결국 의미가 없는 것처럼 보이는 것이 역으로 상대적이고 근원적인 의미를 가지고 있다는 점이 이병주가 가진 남성의 육체 인식 분석의 의의가 되는 것이다.

## 참고문헌

### 1. 1차 자료

이병주, 『소설 · 알렉산드리아』, 한길사, 2006.
이병주, 『마술사』, 한길사, 2006.

## 2. 논문

강심호, 「이병주 소설 연구」, 『관악어문연구』 27호, 2002.

고인환, 「이병주 중·단편 소설에 나타난 서사적 자의식 연구」, 『국제어문』 48호, 2010.

김경민, 「60년대 문학의 대항적 인간담론 형성」, 『어문연구』 40호 2, 2012.

김기용, 「이병주 중·단편 소설 연구」, 원광대 석사 논문, 2010.

김미현, 「이브의 몸, 부재의 변증법」, 『몸의 기호학』, 문학과지성사, 2002.

김병로, 「다성적 서사담론에 나타나는 현실인식의 확장성 연구」, 『한국언어문학』 36호, 1996.

김영화, 「이병주의 세계」, 『인문학연구』 5호, 1999.

김종회, 「이병주의 「소설·알렉산드리아」 고찰」, 『비교한국학』 16호 2권, 2008.

노현주, 「이병주 소설의 정치의식과 대중성 연구」, 경희대 박사 논문, 2012.

손혜숙, 「이병주 대중소설의 갈등구조 연구」, 『한민족문화연구』 26호, 2008.

손혜숙, 「이병주 소설의 '역사인식' 연구」, 중앙대 박사 논문, 2011.

손혜숙, 「이병주 소설의 역사서술 전략 연구」, 『비평문학』 Vol. 52, 2014.

안미영, 「근대소설연구에서 몸 담론의 전개과정과 쟁점」, 『여성문학연구』 15호, 한국여성문학학회, 2006.

용정훈, 「이병주론 : 계몽주의적 성향에 대한 비판적 고찰」, 중앙대 석사 논문, 2001.

음영철, 「이병주 소설의 대중성 연구」, 『겨레어문학』 47호, 2011.

음영철, 「이병주 소설의 주체성 연구」, 건국대 박사 논문, 2011.

이광호, 「이병주 소설에 나타난 테러리즘의 문제」, 『어문연구』 41호 2권, 2013.

이숙인, 「유가의 몸 담론과 여성」, 『여성의 몸에 관한 철학적 성찰』, 철학과 현실사, 2000.

이정석, 「이병주 소설의 역사성과 탈역사성」, 『한국문학이론과 비평』 50호, 2011.

이호규, 「이병주 초기 소설의 자유주의적 성격 연구」, 『현대문학의 연구』 45호, 2011.

## 3. 단행본

김윤식, 『일제말기 한국인 학병세대의 체험적 글쓰기론』, 서울대학교출판부, 2007.

김윤식 외,『역사의 그늘, 문학의 길』, 한길사, 2008.

김종회,『위기의 시대와 문학』, 세계사, 1996.

송재영,『현대문학의 옹호』, 문학과지성사, 1979.

정범준,『작가의 탄생』, 실크캐슬, 2009.

가라타니 고진,『일본 근대문학의 기원』, 박유하 역, 도서출판b, 2010.

미셸 푸코,『성의 역사 1. 앎의 의지』, 이규현 역, 나남, 2004.

발트라우스 포슈,『몸, 숭배와 광기』, 조원규 역, 여성신문사, 2001.

조르주 바타이유,『에로티즘』, 조한경 역, 민음사, 1989.

토마스 라커,『섹스의 역사』, 이현정 역, 황금가지, 2000.

피에르 부르디외,『남성지배』, 김용숙 · 주경미 역, 동문선, 2000.

피터 브룩스,『육체와 예술』, 이봉지 · 한애경 역, 문학과지성사, 2000.

# 이병주 소설의 법의식 연구

김경민(대구대 교수)


## 1. 서론

"수많은 작가들 중에 이병주만큼 관념의 법과 함께 현실적 의미의 법과 법제도에 정통해 있는 작가는 거의 없다"[1]며 그를 "법률소설가"로 칭할 만큼, 한국 작가 가운데 이병주만큼 법에 대해 남다른 관심과 깊은 통찰력을 보인 작가는 없다. 실질적 데뷔작이라고 할 수 있는 「소설 알렉산드리아」를 비롯해 그의 대표작으로 꼽히는 『관부연락선』과 『지리산』은 물론이고 그 외 여러 단편들에서 꾸준히 법에 대한 작가의 비판적 견해가 드러날 뿐만 아니라 그 사유의 깊이나 예리함은 여느 법학자 못지않다. 자연히 이병주에 관한 연구 또한 작가의 법의식이나 텍스트에 그려진 당시의 법제도를 논의대상으로 삼은 것이 적지 않다. 그 중에서도 작가의 역사의식이나 정치성을 논하는 과정에서 법이라는 테마를 부분적으로 다룬 것이 아니라 논의 전체가 작가의 법의식에 초점을 맞춘 최근 연구로는

---

1) 안경환, 「소설 알렉산드리아」, 『법과 문학 사이』, 까치, 1995, 81~82쪽.

김경수의 「이병주 소설의 문학법리학적 연구」와 노현주의 「force/justice 로서의 법, '그 앞에서' 분열하는 서사-이병주 소설의 법의식과 서사성」, 추선진의 「이병주 소설에 나타난 법에 대한 성찰 연구」가 있다.

김경수의 「이병주 소설의 문학법리학적 연구」는 이병주 소설들이 문제 삼고 있는 현실의 법적 정의뿐만 아니라 더 나아가 법적 허구성이라는 속성을 중심으로 법과 문학이라는 서로 다른 두 영역의 관계까지 다루고 있다. 노현주의 「force/justice로서의 법, '그 앞에서' 분열하는 서사-이병주 소설의 법의식과 서사성」은 법치가 암묵적으로 국가 개념을 전제로 하고 있다는 점에 근거해 이병주의 법의식이 학병시절 형성된 국가 건설 콤플렉스와 관련이 있음을 주장하는 글이다. 그가 법과 폭력의 상호관계에 대해서는 간과함으로써 폭력에 대한 비판을 하는 동시에 국가로 상징되는 법에 대한 순응적 의식을 함께 보이는 분열적 모습을 보였다는 것이 노현주 논의의 핵심이다. 추선진은 「이병주 소설에 나타난 법에 대한 성찰 연구」에서 법에 대한 작가의 성찰이 드러나는 10편의 소설을 망라하여 다루고 있는데, 소급법이나 사형제도, 사회안전법과 같이 당시의 문제적 법제도와 법집행에 대한 성찰을 통해 소설이 현실을 비판하고 보완하는 역할을 맡고 있음을 주장한다. 법에 대한 이러한 성찰이 인간성 회복이라는 이병주 문학의 특성과 이어져 있다는 것이 추선진 논의의 결론이다.

그러나 이 논의들은 모두 법에 대한 작가의 생각, 즉 당시의 법제도와 집행에 대한 작가의 비판과 문제제기의 내용 그리고 작가로서의 남다른 법의식 자체에만 주목했을 뿐, 그가 왜 법에 대해 관심을 보이고 계속해서 법과 관련된 문제를 다루고 있는지에 대해서는 분명한 설명을 하지 않는다. 물론 김경수와 추선진은 각각 "현실적으로 구속력을 갖는 법리 자체에 대한 끝없는 반성"을 통해 법적 정의의 허구성을 밝히는 동시에 이에 맞서 "문학적 허구의 대항적 성격"[2])을 강조한다는 점과 "현실을 비판하는 데 있어 법에 대한 성찰은 필수적"이며, "법이 문학과 만날 때 인간을 이해하고 정의를 수호"[3]할 수 있기에 필연적으로 법에 관한 언급이 많을 수밖에 없다는 점을 들어 이병주 소설에 나타난 법의 의미를 설명한다. 현실 세계를 비판하고 그것에 문제제기를 하는 것이 문학의 본질적 속성이며, 따라서 현실 세계를 구성하고 운용하는 원리인 법이 비판과 성찰의 대상이 된다는 이런 결론은 이견이 있을 수 없을 만큼 당연한 것이다. 그러나 너무 일반적인 주장이기에 특별히 이병주만의 법의식을 설명하기에는 미흡한 감이 없지 않다. 한편 노현주는 이병주의 법의식을 학병세대의 국가 건설 콤플렉스로 설명하는데, 이는 분명 기존의 일반적인 주장을 벗어난 새로운 해석이다. 그러나 일부 텍스트에 대한 오해와 작가의 사적 경험 가운데서도 특정 경험에 대한 비약적 해석에 의한 결론이라는 점에서 재고의 여지가 있다.

본고는 기존 논의들이 보이는 이러한 아쉬운 점들을 보완해 법에 대한 작가 이병주의 관심이 어디에서 비롯되었으며, 그에게 법은 어떤 의미인가에 대해 보다 구체적인 답을 찾아보고자 한다. 작가의 법의식에 대한 제대로 된 이해를 기반으로 할 때 비로소 소설에 나오는 법에 대한 작가의 비판적 견해를 오해 없이 정확하게 이해할 수 있을 것이다.


## 2. '자중자애(自重自愛)'로 표현된 이병주의 자유주의적 신념

학병세대의 국가 건설 콤플렉스가 법에 대한 이병주의 의식과 국가관

---

2) 김경수, 「이병주 소설의 문학법리학적 연구」, 『한국현대문학과 법: 2014 한국현대문학회 제1차 전국학술발표대회 자료집』, 한국현대문학회, 2014, 108쪽.
3) 추선진, 「이병주 소설에 나타난 법에 대한 성찰 연구」, 『한민족문학연구』43호, 2013, 302쪽.

의 근간을 이루고 있다는 것이 노현주의 주장이다. 노현주는 이병주를 비롯한 학병세대는 "일제 말의 지식 장 속에서 정치와 현실에 대한 의식을 형성"한 탓에 "'국가 건설'이라는 대의명분 하에서 스스로의 임무를 다하여 선한 국민이 되었을 때, 선한 국가를 만들 수 있다는 국가관"을 갖게 되었으며, 따라서 "'국가의 체(體)'를 형성하는 것이 '법'이라는 원론적인 정치철학"을 가진 이병주가 국가 건설을 위해 법에 관심을 갖게 된 것은 자연스러운 결과라고 말한다.4) 더 정확하게는 이병주가 법에 대한 관심의 차원을 넘어 법에 대해 순응적 태도를 보인다는 것이 노현주가 주장하는 바이다. 그 예로 「내 마음은 돌이 아니다」에서 '이작가'가 소크라테스의 행위에 빗대어 법에 대한 자신의 생각을 밝히는 장면을 제시한다.

> "난 어떤 법률이건 순종할 작정입니다. 나는 철저하게 나라에 충성할 작정이니까요. 소크라테스처럼."
> "소크라테스?"
> "소크라테스는 아테네의 정부로부터 국외로 나가거나 사형을 받거나 하라는 선고를 받고 사형을 받는 편을 택했죠. 아테네란 나라에 충실한 아테네의 시민으로서 죽기 위해서였죠." (「내 마음은 돌이 아니다」, 66~67쪽)5)

일제의 보호관찰법을 그대로 본 딴 악법을 마주한 '이작가'는 소크라테스의 죽음이 윤리적 선택이었듯, 자신도 그 법률에 순종할 것이며 철저하게 나라에 충성할 작정이라는 소신을 밝히는데, 이에 대해 노현주는 "부당한 악법에 대한 순종이 윤리적 선택으로 비약"된 것은 국가라는 존재가

---

4) 노현주, 「force/justice로서의 법, '그 앞에서' 분열하는 서사―이병주 소설의 법의식과 서사성」, 『한국현대문학과 법: 2014 한국현대문학회 제1차 전국학술발표대회 자료집』, 한국현대문학회, 2014.
5) 본문에서 인용하는 소설은 제목과 페이지만 밝히도록 한다.

전제되어 있기 때문이라고 해석한다.6) 그는 『지리산』에서 "박태영이 끝까지 빨치산으로서 죽음을 맞이한 것은 자신이 지향했던 '공산당'이라는− 일종의 '국가'의 의미를 갖는− 가치를 지키고자 하는 의지"7)라고 분석함으로써, 이병주에게 있어 국가가 최고의 가치이며, 국가 건설이 궁극적인 과제라는 사실을 또 한 번 강조한다.

그러나 노현주의 해석과는 달리 '국가'를 상징하는 기호라 할 수 있는 '조직' 혹은 '전체'에 대한 비판의 목소리를 소설의 여러 곳에서 발견할 수 있다.

> '조직이란 그 자체가 모순을 낳고 무리를 범한다!'
> 권창혁은 조직이란 것에 대한 환멸을 그 기회를 통해 새삼스럽게 느낀 셈이었다. 그런데 무엇보다도 창혁을 놀라게 한 것은 마지막에 한 박태영의 '전체 회의의 결의로 하자.'는 발언이었다.
> 만일 그 발언이 '중대한 문제인만큼 전체의 의사를 물어야 한다.'는 마음에서 우러나왔다면 그 발언은 박태영의 성실성을 보증하는 증거가 되겠지만, 미리 결론을 만들어놓고 앞으로 전체를 보다 강하게 그 결정으로 구속할 목적으로, 수단으로 전체 회의를 이용하려고 했다면 공산당원적인 소질이 있는 사람으로 보지 않을 수 없다. (『지리산』2권, 330쪽)

『지리산』에서 조직 혹은 전체에 해당되는 대상은 주로 공산당으로, 이에 대한 인물들의 시선은 대부분 비판적이거나 부정적이다. "10년 동안 공산주의에 미치다시피 한" 권창혁이 공산당에 대해 회의를 느끼고 돌아선 것도 공산당이 가진 조직으로서의 구조적 한계와 모순 때문이다. 권창혁 뿐만 아니라 처음에는 맹목적일 정도로 공산주의에 대해 열정적이었

---

6) 노현주, 앞의 글, 206쪽.
7) 노현주, 앞의 글, 211쪽.

던 박태영 역시 조직으로서의 공산당에 대해 문제제기를 하기 시작한다. 앞서 살펴본 논의에서 노현주는 박태영의 죽음을 공산당이라는 전체의 가치를 지키기 위한 의지의 표현으로 분석했지만, 이는 박태영이 이미 공산당을 부정했던 사실을 놓친 데서 비롯된 오해라 할 수 있다.

> 박태영은 이현상의 말보다도 자기 내부의 말에 귀를 기울였다.
> '너는 절대로 당원이 되면 안 된다. 당의 방침 전체를 너는 부인하고 있지 않은가. (…) 너는 너 혼자를 위한 파르티잔일 뿐이다. 무엇을 위한, 누구를 위한 파르티잔도 아니다. 오직 너 자신을 위한 파르티잔이며, 너의 오산, 너의 '선택의 실패'라는 대죄를 보상하고 있다는 사실을 잊으면 안 된다. 내일 죽음이 있을지 모레 죽음이 있을지, 바로 다음 순간에 죽음이 있을지 모르는 판국인데 자기 기만이 있을 수 있는가. 타협이 있을 수 있는가……'
> 이 내심의 소리를 확인하고 박태영은 결연하게 말했다.
> "참모장 동무의 심부름을 충실하게 하겠습니다. 그것도 직함 없이 말입니다. 그러나 입당은 한사코 거절하겠습니다." (『지리산』 7권, 314~315쪽)

박태영이 공산당이라는 조직의 한계와 모순에 회의를 느끼고 공산당원이 되기를 포기한 것은 자신의 신념을 지키기 위해서이다. 이미 박태영은 당의 요구와 명령보다 자신의 신념과 그에 따른 선택을 우선하기로 결심한 바 있다. 여순반란사건을 대하는 공산당의 태도를 비판하면서 그는 "나 혼자만이 걸을 수 있는 길을 찾아야겠다"(『지리산』6권, 43쪽)는 결의를 다진다. 박태영의 이런 내적 변화를 고려한다면 "지리산 파르티잔 가운데서 마지막으로 죽는 파르티잔이 되고 싶"(『지리산』7권, 307쪽)다는 그의 소원 역시 다른 의미로 해석되어야 한다. 박태영이 이러한 결심을 하게 된 이유는 빨치산 투쟁이 더 이상 불가능해진 상황에서 귀순을 권하는 마을 이장에게 "대한민국이 나를 용서한다고 해도 나는 나를 용서할수 없습니다"(『지리산』7권, 364쪽)라고 말하는 장면에서 확인할 수 있다. 얼마든지 목숨을 보존할 기회가 있었음에도 불구하고 그가 고집스럽게 파르티잔으로서의 죽음을 선택한 것은 공산당이라는 조직 때문이 아니라 자신의 선택에 대한 책임을 지고 자신의 신념을 지키고자 하는 의지 때문이었다. 그가 공산당을 포기하면서까지 지키고자 했던 가치는 바로 "자기가 자기의 주인일 수 있는 자유"(『지리산』3권, 153쪽)였다.

한때 공산당에 대해 너무나 맹목적이었던 박태영이 단호하게 당의 명령과 요구를 거절하게 된 것은 공산당이라는 조직의 실체를 알게 되면서 그 조직의 비인간성을 경험했기 때문이었다. 애초에 박태영은 "보다 인간적인 사람이 되기 위해 공산주의자가 되"(『지리산』5권, 76쪽)기로 결심했었다. 그러나 공산당 안에서 박태영이 만난 사람들 가운데 '인간적인 사람'은 없었고, 결국 그는 "당원의 처지에서 보면 '인간적'인 사상이나 행동은 곧 '자유주의적'인 것"이기 때문에 "당에 대한 충성을 지키기 위해선 비인간적인 행동도 주저하지 말아야 한다는 것이 당원의 조건"이며, 따라서 "당원이 되었다는 것은 인간적일 수만은 없다는"(『지리산』7권, 70쪽) 결론에 이르게 된다. '인간적인 사람'이 되기 위해 선택한 길에서 오히려 비인간적인 행동을 강요받는 주객전도의 상황에서 한참을 고민하고 방황한 끝에 박태영이 선택한 것은 애초에 자신의 신념이었던 '인간적인 사람'이 되는 것이었다. 사상으로서의 공산주의와 그것의 현실적 실체로서의 공산당은 어디까지나 '인간적인 사람'이라는 가치를 실현하기 위한 방법이었을 뿐 그것이 자신의 신념보다 우선할 수는 없었기에 박태영은 '인간적인 사람'이 되는 길을 선택한다.

박태영의 이런 행동은 물론 작가 이병주의 가치관이 투영된 것이다. 일각에서는 이병주를 모든 사상과 이데올로기를 부정하는 염세주의자 혹은 일관된 주관 없이 이해관계에만 반응하는 기회주의자로 보기도 하는데, 이는 그에 대한 이해가 충분하지 않아서 생긴 오해이다. 그는 일관되게 하나의 분명한 원칙과 소신에 따라 시대적 과오를 평가하고 그에 따른 행동을 했는데, 이병주에게 모든 이데올로기에 우선하는 최고의 가치는 바로 '개인 혹은 인간'[8]이었다.

(가)
인간의 행복에 긍정적인 기여를 하지 못하는 사상, 인간의 이성을 흐리게 하는 사상, 인간을 왜소화하고 인간성을 파괴하는 사상 – 무릇 이러한 사상들은 참된 의미의 사상일 수가 없으며, 사상의 이름으로 횡행하는 사교(邪敎)와 다를 바가 없을 것입니다.[9]

(나)
막연한 전체를 위하여 구체적인 개인을 희생시킬 수는 없다. 또 개인을 무시한다는 건 전체 속에 있는 개인을 다음다음으로 무시할 수 있다는 전조가 되는 것이니 전체와 개인을 대비하는 사고방식은 인신공격적 미개인의 사고방식과 통하는 것이다.[10]

---

8) 본고에서는 '개인'과 '인간'이라는 개념을 유사한 것으로 간주하고 이 두 단어를 같은 맥락에서 사용하고자 한다. 물론 집합적 성격이 강한 '인간'과 개체적 성격이 강한 '개인'이라는 말은 분명한 의미상의 차이를 보인다. 둘 중 이병주의 사상을 보다 정확히 대변하고 있는 것은 개체로서의 특성이 더 잘 드러나는 '개인'일 것이다. 그러나 그가 개인의 존엄성과 자유, 개성 등의 가치를 강조하는 것은 결국 그러한 개인이 인간이기 때문이다. 그는 막연하고 추상적인 그래서 더 모호하고 인위적일 수밖에 없는 것들, 가령 모든 이데올로기나 규범과 제도와 같은 것들이 가지는 획일성과 배타성의 폭력에 대한 부정의 의미로 구체적이고 다양하며 정치(精緻)적인 존재로서의 인간을 강조한다. 따라서 이때의 '인간' 역시 집합적이고 전체적인 의미로서가 아니라 구체적이고 개성적인 개개인으로서의 의미로 보는 것이 타당하다. 그런 점에서 '인간'과 '개인'이 의미하는 바는 크게 다르지 않다고 보고, 문맥과 필요에 따라 이 두 단어를 함께 사용하고자 한다.
9) 이병주, 「사상과 이데올로기」, 김윤식 · 김종회 엮음, 『문학을 위한 변명』, 바이북스, 2010, 88쪽.

이 두 편의 산문에서 확인할 수 있듯, 이병주에게 사상이나 조직 전체에 우선하는 것은 '인간/개인'이다. 그의 이러한 생각은 문학관으로까지 이어지는데, "문학이 봉사해야 할 곳이 있다면 그것은 프롤레타리아가 아니고, 오직 인간일 뿐이다"[11]라는 말에서도 그가 '인간/개인'의 가치를 최우선으로 삼고 있음을 확인할 수 있다.[12]

작가의 이런 가치관은 『지리산』에서 권창혁과 하영근을 비롯한 여러 인물들을 통해 계속된다.

> 태영이 또박 말했다. 그리고 김경주에게 물었다.
> "정도가 위험하다고 말씀하셨는데 어떤 뜻입니까?"
> "나는 이데올로기의 위험을 말한 겁니다. 이데올로기에 사로잡히면 좋지 않습니다. 자기가 주인이 되어 이데올로기를 적당하게 요리하고 구사하면 몰라두요."
> "결국 기회주의자가 되라, 이 말 아닙니까?"
> "사람은 본질적으로 기회주의자가 아닐까요? 기회주의적이라야만 살아남을 수 있지 않을까요? 최선의 기회를 찾으려는 것이 인간의 노력이 아닐까요?"(『지리산』 6권, 20~21쪽)

작가는 어떤 이데올로기든 그것이 모든 것에 우선하는 절대적인 가치

---

10) 이병주, 「법률과 알레르기」, 위의 책, 47쪽.
11) 이병주, 「이데올로기와 문학」, 위의 책, 123쪽.
12) 이데올로기의 비인간성에 대한 경계는 여러 에세이에서 언급한 바 있다. 그는 어떤 사상이라도 정치적 이데올로기로 변하는 순간 타락하게 된다고 경고한다. 인간과 인생이 다양하고 유연하며, 정치하여 도저히 분화할 수도 획일화할 수도 없는 건인데 반해, 이데올로기는 사실 어느 특정 집단의 요구를 반영할 것일 뿐이기 때문에 사람들에게 인위적으로 강요를 할 수밖에 없다는 것이다. 다시 말해 이데올로기는 인간을 부르주아와 프롤레타리아로 구별하고 확연한 경계선을 가르는데, 그럼으로써 배타적이게 되고 사람들을 선동하게 되며, 권위를 강요하게 되는 비인간성을 드러낸다는 것이다. 이데올로기에 대한 보다 자세한 설명은 그의 에세이 「사상과 이데올로기」와 「이데올로기와 문학」에 잘 나타나 있다.

가 되어서는 안 된다고 주장한다. 이데올로기에 의해 규정되고 통제되는 삶은 노예의 삶과 다르지 않기 때문이다.13) 이병주가 제시하는 이상적 삶은 자기 자신이 주인이 되는 것이며, 그런 의미에서 "자기가 자기의 주인일 수 있는 자유"가 그에게는 가장 중요한 가치가 된다.

『지리산』 전권에 걸쳐 많은 인물들의 입을 빌려 '자중자애(自重自愛)'를 강조한 것도 같은 맥락에서 이해할 수 있다. 박태영의 교사이자 멘토를 자처하는 모든 이들이 공통적으로 강조하는 '자중자애'는 단순히 난세의 상황에서 몸조심하라는 노파심의 차원이 아니다.

---

13) 이병주는 노예근성에 대한 콤플렉스를 가지고 있다고 해도 과언이 아닐 정도로, 여러 소설과 산문에서 노예근성에 대한 비판적 견해를 자주 드러내고 있다. 가령 『지리산』에서 박태영은 식민지 통치의 근본 원인을 일본이 아니라 조선인의 노예근성에서 찾는다. 그는 "노예근성을 없애지 않는 한, (…) 절대로 독립은 불가능할" 것이라 판단하고 "죽으면 죽었지 노예가 되어선 안 된다는"(『지리산』 2권, 20쪽) 결론을 내린다. 이에 근거해 본다면 박태영이 학병을 거부하고 지리산으로 들어갔던 것은 민족이나 독립과 같은 대의명분 때문이 아니라, 노예의 삶을 살지 않고 스스로 자기결정권을 지키기 위한 것으로 해석할 수 있다. 김윤식 역시 소설에 나타난 노예근성에 대한 비판을 작가 이병주의 실제 경험과 연과지어 설명한 바 있다. 그는 "이병주 글쓰기의 원점은 노예 신분의 자각에서 왔다"는 명제를 전제로 이병주 소설을 분석하는데, 그 근거로 이병주가 쓴 산물들과 그의 경험을 든다. 가령 이병주가 "학병 시절에 쓴 글 가운데 "먼 훗날 / 살아서 너의 집으로 돌아갈 수 있더라도 / 사람으로서 행세할 생각을 말라. / 돼지를 배워 살을 찌우고 / 개를 배워 개처럼 짖어라."라는 구절이 있는데 이는 일제의 용병으로 노예생활을 했던 스스로에 대한 이병주의 회한과 반성의 흔적"으로 볼 수 있다는 것이다. "귀국 후 그(이병주)가 교편을 잡고 신문사 논술위원 활동했던 것도 노예에서 벗어나 주인이 되기 위한 몸부림"으로 볼 수 있다는 것이 김윤식의 의견이다. 따라서 김윤식은 『지리산』 역시 한마디로 "지난날의 노예들이 주인으로 되기 위한 치열한 투쟁적 삶을 형상화한 것"으로 평가하며, 조선인의 노예근성을 비판하는 "박태영의 의식도 이병주 자신의 고민과 반성에서 비롯된 것"으로 분석한다. (김윤식, 「'위신을 위한 투쟁'에서 '혁명적 열정'에로 이른 과정—이병주 문학 3부작론」, 김윤식 · 임헌영 · 김종회 편, 『역사의 그늘, 문학의 길』, 한길사, 2008, 212~213쪽; 김윤식, 『이병주와 지리산』, 국학자료원, 2010, 21쪽 참조.)

자기가 자기의 주인이 되기 위한 개성의 존중, 자기가 자기의 주인
이 되기 위한 자유의 존중, 인간의 생존권을 존중하고 일체의 반인간
적 조건을 극복하려는 노력—나의 가치 기준은 바로 이런 것이다.
(『지리산』 3권, 153쪽)

권창혁이 공산주의를 반대하면서 자신의 신념을 밝히는 이 부분을 통
해 짐작할 수 있는 자중자애의 의미는 어떻게 해서든 자신의 신체와 이익
만 지키면 된다는 이기주의나 기회주의와는 분명 다르다. 자중자애에서
가장 중요한 가치는 '자기[自]'인데, '자기'란, 추상적이고 관념적인 집합
으로서가 아니라, 고유하고 실재적인 개체로서의 인간 즉, '개인'을 의미
한다. 따라서 자중자애란 개인에 대한 권리는 각각의 개인들에게 있을
뿐, 국가나 이념, 정의나 진리 등 어떤 명분으로도 개인의 자유와 개성을
구속하거나 제한할 수 없음을 전제로 한다. 많은 이들이 이병주를 자유주
의자로 규정하는 것도 이 때문이다. 모든 개인은 존엄성을 갖고, 자신의
삶을 스스로 결정할 수 있는 자유와 권리를 갖는다는 것이 자유주의의 핵
심이며, 이것이 바로 이병주가 추구하는 신념이라 할 수 있다. 자연히 이
러한 자유주의에 대한 강조는 텍스트 전반에서 여러 인물들을 통해 반복
되는데, 권창혁과 하영근뿐 아니라 고교 시절 일본인 교장이었던 하라다
가 학생들에게 마지막으로 당부한 말 속에도, 태영이 일본 유학 시절 만
난 무나카와의 가르침 속에도 언제나 자유주의적 가치에 대한 강조가 담
겨 있다.


## 3. 개인의 자유를 위한 법치의 지향과 폭력적 법에 대한 비판

개성적이고 독립된 주체로서의 개인과 그 개인의 자유를 최고의 가치

로 여기는 이병주에게는 결코 국가가 모든 것에 우선하는 절대적 존재일 수 없다. 그에게 국가란 자율적이고 주체적인 개인들이 자신의 자유와 권리의 보호를 위해 자발적으로 합의해 만든 일종의 계약적 산물이다.[14] 따라서 어떤 경우에도 국가를 위한 개인의 희생이 강요되어서는 안 되며, 개인의 의사는 언제나 자유롭게 제기될 수 있어야 한다. 『지리산』의 인물들 가운데 작가의 이러한 가치관이 가장 많이 투영된 인물은 권창혁이다.

> "링컨은 나라를 어느 방향으로 끌고 가야 하느냐에 대해서 뚜렷한 소신을 가지고 있었다. 그러나 그는 자신의 소신을 절대로 강요하지 않으려고 했다. 다수의 의견을 모으려고 술책을 부리지도 않았다. 어디까지나 자신의 소신을 상대방에게 이해시키려고 노력하고, 다음엔 상대방의 재량에 맡겼다. 그렇게 하고도 그는 남북 전쟁을 수습하고, 국내의 행정 질서를 바로잡았다. 레닌이 천재적인 전제적 지도자였다면, 링컨은 철저한 민주적 지도자였다. 강압에 의한 지배보다 동의에 의한 해결을 구했다. 공산당 창시자들은 자기들의 목적을 위해서 인간성을 희생했지만, 링컨은 전제 또는 독재에 의한 해결은 그것이 아무리 잘 된 것이라도 해결이 아니고 문제의 시작이라고 봤다. 그 대신, 민주적인 동의에 의한 해결은 그것이 설사 졸렬한 것이라도 뒤탈이 없는 해결이 되고, 만일 그 해결이 근본적인 결함을 드러내면 다시 토의할 수 있기 때문에 폐단이 작다고 믿고 그렇게 행동한 사람이다."

---

14) 사회계약론이 가장 중요한 전제로 삼는 것이 바로 개인의 자유이다. 자유야말로 인간 본성의 결과이며, 따라서 인간에게 가장 중요한 것은 자기 자신의 주인이 되는 것, 즉 자기보존이다. 이를 위해 사람들이 선택한 것이 바로 사회계약인데, 공동의 힘을 다해 각자의 몸과 재산을 지켜 보호해 주고, 저마다가 모든 사람과 결합되면서도 자기 자신에게만 복종해, 전과 다름없이 자유롭도록 해주는 그러한 결합 형식이 바로 사회계약인 것이다. 이때 사람들과 국가가 맺은 계약은 일종의 신탁계약이기 때문에, 시민들이 위임한 범위 내에서만 국가는 권력을 행사할 수 있으며 국가에 의해 이루어지는 자의적 차원의 권리제한은 결코 허용될 수 없다. (루소, 박은수 옮김, 『사회계약론 외』, 인폴리오, 1998, 121~132쪽 참조; 김익성, 『공화주의적 자유주의와 법치주의 II』, 선인, 2011, 113~114쪽 참조.)

"그건 미국의 사정이지, 어느 곳, 어느 시기에도 그런 방식이 통한다고 생각할 순 없지 않습니까?"

"그거야 그렇지. 그러나 링컨의 방식이 최선의 방식이란 걸 잊지는 않아야 될 줄 알아. 다시 말하면, 어떠한 무슨 목적을 위해서도 인간성을 희생시키고까지 감행한 처사는 결코 인간을 위해 유리할 까닭이 없고, 인간을 위해 유리할 까닭이 없는 처사는 어느 집단이나 개인의 야욕을 채우는 방편 이상이 될 리가 없거든." (『지리산』 2권, 331~332쪽)

역사상 가장 위대한 지도자로 꼽히는 두 인물, 링컨과 레닌을 비교하면서 권창혁은 레인의 공산주의적 방식의 치명적 한계를 비판하며 링컨의 민주적 지도 방식을 옹호한다. 그가 이렇게 판단한 결정적인 이유 역시 인간성의 보호가 그의 신념이었기 때문이다. 같은 맥락에서 그는 또한 "어떤 형태로든 전제주의 아닌 정치"를 꿈꾸는데, 이는 곧 "노동자는 노동자대로, 농민은 농민대로, 부자는 부자대로, 지주는 지주대로 각기 발언권을 가지고 영국처럼 의회 정치를 해보는"(『지리산』 3권 149쪽) 상황이다.

이렇게 권창혁이 개인들의 자발적 합의와 의사표현을 근간으로 하는 이상적 공동체를 머릿속으로만 그리고 있다면 하준규는 이를 보광당이라는 현실적 실재로 구체화한다. 쾌관산 청년들 사이에서 식량이 없어지는 불미스러운 일이 발생하자 이에 대한 해결책으로 "뚜렷한 목적을 가진 단체를 조직"하자는 의견이 제시되고, 그 목적을 "조국의 독립을 위해 왜적을 비롯한 원수들과 싸운다는 걸"로 삼자는 제안에 모두들 당연하다는 듯 동조를 한다. 그러나 하준규만은 이 제안에 주저하는 태도를 보인다.

"전 도령의 의견은 옳소. 그러나 나라의 독립을 위해 왜적과 싸우자고 강요할 순 없지 않을까. 사상과 신념의 문제이고 생사에 관한 문제이니……. 일단 조직이 이루어지면 죽음을 맹세하고 그 조직을 지켜야 할 것 아니오. 그런데 어떻게 간단하게 할 수가 있겠소."

"그러니까 하는 말입니다. 갖자 자유롭게 아무런 강제도 없이 서약을 하자는 겁니다. 서약을 한 사람으로 조직을 만들고, 서약하지 않은 사람들을 별도로 모여 살도록 하는데, 측면에서 협조하고 친목은 지켜가도록 하면 되잖을까 하는 말입니다."

태영이 이렇게 말하자, 준규는

"그러나 전 도령, 이 산속에서 그런 말을 내놓으면 아무도 반대하지 못할 것 아뇨. 강제를 하지 않더라도 이 분위기 자체가 강제성을 띠게 된단 말이오. 진심으로 마음이 내키지도 않은데 서약을 하는 사람도 나올 거란 말요. 그렇게 되면 딱한 일이 생길지도 모르고……."

하며 계속 망설였다. (『지리산』 2권, 203쪽)

당시 상황에서 조국의 독립은 누구도 이의를 제기할 수 없는 절대적 대의명분이며 따라서 모두 아무런 비판이나 문제제기 없이 동의를 하지만 하준규만큼은 그것이 어떤 명분이든 강제성을 띠어서는 안 된다는 원칙을 먼저 내세운다. 공산주의든 민족주의든 조국의 독립, 인민의 해방이라는 거대한 명분을 앞세우며 개인의 의견을 수렴하고 동의를 구하는 과정을 쉽게 간과해버리는 것이 당시 좌우 이데올로기 진영의 공통적인 모습이었다. 이런 현실 상황에 대해 이병주는 이 둘을 모두 비판하면서 어떤 경우에도 가장 중요한 것은 실재하는 존재로서의 개인이며 그들의 자유와 권리라는 자신의 생각을 강조한다. 암묵적 강요나 분위기에 편승한 반강제적 합의마저도 허락하지 않는 하준규의 모습이 이를 잘 보여준다. 이런 하준규의 태도는 "우리나라가 갈 길은 공산주의를 지지하고 공산주의를 실천하는 길밖에 없다는 것을 명백하고 단호하게"(『지리산』3권, 103쪽) 말하며 언제나 개개인의 의사보다는 당의 이익과 명분을 더 우선시하는 이현상의 모습과 대조를 이루며 작가의 가치관을 한층 더 분명하게 한다.15)

---

15) 이병주가 궁극적으로 제시하고자 했던 이상적 가치는 권창혁과 하준규뿐만 아니라, 일본인 무나카와를 통해서도 똑같이 전달된다. "당신은 무엇을 기다립니까?" /

이처럼 자의적 지배 혹은 주종적 지배 관계를 반대하고 공동체 구성원들의 자유와 권리를 최우선으로 하는 정치 체제는 바로 공화주의의 핵심 가치이다. 공화주의에서는 일체의 주종적 예속 관계가 없는 자유 상태를 최상의 상태로 생각하는 만큼 사람에 의한 지배가 아닌 법에 의한 지배를 목표로 한다. 다시 말해 타인에게 예속받지 않을 자유는 정치에서 자신들의 목소리를 낼 공간을 점유했을 때에만 보장되는 것으로 그것을 보장할 수 있는 것이 바로 법적 제도라는 것이다.16)

작가 이병주의 법에 대한 관심은 이런 맥락에서 이해할 수 있다. 그에게 있어 법은 타인의 구속과 강제로부터 개인의 자유와 권리를 보장해주는 일종의 안전장치이다. 이때 이 법은 보광당의 조직 과정에서처럼 구성원들의 자발적 합의의 과정을 전제로 만들어진 것이며, 이로 인해 스스로 정한 법에의 복종이 곧 자유라는 역설적 진리가 성립된다. 모든 규범과 제약을 부정하고 개인적 자유만을 내세우는 개인주의적 자유주의자와 이병주가 구분되는 지점이 바로 이 부분이다.17)

---

"살기 좋은 세상이 되는 것······." / "어떤 상태가 살기 좋은 세상이겠습니까?" / "전쟁이 없는 세상, 조선 같은 처지에 있는 나라가 아무런 속박도 제압도 받지 않고 독립할 수 있는 세상, 우리 일본으로 말하면 모두가 자기 스스로 주인 행세를 하고 살수 있는 세상, 말하자면 불합리한 지배 관계가 없어지고 제각기 자기 주장을 하고 그 자기 주장의 조절이 가장 민주적으로 진행될 수 있는 세상······." (『지리산』2권, 72쪽) 일본인 무나카와가 말하는 정의의 가치와 이상 사회의 조건도 결국 권창혁과 박태영이 꿈꾸는 세상의 모습과 다르지 않음을 알 수 있다. 이처럼 이병주가 중요하게 생각하는 가치들은 텍스트 속에서 일본인, 조선인을 가리지 않고 전해진다. 이런 점 또한 이병주에게는 민족이나 국가보다 개인이 가장 중요한 가치임을 입증해준다.

16) 김경희, 『공화주의』, 책세상, 2009, 11~22쪽 참조.
17) 스피노자는 "시민으로서 공동체에 참여할 때 인간은 실로 자유로우며 개인으로서 인간의 판단 자유를 보장하는 공동체만이 인간 공동체로서 그 존재 의의를 지닌다"는 "공화주의적 자유론"을 주장한다. 그는 "공동체의 의지에 관계없이 제약의 부재로서의 개인적 자유만을 내세우는 개인주의적 자유주의자"와 "개인의 침해받을 수 없는 자유의 영역을 무시한 채 오로지 공동체와 이성을 결부시키는 국가주의

형법 어느 페이지를 찾아보아도 나의 죄는 없다는 얘기였고 그밖에 어떤 법률에도 나의 죄는 목록에조차 오르지 않고 있다는 변호사의 얘기였으니까 그런데도 나는 십년의 징역을 선고받았다. 법률이 아마 뒤쫓아 온 모양이었다. (…) 나는 스스로 나를 납득시키는 말을 만들어야 했다. "죄인이란 권력자가 '너는 죄인이다.'하면 그렇게 되어버리는 사람이다." (「예낭풍물지」, 134~135쪽)

「예낭풍물지」의 '나'는 법전에도 없는 죄를 짓고 수감 중이지만 자신에게 내려진 판결을 부정하거나 회피하지 않는다. 이러한 '나'의 모습은 「소설 알렉산드리아」의 형을 떠오르게 한다. 형 역시 소급법이라는 문제적 법 집행의 희생양이지만 자신에게 내려진 판결을 부정하지는 않는다. 그는 "죄목엔 약간의 불만이 없지 않으나 벌은 당연하다고 생각한다."(「소설 알렉산드리아」, 64쪽) 앞서 인용한 「내 마음은 돌이 아니다」의 '나(이 작가)'를 비롯해 작가 이병주의 실제 모습을 연상케 하는 이 인물들은 모두 부당한 법제도와 폭력적인 법집행의 결과를 거부하지 않고, 자신들에게 내려진 처벌을 기꺼이 받아들인다. 이런 정황들을 두고 소위 '악법도 법이다'는 식의 논리를 제시하며 이병주가 법으로 상징되는 국가를 우선시하고, 국가에 대한 충성을 강조하는 애국주의적 사고를 가지고 있다고 해석하기도 한다.[18] 그러나 문제적 법을 따르는 이병주 소설의 인물들을 '악법도 법이다'라는 명제와 연결시키는 것은 성급한 해석이다.

이병주의 법의식을 이해하기 전에 먼저 잘못된 해석의 전제가 되었던 소크라테스의 죽음에 대해 되짚어볼 필요가 있다. 소크라테스가 '악법도

---

자" 모두를 비판한다. 실제로 스피노자가 살았던 시대는 맹목적인 왕권 사상을 추종하려는 이들이 권력을 장악하고 있던 시기로, 그는 이들에 맞서 자유주의를 기반으로 한 공화주의를 주장하였다. 스피노자의 이런 "공화주의적 자유론"은 이병주가 추구하는 신념이나 그가 소설을 통해 그리고자 했던 정의의 모습과 유사하다고 할 수 있다. (조승래, 『공화국을 위하여』, 길, 2010, 187~200쪽 참조)
18) 노현주, 앞의 글, 206쪽.

법이다'는 논리를 내세우며 죽음을 선택했다는 것이 잘못 전해진 해석임은 이미 많은 이들에 의해 설명된 바 있다.

> 소크라테스나 크리톤의 판단에 따르면 소크라테스에 대한 유죄 및 사형 판결은 잘못된 것이다. 즉, 이 판결은 오판이며, 이렇게 함으로써 소크라테스 및 그와 관련된 사람들에게 국가는 불의를 행한 것이다. 그러나 소크라테스에 따르면, 이것이 자신의 탈출을 정당화시켜 주는 이유가 될 수는 없다. 왜냐하면 소크라테스는 어떤 방식으로든, 심지어 먼저 불의를 당하고 이에 대항해서 불의를 행하는 방식으로라도, 결코 불의를 행해서는 안 된다는 원칙을 갖고 있기 때문이다. 소크라테스가 이러한 원칙을 자신의 신념으로 갖고 있는 인물이라면, 국가가 오판을 통하여 자신에게 먼저 불의를 행했다는 자신의 판단이 자신의 탈출을 정당한 것으로 여길 이유가 될 수 없음은 분명하다. 왜냐하면 이러한 신념의 소유자에게 있어서 탈출은, 이 탈출이 비록 오판 희생자의 탈출이라고 하더라도, 불의를 행하는 것으로 여겨지기 때문이며, 따라서 옳지 않다고 판단할 수밖에 없다.[19]

불의를 행하지 않겠다는 자기 신념에 따라 죽음을 선택한 소크라테스의 모습은 앞서 살펴본 『지리산』의 박태영의 죽음을 연상시킨다. 결국 소크라테스나 박태영에게 있어 가장 중요한 것은 자기 스스로가 만든 자신의 신념이며 가치관이지 결코 국가나 조직과 같은 외부의 대상은 아니었던 것이다.

다시 이병주의 소설로 돌아와, 앞서 인용한 부분에서 소크라테스가 죽음을 결심한 이유로 밝힌 "아테네란 나라에 충실한 아테네의 시민으로서 죽기 위해서"라는 말을 다시 한 번 살펴볼 필요가 있다. 아테네는 대표적인 민주정 사회이다. 독립적이고 자율적인 시민들이 적극적으로 민회에

---

19) 권창은 · 강정인, 『소크라테스는 악법도 법이라고 말하지 않았다』, 고려대학교출판부, 2005, 60~61쪽.

참여하고, 민회의 결정에 따라 개인의 자유로운 삶을 완성해가는 사회가 바로 아테네 민주정 사회이다.[20] 당연히 이 사회의 법은 자율적 시민들의 합의로 결정된 것이며, 소크라테스 역시 아테네의 시민인 이상 입법자로서의 자격도 있는 것이다. 따라서 그가 죽음과 맞바꾸면서까지 법을 지키고자 했던 것은 자신이 스스로 만든 법의 권위와 안정성을 지키기 위한 것으로 해석할 수 있다.[21] 개인의 자유와 권리를 지키기 위해 만든 법이니 만큼, 비록 그것이 죽음이라는 극단적 형태라 하더라도, 그 법을 지키는 것이 역설적으로 자신의 자유와 신념을 지키는 행위라는 것이 소크라테스의 선택에 대한 보다 설득력 있는 해석이다.

물론 법적 안정성을 위해 법을 지키는 것과 문제적 법에 대해 비판을 하는 것은 별개의 문제이다.[22] 다시 말해 문제적 법에 대한 저항의 의미로 법을 위반할 수는 있지만 그에 대한 처벌이나 응당한 대가까지 거부하지는 않겠다는 것이다. 오히려 불법이라는 자신들의 행위에 대한 처벌 역시 정당한 법집행의 하나로 인정하며 기꺼이 그 대가를 치른다. 또한 이들은 문제적 법이 일부 존재하고 현실의 법집행 과정에 한계가 보인다고 해서 법제도 자체를 부정하지는 않는다. 오히려 법제도와 집행의 모순과 한계에 대해 더 신랄한 비판을 함으로써 더 공정한 법을 추구하고자 한

---

20) 조승래, 앞의 책, 200쪽 참조.
21) 권창은·강정인, 앞의 책, 62~64쪽 참조.
22) 강정인 역시 소크라테스가 따랐던 법이 자신에게 사형을 내린 그 법과 다른 것이라고 설명한다. 소크라테스에 대한 유죄 및 사형 판결은 분명 잘못된 것이지만 이 법과 소크라테스가 탈출하게 되는 경우 어기게 되는 법은 별개의 것이다. 소크라테스가 탈출하게 될 경우 어기게 되는 법은 재판의 판결의 효력을 수호하는 법으로, 소크라테스가 탈출을 거부함으로써 결과적으로 죽음을 무릅쓰면서까지 어기지 않으려 했던 문제의 법이란 바로 이 법이다. 당연히 소크라테스가 국가의 파괴를 결과할 법질서 일반의 파괴를 시도할 리 없고, 법질서 일반 내지 국가 자체의 파괴를 가져올 판결의 효력을 수호하는 법을 파괴하려 할 리가 없으며, 결국 그가 탈출을 거부한 것은 이 법을 지키기 위해서였다는 것이다. (권창은·강정인, 앞의 책, 60~64쪽)

다. 이것이 바로 작가 이병주의 법의식의 핵심이자 그가 여러 편의 소설에서 계속해서 법에 관한 문제를 다루었던 이유이다.

> 법률은 자체의 미급함을 항상 반성하고 법률에 우선하는, 그러나 법률화할 수 없는 이러한 도의를 인정해야 옳지 않겠습니까. 법률만이 모든 것을 처리하고, 법에 위배한 일체의 처리는 그것이 인정에 패반됨이 없고, 공의에 어긋나는 점이 없음에도 부당하다고 생각하는 건 법률의 오만이 아니겠습니까. 그러한 오만이, 법률이 본래 존귀하게 보장해야 할 인간의 가치를 하락시킴으로써 법률 본래의 목적에 위배하는 결과가 되지 않겠습니까. (「소설 알렉산드리아」, 114쪽)

이병주는 법의 태생적 한계와 모순에 대한 경계와 비판을 통해 역설적이게도 법의 중요성과 필요성을 강조한다. 애초에 법의 역할이나 권위를 인정하지 않았다면 법의 문제점에 대해 주목하지도, 비판하지도 않았을 것이다. 그러나 이병주는 법이 없어서는 안 될 것인 만큼 법에 의한 피해와 불이익을 최소화하는 것이 가장 바람직하다고 생각한다. 그래서 그는 「소설 알렉산드리아」의 형이나 「예낭풍물지」의 '나', 「내 마음은 돌이 아니다」의 '이작가'처럼 소위 말하는 '악법'에 의한 판결의 부당함을 분명히 인식하고 있음에도 불구하고 그 결과를 기꺼이 받아들이는 인물들을 계속 설정하는 동시에 다른 한편에서는 문제적 법제도와 법집행에 대한 비판 역시 계속한다. 특히 어떤 법제도나 법집행 과정이 개인의 본질적 부분을 침해하면서 법의 존재 목적을 위반하는 모순을 보이는 경우에는 더 단호하게 비판의 목소리를 낸다.[23]

---

23) 사회계약론을 주장하는 "로크가 상정하는 '법의 지배'란, '자연상태에서 자율적 삶을 영위하는 사람들에 의하여 창설된 국가는 그들이 위임한 범위 내에서만 권력을 행사해야 하고, 그러한 권력은 자연법에 의하여 부여받은 시민들의 권리를 보장해 주어야 하며, 설령 공익의 수호를 목적으로 법을 위반하여 그들의 권리를 제한한다고 할지라도 본질적인 내용을 침해해서는 안 된다는 것을 핵심적인 내용으로 삼는

그 대표적인 예가 바로 사형제에 대한 비판이다.

> 아무리 법률이 잘 정비되어 있고 신중하게 재판이 진행되었다고 해
> 도, 판결은 언제나 오판의 부분을 포함하고 있는 것이다. 천의 살인사
> 건, 만의 살인사건이 있어도, 경험과 사람의 성품까지를 고려에 넣을
> 때 각각 다른 사건이다. 천 가지 만 가지로 다른 사건을 불과 열 개도
> 되지 않는 경화된 법조문으로 다루려고 하면 법관의 양심 문제는 고
> 사하고, 필연적으로 오판의 부분이 생겨나지 않을 수 없는 것이다. 최
> 선을 다해도 오판의 부분이 남는다는 법관의 고민이 진지하다면 극단
> 의 형만은 삼가야 할 것이 아닌가. (「소설 알렉산드리아」, 98~99쪽)

사형제에 대한 작가의 비판적 목소리는 여러 텍스트에 걸쳐 반복되어
나타난다. 이병주가 보기에 사형제야말로 개인의 자유와 권리, 더 나아가
한 인간의 존엄성을 훼손하는 극단적 법제도이며, 이는 어떤 이유로도 정
당화될 수 없는 것이다. 한정된 법조문으로 다양한 인간의 삶을 재단하는
데서 비롯되는 제약과 어쩔 수 없이 나타날 수밖에 없는 오판 가능성을
염두에 둔다면 인간의 존재 자체를 말살하는 사형만큼은 삼가야 한다는
작가의 단호한 목소리는, 당시 사회의 무분별하고 부차별적인 법집행과
처벌을 비판하는 것이며 동시에 다른 어떤 대의명분이나 이해관계보다도
개개인의 자유와 권리, 생명과 존엄성이 가장 중요하고 근본적인 가치임
을 역설하는 것이다.


## 4. 결론: 인간을 위한 법을 지향하는 이병주의 시적 정의

이병주에 대해서는 반공주의자, 관제작가라는 평가와 공산주의자, 빨

---

원리'였다." (김익성, 앞의 책, 116쪽)

갱이라는 양극단의 평가가 공존한다.24) 좌우 이념의 양극화가 뚜렷한 대한민국에서 이같이 상반된 평가를 동시에 받는 사람도 드물 것이다. 이런 이병주를 가리켜 기회주의적, 현실 추수적이라는 비판을 하는 것도 무리는 아니다. 그러나 이는 분명 이병주에 대한 이해가 충분하지 않아서 생긴 오해이다. 사실 그는 특정 사상을 비판하고자 한 것이 아니라 대의명분이나 전체의 이익을 앞세워 개인의 자유와 권리를 제한하고 억압하는 일체의 것을 비판하고 그것에 저항하고자 했다. 그의 이런 신념은 그가 살았던 시대 상황과 무관하지 않다. 그가 살았던 시대는 일제 식민지와 전쟁, 독재정권으로 이어지는 전체주의 시대였다. 개인의 존엄성과 자유가 묵살되었던 전체주의 사회는 한 마디로 정의가 부재한 시대였다. 이런 시대의 폭력을 온몸으로 경험했던 이병주였기에 그가 꿈꾸는 정의의 모습은 개인의 존엄성과 자유가 다른 어떤 가치보다 우선시되는 사회이다.

이병주는 이런 이상 사회를 현실 세계에서 구체화할 수 있는 힘을 법이라고 생각했다. 절대적 권력자 혹은 특정 이데올로기에 의한 통치는 인간을 노예상태로 만들 위험성을 지니고 있다. 따라서 그는 사람이나 이데올로기에 의한 지배가 아닌 모든 구성원의 합의로 만들어진 법에 의한 지배를 강조한다. 그가 "인간을 위한 법률운용"을 전제로, "한정되고 불안한 법률의 능력을 인식"(「소설 알렉산드리아」, 114쪽)하고 그것의 한계와

---

24) 이병주는 남한의 정치권력을 비판했지만, 반공주의자였다. 이병주가 우익세력에 편승하는 사람이 아니었음에도 반공주의자였던 까닭에 우익에서는 좌익으로, 저항세력 측에서는 우익으로 몰리는 현상이 발생했던 것이다. 이병주의 문학이 적절한 평가를 받지 못했던 이유에 대해 강심호는 이병주가 '반공 이데올로기에 편승한 관제작가라는 인상'을 심어 주었을지 모른다고 지적한 바 있는데, 이병주의 정치의식과 철학사상의 전반을 파악하지 못하면, 남한의 통념에서는 반공했으니 관제작가일 것, 혹은 권력비판을 했으니 좌익일 것(그는 사회안전법의 적용을 받는 사상범이었다)이라는 자의적 잣대의 피해자로서 작품세계가 계속 왜곡될 수밖에 없을 것이다. (노현주, 「정치 부재의 시대와 정치적 개인」, 『현대문학이론연구』 제49집, 2012, 97쪽.)

모순을 경계하고 비판하는 목소리를 꾸준히 냈던 것은 바로 이 때문이다. 이것이 바로 이병주가 법에 대해 남다른 관심을 보였던 이유이며, 이병주 소설에 나타난 법의식의 핵심이다.

소설은 현실의 사실적 재현을 중시하면서도, 또 다른 한편에서는 그 현실을 수정하려는 작가의 욕망이 강하게 드러나는 장르이다. 작가가 추구하는 새로운 가치는 현실 세계의 규범이나 논리에 대한 비판과 대항의 성격을 띠며 소설 속 세계를 구성하는 원리, 즉 새로운 시적 정의(poetic justice)의 기반이 된다. 이병주가 제시한 시적 정의는 개인의 자유와 존엄성이 최고의 가치로 추구되는 세계로서, 이 가치를 보장하는 최선의 방법이 바로 법제도이며 법치를 근간으로 하는 공동체인 것이다. 소설가임에도 불구하고 이병주가 보인 법에 대한 남다른 관심과 애착 이면에 전제된 작가의 이런 의식과 신념을 함께 고려할 때, 비로소 법에 대한 작가의 비판적 목소리를 제대로 이해할 수 있을 것이다.

## 참고문헌

1. 기본자료

이병주, 『지리산』, 한길사, 2006.
_____, 「소설 알렉산드리아」, 「소설 알렉산드리아」, 한길사, 2006.
_____, 「내 마음은 돌이 아니다」, 『패자의 관』, 바이북스, 2012.
_____, 「예낭풍물지」, 『마술사』, 2006.

2. 단행본 및 논문

김경수, 「이병주 소설의 문학법리학적 연구」, 『한국현대문학과 법: 2014 한국현대문학회 제1차 전국학술발표대회 자료집』, 한국현대문학회, 2014.

김경희,『공화주의』, 책세상, 2009.

김윤식,『이병주와 지리산』, 국학자료원, 2010.

김윤식 · 김종회 엮음,『문학을 위한 변명』, 바이북스, 2010.

김윤식 · 임헌영 · 김종회 편,『역사의 그늘, 문학의 길』, 한길사, 2008.

김익성,『공화주의적 자유주의와 법치주의 II』, 선인, 2011.

권창은 · 강정인,『소크라테스는 악법도 법이라고 말하지 않았다』, 고려대학교
　　　출판부, 2005.

노현주,「정치 부재의 시대와 정치적 개인」,『현대문학이론연구』제49집, 2012.

노현주,「force/justice로서의 법, '그 앞에서' 분열하는 서사－이병주 소설의 법의
　　　식과 서사성」,『한국현대문학과 법: 2014 한국현대문학회 제1차 전국
　　　학술발표대회 자료집』, 한국현대문학회, 2014.

안경환,『법과 문학 사이』, 까치, 1995.

조승래,『공화국을 위하여』, 길, 2010.

추선진,「이병주 소설에 나타난 법에 대한 성찰 연구」,『한민족문학연구』43호,
　　　2013.

루소, 박은수 옮김,『사회계약론 외』, 인폴리오, 1998.

# 이병주 소설의 문학법리학적 연구

김경수(서강대 교수)

## 1. 머리말

소설이 그려내는 인간의 사회적 현실은, 그것이 기본적으로 국가 차원에서 특정한 법질서가 구속력을 발휘하는 현실인 만큼 필연적으로 동시대의 법질서를 문제 삼을 수밖에 없다. 소설은 다양한 방식으로 이 작업을 수행한다. 그것은 인간의 범죄행위에 뒤따르는 법적 징치의 정당성을 문제 삼음으로써 법리 자체를 문제 삼기도 하고, 인간 사이의 갈등의 결과 빚어지는 사적 차원의 원한과 복수를 어떻게 공적으로 처결할 것인가 묻기도 하며, 인간의 사적인 욕망의 표현과 충족에 법이 어느 정도로 관여해야 하는지를 인권의 차원에서 묻기도 한다.

이런 유의 소설작품들은 기존의 법질서와 법리에 의문을 제기함으로써 법이 소설 장르와 마찬가지로 일종의 허구(fiction)에 불과하다는 사실을 일깨우는 동시에, 소설과 법의 대항적 성격을 통해 인간의 삶과 그것을 규율하는 법에 대한 인식의 전환을 요구한다. 그럼으로써 그 소설들은 법으로 대표되는 규범적인 인간이해와 현실의 질서화를 승인하면서도 동시에 인간을 달리 이해하고 현실을 다르게 구조화하는 방식은 없는지를 끊임없이 물음으로써 법과 문학이라는 주제를 역동적인 것으로 만드는 것이다. 허구로서의 법과 문학의 본질적 상관성에 대한 인식이 학제적 연구 영역이자 주제로서 부상하는 것은 바로 이런 맥락에서인데, 오늘날 <법과 문학>이라고 일컬어지는 학문영역과 전망은 바로 여기에서 그 존립근거가 마련된다.[1]

나림(那林) 이병주(李炳注, 1921~1992)가 문제적으로 떠오르는 것은 바로 이런 <법과 문학>의 맥락에서다. 일반적으로는 이병주는『지리산』 (1978)과『산하』(1985) 그리고『그해 오월』(1985)과 같은 실록 대하소설의 작가로 알려져 있지만, 한편으로는 한국 현대소설 작가 가운데 소설이라는 허구를 통해 우리 사회의 법적 허구를 본격적으로 문제 삼았던 최초의 작가이기 때문이다. 이병주는『부산일보』에 연재한 최초의 장편소설 『내일 없는 그날』(1954)에서부터 사적(私的)인 원한을 법제도의 틀 내에서 어떻게 해결할 것인가 하는 드라마를 그린 바 있는데, 작가로서 본격적인 활동을 알린 중편「소설 · 알렉산드리아」(1965)를 통해 이런 관심을 정면으로 드러낸다. 즉, 그는 한반도와는 동떨어진 지중해의 알렉산드리아에서 벌어진 나치 앞잡이에 대한 복수의 드라마를 법적으로 어떻게 심판할 것인가 하는 가상의 이야기를 통해 이 문제를 깊이 천착했던 것이다. 그리고 그는 이후에 발표한 일련의 작품에서도 사형제도의 문제라든가 개인적 복수의 정당성과 그에 대한 법적 처벌 사이의 본질적인 관계, 그리고 법의 존재론을 둘러싼 다양한 사념과 물음을 제기한다.

이병주가 소설을 통해 당대 사회의 법적 허구를 회의하고 또 그것에 도

1) 문학법리학이라는 용어와 그것에 내포된 <법과 문학>적 문제의식에 대해서는 김경수, 「법과 문학, 문학법리학」,『현대사회와 인문학적 상상력』(서강대학교 출판부, 2007)을 참조하라.

전한 것은 일차적으로 그 자신이 군사정권하에서 특별법에 의해 투옥되었던 경험과 무관하지 않다. 즉, 그는 1960년 분단 상황을 극복하기 위한 방편으로 이른바 중립통일론을 개진한 바 있는데, 그로 인해 쿠데타에 성공한 군사정권 하에서 10년형을 선고받고 2년 7개월 동안 복역했던 것이다.[2] 그의 초기 소설은 소급법에 의해 헌법에 보장된 사상의 자유를 침해당한 그의 개인적 경험이 법에 대한 근본적 관심과 무관하지 않다는 것을 분명히 보여준다. 뿐만 아니라 그는 일제시대에 학병으로 전쟁터에 끌려갔던 학병세대의 일원이기도 한데, 민족적 정체성과 법적 정체성이 일치하지 않는 주변적 정체성 또한 그가 법에 대해 근본적으로 회의하게 된 기반을 제공했을 가능성이 있다.

그동안 『관부연락선』과 『지리산』과 같은 역사소설을 중심으로 이루어졌던 그의 소설에 관한 논의가 '학병세대의 문학'으로서 새롭게 조명되면서 보다 넓어지고 있는 것은 사실이다.[3] 하지만 그런 논의조차도 많은 부분은 작가론을 겨냥하고 있는 게 일반적인 경향이며, 앞서 말한 바와 같은 그만의 특유의 방법론 내지는 접근법에 대해서는 논의가 빈약한 편이다.[4] 이 글은 이런 맥락에서 이병주의 초기소설들을 이른바 문학법리학적(literary jurisprudence) 입장에서 고찰하고자 하는 글이다. <법과 문

---

2) 황호덕, 「끝나지 않는 전쟁의 산하, 끝낼 수 없는 겹쳐 읽기」, 『사이間SAI』 10호, 17~19면 참조.

3) 이병주의 학병세대로서의 정체성과 글쓰기에 대해서는 김윤식의 『일제말기 한국인 학병세대의 체험적 글쓰기론』(서울대출판부, 2007)과 『한일학병세대의 빛과 어둠』(문학사상사, 2012)이 선구적인 장을 열었다.

4) 황호덕의 「끝나지 않는 전쟁의 산하, 끝낼 수 없는 겹쳐 읽기」(『사이間SAI』 10호)는 이병주의 현실이해의 방법론으로서 독서편력을 검토하고 있으며, 노현주의 「정치 부재의 시대와 정치적 개인」(『현대문학이론연구』 49집)는 이병주의 소설을 정치소설로서 주목한다. 이른바 법적 정의와 관련하여 그의 소설을 해석하고 있는 논문으로는 이광호의 「이병주 소설에 나타난 테러리즘의 문제」(『어문연구』 41권 2호), 그리고 이호규의 「이병주 초기 소설의 자유주의적 성격 연구」(『현대문학의 연구』, 2011)를 들 수 있다.

학>이 로스쿨에서 일종의 페다고지로서 기능하고 있는 측면을 강조한 것이라면, 문학법리학은 "문학작품들이 법적 담화에 대한 주장을 바라보는 새로운 직관들을 제공하는" 측면을 강조한 용어라고 할 수 있다.5) 이병주의 작품들이 소설(혹은 소설가)이 법과 맺고 있는 본질적인 관계를 고찰하고 있다는 점에서 그의 소설은 문학법리학적 해석의 적절한 대상이 된다. 이를 통해 이 글은 이병주가 법적 정의에 대해 펼친 사념은 물론, 그것이 법과 불가분의 맺고 있는 소설의 장르성에 대한 어떤 인식으로 이어졌으며 또 어떤 특정한 소설형식의 창조로까지 이어졌는지를 고찰하고자 한다.6)

## 2. 대항적 법률이야기의 창조

위에서 언급한 것처럼, 이병주의 법에 대한 남다른 관심은 작가로서 그의 존재를 알린 「소설 · 알렉산드리아」에서부터 드러난다. 이 작품은 알

---

5) 이 용어는 멜라니 윌리엄스에 의해 제안되었다. 그는 이 용어를 전통적으로 철학의 영역에 속했던 법리학과 구분지어 조심스럽게 사용하는데, 해석하자면 '법과 문학' 이 제기하는 바 문학작품들을 공공의 상상력이라는 보다 넓은 맥락에서 해석하는 새로운 차원의 해석학이라고 할 수 있다. 하지만 그렇다고 해서 어떤 방법론의 틀을 갖춘 것으로 이해해서는 곤란하며, 문학작품을 해석하는 기본적 문제의식의 무장화 정도로 이해하는 편이 좋을 듯하다. 문학법리학이라는 용어에 대해서는 다음을 참조하라. .Melanie Williams, *Empty Justice : One Hundred Years of Law, Literature and Philosophy*, London : Cavendish Publishing Ltd, 2002, pp.6~10.
6) 이병주 연구의 이런 방향은 일찍이 예견된 바 있다. 안경환은 "이 땅의 모든 문인이 예외 없이 법에 대한 냉소로 일관할 때, 이병주만이 한 걸음 더 나서서 법과 법률가에 대한 따뜻한 충고를 아끼지 않았다"라고 말하면서, 향후 이병주가 "법과 문학의 선구자"로 평가받게 될 것이라고 말한 바 있다. 안경환, 「이병주의 상해」, 『문예운동』 71호(2011), 14~15면. 이 글에서는 『이병주전집』(한길사, 20006)을 저본으로 하며, 전집에 수록되지 않은 작품은 최초 수록 작품집을 저본으로 한다. 인용할 때에는 작품명은 본문에 밝히고 도서명과 면수를 밝혀 적는다.

렉산드리아의 카바레 <안드로메다>의 플롯과 클라리넷 주자로 있는 프린스 김이라는 인물의 시각으로, 그곳에서 벌어진 나치 잔당에 대한 복수극의 전말과 법정 판결을 그리고 있다. 클라리넷 연주에 일가견이 있는 프린스 김은 우연한 기회에 프랑스 선원 마르셀을 알게 되어 알렉산드리아로 가서, 카바레 <안드로메다>의 주자로 일하게 된다. 그곳에서 그는 독일군의 공습으로 가족을 잃고 복수의 일념에 사로잡힌 스페인 출신의 무희 사라 안젤을 알게 되고 또 독일인 한스 셀러와 사귀게 된다. 한스는 유대인을 숨겨준 죄로 죽임을 당한 동생의 복수를 위해 히틀러의 앞잡이였던 엔드레드를 추적하고 있는데, 사라는 그 사실을 알고는 한스의 계획에 동참한다. 그리하여 두 사람은 독일 쇼단의 공연을 기획해 알렉산드리아에 숨어 살던 엔드레드를 유인하는 데 성공한다. 공연이 끝난 후 엔드레드를 별실로 유인한 한스는 추궁 끝에 엔드레드가 한스의 동생 요한을 고문 끝에 죽인 자라는 사실을 확인하게 되는데, 그 순간 테이블이 뒤집혀지고 사라의 권총이 발사되어 엔드레드는 죽고 만다.

이상이 작품에서 설정된 주요 사건으로서, 작품은 뒤이어 사라와 한스가 재판에 회부되어 추방 판결을 받는 것으로 마무리된다. 하지만 「소설 알렉산드리아」는 한스와 사라의 복수 이야기만으로 이루어져 있지는 않다. 소설의 도입 부분에서부터 프린스 김은 그의 형이 중립통일론을 피력한 신문사설 때문에 감옥에 갇혀 있는 것으로 그려지고 있으며, 이후 작품의 전개과정에서 형이 감옥에서 보낸 편지가 수시로 제시되고 있기 때문이다. 그리고 그 편지는 군사정변 후 소급법에 의해 투옥된 형의 감옥에서의 사색과, 사상의 자유라든지 사형제로 대표되는 법의 정당성 등에 대한 그의 사념을 지속적으로 보여주고 있다. 따라서 어떤 의미에서 「소설 · 알렉산드리아」는 프린스 김과 그의 수감된 형의 서신 교환의 이야기 속에 한스와 사라의 범죄에 대한 공판과정이 하나의 내부이야기로

끼워져 있는 작품이라고도 할 수 있다.[7]

이 작품에 대한 초기의 비평이 한스와 사라의 사건으로 대표되는 알렉산드리아와 프린스 김의 형이 수감되어 있는 한국의 관계에 착목한 것은 그런 점에서 자연스럽다. 이 작품이 "어디까지나 우리의 오늘을 다루고 있으며 이 작품의 진정한 주인공은 사라도 한스도 아니고 수인(囚人)인 형이다."[8]라고 읽어낸 유종호의 견해가 대표적이다. 하지만 이 작품이 법의 문제를 정면으로 건드리고 있다는 측면은 간과되었다. 이보영이 이병주에 대한 거의 최초의 본격적인 작가론이라 할 수 있는 글에서 이 작품이 "이병주 문학의 가장 큰 특질, 정치와 인간의 갈등관계에서 작가를 딜레마에 빠지게 하는 문제에 대한 관심을 보여주었다"라고 평가하면서도, 작품에 설정된 알렉산드리아와 한국이라는 두 공간의 대조를 "코스모폴리타니즘과 후진국 민족주의와의 갈등의 반영"[9] 정도로 보고, 그 "나치당원과 그 적수와의 대립관계는 중심사건이 못되며", 그런 만큼 "한국의 독자에게는 공소하게 들린다"[10]라고 한계를 긋고 있는 것이 그 단적인 예다.

따라서 문학법리학적 관점에서 이 작품의 주제를 설명하기 위해서는 이 작품에 설정된 이 두 이야기-선(story-line)의 관계가 적절하게 해석되어야 하는데, 이 점을 최초로 읽어낸 사람은 이재선이다. 이재선은 1960년대 이래 우리 소설이 보인 감옥의 상상력을 설명하는 자리에서 이병주의 이 소설이 "법률의 이름을 빌어 사람이 사람을 교살"하는 한국의 사형

---

7) 이 작품은 화자-주인공인 프린스 김이 사라와 한스가 법정의 판결을 받고 알렉산드리아를 떠난 이후 시점에서 사건을 회고하는 방식으로 구성되어 있다는 점에서 액자소설이라 할 수 있다. 주지하는 것처럼 액자소설에서는 내부 이야기가 의미론적으로 더 높은 수준에 놓인다.
8) 유종호, 「作壇時感-이병주 작 <알렉산드리아>」, 『조선일보』, 1965. 6. 8.
9) 이보영, 「역사적 상황과 윤리-이병주론(상)」, 『현대문학』, 1977. 2, 323면.
10) 이보영은 이 작품에서 주인공 형의 중립통일론이나 사형폐지론에 대한 사색 내용에 사건적, 사색적인 발전이 없다는 점을 지적한다. 이보영, 앞의 글, 323~325면 참조.

제도와 알렉산드리아의 판결조치를 대비시키고 있음을 지적하면서, 그것이 "법과 인간의 상충관계에 대해" 일정한 시사점을 지니고 있다고 해석했다.[11] 이재선의 논의에 뒤이어 김경민도 이 작품이 법제도의 한계와 모순을 문제를 정면으로 건드리고 있는 작품임을 지적한다. 김경민은 「소설·알렉산드리아」에서 대비적으로 그려지고 있는 프린스 김의 형의 투옥이 소급법에 의한 처벌인 반면에 나치에 의해 가족을 잃은 한스와 사라의 복수극은 그것이 법률이 보장해주지 않는 인권의 문제임에 주목해, 그것들이 각각 '법의 과잉'상황과 '법의 부재'상황을 의미하는 것으로 읽어낸다. 그는 다음과 같이 말한다.

> '법의 과잉' 상황과 '법의 부재' 상황 모두 법제도의 한계와 모순을 여실히 드러내주는 상황들이다. 이러한 모순과 한계는 "법률만이 모든 것을 처리하고, 법에 위배한 일체의 처리는 그것이 인정에 패반됨이 없고, 공의에 어긋나는 점이 없음에도 부당하다고 생각하는" 일종의 "법률의 오만"에서 비롯된 것이다. "법률의 오만"이 가장 단적으로 드러나는 것은 사형제도이다. 사형은 판결의 오판을 절대 부정하는 법률의 오만한 태도가 있기에 가능한 형벌이다.[12]

김경민은 이런 시각에서 이 작품을 "반공법을 비롯해 박정희 정권이 제정하고 운용하는 많은 법이 결국 "인간을 위한 법 운용이 아니라 법률을 위한 법 운용"이었다는 것을 비판하고자 한 것이다"[13]라고 말한다. 실제로 이 작품에서 감옥에 갇혀 있는 것으로 그려지는 프린스 김의 형은, 실제로 「조국의 부재」(1960. 12)라는 논설을 쓴 작가 자신을 모델로 한 것이다.[14] 이를 감안하면 이 작품이 5·16 군사쿠데타 이후 소급법으로 자

---

11) 이재선, 『현대 한국소설사 1945-1990』, 민음사, 1991, 178면.
12) 김경민, 「60년대 문학의 대항적 인권담론 형성」, 『어문연구』 2012년 여름, 281면.
13) 김경민, 앞의 논문, 282면.
14) 이는 다음 장에서 구체적으로 논의될 것이다.

신을 단죄한 박정희 정권에 대한 비판의 성격을 갖는 것은 일정 부분 사실이다. 작품이 한스와 사라의 사건이 완결된 이후 프린스 김의 회상으로 이루어진 것 자체가, 내부이야기와 같은 판결을 기대할 수 없는 한반도 현실의 엄혹함을 강조하고 있는 것이기 때문이다.

하지만 이 작품의 의미를 그렇게만 좁힐 필요는 없어 보인다. 김경민이 말한 것처럼 '법의 과잉'과 '법의 부재'는 결국 법의 본질적 한계를 일컫는 것이기 때문이다. 그 본질적 한계란 법이 자명한 것이 아니고 시대와 사회가 그것을 어떻게 받아들이느냐에 따라 좌우되는 허구(fiction)의 일종이라고 하는 것이다. 이 점은 작품에서 프린스 김의 형이 단순한 사상을 피력한 것만으로도 실형을 언도받는데 반해, 한스와 사라는 살인사건에 직접 연루되었으면서도 오히려 추방이라는 판결을 받고 자유의 몸이 되는 삽화의 대조를 통해 분명하게 드러난다. 특히 이 과정에서 작가는 해당 사건을 담당한 검사의 논고와 두 사람의 변호인의 변론 요지를 직접 제시하고 있는데, 이런 대조적 제시 또한 법의 허구성을 드러내는 데 일조하고 있다. 공동체의 유지를 위해 개인의 복수를 금하는 법률의 존재를 우선해야 한다는 검사의 논고(『소설 · 알렉산드리아』, 108~111면)와 개인의 원한을 법이 처리하지 못해 개인적 복수가 이루어지는 경우 그에 대한 모랄이 허용되어야 한다는 변호인의 법리(『소설 · 알렉산드리아』, 111~116면)의 충돌은, 결국 법이라는 것이 문학작품과 마찬가지로 해석을 요하는 허구적 텍스트의 일종임을 분명하게 보여주는 것이다.

이와 유사한 법리에 대한 문제제기는 『철학적 살인』(1976. 5)에서도 반복된다. 이 작품의 주인공은 대기업의 부장으로 있는 민태기란 인물인데, 그는 어느 날 자신의 아내 김향숙이 고광식이라는 대학동창과 한 호텔방으로 들어갔다는 제보를 받는다. 이후 그는 두 사람의 밀회장면을 포착하려고 하지만 실패하고, 그가 미국에서 무역을 하는 것에 힌트를 얻어

회사 중역을 가장해 그를 유인해 어떤 중국음식점에서 만나기로 한다. 민태기는 자신의 아내도 그 자리에 합석하도록 계획을 꾸며 함께 만난 후, 두 사람에게 아직도 서로 사랑하고 있는지를 묻고, 그렇다면 자신이 물러나겠다고 말한다. 그 충격으로 김숙희는 기절하고, 그는 고광식에게 진정으로 사랑한다면 김향숙을 데리고 병원으로 가라고 말한다. 하지만 고광식이 자신에게도 아내가 있다면서 주저하는 모습을 보이자, 민태기는 고광식의 머리를 벽에 부딪고, 다시 "결정적인 살의를"(『그 테러리스트를 위한 만사』, 186면) 가지고 화분을 내려쳐 그를 죽인다.

작품은 이 사건으로 재판으로 회부된 민태기의 입장과 그 사건에 대한 검사와 판사의 논고를 각각 제시하는데, 이런 제시 방법 또한 「소설 · 알렉산드리아」와 유사하다. 재판정에서 민태기는 "어떤 법률도 도덕도 사랑을 넘어설 순 없다. 사랑 이상의 가치가 이 세상에 있다고 나는 생각하지 않는다. 남편을 가진 여자가, 아내를 가진 사내가 사랑에 겨워 남의 눈을 피해 밀회를 한다고 할 때 법률은 이를 벌할 수 있을지 모르나 인간성의 재판에선 이를 용서할 것이다.……장난으로 사랑을 유린하는 놈은 용서할 수 없다. 나는 감정적으로 그놈을 죽인 것이 아니라 나의 철학에 의해 그놈을 죽였다"(188~189면)라고 진술한다. 이런 민태기의 태도에 검사와 판사 또한 고심을 거듭한다. 민태기의 살인이 한마디로 오쟁이를 진 남편의 복수극이라면 문제는 간단하겠지만, 그는 위와 같은 입장에서 "인간성의 법정"을 상정하고 자신의 행동을 스스로 정의했기 때문이다. 이런 민태기의 살인행위에 대해 검사는 10년을 구형하고 판사는 5년을 선고한다.

그런데 작품은 그 과정에서 사건을 맡은 담당판사가 민태기의 형량을 가급적 적게 하기 위해 유리한 판례를 뒤지는 중에 일본에서 벌어진 한 사건에 주목했음을 알려준다. 그 사건은 한 목수가 고용주가 자신의 아내와 간통하자 그녀와 이혼하고 새로 결혼을 했는데, 그 고용주가 또 새 아내와 정을 통했고, 또다시 그 여자와 헤어져 세 번째 아내를 맞았으나 그 고용주가 그녀마저 농락한 것이다. 이에 분노를 느낀 목수는 그를 피해 숨어버린 그 고용주를 찾아 3년 동안 전국을 헤맨 끝에 발견하여 그를 죽이는데, 고베 법정이 그에게 무죄를 선고한 사건이 바로 그것이다. 고베 재판소의 무죄판결이유는, 법률이 개인의 개인에 대한 복수를 금하는 것이 원칙이지만, 그리고 일본의 경우는 간통죄가 없어 아내를 빼앗긴 남편의 울분을 풀어줄 합법적인 수단이 없지만, 세 번이나 동일인에게 남자로서의 면목을 짓밟힌 경우라면 가해자의 인간성을 무시할 수 없을 뿐만 아니라 피해자게에도 동정의 여지가 있다는 것으로 요약된다.

「철학적 살인」에서 제시되는 고베재판소의 이런 판례는 사실이기보다는 작가가 소설을 위해 창안해낸 허구의 판례로 보인다. 그러나 그 판례의 의미는 「소설 · 알렉산드리아」에서의 한스와 사라의 살인사건의 본질과 거의 정확하게 일치한다. 특정 개인의 원한을 법이 보호해주지 않는 경우에 개인이 저지르는 복수를 어떻게 단죄할 것인가 하는 딜레마가 바로 문제의 본질이다. 위 작품들에서 확인할 수 있듯이, 이병주가 이 근본적인 딜레마를 제시하기 위해 활용한 방법은 일종의 모형이야기를 축조하는 것이다. 그 모형이야기는 실제 법정에서 이루어지는 법률 이야기(legal story)와 대립되는 가상의 법률이야기라고 할 만한 것으로, 실제 법률 이야기와는 다른 각도에서 새로운 법리논쟁의 단초가 되어준다.[15] 맥락은 다소 다르지만 그는 「거년(去年)의 곡(曲)」(『월간조선』, 1981. 11)과 같은 작품에서도 이런 모형이야기를 만들어 도덕률과 법률의 어느 접점에 놓여 있는 인간의 행위에 대한 법적 관여의 정당성의 문제를 고찰해나간다. 그 작품에서는 함께 청평 호수에서 배를 타다가 우연한 사고로 죽

---

15) 이런 의미에서 이 모형이야기는 '의사—법률이야기(pseudo-legal story)'라고 할 수 있으며, 동시에 허구적 판례라고 할 만하다. 그리고 이 허구적 판례는 실제 법률 이야기들이 환원되는 참조점이 아니라 그것의 대척점으로 기능한다.

은 남학생의 죽음에 대한 생존 여학생의 증언과 그 여학생이 일종의 미필적 고의를 가지고 살인을 했다고 추정한 허 검사의 이야기가 대립되고 있는 것이다.

작가가 이런 모형이야기를 만드는 것은 "세계에 대한 (대안적)모델을 제공"하기 위해서다. 내러티브 일반의 효용성을 법률 이야기와 대립시켜 설명하는 제롬 브루너는 이런 문학적 모형이야기에 대해 다음과 같이 설명한다.

> 어떤 작가나 극작가든, 자신의 작업이 가능성을 상상하고 탐험하는 것이라고 말할 것이다. 하지만 그렇게 하기 위해서는 먼저 친밀한 현실을 창조하지 않으면 안 된다. 그들의 사명은 그렇게 창조된 현실로부터 벗어나는 것, 그로부터의 상상된 일탈이 그럴듯해 보일 만큼 충분히 이질적인 것으로 만드는 것이다.…문학적 내러티브의 도전은 겉으로 보이는 실제 세계의 현실성을 감소시키지 않으면서 가능성을 여는 것이다. 내러티브는 관습적인 문학 장르에 그려져 있는 상황의 현실성을 존중하면서도 그것을 변주하는 것이다.16)

이런 논리에서 브루너는, 문학이 재현해내는 그런 이야기란 결국은 독자를 "세계를 이야기 그것으로서 보는 것이 아니라, 이야기 속에 구현된 것으로서 보도록 하는 초청"이며, 그런 "공통의 이야기를 공유하는 것은 하나의 해석의 공동체를 창조하는 것으로, 그것은 문화적 결속을 촉진할 뿐만 아니라 법 자체의 체계를 발전시키는 위대한 계기"17)를 마련하는 것이라고 말한다. 브루너의 이런 논의는 이병주가 초기소설에서 구성하고 있는 모형이야기의 의사-법률이야기 혹은 대항적 법률이야기(counter-legal story)로서의 성격과 위상을 그대로 설명해준다. 이런 모형이야기(그

---

16) Jerome Bruner, *Making Stories*, - *Law, Literature, Life* Harvard U. P., 2005, p.48.
17) 앞의 책, p.25.

리고 그것을 포괄하는 작품 전체)의 구축을 통해 이병주의 소설이 전하는 메시지는 너무도 분명하다. 그것은 법이 그 자체로 일관되고 완전한 연역적 체계이지만 더 근본적으로는 어떤 사회를 유지시키기 위해 요구되는 사회적 허구(fiction)의 일종이며, 그런 만큼 법리 자체에 대한 회의가 있을 수 있고 또 반드시 필요하다고 하는 것이다. 이병주는 이처럼 현실적으로 구속력을 갖는 법리 자체에 대한 끝없는 반성을 자신의 소설을 통해 촉구한 것인데, 이 점에서 그는 법적 허구와 맞서는 문학적 허구의 본질적으로 대항적인 성격을 인식한 거의 최초의 작가였다고 할 수 있다.

## 3. 법적 정의에 대한 문제제기

제도로서의 법이 사회를 유지시키는 여러 가지 유용한 허구 가운데 하나라는 인식은 법적 정의(正義)의 확립을 위해서도 긴요하다. 법이 인간의 삶을 규율하는 유일하고도 절대적인 것으로 받아들여지게 되면, 그것은 사회적 존재이자 역사적 존재로서의 인간 삶의 복합적인 국면을 해석하지 못하는 맹목의 폭력이 되기 십상이다. 그렇게 되면 법은 더 이상 정의를 주장할 수 없게 되는데, 이병주는 자신의 소설을 통해 자신이 살아온 한국의 법현실을 문제 삼는다. 이병주가 「소설 · 알렉산드리아」에서 프린스 김의 형을 통해 문제 삼고 있는 사형제도는 법의 이런 맹목과 오만을 보여주는 단적인 예들 가운데 하나인데, 사형제도에 대한 그의 생각은 아래와 같이 표현되어 있다.

아무리 법률이 잘 정비되어 있고 신중하게 재판이 진행되었다고 해도, 판결은 언제나 오판의 부분을 포함하고 있는 것이다. 천의 살인사건, 만의 살인사건이 있어도, 경험과 사람의 성품까지를 고려에 넣을 때 각각 다른 사건이다. 천 가지 만 가지로 다른 사건을 불과 열 개도 되지 않는 경화된 법조문으로 다루려고 하면 법관의 양심 문제는 고사하고, 필연적으로 오판의 부분이 생겨나지 않을 수 없는 것이다. 최선을 다해도 오판의 부분이 남는다는 법관의 고민이 진지하다면 극단의 형만은 삼가야 할 것이 아닌가.(『소설 · 알렉산드리아』, 99면.)

이병주의 자전적 소설 가운데 그의 감옥체험이 선명히 드러나 있는 작품인 「겨울밤」을 참조하면, 그가 사형제에 대해 진지하게 고민하게 된 계기는 감옥에서 고등학교 제자인 조용수의 사형집행 소식을 접하게 된 것으로 판단된다. 4·19 이후 혁신세력의 단합을 꾀하고자 『민족일보』를 창간한 조용수는 이듬해 군사정변으로 정권을 잡은 군부에 의해 연행되어 북한을 이롭게 했다는 죄목으로 사형을 선고받고 불과 두 달 뒤에 형장의 이슬로 사라진 실존인물이다.[18] 굳이 이런 외적 사실을 참조하지 않더라도 이병주에게 조용수의 사형집행은, "법률조문 하나로 살아 있는 사람들 교수대에 매달 수도 있"(예낭풍물지 162면)는 법의 맹목을 고스란히 각인시켜준 사건이었던 것으로 판단된다. 따라서 어떤 면에서 이런 법률만능주의란 사실상 나치가 범한 유대인 학살과 다를 것이 전혀 없는 것이다.

이병주는 사형제로 대표되는 이런 법률의 오만에 대해 나름대로의 대안적 방법을 제시한다. "죄인이 스스로의 죄를 속죄할 수 있도록 생명을 허용해주는 것이 옳지 않을까. 꼭 그렇게 안 되겠다면 흉악범 외의 죄인에 대해선 사형을 적용하지 않는 배려만이라도 있을 수 없을까. 그 죄인에게 부모가 생존해 계실 땐 그 죄인의 사형집행을 부모가 돌아가고 난 후로 연기시키는 배려라도 있을 수 없을까"(『소설 · 알렉산드리아』, 97면)라는 의견이 그것이다. 「거년의 곡」을 참조하면, 그것은 "아들이 극악

---

18) 하지만 조용수는 2008년 1월 16일 법원 재심 결과 무죄판결을 받고 명예를 회복한다.

범이라고 해도 그 이유로써 모성에 결정적인 충격을 주어선 안 되기 때문"(『허망의 정열』, 19면)이다. 이렇듯 여러 작품에서 이병주는 형사법상의 사형제도에 대해 어떤 식으로든 보완이 이루어져야 함을 역설하고 있는 것이다.

법적 정의와 관련하여 이병주가 제기하는 또 하나의 문제는 이른바 소급법의 문제다. 앞서 언급한 것처럼 「소설 · 알렉산드리아」에서 한국의 감옥에 갇혀 있는 것으로 그려지는 프린스 김의 형은, 군사정변 이후 소급법에 의해 투옥된 작가 이병주의 소설적 형상이다. 4 · 19 직후 이병주가 쓴 논설의 주지는 다음과 같이 요약된다. "이북을 이남화한 통일을 최선이라 하고, 이남이 이북화된 통일을 최악이라 할 때, 중립화 통일론은 차선의 방법이 되는 것이다. 통일이 문제가 아니고 통일하는 방식이 문제란 말을 왕왕 권위 측의 의견으로서 듣는다. 방식은 국민의 총의에 따를 따름이다. 통일에 관한 한 언론과 결사에 최대의 자유를 보장한 연후에 국민의 진의를 투표 형식으로 물어보면 되는 문제다. 결정적인 안을 내세울 수 없을 때 민중의 의사를 물어볼 수 있다는 데 민주정치의 묘체가 있고, 이 주의에 대한 신앙 없이 어떠한 정치 이념도 용납할 수 없는 것이다."[19] 그런데 이런 주장을 담은 논설이 군사정변 이후 <특수범죄처벌에 관한 특별법> 제 6조를 소급적용 받아 10년형에 처해진 것이다.[20]

죄형법정주의에서 파생된 원칙으로 형벌불소급의 원칙은 아주 보편적인 것이다. 범죄자의 처벌은 법률로 미리 정하고 있는 내용에 따라 이루어져야 하며, 행위를 할 당시의 법률에 의해야 한다. 자신의 행위가 미래에 제정될 법에 의해 규율될 수도 있다고 하면 어느 누구라도 정상적인 행위를 할 수 없으며, 사상의 표현은 더더욱 원천봉쇄될 수밖에 없다. 인

---

19) 이병주, 「조국의 부재」, 『새벽』, 1960.12, 32~38면 참조.
20) 황호덕, 앞의 논문, 17~19면 참조.

권과 법적 안정성을 보장하기 위한 이런 형벌불소급의 원칙은 대한민국 헌법 제 13조에도 규정되어 있다. 그런데 군사정변을 일으킨 군사정권은 이런 원칙을 무시한 채 소급법에 의해 그를 처벌한 것이다. 그 상황을 몸소 겪은 이병주는 작품에서 다음과 같은 생각을 내보인다.

> 그런데 죄인이란 무엇일까. 범죄란 무엇일까. 대영백과사전은 '범죄……형법위반 총칭'이라고 되어 있다는 것이고 제임스 스티븐은 '그것을 범하는 사람이 법에 의해 처벌되어야 하는 행위, 또는 부작위'라고 말했고 유식한 토머스 홉스는 '범죄란 법률이 금하는 짓을 하는 것'이라고 말하고 있다는데, 나는 이것을 납득할 수가 없다. 형법 어느 페이지를 찾아보아도 나의 죄는 없다는 얘기였고 그밖에 어떤 법률에도 나의 죄는 목록에조차 오르지 않고 있다는 변호사의 얘기였으니까. 그런데도 나는 십 년의 징역을 선고받았다. 법률이 아마 뒤쫓아 온 모양이었다. 그러니까 대영백과사전도 스티븐도 홉스도 나를 납득시키지 못했다. 나는 스스로 나를 납득시키는 말을 만들어야 했다. "죄인이란 권력자가 '너는 죄인이다.'하면 그렇게 되어버리는 사람이다."(『마술사』, 135면.)

법조문에 범죄로 규정되어 있지 않은 행위를 했는데도 죄인이 되어버린 자신을 어떻게든 납득시켜야 했다는 그의 술회는 당시 그가 법 앞에서 느낀 좌절이 어느 정도였는지를 역설적으로 보여준다. 아마 이런 좌절의 극단적인 형태는, 「겨울밤」에서 영문도 모르는 채 붙잡혀와 기소여부도 모르는 채 판결공판 전날 두려움에 숨을 거두고 만 두웅규라는 인물에게서 확인할 수 있다. 하지만 「겨울밤」과 그 속편인 「내 마음은 돌이 아니다」의 주인공이라 할 수 있는 노정필의 운명에서 우리는 다시 한 번 소급법의 폭력이 자행되는 현실을 만난다. 이른바 사회안전법의 공포(公布)가 바로 그것이다.

연작인 위 두 편의 소설은 사상범 노정필의 운명을 그리고 있다. 경남 만석꾼의 아들로 동경 유학까지 한 노정필은 일제시대에 사상운동을 했던 지식인으로, 해방 직후 인민위원장을 한 혐의로 무기형을 선고받았으나 20년을 복역한 뒤 석방된 인물이다. 그는 출옥한 이후 석방된 후 이른바 불견(不見), 불청(不聽), 불언(不言)의 '삼불주의'로 일관하면서 한동안 세상과 담을 쌓고 지내지만, 시간이 흐름에 따라 점차 마음을 열고 대한민국 사회를 받아들이게 된다. 그가 마음을 열게 된 데에는 함께 감옥생활을 했던 작가-주인공이 말벗이 되어준 것도 한몫을 했는데, 그는 어느날 정치권에서 사회안전법이 거론되고 있다는 사실을 작가-주인공을 통해 알게 된다. 그는 일제 때 보호관찰법이란 법률이 있었다는 사실을 일깨우면서 그럴 줄 알았다는 반응을 보이고(『철학적 살인』, 213면), 결국은 1975년 7월 16일 사회안전법이 통과된 이후 다시 한 번 구금되고 만다. 그리하여 이 작품은, 노정필처럼 '특수반국가행위사건'으로 2년 7개월 동안 투옥되었던 주인공이 신고용지를 받으러 "관할파출소를 향해 느릿느릿 걸"(『철학적 살인』, 216면)어가는 것으로 끝을 맺는다.

사회안전법은 특정범죄를 다시 범할 위험성을 예방하는 한편 사회복귀를 위한 교육개선이 필요하다고 인정되는 자에 대해 보안처분을 함으로써 국가 안전과 사회 안녕을 유지하기 위해 제정한 법률(법률 2769호)이다. 보안처분대상자는 ①형법상의 내란 · 외환죄 ②군 형법상의 반란 · 이적죄 ③국가보안법상의 반국가단체구성죄, 목적수행죄, 자진지원 · 금품수수죄, 잠입 · 탈출죄, 찬양 · 고무죄, 회합 · 통신죄, 편의제공죄를 지어 금고(禁錮) 이상의 형을 받고 그 집행을 받은 사실이 있는 자들로 규정했다. 특히 보안처분은 검사의 청구에 의해 법무부장관이 보안처분심의위원회의 의결을 거쳐 결정하고 기간은 2년이며 무기한 경신할 수 있었다. 보호감호와 보안처분은 엄연한 형벌임에도 불구하고 행정처분으로 이루어지므로 "헌법상의 삼권분립 원칙과 당사자의 정당한 재판을 받을 권리(사법절차적 기본권)을 침해하는 위헌"일 뿐만 아니라, 전향서도 "양심의 자유를 침해하는 '심정형법'의 성격을 가지며, 수감자의 대부분이 원형기를 마치고 사회생활을 하던 사람을 재구금되었다는 점에서 전형적인 소급법이었다."[21]는 평가를 받고 있다.

「내 마음은 돌이 아니다」에 등장하는 노정필은 바로 이 사회안전법에 의해 두 번째 감옥신세를 지게 된 것이다. 그리고 위에서 말한 것처럼, 화자인 작가—주인공도 다시 한 번 이 법에 의해 공권력의 감시를 받게 된다. 따라서 이 작품은 이병주가 「조국의 부재」라는 글에서 예견한, 분단 상황에서 자의적으로 자행될 정치적 억압의 가능성이 그대로 현실이 되었음을 보여주는 소설이다. 「소설·알렉산드리아」에도 그 일단이 나와 있지만, 이병주는 「조국의 부재」에서 분단현실 또한 조국의 부재에 일조한다는 것을 지적한 후 다음과 같이 말한 바 있기 때문이다.

> 권력을 장한 한 자, 이에 妄執하는 자가 이 권력에 도전하는 자를 제압하기 위해서 삼팔선을 이용한다.
> 뭣보다도 이 조건에 魔性이 있다. 삼팔선이란 인위적인 경계 저편에 거대한 敵勢力을 두고 있기 때문에 실질적으로 이것의 위협이 신경을 과민케도 하지만 터무니없는 사건을 그럴듯하게 조작할 수 있는 바탕도 되는 것이다.
> 사실 반공국시를 빙자하고 삼팔선을 國繞 사태에의 과민한 일반의 위생관념에 편승해서 이승만 정권은 못하는 짓이 없었다.
> … 중략…

---

21) 배종대, 「사회안전법 및 보안관찰법에 관한 비판적 고찰」, 『법과 사회』, 44면. 사회안전법은 지금도 그 위력을 발휘하고 있다. 1989년 5월 29일 국회에서 사회안전법이 폐지되고 보안관찰법이 대체 입법되었지만, 사회안전법에 있던 주거제한처분과 보안관찰처분은 그대로 남겨 두어 계속적인 감시를 가능하게 했다. 김한주, 「신체의 자유」, 대한변호사협회 편, 『1989년도 인권보고서』, 1990, 42면 참조.

사정이 이와 같을 때 삼팔선은 우리들에게 있어서 이중의 부담이다.
분단된 사실로서의 부담. 거게서 비롯한 정신적 고통으로서의 부담.[22]

권력자들이 남북 분단의 현실에서 "반공국시를 빙자"해 일반의 삶을
임의대로 쥐락펴락할 수 있다는 예견은, 그것이 권력에 의한 법의 농단을
암시하고 있다는 점에서 아감벤이 말한 "예외상태"의 항존가능성을 지적
하고 있는 것으로도 해석된다.[23] 또한 같은 글에서 이병주는 "간첩이 아
닌 이상, 五列이 아닌 이상 파괴분자가 아닌 이상 그 실증이 없는 이상 민
주적 제 권리를 완전히 정유[sic. 향유] 하도록 하는 철저한 보장이 있어야
만 조국이 있는 것이다"[24]라고 말하는데, 위 작품에서 주인공이 느끼는
절망감과 노정필의 예견은 그것이 실현 불가능한 것이었음을 알려준다.
결국 소급법으로서의 사회안전법은, 군사정변으로 권력을 잡은 정권이
법을 어떻게 농단하는가를 단적으로 보여주는 예인 것이다.

이병주가 이후의 작품에서 분단현실에서 행해지는 냉혹한 법집행과
그로 인해 희생된 개인들의 운명을 그린 것도 이런 맥락에서 이해된다.
「삐에로와 국화」는 아마 그 중 가장 대표적인 작품일 것이다. 이 작품은
한 남파간첩의 이야기다. 작품을 이끌어가는 인물은 강신중 변호사인데,
그는 자신이 국선변호를 맡게 된 사건의 심문조서를 읽고 구치감에서 죄

---

22) 이병주, 「조국의 부재」, 『새벽』, 1960.12, 35면.
23) "예외상태"란 "심각한 국한 국내 갈등에 대한 국가 권력의 직접적 대응"을 의미한
다. 아감벤은 "예외상태를 통해 정치적 반대자뿐 아니라 어떠한 이유에서건 정치
체제에 통합시킬 수 없는 모든 범주의 시민들을 육체적으로 말살시킬 수 있는 (합)
법적 내전을 수립한 체제"를 현대의 전체주의 체제라고 말한다. 또한 아감벤은 "예
외상태는 본질적으로 텅 빈 공간", "법과 아무 관계도 맺지 않은 인간의 행동이 삶
과 아무 관계도 맺지 않은 규범 앞에 놓이게 되는 공간"이라고 정의한다. 이병주의
진단은 이와 일맥상통한다. 조르조 아감벤, 『예외상태』, 김향 옮김, 새물결, 2009,
15면, 163~164면 참조.
24) 앞의 글, 같은 면.

인을 만난 후 그가 간첩이 아닐 수도 있다는 직감을 갖는다. 누군가의 신고로 붙잡힌 간첩 임수명은 자신이 간첩이라는 자백 외에 거의 아무런 증거가 없음에도 불구하고 스스로 불리한 증언을 하고, 재판정에서 '김일성 만세'라고 외쳐 결국은 사형을 선고받는다. 그런데 임수명은 사형을 선고받은 직후 자신을 찾아온 강신중 변호사에게, 자신을 고발한 주영숙이라는 사람에게 국화꽃을 전해달라고 부탁한다. 그리고 사형대로 끌려가기 직전에는 간수에게 자신의 본명이 박복영이라는 사실을 강 변호사에게 전해달라고 말한다. 임수명의 사형이 집행된 후 강 변호사는 그의 부탁을 들어주기 위해 친구인 소설가 Y와 함께 주영숙을 찾아 꽃을 전달하는데, 그 자리에서 주영숙은 사형된 간첩 임수명의 본명이 박복영이라는 말을 듣고는 충격에 빠져 꽃을 마당에 내동댕이친다.

전후사정을 생략하고 요점만 간추리면, 박복영은 남파된 이후 전처인 주영숙의 사정이 여의치 않은 것을 알고는, 주영숙에게 자신을 신고하라는 편지를 보내어 포상금을 수령토록 하고 자신은 형장의 이슬로 사라진 것이다. 이런 남파간첩 임수명의 이야기는 그 자체로 분단된 현실이 초래한 비극적인 삶의 극단적인 사례라 할 만하다. 하지만 한편으로 이 작품은, 본인이 간첩이라는 자백 외에는 어떤 구체적인 증거가 없는데도 불구하고 개전의 정을 표하지 않고 재판정에서 '김일성 만세'를 불렀다는 이유로 남파간첩을 사형에 처한 재판부의 맹목적인 법집행을 또한 비판하고 있는 것이다. 「거년의 곡」의 여주인공은 "경계해야 할 것은 집권자가 법을 편리주의적으로 운영하는 태도"임을 분명히 지적한 바 있고, 한 걸음 더 나아가 "법의 정의를 체현(體現)할 수 있는 용기 있고 투철한 견식을 가진 법관의 존재"야말로 그런 폐단을 막는 요새라고 말한 바 있다. 하지만 그런 일은 「소설·알렉산드리와」와 같은 허구 속에서나 가능했지, 군사정변 이후의 실제 현실에서는 그다지 기대할 만한 것이 못 되었다. 이는 강신중 변호사가 자기 스스로를 '삐에로'라고 자조적으로 평가하고 있는 데서도 확인된다.

서대문 형무소 근처에서 우연히 주운 작은 쥘부채를 통해 사상범에게 가혹한 법의 현실을 고발하고 있는 「쥘부채」 또한 사상범에게 특히 가혹한 법 현실을 환기한다. 작품의 화자 동식은 어느 겨울날 우연히 길가에서 쥘부채 하나를 줍는다. 그리고 거기에 적힌 한글 이름 두문자를 토대로, 1950년 22세의 나이에 비상조치법 위반으로 무기형을 선고받고 17년을 복역하다가 병사한 신명숙이라는 여성과, 역시 같은 죄목으로 사형 당한 애인 강덕기의 삶을 재구한다. 죽은 애인에 대한 간절한 사랑을 담아 만든 이 쥘부채의 이야기를 통해, 작가는 국가보안법 위반이나 반공법 위반과 같은 죄인에게는 사면이나 감형 조치가 이루어지지 않는 현실을 고발한다. 청춘의 나이에 영어의 몸이 되어 끝내 감옥에서 숨진 신명숙의 삶을 두고 동식은 "내가 살아온 세상! 이건 장난이 아닌가!"(194)라고 외친다. 하지만 그가 살아가고 있는 세상 또한 확대된 감옥과 다름없다. 쥘부채에 깃들어 있는 두 사람의 사상범의 인연을 추적한 동식은 곧바로 경찰서에 연행되어 조사를 받게 되기 때문이다. 조사를 마치고 나온 동식은 자신이 살아가고 있는 서울을 다음과 같이 조망하게 되는데, 이는 여러모로 의미심장하다.

청명한 날, 동식은 다시 안산(鞍山)에 올랐다. 강덕기가 처형을 당하고 신명숙이 17년의 청춘을 묻은 서대문 교도소가 장난감처럼 눈 아래 보였다. 그러나 그날의 감상으로선 서울의 시가가 그 장난감 같은 서대문 교도소를 주축으로 짜여져 있는 것이었다. 그 교도소를 주축으로 눈에 보이지 않는 신경의 그물이 온 시가를 감싸고 있는 것 같은 느낌조차 있었다.(「쥘부채」, 221면.)

동식의 위와 같은 느낌은, 분단 상황에서 반공을 기치로 내건 군사정권 치하의 현실이 일종의 일망감시장치로 작동하는 원형감옥(panopticon)과 다를 바 없다는 것을 우리에게 알려준다. 「내 마음은 돌이 아니다」에서 사회안전법 발효 후 자발적으로 신고를 하기 위해 파출소를 향해 걸어가는 주인공의 내면 풍경 또한 이런 원형감옥에서 감시의 대상으로 전락한 자의 자의식을 반영한다. 그런 측면에서 일반인들은 상상도 할 수 없는 정치범(간첩)의 비극적 삶을 그리고 있는 「쥘부채」와 「삐에로와 국화」 또한, 작가가 예견한 바 남북분단의 상황을 핑계로 권력자들이 일반인들에게 가한 "정신적 고통"이 얼마나 끔찍한 것이었는지를 보여주는 증거라고 할 수 있다.[25]

법적 정의의 탐구와 관련하여 이병주의 소설에서 또 하나 눈여겨봐야할 점은 그가 작품의 초점화자로 작가-인물을 즐겨 택한다는 점이다. 「삐에로와 국화」를 포함해서 「추풍사」와 「여사록」, 그리고 「그 테러리스트를 위한 만사」와 「겨울밤」, 「내 마음은 돌이 아니다」 같은 작품이 그렇다. 또한 그런 작품 대부분에서 그 작가-인물은 누가 보더라도 작품을 쓴 실제 작가 이병주라는 사실이 분명하게 드러난다.[26] 작가가 스스로를 허구물의 주인공으로 드러내어 실제 삶에 대한 사념을 진솔하게 드러낸다는 점에서 그의 소설은 이른바 '자성소설(自省小說)'이라 할 만하다. 그러니까 그의 소설들은 "작가가 허구의 인물을 주인공으로 내세우지 않고

---

25) 이병주는 자신이 법에 대해 알레르기 증세를 갖게 된 계기를 회고하는 자리에서도 당시 우리나라의 비정상적인 사법현실을 지적한 바 있다. 즉, 일사부재리, 불소급의 원칙 같은 "인류의 노력이 수천년 누적된 위에 쟁취할 수 있었던 성과"들이 우리나라에서 예사로 무시되고 있으며, 또한 정치범과 사상범의 피고인인 경우에는 지나친 정도로 법관들의 확대해석이 횡행하고 있다는 것이다. 이병주, 「법과 알레르기」, 『신동아』, 1967. 8, 『백지의 유혹』, 남강출판사, 1973, 234~236면 참조..
26) 노현주는 이병주의 이런 작품들을 '자기반영적 텍스트'라고 명명하면서, 사소설을 전유함으로 얻어진 그런 특성이 "정치 담론이 매우 사실적으로 그려지는 독특한 텍스트의 형태"를 창조하고 있다고 지적한다. 노현주, 앞의 논문, 78, 85면 참조..

작가인 자기 스스로를 인물로 설정하고, 허구의 맥락을 단지 '삽화' 정도로 최소화시키는 가운데 경험 현실의 사실성을 최대한도로 유지하면서, 그 속에서 작가라고 하는 자신의 사회적 실존을 전경화하거나 아니면 글쓰기 자체에 대한 자의식을 드러내는 작품"27)인 것이다. 이런 자성소설은 기본적으로 "실제 세계에서의 사회적 삶과 소설의 세계 사이의 구분을 문제 삼고 소설과 삶을 연관 지으려는 공통의 목적을 지향"28)하는데, 살펴본 이병주의 소설은 법적 허구와 소설적 허구를 대립시킴으로써 이런 성격을 분명히 드러내고 있다.

작가—인물과 더불어 직업적인 법률가라든가 정치범이나 사상가를 함께 등장시켜 법이라든가 정치현실에 대한 대화를 진행하는 것도 이병주만의 독특한 방법론29)인데, 소설가와 법률가가 짝을 이룬다는 것 자체도 그가 법으로 대표되는 현실질서와 소설로 대표되는 문학적 상상력의 관계를 중요시하고 있다는 것이 드러난다. 그 단적인 예는 바로 「삐에로와 국화」다. 남파간첩 임수명을 통해 군사정권 시절의 법집행의 비정함을 그린 이 작품이 변호사 강신중을 초점화자로 하고 있음은 앞서 지적한 바 있다. 그런데 이 작품에서 간첩 임수명의 개인사가 드러나 일관된 이야기가 구축되는 데에는 강 변호사 말고도 그의 친구인 소설가 Y가 일정한 역할을 담당한다. 간첩 임수명(박복영)의 형이 소설가 Y의 선배로 설정되어 있어 강신중 변호사는 임수명의 가족사를 알게 되고 그것이 작품을 진행시키는 중요한 계기가 되고 있는 것이다. 작품 초반부터 강신중 변호사의 대화상대자로 등장했던 소설가 Y는 작품 후반 강변호사가 주영숙을 방문

---

27) 김경수, 『현대소설의 유형』, 솔출판사, 1997, 55면.
28) 앞의 책, 58면.
29) 이보영은 이병주의 「겨울밤」을 해석하면서 "방법론적 소설"이라는 용어를 쓰고 있는데, 맥락상 대립되는 인물들이 대화를 통해 답을 찾아가는 과정을 그렇게 표현한 것으로 보인다. 이보영, 앞의 글, 326면 참조.

하는 자리에까지 동행한다. 두 사람은 주영숙이 전남편의 존재에 충격을 받아 꽃을 내동댕이친 일이 벌어진 직후 술자리에서 임수명 사건을 평가하는데, 그 대목에서 두 사람은 다음과 같은 대화를 나눈다.

> "옛날의 소설가는 말이다. 현실이 너무 평범하고 권태로우니까, 그 밀도를 짙게 얘길 꾸밀 수가 있었던 거라. 그러나 요즘은 달라. 현실이 너무나 복잡하구 괴기하거든. 그대로 써내 놓으면 독자에게 독을 멕이는 결과가 되는 거여. 그러니 현대의 작가는 현실을 희석할 줄을 알아야 해. 이를테면 물을 타서 독을 완화시키는 거라고. 옛날 작가들과 역으로 가는 작업을 가야 한다, 이 말이여. 그런데 그 물을 타는 작업이 이만저만 어려운 게 아냐."
> "삐에로 노릇하는 변호사보다도 더 어려운가?"
> "삐에로는 국화꽃을 안고 가면 되지만 작가는 그 국화꽃의 의미를 제시해야 할 것이 아닌가. 물을 타지 않고 어떻게 그 의미를 전하지? 그런데 어떻게 물을 타야 할지 그걸 모르겠어."(『그 테러리스트를 위한 만사』, 257면.)

소설은 근대적 제도에 의해 영위되는 일상적 현실을 바탕으로, 그 세계에서 도출 가능하거나 있을 법한 가능세계를 창조함으로써 현실의 외연을 넓히는 기능을 담당한다. 현실이 근대적 제도의 예측가능성과 보편적 상식이 통하지 않는 상황에서는 가능세계의 탐색이라는 것 자체가 무의미해져버린다. 위에 인용된 대화에서 소설가 Y가 하고 있는 말도 이와 크게 다르지 않다. 현실이 오히려 괴기스러워 그것을 당의정으로 포장하거나 희석시키지 않으면 안 된다는 그의 말은 그것이 소설 장르의 본질을 거스르는 역방향의 상상력을 요구하는 것이어서 쉽지 않다는 것이다. 이병주는 소설의 위기라고 부를 수도 있는 이런 정황은 법적 정의가 확립되지 못하고 소급법과 같은 편의주의적인 법집행이 이루어지고 있는 사회

현실로부터 비롯되었다는 것을 소설을 통해 증언하고 있다. 「겨울밤」에서 주인공과 노정필 사이에서 벌어진, 기록과 문학 사이의 작은 갈등 또한 이런 현실과 무관하지 않은데, 앞서도 말했듯 그의 '실록소설'의 위상은 이런 각도에서 재조명되어야 한다. 「변명」에 나와 있는, "역사가 생명을 얻자면 섭리의 힘을 빌릴 것이 아니라 소설의 힘, 문학의 힘을 빌려야 된다"(『마술사』, 105면)라는 인식 또한 소설과 법현실의 관계에 대한 그의 고뇌의 산물임이 분명하기 때문이다.30) 소설을 통해 군사정권 치하의 사법적 현실과 맞선 이병주의 소설이 가지는 문제적인 위상은 바로 이 점에 있다.31) 재론하지만, 법이 한 사회의 제도적 허구의 일환이라는 점, 그리고 그런 만큼 대항적 허구에 의해 스스로를 갱신하지 않는 한 그 법은 맹목일 수밖에 없으며, 그런 시대를 살아가는 사람들의 삶은 근본적으로 부조리한 것이 될 수밖에 없다는 인식을 그는 자신의 소설을 통해서 선명하게 증거하고 있는 것이다.


## 4. 결론

본고는 현대소설사상 독특한 위상을 차지하고 있는 이병주의 소설을 문학법리학의 시각으로 해석하였다. 앞서 말한 것처럼, 학제적 연구로서

---

30) 이렇게 보면 『지리산』을 위시한 그의 대표적인 대하소설들은 우리시대의 법적 정의에 대한 그의 문제제기의 연장선상에 놓여 있다고도 말할 수 있다.

31) 이병주의 소설을 정치권력의 폭력과 개인의 자유의 관계를 통해 고찰하고 있는 이호규 또한 이병주의 소설이 "개인주의적 자유주의자가 질곡의 역사를 지닌 한국 사회에서 어떤 비극적 삶을 살아왔는가에 대한 소설적 탐구이자 그들에 대한 위안이며 나아가 그들의 삶을 통해 한국 사회가 얼마나 닫힌 사회였는지, 앞으로 지행해야할 사회는 어떠해야 하는지를 천착한다"라고 해석하고 있다. 이호규, 앞의 논문, 466면.

의 <법과 문학>의 문제의식을 문학해석의 기본으로 취하고 있는 문학법리학은 문학작품이 드러내고 있는 공공의 상상력을 중점적으로 해석하는 것인데, 등단작에서부터 분단으로 인한 폐쇄된 한국사회를 법이라는 창을 통해 조명하고 해부했던 이병주의 소설은 이런 상상력을 확인할 수 있는 좋은 예가 되고 있다.

살펴본 것처럼 이병주의 소설작품들은 대항적 법률이야기를 통해 실제 법의 현실의 맹목을 비판하고 있는데, 그의 작품에 드러난 바 소급법에 대한 법리적 문제제기 및 사형제도에 대한 나름의 대안을 역설하는 그의 소설에서 확인된다. 이병주는 이런 법적 정의에 대한 문제제기를 통해, 우리 시대의 삶을 규정짓고 있는 법이라는 것이 허구의 일환임을 명확히 하면서, 그런 법적 허구가 스스로의 자기완결성을 끊임없이 회의하게 만드는 것이 문학적 허구의 본질적 의미임을 일깨우고 있다. 이 점은 그가 쓴 많은 작품들의 주제에서도 확인되며, 작가-인물과 법률가-인물을 동시에 주인공으로 설정하고 있는 이야기 문법에서도 확인된다.

법적 허구와 문학적 허구의 대립이라는 인식은 그 자체로 소설 장르에 대한 우리 문학의 인식의 한 수준을 보여주는 것으로서 문제적이다. 그리고 법으로 대표되는 실제 현실과 소설 장르로 대표되는 문학적 허구의 길항은 이병주 초기소설의 기본적인 인식으로서, 『지리산』과 같은 그의 대표적인 대하역사소설도 궁극적으로는 정의가 무엇인가라고 하는 다분히 문학법리학적인 탐구의 연장선상에 있음을 알려주는데, 이는 고를 달리해서 고찰될 것이다.

# 참고문헌

## 1. 기본자료

이병주, 『이병주전집』, 한길사, 2006.

## 2. 단행본 및 논문

Jerome Bruner, *Making Stories,* − *Law, Literature, Life*, Harvard U. P., 2005.

김경민, 60년대 문학의 대항적 인권담론 형성, 어문연구, 2012년 여름.

김경수, 「법과 문학, 문학법리학」, 『현대사회와 인문학적 상상력』, 서강대출판
      부, 2007.

김경수, 『현대소설의 유형』, 솔출판사, 1997.

김윤식, 『일제말기 한국인 학병세대의 체험적 글쓰기론』, 서울대출판부, 2007.

_____, 『한일학병세대의 빛과 어둠』, 문학사상사, 2012.

김한주, 「신체의 자유」, 대한변호사협회 편, 『1989년도 인권보고서』, 1990.

노현주, 「정치 부재의 시대와 정치적 개인」, 『현대문학이론연구』 49집.

배종대, 「사회안전법 및 보안관찰법에 관한 비판적 고찰」, 『법과 사회』.

안경환, 「이병주의 상해」, 『문예운동』 71호, 2011.

유종호, 「作壇時感−이병주 작 <알렉산드리아>」, ≪조선일보≫, 1965. 6. 8.

이광호, 「이병주 소설에 나타난 테러리즘의 문제」, 『어문연구』 41권 2호.

이병주, 「법과 알레르기」, 『신동아』, 1967. 8.

_____, 「조국의 부재」, 『새벽』, 1960.12.

_____, 『백지의 유혹』, 남강출판사, 1973.

이보영, 「역사적 상황과 윤리−이병주론(상)」, 『현대문학』, 1977. 2.

이재선, 『현대 한국소설사 1945−1990』, 민음사, 1991.

이호규, 「이병주 초기 소설의 자유주의적 성격 연구」, 『현대문학의 연구』, 2011.

조르조 아감벤, 『예외상태』, 김항 옮김, 새물결, 2009.

황호덕, 「끝나지 않는 전쟁의 산하, 끝낼 수 없는 겹쳐 읽기」, 『사이間SAI)』 10호.

# Force/Justice로서의 법, '법 앞에서' 분열하는 서사*

## 이병주 소설의 법의식과 서사성

노현주(경희대)

피지배자의 자발적 복종을 불러일으키는 물적·정신적 장치는 반드시
이런 것이라는 식으로 이성적으로 자각되고 있는 것은 아니다. 오히려
그것은 현실에서는 압도적으로 **비합리적인 '심층의식'** 차원에서
이루어지는 것이었다.[1]

## 1. 서(序); 표면적 정의와 내포적 폭력

법은 법전(法典)의 의미도 있겠지만 인간 삶의 토대인 공동체와 사회,
더 나아가 국가의 존립과 운영의 근간과 뼈대가 되는 것이기도 하다. 한
사회 공동체의 인간 삶의 양식으로서의 의미를 가졌던 법(nomos)이 현대

* 이 논문은 2014년 정부(교육부)의 재원으로 한국연구재단의 지원을 받아 수행된 연
구임.(NRF-2014S1A5A2A01017380)
1) 마루야마 마사오, 김석근 역, 『현대정치의 사상과 행동』, 한길사, 1997, 474면.

의 일반적 의미를 얻게 된 것은 서구 근대 이후라고 할 수 있다. 특히 법이
국가의 정통성을 뒷받침하는 것으로의 지위를 갖게 된 것은 근대국가와
의 관련성 하에서 법치(法治)가 객관적이고 합리적인 지배원리로 전제되
면서부터이다. 지배원리로서의 법치(法治)는 통상 법으로써 '다스린다'라
는 의미로 받아들여지므로 법을 통치수단으로 인식하는 경향이 자연스럽
게 보이지만 '법치'는 '법적 논리의 지배(rule of leal logic)이며 통치개념의
수직적 원리가 아니라 수평적 질서원리'이다.2)

그러나 서구의 '법치'개념에도 암묵적으로 '국가'개념이 전제되어 있
어3) 국가의 통치라는 인식을 벗어나기가 쉽지 않다. 때문에 국가가 법 이
전의 존재인 것처럼 인식되는 경향이 생겨나고 국가권력을 거머쥔 정치
권력에 의해 법적 논리가 왜곡되어 왔던 것이 실제 정치현실이었다고 할
수 있다. 그렇다면 법은 그때마다의 집권 권력의 정치성향에 의해 본질이
결정되는 가변적인 것인가, 아니면 법이라는 말 자체에 내포되어 있다고
믿는 '정의'에 의해 본질이 결정되는 것인가. 이 문제는 국가 권력이 주권
자인가 국민이 주권자인가의 문제처럼 본말이 전도됨과 동시에 국가 공
동체의 구성원들이 맞이하게 되는 삶과 역사의 굴곡을 결정한다.

데리다는 법과 정의 사이의 애매성에 대해 해체의 관점으로 접근하여
법과 정의의 관계를 규명하고자 했 다. 법이 가진 강제성, 힘이 가진 폭력
성이 법에게 권위를 부여하고 힘/폭력으로 서의 법이 정의를 가진다는 것
이 서구의 공통적인 공리라는 것을 확인한 후, 법의 문자성, 언어성에 착
목하여 법의 해체 가능성을 제기하는 것이다. 힘/폭력이 정의가 아니고 법
을 해체함으로써 항상적인 혁명성을 지향하는 것이 정의라고 보고 있다.

그러나 법의 해체가 구시대적 국가의 해체로 이어지고 그것이 근대적

---

2) 이헌환, 『법과 정치』, 박영사, 2007, 12면.
3) 위의 책, 7면.

국민국가의 탄생으로 이어지는 혁명이 가능했던 시기는 국가형태가 가변적이었던 시기, 서구가 국민국가를 성립하면서 겪었던 토대와 상부구조의 성격규정과 관련한 혁명과 전쟁의 역사 속에서나 확인할 수 있는 것이다. 현 시대에 '법'의 해체로 인해 '국가'가 부정되거나 국가형태가 전복되는 사건이 일어나는 것은 불가능에 가깝다. 따라서 데리다가 말하는 정의를 향한 혁명성이란 현대국가에 있어서는 더 나은 정의를 향한 전진이라는 뜻에 가깝다고 할 수 있다.

데리다에게 정의는 문자너머 법 너머에 존재하므로 언어로서 규정될 수도 해체될 수도 없는 가치이다. 그러므로 권력의 성격에 의해 그 국가의 법이 사람들에게 정의로운 것이 될 수도 있고, 정의라는 이름으로 악용될 수도 있다. 권력의 정치성은 법과 법의 정의를 정치적으로 물들일 수 있는 것이다. 이것은 법이 내세우는 표면의 정의가 평등성의 의미에서의 정의가 아니라 어떤 경우 매우 폭력적인 내포를 가리기 위한 레토릭이 될 수 있다는 사실을 경고한다.

> 정의가 법과 계산을 이처럼 초과하고, 현전 불가능한 것이 규정 가능한 것을 이처럼 범람한다고 해서 이를 제도나 국가 내부에서, 제도들이나 국가들 사이에서 벌어지는 법적 · 정치적 투쟁을 회피하기 위한 알리바이로 삼을 수는 없으며, 그래서도 안 된다. 계산 불가능한 정의, 선사하는 정의라는 이념은 그것 자체로 고립될 경우에는 항상 악이나 심지어 최악에 더 가까운 것이 되고 마는데, 왜냐하면 이는 항상 도착적인 계산에 의해 재전유될 수 있기 때문이다.[4]

'항상 도착적인 계산에 의해 재전유될 수 있'는 정의란, 정의가 전혀 정의롭지 않은 것에 의해 악용될 수 있다는 의미이고, 그래서 규정불가능한

---

4) 자크 데리다, 진태원 역, 『법의 힘』, 문학과지성사, 2004, 59면.

정의를 악으로 재정의하는 정치를 회피해서는 안 된다는 의미라고 할 수 있다. 데리다가 법의 해체에 대해 이야기하는 것은 그 때문이다. 법의 논거를 해체하고 재논거를 요구하는 언어적 해체가 정의에 다가가는 방식이라고 보고 있는 것이다. 따라서 법의 정의는 해체 이후에 오는 미래적인 것이다. '차연으로서의 정의'는 현실의 법이 시간의 속도로 정의를 배반하고 있다는 말과 같다. 법이 이처럼 정의를 배반할 수밖에 없는 것은 법이 갖고 있는 내포가 정치성이며, 정치성을 대표하는 정치집단이 가지는 당파성에 의해 타인에게 폭력적이기 때문이다.

본고가 고찰의 대상으로 삼고 있는 이병주의 소설에서 배경이 되고 있는 시대는 일제말기부터 한반도의 역사가 격변했던 시기이다. '국민국가'를 향한 과정에서의 혁명의 의미가 구레짐의 해체를 통해 정의를 지향하는 신레짐으로의 변화가 아니라 신생 국민국가의 탄생이라는 의미였다는 점을 염두에 두고 이병주 소설의 서사주체가 법과 국가를 대하는 태도를 고찰해야 한다.

이병주가 일제말기의 학병세대였다는 사실은 일제 최후, 해방공간 최초의 최고 지식인 집단에 속해 있었다는 사실을 말해준다. 그 지식청년집단이 지향함과 동시에 요구받았던 것이 '국가건설'이었다는 사실은 국가와 법의 관계, 나아가 근대국민국가에서 요구되었던 법치로서의 국가에 대한 강박과도 같은 지향을 짐작하게 하는 부분이다. 여기에서 이병주의 법에 대한 의식과 국가관이 결정되었다고 해도 과언이 아니다. 특히 일제의 교양주의 교육 속에서 지식담론을 형성했던 학병세대에게 '국가'와 '국민', 그리고 국가를 지탱하는 '법'은 국가형태에 대한 근대적 지향에도 불구하고 일본 지식장에서 강조했던 국민으로서의 직분의 덕과 관련하여 매우 동양적 전통에 충실한 것이기도 했다. 정치성에 의해 도착적으로 전유된 법에 대한 서사주체의 태도는 '국가'와의 관련 속에서만 해명될 수 있다. 이병주의 소설에서 서사주체가 지향하는 법치의 국가는 국가권력 혹은 정부의 형태가 아니라 '국가' 그 자체였다는 사실에서 서사의 정치적 지향이 흔들리고 서사주체는 분열되고 있기 때문이다.

이병주의 작품들에 나타나는 법의식에서 발견할 수 있는 것은 폭력을 내포한 법에 대해 정의의 문제를 제기하며 강도 높은 비판을 하면서도 힘 (폭력)으로서의 법을 해체, 혹은 위반하고자 하지 않는다는 것이다. 이병주에게 있어 '법'은 국민국가에 대한 지향과 이어지고 그의 국가관은 작가의 세대적 특성을 반영하는 것이기도 했다. Force/Justice로서의 법, 그 '법 앞에서' 이병주 소설의 서사주체가 보여주는 모습을 통해 국가관 더 나아가 정치의식을 추론하는 것은 현대사의 정치적 레짐의 격변과 지식인 주체의 법의식의 연관성을 조명하는 흥미로운 과정이 될 것이라 생각한다.

이병주 작품세계에 대한 그간의 연구는 역사의식에 초점을 맞추거나 『관부연락선』과 『지리산』 등의 대표작을 중심으로 한 작품론이 주를 이루었다. 이병주 소설에 정치적 지향과 법의식에 관한 내용이 풍부함에도 연구가 활발하지 않았던 탓에 조명을 받지 못했으나 최근 들어 이병주 소설의 정치성, 대중성 등에 대해 고찰하는 연구가 나오고 있으며, 그 속에서 국가관과 관련하여 법의식이 논의된 바 있다.5) 그리고 이병주 소설에 두드러진 특징인 법 모티프와 관련하여 인권담론의 측면에서 법과 정치성을 논한 논문과 이병주 소설에 나타난 법 소재를 양상별로 정리한 논문6)이 발표된 바 있다.

---

5) 노현주, 「이병주 소설의 정치의식과 대중성 연구」, 경희대 박사학위논문, 2012.(이병주 소설이 픽션으로서의 성격보다 논픽션을 기반으로 하는 고발문학적 성격을 가지고 있다는 것은 우리 문학에서 익숙한 문학 현상은 아니었다. 이 논문에서는 이병주 소설의 그러한 특성을 주목하고 이병주 소설을 정치소설이면서 대중의 정치지향과 교양욕망을 충족하는 텍스트였다고 본다.)
노현주, 「코뮤니스트와 멜랑콜리─지식인 빨치산의 심리기제에 관한 고찰」, 『한국문학이론과 비평』, 한국문학이론과 비평학회, 2012.

본고는 단순 모티프로 활용되는 경우를 제외하고 작가가 보여주는 법의식과 국가관, 정치의식과 관련한 작품을 중심으로 작가의 법과 정치의식이 서술주체의 의식과 작품의 서사성에 미치는 영향을 분석하고 고찰하고자 한다.7) 법집행과 정치권력에 대한 비판이 법에 대한 순응과 동반하여 나타나는 텍스트를 분석한 후, 『지리산』을 중심으로 이병주의 텍스트에서 서사주체의 분열이 나타나는 원인으로 개인과 국가, 또 법과 국가의 관계에 관한 사상에 대해 고찰해 보고자 한다. 이어서 이병주의 분열된 서사성을 바탕으로 학병세대가 가졌던 정치의식의 구조를 추론하는 데에까지 나아가고자 한다. 이것은 성급한 일반화라는 우려에도 불구하고 학병세대가 60~70년대 사회를 움직인 중추적 기성세대로서, 4 · 19가 5 · 16의 개막을 앞두고 '국가시대'의 전주곡이 되어버린 아이러니를 설명할 수 있는, 지식 장의 열쇠를 쥐고 있다는 가설을 이야기하고픈 욕망이 앞섰기 때문이다.

---

6) 김경민, 「60년대 문학의 대항적 인권담론 형성-「소설 알렉산드리아」와 「인간단지」를 중심으로-」, 『어문연구』40, 한국어문교육연구회, 2012.
추선진, 「이병주 소설에 나타난 법에 대한 성찰 연구」, 『한민족문화연구』43, 한민족문화학회, 2013.
7) 이러한 고찰에서 먼저 전제할 것은 이병주 연구에 있어서 작가와 작품의 관계에 대한 시각의 정리이다. 본고의 논자는 이병주의 소설쓰기가 개인의 경험을 바탕으로 실제 사건의 경험자가 관찰하고 목격한 것을 써내려가는 뉴저널리즘에 토대하고 있다고 보고 있다.(「정치의식의 소설화와 뉴저널리즘」, 『우리어문연구』42 참조) 작가는 자신의 정치적 발화를 소설의 형식을 통해 표현하는 방식을 쓰는 정치소설가라고 할 수 있다. 또한 작품 속에 저널리스트로서의 특성이 많은 부분에서 나타나고 있다. 따라서 본고에서 논하고 있는 법의식과 정치의식이 작가와 작품 모두에게 있어 교집합의 형국으로 드러나고 있다고 본다. 본고의 서술 속에서 작가의 법/정치의식과 작품의 법/정치의식은 상당부분 혼합되어 서술되고 있음을 밝힌다.

## 2. 국가 위기의 일상화와 서사주체의 분열

짧은 시간 동안 그야말로 격변이었던 한국의 현대사 속에서, 법은 국가 존립의 전제조건이며 논리적 지배의 원리가 된 것이 아니라 정치권력에 의해 권력의 수단으로 전락하면서 법에 의해 굴곡 된 운명의 주인공들을 양산했다. 통치원리로서의 법이 법률뿐만이 아니라 공동체의 관습과 규약, 즉 노모스도 포함하는 것이라고 할 때, 정치집단이 가진 규약이나 규범이 공동체, 나아가 국가와 개인의 존폐와 운명, 삶과 사상에 지대하게 때로는 결정적인, 영향을 끼친다. 따라서 인간 삶의 드라마틱하면서도 미묘한 결의 면면을 다루는 문학에 있어서 문학적 주체가 내외적 갈등을 일으키는 배경에 법과 노모스가 존재한다. 문학과 법에서 법의 문제는 법전과 법정의 테두리 안에서 벌어지는 인간사를 포함하여 국가의 레짐이 격변하거나 새로이 설립되는 시기의 권력이동 과정에서 구법과 신법의 세력다툼과 혼종까지도 반영한다. 그 혼란의 가운데에서 문학적 주체의 예민성은 자신이 휘둘리고 있는 '법'에 의해 운명이 굴곡 되고 있다는 것을 느낀다. 이병주 자신도 그의 공식적인[8] 데뷔작이라 할 수 있는 「소설 · 알렉산드리아」의 의미를 이야기하면서 그와 같은 맥락을 토로한 바 있다.[9]

---

8) 이병주는 1964년 「소설 · 알렉산드리아」가 『세대』지에 실리면서 문단에 등장한 것으로 보지만, 그보다 앞선 1957년과 58년에 걸쳐 『부산일보』에 신문소설 『내일없는 그날』을 연재한 바 있다. 이 소설은 이병주 소설에서 자주 등장하는 모티프들의 원형이라 해도 무방할 만큼 사상범, 학병, 정신적 지주와 통속적 연애 등의 요소가 모두 들어있다. 이병주의 문단 진출은 문학잡지의 추천이나 신인상, 신문사의 신춘문예 등의 등단절차를 거치지 않고, 종합지인 『세대』를 통한 것이었고, 이후에도 주요 작품의 발표지면은 『신동아』, 『월간중앙』 등의 대중지나 일간신문의 연재를 통한 것이 많았다. 이에 대하여 이광훈은 "이미 40대 중반의 나이에 한 지역의 대표적인 신문의 편집국장과 주필까지 지낸 처지에 신춘문예에 응모할 수도 없고 그렇다고 월간 문예지의 추천을 기웃거릴 수도 없는 처지였기 때문"이었으리라 회상하고 있다. (이광훈, 「행간에 묻힌 해방공간의 조명―『산하』」, 김윤식 외, 『역사의 그늘, 문학의 길』, 한길사, 2008, 438면.)

이병주는 5 · 16쿠데타 직후 부산『국제신문』주필로서 게재했던 논설 2편에서 북한과의 통일을 주장하고 중립국론을 펼쳐 남한정권을 부정했다는 혐의를 받음과 동시에 교원노조의 고문으로 추대되었다는 혐의로 체포되어 군사재판을 받았다. 이 사건은 이병주에게 있어서 일제말의 학병지원으로 인한 콤플렉스보다도 더 큰 외상으로 작용했다고 할 수 있는데, 재판과 감옥체험, 권력에 의해 임의로 적용되는 법률의 문제가 작품들 속에서 '반복적으로' 변주되어 나타나고 있기 때문이다.10)

이병주의 데뷔작이라 할 수 있는 「소설 · 알렉산드리아」는 이원 구조를 도입해서 한국의 감옥에 갇혀 있는 형의 옥중기와 알렉산드리아에서 벌어진 나치전범에 대한 살인사건을 지켜본 아우의 이야기로 이루어져 있다. 이 소설을 통해 전하고자 하는 작가의 메시지 중에 하나는 권력의 시녀로 전락한 법정과 법률, 즉 소급법과 군정 하의 혁명재판에 대한 비판이다.

소설에서 형은 "사상을 가진 자의 불행"을 보여준다. 사상이란 "정과

---

9) 이병주는 자신의 선집을 통해 자신이 겪은 필화 사건이 소설 창작의 시발점이 되었음을 이야기한 바 있다. "아무리 생각해도 죄가 없다고 자신하고 있는 사람이 10년 징역의 선고를 받았을 때 통분을 느끼지 않을 수 있을까. 요행스럽게도 2년 7개월 만에 풀려나왔지만 통분은 고슴도치의 형상으로 가슴속에 남았다. 그리곤 때때로 그 고슴도치가 바늘을 곤두세우면 심장이 저리도록 아팠다. 이렇게 나는 5 · 16쿠데타를 육체적 정신적 고통을 통해 겪은 것이다. 그런 까닭에 <알렉산드리아>는 잊을래야 잊을 수 없는 나의 인생의 기록이다. 나는 이것을 쓰고 통분의 반쯤은 풀었다. 그러나 그렇게 이 소설을 읽어주는 사람은 없으리라. 그러니까 이 소설은 어느 정도 성공한 것으로 된다. 가슴을 쥐어짜고 통곡을 해도 못다 할 통분을 픽션=허구의 오블라토로써 쌀 수 있었으니까······· 인간으로서의 정의감과 정감(情感)을 갖고 살고자 하면 모조리 감옥으로 가야하는, 한때 이 나라의 풍토를 그렸다는 자부를 나는 가진다." (이병주,『이병주 대표중단편선집』, 책세상, 1988, 10~11면.)

10) 이병주의 소설세계 전반에 걸쳐 수감, 재판, 법에 대한 모티프가 폭넓게 등장한다. 특히 소급법의 부당성과 억울한 감옥체험에 관한 것으로 「소설 알렉산드리아」, 「예낭 풍물지」, 「겨울밤—어느 황제의 회상」, 『그해 5월』이 대표적이며, 사회안전법에 대한 비판적 태도를 보인 것으로 「내 마음은 돌이 아니다」가 대표적이다. 그 외 소재적으로 법 모티프를 사용하고 있는 것은 「철학적 살인」, 「거년의 곡」, 「삐에로와 국화」, 『행복어사전』 등이 있다.

부정을 가려내는 가치관"이며 "선과 악을 판별하는 판단력"이지만, 그러한 사상을 표현하는 것을 법률에도 없는 죄목으로 벌을 받아야 하는 행위로 규정하는 국가에서 살고 있다. 형은 분열된 국토를 통일해야 하는데 희생을 내는 방식이어서는 안 된다는 논설 때문에 이적행위자로 검거되었다. 통일론과 휴머니즘의 결합이 이적행위가 되고 진정으로 사랑할 수 있는 조국을 만들어야 한다는 사상이 '조국이 없다'는 수사(修辭)로 표현될 수 있다는 것을 전혀 이해하지 못하는 척박한 정치적 상황의 희생자로 그려진다. 작가는 나치 전범을 심판하고자하는 사라의 말을 통해 "스탈린이나 히틀러나 똑같이 흉측한 놈들"이며 "그들뿐만이 아니라 독재체제를 갖추고 있는 자들의 생리란 모두 그렇"다고 강도높게 비판한다. "독재체제를 갖추고 있는 자들의 생리"란 쿠데타정권이 군사재판을 통해 사회의 합리적 지성들을 말살시켰던 법의 몰락 현상을 겨냥하고 있는 말이다.

이와 같은 법과 정치권력에 대한 강도 높은 비판에도 불구하고 이 소설의 실제적인 주인공 '형'의 재판에 대한 태도는 매우 미온적이다. 함께 투옥된 K가 형에게 자신의 죄와 재판을 긍정하느냐고 묻자 긍정한다고 답한다. '형'은 중립국 통일론을 논한 것은 안 될 일을 하라고 덤비는 것이니 제지가 있어야 했다고 생각한다는 것이다. K는 그러한 형을 비굴하다고 비난한다. 여기서 형이 자신의 재판을 긍정한다는 것은 무엇을 의미하는 것인가? 감옥 안에 있는 자신의 모습에 대한 지식인적 자조라고만 보기 어려운 이유는 아우를 통해 서술되는 증오심의 크기 때문이다. 아우의 입을 통해 형은 '권력에 항거'하는 인물로 규정되었다. 그렇다면 권력에 대한 항거와 재판과 형벌에 대한 긍정이 함께 공존할 수 있는 것인가.

"내 형은 히틀러를 미워하지. 아마 형이 가장 미워하는 사람이 있다면 그저 히틀러와 히틀러적인 인간일 거야. 형은 말버릇처럼 했지. 내가 꼭 살인을 승인해야 할 유일한 경우가 있다면 히틀러나 이와 유사한 족속들에게 대한 살인이라고."11)

형은 '히틀러적인 인간', '이와 유사한 족속들'에 대한 증오심을 나타내고 있다. 이병주가 이 소설을 쓴 것이 그가 겪은 옥중체험에 대한 '통분을 진정시키기 위한 작업'이었다면 그가 증오하는 히틀러적인 인간은 5·16 쿠데타 세력일 것이며, 살인을 승인해야 할 경우가 있다면 그렇게 하겠다는 서술은 독재자에 대한 증오심의 크기를 짐작케 하고도 남는다. 이정도의 증오심을 갖고 있는 자가 재판과 판결을 긍정한다는 것은 검열의 시선이 있었다는 전제에도 불구하고 아이러니한 것이다. 이러한 아이러니는 「소설 · 알렉산드리아」에서만 나타나는 것이 아니다.

「내 마음은 돌이 아니다」는 「소설 · 알렉산드리아」의 후기 격인 「겨울밤─어느 황제의 회상」에 등장했던 공산당원 노정필의 20년 만기 출소 후의 이야기를 다루고 있다. 이작가는 노정필과의 감옥에서의 인연과 그에 대한 개인적인 관심에서 노정필의 집을 찾아 그와의 소통을 시도한다. 남한 사회와 단절하고 살고 있던 노정필이 이작가의 거듭된 방문과 대화를 통해 생활인으로서 변화해가며 이작가와 타국의 정치 정세와 남한사회와 정치에 대해 토론하는 것이 내용의 주를 이룬다. 그 가운데 드러나는 이작가의 국가와 법에 대한 태도 또한 아이러니하다.

「나는 대한민국이 보통의 능력을 갖고 보통으로 노력만 하면 살 수 있는 나라라고 생각해요. 정치가 그정도로만 되어 있다고 하면 이 어려운 환경 속에 있는 나라 치고 더 이상 바랄 것이 없지 않습니까.」12)

---

11) 이병주, 「소설 · 알렉산드리아」, 『소설 · 알렉산드리아』, 한길사, 2006, 70면.
12) 이병주, 「내마음은 돌이 아니다」, 『철학적 살인』, 정음출판사, 1978, 204면.

「난 어떤 법률이건 순종할 작정입니다. 나는 철저하게 나라에 충성할 작정이니까요. 소크라테스처럼.」

「소크라테스?」

「소크라테스는 아테네의 정부로부터 국외로 나가거나 사형을 받거나 하라는 선고를 받고 사형을 받는 편을 택했죠. 아테네란 나라에 충실한 아테네의 시민으로서 죽기 위해서였죠.」

…………

「아닙니다. 이선생에겐 소크라테스를 들먹일 자격이 있지요. 있구말구. 우선 비극적인 의미로서도 그렇죠. 아무런 보상을 바라지도 않고 음으로 양으로 작가로서 많은 오해를 받으면서도 이 정부를 위해 노력하는데 학대, 그렇지, 일종의 학대를 받아야 한다니 그게 꼭 소크라테스의 운명과 비슷하지 않습니까.」[13]

노정필이 생활인으로서 사회에 적응하여 가는 도중, 군부정권은 사회안전법을 공포하여 사상범으로 이미 형을 마치고 나온 사람들을 그 성향에 따라 보호관찰하거나 재수감하는 만행을 저지른다. 일제 강점기의 보호관찰법을 그대로 본 딴 악법을 마주하고 이작가는 그 법률에 순종할 것이고 철저하게 나라에 충성할 작정이라는 이야기를 한다. 자신의 그러한 태도에 대해 소크라테스의 행위에 기대어 설명하면서 시민으로서 죽기위해 사형을 선택했던 소크라테스의 죽음이 윤리적 선택이었다고 합리화하는 것이다. 부당한 악법에 대한 순종이 윤리적 선택으로 비약할 수 있는 배경에 있는 것이 '국가'의 존재다. "언제 슬픔이 없는 거리가 있어 보았더냐. 나라가 살고 많은 사람이 살자면 노 정필 같은 인간이야 다발 다발로 역사의 수레바퀴에 깔려 죽어도 소리 한 번 내지 못한들 어쩔 수 없는 일이다."[14]라는 독백을 통해 '국가'라는 가치 앞에서 악법을 합리화하고 있

---

13) 위의 책, 214면.
14) 위의 책, 216면.

는 것이다. '힘/폭력(force)'으로서의 법을 따라 신고용지를 받으러 파출소로 향하는 행위 속에서 지워지고 있는 것은 '정의(justice)'로서의 법이었던 것이다.

'나라(국가)' 일과 관련되었을 때, 불합리한 법에 대한 국민으로서의 태도는 현실성을 잃어버렸다고 판단될 정도로 묘사되는 부분도 찾아볼 수 있다. 다음은 『행복어사전』에서 소설의 소재를 찾아다니며 안면을 익힌 구두닦이 소년에 의해 간첩으로 고발당해 고초를 겪은 주인공 서재필이 담당 검사와 나누는 대화이다.

> "아무튼 일선의 수사관들이 보아 넘길 수 없는 사정에 이르러 한 짓이지 사감이 있어서 그랬다고는 생각하지 않으시죠?" 하고 물었다.
> "사감이라고는 생각하지 않습니다."
> "그렇다면 모든 것을 물에 흘려보내십시오."
> "안 흘려보내면 어떻게 하겠습니까. 보내야죠." 하고 나는 힘없이 웃었다.
> 그리고 검사가 여러 가지로 신경을 쓰는 것 같아
> "결국 우리나라가 놓인 비극적인 상황이 이런 일을 있게 한 것이니 나는 누구도 원망하지 않겠습니다. 다만 앞으론 이런 일이 없어주었으면 할 뿐입니다. 검사께서 미안해할 것은 없습니다."하는 말을 보태지 않을 수 없었다.15)

불시에 검거당해 밀실에서의 수사에 공포에 떨었던 서사주체가 불법적인 법집행자와 나누는 대화라고 하기에 지나치게 작위적이다. 소설 속에서 서재필이 철저하게 소시민적으로 살고자하는 인물이라고 하지만, 서재필의 위치는 전직 언론인이며 지식인으로 설정되어 있다. 『행복어사전』이 대중성을 표방한 소설이라고는 하나, 70년대 당시 빈번했던 간첩

---

15) 이병주, 『행복어사전』5, 한길사, 2006, 348면.

사건과 조작사건들을 배경으로 하고 있는 이 에피소드에서 남는 것은 서사주체의 의식에 대한 의문점이다.

「소설 · 알렉산드리아」와 「내 마음은 돌이 아니다」, 『행복어사전』에서 나타나고 있는 서사주체의 선택과 폭력으로서의 법에 대한 순응적 의식의 배경에는 공통적으로 '국가의 위기'가 있다. 1960년대와 1970년대를 통치했던 정치권력이 활용한 주요한 통치이데올로기가 바로 '국가의 위기'이다. 북으로부터의 위기, 경제발전에서의 위기, 정치적 혼란이 야기될 수 있다는 위기 등, 국가 위기를 일상화함으로써 개인과 사회단체, 기타 공동체의 정치성을 강제 소거할 수 있었고 사회에서 소거된 그만큼의 정치성은 집권권력의 정치과잉으로 나타났다. 이러한 현상에 대해 묵인하고 과거의 파행적 법집행과 헌정중단이라는 헌법유린의 쿠데타에 대한 기억을 지워버릴 수 있는 것은 작가가 가진 국가와 국민에 대한 철학적 인식에서 기인한다. 다음 은 작가의 '국가'에 대한 인식에 대한 추적과 추론이라고 할 수 있다.

이병주의 작품에 나타나는 정치적 언술들을 토대로 하였을 때, 작가는 '국가의 체(體)'를 형성하는 것이 '법'이라는 원론적인 정치철학을 가지고 있었다고 할 수 있다. 개인에게 있어서 인생의 후반기를 결정하게끔 했던 법과 그 집행이라는 것이 헌정을 불법적으로 유린한 군사쿠데타였다는 사실과 법전에 없는 법률을 남발했던 군사재판에 의한 것이었다는 사실은 작가자신의 정치철학을 유린하는 것과 같았다. 따라서 깊은 울분만큼 법의 문제에 민감할 수밖에 없었다고 할 수 있다. 군사정권기의 법은 사회정의를 내세웠지만 폭력에 가까웠고, 힘은 곧 정의라는 역설을 증명하는 것이었다.

그러나 그의 소설에는 앞서 살펴보았듯이 한편으로 비판적이고 또 한편으로 순응적인 포즈가 동시에 발견된다. 비판적이라고 보기엔 당시 정권을 옹호하거나 비호하는 서술들이 노골적이고, 순응적이라고 하기에는 비판의 순도가 높다. 독자는 경우에 따라 이 작가가 체제 순응적이라고 느낄 수 있고, 또는 체제 비판적이라고 느낄 수도 있다. 결과적으로 어울리지 않는 두 가지 경향의 조합은 그의 정치적 성향에 대한 극과 극의 평가를 불러왔다. 그러한 극과 극의 평가는 그의 서사주체가 분열하고 있다는 것을 보여주는 것이며, 그의 분열하는 서사성은 위기의 시대가 소환한 서사 주체의 붕괴를 보여주는 좋은 증좌이기도 하다. 이병주의 문학과 작가에 대한 숱한 오해와 평가절하의 기원이 되는 이 분열하는 서사성의 바탕에는 작가가 가진 법과 국가, 개인의 관계에 대한 철학이 자리 잡고 있다. 그 철학의 내용은 작가가 청년시절 철학에 대한 열정을 불태울 무렵 많은 영향을 받았다고 고백했던[16] 미키 기요시(三木淸)의 사상과 겹친다. 이병주의 작품에 나타나고 있는 개인과 국가 관계에 대한 서술과 작가 인식이 미키 기요시의 개인과 국가 관계에 대한 철학사상과 매우 유사한 것을 발견할 수 있기 때문이다.[17]

미키 기요시의 『철학입문』의 후반부에는 개인의 직능이 곧 덕이며 '사람이 사회에서 다하는 역할이란 그의 직능'이라는 직능의 덕에 대한 사상이 나온다. '자기 직능에서 유능하다는 것이 사회에 대한 우리의 책임'[18] 이라는 말은 개개인이 자신이 하는 일과 직분에서 유능함을 연마하는 것

---

16) "솔직하게 말하면 나는 대학시절 철학에 전념하고 있었다. 그래서 내 나름대로 독자적인 철학개론을 꾸밀 수가 있었다. 물론 빈델반드의 <철학개론>, 짐멜의 <철학의 근본문제>, 미끼(三木淸)의 <철학입문> 등을 참고로 했지만……" (이병주, 「아무래도 프랑코는 악이다」, 『잃어버린 시간을 위한 문학적 기행』, 서당, 1988, 133면.)

17) 이하에서 서술되는 이병주와 미키 기요시, 고바야시 히데오와의 관련성에 대한 부분은 노현주, 「정치부재의 시대와 정치적 개인」, 『현대문학이론연구』49, 현대문학이론학회, 99~102면 참조.

18) 三木淸(미키 기요시), 지명관 역, 『철학입문』, 소화, 1997, 182면.

이 사회적 도덕적 의미를 갖게 된다는 의미이다. 기술적인 덕이 결국 사회 내에서의 각 개인의 직능을 말하는 것이라면 사회와의 연관이 결여된 덕의 개념은 무의미하다. '고유한 활동에 종사하는' 사회적 개인만이 의미를 부여받을 수 있다는 개인의 직능의 덕은 '선한 국민'으로서의 의무에 대한 사상으로 발전되어 기술된다.

> 아리스토텔레스에서는 정치학과 윤리학은 하나의 것이었다. 인간은 그 본성에서 '사회적 동물'이라고 한다면 정치학과 윤리학은 떨어져 있는 것일 수 없다. 아리스토텔레스에게서는 정치의 목적은 어떻게 해서 '선한 국민'이라는 것과 '선한 인간'이라는 것을 통일하는가 하는 데 있다. 인간은 '선한 국민'이라는 의미에서 사회에 어디까지나 내재적이다. 따라서 설혹 자신이 속하는 사회가 나쁘다고 해도 그 사회에서 주어진 역할을 다하고 그 사회에 봉사하는 것이 그의 의무라고 할 것이다. 그렇지만 인간은 동시에 '선한 인간'이라는 의미에서 그 사회를 넘은 존재다. 자신의 자발적인 행위에 의하여 자신이 속한 그 사회를 좋게 해 가는 것이 인간의 의무라고 하지 않을 수 없을 것이다.[19]

이러한 사상은 선한 '국민'은 처한 현실을 불가피한 것으로 인정하고 그 방향을 보다 나은 쪽으로 유도하려 노력하는 자라는 의미를 담고 있다. 하지만 이 사상은 전체주의적 권력을 가진 국가는 개인을 통제하는 데에 개인의 선한 역할을 전혀 고려하지 않는다는 사실을 간과하고 있다.[20] 이러한 철학은 당시 일본 사회의 지식인들에게 평균적인 인식이었

---

19) 위의 책, 188면.
20) 미키 기요시가 전개하는 직능에 덕에 충실한 선한 국민의 사상은 아리스토텔레스의 정치학을 기반으로 하고 있다. 이병주의 정치철학 또한 고대의 법치공화국, 통치의 근간이 법으로써만 규정되는 아리스토텔레스의 정치학을 바탕으로 한다. 미키 기요시의 철학적 영향과 고대 철학에의 집중으로 만들어진 이병주의 정치철학은 결과적으로, 법이 근간이 되는 국가에 대한 개인의 덕이란 국가가 존립하기 위해 행사되는 법을 긍정하는 것으로 표현된다.

다고 할 수 있다. '일본에게 있어서 국민은 정치적 개념'이고 '황국 아래서의 국민은 신민의 개념으로 존재'했다[21]는 것은 '국민'의 이름으로 국가의 전쟁 수행에 묵묵히 협력했던 지식인들이 처한 딜레마의 이면을 짐작케 한다.

이병주를 비롯한 40년대 일본의 구제고등학생들에게 절대적 영향력을 과시했던 고바야시 히데오도 '일본 국민'이기에 일본의 전쟁에서 하나의 단위로 복무해야 한다는 의식을 보였고,[22] 『관부연락선』에서 유태림이 학병으로 만났던 철학교수 이와사키는 "계급의 승진이 곧 내가 병정으로서의 스스로를 긍정하고 있는 증거가 아닌가. 철학자로서 가능한 병정이라고까진 말할 수 없다. 그러나 평범한 말로 되돌아가지만 철학자이기에 앞서 일본인으로서의 병정일 따름이다."[23]라고 답한다. 이와 같은 일본의 지식인들의 사상은 자신이 속한 사회가 나쁘다할지라도 '선한 국민'으로서 개인의 직능에 충실하는 것이 국민의 의무라는 직능의 덕에서 벗어나고 있지 않다.

이러한 사실로 미루어 1940년대 일본유학생으로서 교양주의교육을 바탕으로 한 일본 지식장 속에서 성장한 이병주가 나쁜 사회에서도 그 사회에서 주어진 역할을 다하는 것이 선한 국민으로서의 의무를 다하는 것을 개인의 덕으로 내면화했다고 보는 것이 설득력 있는 시각이 된다. 「내마음은 돌이 아니다」에서 '이작가'는 간디의 말을 빌려 독립이란 평균적인 백성이 '자기 자신이 입법자(立法者)라는 것을 자각하는 것'이라고 말하고 있다. 법이 국가의 근간이자 핵심이고 그것을 세우는 주체가 구성원 개개

21) 이한정, 「고바야시 히데오(小林秀雄)의 사회시평」, 『일본어문학』4, 한국일본어문학회, 1998, 304면.
22) "국민이라는 것이 전쟁의 단위로서 옴짝달싹 못하는 이상 그곳에 기반을 두고 현재에 임하려는 각오 이외는 어떠한 각오도 잘못되었다고 생각한다."(小林秀雄, 「전쟁에 대해서」, 『가이죠』, 1937.11. 이한정, 위의 논문, 301면 재인용.)
23) 이병주, 『관부연락선』1, 한길사, 2006, 112면.

인이 되었을 때에야 독립된 국가가 가능해진다는 의미로 본다면, 개인에게 법은 주권자로서의 자각과 통한다. 윤리학과 정치학을 통합했던 아리스토텔레스는 정치 체제의 노모스(nomos), 즉 법을 내면화하는 것을 윤리적인 것으로 파악했다. 이와 같은 법의식과 정치관이 이병주의 작품 속에서 발견되고 있는 것이다. 폭력으로서의 법을 해체함으로써 정의로서의 국가를 지향할 수 있다는 자각을 하기에는 일제말 지식장의 '선한국민의 사상'과 근대적 '국가건설'에 대한 임무, 그 요구에 대한 조급함이 더 절실했다고 볼 수 있겠다.

## 3. 법과 국가에 대한 윤리적 주체의 선택

이병주가 그려내는 서사주체들의 아이러니는 '국가'가치가 우위를 점하고 법과 폭력의 상호관계에 대해 간과함으로써 모순을 내포하게 된 데에서 기인한다. 이병주는 국가의 체(體)를 형성하는 것이 '법'이라고 보았고, 주권자로서의 개인은 법을 내면화한 자였으며, 따라서 법에 의해 집행되는 국가권력을 인정하였다. 언론인으로서의 현실정치 감각을 가지고 있었기에 근대 부르주아 민주주의를 바탕으로 한 대중정치가 현실정치와 현실의 국가에서 필요하다는 정치의식 또한 갖고 있었는데, 그것은 『지리산』에 등장하는 인민재판과 관련하여 대중을 정치에 동원하는 현실적 정치감각에 대한 논평을 통해 발견할 수 있다. 어떻게 보면 법의 폭력성을 묵과하고 국가존립을 우선하여 정치권력의 폭력성을 인정하는 것은 마키아벨리식의 정치감각을 보여주고 있는 것인지도 모른다. 그러나 일관성 있게 권력의 전체주의적 속성과 폭력을 증오한다는 것을 서사주체를 통해 표명해왔던 작가가 강조한 것은 간디즘이었다.

「이선생은 모든 개혁(改革)에의 의사를 부정하는 겁니까. 개혁에의 의사란 근본적인 개혁을 지향하는 의사가 아니겠소. 그런 것을 부정합니까.」

「개혁에의 의사를 부정하고 어떻게 살 수 있겠소.」

「그렇다면 마르크스주의나 공산주의를 그런 개혁에의 의사로 보고 일단 승인할 순 없겠소?」

「나도 마르크스주의의 일부의 진리는 승인합니다. 그러나 마르크스주의가 진실로 인간의 복지에 도움이 되려면 간디주의, 즉 마하트마 간디의 사상으로서 세례(洗禮)를 받아야 한다고 생각해요.」

「폭력을 배제해야 한단 말씀이군요.」

「그렇습니다.」[24]

인용문은 작가를 대변하는 '이작가'를 통해 간디즘이 갖고 있는 폭력에 대한 저항을 정치이념의 실천에 있어서 중요하게 생각했다는 것을 말해주고 있는 부분이다. 이병주의 이러한 정치사상과 의식, 철학이 갖고 있는 모순점들은 바로 국가권력과 법, 그리고 폭력이 갖는 이면(裏面)의 관계에 대한 고찰이 부재한 것이 아닌가라는 의심을 낳게 한다. 즉, 이병주가 법기반의 국가를 긍정하고 일체의 법을 긍정하는 것이 국가의 체(體)를 인정하는 것으로 생각하면서 폭력을 비판하고 간디즘을 주창한 것은 법 자체의 폭력성과 법과 권력이 맺는 관계를 단순하게 생각한 측면이 있다는 것이다.

발터 벤야민은 「폭력비판을 위하여」에서 "법적 계약을 보증하는 권력 자체가—그 권력이 그 계약 자체 속에 폭력을 통해 적법하게 투입되지 않는다 해도—폭력적 기원을 갖고 있는 한, 그 계약 속에 들어 있다"며 "어떤 법적 기관에서 폭력의 잠재적 현존에 대한 의식이 사라지게 되면, 그 기관은 퇴락한다."라고 말하고 있다.[25] 이는 법 자체에 폭력이 내포되어

---

24) 이병주, 「내 마음은 돌이 아니다」, 앞의 책, 206면.
25) 발터 벤야민, 최성만 역, 「폭력비판을 위하여」, 『폭력비판을 위하여—발터벤야민

있으며 국가라는 기관이 존립하기 위해서는 폭력이 잠재적 현존으로 존재할 수밖에 없다는 것을 지적하는 것이다. 이 말은 법과 국가를 인정하면서 정치권력의 폭력을 증오한다는 것이 서로 양립할 수 없다는 것과 같은 맥락이다. 이에 비추어 일체의 법을 수용함과 동시에 폭력을 증오한다는 이병주의 정치의식이 가진 모순점을 확인하게 된다. 이러한 정치의식의 모순은 소설 속에서 중심인물이 보여주는 의식과 현실태도 사이의 아이러니를 낳게 하였다는 것은 이미 살펴본 바와 같다. 국가가 존립하기 위해 행사되는 법을 내면화하는 것이 공동체를 대하는 개인의 윤리라는 법의식, 이것이 공동체의 구조적인 폭력성을 묵과하는 것으로 이어질 때 나타났던 서사주체의 아이러니, 즉 폭력에 대한 비판과 법에 대한 긍정이라는 아이러니를 작가는 인식하지 못했을까.

텍스트 내의 그러한 서사주체의 분열에 대해 작가 스스로 딜레마로 인식하고 있었다는 것을 보여주고 있는 작품이 대표작 『지리산』이라고 할 수 있다. 주인공인 박태영은 자신이 지향해야할 가치로 공산주의를 받아들이고, 이상적인 공산당원이 되기 위해 자신을 수련하면서 지리산에 입산한다. 그가 현실에서 마주친 공산당, 즉 남로당의 현실은 박태영이 그리고 있던 공산당의 모습과는 거리가 멀었다. 이에 박태영은 남로당에 대해 환멸을 갖게 되지만, 공산당을 포기하지는 않는다.

> "그런 게 아니죠. 내나 두령님은 공산당에 속해 있습니다."
> "있지도 않은 공산당에?"
> "천만의 말씀입니다. 우리 마음속의 공산당이 가장 확실한 공산당입니다. 두령님은 남로당을 위해서가 아니라 인민을 위해 일하시는 것 아닙니까. 두령님의 군대는 남로당을 넘어 인민에게 복무하는 군대가 아닙니까. 남로당과는 공동의 목적을 위해 부득이 연합전선을

선집5』, 길, 2008, 97면.

펴고 있는 것으로 생각하시면 될 게 아닙니까."26)

"분명히 박헌영 체제의 공산당과는 절연했어. 그러나 난 공산주의자를 포기한 건 아니다. 언젠가 나는 당에 복귀할 거다. 훌륭한 공산주의자로서 내 일생을 살 작정이다. 내게 그런 각오 없이 어떻게 박찬에게 그런 말을 할 수 있었겠어. 박찬에게 '당신은 공산주의자로서의 수양이 모자라는 사람이오.'라고 비난할 수 있기 위해선, '나는 훌륭한 공산주의자가 되리라.'라는 각오가 있어야 했던 거다. 나는 내 각오를 먼저 다져놓고 그를 비난했다. 그럴 각오도 없이 박찬에게 그런 소릴 했다면 나는 경박하기 짝이 없는 놈이 안 되냐."27)

박태영과 하준수가 생각하는 공산당은 '인화(人和)' 즉, 인간이 중심이 되는 공동체였다. 이들이 남로당과 지리산 빨치산 조직을 통해 확인한 것은 '국가'를 건설하기 위해 지리산에서 죽어가는 수많은 청년들의 희생에 대해 책임지려 하지 않는 무책임함과 상명하달의 과정에서 토론이 부재한 일방적 소통에 대한 부당함이었다. 하준수가 끝까지 빨치산 부대를 이끌었던 것은 자신을 따르는 대원들에 대한 책임을 다하려는 것이었고, 박태영이 마지막 빨치산으로 남아 죽음을 맞이한 것은 자신이 지향했던 '공산당'이라는 일종의 '국가'적 가치를 지키고자 하는 의지였다고 할 수 있다.

"희망이라면 꼭 한 가지 있소. 지리산 파르티잔 가운데서 마지막으로 죽는 파르티잔이 되고 싶소. '몇 월 며칠 하나의 공비를 사살했다. 배낭을 챙겨보았더니 박태영이란 이름이었다. 그는 지리산 마지막의 파르티잔이었다. 그가 죽음으로써 파르티잔은 근절되었다. 이제 지리산에 완전한 평화가 왔다.' 남조선의 신문이 일제히 이런 기사를 쓸 수 있도록 죽는 것, 그것이 나의 희망, 아니 소원이오."28)

---

26) 이병주, 『지리산』5, 한길사, 2006, 290~291면.
27) 위의 책, 78면.
28) 『지리산』7, 307면.

'너는 너 혼자를 위한 파르티잔일 뿐이다. 무엇을 위한, 누구를 위한 파르티잔도 아니다. 오직 너 자신을 위한 파르티잔이며, 너의 오산, 너의 '선택의 실패'라는 대죄를 보상하고 있다는 사실을 잊으면 안 된다.'[29]

박태영은 내적으로 당이 내세우는 규율의 폭력성을 비판하면서 현실에선 그 당에 끝까지 남아 조직의 마지막을 지키는 인물이 된다. 당의 지령, 당의 법에 대한 비판을 외적으로 드러내지 않는 것은 자신이 법을 행동으로 부정하는 것이 기관의 퇴락을 조장하는 것이라고 인식하기 때문이다. 그 결과 박태영도 폭력을 증오하면서도 조직체가 가진 폭력성을 결과적으로 방조하는 아이러니를 내포하게 된다. 그러나 박태영이 다른 작품들의 서사주체와 변별점을 가지는 것은 자신이 갖고 있는 아이러니와 딜레마에 대해 자각하고 그에 대한 자기처벌적 행위를 선택한다는 것에 있다. 박태영은 공산당에 대한 지향을 실현하고자 남로당을 선택한 자신을 용서할 수 없는 자로 규정하고 하산의 기회가 여러 번 있었음에도 불구하고 빨치산으로서 생을 마감한다.

이러한 '비합리적 심층의식'을 보여주는 인물을 설정했다는 것은 작가가 자신의 서사주체들이 보여주었던 법의식의 아이러니를 이미 자각하고 있었다는 방증이 되는 것이 아닐까. 박태영은 '스스로를 용서할 수 없기 때문에 지리산에 남아야 한다'는 신념을 맹목적으로 내세우며 스스로를 죽음으로 몰고 간다. 작가는 '공산주의'라는 가치를 향한 순수한 욕망, 즉 '대체불가능한 대상'을 향한 욕망을 죽음을 불사하고 포기하지 않는 한 인간을 통해, 법이 그것의 내적 폭력성을 은폐하고 윤리성을 획득할 수 있도록 만든다. 박태영은 법과 국가 그리고 폭력이 서로 내재적 관계임을 체득해 간다. 그러나 법 자체의 폭력성을 인정했을 때 발생하는 조직에

---

29) 위의 책, 314면.

대한 부정이 곧 지리산에서 죽어간 청춘들의 죽음을 무의미한 것으로 만들게 될 것 또한 알고 있다. 따라서 박태영의 자살과도 같은 선택은 당조직 자체가 공산주의자에게 있어서 부정할 수 없는 대체불가능한 가치라는 것을 공표하는 행위이다. 그 행위는 포기할 수 없는 절대적 가치를 위해 죽음도 불사하는 욕망의 윤리를 통해 박태영에게 숭고를 동반한 윤리성을 부여했다.

박태영은 당과 당의 법에 내재한 폭력성을 인지했음에도 불구하고 절대적 가치인 공산주의라는 욕망을 향해 맹목적으로 전진함으로써 그 자신의 존재를 포기한다. 그렇게 함으로써 지리산의 빨치산들은 현실적 초자아의 법(남한 사회의 법)에서는 비윤리적 인물(빨치산 잔당)이었지만 초자아를 넘어서서 인간 자체의 윤리성이라는 차원에서는 숭고한 인물로 재탄생하게 된다. 박태영이 획득한 윤리성은 유신시대 하에서도 지리산의 빨치산들이 적대적 존재로서가 아니라 윤리적 존재로서, 포기할 수 없는 가치를 향한 포기 없는 전진을 보여준 숭고한 인물들로 대중에게 각인될 수 있었던 가장 큰 동력이었다고 할 수 있다. 법과 폭력의 내포관계를 간과했던 작가의 정치의식의 한계는 서사주체의 의식과 현실대응에서 아이러니를 발생시켰다. 이 아이러니를 봉합하기 위해 절대가치를 향해 자신을 희생하는 욕망의 윤리학을 보여줌으로써 법은 폭력을 은폐하고 숭고로 거듭난다.

『지리산』의 박태영은 폭력을 증오하면서도 기관의 법이 가진 폭력성을 결과적으로 방조하게 되는 아이러니를 '자각'했지만, 당 혹은 국가라는 가치를 지키기 위해 스스로를 파멸시키며 윤리성을 획득했다. 이후 작가는 서사주체의 그러한 '자각'에 대한 봉합의 한 방식으로 신을 대신한 '섭리의 집행자'를 내세우는 데로 나아간다. 법과 국가의 폭력성이 탄생시킨 수많은 악들이 개인들을 불행으로 몰아넣을 때, 법과 국가를 초월하여 행동하는 초인을 그 대안으로 형상화하고 있는 것이다. 작가의 작품 활동의 후반기라고 할 수 있는 80년대에 들어 쓰인 중편「그 테러리스트를 위한 만사」는 그러한 작가의식을 볼 수 있는 텍스트이다.[30]

선량한 개인들을 지켜주지 못하는 법과 국가에 대한 불신은 거대한 힘과 역사적 불행에 의해 희생된 개개인의 원한에 대하여 국가는 정의의 힘을 행사할 의지가 없다는 사실에 대한 확신으로 이어지고 그것은 개인의 복수에 대한 지지로 이어진다.「소설 · 알렉산드리아」의 사라 안젤과 한스 셀러의 나치 잔당에 대한 살인은 개인적 복수이면서 역사의 복수이고 희생되어 사라진 수많은 사람들의 복수가 될 수 있다는 논리로 합리화되어 석방되었다. 법의 힘을 빌어 정당성을 얻었던 것과 달리,「그 테러리스트를 위한 만사」에 이르면 '신의 대리자'로서 법과 국가를 넘어서는 인물을 그려내고 있다.

> "신은 이미 죽었다 이거야. 섭리의 집행자는 사람일 밖에 없다 이거
> 야. 테러리스트는 신을 대리한 섭리의 집행자야."
> "누가 그걸 인정합니까."
> "자기 자신이."
> "어떻게요."
> "용기와 실천력이 자기에게 있다는 것을 행동으로써 증명하는 그
> 순간에 섭리의 집행자로서의 자격을 얻는 거지. 그는 사람이면서 이

---

30) 개인적 복수 모티프는「계절은 이미 끝났다」,「철학적 살인」 등에서도 나타나고 있다.「그 테러리스트를 위한 만사」에 나타나는 아나키스트에 대한 동경 혹은 아나키즘적 상상력이『행복어사전』에서는 윤두명의 종교공동체로,『바람과 구름과 비』에서는 최천중을 중심으로 하는 삼전도계와 '신국'으로 형상화된다. 특히『바람과 구름과 비』의 최천중은 혁명세력을 키우면서도 조선의 마지막까지 왕조는 부정할지언정 조선, 즉 국가를 부정하지 않고 지키려는 신념을 가지고 있었으나 폭력과 공포에 의한 정치에도 민란이 진정되지 않는 것이 곧 나라의 주권자인 백성들이 나라를 버린 것으로 판단하고 나서 망국을 인정하고 이상적 공동체사회인 신국을 구상한다.

미 사람이 아냐. 초인이 된 거지. 니체가 말하는 그따위 빈혈적이고 귀
족적인 초인이 아니라 다혈질이며 괴위魁偉하고 당당한 초인이지. 잠
꼬대를 닮은 영웅으로서의 초인이 되는 거야. 그런 초인이 곧 테러리
스트다."[31]

일제의 밀정과 같은 악인에 의해 사랑하는 사람들을 억울하게 잃은 후,
그 억울한 죽음에 대한 개인적 차원의 복수가 정당함을 인정받게 되는 것
은 국가가 수립되고 법을 집행하지만, 정의는 결코 실현되지 않는다는 사
실의 자각에 있다. 법의 내면화가 윤리라고 믿었던 개인으로서 법을 해체
하지 않고서는 오지 않는 '정의'에 대해, 그것을 실현할 수 있는 현실적인
방법을 현실적이지 않을 것 같은 테러리스트의 존재에서 찾고 있는 것이
다. 이것은 박태영의 경우와 마찬가지로 법과 폭력 사이의 딜레마에 대한
작가의 자각에서 비롯된 것이라고 할 수 있다. 그러나 이러한 섭리의 집
행자로서의 테러리스트, 어느 결사나 기관에도 속하지 않고 법을 초월했
던 아나키스트에 대한 동경은 일종의 스러져가는 신화성의 형태로 마무
리될 뿐이다. 법/폭력의 국가를 대하는 윤리적 주체의 낭만적 상상 혹은
향수일 뿐이다.


## 4. 지식인의 '국가 건설' 콤플렉스

이러한 이병주 소설의 법의식과 정치적 한계는 앞장에서 살펴본 대로
작가가 성장해온 지식 장의 특성과 연관된다고 볼 수 있다. 그 지식장을
공유했던 세대가 이른바 학병세대라고 할 수 있는데, 이병주의 법의식과

---

31) 이병주, 「그 테러리스트를 위한 만사」, 『그 테러리스트를 위한 만사』, 한길사, 2006,
107면.

정치의식의 연장선에서 학병세대를 논하는 것은 이들이 근대국가론이 본격화된 60~70년대 사회의 중추의 역할을 담당했던 기성 지식인들이었기 때문이다.

5·16 군사 쿠데타 이후 군정은 사회 내의 지식인 집단을 정책입안과 수립과정에 동원했고 경제개발이 본격적으로 추진되는 과정에서 지식인들의 정치참여는 자문기구 등의 형태로 더욱 본격화되었다. 한편으로 60년대에는 수많은 필화사건들이 있었는데, 지식인의 비판적 현실참여는 가혹하게 차단하는 한편, 4·19 직후 왕성했던 지식인의 현실참여 욕구를 왜곡된 형태로 체제내로 흡수하는 양면정책을 펼쳤다. 지식인들이 5·16 직후 정변을 묵인하거나 지지하는 태도를 보인 이유는 군정초기부터 시행된 광범위한 지식인들에 대한 흡수 정책에 의해 굴절된 형태로라도 사회참여에 대한 의지를 펼칠 수 있었기 때문이라고 볼 수 있다.[32]

당시 기성 지식인들이 모두 학병세대였던 것은 아니지만 이병주와 비슷한 연배 혹은 선배가 되는 세대로서 대학이나 학계, 군부 및 사회의 곳곳에서 영향력을 행사하고 있는 지식인들의 상당수가 일제 말의 지식 장 속에서 정치와 현실에 대한 의식을 형성해왔다는 것은 부인할 수 없다.[33] 군정 권력과 지식인의 결합은 지식인들이 그들이 가졌던 군정과 쿠데타의 불법성에 대한 반발심에도 불구하고 '국가 건설'이라는 대의명분 하에

---

32) 홍석률, 「1960년대 지성계의 동향」, 한국정신문화연구원편, 『1960년대 사회변화 연구』, 백산서당, 1999, 198~203면 요약 참조.

33) 다음과 같이 사회적으로 영향력있던 인사들을 거론하는 것은 학병세대가 60년대 이후의 사회에서 중추세력이었음을 보이고자 함이다. 장도영(장군, 5.16군사혁명위원회의장) 김수환(천주교 추기경), 구태회(국회의원), 민기식(장군, 국회의원), 민병권(장군, 국회의원), 민충식(호주대사), 박동운(한국일보 논설위원), 신상초(중앙일보 논설위원), 이병주(작가), 임원택(서울법대 교수), 장준하(사상계 발행인), 한신(장군), 한운사(작가), 이가형(중앙대 교수), 현승종(고대 교수), 김준엽(고대 교수), 황용주(MBC사장), 정병욱(서울대 교수) 등. 열거한 예 이외에도 실업가와 교사가 다수를 차지한다. (1.20동지회, 『청춘만장』, 1972 참조.)

서 스스로의 직능을 다하여 선한 국민이 되었을 때, 선한 국가를 만들 수 있다는 국가관의 연장선에서 이루어질 수 있었던 결탁이었다.[34] 이와 같은 사실은 극단화시켜 본다면 5 · 16쿠데타의 암묵적 승인에서 더 나아가 일종의 군부권력과의 협력이라고 할 수 있는 것인데, 적극적으로 군정의 정치에 참여한 지식인들뿐만 아니라 암묵적 동의나 관조적 태도를 보인 지식인들에 이르기까지 그들이 보여준 행보에서 확인할 수 있는 것은 '국가' 혹은 '국가건설'이라는 대의 앞에서 보여주었던 '망각'의 태도이다.

에르네스트 르낭은 국가를 이루고자 하는 '의지'가 국민의 핵심이라고 하며 국가로의 통합을 위해 과거 역사에 대한 망각이 필요하다고 이야기한다. 다만, 과거에 이루었던 위대한 문화 유산(예를 들어 르네상스와 같은)에 대한 가치를 기억하는 것이 국가를 향한 통합의 의지로 이어질 수 있다고 말한다. 이것은 인종 혹은 민족, 언어 그리고 왕조의 정복 전쟁 등과 같은 폭력의 역사를 망각하고 그 대신 서구 공동으로 기억하고 누릴 수 있는 문화적 유산을 통해 국민적 정체성을 이룰 수 있다고 보는 관점이다.

> 망각이야말로, 저는 심지어 역사적 오류라고까지 하고 싶습니다만,
> 여하튼 국가 창설의 결정적 요인이고, 이것이 역사 연구의 진전이 흔
> 히 국가라는 원리에 위험이 되는 이유입니다. 실제로 역사 탐구는 모
> 든 정치 구성체들, 심지어 전체로 보아 이로운 결과를 가져온 구성체
> 들의 기원에서 발생했던 폭력 행위들을 조명합니다. 통일은 언제나
> 무자비한 수단들을 통해 이루어집니다. 26~27
> 과거에서 공동의 영광을 구하고 현재에서 공동의 의지를 구하는

---

34) 5 · 16쿠데타 직후 반대하는 의견도 상당수 존재했지만 4 · 19시기 현실비판에 열을 올렸던 지식인들은 전반적으로 침묵으로 일관하거나 군인들의 거사에 기대를 거는 발언을 했는데, 이후 실질적으로 각종 자문기관과 정책고문 등의 역할로 군사 정권에 흡수되었고 권력과 지식의 결합 현상은 '근대화론'과 밀접한 관련이 있었다. 정용욱, 「5.16쿠데타 이후 지식인의 분화와 재편」, 『1960년대 한국의 근대화와 지식인』, 선인, 2004, 170~172면 참조.

것, 위대한 일들을 함께 이루었고 더 많은 것을 이루고자 하는 것—이
것들이 국민의 필수적 조건들입니다.[35] 40

문화적 정체성을 일종의 국가 내러티브로 파악하는 호미 바바는 그러
한 위대한 문화의 기원이나 역사적 권위 등을 내세우는 국가 내러티브가
국가수립과 관련한 폭력을 망각하게끔 하는 교육적, 수행적 전략이라고
주장하고 있다.

> 국민은 민족주의 교육론이 역사적 '대상'이면서, …… 국민은 또한
> 의미화 과정의 '주체'이기도 하다. 이 의미화 과정은 국가—국민의 모
> 든 선험적 혹은 기원적 현존을 지워버려야 하는데, 이는 국민이라는
> 거대한, 살아 있는 원리가 지속적인 과정임을, 국민으로 살아간다는
> 것은 하나의 반복적 재생산 과정으로서 확보되고 의미화되는 과정임
> 을 보여 주기 위함이다. 일상을 이루는 이러저러한 파편들은 반복적
> 으로 국민 문화의 기호들로 전환되어야만 하며 이러한 내러티브적 수
> 행의 행위 자체가 점점 더 광범위한 국민 주체들을 호명하게 된다.[36]

이러한 국민국가와 국민에 대한 이론은 서구의 역사, 즉 단일한 역사,
인종, 민족, 왕조 등의 경험이 일천한 역사적 배경에서 논의된 국가이론
이기에 역사와 문화 정체성, 언어, 왕조 등의 역사적 경험에 대해 단일성
이라는 기억 혹은 환상을 공유하는 우리나라의 상황과는 차이가 있다고
할 수 있다. 그러나 국민국가 혹은 근대 국가의 수립이라는 과제를 1945
년 해방이후에야 실질적으로 고민할 수 있었던 우리나라에서는 르낭과
바바의 논의가 중요한 참조점을 시사해 주고 있다.

---

35) 에르네스트 르낭, 「국민이란 무엇인가?」, 호미 바바 편, 류승구 역, 『국민과 서사』,
  후마니타스, 2011, 26~27면, 40면.
36) 호미 바바, 「디세미—네이션」, 위의 책, 467면.

해방 후 남한에는 정당과 사회단체가 난립하면서 그 수가 수십에 이르렀고, 저마다 국가건설에 대한 지향과 방법론 등에 있어 상이함을 보였으며 정치적 당파성에 있어서도 미묘한 차이들을 보이고 있었다. 이러한 정당과 단체들을 정리하는 데에는 미군정과 이후 수립된 이승만 정권의 반공주의에 입각한 정치단체들에 대한 탄압의 공이 컸다. 이후 정치적 발언과 사회참여가 다시 활발해진 것은 4·19 직후였으나 5·16 이후 정당과 사회단체, 언론사들이 대거 정리되면서 정치적 다양성이 강압적이고 폭력적인 방식으로 획일화되며 강제적으로 정치적 안정으로 통합되었다.37) 이 과정에서 정치적 통합의 폭력성을 보여주는 대표적 사건은 민족일보 사장 조용수를 사형시켰던 극단의 사건일 것이다. 민족일보 사건은 언론의 정치적 경계를 설정했던 군부정권의 폭력정치의 한 사례다. 정치단체의 정리와 관련해서 5·16세력에게는 혼란과 위기를 빠른 시일 내에 극복하고 근대적 국가를 건설해야 한다는 '국가주의'가 필요했던 것이 사실이다. 군부의 정치권력화를 위해서 단일한 '정치적 내러티브'의 필요성이 '국가'라는 이름으로 정당화되어야 했던 것이다.

국가 수립에 필요한 내러티브로서 공통의 권위와 기억, 기원이 필요하다고 한다면, 5·16쿠데타 이후의 군부권력이 주도했던 '국가건설'이라는 대명제에 대해 기성 지식인들이 가졌던 국가 콤플렉스가 작용한 과정을 추론해 보는 것이 가능해진다. 해방이후, 국가건설이 자신들의 임무라는 책임감을 가졌던 지식청년들이 60년대적 상황 하에서 5·16의 폭력은 잊어도 좋을, 헌법과 합리적 정치의 희생에 대한 망각을 기꺼이 자진해도 좋은 것이었다고 할 수 있다.

---

37) 양병기, 「1960년대 국가통치기구의 재편」, 한국정신문화연구원편, 『1960년대의 정치사회변동』, 백산서당, 1999. 참조.

"박정권에 대한 미스터 리의 생각은 어때."

"나는 되도록 이 정권이 잘해나갔으면 한다. 이게 내 진정이다. 개인 감정이 개재될 여유가 없다. 박 정권이 잘못하면 그건 곧 국민의 고통으로 된다. 기왕은 어떠했건 잘하길 빌어."

"기왕을 잊을 수 있을까?"

"잊을 수 있는 데까진 잊어야지. 나는 1961년 5월 16일부터 1963년 12월 17일의 제3공화국 출범까지를 괄호 안에 묶어 캐비닛 속에 집어넣고 자물쇠를 채워버릴 작정이다. 내 인생이 형무소 안에서 괄호 속에 묶인 것처럼. 그러고는 먼 훗날 그 괄호를 풀어볼 참이다."

"박 정권의 정통성에 대한 회의는 없을까?"

"쿠데타에 관해서 말인가?"

"그렇다."

"박 정권의 정통성은 앞으로 그들이 어떻게 하느냐에 따라 증명해 보일 수밖에 없다고 생각한다. 이미 있었던 일을 갖고 왈가왈부하는 것은 후세의 역사가가 할 일이고 지금 살아 있는 우리들의 힘을 넘어 있는 문제가 아닌가. 지금 할 수 있는 것은 그러한 사태를 빠짐없이 기록하는 일이다. 나는 솔직히 말해 박 정권의 레지티머시에 관해선 흥미가 없다. 쿠데타의 부당성을 보상하고도 남을 만한 치적을 이룩해주었으면 할 뿐이야."[38]

위의 인용문은 5 · 16쿠데타와 제3공화국의 정치적 사건들을 다룬『그해 5월』에서 필화사건으로 10년형을 받은 주인공 이사마가 감형으로 출소한 후에 영국의 기자 조스와 나누는 대화의 부분이다. 군부의 언론 길들이기의 일환으로 자행되었던 필화사건의 피해자로서 10년형을 언도받고 감옥 속에서 죽음의 공포까지를 겪었던 지식인이 군부정권에 대해 가질 수 있는 태도라고 보기 어려운 서술이다. 이 서술의 핵심은 '망각'에 있다. 기왕의 것을 잊어야 하는 이유는 '국민의 고통'에 있다. 이 '국민의 고

---

38) 이병주,『그해 5월』3, 한길사, 2006, 242~243면.

통'이라는 말에는 국가가 굳건하지 못했을 때의 상황, 즉 과거 해방 후의 혼란과 전쟁의 기억이 내재되어 있음과 동시에 '국가'에 대한 지향—국가 건설의 절실함—을 반영하는 것이다.

지식인들이 폭력과 불합리에 대한 망각을 자진할 수 있었던 이유는 무 엇일까. 이병주의 세대, 즉 학병세대는 '국가'를 지향하기만 한 것이 아니 라 국가건설을 자신들의 임무로 여겼던 지식청년 집단이었다. 다음은 해 방 공간에서의 그들이 가졌던 '국가건설'에 대한 의무감을 보여주는 부분 이다.

> 諸君의 生命이 이미 日本帝國主義의 祭物로서 提供되었든것이라면 諸君은 그목숨을 즐겁게 우리의 建國의 祭壇앞에 받히리라 믿는다. 아 니 學兵同盟은 諸君의 이러한 決意밑에서 結成된것이라 나는 믿는 다.// 諸君! 한 世代에는 그 世代가 負擔하여야할 世代的인 責務가 있음 을 忘却해서는 않된다. 諸君이 젊었다는것 그리고 建國의 波濤속에 살 고있다는것 이두事實은 諸君만이 擔當해야할 世代的인 責務를 갖게되 는것이다. 이 世代的 責務를 눈감어 廻避하려는者는 世代의 反逆兒일 뿐 아니라 또한 民族의 反逆者가 아니될수없는것이다. 건국의 波濤속 에서 또는 混亂속에서 그正路를 찾어 自己世代에 賦課되는 任務를 遂 行해 나아가는데서만 諸君은 새朝鮮의 運營者가 될것임은 忘却해서는 않될것이다.[39)

> 고로 우리의 現下任務는 첫째 內部的統一과 團結을 더욱 堅固히하 고 둘째로는 政治鬪爭과 民衆啓蒙을 하며 셋째로는 時急히 全國的인 靑年團體의 統一組織을하야 하로바삐 朝鮮이 自主獨立되어 進步的인 民主主義國家가 竪立될때까지 朝鮮의 동량이되고 全民衆의 推進力이 되여 朝鮮建國의 礎石이되기를 自覺하여야할것이다.[40)

---

39) 金午星, 「建國과 學兵의 使命」, 『學兵』第1輯, 朝鮮學兵同盟本部, 1946. 27,29면.
40) 黃益洙, 「現下朝鮮의 國內情勢와 우리 任務」, 위의 책, 63면.

국가건설의 임무를 세대의 책무로 받아들이며 이것을 피하는 것은 반역자라고 표현했던 이들에게 '발전국가'라는 공동의 내러티브를 위해서라면 헌정유린과 중단, 폭력의 기억을 '망각'의 원리로 대체할 수 있는 것이었다고 볼 수 있다. 이로 인해서 60~70년대의 정치적 암흑기가 가능해졌다고 보는 것이 무리는 아닐 것이다.

이와 관련하여 이병주의 소설에 나타나는 서사성의 분열 또한 법과 국가, 그리고 망각이라는 키워드 속에서 정리될 수 있을 것이다. 이병주와 작가의 서사주체들에게도 '국가'라는 가치는 텍스트에서 나타난 것처럼 개인의 자유와 개인의 내러티브보다 앞서는 것이었으므로, 기꺼이 법에 순응하고 있는 것이다. 그러나 자신이 겪은 '폭력의 기억'에서 솟아나는 정의로서의 법에 대한, 정의로서의 법이 운용되는 국가에 대한 지향을 숨길 수는 없었다. 그것이 서사주체의 당대 국가권력과 그들의 법에 대한 비판으로 나타나는 것이었다고 할 수 있다. 두 가지 경향, 즉 '국가'를 위한 정치적 내러티브의 당위와 부패한 권력의 국가를 향한 비판의 욕망이 텍스트의 분열적 서사성으로 나타나고 있는 것이다. 이와 같은 1960년대의 지식장과 작가의 모습 속에서 선한 국민의 사상을 바탕으로 국가 건설을 세대적 임무로 받아들였던 일제 말과 해방기의 지식청년 집단의 지향과 실패를 추론해 볼 수 있다.


## 5. 결(結); 법과 국가, 그리고 개인

이병주는 일제 말기의 태평양전쟁에서부터 5.16 군정에 의해 정치적 필화사건을 겪었던 자신의 체험을 바탕으로 개인적 고백의 서사를 정치 서사화 했던 작가이다. 정치서사를 통해 주권부재와 무책임의 정치, 정치

공작과 분단이데올로기를 이용하는 현실정치를 비판하였다. 또 사상과 표현의 자유, 그리고 폭력과 공포의 정치를 배제하고 법치에 의한 정치를 지향해야 한다는 정치사상을 펼치고 당대 정치형태의 대안으로서 중립국 이론을 제기하기도 하였다. 이러한 작가의 정치성향은 일제 말기 교양주의 내에서 성장한 마지막 지식청년 집단으로서 해방기와 정부수립을 둘러싼 혼란기에 국가건설에 대한 책임의식을 가질 수밖에 없었던 세대적 특성에서 비롯된 것이기도 했다.

그러나 이병주의 소설에는 법의식과 정치의식의 비판적 선진성과 함께 마치 그것을 부정이라도 하는듯한 체제 순응적인 태도를 보이는 서술이 함께 등장하면서 서사주체의 분열이 나타나고 있었다. 이 가운데서 정의가 배제된 법에 대한 해체 가능성보다도 법의 권위를 정의로 변질시키는 국가를 더 우선했던 작가 혹은 텍스트의 법의식과 서사의 분열을 고찰해 보았다. 이 서사주체의 분열은 작가와 그가 속한 세대적 차원의 측면에서는 '직능의 덕'을 내면화한 '선한국민'의 철학에서 기원하고 있으며 시대적 측면에서는 비상시국의 일상화로 국가위기를 정치작동의 원리로 삼았던 군사정권의 폭력/법의 활용에서 비롯되었다고 볼 수 있었다.

작가는 정치적 폭력에 대한 비판과 법(국가)에 대한 긍정이라는 정치의식의 아이러니와 서사주체의 분열적 모습을 봉합하기 위하여 대체불가능한 신념을 향해 죽음도 마다않는 욕망의 윤리학을 도입하였다. 이를 통해 개인이 가진 법과 국가에 대한 수호의지의 이면으로 법의 내적 폭력성이 은폐되었고 지향되었던 신념은 숭고를, 분열적 인물은 윤리성을 획득할 수 있었다. 이러한 원리를 보여주었던 대표적인 작품이 『지리산』이었다고 할 수 있다.[41] 개인이 순수하게 개인일 수 없고 국가와의 관련 하에서

---

41) 욕망의 윤리학을 통해 가치의 현실적 평가와는 상관없이 윤리성을 획득하고 있는 인물들은 『지리산』 이외에도 『계절은 이미 끝났다』, 「변명」, 「정학준」 등과 같은 작품 속에서 반복, 변주되고 있다.

한반도의 격변의 역사가 곧 개인의 역사일 수밖에 없는 현대사를 떠올린 다면 작가의 작품이 시사하는 1960~70년대의 법과 국가, 그리고 개인의 관계를 텍스트에 국한해서만 고찰할 수는 없다는 것을 알게 된다.

따라서 이병주의 소설에 나타나는 정치적 비판과 이상적 국가의 상이 매우 혁신적임에도 국가권력의 판결과 법령에 순응하는 태도를 보였던 양가적 측면을 작가가 속한 세대의 법의식과 국가관으로 확장하여 고찰 하여 보았다. 일반화의 위험성에도 불구하고 소설장르가 매우 반영론적 장르라는 것을 염두해 두었을 때, 이병주의 소설에 나타난 법의식과 국가 관은 60년대 사회의 중추적 지식인세대로 성장한 일제말 교양주의 세대 혹은 학병세대가 가진 '국가건설' 콤플렉스와 국가 실현을 위한 망각의 원 리를 보여주고 있었다. 60년대 이후 한국이 시민사회의 정치적 자율성을 소거하고 국가권력이 전 사회를 장악했던 극도의 발전주의 국가 형태를 띤 것과 기성 지식인들에게 내재되어 있던 법의식과 국가관이 협력관계 로서의 상관성을 보여주고 있다고 보았다. 이것은 향후, 학병세대로서 언 론계와 학계에서 활동했던 인사들이 남긴 텍스트를 병행하여 고찰해 보 았을 때, 더욱 객관성을 얻게 될 것으로 보인다. 이병주 소설의 분열된 서 사성 또한 법과 국가를 향한 학병세대 지식인의 사명감 속에서 규명될 수 있는 것이었다. 이병주의 소설의 분열된 서사성으로부터 시작된 이러한 확장된 연구주제는 차후의 과제로서 다루게 될 것이다.

## 참고문헌

1. 기본자료

이병주, 『소설 · 알렉산드리아』, 한길사, 2006.

_____, 『그 테러리스트를 위한 만사』, 한길사, 2006.

_____, 『관부연락선』1−2, 한길사, 2006.

_____, 『지리산』1−7, 한길사, 2006.

_____, 『그해5월』1−5, 한길사, 2006.

_____, 『행복어사전』1−5, 한길사, 2006.

_____, 『이병주 대표중단편선집』, 책세상, 1988.

_____, 『철학적 살인』, 정음출판사, 1978.

_____, 『잃어버린 시간을 위한 문학적 기행』, 서당, 1988.

朝鮮學兵同盟本部, 『學兵』1−2, 1946.

1.20동지회, 『靑春挽章』, 1972.


2. 단행본

이헌환, 『법과 정치』, 박영사, 2007.

정용욱 외, 『1960년대 한국의 근대화와 지식인』, 선인, 2004.

마루야마 마사오, 김석근 역, 『현대정치의 사상과 행동』, 한길사, 1997.

미키 기요시, 지명관 역, 『철학입문』, 소화, 1997.

발터 벤야민, 최성만 역, 『폭력비판을 위하여』, 길, 2008.

자크 데리다, 진태원 역, 『법의 힘』, 문학과지성사, 2004.

호미 바바, 류승구 역, 『국민과 서사』, 후마니타스, 2011.


3. 논문 및 평문

김경민, 「60년대 문학의 대항적 인권담론 형성−「소설 알렉산드리아」와 「인간
    단지」를 중심으로−」, 『어문연구』40, 한국어문교육연구회, 2012.

노현주, 「이병주 소설의 정치의식과 대중성 연구」, 경희대박사학위논문, 2012.

_____, 「정치부재의 시대와 정치적 개인」, 『현대문학이론연구』49, 현대문학이
    론학회, 2012.

_____, 「코뮤니스트와 멜랑콜리−지식인 빨치산의 심리기제에 관한 고찰」, 『한
    국문학이론과 비평』57, 한국문학이론과 비평학회, 2012.

이광훈, 「행간에 묻힌 해방공간의 조명−『산하』」, 김윤식 외, 『역사의 그늘, 문
    학의 길』, 한길사, 2008.

이한정, 「고바야시 히데오(小林秀雄)의 사회시평」, 『일본어문학』4, 한국일본어 문학회, 1998.

양병기, 「1960녀대 국가통치기구의 재편」, 한국정신문화연구원편, 『1960년대 의 정치사회변동』, 백산서당, 1999.

추선진, 「이병주소설에 나타난 법에 대한 성찰 연구」, 『한민족문화연구』43, 한 민족문화학회, 2013.

홍석률, 「1960년대 지성계의 동향」, 한국정신문화연구원편, 『1960년대 사회변 화연구』, 백산서당, 1999.

# 이병주의 희곡 텍스트 「流氓」 연구

민병욱(부산대 교수)

## * 생애 연보

1921 경남 하동군 북천면에서 출생. 부친 이세식과 모친 김수조.

1927 하동군 북천공립보통학교 입학

1931 북천공립보통학교 졸업(4년 과정) 하동군 양보공립보통학교 입학
(5학년)

1933 양보공립보통학교 졸업. 보통학교 졸업 후 진주중, 광주일중 등 인
문계 시험을 보았는데 부친 이세식의 반대로 몇 년 동안 방황.

1936 진주공립농업학교 입학(5년제)

1940 진주공립농업학교에서 퇴학. 이후 일본 교토로 가서 전검(專檢)시
험을 치룬 후 중등학교 졸업자격 취득.

1941 메이지대학 전문부 문예과 입학.

1943 이점휘와 결혼. 메이지대학 전문부 문예과 졸업. 와세다 대학 불문
과에 입학한 것으로 추정.

1944 학병동원(대구의 제20사단 제80연대의 통신대에 배치) 신체검사

후 중국 소주(蘇州)의 제60사단 치중대로 최종 배치

**1945 현지 제대 후 상해로 이동. 희곡 「流氓 – 나라를 잃은 사람들」 집필**

1946 부산으로 귀국. 진주농림중학교 교사 발령.

1948 진주농과대학 강사로 발령

1949 진주농과대학 개교 1주년 기념으로 오스카 와일드의 '살로메' 연출. 진주농과대학 조교수 발령. 진주농림중학교 사임.

1950 한국전쟁 발발 시 아내와 자녀를 데리고 처가인 고성군으로 피난. 부모가 있는 하동군으로 단독 이동. 정치보위부에 체포되었다가 권달현의 도움으로 석방. 집현면으로 피신. **이동연극단을 이끌고 전선으로 이동하는** 도중 인민군 퇴각으로 연극단 해산. 진주농과대학 조교수직 사임. 부역문제로 진주로 가서 자수. 불기소처분 받아 다시 부산으로 이동. 부산에서 미군방첩대(CIC) 요원에게 체포. 불기소처분으로 풀려남.

1951 지기의 사망소식을 접한 후 승려로 출가하기 위해 해인사 입산.

1952 해인대학 강사 발령.

1954 하동군에서 제 3대 민의원 선거에 출마 후 낙선.

1956 마산으로 거주지 이전.

1957 『부산일보』에 『내일 없는 그날』 연재 시작.

1958 『국제신보』 상임논설위원으로 발령.

1959 『내일 없는 그날』 단행본으로 출간. 동명의 영화로 제작. 『국제신보』 주필로 발령. 부친 이세식 타계. **월간 『문학』에 희곡 「流氓 – 나라를 잃은 사람들」 발표.** 1960 박정희와의 교류시작. 제5대 국회의원 선거에 출마 후 낙선. 월간 『새벽』에 논설 「조국의 부재」 발표.

1961 『국제신보』에 '통일에 민족역량을 총집결하자'라는 연두사 게재. 쿠데타 세력에 의해 교원노조 고문이라는 명목으로 체포. 교원노조 고문이라는 증거가 없자 혁명재판부는 논설 「조국의 부재」와

'통일에 민족역량을 총집결하자'라는 연두사를 문제 삼아 징역 15
　　년 구형.
1962 징역 10년형 확정. 부산교도소로 이감. 교도소에서 사마천의『史
　　記』를 읽으며 소설 창작의지를 다짐.
1963 특사로 부산교도소에서 출감. 폴리에틸렌 사업 시작.
1965『국제신보』논설위원 취임.『세대』에 중편「소설 · 알렉산드리아」
　　발표.
1967『국제신보』논설위원에서 사퇴.
**1976 소설「낙엽」연극으로 공연.**
1977 장편『낙엽』과 중편「망명의 늪」으로 한국문학작가상과 한국창작
　　문학상 수상.
1984 장편『비창』으로 한국펜문학상 수상.
1989 장편『바람과 구름과 비』KBS드라마로 방영.
1990『신경남일보』의 명예 주필 겸 뉴욕지사장 발령으로 뉴욕으로 출국.
1991 건강 약화로 출국해 서울대학교 부속병원에 입원. 폐암 선고를 받음.
1992 지병으로 타계.


## 1. 문제의 제기

이병주 문학에 관한 선행 연구1)는 그의 소설에 한정되어 있다. 그 가운
데 희곡작품「流氓」2)에 관하여 언급한 선행 연구는 다음과 같은 같다.

---

1) 그의 문학에 관한 선행 연구를 한국학술정보원(http://www.riss.kr/index.do)에서 '이
　병주', '소설'을 키워드로 하면 학위논문 12편, 국내학술지 67편이 검색된다. 그의 생
　애와 문학적 생애(이병주문학관 홈페이지 http://narim.or.kr)에 비추어 본다면 선행
　연구는 적어도 양적으로는 대단히 미진하다고 할 수 있다.
2) 희곡작품과 잡지『文學』은 이순욱 교수(부산대 국어교육과)가 제공해 준 것이다.

① 소설가로 전신하기 이전에 이병주는 이미 문학작품을 창작한 바 있는데, 「유맹(流氓)」이 바로 그것이다. (…중략…) 희곡 창작이 어떻게 보면 이병주의 첫 문학 활동이었다고 볼 수 있겠는데, 희곡 혹은 연극에 대한 관심은 그가 연극 '살로메'를 연출했다는 사실에서도 나타나는 것이다.[3]

② 소설가로서 본격적인 활동을 시작한 것은 1965년 「소설 알렉산드리아」를 『세대』에 발표한 이후부터인 까닭에 많은 연구자들이 그의 등단 시기를 이 때로 보고 있다. 하지만 이미 1957년 8월 1일부터 1958년 2월 25일까지 부산일보에 『내일 없는 그날』을 연재했으며, 1959년 11월호 『문학』에 희곡 「유맹」을 발표하기도 했다. 이병주는 창작 활동을 시작한 이후 1992년 서울에서 타계할 때까지 80여 편의 소설을 발표했고 그 외에도 많은 수필과 사설을 남겼다.[4]

선행 연구도 그의 소설을 연구하는 과정에서 서론의 '연구 방법 및 범위(①)'와 '각주(②)'로 간략하게 언급하고 지나치고 있다. 아울러 ①은 각주에서 '「유맹(流氓)―나라를 잃은 사람들」은 『文學』에 1959년 11월과 12월에 실린 것으로 되어 있는데, 잡지의 12월호가 남아 있지 않은 관계로 상(上)편만 확인할 수 있을 뿐이다.'라고 언급하여 ②와 같이 1959년 11월호 『文學』에 희곡 「유맹」이 발표된 것을 확인하고 있다. 이에 본고는 1959년 11월에서 1960년 1월 잡지 『文學』에 수록된 희곡텍스트 「流氓」의 창작 배경과 구조를 다음과 같은 의문점으로 풀어보고자 한다.[5]

---

3) 노현주, 『이병주 소설의 정치의식과 대중성 연구』, 경희대학교 대학원(박사학위논문), 2012, 21~22쪽.
4) 추선진, 「이병주 소설의 원형으로서의 『내일 없는 그날』」, 『인문학연구』(21권), 경희대학교 인문학연구원, 2012, 262쪽.
5) 단 본고에서 확인 가능한 것은 『문학』의 제1, 2호(1959년 11, 12월)이므로 작품텍스트에 대한 분석은 다음으로 남겨두고자 한다.

첫째, 당시 전국문화단체총연합회 부산지부장인 정상구가 잡지『文學』을 서울에서 발간한 이유는 무엇인가?

둘째, 당시 국제신문 주필인 이병주가 2년 전 부산일보에 소설『내일 없는 그날』(1957년 8월 1일부터 1958년 2월 25일까지)을 연재했음에도 불구하고 서울에서 발간되는 문학 매체에 희곡 작품을 발표한 이유는 무엇인가?

셋째, 텍스트가 "해방 직후 상해에서 쓴 작품인데 그대로 버리기엔 아깝다는 친구의 권에 의하여 발표한" 것이라는 의미에서 이병주가 작품을 창작한 배경과 그 구조는 무엇인가?


## 2.『文學』의 발간과 텍스트의 수록

### 1)『新潮文學』의 폐간과『文學』의 발간

텍스트를 수록한『文學』은 당시 전국문화단체총연합회 부산지부장인 정상구가 서울에서 1959년 발간한 문학 전문지이다. 1년 전 그는 1958년 5월과 9월『新潮文學』6) 제 1, 2호를 부산 신조문학사에서 발행 편집인으로 발간을 했었다.

문제는 그가 1958년 부산지역에서 유일한 문학 전문 매체『新潮文學』을 폐간하고 1959년 서울에서『文學』을 발행한 이유이다. 그 이유는 창간사와 편집후기 형식의 글에서 확인된다.

---

6)『新潮文學』의 폐간은 1958년 9월 제 2호에서 이루어진다. '당초 격월간이었으나 5집까지 간행되었다'고 보는 경우도 있지만, 이순욱은 제 2호의「편집후기」를 근거로 하여 잡지의 폐간을 1958년 9월로 확정하고 있다.
이순욱,「1950년대 정상구의 문학 활동」,『문학도시』(통권 42호, 2005년 가을호), 부산광역시문인협회, 2005.9, 77쪽.

① 여기에 있어『新潮文學』은 고도의 비평정신과 다채로운 기법의
새로운 무장으로 젊은 세대를 위한 젊은 세대에 의한 젊은이의
문학잡지가 되고자한다.[7]

② 새로운 기법과 고도의 비평 정신을 갖춘 젊은 세대가 필요하다.
(…) 이제 한국문학의 모든 과제를 짊어지고 이 정리기, 이 전환
기 위에서 탄생되는『文學』…[8]

「편집후기」①과 ②에서 본다면『新潮文學』과『文學』의 발간은 '젊은
세대를 위한 젊은 세대에 의한 젊은이'의 문학잡지를 지향하고자 했기 때
문이다.『新潮文學』의 폐간과『文學』의 발간은 부산에서의 실패와 서울에
서의 재도전을 뜻한다. 문학잡지가 '편집자, 집필자, 독자들의 노력으로 발
행되기 때문'[9]에 그는 서울로 발행처를 옮긴다. 그러나 발행처를 서울로
옮긴『文學』은 1959년 11월에서 1960년 1월까지 통권 3호를 발간한다.

## 2)『文學』의 발간과 텍스트의 수록

부산에서 간행한『新潮文學』을 폐간하고 서울에서『文學』을 발간하면
서 발행인 정상구는 그 창간사와 편집 후기에 다음과 같이 강조한다.

① 이 조그마한 문학잡지는 고민하는 젊은 세대들 앞에 자유로이
펼쳐진 활주로의 구실을 하기 위해 태어난 것이다. (…) 대담한
혁신을 꾀하면서도 실천할 수 있는 마당을 갖지 못한 젊은 세대
들에게 잡지『文學』은 자유의 향연장이고자 한다.[10]

---

7) 「편집을 마치고」,『新潮文學』제 1호, 부산: 신조문학사, 1958. 5, 120쪽.
8) 「편집후기」,『文學』제 1호, 서울: 문학사, 1959. 10, 11쪽.
9) 「편집후기」,『新潮文學』제 2호, 부산: 신조문학사, 1958. 9, 116쪽.
10) 「<창간의 말> 젊은 세대의 활주로」,『文學』(창간호), 서울, 문학사, 1959. 10, 10~11쪽.

② 새로운 기법과 고도의 비평정신을 갖춘 젊은 세대가 필요하다. 그러나 우리는 기성세대와 「영거어 · 제네레슌」— 각기 체질을 달리 하는 이 두 개의 행열 가운데서 또 다른 시안을 모색할 것을 잊어서는 안된다. 우리의 초라한 문학사를 정리하고, 침체의 소인을 제거해야 한다.11)

①과 ②에서와 같이 잡지의 창간호에는 「신세대작가에 기함」(김팔봉), 「젊은 시인에게」(서정주), 「현대시론」(조향), 「현대한국문학의 과제」(정상구), 「프랑스 문학비평 서설」(박이문), 「현대한국문학의 배경」(김우종), 「현실 참여의 위치」(이인석), 「서구문학의 죄의식」(김용권), 「20세기 연극의 경향」(김정옥)을 특집으로 기획한다. '젊은 세대에게 활주로를 펼쳐주기 위해' 기획된 특집은 신구세대가 결합되어 있다.

구세대에는 김팔봉(1903~1985), 서정주(1915~2000), 조향(1917~1985), 신세대에는 박이문(1930~ ), 김우종(1929~ ), 이인석(1917~1979), 김용권(1930~ ), 김정옥(1932~)이 있다. 구세대 필진들, 이를테면 1959년 당시 한국자유문학자협회 대표 및 기관지『자유문학』의 발행인 김팔봉, 한국문학가협회 최고위원 서정주 등 구세대 '반공으로 친일을 덮는 논리를 주장한 이승만 정권과의 연관 관계에서 남한 반공문예조직 전국문화단체총연합회를 결성한 실질적인 문단권력자들12)이다. 반면 신세대 필진들, 박이문은 1955년 시 「회화를 잃은 세대」로『사상계』에 당선된 신진 시인이면서 불문학자, 김우종은 1957년 3월 「은유법 논고」로『현대문학』에 평론을 추천받은 신진 문학평론가, 김용권은 서울대 영어영문학과를 졸업한 뒤 1959년 무렵까지 영미문학의 반역과 비평 활동을 한 신진 번역자이

---

11) 「편집을 마치고」, 앞의 책, 20쪽.
12) 남원진, 「반공국가의 법적 장치와 <예술원>의 성립 과정 연구」, 『겨레어문학』 (38권), 겨레어문학회, 2007, 214쪽.

면서 문학비평가, 김정옥은 1959년 프랑스 소르본대학 영화학 연구소에서 귀국하고 시「오후」로『사상계』신인현상문예에 당선된 신진 시인이며 연출가였다. 곧 신세대 필진들은 외국문학 전공자이면서 신진 시인, 문학비평가 연출가 등이다. 이러한 필진들이 '새로운 기법과 고도의 비평정신'이 필요한『文學』의 젊은 세대와 젊은이에게 줄 수 있는 것은 서구문학일 것이다. 신세대의 이러한 참여와 더불어 신예 시인, 소설가, 비평가들, 예컨대 김남조, 문덕수, 선우휘, 이철범, 이호철, 전봉건 등이 참여한다.

신예들의 참여는 제 2호에서 '문학뿐만 아니라 미술, 음악, 회화, 연극 등 모든 예술의 분야를 위해'서 '예술 각 분야에 걸친 신예들의 무게 있는 작품들의 소개'하고자 한다. 그 일환으로 제 1호의 편집 체재 – 비평, 시, 소설, 수필의 편집 체재를 그대로 이어 받으면서 이병주의 희곡「流氓」을 모든 예술 가운데 '연극 예술의 분야에 걸친 신예들의 무게 있는 작품'으로 연재하는 것13)이다.


### 3)『文學』의 폐간과 미완의 텍스트

젊은 세대의 문학을 모든 예술의 분야로 확산시키고자 수록한 이병주

---

13) 이병주의 희곡「流氓」(상)에서 그는 작품의 서두에 '해방 직후 상해에서 쓴 작품인데 그대로 버리기엔 아깝다는 친구의 권에 의하여 발표한다.'고 적고 있다. 이런 겸양의 표현을 그대로 받아들인다고 하더라도 그가 희곡 작품을 연재한 것은 부산지역문학사에 관련이 있을 것이다. 그는 1956년 마산에 거주하면서 1957년『부산일보』에 소설『내일 없는 그날』(1957. 8. 1.~1958. 2. 5.)을 연재한다. 감옥의 수감 기간을 제외하면 1958년『국제신문』논설위원을 시작으로 1967년 사퇴할 때까지 부산에서 거주한다. 곧 1959년 전후하여 그는 소설『내일 없는 그날』을 연재하고 책으로 발간한 소설가이면서『국제신문』논설위원이었으며 정상구는 한국문화예술 총단체 부산지부장이었다. 이러한 관계에서 본다면 이병주와 정상구 간의 관계는 당시 부산지역 문단에서 친교의 관계에 있었다고 볼 수 있다.

의 희곡 「流氓」은 『文學』의 폐간으로 미완의 텍스트가 된다. 『文學』 2호에 (상), 3호에 (중)이 수록되었지만 3호의 폐간으로 텍스트는 (하)가 배제된 미완의 텍스트가 된다.

폐간은 『文學』이 '젊은이의 문학잡지'로서 실패했다는 것이다. 그 실패의 원인은 무엇인지가 문제이다.

『文學』의 폐간은 그가 당시 서울지역 문학매체의 상황을 인식하지 못했다는 것이다. 1959년 무렵 서울지역에서 가장 대표적인 문학 매체는 『현대문학』(1955년 1월~현재)과 『자유문학』(1956. 6~1963. 4)이다. 『현대문학』은 조연현 주간, 오영수 편집장 체제로 발간된 반면, 『자유문학』은 한국자유문학자협회의 기관지로 출발했다가 자유문학사로 독립하여 김광섭 발행, 이헌구, 모윤숙 편집으로 발간된다. 1955년 무렵 대중잡지, 종합교양지, 신문 매체에서 시행한 문학 중심의 편집체재(신인 추천제, 문학상 시상 제도 등), 문학 중시 전략(문학 작품의 발표와 연재, 월평, 신춘문예 제도 등)에 힘입어 『현대문학』, 『자유문학』은 『문학예술』(1954. 4~1957. 12)과 함께 문학(문단) 권력을 확대 재생산하는 메커니즘[14]이 된다. 그 결과 『현대문학』과 『자유문학』의 발간 세력들은 한국문학가협회(1949~1961)와 한국자유문학자협회(1955~1961)를 대표하면서 한국예술단체총연합회(1962~현재)의 주도세력으로 자리 잡는다. 『현대문학』 및 『자유문학』과 그 주도세력들은 문학 매체를 통하여 이념의 대립관계를 형성 지속시켜온 것이 아니라 반공이념의 재생산에 협력하면서 그 주도권 장악을 위하여 갈등한 것이다. 그 갈등은 신인 추천 제도를 운영하여 신진 문학인들을 대량 배출하는 인적 확장, 문학 자료의 발굴, 아카데미즘의 수용과 문학비평의 전문화, 번역문학의 활성화 등을 통한 문학 영

14) 이에 관해서는 다음 논문을 참고할 것.
이봉범, 「1950년대 잡지저널리즘과 문학」, 『상허학보』(제30집), 2010. 10, 397~454쪽.

역의 확장으로 이어진다. 일제 강점과 남북 분단을 경험한 원로들에 의해서 이루어지는 문학 내외적 영역의 확장에, 『新潮文學』과 『文學』의 '젊은 세대를 위한 젊은 세대에 의한 젊은이'의 문학잡지가 끼어들 틈이 없음은 물론이다. 이럴 경우, 『文學』이 문학(문단) 상황에서 생존하는 방법은 기성 주도세력으로의 편입이다. 기존 문학 매체들이 문학이념의 헤게모니를 장악하고 문학 권력을 재생산하고 있는 상황에서 편입은 오히려 불가능하다. 그 결과 통권 3호로서 『文學』은 자진 폐간[15]할 수밖에 없다. 그 폐간으로 희곡 「流氓」은 미완의 텍스트로 남게 된다.

---

15) 물론 1959년 『文學』이 서울로 발행처를 옮기고도 폐간한 것은 발행인의 전기적 사실에도 관련이 있을 것 같다. 발행인 정상구는 1959년 당시 전국문화단체총연합회 부산지부장이었다. 동시에 그는 자신이 설립한 혜화중고등학교장이기도 했다. 관련 문헌 자료에 의존하면 그의 문학 활동은 1959년 『文學』의 폐간 이전과 이후로 나누어진다. 그의 문학 활동은, 폐간 이전에는 1947년 시인으로, 1953년 문학평론가로, 1958년 문학잡지 발행인으로, 폐간 이후에는 1960년 정치가로, 1965년 수필가로, 1979년 (서사)시인으로 전개된다. 이러한 활동에서 지나칠 수 없는 것은 잡지의 발행처를 서울로 옮기고 『文學』이 폐간 되자마자 정치인의 길로 들어섰다는 것이다. 그가 정치에 참여한 것은 1960년 『文學』의 폐간으로 인한 방향 전환이 아니라 문학 활동과 더불어 준비된 것이다. 1947년 부산에서 염주용이 발간한 『문예신문』에 시 「아침 바다」를 발표하여 문학 활동을 시작하면서 그는 문예신문사에서 정치평론집 『인간에 도라가라』와 『생활창조의 길』을 상재한다. 그의 문학 활동은 정치 활동과 더불어 시작된 것이며, 문학의 발행처를 서울로 옮기고 폐간하자마자 정치가의 길로 들어선 것도 이미 준비된 과정이라고 볼 수밖에 없다. 이런 의미에서 그가 잡지 문학의 발행처를 서울로 옮긴 것도 그 준비된 과정의 전부는 아니더라도 일부라고 볼 수 있을 것 같다.
이순욱, 「1950년대 정상구의 문학 활동」, 앞의 책, 67~82쪽.
혜화학원 50년사 편찬위원회 엮음, 『혜화학원 50년사』, 부산여자대학교 출판부, 2005.
정상구 기념사업회, http://www.ktra.co.kr/sub02/sub04.asp

## 3. 텍스트의 창작과 구조

### 1) 부 텍스트의 창작 정보

미완의 텍스트로 남아 있는 희곡 「流氓」은, '제목＋부제＋극작가명＋시간 공간표지＋등장인물표＋무대지시문＋대사'로 되어 있다. 이 가운데 우선 '제목＋부제＋극작가명'의 층위는 부텍스트[16]로서 다음과 같이 되어 있다.

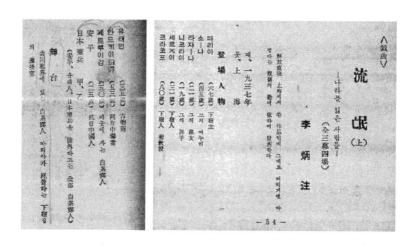

---

16) 희곡텍스트는 일반적으로 다음과 같이 나누어진다.

```
                        ┌ 주텍스트
             ┌ 표층구조 ┼ 부텍스트
전 텍스트적   │          └ 서사텍스트
텍스트로서의 ┼ 심층구조 ─ 서브텍스트
회곡         └ 사회적 연관의미 ─ 컨텍스트
```

민병욱, 『현대회곡론』, 삼영사, 2003, 31쪽.

첫째, 장르의 층위에서 본다면 텍스트는 희곡이다.

둘째, 제목은 「流氓」이며, 부제는 '나라를 사람들'이다. 곧 제목과 부제가 관객에게 제공하는 정보는 '나라를 잃은 사람들'의 삶이나 관련 사건이 텍스트의 주된 줄거리 구조라는 것이다.

셋째, 장막 표지에서 보면 텍스트의 "전 3막 4장"은 다음과 같이 구성되어 있다.

| 텍스트 연재 부분 | 막과 장 | 수록 사항 |
|---|---|---|
| (상) | 제 1 막 제 1장 | 『文學』 2, 1959. 11, 54~65쪽 |
| (중) | 제 2 막 제 1, 2장 | 『文學』 3, 1959. 12, 106~123쪽 |
| (하) | (제 3 막 제 1장) | (『文學』 3의 폐간으로 없는 부분) |

넷째, 극작가는 이병주이다. 1957년 『부산일보』에 소설 『내일 없는 그 날』을 연재하고 1959년 그 연재를 동명의 소설집으로 엮어서 발간한 소설가로서 이병주가 독자들에게 극작가로서 첫 작품을 발표한다는 정보를 제공한다.

다섯째, '해방 직후 상해에서 쓴 작품인데 그대로 버리기엔 아깝다는 친구의 권에 의하여 발표한다.'는 제시는 텍스트의 창작에 관한 정보를 제공한다. 이에 관련된 전기적 정보[17]를 찾아보면, 그는 1944년 학병을 지원하여 대구의 제 20사단 제 80연대 통신대에 배치되었다가 신체검사 후 중국 소주(蘇州)의 제 60사단 치중대로 최종 배치된다. 이어 1945년 8·15 해방이 되자 그는 같은 해 9월 1일 현지에서 제대하여 6개월쯤 머물다가 1946년 3월(혹은 2월)에 부산으로 귀환하여 진주 농림학교 교사

---

17) 그의 전기적 정보는 다음의 논저를 참고로 하여 서술한 것이다.
이병주, 『虛妄과 眞實 – 나의 文學的 遍歷』(下), 기린원, 1979, 89~90쪽.
정범준, 『작가의 탄생』, 실크 캐슬, 2009, 254~257쪽.

가 된다. 이러한 전기적 정보에서 본다면 텍스트는 1945년 9월과 1946년 3월 사이에 상해에서 창작된 작품이다.

여섯째, 시간과 공간 표지에서 본다면 텍스트는 '1937년 상해'를 극적 배경으로 하고 있다. 이를 장과 막의 표지에서 구체화 시켜서 본다면 다음과 같다.

| 막과 장 | | 시대적 시간 | 허구실연적 시간 | 시대적 공간 | 허구실연적 공간 |
|---|---|---|---|---|---|
| 제 1 막 제 1장 | | 1937년 | 밤 | 상해 공동조계 | 白系露人의 하숙집 응접실 |
| 제 2 막 | 제 1장 | | 며칠후 | | |
| | 제 2장 | | 얼마후 | | |
| (제 3 막 제 1장) | | (확인 불명) | | (확인 불명) | |

도식18)에서 본다면 텍스트는 1937년 상해 공동조계에 있는 白系露人이 경영하는 하숙집 응접실에서 며칠 동안에 일어난 사건을 다루고 있다. 텍스트의 시대적 시간과 공간에서 본다면 1937년은 노구교 사건으로 중일전쟁이 발발(7월 7일)하고, 중화민국과 소련이 불가침 조약(8월 21일)을 맺었으며, 중국 국민당과 중국 공산당 사이에 제 2차 국공합작(9월 22일)이 성립되었던 해이다. 1937년의 상해 공공조계19)는 중국인, 일본인,

---

18) 도식에서 시간-공간 표지는 무대실연을 준거로 하여 다음과 같이 나누며, 본고에서는 텍스트가 미완의 상태에 있으므로 시례 상연 시간과 실제 상연 공간은 생략했다.
   시간의 3층위 : 시대적 시간 / 허구실연적 시간 / 실제 상연 시간
   공간의 3층위 : 시대적 공간 / 허구실연적 공간 / 실제 상연 공간
   소련 콤 아카데미 편집부 엮음, 김만수 역, 『희곡의 본질과 역사』, 제 3세계문학사, 1990, 10쪽.
19) 상해의 공동조계는 공공조계公共租界(Shanghai International Settlement)의 오식이다. 공공조계는 1863년 영국조계(1845)와 미국조계()1848)가 합쳐진 결과이다. 이러한 공공조계의 사회적 특성은 다음 논문에서 상론하고 있다.
   김성한, 「『海上花列傳』에 반영된 近代 上海의 租界」, 『중국어교육과정연구』(제

러시아인, 영국인, 스웨덴인, 미국인 등의 순서로 인구가 많았으며, 아편과 도박을 중심으로 한 소비 향락지역이었다.

일곱째, 등장인물표는 다음과 같다.

### 登場人物

| 마리아 | (67세) | 하숙주 |
|---|---|---|
| 소—냐 | (45세) | 그의 며느리 |
| 타쟈—나 | (21세) | 그의 손녀 |
| 니코라이 | (19세) | 그의 손자 |
| 세르게이 | (31세) | 하숙인 |
| 크라코프 | (80세) | 하숙인 前 교수 |
| 유태인 | (35세) | 고물상 |
| 안드레이 백작 | (53세) | 아편중독자 |
| 페트루이깅 | (50세) | 이웃에 사는 백계로인 |
| 安 平 | (25세) | 항일 중국인 |

日本 憲兵 甲, 乙

(安平, 유태人, 日本憲兵을 제외하고는 전부 백계로인)

등장인물표에서 본다면 극적 인물은 하숙주와 하숙생, 백계로인과 비백계로인으로 나누어진다. 그 제시방식도 하숙주의 가족(백계로인), 하숙생(백계로인과 비백계로인)의 순서이다. 이러한 등장인물표의 짜임에서 본다면 텍스트는 하숙집을 운영하는 백계로인 가족을 중심으로 하숙생들, 일본 헌병들 사이에서 일어난 사건을 다루고 있다.

지금까지 살펴본 층위들을 종합하여 본다면 텍스트는 이병주가 1945년 9월과 1946년 3월 사이 상해에서 창작한 최초의 희곡작품이며, 그 내

---

15호), 2012. 5, 285~311쪽.

김태승, 「1930年代 以前, 上海 公共租界의 支配構造와 華人參政運動」, 『東洋史學研究』(58호), 1997, 83~113쪽.

이병인, 「모던 上海와 韓國人이 본 上海의 近代 1920~1937」, 『중국사연구』(85권), 중국사학회, 2013, 125~157쪽.

용은 아편과 도박을 중심으로 한 소비 향락지역인 상해공공조계에서 하숙집을 운영하는 러시아 가족들과 하숙생들, 일본 헌병들 사이에 일어난 사건을 다루고 있다.


### 2) 주 텍스트의 사건 구조

부텍스트에서 제공하는 사건 내용에 관한 정보는 주텍스트에서 대사로 실행되는 바, 그 사건을 줄거리마디를 준거로 요약하면 다음과 같다.[20)]

> 1-1-① 하숙집 주인가족들과 하숙생들이 응접실에 둘러앉아서 귀가하지 않는 유태인, 안드레이 백작을 걱정하다.
> 1-1-② 安이 문을 두드리고 들어와서 피를 흘리며 숨겨주기를 원하자 마리아가 소냐에게 이층에 숨겨주라고 하다.
> 1-1-③ 세르게이가 수상한 사람을 집에 숨겨주면 화를 당하고 하자 마리아는 생명을 구하는 것이 보람이라고 하다.
> 1-1-④ 크라코프가 공산주의자에게 살해당한 아내와 아내 때문에 생명을 건진 자신의 이야기를 하면서 복수를 통한 조국회복운동론을 집필하고 있다고 하자 세르게이는 감정에 날뛰다가 자멸하는 것보다 아이들을 인간답게 기르는 일이라고 하다.
> 1-1-⑤ 유태인과 안드레이 백작이 서로 간밤에 혼이 난 이야기를

---

20) 극적 사건은 장과 막으로 분할되며, 장과 막의 사건은 인물의 등퇴장이나 장소의 변화로 나누어진다. 전 4막 3장으로 짜여진 텍스트는 장소의 변화가 없으며, 등퇴장이 너무 길거나 짧게 일어나서 사건의 분할을 줄거리마디로 나눌 수밖에 없다. 줄거리마디란 전체 줄거리에 종속되면서 독립적인 의미 단위를 이루고 사건진행에 따라서 등장인물들 간의 상호관계가 형성되는 단위이다. 덧붙여서 본고에서는 예컨대 제 1막 제 1장 첫 줄거리마디를 1-1-①, 제 2막 제 2장 첫 줄거리마디를 2-2-①와 같은 방식으로 서술하고자 한다.
민병욱, 앞의 책, 122~123쪽.

하며 서로 욕설을 하다가 싸우다가 타쟈나의 노래로 멈춘다.

1-1-⑥ 크라코프가 푸시킨의 시를 낭송하자 세르게이가 그 시낭
　　　송 때문에 타쟈나가 자기를 싫어하게 되었다고 하면서 낙
　　　망을 한다.

1-1-⑦ 세르게이가 불러도 못 들을 채하면서 타쟈나가 마리아에
　　　게 끓인 물을 받아서 나간다.

1-1-⑧ 유태인이 침대에 빈대가 나온다고 하면서 방세를 깎으려
　　　고 하자 안드레이는 돈독이 올랐다고 하고 마리아는 세를
　　　깎아준다.

1-1-⑨ 크라코프가 시를 낭송하며 가시 없는 장미라고 하자 마리
　　　아는 모두에게 잠을 자라고 권유하며 실내를 정돈한다.

1-1-⑩ 安이 일본에 항거하여 싸우는 중국 청년이라고 자기소개
　　　를 하며 숨겨준 것에 감사를 표하자 마리아는 편히 쉬기
　　　를 권한다.

1-1-⑪ 마리아는 실내를 다 정리하고 安, 크라코프, 타쟈나, 세르게
　　　이, 안드레이, 소냐, 니코라이를 위해서 감사 기도를 드린다.


2-1-① 타쟈나의 생일에 합창과 독창을 하면서 마리아, 페트루이
　　　깅 등이 덕담을 건넨다.

2-1-② 크라코프가 조국의 재건과 타쟈나를 조국의 희망이라는
　　　축사를 하자 세르게이는 그만두라고 하면서 타쟈나에게
　　　사랑을 호소한다.

2-1-③ 마리아가 세르게이와의 결혼을 권유하지만 타쟈나가 거
　　　부하고 크라코프는 타쟈나에게 왕자가 모시러 올 때까지
　　　기다리라고 하다.

2-1-④ 크라코프는 장미꽃을 좀먹는 버러지 같은 놈이라고 하자
　　　세르게이는 남의 몸둥아리에 붙어사는 놈이라고 서로 욕
　　　하고 싸운다.

2-1-⑤ 크라코프와 세르게이가 싸우고 있는 가운데 유태인이 사
　　　고발생이라고 빈정거리고 타쟈나는 세르게이를 야만인
　　　이라고 하다.

2-1-⑥ 페트루이깅이 진주목걸이를 선물하자 타쟈나는 고마워
하고 세르게이를 미워서 못 견디겠다고 하다.

2-1-⑦ 세르게이는 재작년까지 타쟈나가 자기 부인이 되겠다고
하고 그녀 가족들의 축복을 받았다고 하자 마리아는 품으
로 들어올 때까지 참으라고 당부하다.

2-1-⑧ 유태인과 안드레이가 물건을 훔친 것으로 서로 싸우자 마
리아가 생일 축하연을 마친다고 하다.

2-1-⑨ 페트루이깅이 일본이 소련을 침공하는 계획에 동참하자고
하지만 니코라이가 일본이 세계에서 가장 사악한 세력이
라고 응답하자 서로 빨갱이/앞잡이 개라고 하면서 다툰다.

2-2-① 안드레이가 아편 값을 구걸하자 세르게이는 대꾸도 하지
않고 밀쳐버린다.

2-2-② 마리아가 타쟈나를 찾고 있는 가운데 세르게이가 자기가
사는 보람이 타쟈나와의 사랑에 있다고 하자 니코라이는
그 보람을 다른 데서 구하라고 하다.

2-2-③ 안드레이가 꽃병을 들고 나가려고 하자 마리아는 불쌍한
형제라고 동정하다.

2-2-④ 크라코프가 조국을 찾는 사업이 중요하다고 밤을 자지 못
하자 마리아가 건강이 더 중요하다고 잠자기를 권유한다.

2-2-⑤ 마리아가 타쟈나를 걱정하는 가운데 크라코프가 책이 완성
되면 출판기념회를 열어 세계 각국 대통령을 초청하겠다고
하자 니코라이는 그 사람들이 이미 죽었다고 하면서 현직
대통령들이 선생님에게 취임인사도 하지 않았다고 하다.

2-2-⑥ 유태인이 안드레이가 페트루이깅에게 아편값을 빌리고
일본 헌병에게 돈을 받았다고 하자, 니코라이는 백계로
인의 체면에 관계된다고 비난하다.

2-2-⑦ 安이 침략국 일본의 야만 행위로 도탄에 빠져도 희망을
잃지 말자고 하자 니코라이는 신념으로 목숨을 던져 나
라를 구하려는 분이라고, 크라코프도 훌륭한 생각이라고
칭찬하다.

2-2-⑧ 일본 헌병이 문을 차고 들어와 安을 체포해 가고 마리아

에게 헌병대로 출두하라고 하다.

2-2-⑨ 유태인이 안드레이를 밀고자라고 하고, 니코라이는 세계 평화와 조국 재건을 위하여 애국단체로 가겠다고 하자 마리아는 말린다.

2-2-⑩ 안드레이가 지폐 뭉치를 들고 만용을 부리는 가운데 니코라이는 동족의 얼굴에 똥칠을 한 녀석이라고 하면서 민족의 체면과 사나이 보람을 찾기 위해 떠나겠다고 하자 마리아는 떠남을 환영한다.

2-2-⑪ 소냐가 타쟈나가 행복을 찾아서 멀리 떠난다는 편지를 읽자 세르게이는 혼절해버린다.

이러한 줄거리마디에서 본다면 텍스트의 지배적인 사건의 축은 하숙집 경영주의 손녀 타쟈나와 세르게이 간의 사랑과 배반, 항일 중국인 安을 중심으로 한 조국재건의 희망과 절망이다.

첫째, 타쟈나와 세르게이 간의 사랑과 배반은 1-1-⑥, 1-1-⑦, 2-1-②, 2-1-③, 2-1-⑦, 2-2-②, 2-2-⑪에서 구체적 전개된다. 곧 이년 전(재작년) 타쟈나와 세르게이는 서로 부부가 되겠다고 하고 가족들의 축복을 받았다. 세르게이는 크라코프의 인하여 타쟈나가 자기를 싫어한다고 낙망을 한다. 세르게이는 사랑을 계속 호소하지만 타쟈나는 거부한다. 타쟈나는 행복을 찾아서 집을 떠나고 세르게이는 혼절을 한다. 곧 타쟈나와 세르게이 사이의 사랑은 크라코프에 의해서 방해를 받는다. 그 결과 80세 전직 교수 크라코프와 스릿퍼를 제작하는 31세 세르게이 간의 갈등은 그치지 않는다. 크라코프와 세르게이 사이에는 동일한 체험을 공유하고 있다. 러시아 공산주의자들에 의해서 크라코프는 아내의 죽음을, 세르게이는 부모의 죽음을 경험한다. 공산주의자들에 한 가족의 죽음을 경험했음에도 불구하고 서로 간 갈등의 기본적인 원인은, 1-1-④에서 복수와 조국회복 운동/ 인간다운 삶과 아이들의 양육이다. 그 갈등은 서로의 화해를 이루어 내지 못하고 타쟈나와 세르게이 간 사랑의 거부로 나타난다.

> **소냐** (울음섞인 소리로 편지를 읽는다.) 사랑하는 할머니! 사랑하는 아주머니! 사랑하는니코라이! 사랑하는 크라크프 선생. 저는 집을 떠납니다. 행복을 찾아서 몰리 떠납니다. 세르게이에게도 깨끗이 단념하라고 일러 주시고 저를 찾지 마시오. 그리고 … 할머니! … 너무 슬퍼 마옵소서 … 제 마음은 항상 할머니 곁에 …(중, 123쪽)

둘째, 항일 중국인 安을 중심으로 한 조국재건의 희망과 절망은 1-1-②, 1-1-③, 1-1-⑩, 2-1-⑨, 2-2-⑩에서 구체적으로 전개된다. 그 사건은 '安이 마리아에게 숨겨주기를 요청함→ 세르게이가 화를 당할 것이라고 염려하자 마리아가 생명이 중요하다고 하면서 소냐에게 安을 숨겨주라고 함→ 安이 일본에 항거하여 싸우는 중국 청년이라고 자기소개를 하며 숨겨준 것에 감사를 표하자 마리아는 편히 쉬기를 권함→ 일본의 소련 침공에 동참/거부를 놓고 페투르이깅과 니코라이가 빨갱이/앞잡이 개로 비난하면서 다툼→ 페트루이깅가 안드레이에게 아편값을 빌려주고 일본 헌병에게 소개함 → 니코라이가 세계 평화와 조국 재건을 위하여 애국단체로 가겠다고 결심함'으로 전개된다. 이러한 사건 전개는 세르게이와 소냐 간의 관계, 페투르이깅과 니콜라이 간의 관계에 영향을 끼친다. 安의 피신 요청에 대하여 세르게이와 소냐는 거부/수락으로 대립하면서 재작년에 이미 부부가 될 것이라는 언약을 깨뜨리게 된다. 피신 후 安일의 항일 중국인이라는 자기소개는 니코라이에게 영향을 미치면서 니코라이는 일본의 소련 침공에 동참하자는 페투르이깅을 앞잡이 개로 비난하면서 항일 운동단체에 참여할 결의를 더욱더 굳건하게 한다. 그의 할머니 마리아도 니코라이의 결의를 반대하다가 찬성하게 만든다.

첫째, 둘째에서 본다면 텍스트는 청춘남녀의 개인적인 사건과 항일운동의 참여/거부에 관련된 동시대 사회적 사건을 기본 축으로 하여 서로 얽혀 있는 것으로 다루고 있다. 이러한 개인적 애정사건과 동시대적 사회사건이 지배적 줄거리로 진행되다가 서로 얽히는 사건전개는 이병주의 문학세계, 특히 소설텍스트의 기본 구조[21]를 이루고 있다.

### 3) 사건 구조와 인물 형상화의 대립 구도

개인적 애정사건과 동시대적 사회사건이 지배적 줄거리로 진행되다가 서로 얽히는 사건전개로 짜여진 텍스트에서 줄거리 전개의 주도자는, 등장인물표에서 제시된 마리아 가족이 아니다. 애정사건과 사회사건을 얽히게 하고 그 주동인물과 반동인물에게 영향을 주는 인물은 크라코프와 安이다. 곧 크라코프는 세르게이와 타쟈나를 헤어지게 만들고, 安은 니코라이를 항일 애국단체에 참여하게 만든다.

부텍스트의 등장인물표에서 제공되는 크라코프와 安의 정보는 다음과 같다.

| 크라코프 | (80세) | 하숙인 前 교수 |
| 安 平 | (25세) | 항일 중국인 |
| (安平, 유태人, 日本憲兵을 제외하고는 전부 백계로인) | | |

크라코프와 安은 백계로인와 중국인, 80세와 25세, 전 교수와 항일운동가, 하숙생과 비 하숙생 등 인종, 나이, 현재 상태 등에서 대립된다. 부텍

---

21) 이에 관련하여 선행 연구는 그의 역사(혹은 정치)소설에서는 역사의식, 역사인식, 정치성 등을, 대중소설에서는 애정관계, 사회적 모순 등을 주제어로 하여 드러내고 있다. 역사(정치)소설이든 대중소설이든 그의 소설텍스트들은 개인적 애정사건과 동시대적 사회사건을 지배적 줄거리로 진행되다가 서로 얽히는 사건전개로 구성된다.

스트에서 제공된 대립의 정보는 주텍스트에서 구체화 된다.

주텍스트에서 본다면 크라코프와 安은 다음과 같이 형상화된다.

| | 크라코프 | 安 |
|---|---|---|
| 과거 삶 | ○아내가 공산주의자들의 처형으로부터 자신을 살려 줌.<br>○아내가 공산주의자에게 살해당함. | |
| 현재 삶 | ○마리아 집의 하숙생<br>○아내의 복수를 위한 조국회복운동론을 집필하고 있음. | ○일본 헌병에 쫓기어 마리아의 집에 피신하고 있다가 헌병에 체포되어 잡혀감.<br>○일본에 항거하여 싸우는 항일운동가 |
| 희망 사항 | ○책이 완성되면 출판기념회를 열어서, 이미 고인이 된 줄 모르고, 세계 각국 대통령을 초청하겠다고 함<br>○조국 회복과 세계 평화 | ○일본의 침략 야만 행위로부터 중국의 독립 |
| 적대 관계 | ○러시아 공산주의자 | ○항일독립운동가 |

도식에서 크라코프와 安의 공통점은 비록 그 관계는 다르나 적대적 관계로부터 조국의 회복이다. 조국의 회복이라는 이상은 동일하지만 그 실천의 방법은 너무다 대조적이며 대립적이다. 크라코프의 삶은 과거로부터 현재에 이르는 사건으로 회상되고 있는 반면, 安의 삶은 현재 사건의 진행이다. 희망 사항에서 본다면 크라코프는 환상에 갇혀 공상주의자에 가까운 반면, 安은 현실 속에 있는 행동주의자이다. 곧 텍스트의 사건 전개와 얽힘은 공상주의자의 과거 삶과 행동주의자의 현재 삶에 의해서 작동된다. 과거/현재, 환상/현실, 공상/행동 등 대립적으로 형상화 된 인물들에 의해서 텍스트의 줄거리가 작동한다. 이런 의미에서 주텍스트의 사건 구조는 과거의 시간과 현재의 시간이 겹쳐 있고, 그 전개는 환상/현실, 공상/행동 등으로 이루어진다. 사건구조의 과거/현재 시간에 맞추어 환상/현실, 공상/행동 등으로 형상화된 인물들이 텍스트의 줄거리를 형성하고 전개해 나간다. 텍스트에서 보다 중심적인 것은 사건의 전체적 전개가 아

니라 그것을 이끌어 가는 인물의 형상화이다. 텍스트는 사건 중심적인 구조가 아니라 인물 중심적인 구조[22]를 가지고 있다고 할 수 있다. 일반적으로 희곡은 줄거리의 전개자로서 인물[23]이 행동하지만, 텍스트는 인물의 행동 그 자체에 초점을 두고 있다. 따라서 텍스트는 사건 구조 보다는 형상화된 인물에 초점을 두고 창작된 것이다.


## 4. 결론 및 앞으로의 문제

본고는 선행 연구에서 그 제목만 언급된, 1959년 11월과 1959년 12월 『문학』에 (상), (중)으로 연재된 희곡 「유맹」의 지료를 발굴하고 텍스트의 발표, 수록과정과 구조를 살펴보았다. 그 결과를 요약하여 결론으로 대신하면 다음과 같다.

첫째, 텍스트가 수록된 『文學』의 발간은 '젊은 세대를 위한 젊은 세대에 의한 젊은이'의 문학잡지를 지향하고자 『新潮文學』의 정신을 이어받고 서울에서 발간된다.

둘째, 『文學』은 새로운 기법과 고도의 비평정신이 필요한 젊은 세대 문인들에게 문학뿐만 아니라 미술, 음악, 회화, 연극 등 모든 예술의 분야를 위해 예술 각 분야에 걸친 신예들의 무게 있는 작품들의 소개하고자 하는 일환으로 희곡 「流氓」을 수록하여 연재한다.

셋째, 일제 강점과 남북 분단을 경험한 원로들에 의해서 이루어지는 문학 내외적 영역의 확장에, 『文學』의 '젊은 세대를 위한 젊은 세대에 의한

---

22) 이러한 사건 구조가 다음의 논문에서는 그의 소설텍스트의 일반적인 구조이며 창작 방법론이라고 논증하고 있다.
　　김기용, 「이병주 중·단편 소설 연구」, 원광대학교 대학원(석사), 2010.
23) 민병욱, 앞의 책, 194~198쪽.

젊은이'의 문학잡지가 끼어들 틈이 없음은 물론이다. 문학(문단) 상황에서 생존하는 방법은 기성 주도세력으로의 편입이다. 기존 문학 매체들이 문학이념의 헤게모니를 장악하고 문학 권력을 재생산하고 있는 상황에서 『文學』은 자진 폐간하고 희곡「流氓」은 미완의 텍스트로 남게 된다.

넷째, 부텍스트에서 본다면 미완의 희곡「流氓」은 이병주가 1945년 9월과 1946년 3월 사이 상해에서 창작한 최초의 희곡작품이며, 그 내용은 아편과 도박을 중심으로 한 소비 향락지역인 상해공공조계에서 하숙집을 운영하는 러시아 가족들과 하숙생들, 일본 헌병들 사이에 일어난 사건을 다루고 있다.

다섯째, 주텍스트에서 본다면 미완의 희곡「流氓」은 청춘남녀의 개인적인 사건과 항일운동의 참여/거부에 관련된 동시대 사회적 사건을 기본 축으로 하여 서로 얽혀 있는 것으로 다루고 있다. 이러한 개인적 애정사건과 동시대적 사회사건이 지배적 줄거리로 진행되다가 서로 얽히는 사건전개는 이병주의 문학세계, 특히 소설텍스트의 기본 구조를 이루고 있다.

여섯째, 주텍스트에서 본다면 미완의 희곡「流氓」은, 희곡의 일반적인 구성과 다르다. 희곡「流氓」에서 중심적인 것은 사건의 전체적 전개가 아니라 그것을 이끌어 가는 인물의 형상화이며, 사건 중심적인 구조가 아니라 인물 중심적인 구조를 가지고 있다고 할 수 있다. 따라서 희곡 「流氓」은 사건 구조 보다는 형상화된 인물에 초점을 두고 창작된 것으로서 그의 소설텍스트의 기본 사건 구조를 이루고 있는 창작방법의 출발 지점에 위치하고 있다.

끝으로 무엇보다도 중요한 것은 『文學』의 폐간으로 사라진 희곡「流氓」(하)를 찾아서 텍스트를 복원하는 것이다. 이러한 텍스트의 전체 복원이 이루어지지 않고서는 계속적인 연구는 불가능하다.

# 이병주 소설에 나타난 시대 풍속

『여로의 끝』, 『운명의 덫』, 「서울은 천국」의 공간을 중심으로

손혜숙(한남대 교수)

## 1. 이병주 소설과 풍속

이병주는 주로 역사와 시대에 초점을 두고 다양한 방식의 글쓰기를 해온 작가이다. 신문사 주필로 근무하면서 대설, 중설 등의 언론적인 글을 쓰다 필화 사건으로 수감 생활을 한 이후 그는 소설 쓰기로 글쓰기의 방향을 선회한다. 글의 장르가 변하긴 하였지만, 언론인으로서의 글쓰기나 문학인으로서의 소설 쓰기나 그 소재적인 측면에선 '역사와 시대'에 맞닿아 있다는 사실에는 변함이 없다. 그의 소설은 역사적 사건에 천착한 소설과 일상적인 삶이나 시대 풍속을 그리고 있는 대중적인 성향의 소설로 양분된다. 역사적 사건에 관한 소설은 주로 동시대가 아닌 한 시대 전. 즉 과거의 사건을 다루고 있으며, 동시대의 문제는 '대중성'이라는 필터를 통해 드러낸다. 여러 가지 원인이 있지만, 특히 대중 소설적 성향을 띠고 있는 소설들 때문에 그의 소설들은 문단의 주목을 받지 못하였고, 그에 대한 연구 또한 활발하게 진행되지 못하였다. 하지만 대중소설이라 폄하되

고 있는 그의 소설들에는 시대의 사유와 분위기, 그 시대를 살았던 주체들의 다양한 욕망의 스펙트럼이 투영되어 있다. 그리고 이것을 그는 다양한 삶의 방식과 생활세계를 나타내는 풍속을 통해 드러낸다. 따라서 풍속과 연관된 일상적 삶은 그의 소설의 소재이면서 동시에 소설의 구조와 의식을 결정하며 작가의 서사적 행위를 발생시킨 사회적 맥락이나 당대의 세태를 재현한다.1) 이러한 관점에서 이 연구는 문학 연구의 방법론으로서의 풍속과 당대의 풍속을 통해 시대를 포착하고 있는 이병주의 대중소설에 주목하고자 한다. 다양한 인간들의 삶의 양식과 생활세계를 그려내고 있는 이병주의 대중소설은 한 시대를 포착하고 이해할 수 있다는 점에서 그 의미를 찾아볼 수 있다. 그리고 특정 '사회장에 속해 있는 개인의 인식, 판단, 행위가 구조화된 것이면서 동시에 그것들을 구조화 한'2) 일상적이고 관습적으로 축적된 문화로서의 풍속이 이러한 이병주의 소설을 분석하는 접근방식으로 적합하다고 판단했기 때문이다.

우리는 흔히 고유의 생활 관습이나 새롭게 형성된 삶의 양식을 아울러 풍속이라 한다. 한 시대를 풍미했던 문화나 삶의 양식, 더 나아가 시대적 이데올로기를 담지하고 있는 풍속은 풍속이라는 함의가 갖는 전방위적인 특질로 인해 문학 연구의 방법론으로 까지 확대되어 적용되고 있다. 문학이 인간의 삶과 시대를 투영하고 있다는 점을 상기해 본다면, 한 시대의 현실과 그에 따른 사회의식의 변화, 당대를 살았던 주체의 정체성 등 한 시대의 다양한 층위들을 형성하고, 포착해 낼 수 있는 풍속은 문학 연구의 방법론으로 충분하다.

다만, 방법론으로서의 풍속의 범위 설정과 개념 정립이 선행되어야 할

---

1) 우한용, 「풍속과 소설연구의 가능성과 한계」, 『한국현대소설과 풍속』(한국현대소설학회 발제문), 2005, 29쪽.
2) 윤영옥, 「이기영 농민소설에 나타난 풍속의 재현과 문화재생산」, 『국어국문학』 157, 국어국문학회, 2011, 246쪽.

필요가 있다. 김남천은 '생산관계의 양식에까지 현현되는 일종의 제도(예컨대 가정제도)와 그 제도 내에서 배양된 인간의 의식적인 제도 습득감(예컨대 가족적 감정, 가족적 윤리의식)까지를'[3] 풍속이라 한다. 즉 풍속을 생활 관습과 생활양식을 아우르는 의미로 지칭하고 있다. 대부분의 연구자들도 이와 같은 의미에서 출발한다. 다만 그 범주를 설정하는 데 있어서 차이를 보인다.

김동식[4]은 풍속을 일상생활 또는 생활세계에 근접한 용어로 규정하면서 풍속을 문화와의 연계선상에서 바라본다. 그는 각각 미세한 차이는 있지만 풍속과 문화라는 용어가 일상생활, 개인적 경험 영역, 생활세계 등과 같은 개념과 중첩되어 사용된다고 본다. 또한 문학연구의 주제로서 문화와 풍속은 일상생활의 현상적인 모습에 대한 소박한 재현을 넘어서, 일상생활을 재생산하는 사회적인 조건들과 제도들에 대한 문화적 해석을 포괄하며, 문화적 취향, 심성, 감수성, 아비투스 등과 같은 사회적인 태도들에 대한 원천과 근거들이 풍속―문화적 문학연구의 일차적 대상이 된다[5]고 본다. 이에 입각하여 김동식은 근대성의 경험적 영역 또는 미시적 차원에 대한 고고학적 탐색, 근대적 이념과 주체의 경험을 매개하고 분절하는 문화적 표상들에 대한 연구, 하위문학 양식과 대중문화에 대한 연구, 문학제도와 관련된 연구 등 풍속사의 영역에 대한 세부분류를 시도하고 있다.

권명아[6]는 풍속이라는 범주를 사용한 연구들이 풍속을 주로 새롭게 형성된 삶의 패턴을 의미하는, 즉 '근대적 문화'로 제한적으로 사용하고 있

3) 김남천, 「일상의 진리와 모랄」(5), 『조선일보』, 1938. 4. 22.
4) 김동식, 「풍속·문화·문학사」, 『민족문학사연구』19호, 민족문학사연구소, 2001.
5) 위의 글, 74쪽.
6) 권명아, 「풍속 통제와 일상에 대한 국가 관리」, 『민족문학사연구』33, 민족문학사학회, 2007, 373~374쪽.

다는 점에 문제를 제기하며 풍속에는 새로운 것과 오래된 것, 그리고 성적인 것과 관련된 시대의 이념이 복합적으로 공존하고 있음을 피력한다. 그리고 "오래된 관습, 새로운 문화(유행), 성적인 것과 관련된 행위 및 문화"라는 상이한 층위가 중첩되어 있는 것을 풍속이라 명명한다.

차혜영7)은 풍속사에 대한 초기 김동식의 총론에 동의한 후, '풍속-문화론'이라는 명칭을 사용하여 문학 연구의 방법론으로서의 풍속사적 연구의 흐름을 짚어 본다. 이 연구에서 차혜영은 풍속사에 대한 초기의 총론에서는 풍속사의 개념이 비교적 중립적으로 규정되었지만, 이후 풍속사 연구가 확장되는 과정에서 새로운 영역이 추가되기도 하고 전문화되는 경향을 거치면서 이제 '풍속-문화론'으로만 묶어내기 어려운 상태가 되었다고 진단한다. 그리고 풍속과 문화를 같은 개념으로, 일상의 영역을 이와 유사한 개념으로 바라보고 있다. 김지영8)은 차혜영과 같이 풍속과 문화를 묶어서 '풍속·문화론'이라는 용어를 사용한다. 여기서 문화는 사소하고 미시적인 삶의 영역으로부터 경험으로 육체화된 제도, 담론, 이데올로기를 포함하는 광범위한 인간생활의 모든 영역을 가리키며, 그런 점에서 담론과 제도로부터 습득하는 모든 것이 평범하고 관습화된 일들의 연속과 반복으로 육화하는 '일상'에 그대로 접합된다고 본다.

이 연구는 이러한 선행 연구들을 수용·절충하여 풍속의 의미를 '사회, 문화, 시대적 맥락을 재현하는 표상으로, 고유의 생활방식과 새롭게 형성된 삶의 방식'이라 규정하고자 한다. 아울러 근대성의 경험적 영역 또는 미시적 차원에 대한 고고학적인 탐색, 근대적 이념과 주체의 경험을 매개하고 분절하는 문화적 표상들, 하위문학 양식과 대중문화 등 우리의 경험

---

7) 차혜영, 「지식의 최전선」, 『민족문학사연구』33, 민족문학사학회, 2007, 85쪽.
8) 김지영, 「풍속·문화론적 (문학)연구와 개념사의 접속, 일상개념 연구를 위한 試論」, 『大東文化研究』70집, 성균관대학교 대동문화연구원, 2010, 500쪽.

과 인식의 지평에 근원적인 변화를 가져온 문화적 표상에 대한 대상들을 모두 포괄9)하는 개념으로 이해하고자 한다.

　주지하다시피 풍속은 한 시대의 모습과 삶의 양식을 포착할 수 있는 유용한 단서가 되며, 나아가 이것은 당대의 역사와도 연동한다. 식민지 시기, 해방, 한국전쟁, 4·19, 5·16 등의 굵직한 역사적 사건들은 그 시대의 생활, 문화, 삶의 양식 등을 생산해 내는 동시에 전 분야에 걸쳐 영향을 끼쳤다. 특히, 1970년대는 비동시적인 것들이 다양한 층위를 형성하며 공서하고 있던 시기이다. 그도 그럴 것이 식민지와 전쟁을 체험했던 세대들이 중장년층을 이루며 공존하였고, 그들을 통해 비동시적인 과거의 삶과 생활양식 또한 잔존했기 때문이다. 그럼에도 불구하고 흔히 1970년대 하면 비어홀, 통기타, 블루진으로 대변되는 '청년문화'를 대표 문화로 언급한다. 물론 한 시대의 새로운 것을 만들어내는 중심에 있는 주체가 '청년'들임에는 의심의 여지가 없다. 더욱이 도시화, 산업화로 급변하는 사회와 독재 체제 안에서 나름의 방식으로 저항의 목소리를 내기 위해 생성된 당대의 청년문화를 제외하고서는 1970년대를 완전히 논할 수는 없다. 하지만 고유의 생활 방식을 이어오고, 그들과 함께 같은 시대를 살았던 중장년층의 삶의 양식과 생활세계 또한 간과할 수 없다. 1970년대의 중장년층은 식민지 시기, 한국 전쟁 등 파란만장했던 역사의 질곡과 함께 전근대에서 근대로 이행되는 급격한 변화를 체험했던 세대로서, 그들의 삶과 문화에는 전근대적 요소와 근대적 요소의 공서로 가치관의 혼란이 야기되고, 자본주의적 욕망과 물신이 지배하던 당대가 고스란히 투사되어 있기 때문이다. 이 연구가 1970년대에 발표된, 당대를 그리고 있는 이병주의 대중소설에 주목하는 이유가 여기에 있다. 우리 시대의 역사적 사건들을 경험하고 그것을 소설에 투사하는 방식의 글쓰기를 해 온 이병주는 1970

---

9) 김동식, 앞의 글, 100쪽.

년대를 대표하는 청년문화 이외의 삶의 양식과 문화에 천착하여 당대의
문제를 소설로 형상화하고 있기 때문이다.

따라서 이 연구는 이병주의 대중 소설 중 1970년대를 시대적 배경으로
하고 있는 동시대에 발표된 세 작품(『여로의 끝』, 『운명의 덫』, 「서울은
천국」)을 대상 텍스트로 삼아 소설 내의 '공간'과 공간을 잇는 사물들을 중
심으로 당대의 풍속으로서의 삶의 양식과 생활 모습에 대해 고찰하고자
한다. 이들 작품 속 공간은 역사적 변화와 여러 사회 제반 현상이 연동하
는 사회적 공간일 뿐 아니라 당대의 욕망과 감성 등이 담긴 일상생활의 공
간이며, 나아가 문화적 · 정치적 의미가 구현되는 이데올로기적 공간이기
도 하다. 이처럼 공간은 사회의 생산 관계 및 계급 관계를 표상하며 이때
사회적으로 생산된 공간은 사회, 제도, 사회적 관계 까지도 포함하고 있
기 때문에 사회의 제반 현상－풍속을 포착하는데 적합하다고 판단했다.


## 2. 농촌, '신흥'으로 대체된 자리


『여로의 끝』10), 『운명의 덫』11), 「서울은 천국」12)에 등장하는 주인공

---

10) 이 소설은 1970년 5월부터 1971년 12월까지 새농민에 『망향』이란 제목으로 연재
    되었고, 이후 1978년 『망향』이란 제목 그대로 경미문화사에서, 1984년 창작예술
    사에서 『여로의 끝』이란 제목의 단행본으로 개제 · 출간되었다. 이 연구는 1984년
    『여로의 끝』이란 제목으로 창작예술사에서 개제 · 출간된 작품을 대상 텍스트로
    삼았음을 밝혀둔다.
11) 이 소설은 『별과 꽃과의 향연』이란 제목으로 1971년 1월에서 1979년 12월까지 영
    남일보에 총 294회 연재되었고, 이후 『풍설』이란 제목으로 1981년 문음사에서 상
    하로, 1992년 문예출판사에서 『운명의 덫』상하로 개제 · 출간 되었다. 이 연구는
    1992년 문예출판사에서 출간된 것을 대상 텍스트로 삼았음을 밝혀둔다.
12) 이 소설은 1979년 3월 『한국문학』에 수록되었으며, 1980년에 태창문화사에서 작
    품집으로 출간되었다. 이 연구는 태창문화사에서 출간된 작품집을 대상 텍스트로
    삼았음을 밝혀둔다.

들은 일정한 공간 패턴을 반복한다. 그들은 넓게는 국외와 국내, 좁게는 시골과 농촌을 왕래하며 각각 일정한 공간을 부유한다. 『운명의 덫』의 주인공 남상두는 23년 전 S읍에 신설된 고등학교 교사로 첫 부임해 '기차'를 타고 농촌으로 내려왔다. 그는 기차 안에서 한 노인을 만나 교육자로서의 역할과 경계해야 하는 것 등 교육자로서 지켜야 할 현실적인 조언들을 듣는다. 이후 남상두는 20여 년 전을 회고할 때 기차라는 공간과 그 기차 안에서의 만남을 생각하며 노인의 조언을 새겨듣지 않았기에 자신의 과거를 잃을 만한 일에 휘말리게 되었다고 후회한다.

소설 내에서 기차는 그가 잠시나마 교육자로서의 사명감을 갖고 꿈을 꿀 수 있었던 공간이자 그의 인생의 방향을 송두리째 바꿔놓은 시작점이 위치한 공간이다. 20여 년 전만 해도 당대를 대표하던 가장 빠른 육로 교통수단이었던 기차는 이제 그의 과거와 사라져버린 젊음이 담겨있는 농촌을 상기시키는 공간으로 변했다. 『여로의 끝』에서 역시 '기차'는 도시적 이미지가 아닌 과거, 농촌, 자연, 고향 등을 상징하는 사물로 읽힌다. 소설의 주인공 안현상도 고향을 찾을 때마다 기차를 타고 이동한다. 기차 안에서 창밖의 풍경을 바라보며 과거를 회상하기도 하고, 생각을 정리하기도 한다. 사회적으로 생산된 공간으로 인해 자연 공간이 배경으로 밀려나 허구 혹은 부정적인 유토피아로[13] 변모했듯이 이제 기차는 '고속도로', '고속버스'라는 사회적 생산물로 인해 시대를 표상하는 사물의 의미를 잃고 삶의 배경으로 전경화 되었다. 이렇게 된 데에는 급속도로 진행되었던 당대의 개발정책도 한몫한다. 20여 년 만에 다시 찾은 s읍의 풍경은 이를 여실히 드러낸다.

---

13) Henri Lefebvre, 『공간의 생산』, 양영란 역, 에코리브르, 2011, 76쪽.

옛날엔 고속버스라는 것이 없었다. (중략) 고속버스 속에서 나는 아
득히 사라져간 20년이란 세월의 의미를 생각했다. 그 의미는 바로 고
속버스에 있었고 고속버스가 달리고 있는 고속도로에 있었다. 연도에
초가집이 보이지 않는 것도 그 의미의 하나일지 몰랐지만 그 대신 눈
에 띄게 된 파랑, 노랑, 붉은 빛깔로 칠한 양철지붕을 결코 좋은 의미
로 이해할 순 없었다.14)

고속도로를 벗어나고도 버스로 한 시간 가량을 달려야만 s읍에 도
착하는데 그 길도 깨끗하게 아스팔트로 포장이 되어 있었다. 자동차
가 한 대 지나가기만 하면 몽몽한 먼지가 일어나 가로수 잎과 길가의
집들이 꼴이 아니었던 옛날이 거짓말처럼 느껴졌다. (중략) s읍의 변모
도 나를 놀라게 했다. 서울의 변화에 이미 익숙해 있는 눈임에도 그것
은 대단했다. 거의 반 이상을 차지했던 초가집이 전부 기와지붕, 양철
지붕으로 변해 있었고, 20년 전에는 두세 채밖에 없었던 이층집이 무
려 수십 채가 시야에 들어왔다. (중략) 버스 정류소에서 나는 사방으
로 통해 있는 아스팔트 도로와 시골티가 나긴 하나 제법 간판을 걸고
있는 상가를 둘러보았다. 포탄형(砲彈型) 방말을 철쇄로 엮어놓은 가
드레일이 눈에 거슬렸지만 어린아이들이 한길로 나오지 못하게 하는
보호책으로서 필요한 것인지 몰랐다. (『운명의 덫』상, 12~13쪽)

'옛날엔 없던 고속버스가 생겼다'는 것은 전국을 1일 생활권으로 잇는
고속도로망이 이루어지고 사람들의 생활 영역이 확대15)된 속도와 유동
성이 확보된 시대 상황을 의미하며 작가는 이러한 시대의 모습을 자연스
레 텍스트 위로 미끄러트린다. 묘사나 심리 보다는 주로 대화 중심의 서
사를 엮어내는 이병주의 글쓰기 양상을 고려해 본다면 이 소설에서 적지
않게 등장하는 공간 묘사는 주목을 요한다.

---

14) 이병주, 『운명의 덫』상, 문예출판사, 1992, 8쪽. (이후 작품명과 쪽수만 표기)
15) 강현두, 「현대 한국 사회와 대중문화」, 『한국의 대중문화』, 나남, 1987, 26~27쪽.

주지하다시피 남상두는 고속도로, 아스팔트, 포장된 길, 양철지붕 등으로 나타난 농촌의 새로운 변화를 긍정적으로 인식하지 않는다. 과정이 생략된 채 결과만을 대면했을 때의 낯섦, 그와 동시에 밀려오는 자신의 인생에서 없어진 것과 마찬가지였던 지난 20여년의 세월 때문일 수도 있다. 하지만 이 소설의 전체 서사를 볼 때, 이것만으로 새로운 변화에 대한 남상두의 부정적 인식을 해석할 수만은 없다. 위 인용문을 포함하여 소설에서 빈번히 묘사되고 있는 농촌의 양철지붕이나 아스팔트 포장 도로, 유리문, 시멘트 담 등도 같은 맥락에서 바라보아야 한다. 이 모두 당대의 근대화 프로젝트의 기획물들이다. 당시 새마을 운동을 통해 시작된 농촌주택개량사업은 농촌의 풍경과 주거환경을 전통적인 농촌의 모습과 단절시켰고, 유리문과 시멘트벽은 공간을 분리시켜 연대를 불가능하게 했다.

새마을 운동은 "사회 전체의 안정을 해칠 만큼 심각한 수위에 도달한 농촌 문제를 완화"했다는 평가와 "10월 유신과 영구정권에 필요한 대중동원을 위해" 전개되었다는 양가적 평가를 함께 갖는다.16) 전자의 평가를 부정할 수는 없으나 후자의 평가에 주목하여 새마을 운동의 배경을 추적해 볼 필요가 있다. 당시 쌍용양회가 시멘트 생산 과잉으로 재고 처리에 어려움을 겪자 정부가 그 시멘트를 구입해 전국에 무료로 배포했고, 그 결과 많은 마을이 빨래터를 고치고 다리를 놓는 등 기대 이상의 성과를 올렸다. 이로 인해 새마을 운동은 처음엔 시멘트를 사용해 할 수 있는 일 중심으로 진행되었다. 시멘트로 도로 내고 그 도로로 모래와 시멘트를 운반해 시멘트 기와를 만들었으며 1975년에는 전국의 모든 농가들의 지붕이 기와나 슬레이트로 바뀌게 되었고, 이 지붕 개량으로 농촌의 모습이 달라졌다. 1970년대만 해도 전국의 250여만 농가들의 약 80%가 초가지

---

16) 박진도, 「현대사 다시 쓴다. 이농과 도시화: 급격한 산업화…남부여대(男負女戴) 무작정 서울로」, 『한국일보』, 1999. 8. 3, 14쪽.

붕이었으며, 초가지붕을 기와지붕으로 바꾸는 것이 새마을 사업인 양 생각할 정도로 지붕 개량은 순식간에 전국의 마을에서 전개되었다.[17]

농촌의 변화는 비단 '지붕'에만 있지 않았다. 남상두가 과거를 추적하면서 이동하는 궤적마다 곳곳에 변화의 흔적이 담겨 있다. 유일하게 자신을 옹호해 주었던 윤학로의 집의 돌담은 블록담으로, 대문은 철문으로 바뀌는 등 현대식 양옥으로 변했다. 또, 목조로 되었던 초라한 경찰서 건물은 시멘트 콘크리트로 된 현대적 건물로, 과거 윤신애의 엄마가 경영했던 '달성옥'의 간판은 '삼우장'으로, 그 벽은 시멘트벽으로, 문간도 현대식으로 바뀌었다. 남상두는 이러한 공간의 변화를 눈여겨보며, "친한 친구라고 해서 달려갔으나 쌀쌀한 응대를 받았을 때의" 감정을 느끼기도 한다. 여기에는 20년이란 세월을 훌쩍 뛰어넘은 데에서 오는 괴리감과 동시에 당대를 바라보는 시선까지도 포함되어 있다. 변화된 농촌에 대한 남상두의 시선은 다음의 인용에서 극명하게 드러난다.

> 어딜 가도 눈에 뜨이는 신흥(新興)이란 문자. 신흥여관, 신흥이발관, 신흥공작사, 신흥상점. 나는 생리적으로 「신흥」이란 문자를 싫어한다. 「신(新)」자도 달갑지 않고 「흥(興)」자도 역겨웁다. 「신」은 쑤셔 놓은 새집처럼 부풀어 있는 여자의 퍼머넌트 머리를 연상케 하고 「흥」은 번들번들 개기름이 끼인 벼락부자의 얼굴을 연상케 한다. 그러니 아무런 사연이 없는 객지로 갔더라면 「신흥」이란 간판을 붙인 여관을 찾아들 마음은 거의 절대적으로 나지 않았을 것이다. 그런 만큼 s읍을 찾은 내 마음이 삭막하다는 것이 된다. s읍에서의 나는 호오(好惡)의 감정을 따질 그런 마음의 여유가 없었다.
> 블록을 쌓아올려 시멘트로 발라 만든 2층의 구조부터가 「신흥」이란 이름에 묻어 있는 속기(俗氣)를 풍겨내고 있었다. 정면에 두 짝으로

---

17) 박진환, 「새마을운동: 한국 근대화의 원동력」, 김성진 편역, 『박정희 시대: 그것은 우리에게 무엇이있는가』, 조선일보사, 1994, 217쪽.

된 암색의 유리문이 붙어 있었고, 그 유리에도 「신흥여관」이란 이름
이 붉은 페인트로 씌어 있었다. (『운명의 덫』상, 18~19쪽)

작품 어디를 보아도 남상두가 생리적으로 '신흥'이란 문자를 싫어할 만
한 근거는 없다. 싫어함을 넘어서 역겹다고 표현할 만한 이유가 없다는
것이다. 단서는 '여자의 퍼머넌트 머리'와 '벼락부자의 얼굴', 「신흥」이란
이름에 묻어 있는 속기(俗氣)'에 있다. 농촌에도 자본주의식 이치가 침투
하여 모든 풍경들이 '물신화' 되어가고, 이것은 다시 새로움을 추구하는
'개발'에 중점을 두고 있는 정치적 영역과 연관된다는 점에서 남상두에게
또한 당대를 바라보는 작가에게 역겨움으로 인식되고 있는 것이다. 이러
한 시선은 경제적, 계급적 문제로 실연한 안현상의 귀농에서도 포착된다.
애초에 "연애가 없는 현대"에서 실연하여 아무 생각 없이 고향에 내려갔
던 안현상은 고향 친척들에게 냉대를 받기도 하고, 농사를 짓고 있는 친
구를 만나 농촌 현실에 대해 조언을 듣기도 한다. 자신의 주거와 생계에
타격이 가해질 것을 염두 해 안현상을 냉대하는 친척들의 각박해진 인심,
농사를 짓겠다는 안현상에게 소유하고 있는 토지를 팔아 반은 은행에 넣
어 이자를 챙기고, 나머지 반은 대도시 변두리에 땅을 사서 이윤을 챙기
라고 말하는 친구의 충고에서 농촌에까지 침투해 있는 자본주의 논리를
포착할 수 있다.

결국 너도 나도 잘 살아보자는 취지를 걸고 진행되었던 '새마을 운동'
은 시골 사람들 모두를 잘 살게 하는 데는 성공하지 못했다. 뿐만 아니라
당대의 경제 개발 정책 역시 있는 자들의 '부'는 더욱 견고히 해주었고, 없
는 자들의 삶은 벼랑 끝으로 내모는 결과를 가져왔다. 이제 '농촌'은 더 이
상 인심이 후한 안식처로써의 공간이 아닌 것이다.

## 3. 이동수단, 아우토반과 벤츠의 욕망

당시 학생들에게 인기가 많았던 남상두는 돌연 살인사건에 휘말려 투옥되었다가 20여 년 만에 출소한다. 부유한 집안 환경으로 먹고 사는데 걱정이 없지만 그는 억울한 누명을 벗고자 출소하자마자 '고속버스'를 타고 s읍으로 귀환한다. 20여 년을 세상과 단절된 채 고립된 삶을 살았던 그에게 '고속버스'는 단순한 이동수단을 넘어서 "아득히 사라져간 20년이란 세월"을 상기시키며 시대의 변화와 상황을 인지하게 하는 상징물로 작용한다. 여기서 고속도로 개통과 고속버스는 당대의 수많은 변화와 문제들을 배태하고 있는 '사회적으로 생산된 공간'[18]으로, '다양하고', '중층적이고', '상호 침투적'[19]인 성향을 갖는다. "공간은 경제적으로 자본에 의해, 사회적으로는 계급에 의해, 정치적으로는 국가에 의해 지배되"[20]기 때문이다.

마찬가지로 당시의 고속도로 건설 계획과 추진과정 그리고 이후의 사회적 변화 안에는 '자본', '국가', '계급'이 중층적으로 얽혀있다. 고속도로는 당시 박정희에 의해 계획되고 일사천리로 진행되었다. 이것은 단 한 푼의 예산 뒷받침이 없는 사전 공사로 초기 설계도 채 끝나기 전에 시작되었다고 한다. 설계와 공사가 병행되었을 뿐만 아니라 노선 결정은 물론 공정 계획까지도 박정희가 직접 지휘해[21] 이것을 두고 박 대통령의 '원맨

---

18) 르페브르는 공간의 '생산'을 사물의 경제적 생산만이 아니라 사회, 지식 및 제도의 생산을 포함한 개념으로 이해한다. 즉, 공간의 '생산'은 물질적 생산과 사회적 시 · 공간을 포함하는 인간의 정신적 생산 및 사회적 관계의 생산까지를 포함한다.(Henri Lefebvre,『현대세계의 일상성』, 박정자 역, 主流 · 一念, 1990, 66쪽.)

19) H. Lefebvre, La Production de l'espace, paris, Anthropos, 1974, p.36,104(노대명, 「앙리 르페브르의 '공간생산이론'에 대한 고찰」,『공간과 사회』14호, 한국공간환경학회, 2000, 49쪽에서 재인용.)

20) H. Lefebvre, 위의 책, p.62 (노대명, 위의 글, 52쪽에서 재인용.)

21) 손정목, 「현대사 다시 쓴다. 경부고속도 개통: 64년 독 아우토반 주행 후 대통령 '대역사' 결심」,『한국일보』, 1999. 8.17, 14쪽.

쇼', '군사작전'이라 표현하기도 한다. 건설 시공은 현대건설이 전 구간의 5분의 2를 시공했고, 나머지는 15개국 국내 건설업체와 육군 건설공병단 3개 대대가 맡았다고 한다. '선 개통 후 보완'이란 원칙 아래 서둘러 완공한 경부고속도로는 후에 1990년 말까지 1,527억. 즉 건설비의 4배 가까운 보수비용이 들었으며, 건설 중 77명의 사망자가 속출하기도 했다.22)

뿐만 아니라 고속도로 건설은 땅값에 영향을 미쳐 영농의 영세화와 이촌 현상을 초래하고, 고속도로 건설 회사가 주변의 젊은 청년들을 고용함으로써 영농 의욕의 감퇴와 노동력 부족 현상을 초래했다. 나아가 고속도로 건설로 인해 부락이 인위적으로 분리되어 공동체 의식에 금이 가고, 고속도로 건설업자나 노무자들의 영향으로 소비지향적인 태도와 영리주의, 이기주의, 개인주의 등의 이해 타산적 사고방식이 강화되었다.23) 경부고속도로(1970), 영동고속도로(1971), 호남고속도로(1973)의 개통으로 자동차 중심의 도로문화가 한국 사회의 주류적 관념으로 형성되면서, 자동차 중심의 도로는 주체와 공간을 분리시켜 거리 문화를 황폐화 시키는 요인으로까지 작용했다.24)

이처럼 '고속도로'라는 공간은 정치·경제·사회의 중층적인 영향관계 속에서 생산되었으며, 개발 경제 시대의 사회적 문제 및 모순을 비판적 시각으로 드러내는 상징 기호로 작용한다. 아울러 고속도로가 형성하고 있는 도시 공간은 '상품의 세계, 화폐의 힘과 정치적인 국가의 권력'을 포함하는 자본주의적 공간으로 대체된다.25) 이것은 당대의 문화에도 영향을 끼쳤는데, 대표적인 경우로 서울-수원 고속도로가 처음 개통된 1968

---

22) 강준만, 『한국 현대사 산책·1970년대 편①』, 인물과 사상사, 2002, 70쪽.
23) 홍승직, 「고속도로와 사회변동」, 임희섭·박길성 공편, 『오늘의 한국사회』, 나남, 1993, 498, 503~504쪽.
24) 오창은, 「한국 도시소설 연구」, 중앙대 박사학위논문, 2005, 87쪽.
25) Henri Lefebvre, 『공간의 생산』, 앞의 책, 108쪽.

년 12월 12일 이후 우리나라 대부분의 '지프차'가 '자동차'로 대체되기 시작한 현상을 지목할 수 있다. 이때부터 한국사회에는 자동차 시대가 열리게 되었고, 자동차는 물질적 부와 남성들의 자존심, 계급 등을 상징하는 기호로 작용했다.

『여로의 끝』의 안현상은 자신의 연인을 태우고 간 '벤츠 300'의 충격으로 자신의 '사랑'을 의심하여 실연하고, 귀농을 결심하게 된다. 별다른 의미가 없었음에도 불구하고 '벤츠 300호의 십분의 일인 2백만 원이 없어서 사랑하는 사람과의 결혼을 못 한다'고 생각하는 안현상에게 사장의 '벤츠 300호'의 옆자리에 타고 유유히 사라져간 연인의 뒷모습은 충격이었다. 이후 안현상의 머릿속에는 "벤츠 300호. 그 값 2천만 원!"[26]이란 생각이 끊임없이 유영하며 연희의 얼굴을 보면서도 벤츠의 잔상을 지워버리지 못한다. 그리고 물질적 '부'를 획득한 이후 새로 만난 강양숙에게 똑같은 벤츠 300호를 선물로 받지만 이내 거절할 만큼 그에게 '벤츠 300'호는 커다란 상흔으로 자리 잡는다. 안현상의 말대로 '벤츠 300'호는 단순한 이동수단의 의미를 넘어서서 자신의 '청춘을 빼앗아간' 원인이며, 나아가 절대적 지위, 부를 상징하는 기호로 작용하고 있는 것이다. 『운명의 덫』의 남상두가 '부'를 획득한 후 가장 먼저 소유하는 대상이며, 「서울은 천국」에서 사람을 평가하는 척도로 작용하고 있다는 점들은 모두 자동차가 물신의 상징기호로 배치되고 있다는 사실을 환기시킨다. 「서울은 천국」의 민중환은 '벤츠 280'을 타고 다니며 '벤츠 280'의 덕으로 사람들에게 대접을 받는다고 생각한다. 그도 그럴 것이 그가 머무르는 곳은 대부분 호텔, 골프장, 고급 요리집 등 자본주의적 공간들이다. 그리고 그 역시도 자동차로 사람을 평가하며, 심지어 자동차로 감정이 좌우되기도 한다. "벤츠 450만 보면 나라 단위(單位)로 사고(思考)를 확대하여 순간 철저한 이기주

---

26) 이병주, 『여로의 끝』, 창작예술사, 1984, 52쪽.(이후 작품명과 쪽수만 표기)

의자가 돌연 애국자로"27) 변모할 만큼 민중환은 '벤츠 450'을 타고 다니는 사람을 경멸한다. 그의 논리에 의하면 당시 우리나라는 "아직 GNP 1천 불 내외이며 기름 한 방울 나지 않는 나라"이기에 "벤츠 600은 물론이고 벤츠 450을 탈 사람은 없다"고 생각하기 때문이다.

> 백영택은 레코드 로이얼을 갖고 있으면서 해마다 그 차를 신형으로 바꾸었고, 민중환은 벤츠 280을 3년째 타고 있었는데 민중환은 백영택을 경박한 증거라고 하며 경멸하고, 백영택은 민중환을 인색함과 허영심의 동거(同居)가 벤츠 280으로 된 것이라며 경멸했다. 심상수는 자가용을 가지고 있지 않았다. 바로 그 사실로써 민과 백은 심을 경멸하고, 심은 꼭 자가용차를 타야 할 업무량(業務量)도 없으면서 자가용차를 가지고 있는 민과 백을 분수를 모르는 놈들이라고 경멸하고 있었다.(「서울은 천국」, 53쪽.)

위 인용에서 나타난 바와 같이 「서울은 천국」의 주요 인물들은 서로를 자동차로 평가한다. 함께 사채업에 종사하면서도 서로를 경멸했던 것은 이들이 철저히 필요와 이해관계로 형성된 집단이기 때문이다. 이들은 매일을 붙어 다니고 함께 일을 하면서도 가족끼리의 교류는 전혀 갖지 않고, 서로를 경멸하면서도 자신들의 단점과 비행이 폭로될까봐 무난한 관계를 유지하려 하는 것이다. 이처럼 『여로의 끝』, 『운명의 덫』, 「서울은 천국」을 비롯해 이병주 소설에는 자본가의 상징기호로 '벤츠', '볼보' 등의 자동차가 빈번히 등장한다. 이와 같이 특정한 형태의 자동차나 특정 모델의 TV, 특정한 형태의 수영장을 갖춘 특정한 크기의 가옥을 소유한다는 것은 어떠한 지위에 도달한다는 것을 의미한다. 동시에 사회적 지위를 뚜렷하고 분명하게 보여줄 수 있는 이러한 물건은 사회적 상황과 함께

---

27) 이병주, 「서울은 천국」, 태창문화사, 1980, 41쪽. (이후 작품명과 쪽수만 표기)

그 기호를 나타내며 많은 사람들이 추구하는 구체적인 목표일뿐만 아니라 온갖 희망과 원망을 압축하고 있는 신화적 상징이자 제의적 상징을 대변한다. 이처럼 '자동차'가 지위를 나타내는 상징이 되는 이유는 인간의 무의식적인 신화 형성적 경향뿐만 아니라 무의식적인 노력에 산업사회가 무의식적으로 개입하기 때문이다.28) 나아가 사용가치의 소비를 포함하면서 행복, 안락함, 풍부함, 성공, 위세, 권위, 현대성 등의 소비도 포함하는 이들의 자동차 소비는 그들을 스스로 돋보이게 함과 동시에 사회적 지위와 위세를 나타내며, 그 배면에는 다른 사람들과의 차이화를 내재하고 있다.29) 뿐만 아니라 항상 특권 있는 소수의 몫이며, 계급의 특권을 재생산하는 기능을 한다는 점에서 사회의 부와 그 사회구조를 결정짓는 역할도 한다.30) 당시의 성장사회는 자본만 있으면 누구나 최신 유행상품을 소비할 수 있었다. 하지만 인간의 사회적 의미에 대한 욕망은 남들과 똑같은 상품으로는 스스로 만족할 수 없게 만들었고, 이로 인해 구별짓기로서의 소비를 추구하게 했다. 이처럼 자동차로 상징되는 사치형, 과시형 소비는 국민을 중심으로 하여 동질화를 추구했던 1970년대 국가 정책의 표상을 전복시키며 그 안에 은폐되어 있던 '차별화 원리'를 수면위로 드러낸다.


## 4. 도시, 상품이 들어선 자리


당대의 근대화 프로젝트의 기획물로써 '농촌'과 '도시'를 가로지르며 자본주의의 모순을 표상하고 있는 사물이 '고속도로'라면, '공항'은 '고속도

---

28) Umberto Eco, 『대중문화연구2: 대중의 영웅』, 조형준 역, 새물결, 2005, 58~59쪽.
29) Jean Baudrillard, 『소비의 사회』, 이상율 역, 문예출판사, 1991, 314~315쪽.
30) 위의 책, 59쪽.

로' 표상보다 당대의 병리성을 더 극명하게 드러낸다. 해외 출입이 일상
화되지 못했던 시대적 분위기 속에서 공항을 빈번히 드나들고, 공항을 드
나들 때마다 많은 출영객이나 환송객들이 동원되며 자동차를 타고 공항
을 활보한다는 것은 일정한 '직위'나 '부'를 소유하고 있다는 것을 내포한
다. 『여로의 끝』에서 사장 아들의 귀국에 '공항'으로 동원되었던 안현상
이 "황제의 아들은 황제, 대재벌의 아들은 대재벌, 그게 사회구 인생이란
말이지."라며 씁쓸해 하는 모습에서 '공항'이 함의하고 있는 물질 중심의
계급 사회의 단면이 드러난다. 안현상은 "출생과 더불어 신분이 결정된다
는 범례를 매일처럼 눈앞에 보고 젊은 사람이 회의를 느끼지 않는다면 그
사람은 감수성이 둔하거나 미리 노예근성에 젖어 있거나 한 사람일" 것이
라 생각하지만 그 회의감은 쉽게 극복될 수 없다는 점에서 문제적이다.
"상품을 만들기 위한 상품, 상품을 팔기 위한 상품, 상품을 팔아 모든 돈
을 관리하는 상품, 그런저런 가치도 없다고 생각되면 폐품이 되어 버리는
존재, 이것을 과연 인생이라고 부를 수 있는 것일까" 자문하면서도 그들
은 이내 자신들을 "넥타이를 맨 노예"라고 인정해 버린다. 상품으로 전락
한 인생, 넥타이를 맨 노예로 살아가는 그들의 삶은 다음과 같은 도시의
풍경과 무관하지 않다.

> 초여름 밤의 서울의 공기는 메스꺼웠다. 거리의 네온사인이 잡스럽
> 기만 했다. 가도에 붐비는 자동차의 무리가 탐욕스러운 인간의 욕심
> 을 닮았다. 그 크락숀 소리가 인간의 인간다운 말을 잃어버린 돼지의
> 신음소리와도 같았다. (『여로의 끝』, 55쪽.)

> 시간이 될 때까지 근처를 돌아다녀보기로 했다. 참말 갈 곳이 없었
> 다. 걸어 다니며 마음을 풀 수 있는 시가(市街)라는 것이 아닌 것이다.
> 이것은 대구만의 사례가 아니다. 서울엔 고궁이라는 게 있어 산책할
> 몇 군데가 있지만 그걸 빼놓으면 살풍경일밖에 없다. 대구엔 고궁도

없다. 요란스런 간판을 붙여놓은 상점들이 있을 뿐이다. 아이 쇼핑이
란 말이 있지만 살 의사도 없는 예술품도 아닌 상품을 아이 쇼핑한다
는 것도 골이 빈 인간이 할 일이다. 어디로 가나 먼지와 소음이 일고
있는 거리, 조금 멈춰 서서 구경을 했으면 하는 곳이 한 군데도 없는,
그러면서 인구 백만을 넘는 도시라고 하면 이건 너무나 고갈된 정서
가 아닌가.(『운명의 덫』상, 256~257쪽.)

위 인용은 당대의 '도시'적 풍경과 도시적 풍경이 내뿜고 있는 당대의
세태를 투사하고 있다. 개발을 목적으로 나날이 변화하고 있지만, 그 개
발의 과정에서 '물신'이 절대화되고, 그로 인해 다양한 기형적 현상과 직
업, 풍경들이 생성되고 있다. 이것은 마치 전염성이 강한 신종 바이러스
처럼 쉽게 확산되어 사람들의 의식 구조 속으로 빠르게 침투한다. 안현상
은 병리적인 세계에서 '자본'의 노예로 살아간다는 자괴감 속에서도 '정을
나누며 인간 구실을 하면서 살아가면 된다'고 자위하며 현실을 견뎌내기
도 한다. 이것이 가능할 수 있었던 것은 아이러니하게도 낭만적 사랑이
있었기 때문이다. 하지만 애초부터 '물신' 사회에서 '낭만적 사랑'은 존재
할 수 없었다는 듯이 '벤츠 300'으로 인해 둘의 사랑은 쉽게 끝이 나고, 안
현상도 자본주의적 순리 안으로 되돌아서게 된다. '낭만적 사랑'이 존재하
던, 그래서 정을 나누며 인간적 도리를 지키며 살아가자 생각했던 때 안
현상이 배회하던 공간과 자본주의 순리 안으로 선회했을 때의 이동 공간
의 차이가 이를 극명하게 보여준다.

안현상과 연희는 퇴근 후 매일 만났는데, 둘의 이동 경로는 '광화문-다
방-내수동 길-사직공원-안국동 로터리-민충정공의 동상'이었다. 다
방을 제외하고 그들은 주로 막혀 있는, 분리된 공간이 아닌 사방으로 열
려 있는 공간을 활보했다. 그리고 이 공간은 이별 후 현재의 공간이 아닌
'과거'의 공간, 그리움의 공간으로 변모한다. 이후 안현상은 앞에서 언급

했듯이 '벤츠 300'의 충격으로 수단과 방법을 가리지 않고 '부'를 축적하면서 '물신'의 공간들 안으로 미끄러져 들어간다. 그의 동선은 이제 백화점, 호텔 식당, 호텔 바(Bar), 맨션아파트, 호텔 등으로 이동된다. 그는 K호텔의 15층 식당에 앉아 "쌀 매상 가격과 생산비의 차가 얼마 안 되어 농촌의 경제는 파탄 상태에 있다"는 신문시가를 보며 재벌 딸 진혜를 기다린다. 진혜에게 넥타이를 선물 받고, 샌드위치를 먹은 후 안현상은 "소꿉장난의 건물과 뜰처럼 보이는" 덕수궁으로 이동할 것을 제안한다. 하지만 추워서 덕수궁에 가기 싫다는 진혜의 대답에 그녀의 선물에 답례를 하기 위해 '백화점'으로 발걸음을 옮긴다. 그에게 덕수궁이 사랑하는 사람과의 추억, 휴식처라면 '백화점'은 그저 상품을, 그것도 아무 의미 없는 상품을 구입하기 위한 공간이다. 결코 자신의 마음이 가 닿지 않는 사람과의 이별 선물을 구입하기 위해 잠시 머무는 겉치레를 위한 공간일 뿐이다.

안현상이 그랬듯이 남상두에게도 '도시'에서 갈 만한 곳이라곤 열린 공간으로서의 '고궁' 뿐이다. 그러나 고궁은 안현상에게는 과거의 공간이 되었고, 남상두가 있는 도시에는 애초부터 존재하지 않는 공간이다. 이처럼 두 작품 속 주인공들이 닫힌 공간, 폐쇄적 공간을 배외한다는 것은 통제와 억압, 자유의 결핍, 제약 등 시대적 상황을 함의하는 은유적 표현에 다름 아니다. 자본과 독재가 들어선 자리에 더 이상 자유란 불가능하며 보이지 않는 통제와 불신만이 우글거릴 뿐이다. 이러한 사회 · 정치적 구조 및 변화는 주인공들에게 '열린 공간'을 빼앗고, 그들을 저 구석진 닫혀 있는 공간으로 내몰아 간다. 남상두는 '의미 없는 상품과 먼지, 소음만이 가득한' 도시의 거리에서 벗어나기 위해 '다방'을 찾지만 이내 다시 나온다. '다방'에서 흘러나오는 '뻔뻔스러운' 유행가 가사에 구토증을 느꼈기 때문이다. 시각적인 것도, 청각적인 것도 예술적 가치를 가지고 있어야만 감상할 만하다고 인식하는 그는 모든 것이 대중적인 상품으로 배치된 도시

공간에 환멸을 느끼고 방황한다. 그리고 기껏 찾아 들어간 곳이 대구의 '바(Bar)'이다. 그에게 그곳은 단지 자신의 욕구를 충족하기 위한 상품만이 존재하는 공간이다. 하룻밤의 유희를 위해 바(Bar)에 들어간 그의 눈에는 "아무리 보아도 한국 여자들 같지 않은, 그런데도 분명히 한국 여자일수밖에 없는 여자들이" 몰려있는 풍경이 들어온다. 그리곤 이내 자신 앞으로 다가오는 여자를 보며 "조명이 어두워 얼굴을 확실히 볼 수는 없으나 풍겨오는 공기로 미루어 상품(上品)은 도저히 아니라."라고 주억거린다.

결국 고궁을 그리워하던 남상두도 어느새 '자본'의 질서 안에 편입되어 자본주의적 시각으로 여성을 인식하며 마치 일상처럼, 문화인양 자본주의적 공간을 배회하고 있는 것이다. '대전발 0시 오십분', '목포의 사랑'을 배경 음악으로 댄스홀에서 사교댄스를 추고, 통금을 피하기 위해 워커힐 호텔의 빌라를 예약하여 한강과 천호동 일대를 풍경 삼아 밤새 술을 마시며, 이테리 레스토랑에서 밥을 먹는 것이 이제 그의 일상이 된 것이다.

그렇다면 도시 거리의 풍경을 담고 있는 공간 외에 도시 속의 '집'은 이들에게 어떤 공간일까? 『여로의 끝』, 『운명의 덫』의 주인공들은 일정한 '집'이 없이 여관이나 호텔을 전전긍긍하고 다닌다. 그러다 물질적인 '부'를 획득한 후 '집'을 소유하게 된다. 안현상의 경우 강양숙과 결탁하여 사채로 '부'를 획득하여 한강변의 맨션아파트를 구입해 기거한다. 이 지점에서 '맨션아파트'의 당대적 의미에 주목해볼 필요가 있다. 아파트가 주거 공간으로 활성화되기 시작한 것은 여의도 시범 아파트 24개 동이 완공된 1971년부터이며 이 아파트가 성공하자 민간업자들은 아파트 건설에 투자하기 시작했다. 이러한 분위기와 함께 정부가 도심 개발 정책으로 주택 개량 사업을 추진하면서 부동산 업자나 자본가의 투기 행위도 함께 발생했다.[31] 이후 호화주택 건설 붐을 타고 중산층의 질적 요구에 부흥해야

---

31) 손정목, 『서울 도시계획 이야기2』, 한울, 2003, 77~97쪽 참조.

한다는 논리로 아파트에 맨션 개념을 도입한 맨션아파트가 건설되었으며 이는 당시 폭발적인 인기를 끌었다. 결국 국가의 정책과 자본의 결탁으로 맨션아파트는 중산층과 인텔리들의 차별적 공간으로 부상하였고, 기존의 도시도 상업, 오락, 유행, 소비의 중심지로 거듭나게 되었다. 이러한 사회적 변화에 의해 아파트를 거주지, 안식처가 아닌 재산 증식의 수단으로 인식하는 사회 분위기가 확산되었다. 모든 사물이 상품으로 교환되는 자본주의 도시공간 안에서 도시를 대표하는 아파트가 상품으로 부상하게 된 것이다. 이러한 도시 개발 정책은 단순한 부정부패의 온상일 뿐 아니라 현대자본주의사회의 기본적인 모순들이 응집되어 있는 지점이기도 하다. 현실적으로 도시 개발 정책은 도시와 농촌의 위계화뿐만 아니라 도시 내에서 경제력에 따라 신중산층과 하층민으로의 계급 분화 및 양극화 현상을 초래하였으며, 공간을 차등화시키는 중요한 수단으로 이용되었다. 도로건설을 통해 문화적으로 동질적인 지역을 분리시키고, 고급주택지를 도로로 둘러쌓아 외부지역으로부터 보호하고, 판자촌을 강압적으로 허무는 정책에 도시계획은 합리적 근거를 제공하는 역할을 담당했다. 그 결과, "폭력이 합리성을 가장하고, 다시 통합적 합리성이 폭력을 합리화해주는 공간" 속에서 연대성은 파편화되었다.[32] 같은 맥락에서 안현상의 '맨션아파트'는 거주지 이상의 의미를 갖는다고 볼 수 있다.

> "그런 건 싱거워요. 그보다도 지금 안선생님이 사시는 곳이 어디죠?"
> "한강변의 초라한 아파트랍니다."
> "공무원 아파트요?"
> "아아니."
> "그럼?"
> "속칭 맨숀 아파트라는 덴데."

---

32) H. Lefebvre, 앞의 책, p.325(노대명, 앞의 책 54쪽에서 재인용.)

"맨숀 아파트? 딜럭스하구먼요."

"미혜씨의 집에 비하면 삭막한 오두막이죠." (『여로의 끝』, 215쪽.)

안현상은 자신의 집을 '초라한', '삭막한 오두막'이라는 수식어로 표현한다. 이러한 안현상의 발화에는 "한강변 맨션아파트" 쯤은 자신에게 초라하게 인식될 만큼 많은 '부'를 축적했음을 과시하는 반어적 의미와 이미 자본주의적 질서에 영합하여 그 중심에서 살고 있는 안현상의 변화가 내포되어 있다. 그리고 이것은 자본주의 사회에서 아파트(혹은 문화주택) 거주가 갖는 함의 그대로 "도시로의 통합과 사회적 지위의 상승"[33]을 의미한다.

문제는 작품 속 등장인물들이 '집'을 소유할 만큼의 '부'를 획득하는데 동원된 수단이다. 세 작품들은 한결같이 갈등의 시작도, 과정도, 갈등해결의 실마리도 '자본'과 관련되어 있다. 주목할 점은 이러한 상황을 가능하게 한 것이 당대에 생성되었거나 성행하였던 직업들이라는 점이다. 소설에 등장하는 인물들의 직업을 보면 재벌 간부, 부동산 투기, 사채업자, 고리대금업자 등이다.[34]

주지하다시피 이들의 직업은 모두 물질과 연계되어 있고, 이것은 시대 · 정치적 상황과도 관련이 있다. 1970년대의 "경제정책은 재벌 육성 정책"이라고 할 만큼 재벌들에게 이로운 조치들이 유난히 많았다. 1972년의 8 · 3 긴급경제 조치, 1973년의 중화학공업화 정책, 1974년의 5 · 28 특별

---

33) Valerie Gelezeau, 『한국의 아파트 연구』, 길혜연 역, 아연출판사, 2004, 205쪽.
34) 『여로의 끝』의 경우는 재벌 기업의 사장에게 연인을 빼앗긴 안현상이 평범한 샐러리맨에서 부동산 투기와 고리대금업으로 직업을 전환한다. 『운명의 덫』의 경우 남상두는 평범한 교사에서 공장 또는 회사의 사장이 되고, 남상두에게 누명을 씌운 동료 교사 및 형사도 공장, 회사의 간부로 직업을 전환한다. 「서울은 천국」의 등장인물들 역시 사채업을 직업으로 갖고 있다. 또한, 각 작품에서 남자 주인공을 돕는 여성들도 대부분 일수를 하거나 부동산 투기를 해서 '부'를 획득한 인물들이다.

조치, 그리고 1975년의 종합무역상사 제도. 이 모든 제도들은 결과적으로 재벌을 육성하는 결과를 낳았다.[35] 또한 공업화로 발생한 주거 문제 해결을 위해 진행된 아파트 건설은 부동산 가격 상승과 부동산 투기를 야기했다. 즉 도시화, 공업화에 따라 토지 수요가 급증하면서 부동산을 갖고 있으면 땅값 급등으로 자산 증식의 효과를 얻을 수 있었다.[36] 자본주의 논리가 '대지를 장악하고, 부동산을 동산화'[37] 해 나가고 있었던 것이다. 안현상은 이러한 시대적 상황에 힘입어 '부'와 '지위'를 얻고, 나아가 자신의 인생을 원하는 방향으로 만들어갈 수 있었다. 뿐만 아니라 남상두 역시 이러한 시대적 상황에 맞물려 재벌 기업을 무너뜨릴 만한 가족 회사를 설립할 수 있게 되었고, 살인자라는 누명 또한 벗을 수 있었다. 이제 '집'은 "인간 존재의 최초의 세계, 하나의 우주"[38]가 아닌 교환가치를 띤 '상품'으로 변모한 것이다. 그리고 모든 사물의 상품화, 물신화로 인해 부동산 투기, 고리대금, 일수 등이 하나의 사행 직업으로 자리 잡게 된 것이다. 당대에서 사회적 지위를 획득하고, 자신의 인생의 주체로서 살아갈 수 있

---

35) "박정희 정권은 먼저 광범위한 내자 동원 체제를 구축하여 국민투자기금을 조성하고 이중 70%를 정책금융의 형태로 중화학 부문에 집중 지원하였으며, 다양한 조세 감면, 관세보호, 수입규제 조치 등을 통해 중화학 제품에 대한 이윤을 보장하였다. 또한 대자본가들에게 종합상사의 설립을 허용하고 중소 하청기업들을 수직적 또는 수평적으로 계열화시켰다. 이러한 국가의 지원과 유인책은 대자본가들의 중화학공업 투자에 따른 위험 부담을 국가가 대신 감당해 주는 효과를 가져다줌에 따라 대자본가들은 경쟁적으로 중화학 프로젝트에 참여하게 되었다. 박정희 정권의 중화학 공업 정책은 대자본가 계급을 육성하는 결과를 가져왔고(임혁백, 『시장 · 국가 · 민주주의: 한국 민주화와 정치계제이론』, 나남, 1994, 321쪽), 이로 인해 재벌들의 '문어발' 수만 더욱 늘어났다. 1978년 말을 기준으로 11개 종합상사 그룹들이 거느린 기업군은 모두 312개 업체에 달했다(역사학연구소, 『강좌 한국근현대사』, 풀빛, 1995, 339~340쪽.)는 사실이 이를 증빙한다.
36) 장상환, 「해방 후 한국자본주의 발전과 부동산 투기」, 『역사비평』66, 역사문제연구소, 2004, 58쪽.
37) Henri Lefebvre, 앞의 책, 481쪽.
38) Gaston Bachelard, 『공간의 시학』, 곽광수 역, 동문선, 2003, 77쪽.

으려면 교사, 형사, 샐러리맨이 아닌 단기간에 '부'를 축적할 수 있는 직업들이 필요했던 것이다. 이러한 사행 직업들 역시 개발 경제 정책의 기획과 이행 단계에서 파생된 것들이며 자본주의의 표상으로 자리 잡고 있다는 것을 의미한다. 나아가 당대의 자본 논리와 물신화는 '거주지'를 상품으로 변주하는데 이어 급기야는 인간까지 '상품화'하는 결과를 초래했다.

  －「직업에 귀천이 있어예? 이것도 직업이라예.」
  하는 쏘는 듯한 말이 돌아왔다.
  나는 누구에게 보일 것도 아닌 쓰디쓴 웃음을 짓고 외등이 아슴푸레 무늬를 엮고 있는 천정을 쳐다봤다.
  (아무럼. 창부는 직업이지. 이 지구에 사회라는 것이 생겨날 때부터 생긴, 가장 오래된 역사를 가진 직업임에는 틀림이 없지.)
  동시에 나는 창부의 의식구조는 남자의 입장에선 이해할 수 없는 그 무엇을 가지고 있는 것이 아닐까 하는 짐작을 해보았다.
  흔히들 창부는 스스로를 슬프게 생각하고 있을 것이라고 상상한다. 무슨 방도만 있으면 벗어나야 할 수렁이라고 믿고 있을 것이라고 상상한다. 그러니 그런 짓을 하지 말라는 충고를 당장 실천할 수는 없으되 달겐 받아들일 것이라고 예상한다. 그 무수한 낮과 밤을 불운에 우는 여자로서 지낼 것이라고 짐작도 한다.
  그런데 그런 것이 아닌 것 같다. 직업에 귀천이 있느냐는 사고방식은 위선적인 사회에 대한 반발이 내재되어 있을지도 모른다. 도둑질하는 것보다야 낫지 않은가. 억울하게 착취를 당하며 노예 노동하는 것보다야 낫지 않은가. 우리의 죄는 부자 부모를 못 만났다는 그 죄밖에 없다. 우리가 가진 것을 정직하게 팔아먹고 산다. 요구가 있으니까 팔기도 한다. 파는 내가 나쁜 년이라면 사는 사내놈은 더 나쁜 놈이 아닌가. 음탕에 미쳐 서방질하는 년도 수두룩한데 거기에 비해 우리는 뭐 나쁘단 말이냐. 사흘 굶으면 세 길 담을 뛰어넘는다는데 우리를 보고 어떻게 하란 말이냐. 참고 견디며 살아본들 우릴 요조숙녀로 대해 줄 텐가? 빈민굴에 자식새끼 주렁주렁 달고 아귀처럼 살아가는 게 고

작이 아닌가. 이렇게 살아도 한평생 저렇게 살아도 한평생이다……

　창부들에겐 이런 배짱이 있는 것이다. 이런 철학이 있는 것이다. 그리고 그 배짱과 철학엔 이미 역사의 승인이 있는 것이다. (『운명의 덫』상, 218~219쪽.)

이병주 소설에는 시골 작부부터 바걸, 마담, 양공주, 창부, 기생 등 각양각색의 유흥업소에 종사하는 여성들이 등장한다. 특히 『운명의 덫』의 경우에는 S읍에서 만난 작부와 기생, 대구에서 만난 바걸과 창부, 동두천에서 만난 양공주 등 유흥업소 여성들이 대거 등장한다. 작품은 위인용에서 나타난 바와 같이 개인의 성적 욕망이 아닌 성이 상품화되어 직업으로 성행하고 있는 사회적 상황에 주목한다. "한 달에 다섯 번만 나와도 염직공장 직공보다" 돈벌이도 낫고, 직업엔 귀천이 없다고도 생각하는 그녀들에게 '성'을 파는 행위는 그저 직업일 뿐이다. 그녀들에겐 흔히 상상하는 슬픔이나 상처, 사연 대신 오로지 살아내야만 하는 현실이 있을 뿐이다. 이것은 성의 시장논리에 기반하여 작동되고 있는 '남근적 도시'와도 무관하지 않다. 성 시장에 통용되는 논리는 여성의 인격 자체를 부정하고 성적 대상화로 보는 가부장제 문화와 여성성을 돈의 가치로 환산하는 자본주의가 만들어낸 산물이다.[39] 이제 '성'은 자본시장의 교환가치로 전이되었으며, 여기에는 무역적자의 폭을 줄이기 위한 외화벌이라는 명목 아래 개방하였던 산업화 정책의 명함이 자리하고 있다.[40] 1973년 외화벌이를 위해 매매춘의 국책 사업화가 본격적으로 시행되었다. 박정희 정권은 1973년부터 관광 기생들에게 허가증을 주어 호텔 출입을 자유롭게 했고, 통행금지에 관계없이 영업을 할 수 있도록 했다. 또한 박 정권은 여행사들을

---

39) 이영자, 「성의 시장, 매매춘」, 오생근 · 윤혜준 공편, 『성과 사회』, 나남출판사, 1998, 257~258쪽.
40) 박종성, 『한국의 매춘』, 인간사랑, 1994, 115쪽.

통해 '기생 관광'을 해외 선전했을 뿐만 아니라 문교부 장관은 1973년 6월 매매춘을 여성들의 애국적 행위로 장려하는 발언을 하기도 하였다.41) 이러한 사회적 정책과 정권의 편의적 이용으로 인해 여성의 몸은 '노동이 행해지는 물질적 장소이자 성별 정치학과 섹슈얼리티의 실천이 깃들어 있는 문화적 공간'42)으로 변모된 것이다. 이처럼 작품 속 도시 공간은 "본질이 망각된 채 점차 대상화 · 부품화 · 상품화 되어"43) 재화 및 사람의 상호작용과 교환이 성립되는 장소이며, 자본주의적 착취와 지배의 양상이 교차하는 사회적 중심지로 존재한다.44)

살펴본 바와 같이 이병주는 도시와 농촌, 그리고 두 공간을 잇는 고속버스, 고속도로, 기차, 자동차 등의 공간에 작동하는 자본주의 질서와 논리를 그대로 노출시킨다. 작품 속 주체들이 자본주의적 공간 질서에 순응하는 모습을 표방하면서 개발이라는 명목 아래 형성된 당대의 획일적인 질서, 즉 모든 대상과 관계가 교환가치로 인식되고 거래되는 세태를 그려내고 있다.

## 5. 나가며

이 글은 이병주의 1970년대 대중 소설(『여로의 끝』, 『운명의 덫』, 「서울은 천국」)을 대상으로 소설 내의 '공간'에 주목해 당대의 삶의 양식과 생활 모습. 그리고 시대적 상황을 추적해 보았다. 이 연구에서 대상 텍스

---

41) 이효재, 『한국의 여성운동: 어제와 오늘』, 정우사, 1989, 182, 251쪽.
42) 김영옥, 「70년대 근대화의 전개와 여성의 몸」, 『여성학논집』18호, 이화여자대학교 한국여성연구원, 2001, 27~28쪽.
43) 강학순, 『존재와 공간』, 한길사, 2011, 199쪽.
44) 장세룡, 「앙리 르페브르와 공간의 생산」, 『역사와 경계』58, 부산경남사학회, 2006, 301쪽.

트로 삼은 세 작품들은 그간 이병주의 작품들 중에서도 주목을 받지 못한 텍스트들이다. 그럼에도 불구하고 세 작품을 대상 텍스트로 삼은 이유는 이 작품들은 1970년대를 다루고 있는 여타의 소설들과는 다른 소설적 인물들을 내세우고 있기 때문이다. 즉 '자본'의 중심에 있는 중산층 이상의 중년에 주목하여 자본과 정치 · 사회적 영역이 중층적으로 얽혀 있는 시대 양상을 드러내고 있다. 앞에서도 언급했듯이 1970년대 소설 연구의 중심에 있는 청년, 소시민, 소외 등의 문제가 아닌 이러한 문제들을 유발하거나 자본의 질서 안으로 진입해 사회적 지위를 획득하는 인물들을 통해 당대를 바라보고 있다는 점에서 당대를 바라보는 시각을 확장시킬 수 있다고 판단했다. 아울러 이 작품들 내의 '공간'에 주목한 것은 작품 속의 공간들은 모두 사회적 공간으로, 다양하고 중층적이며 상호침투적인 속성을 갖기 때문에 이 공간들의 의미를 통해 자본, 계급, 국가가 중층적으로 얽혀 있는 당대의 경제 · 사회 · 정치적 상황을 파악할 수 있을 것이라 판단했기 때문이다.

먼저, 농촌이라는 공간에 주목하여 새마을 운동을 통해 시작된 농촌주택개량사업이 농촌의 풍경, 주거환경과 전통적인 농촌 모습과의 단절을 야기하고, 공간을 분리시켜 연대를 불가능하게 했음을 살펴보았다. 뿐만 아니라 이것은 국가의 필요에 의해 진행되었으며, 이러한 과정에서 농촌에 유입된 물신화와 그 폐해, 나아가 인간성 상실과 빈부격차 등 자본, 계급적 문제가 발생하고 있음을 포착할 수 있었다.

마찬가지로 '농촌'과 '도시' 공간을 잇는 기차, 고속버스, 고속도로, 자동차 등도 정치 · 사회 · 경제의 중층적인 영향관계에 의해 생산된 공간으로 단순한 이동수단의 의미를 넘어서 부, 지위, 차이화 등을 비롯하여 시대적 상황과 문제를 담지하고 있었다. '기차'는 새로운 사회적 생산물로 인해 시대를 표상하는 사물의 의미를 잃고 삶의 배경으로 전경화 되었다.

'기차'를 대체한 자리에 들어선 고속버스와 고속도로 건설은 영농의 영세화와 노동력 부족, 이촌 현상을 초래하고 부락을 인위적으로 분리하여 공동체 의식을 약화시켰다. 뿐만 아니라 고속도로 건설업자나 노무자들의 영향으로 소비지향적인 태도와 영리주의 및 이해타산적인 사고방식이 농촌에 이식되는 현상도 야기했다. 이러한 시대적 현상은 화폐의 힘과 국가의 권력을 포함하는 자본주의 공간의 특성을 극명히 보여주며 동시대의 문화에도 영향을 끼쳤다. 대표적인 경우가 '자동차'의 생활화를 들 수 있다. 소설 내에서 '자동차'는 자본주의 논리가 지배하는 사회 안에서의 생활 모습을 상징적으로 보여주고 있다. '자동차'는 사회적 지위를 드러내는 상징 기호임과 동시에 타자와의 차이화를 담지하고 있다. 화폐가치와 교환가치를 중심으로 돌아가는 당대 사회에서 '자본'만 있으면 원하는 것은 모두 소비할 수 있었다. 하지만 인간의 사회적 의미에 대한 욕망은 타자와 똑같은 상품으로는 만족할 수 없게 만들었고, 이로 인해 구별짓기로서의 소비를 추구하게 한 것이다. 결국 자동차로 상징되는 과시형 소비는 국민을 중심으로 하여 동질화를 추구했던 당대의 국가 정책의 표상을 전복시키고, 그 안에 은폐되어 있던 차별화 원리를 끌어내고 있었다.

다음으로 도시공간은 닫힌 공간으로 주거 공간에서 인간까지 상품화되고 있는 당대의 생활 모습을 드러내고 있었다. 자본과 독재가 들어선 도시 공간은 통제와 억압, 자유의 결핍과 아울러 '자본'이 있어야만 출입할 수 있는 닫힌 공간이 되어 소설 속 주인공들을 방황하게 한다. 그리곤 이내 그들을 자본주의 논리에 잠식시켜 주거 공간과 인간까지 상품으로 변모하는 모습, 그리고 그것을 당연하게 받아들이는 당대의 생활 모습을 드러낸다. 이를테면 아파트 상징을 통해 도시개발정책이 은폐하고 있었던 공간의 차등화와 빈부의 불평등을 드러내고, 거주지를 재산 증식의 수단으로 여기는 인식 논리를 비롯해 부동산 업자나 자본가의 투기가 성행하는 당대의 삶의 모습을 그려내고 있다. 아울러 자본주의 논리가 대지를 장악하고 부동산을 동산화 하는 과정 속에서 성행했던 직업들(사채업, 일수, 종합상사, 유흥업 등)을 통해 당대의 사회·구조적 모순과 사람들의 삶의 방식을 포착해 내고 있다. 특히, 다양한 형태로 존재하는 유흥업소 여성들은 인간과 여성성을 돈의 가치로 환산하는 당대의 인식논리를 투사하여 자본주의적 착취와 지배의 양상이 교차하는 도시 공간의 의미를 부각시키고 있다.

결국, 농촌, 도시, 농촌과 도시 공간을 잇는 다양한 이동수단은 자본주의 사회의 병리적 징후들을 드러내는 매개로, 당대의 삶의 모습과 생활양식의 변화를 드러내고 있었다. 그리고 그 심급에는 본질이 망각된 채 모든 대상을 상호 교환 가치로 여기는 시대 인식, 즉 자본주의 논리가 내재되어 있음을 도출해 낼 수 있었다.

## 참고문헌

1. 기본자료

이병주, 「서울은 천국」, 태창문화사, 1980.
_____, 『여로의 끝』, 창작예술사, 1984.
_____, 『운명의 덫』상,하, 문예출판사, 1992.

2. 논문 및 단행본

강준만, 『한국 현대사 산책·1970년대 편①』, 인물과 사상사, 2002, 70쪽.
강학순, 『존재와 공간』, 한길사, 2011, 199쪽.
강현두, 「현대 한국 사회와 대중문화」, 『한국의 대중문화』, 나남, 1987, 26~27쪽.
권명아, 「풍속 통제와 일상에 대한 국가 관리」, 『민족문학사연구』33, 민족문학사학회, 2007, 367~406쪽.

김남천, 「일상의 진리와 모랄」(5), 『조선일보』, 1938. 4. 22.

김동식, 「풍속 · 문화 · 문학사」, 『민족문학사연구』19호, 민족문학사연구소, 2001, 71~105쪽.

김영옥, 「70년대 근대화의 전개와 여성의 몸」, 『여성학논집』18호, 이화여자대 학교 한국여성연구원, 2001, 27~48쪽.

김지영, 「풍속 · 문화론적 (문학)연구와 개념사의 접속, 일상개념 연구를 위한 試論」, 『大東文化硏究』70집, 성균관대학교 대동문화연구원, 2010, 483~528쪽.

노대명, 「앙리 르페브르의 '공간생산이론'에 대한 고찰」, 『공간과 사회』14호, 한 국공간환경학회, 2000, 36~62쪽.

박종성, 『한국의 매춘』, 인간사랑, 1994, 115쪽.

박진도, 「현대사 다시 쓴다. 이농과 도시화: 급격한 산업화…남부여대(男負女戴) 무작정 서울로」, 『한국일보』, 1999. 8. 3.

박진환, 「새마을운동: 한국 근대화의 원동력」, 김성진 편역, 『박정희 시대: 그것 은 우리에게 무엇이었는가』, 조선일보사, 1994.

손정목, 「현대사 다시 쓴다. 경부고속도 개통: 64년 독 아우토반 주행 후 대통령 '대역사' 결심」, 『한국일보』, 1999. 8. 17.

_____, 『서울 도시계획 이야기2』, 한울, 2003, 77~97쪽.

역사학연구소, 『강좌 한국근현대사』, 풀빛, 1995, 339~340쪽.

오창은, 「한국 도시소설 연구」, 중앙대 박사학위논문, 2005.

우한용, 「풍속과 소설 연구의 가능성과 한계」, 『한국현대소설과 풍속』(한국현대 소설학회 발제문), 2005, 29쪽.

윤영옥, 「이기영 농민소설에 나타난 풍속의 재현과 문화재생산」, 『국어국문학』 157, 국어국문학회, 2011, 245~276쪽.

이영자, 「성의 시장, 매매춘」, 오생근 · 윤혜준 공편, 『성과 사회』, 나남출판사, 1998, 257~258쪽.

이효재, 『한국의 여성운동: 어제와 오늘』, 정우사, 1989, 182, 251쪽.

임혁백, 『시장 · 국가 · 민주주의: 한국 민주화와 정치계제이론』, 나남, 1994, 321쪽.

장상환, 「해방 후 한국자본주의 발전과 부동산 투기」, 『역사비평』66, 역사문제 연구소, 2004, 55~78쪽.

장세룡, 「앙리 르페브르와 공간의 생산」, 『역사와 경계』58, 부산경남사학회,

2006, 293~325쪽.

차혜영, 「지식의 최전선」, 『민족문학사연구』33, 민족문학사학회, 2007, 83~107쪽.

홍승직, 「고속도로와 사회변동」, 임희섭 · 박길성 공편, 『오늘의 한국사회』, 나
　　남, 1993, 498, 503~504쪽.

Gaston Bachelard,『공간의 시학』, 곽광수 역, 동문선, 2003, 77쪽.

Henri Lefebvre,『현대세계의 일상성』, 박정자 역, 主流 · 一念, 1990, 66쪽.

_____,『공간의 생산』, 양영란 역, 에코리브르, 2011, 76, 108, 481쪽.

Jean Baudrillard,『소비의 사회』, 이상율 역, 문예출판사, 1991, 59, 314~315쪽.

Umberto Eco,『대중문화연구2: 대중의 영웅』, 조형준 역, 새물결, 2005, 58~59쪽.

Valerie Gelezeau,『한국의 아파트 연구』, 길혜연 역, 아연출판사, 205쪽.

4.

# 연보 및 연구서지

# 작가 및 작품 연보*

정범준 · 노현주

## ■ 이병주 생애 연보

| | |
|---|---|
| 1921년 | 3월 16일 – 경남 하동군 북천면 옥정리 안남골에서 출생<br>(1992년 4월 3일 타계)<br>부친 이세식(李世植), 모친 김수조(金守祚)<br>호적과 학적부에는 1920년 3월 16일생인 것으로 기재돼 있음 |
| 1927년 | 4월 – 2하동군 북천면 북천공립보통학교 입학한 것으로 추정<br>이때를 전후해 이세식 일가는 옥정리 남포마을로 분가한 것으로 추정 |
| 1931년 | 3월 – 북천공립보통학교 4년 과정 수료<br>4월 1일 – 하동군 양보면 양보공립보통학교 입학(5학년) |
| 1933년 | 3월 20일 – 양보공립보통학교 6학년 과정 졸업<br>이후 3년 동안 독학, 이병주가 진학을 원했던 학교는 진주공립고등보통학교였으<br>나 부친 이세식은 진주농업학교 진학을 권유, 부자간의 의견 불일치와 가정 형편<br>등으로 진학이 지연된 것으로 추정 |
| 1936년 | 4월 6일 – 진주공립농업학교(5년제) 입학 |
| 1940년 | 3월 31일 진주공립농업학교에서 퇴학당함. 4년 과정 수료<br>미상 – 이후 일본 교토로 건너가 전검(專檢)시험 응시, 합격<br>교토3고 등에 입학했다가 퇴학당한 것으로 추정 |

* 이 연보는 『작가의 탄생』을 쓴 정범준 작가가 정리한 것을 이병주 문학 연구자 노현
주 박사가 보완한 것임.

| 1941년 | 4월-메이지대학 전문부 문과 문예과 입학 |
|---|---|
| 1943년 | 8월 20일 고성군 이용호(李龍浩)의 장녀 점휘(點輝)와 결혼<br>9월-메이지대학 전문부 문과 문예과 졸업<br>10월 20일-조선인 학도지원병제도 실시<br>12월 말-경성제국대학 동숭동 교사에서 연성(練成) 훈련을 받음 |
| 1944년 | 1월 20일-대구 소재의 일본 제20사단 제80연대 입대<br>미상-중국 쑤저우에 배치됨 |
| 1945년 | 정월 무렵-파상풍으로 오른손 중지 한 마디를 절단한 것으로 추정<br>8월 15일-일제 패망<br>9월 1일-현지 제대, 이후 상해에서 체류<br>미상-회곡 '유맹-나라를 잃은 사람들' 집필 |
| 1946년 | 3월 3일 혹은 8일-부산으로 귀국한 것으로 추정<br>귀국 시점이 2월말일이 가능성도 있음<br>9월 15일-모교인 진주농림중학교 교사로 발령됨 |
| 1947년 | 9월 30일-장남 권기(權基) 출생 |
| 1948년 | 10월 1일-진주농과대학(현 경상대) 강사로 발령됨, 진주농림중학교 교사직과 겸임<br>10월 20일-진주농과대학 정식 개교 |
| 1949년 | 10월-개교 1주년 기념연극으로 오스카 와일드의 '살로메' 연출<br>11월 21일-진주농과대학 조교수 발령을 받음<br>12월 20일-진주농림중학교 교사직을 사임 |
| 1950년 | 6·25전쟁 발발<br>7월 31일-진주 함락<br>8월 1일-아내와 자녀를 데리고 처가가 있는 고성군 고성읍 덕선리로 피신<br>8월 12일-인민군, 덕선리에 출현<br>8월 13일 혹은 14일-인민군, 고성 점령<br>8월 20일-가족은 남겨둔 채 고성 덕선리에서 출발, 하동의 부모에게 가기로 함<br>8월 21일-정치보위부에 체포됨<br>미상-친구 권달현의 도움으로 정치보위부에서 풀려남, 이후 진주시 집현면에서 20여 일 가량 피신<br>9월 26일(한가위)-문예선전대 이동연극단을 이끌고 전선으로 출발<br>9월 28일-진주 수복<br>9월 29일(음 8.18)-인민군 퇴각으로 이동연극단 해산<br>9월 30일-진주농과대학 조교수직 사임<br>미상-이후 잠시 고향에 머물다 부산으로 감<br>미상-부역 문제로 진주에 들러 자수, 불기소처분을 받음, 다시 부산으로 감<br>12월 날짜 미상-부산에서 미군 CIC(방첩대) 요원에게 체포됨<br>12월 31일-불기소처분으로 풀려남 |

| | |
|---|---|
| 1951년 | 1월-하동으로 돌아와 가업인 양조장 일을 돌보기 시작함<br>5월-승려로 출가하기 위해 해인사로 들어감,<br>이후 반(半) 승려생활을 하며 독서와 음주로 소일 |
| 1952년 | 3월 25일-'최범술의 국민대학'이 해인사 경내로 교사를 이전함<br>4월 23일-'최범술의 국민대학', 교명을 해인대학으로 변경<br>5월-해인대학측의 요청에 의해 강사 생활을 시작한 것으로 추정<br>7월 13일-빨치산이 해인사를 습격함, 빨치산에 끌려갔다가 친구의 도<br>움으로 하루만에 탈출에 성공, 이후 진주로 거주지를 이전<br>8월 20일-해인대학, 경남 진주시 강남동으로 이전 |
| 1953년 | 1월경-해인대학 분규 발생. 최범술파와 그 반대파로 나눠져 반목이<br>일어남. 이병주는 반대파를 지지하며 강의를 계속 |
| 1954년 | 4월 25일-이용조(李龍祚), 해인대학 학장 직무대리에 취임. 해인대학<br>분규가 일단락됨.<br>5월 20일-하동군에서 제3대 민의원 선거에 출마, 3위로 낙선 |
| 1956년 | 4월 21일-해인대학, 마산시 완월동으로 이전<br>미상-이때를 전후해 이병주도 마산으로 거주지 이전<br>1957년 8월 1일-부산일보에 '내일 없는 그날' 연재 시작(종료 1958년 2월 25일) |
| 1958년 | 1월-해인대학 교내신문 ≪해인대학보≫ 주간 교수<br>11월 5일-국제신보 상임논설위원으로 발령됨, 교수직을 미처 정리하지 못하고<br>겸임하다가 이 해 말이나 이듬해 교수직을 사임한 것으로 추정됨 |
| 1959년 | 3월-≪내일 없는 그날≫ 출간<br>미상-'내일 없는 그날', 동명의 영화로 제작됨<br>7월 1일-국제신보 주필로 발령됨<br>7월 17일-국제신보가 주관한 기념식에서 시민 수십 명이 압사하는 참사 발생,<br>사과문과 관련 사설을 여러 차례 실어 위기를 타개<br>7월 31일-부친 이세식 타계<br>9월 25일-편집국장 겸직<br>11월-월간 ≪문학≫에 희곡 '유맹' (상) 발표<br>12월-월간 ≪문학≫에 희곡 '유맹' (중) 발표(종료 월호 미상) |
| 1960년 | 1월 21일-박정희, 부산군수기지 사령관에 취임<br>미상-부산·경남 지역 기관장회의에서 박정희와 처음으로 술자리를<br>가짐<br>4월 중순-박정희와 두 번째 술자리를 가짐. 이후 박정희와 몇 차례 더 만남<br>7월 29일-제5대 국회의원 선거에 출마(하동군), 3위로 낙선<br>12월 15일-박정희, 대구 제2군 부사령관에 취임<br>12월-월간 ≪새벽≫에 논설 '조국의 부재' 발표 |
| 1961년 | 1월 1일-국제신보에 '통일에 민족역량을 총집결하자'라는 연두사 게재<br>5월 16일-쿠데타 발발 |

4. 연보 및 연구서지 671

| | |
|---|---|
| | 5월 20일−쿠데타 세력에 의해 체포됨<br>7월 2일−이 날 국제신보 석간부터 '주필 겸 편집국장 이병주'란 이름이 사라짐<br>11월 29일−혁명검찰부, 이병주에게 징역 15년 구형<br>12월 7일−혁명재판부, 이병주에게 징역 10년형 선고 |
| 1962년 | 2월 2일−이병주의 변호인단이 제출한 상소가 기각됨, 10년형 확정<br>미상−부산교도소로 이감 |
| 1963년 | 12월 16일−특사로 부산교도소에서 출감<br>미상−상경. 이후 폴리에틸렌 사업을 시작하며 사업가로 활동 |
| 1965년 | 2월 1일−국제신보 논설위원 취임<br>6월−≪세대≫에 중편 '소설 · 알렉산드리아' 발표 |
| 1966년 | 3월−≪신동아≫에 단편 '매화나무의 인과' 발표(후에 '천망'으로 개제)<br>3월 31일−김현옥 서울시장 취임. 이때를 전후해 신한건재를 설립한 것으로 추정<br>8월 15일−서울시, 서대문구 남가좌동에 조립식주택 500동 건설 공사에 착수<br>12월−장비부족 · 정지공사 지연 등의 이유에 따라 조립식주택 건설 공사가 중지됨. 이때를 전후해 신한건재 경영에 실패한 것으로 추정 |
| 1967년 | 2월 28일 − 국제신보 논설위원직에서 사퇴 |
| 1968년 | 1월 1일− 국제신보 서울 주재 논설위원<br>4월−월간중앙에 관부연락선 연재 시작(종료 1970년 3월)<br>7월 2일−경남매일신문에 '돌아보지 말라' 연재 시작(종료 1969년 1월 22일)<br>7월 30일−국제신보 서울 주재 논설위원 사퇴<br>8월−≪현대문학≫에 단편 '마술사' 발표<br>10월−아폴로사 설립. 초기 3부작을 묶어 소설집 ≪마술사≫ 출간 |
| 1973년 | 서울신문 순회특파원 |
| 1977년 | 장편 『낙엽』과 중편 「망명의 늪」으로 한국문학작가상과 한국창작문학상 수상 |
| 1981년 | 부산일보 논설위원 |
| 1982년 | 12월−단편 『삐에로와 국화』가 영화로 제작되어 개봉 |
| 1984년 | 장편 『비창』으로 한국펜문학상 수상 |
| 1985년 | 영남 문우회 회장 |
| 1989년 | 장편 『바람과 구름과 비』가 KBS드라마로 방영 |
| 1990년 | 『신경남일보』의 명예 주필 겸 뉴욕지사장 발령으로 뉴욕으로 출국 |
| 1991년 | 장편 『행복어사전』이 MBC드라마로 방영<br>건강 악화로 서울대학교 부속병원에 입원, 폐암 선고를 받음 |
| 1992년 | 4월 3일−지병으로 타계 |

## ■ 이병주 작품 연보 및 목록

'*' 표시를 한 것은 발표 연대 혹은 연재 기간을 정확하게 파악하지 못한 작품이나 에세이다.


### 단편소설 (발표 연대순)

- 「소설 알렉산드리아」, 『세대』, 1965년 6월
- 「매화나무의 인과(因果)」, 『신동아』, 1966년 3월
- 「마술사」, 『현대문학』, 1968년 8월
- 「쥘부채」, 『세대』, 1969년 12월
- 「패자의 관(冠)」, 『정경연구』, 1971년 7월
- 「예낭풍물지」, 『세대』, 1972년 5월
- 「목격자」, 『신동아』, 1972년 6월
- 「초록(草綠)」, 『여성동아』, 1972년 7월
- 「변명」, 『문학사상』, 1972년 12월
- *「미스산(山)」, 『선데이서울』, 1973년
- 「겨울밤 – 어느 황제의 회상」, 『문학사상』, 1974년 10월
- 「칸나 X 타나토스」, 『문학사상』, 1974년 10월
- *「제4막」, 『주간조선』, 1975년
- 「중랑교」, 『소설문예』, 1975년 7월
- 「내 마음은 돌이 아니다」, 『한국문학』, 1975년 10월
- 「여사록」, 『현대문학』, 1976년 1월
- 「철학적 살인」, 『한국문학』, 1976년 5월
- 「만도린이 있는 풍경」, 『한전』(한국전력 사보), 1976년 6월

- 「이사벨라의 행방」, 『뿌리깊은나무』, 1976년 7월
- 「망명의 늪」, 『한국문학』, 1976년 9월
- 「수선화를 닮은 여인」, 『한전』(한국전력 사보), 1976년 12월
- *「유리빛 목장에서 별을 삼키다」, 『동아문화』, 1977년
- 「정학준」, 『한국문학』, 1977년 5월
- 「삐에로와 국화」, 『한국문학』, 1977년 9월
- 「계절은 그때 끝났다」, 『한국문학』, 1978년 5월
- 「추풍사」, 『한국문학』, 1978년 11월
- 「어느 독신녀」, 『화랑(畵廊)』, 1979년 봄
- 「서울은 천국(天國)」, 『한국문학』, 1979년 3월
- 「세우지 않은 비명(碑銘)」, 『한국문학』, 1980년 6월
- 「8월의 사상」, 『한국문학』, 1980년 11월
- 「피려다만 꽃」, 『소설문학』, 1981년 3월
- 「거년(去年)의 곡(曲)」, 『월간조선』, 1981년 11월
- 「허망의 정열」, 『한국문학』, 1981년 11월
- 「빈영출」, 『현대문학』, 1982년 2월
- 「세르게이 홍(洪)」, 『주간조선』, 1982년 6월 27일
- 「그 테러리스트를 위한 만사(輓詞)」, 『한국문학』, 1983년 1월
- 「우아한 집념」, 『문학사상』, 1983년 3월
- 「박사상회」, 『현대문학』, 1983년 9월
- 「백로선생」, 『한국문학』, 1983년 11월
- 「강기완」, 『소설문학』, 1984년 12월
- 「어느 낙일」, 『동서문학』, 1986년 4월
- *「산무덤」, 『한국문학』, 1986년
- *「바둑이」, 「아무도 모르는 가을」 등

## 에세이 · 논설 (잡지 · 사보)

여러 잡지나 사보에 실린 이병주의 글은 다 찾아 읽기가 불가능할 만큼 방대하다. 우선은 글의 제목이나 소재 등으로 판단해 그의 삶을 드러내리라 짐작되는 글을 골라 읽었고, 특히『작가의 탄생』을 서술하는 데 있어 필수적으로라고 판단되는 글은 빠짐없이 읽고 아래에 수록했다. 하지만 여기에 수록하지 못한 글도 많이 있다.

- '비봉산정의 정자나무가 말하여 줄 진주의 영화와 수난',『신천지』, 1954년 5월
- '나의 생활백서',『신생활』, 1960년 2월(창간호)
- '조국의 부재',『새벽』, 1960년 12월
- '기자근성망국론시비',『제지계』, 1966년 2월
- '칼럼 칼럼리스트',『세대』, 1968년 4월
- '나의 영원한 여인, 알렉산드리아의 사라 안젤',『주간조선』, 1968년 11월 10일
- '한글전용에 관한 관견(管見)',『창작과비평』, 1968년 겨울
- '70년대를 맞는 우리의 자세',『지방행정』, 1969년 9월
- '라이벌로서의 친구',『샘터』, 1970년 6월
- '유모어론 서설(序說)',『신동아』, 1970년 7월
- '선택의 자유를 위한 추구',『서울여대』, 1970년 12월
- '한국여성의 유행감각',『세대』, 1971년 10월
- '학처럼 살다간 김수영에게',『세대』, 1971년 12월
- '이민은 조국의 확대다',『여성동아』, 1972년 1월
- '유모어론',『공군』, 1973년 3월

- '문화에 5개년 계획은 가능한가', 『월간중앙』, 1973년 12월
- '자연과 인정으로 향수 느껴', 『영우구락부』(영우구락부 회지), 1974년 2월
- '정의의 여우(女優) : 베르나르', 『주부생활』, 1974년 6월
- '한 일 양국의 젊은 세대에게', 『북한』, 1974년 8월
- '석달 만에 엮어낸 편지', 『잊을 수 없는 연인−러브스토리』(여성동아 별책부록), 1974년 10월
- '어중재비 기론(棋論)', 『바둑』, 1975년 7월
- '관제반공문학의 청산', 『신동아』, 1975년 8월
- '숙명을 거역하지 못한 일본의 이카로스', 『독서생활』, 1976년 6월
- '곡선의 교양', 『샘터』, 1976년 6월
- '세대차에 나타난 직업의식', 『기업경영』, 1976년 8월
- '연애론을 쓸 자격이 없다', 『여학생』, 1976년 9월
- '후광(後光)을 띤 우장춘 박사:잊을 수 없는 사람', 『현대인』, 1976년 11월
- '영 · 독 · 불어만은 기어이', 『동서문화』, 1977년 3월
- '그리운 마음과 웃는 얼굴', 『새농민』, 1977년 4월
- '여자는 신비, 성모(聖母) 같으며 창부(娼婦) 같은 눈짓', 『현대여성』, 1977년 4월
- '판자집과 호화주택', 『건설』, 1977년 11~12월
- '레니에의 「샴펜과 위스키」', 『문예진흥』, 1978년 1월
- '주택행정과 K시장', 『건설』, 1978년 1월
- '편리주의의 극복', 『건설』, 1978년 2월
- '소녀의 세계', 『동서문화』, 1978년 2월
- '못다한 사랑의 낙서', 『나나』, 1978월 2월

- '문학과 철학의 영원한 주제', 『샘터』, 1978년 3월
- '낮과 밤을 바꾸어 산다', 『샘터』, 1978년 11월
- '정치열풍의 현장에서', 『신동아』, 1979년 7월
- '나의 비열이 사람을 죽였다', 『샘터』, 1979년 8월
- '한스 카롯사의 「루마니아 일기」', 『간호』, 1979년 10월
- '정말 쓰고 싶은 것을…', 『월간독서』, 1980년 2월
- '진주농림학교 시절에', 『중학시대』, 1980년 12월
- '습작시절', 『소설문학』, 1981년 1월
- '직업의식 이상의 양심', 『의학동인』, 1981년 5월
- '좋은 직업근성이 밝은 사회를 만든다', 『정화』, 1981년 6월
- '에로스로서의 性, 그 불변하는 영원', 『월간조선』, 1981년 10월
- '나의 문학 나의 불교', 『불광(佛光)』, 1981년 12월
- '소설 · 알렉산드리아의 사라 안젤에게', 『소설문학』, 1982년 1월
- '문학의 이념과 방향', 『불광(佛光)』, 1983년 2월
- '용인 포곡에 전개된 위대한 포부의 현장', 『삼성물산』, 1983년 4월
- '내 정신의 승리, 알렉산드리아', 『소설문학』, 1983년 9월
- '나의 인생은 로맨스', 『멋』, 1983년 10월
- '진주, 어제와 오늘', 『도시문제』, 1983년 11월
- '여러분 스스로가 행운이 되라', 『개척자』(21집), 1984년
- '당신은 친구가 있는가 – 권달현', 『샘터』, 1984년 4월
- '동의보감의 의성(醫聖) 허준', 『기업경영』, 1984년 5월
- '섬세한 무늬속에 불타는 애정', 『편지』, 1984년 5월
- '작가가 본 한국기업과 경영자상', 『경영계』, 1984년 7월
- '실록 상해임시정부', 『월간조선』, 1984년 8월
- '여유론', 『사보조공』, 1984년 9월

- '가을의 정회', 『대한생명』, 1984년 10월

- '내가 본 박생광', 『미술세계』, 1984년 10월

- '소설창작법', 『문예진흥』, 1984년 10월(격월간)

- '술과 인생', 『안녕하십니까』(한일약품공업 사보), 1984년 10월, 11월

- '청기탁기(淸棋濁棋)', 『바둑』, 1984년 11월

- '파리현지취재 : 소설구성 김형욱 최후의 날', 『신동아』, 1985년 2월

- '역사상의 경제인과 오늘의 경제인상', 『경영계』, 1985년 4월

- '5 · 16혁명 『공약(空約)』', 『월간조선』, 1985년 5월

- '독서하는 방법', 『출판문화』, 1985년 5월

- '다함께 해야 할 일', 『가정과 에너지』, 1986년 1월

- '최은희의 탈출에 붙여', 『정경문화』, 1986년 4월

- '지리산 남에 펼쳐진 섬진강 포구', 『한국인』, 1987년 10월

- '문학이란 사랑을 찾는 노력', 『동서문학』, 1988년 1월

- '회상을 곁들여', 『보건세계』, 1988년 10월

- '로프신의 「창백한 말」', 『팬팔저널』, 1988년 10월

- '지리산 단장(斷章)', 『문학과비평』, 1988년 겨울


## 중 · 장편 소설 연재 (발표연대순)

### 잡지 연재소설

- 「관부연락선, 『월간중앙』, 1968년 4월 1970년 3월

- 「망향」, 『새농민』, 1970년 5월 1971년 12월

- 「언제나 그 은하를」, 『주간여성』, 1972년 1월 5일 1972년 2월 27일

- 「지리산」,『세대』, 1972년 9월 1977년 8월
- 「망각의 화원」,『현대여성』, 1972년 11월 1973년 2월(4회)
  ※ 잡지 휴간으로 연재중간 추정, 이후「인과의 화원」으로 개제하여『법륜』에 재
    연재
- 「낙엽」,『한국문학』, 1974년 1월 1975년 12월
- 「산하」,『신동아』, 1974년 1월~1979년 8월(68회)
- 「행복어사전」,『문학사상』, 1976년 4월~1982년 9월
- 「소설 조선공산당」,『북한』, 1976년 6월~1977년 7월 ※미완
- 「인과의 화원」,『법륜』, 1978년 2월~1979년 10월
- 「꽃의 이름을 물었더니」,『새시대』, 1979년 9월9일~1979년 10월 28일
  ※잡지 폐간으로 연재중단 추정. 이후 동명소설 출간
- 「황백의 문」,『신동아』, 1979년 9월~1982년 8월(34회)
- 「황혼의 시」,『소설문학』, 1981년 8월~1982년 7월
- 「소설 이용구」,『문학사상』, 1983년 8월~9월
- 「팔만대장경」,『불교사상』, 1983년 12월~1984년 7월
- 「약과 독」,『재경춘추』, 1984년 10월~1985년 3월
- 「니르바나의 꽃」,『문학사상』, 1985년 1월~1987년 2월
- 「소설장자」,『월간경향』1986년 11월~1987년 1월
  ※중편임. 장편 단행본과는 내용이 다름
- 「그해 5월」,『신동아』, 1982년 9월~1988년 8월(69회)
- 「남로당」,『월간조선』, 1984년 12월~1987년 8월(33회)
- 「명의열전 · 편작」,『건강시대』, 1986년 1월~1986년 3월
- 「소설 허균」,『사담(史談)』, 1986년 4월~1988년 2월
  ※잡지 폐간으로 연재중단 추정. 이후 동명소설 출간
- 「그들의 향연」,『한국문학』, 1986년 7월~1987년 10월
  ※연재중단, 이유 불명

- 「어느 인생」, 『동녘』, 1988년 4월~1989년 3월

  ※잡지 폐간으로 연재중단 추정.

- 「별이 차가운 밤이면」, 『민족과문학』, 1989년 겨울호~1992년 봄호

  ※타계로 연재 중단


## 신문 연재소설

- 『내일 없는 그날』, 『부산일보』, 1957년 8월 1일~1958년 2월 25일(206회)

  ※동명소설 출간

- 「돌아보지 말라」, 『경남매일신문』, 1968년 7월 2일~1969년 1월 22일(170회)

- 「배신의 강」, 『부산일보』, 1970년 1월 1일~1970년 12월 30일(307회)

  ※동명소설 출간

- 「허상과 장미」, 『경향신문』, 1970년 5월 1일~1971년 2월 28일(257회)

  ※동명소설 출간

- 「화원의 사상」, 『국제신문』, 1971년 6월 2일~1971년 12월 30일(182회)

  ※『낙엽』, 『달빛 서울』로 개제(改題) 출간

- 「여인의 백야」, 『부산일보』, 1972년 11월 1일~1973년 10월 31일(309회)

  ※동명소설 출간, 이후 『꽃이 핀 여인의 그늘에서』로 개제 출간

- 「그림 속의 승자」, 『서울신문』, 1975년 6월 2일~1976년 7월 31일(358회)

  ※『서울 버마재비』로 개제 출간

- 「바람과 구름과 비(碑)」, 『조선일보』, 1977년 2월 12일~1980년 12월 31일(1194회)

  ※동명소설 출간

- 「별과 꽃과의 향연」, 『영남일보』, 1979년 1월 1일~1979년 12월 29일(294회)

  『대전일보』, 1979년 1월 16일~1980년 1월 10일(294회)

  『제주신문』, 1979년 5월 7일~1980년 4월 18일(294회)

  ※『풍설』, 『운명의 덫』으로 개제 출간

- 「유성의 부」, 『한국일보』, 1981년 2월 10일~1982년 7월 2일(424회)

  ※동명소설 출간

- 「미완의 극(劇)」, 『중앙일보, 1981년 3월 2일~1982년 3월 31일(329회)

  ※동명소설 출간

- 「무지개 연구」, 『동아일보』, 1982년 4월 1일~1983년 7월 30일(410회)

  ※동명소설 출간, 이후 『무지개 사냥』, 『타인의 숲』으로 개제 출간

- 「<화(和)>의 의미」, 『매일신문』, 1983년 1월 1일~1983년 12월 30일(308회)

  ※『비창』으로 개제 출간

- 「서울 1984」, 『경향신문』, 1984년 1월 1일~1984년 7월 31일(179회)

  ※『한국문학』에 「그들의 향연」이란 제목으로 개제되어 연재. 이후 『그들의 향연』


**단행본 출간**

- 「<그>를 버린 여인」, 『매일경제신문』, 1988년 3월 24일~1990년 3월 31일(622회)

  ※동명소설 출간

- 「정몽주」, 『서울신문』, 1989년 1월 1일~1989년 3월 31일(74회)

  ※『포은 정몽주』로 개제 · 개작 출간

- 「아아! 그들의 청춘」, 『신경남일보』, 1989년 12월 28일~1991년 2월 18일

  ※『관부연락선』을 제목만 바꿔 다시 연재한 것임

## 단행본 (출판 연대순)

초판 기준이다. 전집류, 문고판 등에 속하는 것은 수록하지 않았다. 누락된 판본은 꽤 있을 수 있겠지만 작품 자체가 빠진 것은 거의 없을 줄 안다.

### 장편소설

- 『내일 없는 그날』, 국제신보사, 1959년 3월
- 『관부연락선』(I · 5II), 신구문화사, 1972년 4월
- 『망향』, 경미문화사, 1978년 5월
- 『허상과 장미』, 범우사, 1978년 12월
- 『여인의 백야』(상 · 하), 문음사, 1979년 4월
- 『언제나 그 은하를』, 백제, 1979년 1월
  늑『여인의 백야 : 언제나 그 은하를』
- 『낙엽』, 태창문화사, 1978년 2월
  = 연재소설 '화원의 사상'
- 『배신의 강』(상 · 하), 범우사, 1979년 12월
- 『역성(歷城)의 풍(風), 화산(華山)의 월(月)』, 신기원사, 1980년 5월
  = '세우지 않은 비명(碑銘)'
- 『인과의 화원』, 형성사, 1980년 2월
- 『코스모스 시첩(詩帖)』, 어문각, 1980년 3월
- 재출간 『관부연락선』(상 · 하), 기린원, 1980년 3월
- 『행복어사전』(1 · 2부), 문학사상사, 1980년 5 · 6월
- 『행복어사전』(3부), 문학사상사, 1980년 8월
- 『서울 버마재비』(상 · 하), 집현전, 1981년 1월
  = 연재소설 '그림속의 승자'

- 『행복어사전』(4부), 문학사상사, 1981년 5월
- 『풍설』(상・하), 문음사, 1981년 6월
  = 연재소설 '별과 꽃과의 향연'
- 『행복어사전』(5부), 문학사상사, 1981년 7월
- 『당신의 성좌』, 주우, 1981년 9월
- 『황백의 문』(1부), 동아일보사, 1981년 9월
- 『허드슨강이 말하는 강변이야기』, 국문, 1982년 1월
- 완간 『행복어사전』(6부), 문학사상사, 1982년 9월
- 미완 『무지개 연구』(1부), 두레, 1982년 12월
- 『미완의 극』(상・하), 소설문학사, 1982년 12월
- 『황백의 문』(2부), 동아일보사, 1983년 8월
- 『비창』, 문예출판사, 1984년 2월
- 『당신의 뜻대로 하옵소서』, 대학문화사 1983년 4월
- 『바람과 구름과 비(碑)』(1−9), 한국교육출판공사, 1984년 9월
- 『그해 5월』(1권), 기린원, 1984년 10월
- 『그해 5월』(2권), 기린원, 1984년 11월
- 『황혼』, 기린원, 1984년 12월
- 『꽃의 이름을 물었더니』, 심지, 1985년 2월
- 미완 『그해 5월』(3권), 기린원, 1985년 3월
- 『지리산』(1・2・3・4권), 기린원, 1985년 3・4월
- 재출간 『여로의 끝』, 창작예술사, 1985년 5월
  = 『망향』
- 완간 『지리산』(5・6권), 기린원, 1985년 5・6월
- 완간 『무지개 사냥』(1・2부), 문지사, 1985년 6월
  ≒ 『무지개 연구』

- 재출간『강물이 내 가슴을 쳐도』, 심지, 1985년 7월
    =『허드슨강이 말하는 강변이야기』
- 완간『지리산』(7권), 기린원, 1985년 9월
- 『지오콘다의 미소』, 신기원사, 1985년 12월
- 『산하』(1-4), 동아일보사, 1985년 6월
- 『낙엽』, 동문선, 1986년 2월
- 신판『행복어사전』(1부), 문학사상사, 1986년 4월
- 신판 완간『행복어사전』(2 · 3부), 문학사상사, 1986년 5월
- 『저 은하에 내 별이』, 동문선, 1987년 1월
    =『언제나 그 은하를』
- 『소설 일본제국』(1), 문학생활사, 1987년 3월
- 『소설 일본제국』(2), 문학생활사, 1987년 4월
- 『소설 장자』, 문학사상사, 1987년 6월
- 『니르바나의 꽃』(1 · 2), 행림출판, 1987년 9월
- 『남로당』(상 · 중 · 하), 청계, 1987년 10월
- 『그들의 향연』, 기린원, 1988년 2월
- 재출간『황금의 탑』(1 · 2 · 3), 기린원, 1988년 3월
    =『황백의 문』
- 『유성의 부』(1 · 2권), 서당, 1988년 6월
- 『유성의 부』(3권), 서당, 1988년 9월
- 『장군의 시대-그해 5월』(1-5), 기린원, 1989년 1월
    ≒『그해5월』
- 재출간『내일 없는 그날』, 문이당, 1989년 3월
- 완간『유성의 부』(4권), 서당, 1989년 4월
- 『허균』, 서당, 1989년 7월
- 재출간『산하』, 늘푸른, 1989년 10월

- 『포은 정몽주』, 서당, 1989년 12월
- 재출간『그대를 위한 종소리』(상 · 하), 서당, 1990년 11월
  늑『허상과 장미』
- 『「그」를 버린 여인』(상 · 중 · 하), 서당, 1990년 4월
- 재출간『꽃이 핀 여인의 그늘에서』(상 · 하), 서당, 1990년 10월
  늑『여인의 백야』
- 재출간『배신의 강』(상 · 하), 서당, 1991년 4월
- 재출간『달빛 서울』, 민족과문학사, 1991년 6월
  늑 연재소설 '화원의 사상'=『낙엽』
- 재출간『운명의 덫』(상 · 하), 문예출판사, 1992년 7월
  =연재소설 '별과 꽃과의 향연'=『풍설』
- 재출간 미완 · 전10권『바람과 구름과 비』, 기린원, 1992년 7월
  ※'바람과 구름과 비' 판본의 절대 다수는 9권까지임. 10권까지 나온 것은 기린원
  판과 이후 재출간된 들녘사판이 있음
- 『타인의 숲』(1 · 2), 지성과사상, 1993년
  늑『무지개 연구』=『무지개 사냥』
- 『정도전』, 큰산, 1993년 9월
- 재출간 미완 · 전 10권『바람과 구름과 비(碑)』(1−10), 들녘, 2003년 6월
- 재출간『장자에게 길을 묻다』, 동아일보사, 2009년 8월
  =『소설장자』
- 『별이 차가운 밤이면』(김윤식 · 김종회 엮음), 문학의 숲, 2009년
- 재출간『정도전』, 나남, 2014년 3월
- 재출간『정몽주』, 나남, 2014년 4월
- 재출간『허균』, 나남, 2014년 9월
- 『돌아보지 말라』, 나남, 2014년 10월
- 재출간『남로당』(상 · 중 · 하), 기파랑, 2015년 4월

- 『천명 – 영웅 홍계남을 위하여』(1 · 2), 나남, 2016년 5월
  = 『유성의 부』

## 소설집(중 · 단편)

- 『마술사』, 아폴로사, 1968년 10월
- 『예낭풍물지』, 세대문고, 1974년 10월
- 『망명의 늪』, 서음출판사, 1976년 10월
- 『철학적 살인』, 서음출판사, 1976년 12월
- 『삐에로와 국화』, 일신서적공사, 1977년 11월
- 『서울은 천국』, 태창문화사, 1980년 4월
- 『허망의 정열』, 문예출판사, 1982년 10월
- 『그 테러리스트를 위한 만사(輓詞)』, 홍성사, 1983년 11월
- 『박사상회』, 이조출판사, 1987년 7월
- 『알렉산드리아』, 책세상, 1988년 8월
- 『내 마음은 돌이 아니다』, 서당, 1992년 3월
- 『세우지 않은 비명(碑銘)』, 서당, 1992년 9월
- 『이병주 작품집』(김종회 엮음), 지식을만드는지식, 2010년

## 에세이집 · 기행문집

- 『백지의 유혹』, 남강출판사, 1973년 6월
- 『사랑을 위한 독백』, 회현사, 1975년 3월
- *『성, 그 빛과 그늘』(상 · 하), 물결사, 1977년
- 『사랑받는 이브의 초상』, 문학예술사, 1978년 6월

- 『1979년』, 세운문화사, 1978년 12월
- 『미(美)와 진실의 그림자』, 대광출판사, 1978년 10월
- 『허망과 진실―나의 문학적 편력』(상 · 하), 기린원, 1979년 8 · 9월
- 『바람소리 발소리 목소리』, 한진출판사, 1979년 11월
- 『아담과 이브의 합창』, 지문사, 1980년 12월
- 『나 모두 용서하리라』, 집현전, 1982년 1월
  =『용서합시다』
- 『현대를 살기 위한 사색』, 정음사, 1982년 12월
- 『공산주의의 허상과 실상』, 신기원사. 1982년 12월
- 『이병주 고백록―자아와 세계의 만남』, 기린원, 1983년 8월
  늑『허망과 진실―나의 문학적 편력』(상 · 하)
- 『길따라 발따라』(1), 행림출판, 1984년 5월
- 『생각을 가다듬고』, 정암, 1985년 4월
- 『청사에 얽힌 홍사』, 원음사, 1985년 7월
- 『악녀를 위하여』, 창작예술사, 1985년 12월
- 『여체미학 · 샘』, 청한문화사, 1985년 12월
- 재출간 『백지의 유혹』, 연려실, 1985년 12월
- 『길따라 발따라』(2), 행림출판, 1986년 3월
- 재출간 『불러보고 싶은 노래』, 정암, 1986년 7월
  =『생각을 가다듬고』
- 『사상의 빛과 그늘』, 신기원사, 1986년 11월
- 재출간 『에로스문화사 남과여』(상 · 하), 원음사, 1987년 9월
  =『성, 그 빛과 그늘』(상 · 하)
- 편저 『허와 실의 인간학』(경세 · 용인 · 지략 편), 중앙문화사, 1987년 11월
- 『젊음은 항상 가꾸는 것』, 해문출판사,1 989년 5월(중판)

- 『산을 생각한다』, 서당, 1988년 6월
- 재출간 『미(美)와 진실의 그림자』, 명문당, 1988년 11월
- 『잃어버린 시간을 위한 문학적 기행』, 서당1, 988년 12월
- 재 출간 『행복한 이브의 초상』, 원음사,1988년
  = 『사랑받는 이브의 초상』
- 『에로스 이야기』, 원음사, 1989년 4월
  ≒ 『에로스문화사 남과여』(상 · 하)
- 『대통령들의 초상』, 서당, 1991년 9월
- 재출간, 편저 『허와 실의 인간학』(경세 · 용인 · 지략 편), 중앙미디어, 1992년 7월
- 재출간 『이병주의 에로스문화탐사』(1 · 2), 생각의나무, 2002년 1월
  ≒ 『에로스 이야기』 = 『에로스문화사 남과여』(상 · 하)
- 재출간 『이병주의 동서양 고전탐사』(1 · 2), 생각의나무, 2002년 3월
  = 『허망과 진실』(상 · 하) ≒ 이병주 고백록

## 공저 에세이

- 이병주 외, 『중립의 이론』, 국제신보사, 1961년
- 이병주 외, 『그 다음은 말할 수가 없습니다』, 동화출판공사, 1977년
- 이병주 외, 『젊은이여 인생을 이야기하자』(1-3권), 동화출판공사, 1977년
- 이병주 외, 『초대석의 우상들』, 맥, 1979년
- 이병주 외, 『말하라 사랑이 어떻게 왔는가를』, 『여원』 1980년 신년호 별책부록
- 이병주 외, 『독서와 지적 생활』, 시사영어사, 1981년
- 이병주 외, 『뜻을 세워 살자』, 시몬, 1984년

● 이병주 외, 『길을 묻는 여성을 위한 인생론』, 1989년

● 이병주 외, 『홀로와 더불어』, 여원출판국, 1990년

## 번역물

● 『불모지대』(1-5권), 신원, 1984년 11월

● 『신역 삼국지』(1-5권), 금호서관, 1985년 12월

● 『금병매』(상 · 하), 명문당, 1991년 12월

## 대담 · 좌담

● 이병주 · 남재희, '「회색군상」의 논리 : 「지리산」 작가와 독자가 이야
기하는 생략된 역사', 『세대』, 1974년 5월

● 이병주 · 이어령, '탈허무주의에의 충동', 『정경문화』, 1977년 12월

● 이병주 외, '전환기에 선 신문연재 소설', 『신문과방송』, 1979년 2월

● 이병주 · 바리온, '서울과 파리의 거리', 『문학사상』, 1980년 10월

● 이병주 · 권유 · 이두영, '소설을 무엇인가', 『소설문학』, 1980년 10월

● 이병주 외, '새 정치에 바라는 것', 『신동아』, 1981년 3월

● 이병주 · 황산성, '꿈 지닌 여성이 많아야 행복한 사회가 됩니다', 『레
이디경향』, 1982년 1월

● 이병주 · 이어령, '한국 · 한국인, 일본 · 일본인', 『월간조선』, 1982
년 8월

● 이병주 · 김수근, '한국의 참모습을 보여줘야 한다', 『동서문화』, 1982
년 10월

- 이병주 · 임현기, '공산주의를 보는 눈 달라져야 한다', 『통일한국』, 1983년 11월
- 이병주 외, '사랑을 말한다−사춘기 그리고 사랑', 『학생중앙』, 1984년 3월
- 이병주 · 진순신, '아시아의 번영으로 가는 길', 『신동아』, 1985년 1월
- 이병주 · 에토 신키치(衛藤瀋吉), '무엇이 한일우호를 가로막는가', 『신동아』, 1985년 3월
- 이병주 외, '우리시대의 통일관', 『광장』, 1987년 11월


## 이병주 전집 전30권

- 『관부연락선』(1 · 2), 한길사, 2006년
- 『지리산』(1−7), 한길사, 2006년
- 『산하』(1−7), 한길사, 2006년
- 『그해 5월』(1−6), 한길사, 2006년
- 『행복어사전』(1−5), 한길사, 2006년
- 『소설 · 알렉산드리아』, 한길사, 2006년
- 『마술사』, 한길사, 2006년
- 『그 테러리스트를 위한 만사』, 한길사, 2006년


## 재출간 소설 및 에세이 (김윤식 · 김종회 엮음)

- 『소설 · 알렉산드리아』, 『쥘부채』, 『박사상회/빈영출』, 바이북스, 2009년

- 『문학을 위한 변명』, 『변명』, 바이북스, 2010년
- 『마술사/겨울밤』, 『그 테러리스트를 위한 만사』, 바이북스, 2011년
- 『잃어버린 시간을 위한 문학 기행』, 『패자의 관』, 바이북스, 2012년
- 『예낭풍물지』, 『스페인 내전의 비극』, 바이북스, 2013년
- 『여사록』, 『이병주 역사 기행』, 바이북스, 2014년
- 『망명의 늪』, 『긴 밤을 어떻게 세울까』, 바이북스, 2015년
- 『세우지 않은 비명』, 바이북스, 2016년


## 이병주 문학 해외 번역판

### 중역

- 李炳注 著, 李華 · 崔明杰 翻, 『小說 · 亞歷山大』, 바이북스, 2011년


### 영역

- 이병주 저, 윤채은 · William Morley 역, 『Alexandria』, 바이북스, 2012년
- 이병주 저, 서지문 역, 『The Wind and Landscape of Yenang』, 바이북스, 2013년
  (재출간 ; 초판 1972년)


### 일역

- 이병주 저, 마츠라 노부히로 역, 『지리산』(상 · 하), 동방출판, 2015년 8월

(李炳注 著, 松田暢裕 譯,『智異山』(上 · 下), 東方出版, 2015)

● 이병주 저, 하시모토 치호 역,『관부연락선(』상 · 하), 등원서점, 2017년 1월

(李炳注 著, 橋本智保 譯,『關釜連絡船』(上 · 下), 藤原書店, 2017)

# 이병주 문학 연구의 전개 양상

강은모(경희대)

## 1. 역사인식에 대한 총체적 논의

이병주 문학 연구의 전개 양상을 살펴보기 위해서는 먼저 문학사의 기술에서 다루어진 이병주 문학의 가치 평가를 확인할 필요가 있다. 이재선은 『현대한국소설사』[1]에서 이병주가 역사의 비평 또는 행간에 대한 독특한 문학적 시각과 상상력을 갖춘 작가라고 평가했다. 이병주의 문학세계는 역사와 인간의 얽혀진 상호 긴장관계를 제시함으로써 역사의 범죄와 폭력성을 고발하고 있다는 것이다. 그리고 반이데올로기적 휴머니즘의 발로가 이병주 문학의 특징이라고 평가했다. 김윤식·정호웅은 『한국소설사』[2]에서 이병주 문학이 지식인의 이념 선택 과정과 빨치산 투쟁을 우리 소설사에서 처음으로 다루었다는 데에 문학사적 의미를 부여하였

---

1) 이재선, 「소설·알렉산드리아」와 「겨울밤」의 상관성과 그 의미」, 『현대한국소설사』, 민음사, 1996.
2) 김윤식·정호웅, 『한국소설사』, 문학동네, 2000, p.485.

다. 그런데 역사 해석에 있어 작가 특유의 역사허무주의와 영웅주의가 작용함으로써 과거 복원의 객관성이 충분히 유지되지 못한 점은 한계로 드러난다고 보았다. 권영민은『한국현대문학사』3)에서 70년대 산업화 시기 소설 문단의 큰 성과가 박경리의『토지』, 이병주의『지리산』, 황석영의『장길산』, 김주영의『객주』등 대하장편소설의 등장이라고 평가하면서, 이 소설들은 역사적 상황에서 출발하여 현실적 삶의 문제로까지 관심을 확대시키는 특징을 지녔다고 보았다.

문학사에 언급되어 있는 바와 같이 이병주 문학 연구에서 가장 큰 비중을 차지하는 부분은 역사인식에 대한 것이다. 역사인식의 측면에서 접근한 이병주 문학의 총체적 논의는 이보영, 송하섭, 김윤식, 김종회,손혜숙, 정호웅의 연구를 들 수 있다.

이보영4)은 이병주 문학의 독자성이 소시민의 자질구레한 일상에 맴돌지 않고 지식인의 당면 문제, 가령 인격적 자아의 회복과 행사를 위한 고통스러운 노력과 같은 문제를 추구하는 데에 있다고 보았다. 그리고 그 추구를 보다 근원적으로 철저히 하려고 일제 시대의 체험과 해방 후 좌우익 상쟁의 체험에까지 거슬러 올라가는데 이런 점에서 이병주의 문학은 일종의 청산문학적 성격을 지닌다고 평가했다. 송하섭5)은 이병주의 작품이 현실 참여적인 특징을 지니고 있으며, 유의적인 방법으로 표현적 한계를 극복해 나가고 있다고 분석했다. 또한 소설 속에 지사풍의 인물이 등장하여 교훈적인 의도를 많이 드러내는 것은 이병주의 소설이 안고 있는 강점이자 한계라고 지적하였다.

김윤식6)은 이병주의 학병 체험을 바탕으로 한 글쓰기에 주목했다. 이

3) 권영민,『한국현대문학사 2』, 민음사, pp.332~333.
4) 이보영, 「역사적 상황과 윤리-이병주론」,『현대문학』, 현대문학사, 1977. 2.
5) 송하섭, 「이병주 소설 연구-사회의식의 형상화를 중심으로」,『진주산업대학교 논문집』4, 대전간호전문대학, 1978.

병주의 학병 체험이 등단작인 「소설·알렉산드리아」에서부터 『관부연락선』, 『지리산』을 거쳐 유작인 『별이 차가운 밤이면』에 이르기까지 지속된다고 평가하였는데, 이는 이병주의 작가의식의 근원을 꿰뚫는 의미있는 분석이라 할 수 있다. 또한 이병주의 글쓰기는 반공을 국시로 하는 시대 상황에서 군사 파시즘 비판과 동시에 공산주의를 비판하는 양비 사상을 기초로 하는 특징을 갖고 있다고 보았다. 그리고 '위신을 위한 투쟁'이 아닌 '혁명적 열정'을 예술로 승화시킨 작품이 이병주문학의 도달점이라고 평가했다.

김종회[7]는 이병주의 소설을 역사 소재의 소설과 현대 사회의 애정문제를 다룬 소설로 양분했다. 그리고 문학 속에 변용된 역사의 의미를 정치토론에 이르게 할 만큼의 역량을 지닌 작가임에도 불구하고 이병주에 대한 문단의 평가가 인색했다고 언급하며, 그 이유로 이병주가 좀 더 미학적 가치와 사회사적 의의를 갖는 주제에 집중하지 못했다는 점을 들었다. 그러나 이병주의 소설에 나타난 역사의식은 우리 문학사에 보기 드문 강렬한 체험과 정수를 이야기화하고 그 배면에 잠복해 있는 역사적 성격에 대해 수용자와의 친화를 강화하며 풀어내는 장점을 지녔다고 평가했다. 따라서 이병주의 문학관은 기록된 사실로서의 역사가 그 시대를 살았던 민초들의 아픔과 슬픔을 진정성 있게 담보할 수 없다는 인식에서 출발하여 역사가 놓친 삶의 진실을 소설적 이야기로 재구성하려는 의지를 드러낸다고 파악했다.

손혜숙[8]은 이병주가 소설을 통해 한국 현대사를 재구축하고 있다고 평

6) 김윤식, 『이병주와 지리산』, 국학자료원, 2010.
7) 김종회, 「근대사의 격랑을 읽는 문학의 시각」, 김윤식·임헌영·김종회 편, 『역사의 그늘, 문학의 길』, 한길사, 2008. 「문학과 역사의식」, 김윤식·김종회 엮음, 『문학과 역사의 경계에 서다』, 바이북스, 2010. 「이병주 문학의 역사의식 고찰」, 『한국문학논총』 57, 한국문학회, 2011.
8) 손혜숙, 「이병주 소설의 역사인식 연구」, 중앙대학교 박사학위 논문, 2011.

가했다. 이병주의 글쓰기는 역사적 '사실'을 전면에 내세우는 방식과 '픽션'을 중심으로 구축하는 방식으로 양분되어 있다고 보았다. 전자의 경우 자신의 역사체험 기억을 통해 공적인 역사에서 배제되어 왔던 사건과 인물을 복원하고, 역사적인 사료를 재검증하는 방식으로 역사적 진실을 밝혀내고 있으며, 후자의 경우 창작 시기와 작품의 시간적 배경이 근접해 있기 때문에 우회적인 방법으로 당대의 문제를 지적하고 그것을 역사로 기술하고 있다고 설명했다. 손혜숙의 연구는 그동안 역사성을 가진 작품에 한정되었던 이병주 문학 연구 텍스트의 범위를 대중소설로까지 확장하였다는 데에 의의가 있다.

정호웅[9]은 학병 문제를 다룬 이병주의 문학이 동어 반복의 한계를 지닌 이유는 학병에 지원해서 일제에 협력했다는 사실을 용납할 수 없는 이병주의 부정의식 때문이라고 설명했다. 또한 학병 문제에 대한 작가의 의식이 일본의 전쟁 명분에 동의하지 않았다는 반전의식과 이단자 의식, 그리고 자기 처벌과 자기 연민으로 변주된 자기 부정의식으로 나누어진다고 보면서, 이병주의 문학을 학병 체험자의 의식을 깊이 파고드는 개성적인 문학으로 평가하였다.


## 2. 『관부연락선』, 『지리산』에 관한 논의

역사인식과 관련하여 이병주의 작품 중에서 가장 많이 논의된 작품은 『관부연락선』과 『지리산』이다. 먼저, 『관부연락선』을 중심으로 한 논의로는 김외곤, 조갑상, 강심호, 정호웅의 연구를 들 수 있다. 김외곤[10]은

---

9) 정호웅, 「이병주 문학과 학병 체험」, 『한중인문학연구』 41, 한중인문학회, 2013.
10) 김외곤, 「격동기 지식인의 초상—이병주의 『관부연락선』」, 『소설과 사상』, 고려원, 1995.

『관부연락선』이 이데올로기 투쟁의 폐해로 공백기로 남아있던 40년대를 과감하게 소설 속에 수용하여 형상화했다는 점에서 재평가되어야 할 작품이라고 주장했다. 학병, 해방, 좌우익 이념투쟁, 6·25전쟁, 빨치산 활동 등 한국 현대사의 중요한 사건과 구한말의 의병대장과 친일파들의 행적에 이르기까지의 역사적 진실을 추구한 점, 지식인을 작품의 중심인물로 설정하여 현실의 객관적 반영과 현실에 대한 비판적 평가를 가능케 한 점, 이후에 쓰여진 『지리산』, 『산하』, 『남로당』의 원형에 해당된다는 점, 격동기를 살아가는 지식인의 고난에 찬 삶을 묘사한 점이 『관부연락선』에 대한 재평가의 근거가 된다고 보았다.

조갑상[11]은 『관부연락선』의 서술방식과 시점, 구성 등을 분석하고 시공간 구조를 고찰하였다. 소설 안에서 관부연락선은 단순한 교통수단 이상의 한일관계사가 압축된 장치로 기능한다고 보았으며, 동경과 진주, 시모노세끼와 부산의 공간이 지닌 의미도 분석하였다. 이러한 연구는 텍스트 자체의 형식적 측면에 중점을 둔 연구로 의의를 갖는다. 강심호[12]는 『관부연락선』이 학병 세대의 원죄의식을 소설을 통해 변명하려는 휴머니즘을 표방한 작품이라고 보았다. 또한 이병주가 말하는 회색의 군상이란 일본과 조선의 관계에 대해 무엇이 옳고 그른지를 확실하게 규정하지 못하는 사람들, 사고의 틀이 체제 내로 한정지어진 사람들, 일상인들을 의미하는 것이라 정의했다. 이들은 현실주의자이며 합리주의자이지만 힘을 갖지 못함으로써 허무주의를 택하고 운명을 논하는 에트랑제의 허무주의를 갖게 된다고 분석했다.

정호웅[13]은 이병주의 『관부연락선』이 인간을 역사에 종속된 것으로

---

11) 조갑상, 「이병주의 『관부연락선』 연구」, 『현대소설연구』 11, 한국현대소설학회, 1999.
12) 강심호, 「이병주 소설 연구―학병세대의 내면의식을 중심으로」, 『관악어문연구』 27집, 2002.

인식하는 우리 문학의 지배적인 경향에 대한 근본 반성의 실천으로 중요한 의미를 갖는다고 평가하면서, 이 소설의 서사를 이끄는 원리로 이방인성과 부성을 들었다. 이방인성은 합리적 이성주의자인 소설 속 주인공이 스스로를 현실로부터 소외시켜 현실과 불화하며 살아가는 것을 말하고, 부성은 포용으로 어린 생명을 감싸안고 전통과 과거를 부정하는 현실 속에서 미래를 모색하려는 정신이자 이데올로기 중립적인 근대 교육 제도와 지식 체계를 옹호하려는 정신이라 정의했다.

『지리산』을 중심으로 한 논의는 임헌영, 정호웅, 정찬영, 김복순, 이동재, 박중렬의 연구를 들 수 있다. 임헌영[14]은 『지리산』이 다섯 가지 유형의 인간상을 제시하고 있다고 분석했다. 첫째는 전통적인 지주계급인 하영근 같은 인간상, 둘째는 권창혁 같은 전형적인 지식인 계급의 속성 내지 소자산계급의 속성을 지닌 인간상, 셋째는 현실 속에서 절대다수를 점하고 있는 지극히 평범한 인물들로 시류에 따라 지지와 복종과 찬성만 하며 살아가는 인간상, 넷째는 항일투쟁−좌경화−건준 혹은 남로당 가입−월북 혹은 지하활동−6 · 25참전−확신과 신념에 의한 비극적 종말이라는 도식에 해당하는 인간상, 다섯째는 공산주의자이면서도 그 규칙에 적응할 수 없는 체질적 회의주의자 혹은 자유주의자적 성향의 하준규, 박태영과 같은 인간상이 그것이다. 여기서 마지막 유형의 두 인물이 당을 떠난 공산주의 투사였다는 점은 우리 소설문학에서 도식적으로 적용해오던 반공소설의 벽을 허물어뜨린 업적이자 역사를 보다 근본적으로 파헤치는 계기가 되었다고 평가했다.

정호웅[15]은 이병주의 창작방법론의 핵심으로 기록과 증언, 구체적 현

---

13) 정호웅, 「해방전후 지식인의 행로와 그 의미」, 『현대소설 연구』 24, 한국현대소설학회, 2004.
14) 임헌영, 「현대소설과 이념문제−이병주의 『지리산』론」, 『민족의 상황과 문학사상』, 한길사, 1986.

실의 개념화를 들고 있다. 이병주가『지리산』이라는 대하소설을 통해 한
국 근·현대사의 중심부를 개인적 체험의 차원에서 역사적 사실의 차원
으로 재현하고자 했다면서, 구체적 현실의 개념화 과정에서 추상적 관념
성의 과잉을 초래하고 있는 점을 한계로 지적했다. 정찬영16)은『지리산』
이 방대한 규모와 빨치산이라는 소재의 희귀성, 분단의 비극이 첨예화된
사건에 대한 증언적 요소를 담고 있다는 점에서 문제작이라고 평가했다.
즉,『지리산』은 한국전쟁을 전후한 좌익의 투쟁 가운데 지리산 빨치산을
본격적으로 다룬 최초의 소설이라는 점, 당시의 사학과 사회학이 얻은 성
과를 적극 수용·재구성함으로써 분단 문제에 대한 독자들의 관심을 이
끌어냈다는 점, 이후 각종 빨치산의 수기와 증언문학이 나오게 된 동인이
되었다는 점에서 의의를 지닌다고 보았다.

　김복순17)은『지리산』을 '지식인 빨치산' 계보의 소설로 정의하며 그
특징을 다음과 같이 설명했다. 첫째는 이데올로기의 선택 과정에서 서사
적 긴장이 놓여지기에 '못 배운자=좌익', '배운 자=우익'이라는 이분법
적 폭력이 없으며, 둘째는 분단 원인을 이데올로기의 대립에서 찾는 필연
적 결과를 동반하고 있으며, 셋째는 영웅주의적 시각을 벗어나지 못하며,
넷째는 하준규와 같은 인물에서 지식인과 민중의 이미지가 중첩되며, 다
섯째는 순이를 제외한 민중들이 익명으로 처리되는 한계를 보이며, 여섯
째는 역사실록의 형태를 취한 점이 장점이자 취약점으로 드러난다고 보
았다. 따라서『지리산』은 70년대 초에 냉전적 사고의 그늘을 본격적으로
환기시키면서 빨치산의 위상을 새롭게 했지만 여전히 냉전의식의 미망에

---

15) 정호웅, 「『지리산』론」, 문학사와 비평연구회 편,『1970년대 문학연구』, 예하, 1994.
16) 정찬영, 「역사적 사실과 문학적 진실―『지리산』론」,『문창어문논집』36, 문창어
　　문학회, 1999. 12.
17) 김복순, 「'지식인 빨치산 계보와『지리산』」,『인문과학논집』22, 명지대학교사설
　　인문과학연구소, 2000. 12.

서 벗어나지 못한 작품이라고 평가했다.

이동재[18]는 『지리산』에 깔린 개인주의적 휴머니즘이 현실추수적이고 자기보존적이며 기회주의적인 방관자적 휴머니즘으로서, 해방 이후 '순수문학'을 주창해온 문협 정통파의 문학관과 맥락을 같이하고 있다고 보았다. 그리고 이러한 측면이 60년대 이후 반공문학의 수준에서 벗어나 남과 북, 좌와 우의 문제를 객관적으로 보기 시작한 분단문학의 성과를 퇴보시켰다는 평가를 받게 한 요인이 되었다고 지적했다. 그럼에도 불구하고 이 소설이 풍부한 자료와 수기 및 실존 인물에 대한 기억을 토대로 당대의 역사적 현실과 사실을 다각도로 조명하고, 복잡한 인간의 내면을 생생하게 재현해내고 있다는 측면에서 그 가치를 인정할 수 있다고 평가했다. 또한 이병주의 『지리산』이 그 이전의 반공문학과 1980년대 조정래의 『태백산맥』을 잇는 가교 역할을 하고 있다는 점에 문학사적 의의를 부여하였다.

박중렬[19]은 실록소설로서의 『지리산』의 형식적 특성에 주목하였다. 즉, 젊은 청년들의 억울하고 허망한 죽음을 민족과 시대의 관점에서 다시 조명해야 한다는 역사적 책무와 어느 편에도 서지 못하고 중립적 회색지대에 머무를 수밖에 없었던 이병주의 회한과 정직성이 실록소설이라는 글쓰기 형태로 반영되었다고 보았다.

『관부연락선』과 『지리산』에 대한 최근 논의는 곽상인, 황호덕, 김성환, 최현주, 이경, 이정석 등의 연구에서 보다 다각적 접근이 이루어졌다. 곽상인[20]은 『관부연락선』의 인물 중 유태림의 내면의식에 초점을 맞추

18) 이동재, 「분단시대의 휴머니즘과 문학론—이병주의 『지리산』」, 『현대소설연구』 24, 한국현대소설학회, 2004. 12.
19) 박중렬, 「실록소설로서의 이병주의 『지리산』론」, 『현대문학이론연구』 29, 현대문학이론학회, 2006.

었다. 유태림이 지주의 자식이라는 태생적 한계로 인해 중간자적 의식을 내면화한 점이 원죄의식과 굿보이 콤플렉스를 배태한 원인이라고 파악했다. 또한 유태림이 이데올로기의 양 극단을 쫓지 않고 인간적인 연대의식을 지향하면서 그 중재 방식으로 대화의 언어방식을 채택하고 있다고 분석했다. 곽상인의 연구는 역사적 해석 방식에 밀려 있던 작중인물의 내면세계를 논의의 중심에 놓았다는 점에서 의미를 갖는다.

황호덕[21]은 식민지 지식인으로서의 이병주의 독서편력과 글쓰기가 정치적 격동기에 대한 해석과 선택에 미친 영향 관계를『관부연락선』을 중심으로 분석했다. 이병주는 세계를 일종의 책으로 사유하면서도 그 책들로는 겹쳐 읽혀지지 않는 한국현대사의 사건들을 실록대하소설과 같은 자신만의 책쓰기 방식을 통해 전달하고자 했다는 것이다.

김성환[22]은『관부연락선』이 식민지 지식인의 위치에서 조선의 역사를 해석하고 해방공간의 갈등에서 식민지 체험을 소환하고 있는데, 그 두 역사가 1960년대의 시점에서 하나의 역사로 쓰였다는 점에 주목했다. 즉 이소설은 식민 이후에도 작동하는 식민성을 1960년대의 상황으로 해석한 글쓰기이며, 이는 식민지적 보편성의 한계를 극복하고자 한 역사쓰기의 양상으로 보아야 한다고 평가했다.

최현주[23]는『관부연락선』이 일제 식민지의 모순적 시스템과 제국주의의 폭력성을 날카롭게 제시해냈지만, 그러한 현실에 대응하는 지식인들

---

20) 곽상인, 「이병주의『관부연락선』에 나타난 인물의 내면구조 고찰」, 『인문연구』. 60, 영남대인문과학연구소, 2010.

21) 황호덕, 「끝나지 않는 전쟁의 산하, 끝낼 수 없는 겹쳐 읽기–식민지에서 분단까지, 이병주의 독서 편력과 글쓰기」, 『사이』10, 국제한국문학문화학회, 2011.

22) 김성환, 「식민지를 가로지르는 1960년대 글쓰기의 한 양식–식민지 경험과 식민 이후의『관부연락선』」, 『한국현대문학연구』46집, 한국현대문학회, 2015.

23) 최현주, 「『관부연락선』의 탈식민성 연구」, 『배달말』48, 배달말학회, 2011. 「국가 로망스로서의 이병주의『지리산』」, 『현대문학이론연구』55, 현대문학이론학회, 2013.

의 허무주의적 내면세계를 형상화함으로써 실천적 탈식민의 경지에는 이르지 못했다고 지적했다. 또한 이병주가 민중들이 지향하는 정치학과 그들에게 친숙한 대중미학화의 방식을 결합시킴으로써 그만의 정치 서사를 구축해냈으며, 『지리산』이라는 대하역사소설을 통하여 근대국가 형성과정에 대한 민중들의 열정과 좌절의 국가로망스를 제시해낸 것이라고 분석하였다.

이경24)은 질병과 몸담론을 중심으로 『지리산』을 분석하였다. 정신을 중시하고 몸을 도구화한 빨치산과 몸 속에 정신이 있다는 비빨치산의 궤적을 비교하면서, 『지리산』이 공산주의 이데올로기의 폭력성을 폭로하면서도 몸을 물신화하는 반공이데올로기의 위험성을 아울러 예고하고 있기 때문에 단순한 반공소설의 차원을 넘어선 소설이라고 평가했다. 이정석25)은 식민지 체험세대 지식인이 서구적 합리주의를 전범으로 한 자유주의와 일본제국의 국가주의 사이에서 길항하며 자기의식을 형성하고 있는 작품이 이병주의 소설이라고 분석했다. 특히 『지리산』은 좌우이데올로기의 중간지대에 위치한 진보적 자유주의의 양면성을 드러내는 작품이라고 평가했다.

## 3. 중 · 단편 및 기타 장편 소설 논의

「소설 · 알렉산드리아」를 비롯한 주요 중 · 단편, 그리고 여타 장편소설을 아우르는 논의는 김주연, 김병로, 김영화, 이재복, 한수영, 김종회,

---

24) 이경, 「몸과 질병의 관점에서 『지리산』 읽기」, 『코기토』 70호, 부산대학교 인문학연구소, 2011.
25) 이정석, 「학병세대 작가 이병주를 통해 본 탈식민의 과제」, 『한중인문학연구』 33, 한중인문학회, 2011.

고인환, 이호규, 이정석, 손혜숙, 추선진, 정미진, 민병욱의 연구를 들 수 있다.

김주연26)은 이병주의 문학이 그의 소설 「변명」에 드러나는 바와 같이 인간으로서의 양심에 기초한 역사를 위한 변명을 확대한 것이라고 정의했다. 즉, 역사와 문학은 상당히 비슷한 것이지만, 결국 비슷한 그 어떤 것으로도 끝날 수 없다는 것을 보여준다는 것이다. 김병로27)는 「소설 · 알렉산드리아」의 상호텍스트성에 주목하였다. 서울이라는 현실적 시 · 공간과 알렉산드리아라는 꿈의 시 · 공간 사이의 구조적 대화성이 각기 독립적 인격으로 활동하는 분열적 담화 주체의 자아성찰적 대화성과 독립적인 서사 내적 인물들의 대화성을 이끌어냈다는 것이다. 그리고 이것이 텍스트 차원의 다성적 현실인식을 구현하고 있다고 분석했다. 김영화28)는 에세이 형식, 부인물이 주인공에 대해 이야기하는 서술 초점, 같은 이야기의 반복, 넓은 공간적 배경을 특징으로 하는 「소설 · 알렉산드리아」가 이병주 소설의 원형에 해당하는 작품이라고 보았다.

이재복29)은 이병주의 중 · 단편 소설에 나타나는 딜레탕티즘은 단순한 유희가 아니라 역사에 대한 작가의 자의식을 반영하고 있으며 이병주 문학의 독특한 사상을 생성한 원인이 된다고 보았다. 한수영30)은 이병주의

26) 김주연, 「역사와 문학—이병주의 「변명」이 뜻하는 것」, 『문학과 지성』 11, 문학과 지성사, 1973. 봄호.
27) 김병로, 「다성적 서사담론에 나타나는 현실인식의 확장성 연구—이병주의 「소설 · 알렉산드리아」를 중심으로」, 『한국언어문학』 36, 한국언어문학회, 1996. 5.
28) 김영화, 「이병주의 세계—소설 · 알렉산드리아를 중심으로」, 『인문학연구』 5, 제주대학교인문과학연구소, 1999.
29) 이재복, 「딜레탕티즘의 유희로서의 문학—이병주의 중 · 단편소설을 중심으로」, 『나림 이병주 선생 13주기 추모식 및 문학 강연회 자료집』, 나림이병주선생기념사업회, 2004. 4.
30) 한수영, 「소설, 역사, 인간—이병주의 초기 중, 단편에 대하여」, 『지역문화연구』 12, 경남부산지역문학회, 2005.

초기 중 · 단편에는 이병주 개인이 체험한 억울한 정치적 박해와 투옥을 역사에 접속시켜 보편의 문제로 확대하려는 의도가 드러나지만, 이후의 작품에서는 그것이 무뎌지고 모호해졌다고 지적했다. 김종회[31]는 이병주의 거의 모든 소설에 '감옥 콤플렉스'가 나타나고 있는 점에 주목하였다. 그리고 이병주의 소설에 등장하는 인물들은 작가의 시각을 반영하는 해설자이자 작가의 전기적 행적을 투영하고 있는 것으로 보았는데 「소설 · 알렉산드리아」가 그 시초가 된다고 분석했다.

고인환[32]은 「소설 · 알렉산드리아」가 소설 양식이라는 관념 그 자체로 정치현실에 맞서는 작품이라면, 이후 발표된 「마술사」, 「쥘부채」, 「예낭풍물지」 등은 환각이 현실에 응전하는 방식을 보여주는 작품이라고 분석했다. 또한 「변명」과 「겨울밤」에 이르러서는 작가가 추구해온 환각의 세계가 역사에 대한 변명으로 구체화된다고 주장하면서, 이러한 서사적 자의식의 변모 양상이 『관부연락선』, 『지리산』, 『산하』, 『그해 5월』 등 반자전적 실록 대하소설에 이르는 길을 제시해주고 있다고 평가했다. 이호규[33]는 「소설 · 알렉산드리아」, 「마술사」, 「예낭풍물지」, 「변명」 등 이병주의 초기 소설이 한국 사회에서 자유주의적 개인주의자들이 어떤 희생을 겪으며 살아왔는지를 드러낸다고 보았다. 또한 이병주의 소설이 지닌 역사성과 개인은 충돌을 일으키는 것이 아니라 내포와 외연을 이룸으로써 한국 사회의 상황과 거대한 역사적 사건 속에서 희생 당하는 개인이 대비적으로 선명하게 부각되고 있다고 평가했다.

이정석[34]은 「소설 · 알렉산드리아」, 「겨울밤」의 경우 사소설의 양식

---

31) 김종회, 「이병주의 「소설 · 알렉산드리아」 고찰」, 『비교한국학』 16권 2호, 국제한국비교학회, 2008.
32) 고인환, 「이병주 중 · 단편 소설에 나타난 서사적 자의식 연구」, 『국제어문』 48, 국제어문학회, 2010.
33) 이호규, 「이병주 초기 소설의 자유주의적 성격 연구」, 『현대문학의 연구』 45, 한국문학연구학회, 2011.

을 빌려 개인적 체험을 거시 역사의 차원과 관련짓고 있는 역사적 태도를
보이는 반면, 「소설·알렉산드리아」의 일부분, 그리고 「내 마음은 돌이
아니다」, 「여사록」, 「이사벨라의 행방」, 「빈영출」, 「박사상회」 등의 작
품은 공적 역사가 점차 제거되는 탈역사적 태도를 지닌다고 분석했다. 이
때 이병주 문학의 탈역사성은 당위로서의 역사를 뒤로 하고 있는 그대로
의 역사를 정당화하는 방향으로 치닫게 되면서 이병주 문학의 한계를 드
러낸다고 지적했다. 추선진[35]은 이병주의 소설이 메타픽션의 소설적 방
법론을 지니고 있음에 주목하면서, 초기작부터 유작까지 이병주 소설에
나타난 사실과 허구의 관계를 통시적으로 살펴보았다.

손혜숙[36]은 5·16을 소재로 한 「소설·알렉산드리아」, 「예낭풍물지」,
『그해 5월』에 나타난 역사 서술 전략을 밝혔다. 「소설·알렉산드리아」
는 알레고리적 장치로 이국적 공간과 대리자를 설정해, 5·16 쿠데타의
부당함과 자신의 억울함을 우회적인 방식으로 드러내며, 「예낭풍물지」
는 과거와 연루된 타자의 모습, 알레고리로 설정된 도시 예낭을 통해 우
회의 방식으로 역사를 서술한다고 보았다. 반면 『그해 5월』은 다양한 형
태의 자료를 통해 스토리의 사실성을 강조하면서 역사를 재구축하는 차
별성을 지녔다고 분석했다. 정미진[37]은 다층적 서사로 구성된 『산하』에
서 이종문의 서사가 이승만의 서사와 병치를 이루는 것은 개인의 문제에
서 시대의 증언으로 의미를 확장하는 이병주의 시대인식을 보여준다고

---

34) 이정석, 「이병주 소설의 역사성과 탈역사성」, 『한국문학이론과 비평』 50, 한국문
　　학이론과 비평학회, 2011. 9.
35) 추선진, 「이병주 소설 연구―사실과 허구의 관계를 중심으로」, 경희대학교 박사학
　　위 논문, 2012.
36) 손혜숙, 「이병주 소설의 역사서술 전략 연구」, 『비평문학』 52, 한국비평문학회,
　　2014.
37) 정미진, 「이병주 『산하』의 다층적 서사의 구성과 의미」, 『국어문학』 59, 국어문학
　　회, 2015.

파악하였다. 민병욱[38]98은 이병주의 희곡 「유맹」의 자료를 발굴하고 텍스트의 발표, 수록과정과 구조를 살펴봄으로써 소설에 치우쳐 있는 이병주 문학 연구의 범위를 확장하였다.

## 4. 다양한 주제로 확장된 이병주 문학 연구 논의

최근 들어 이병주 문학 연구의 테마는 대중성, 정치, 법, 내셔널리티, 미적 현대성, 육체, 주체, 종교 등 보다 다원적인 방향으로 다채롭게 전개되는 양상을 보이고 있다.

먼저, 대중성과 정치에 관련한 논의로는 손혜숙, 음영철, 노현주의 연구를 들 수 있다. 손혜숙[39]은『배신의 강』,『황금의 탑』,『타인의 숲』의 갈등구조를 살펴보았는데, 세 작품 모두 자본주의가 조장해 놓은 물신주의가 갈등의 원인으로 작용하였고, 사회적 윤리의식이나 도덕성이 붕괴되면서 갈등의 심화 양상을 보이고 있다고 분석했다. 이러한 갈등은 악에 대한 응징으로 해소되는 양상을 보이고 있는데, 이 때 이병주의 대중소설은 독자들의 흥미를 유발하면서도 권선징악적 도식에 머물지 않고 사회적 의미를 갖는 지점을 모색하는 특징을 지녔다고 평가했다. 또한『여로의 끝』,『운명의 덫』,「서울은 천국」에 나타난 공간의 의미를 시대풍속과 연결하여 고찰하였다. 그 결과 농촌, 도시, 두 공간을 잇는 이동 수단이 모든 대상을 교환가치로 여기는 자본주의 사회의 병리적 징후를 드러내는

---

38) 민병욱, 「이병주의 희곡 텍스트 「流氓」 연구」, 『한국문학논총』 70, 한국문학회, 2015.
39) 손혜숙, 「이병주 대중소설의 갈등구조 연구」, 『한민족문화연구』 26, 한민족문화학회, 2008. 「이병주 소설에 나타난 시대 풍속 ―『여로의 끝』, 『운명의 덫』, 「서울은 천국」의 공간을 중심으로―」, 『한국문학논총』 70, 한국문학회, 2015.

매개로 작용하고 있다고 분석하였다.

음영철[40]은 이병주의 소설이 통속성의 본질인 재미와 진정성의 영역인 삶의 비극성을 결합하여 새로운 소설미학을 제시하고 있다고 보았다. 이병주의 양가적 미학이 결합된 작품으로『행복어사전』을 꼽았으며, 고전에서 따온 해박한 인용과 아포리즘도 대중성을 확보한 이유가 되었다고 분석했다. 정치성과 관련해서「소설·알렉산드리아」는 쿠데타로 정권을 잡은 박정희 군부의 폭력성을 감금 서사를 통해 보여주었고,「패자의 관」은 국가 정치론의 핵심 사안이 국민에게 있지 않고 국가에 있음을 보여주었으며,「삐에로와 국화」는 호모 사케르와 다름없는 임수명의 죽음을 통해 남한의 정치체제가 아감벤이 말한 죽음의 정치인 '생명정치'라는 점을 잘 드러냈다고 평가했다. 노현주[41]는 이병주의 소설이 뉴저널리즘 서사의 특질을 지니고 있음에 주목하면서, 망명자 의식을 정치서사화한 작품으로 중·단편을, 뉴저널리즘 서사의 정치의식을 담고 있는 작품으로『관부연락선』,『지리산』을, 대중 서사에 반영된 정치담론으로『행복어사전』,『바람과 구름과 비』를 분석하였다. 이 연구는 이병주 소설의 대중성을 보편적인 대중미학의 기준으로 분석한 것이 아니라, 정치서사라는 특이성에서 대중성의 미학을 찾아내려 한 점에서 의미를 갖는다.

이병주 문학과 법의 관련성에 관한 논의의 출발은 안경환의 연구이다. 안경환[42]은「소설·알렉산드리아」가 법이 갖추어야 할 객관성을 확보할 수 있는 중립적 공간으로 '알렉산드리아'라는 공간을 설정했으며, 소설 속 재판 묘사에 관련한 이병주의 법적 지식이 법률소설가로 칭할 만큼 전문

---

40) 음영철,「이병주 소설의 대중성 연구」,『겨레어문학』47, 겨레어문학회, 2011. 2. 「이병주 중단편소설에 나타난 포함과 배제의 정치성」,『한민족문화연구』44, 한민족문화학회, 2013.

41) 노현주,「이병주 소설의 정치의식과 대중성 연구」, 경희대학교 박사학위 논문, 2012.

42) 안경환,「소설 알렉산드리아」,『법과 문학 사이』, 도서출판까치, 1995.

적이라고 평가했다. 이병주 문학과 법의 관련성은 이후 이경재, 추선진, 김경수, 김경민, 노현주의 연구에서도 활발하게 전개되었다. 이경재[43]는 이병주의 옥중 체험이 법에 대한 심도 있는 탐구로 이어지는 계기가 되었으며, 그것이 「예낭풍물지」, 「목격자」, 「내 마음은 돌이 아니다」, 「철학적 살인」, 「삐에로와 국화」, 「거년의 곡」 등의 작품에 반영되어 있다고 보았다.

추선진[44]은 감옥 체험 서사로 분류되는 『내일 없는 그날』, 「소설 · 알렉산드리아」, 「예낭풍물지」, 『그해 5월』을 소급법에 대한 비판을 담고 있는 소설로, 사형수 서사로 분류되는 「소설 · 알렉산드리아」, 「겨울밤」, 「내 마음은 돌이 아니다」, 「거년의 곡」, 「쓸 수 없는 비문」은 사형제도 및 사회안전법에 대한 비판을 담고 있는 소설로, 법 소재 서사로 분류되는 「철학적 살인」, 「삐에로와 국화」, 「거년의 곡」은 정의로운 법 집행에 대한 지향 의식을 담고 있는 소설로 분류했다. 김경수[45]는 이병주의 소설 작품들이 대항적 법률이야기를 통해 실제 법의 맹목을 비판하고 있다고 주장했다. 즉, 이병주는 법적 정의에 대한 문제 제기를 통해 우리 시대의 삶을 규정짓는 법이라는 것이 허구의 일환임을 명확히 하면서, 그런 법적 허구를 통해 자기완결성을 끊임없이 회의하게 만드는 것이 문학적 허구의 본질적 의미임을 일깨우고 있다는 것이다.

김경민[46]은 절대 권력자 혹은 특정 사상에 의한 통치를 반대하는 이병

---

43) 이경재, 「휴머니스트가 바라본 법」, 『이병주문학학술세미나자료집』, 이병주기념사업회, 2013. 4.
44) 추선진, 「이병주 소설에 나타난 법에 대한 성찰 연구」, 『한민족문화연구』 43, 한민족문화학회, 2013.
45) 김경수, 「이병주 소설의 문학법리학적 연구」, 『한국현대문학연구』 43, 한국현대문학회, 2014.
46) 김경민, 「이병주 소설의 법의식 연구」, 『현대문학이론연구』 58, 현대문학이론학회, 2014.

주가 이상 사회를 실현시킬 수 있는 힘을 법에서 찾았다고 주장했다. 따라서 현실의 법 제도, 법 집행의 한계와 모순에 대한 경계와 비판을 소설을 통해 계속한 것이 이병주 소설에 나타난 법의식의 핵심이라고 보았다. 노현주47)는 이병주의 소설에 나타난 법의식과 국가관이 60년대 사회의 중추적 지식인 세대로 성장한 일제 말 교양주의 세대 혹은 학병세대가 가진 '국가 건설' 콤플렉스와 국가 실현을 위한 망각의 원리를 보여준다고 파악했다.

추선진48)은 이병주의 유작인 『별이 차가운 밤이면』이 근대의 기획인 내셔널리즘과 학병세대가 가진 내셔널리티의 문제를 반영하고 있다고 보았다. 이 소설에서 이병주는 세계 정세를 올바로 파악하고 다양한 지식을 습득하여 자기 찾기에 도달하는 트랜스내셔널리티를 제시하였는데, 이것은 근대적 지식인인자 교양주의자인 이병주만의 대안이자 한계로 볼 수 있다고 파악했다. 이광호49)는 이병주의 소설에서 교양으로서의 정치사상과 예술가적 자의식과의 상관관계에 주목하였다. 이광호에 의하면 이병주의 소설 속에서 교양주의적 태도와 예술의 자율성은 모순된 관계 속에 존재하며, 이것은 작가의 교양주의와 자유주의가 소설의 형식 안에서 굴절되는 양상이라는 것이다. 이런 맥락에서 이병주의 소설은 미적 현대성의 문제에 있어서도 중요한 의미를 갖는다고 평가했다.

전해림50)은 이병주의 초기 중·단편 소설에 나타난 등장인물들의 육

---

47) 노현주, 「Force/Justice로서의 법, '법 앞에서' 분열하는 서사」, 『한국현대문학연구』 43, 한국현대문학회, 2014.

48) 추선진, 「이병주의 『별이 차가운 밤이면』에 나타난 전쟁 체험과 내셔널리티」, 『국제어문』 60, 국제어문학회, 2014. 3.

49) 이광호, 「이병주 소설에 나타난 테러리즘의 문제」, 『어문연구』 41, 한국어문교육연구회, 2013.

50) 전해림, 「이병주 소설에 나타난 남성 육체 인식-「소설 알렉산드리아」, 「마술사」, 「쥘부채」를 중심으로」, 『인문학연구』 97, 충남대학교 인문과학연구소, 2014.

체 묘사를 통해 이병주가 남성 육체에 대해 갖고 있었던 인식을 분석하였다. 여성 육체 묘사에 비해 관능을 배제한 채 형상화되는 이병주 소설의 남성 육체 묘사는 에로티시즘의 폭력성을 권력의 폭력성과 동일한 부정성을 내포하는 것으로 본 이병주의 인식 때문이라는 것이다. 음영철[51]은 라캉의 이론을 바탕으로 이병주 소설에 나타나는 주체의 유형을 예속적 주체, 환상적 주체, 윤리적 주체로 나누어 분석했다. 이 연구는 이병주 소설 연구에 정신분석학을 적용한 최초의 논문이라는 데에 의의가 있다. 정미진[52]은 이병주 소설의 자기 반영성이 이병주가 자신의 소설 쓰기를 소설로 인지하고 역사에 대한 효과적인 재현을 위해 고민한 주체의 자기 분열 양상이라고 파악하였다. 또한 이병주가 종교라는 알레고리적 장치를 통해 문학의 핵심에 놓여야 할 것이 인간이라는 문학적 태도와 신념을 일관되게 표명하고 있음에 주목하였다.

## 5. 이병주 작가론 총서 발간의 의의

이상에서 살펴본 바와 같이 이병주 문학 연구는 초반에는 『지리산』, 『관부연락선』과 「소설·알렉산드리아」를 비롯한 몇몇 주요 중·단편에 논의가 집중되었다. 주제의식 또한 작가의 역사인식에 초점이 맞추어진 경우가 많았다. 그러나 2005년 이병주 기념사업회 발족을 계기로 이병주 전집 발간 및 이병주의 작품세계를 재조명하는 움직임이 본격화되면서 활발한 연구 활동이 전개되었다. 그래서 최근 논의들은 이병주의 다양한

---

51) 음영철, 「이병주 소설의 주체성 연구」, 건국대학교 박사학위 논문, 2011.
52) 정미진, 「이병주 소설에 나타난 주체의 자기 분열 양상 연구」, 『어문연구』 86, 어문연구학회, 2015. 「이병주 소설에 나타난 종교의 의미」, 『국어문학』 58, 국어문학회, 2015.

작품들로 연구의 영역이 넓어졌을 뿐만 아니라 주제의 범위 역시 다각적 관점으로 확장되었음을 알 수 있다.

이번에 발간하는 이병주 작가론 총서는 이병주 문학 연구의 이러한 최근 경향을 고려하여 가급적 기존의 이병주 문학 연구서에 수록되지 않은 새로운 연구 논문을 중심으로 기획되었다. 목차는 크게 총론, 장편소설론, 주요 작품론으로 구성되었다. 총론에는 이병주 문학 전반의 특징을 총체적으로 살펴볼 수 있는 논문을 수록하였다. 장편소설론에는 이병주의 주요 장편 『관부연락선』, 『지리산』, 『산하』, 『행복어사전』, 『바람과 구름과 비』, 『별이 차가운 밤이면』을 중점적으로 다룬 논문을 수록하였다. 주요 작품론에는 이병주의 중·단편 및 기타 장편을 포괄하는 다양한 접근 방식의 논의를 통해 이병주 문학 연구의 외연을 확장한 연구 논문을 선별하여 수록하였다. 이병주 작가론 총서의 발간을 계기로 아직도 무궁무진한 미지의 영역으로 남아있는 이병주 문학 연구가 더욱 활발하게 전개되어 한국문학연구의 지평을 넓히는 데 일조하기를 기대한다.

# 이병주 문학 연구서지

추선진(경희대)

- 강경선, 「이병주의 『관부연락선』 연구」, 경성대학교 교육대학원 석사학위논문, 2005.
- 강심호, 「이병주 소설 연구: 학병세대의 내면의식을 중심으로」, 『관악어문연구』 27, 서울대학교 국어국문학과, 2002.
- 강은모, 「이병주 『산하』에 나타난 풍자성」, 『2017 이병주문학 학술세미나 자료집』, 2017.
- 강은모, 「이병주 대하소설의 대중성 연구」, 경희대학교 박사학위논문, 2017.
- 강희근, 「「소설 · 알렉산드리아」에 흐르는 시심과 시정」, 『2010 이병주문학세미나 및 강연회 자료집』, 이병주기념사업회, 2010.
- 고명철, 「구미중심주의와 '너머'를 위한 '넘어'의 문학적 정치성」, 『2012 이병주문학 학술세미나 자료집』, 2012.
- 고인환, 「'기록이자 문학' 혹은 '문학이자 기록'에 이르는 길」, 『2014 1차 이병주문학 학술세미나 자료집』, 2014.

- 고인환, 「이병주 중 단편 소설에 나타난 서사적 자의식 연구」, 『국제어문』 48, 국제어문학회, 2010.
- 고인환, 「이병주 중단편 소설에 나타난 현실 인식 변모 양상」, 『국제어문학회 학술대회자료집』, 국제어문학회, 2009.
- 구모룡, 「소설과 공간주 사유」, 『2014 1차 이병주문학 학술세미나 자료집』, 2014.
- 권선영, 「이병주 『관부연락선』에 나타난 일본」, 『2016 이병주문학 학술세미나 자료집』, 2016.
- 권지예, 「역사소설과 현재성」, 『2010 이병주문학세미나 및 강연회자료집』, 이병주기념사업회, 2010.
- 김기용, 「이병주 중 단편 소설 연구」, 원광대학교 석사학위논문, 2010.
- 김명주, 「역사와 문학 사이」, 『2010 이병주문학세미나 및 강연회 자료집』, 이병주기념사업회, 2010.
- 김병로, 「다성적 서사담론에 나타나는 현실인식의 확장성 연구: 이병주의 '소설 알렉산드리아'를 중심으로」, 『한국언어문학』 36, 한국언어문학회, 1996.
- 김복순, 「'지식인 빨치산' 계보와 '지리산'」, 『인문과학연구논집』 22, 명지대학교부설 인문과학연구소, 2002.12.
- 김성환, 「식민지를 가로지르는 1960년대 글쓰기의 한 양식」, 『한국현대문학연구』 46, 현대문학회, 2015.
- 김외곤, 「격동기 지식인의 초상: 이병주의 '관부연락선'」, 『소설과 사상』, 1995년 가을호.
- 김윤식, 「『지리산』의 사상」, 『한국문학의 근대성과 이데올로기 비판』, 서울대출판부, 1987(*문학사와 비평연구회 편, 『1950년대 문학연구』, 예하, 1991에 재수록).

- 김윤식, 「작가 이병주의 작품세계: 자유주의 지식인의 사상적 흐름을 대변한 거인 이병주를 애도하며」, 『문학사상』, 1992년 5월호(*『나림 이병주 선생 10주기 기념 추모선집』, 나림이병주선생기념사업회, 2002에 재수록).
- 김윤식, 「학병세대의 글쓰기—이병주의 경우」, 『나림 이병주선생 13주기 추모식 및 문학강연회 자료집』, 나림이병주선생기념사업회, 2005.
- 김윤식, 「학병세대의 글쓰기의 유형과 범주: 이병주의 놓인 자리」, 『한국문학』, 2006년 가을호.
- 김윤식, 「이병주의 처녀작 '내일 없는 그날'과 데뷔작 '소설 알렉산드리아' 사이의 거리재기」, 『한국문학』, 2007년 봄호.
- 김윤식, 『일제말기 한국인 학병세대의 체험적 글쓰기론』, 서울대학교출판부, 2007.
- 김윤식, 「능소화, 또는 산천의 미학 : 박경리의 『토지』와 이병주의 『지리산』」, 『한국문학평론』 34, 한국문학평론가협회, 2008.
- 김윤식, 「노예의 사상과 방편으로서의 소설—「소설 · 알렉산드리아」에 부쳐」, 『소설 · 알렉산드리아』, 바이북스, 2009.
- 김윤식, 「노비 출신 학병 박달세의 청춘과 야망: 1940년대 상하이」, 『한국문학평론』35, 한국문학평론가협회, 2009(*김윤식 · 김종회 엮음, 『별이 차가운 밤이면』, 문학의숲, 2009에 재수록).
- 김윤식, 「이병주가 공부한 메이지 대학에 가다」, 『2010 이병주문학 세미나 및 강연회 자료집』, 이병주기념사업회, 2010.
- 김윤식, 『이병주와 지리산』, 국학자료원, 2010.
- 김윤식, 「학병 세대의 문학사 공백 메우기」, 김윤식 · 김종회 편, 『마술사, 겨울밤』, 2011.

- 김윤식, 「학병세대와 글쓰기의 기원 – 박경리, 김동리, 황순원, 선우휘, 강신재의 경우」, 『2011 하동이병주국제문학제 자료집』, 이병주기념사업회, 2011.
- 김윤식, 「문학사적 공백에 대한 학병세대의 항변 : 이병주와 선우휘의 경우」, 『한국문학』, 2011년 봄호.
- 김윤식, 「사상에 짓눌린 문학의 어떤 풍경」, 『2012 이병주문학 학술세미나 자료집』, 2012.
- 김윤식, 『한일 학병세대의 빛과 어둠』, 소명출판, 2012.
- 김윤식, 『6·25의 소설과 소설의 6·25』, 푸른사상, 2013.
- 김윤식, 「학병세대의 원심력과 구심력」, 『2013 이병주문학 학술세미나 자료집』, 2013.
- 김윤식, 「황용주의 학병세대」, 『2014 1차 이병주문학 학술세미나 자료집』, 2014.
- 김윤식, 「이병주의 역사소설」, 『2014 2차 이병주문학 학술세미나 자료집』, 2014.
- 김윤식, 「이태의 『남부군』과 이병주의 『지리산』」, 『2015 이병주문학 학술세미나 자료집』, 2015.
- 김윤식, 『이병주 연구』, 국학자료원, 2015.
- 김윤식, 「이병주 소설 『행복어사전』 시론」, 『2016 이병주문학 학술세미나 자료집』, 2016.
- 김윤식, 「운명에 관한 한 개의 테마 – 이병주의 장편 『비창』을 중심으로」, 『2017 이병주문학 학술세미나 자료집』, 2017.
- 김윤식 김종회 엮음, 『문학과 역사의 경계에 서다 – 낭만적 휴머니스트, 이병주의 삶과 문학』, 바이북스, 2010.
- 김윤식 김종회 외, 『이병주 문학의 역사와 사회 인식』, 바이북스, 2017.

● 김윤식 임헌영 김종회 책임편집, 『역사의 그늘, 문학의 길』, 한길사, 2008.

● 김인환, 「천재들의 합창」, 『그 테러리스트를 위한 만사』, 한길사, 2006.

● 김종회, 「근대사의 격랑을 읽는 문학의 시각」, 『위기의 시대와 문학』, 세계사, 1996.

● 김종회, 「이병주의 문학과 역사의식」, 『문학사상』, 2002년 5월호.

● 김종회, 「한 운명론자의 두 얼굴－이병주의 소설 '소설 알렉산드리아'에 대하여」, 『나림 이병주선생 12주기 추모식 및 문학강연회 자료집』, 나림이병주선생기념사업회, 2004.

● 김종회, 「문화산업 시대의 이병주 문학」, 『나림 이병주선생13 주기 추모식 및 문학 강연회 자료집』, 나림이병주선생기념사업회, 2005.

● 김종회, 「이야기성의 회복과 이병주 문학의 재발견」, 『문학사상』, 2006년 4월호.

● 김종회, 「이병주의 「소설 · 알렉산드리아」 고찰」, 『비교한국학』16, 비교한국학회, 2008.

● 김종회, 「지역문화 창달과 이병주 문학」, 한국문학평론가협회, 『한국문학평론』34, 2008.

● 김종회, 「운명의 마루에 핀 사랑의 원념－「쥘부채」의 사상」, 김윤식 · 김종회 편, 『쥘부채』, 바이북스, 2009.

● 김종회, 「세속적 몰락의 두 경우와 해학－박사상회와 빈영출의 저잣거리」, 김윤식 · 김종회 편, 『박사상회, 빈영출』, 바이북스, 2009.

● 김종회, 「하동 이병주 기념사업의 문화산업적 고찰」, 『경남권문화』20, 진주교육대학교 경남권문화연구소, 2010.

● 김종회, 「이병주 문학의 역사의식 고찰 : 장편소설 『관부연락선』을

중심으로」, 『한국문학논집』 57, 한국문학회, 2011.

- 김종회, 「영웅시대 후일담의 돌올한 존재 양식」, 김윤식·김종회 편, 『그 테러리스트를 위한 만사』, 바이북스, 2011.

- 김종회, 「이병주 소설과 문학의 대중성」, 『2015 이병주문학 학술세미나 자료집』, 2015.

- 김종회, 「이병주 소설의 공간 환경」, 『2016 이병주문학 학술세미나 자료집』, 2016.

- 김주연, 「역사와 문학-이병주의 '변명'이 뜻하는 것」, 『문학과지성』 1973년 봄호.

- 노현주, 「이병주 소설의 정치의식과 대중성 연구」, 경희대학교 박사학위논문, 2012.

- 노현주, 「이병주 문학의 정치의식」, 『2012 이병주문학 학술세미나 자료집』, 2012.

- 노현주, 「이병주 소설의 엑조티즘과 대중의 욕망」, 『한국문학이론과 비평』 55, 한국문학이론과비평학회, 2012.

- 노현주, 「정치 부재의 시대와 정치적 개인」, 『현대문학이론연구』 49, 현대문학이론학회, 2012.

- 노현주, 「정치의식의 소설화와 뉴저널리즘」, 『우리어문연구』 42, 우리어문학회, 2012.

- 노현주, 「Force/Justice로서의 법, '법 앞에서' 분열하는 서사」, 『한국현대문학연구』 43, 한국현대문학회, 2014.

- 노현주, 「남성중심서사의 정치적 무의식」, 『국제한인문학연구』 14, 국제한인문학회, 2014.

- 노현주, 「이병주 소설의 대중성에 관한 고찰」, 『2017 이병주문학 학술세미나 자료집』, 2017

- 류동규, 「65년 체제 성립기의 학병 서사」, 『어문학1』 30, 한국어문학회, 2015.

- 문경화, 「이병주의 『지리산』 연구」, 서강대학교 석사학위논문, 2010.

- 미국 시카고 예지문학회, 『미국·한국에서 함께 이병주를 읽는다』, 국학자료원, 2016.

- 민병욱, 「이병주의 희곡 텍스트 「流氓」 연구」, 『한국문학논총』 70, 한국문학회, 2015.

- 박덕규, 「이병주 문학의 문화산업적 활용 방안」, 『한국문학평론』 34, 한국문학평론가협회, 2008.

- 박민철 취재, 「한국문단의 거목, 나림 이병주」, 『시사문단』, 2005. 5.

- 박병탁, 「이병주 역사소설의 유형과 의미 연구」, 경희대학교 석사학위논문, 2014.

- 서은주, 「소환되는 역사와 혁명의 기억 : 최인훈과 이병주의 소설을 중심으로」, 『상허학보』 30, 상허학회, 2010.

- 서지문, 「이병주 소설의 통속성에 대한 고찰」, 『2015 이병주문학 학술세미나 자료집』, 2015.

- 서지문, 「이병주소설의 통속성에 관한 고찰」, 『이병주문학 학술 세미나자료집』, 2015.

- 서하진, 「역사성의 소설, 그리고 작가 이병주」, 『2008 이병주하동국제문학제 자료집』, 이병주기념사업회, 2008.

- 손혜숙, 「이병주 대중소설의 갈등구조 연구」, 『한민족문화연구』 26, 한민족문화학회, 2008.

- 손혜숙, 「이병주 소설의 '역사인식' 연구」, 중앙대학교 박사학위논문, 2011.

- 손혜숙, 「이병주 소설에 나타난 '식민지 기억'과 역사 다시 쓰기」,

『어문논집』53, 중앙어문학회, 2013.

- 손혜숙, 「이병주 소설의 역사서술 전략 연구」, 『비평문학』52, 한국 비평학회, 2014.
- 손혜숙, 「이병주 소설에 나타난 시대 풍속」, 『한국문학논총』70, 한 국문학회, 2015.
- 손혜숙, 「이병주 소설과 기억의 정치학」, 『2017 이병주문학 학술세 미나 자료집』, 2017.
- 송희복, 「문학과 역사를 보는 관점」, 『2010 이병주문학세미나 및 강 연회 자료집』, 이병주기념사업회, 2010.
- 송희복, 「생태학적인 시의 경관과 지역주의의 성취」, 『2016 이병주 문학 학술세미나 자료집』, 2016.
- 송희복, 「소설가 이병주, 혹은 1971년 로마의 휴일」, 『2012 이병주문 학 학술세미나 자료집』, 2012.
- 신봉승, 「역사소설의 사실과 픽션」, 『한국문학평론』35, 한국문학평 론가협회, 2009.
- 신예선, 「해외에서 본 작가 이병주」, 『한국문학평론』34, 한국문학 평론가협회, 2008.
- 안경환, 「이병주와 그의 시대」, 『2009 이병주하동국제문학제 자료집』, 이병주기념사업회, 2009.
- 안경환, 「학병출신 언론인의 글쓰기−이병주, 황용주의 경우」, 『2011 하동이병주국제문학제자료집』, 이병주기념사업회, 2011.
- 안경환, 「왜 '법과 문학'인가」, 『2013 이병주문학 학술세미나 자료집』, 2013.
- 안경환, 『황용주, 그와 박정희의 시대』, 까치, 2013.
- 안경환, 「이병주와 황용주」, 『2014 2차 이병주문학 학술세미나 자료 집』, 2014.

- 안광, 「사랑의 법적 책임」, 2『013 이병주문학 학술세미나 자료집』, 2013.

- 용정훈, 「이병주론」, 중앙대학교 석사학위논문, 2001.

- 유임하, 「80년대의 분단문학, 역사의 진실 해명과 반공주의의 극복 '남과 북', '지리산', '태백산맥'을 중심으로」, 『작가연구』, 2003년 4월호.

- 음영철, 「이병주 소설의 대중성 연구」, 『겨레어문학4』 7, 겨레어문학회, 2011.

- 음영철, 「이병주 소설의 주체성 연구」, 건국대학교 박사학위논문, 2011.

- 음영철, 「이병주 중단편소설에 나타난 포함과 배제의 정치성」, 『한민족문화연구』 44, 한민족문화학회, 2013.

- 이경재, 「휴머니스트가 바라본 법」, 『2013 이병주문학 학술세미나 자료집』, 2013.

- 이광호, 「테러리즘-예술의 자율성과 익명성-이병주의 '그 테러리스트를 위한 만사'를 중심으로」, 『2011 이병주학술세미나 자료집』, 이병주기념사업회, 2011.

- 이광호, 「이병주 소설에 나타난 테러리즘의 문제」, 『어문연구』 41, 한국어문교육연구회, 2013.

- 이광훈, 「분단문학의 새 가능성-'지리산' 전7권」, 『문예중앙』, 1985년 12월호.

- 이광훈, 「역사와 기록과 문학과…」, 『한국현대문학전집48』, 삼성출판사, 1979.

- 이광훈, 「'회색의 군상', 그 좌절의 기록 : 김규식과 유태림을 중심으로」, 『한국문학평론 』 34, 한국문학평론가협회, 2009.

- 이광훈, 「행간에 묻힌 해방공간의 조명」, 『산하』, 한길사, 2006.

- 이동재, 「대하소설의 창작 방법론」, 『어문논집』6 6, 민족어문학회, 2012.
- 이동재, 「분단시대의 휴머니즘과 문학론: 이병주의 '지리산'」, 『현대소설연구』24, 한국현대소설학회, 2004.
- 이병주 남재희, 「[대담]'회색군상'의 이론: '지리산' 작가와 독자가 이야기하는 생략된 역사」, 『세대』, 1974년 5월호.
- 이보영, 「역사적 상황과 윤리—이병주론」, 『현대문학』, 1977년 2월~3월호.
- 이재복, 「딜레탕티즘의 유희로서의 문학—이병주의 중, 단편 소설을 중심으로」, 『나림 이병주선생 13주기 추모식 및 문학강연회 자료집』, 나림이병주선생기념사업회, 2005.
- 이재복, 「한 휴머니스트의 사상과 역사 인식」, 『2012 이병주문학 학술세미나 자료집』, 2012.
- 이정석, 「이병주 소설의 역사성과 탈역사성」, 『한국문학이론과 비평』50, 한국문학이론과 비평학회, 2011.
- 이정석, 「학병세대 작가 이병주를 통해 본 탈식민의 과제」, 『한중인문학연구』33, 한중인문학회, 2011.
- 이형기, 「이병주론: 소설 '관부연락선'과 40년대 현대사의 재조명」, 권영민 엮음, 『한국 현대 작가 연구』, 문학사상사, 1 991.
- 이형기, 「지각작가의 다섯 가지 기둥—이병주의 문학」, 『나림 이병주선생 10주기 기념추모선집』, 나림이병주선생기념사업회, 2002.
- 이호규, 「이병주 초기 소설의 자유주의적 성격 연구」, 『현대문학의 연구』45, 한국문학연구학회, 2011.
- 임금복, 「불신시대에서의 비극적 유토피아의 상상력—'빨치산', '남부군', '태백산맥'」, 『비평 문학』3, 한국비평문학회, 1989년 8월호.

- 임재걸, 「민족의 비극을 덮어둘 수 없었다」(이병주 인터뷰 기사), 『중앙일보』, 1985년 11월 19일자 10면.
- 임헌영, 「현대소설과 이념문제−이병주의 '지리산'론」, 『민족의 상황과 문학사상』, 한길사, 1986(*이남호 편, 『한국 대하소설 연구』, 집문당1, 997에 재수록).
- 임헌영, 「빨치산 문학의 세계」, 『분단시대의 문학』, 태학사, 1992.
- 임헌영, 「이병주 문학과 역사 · 사회의식」, 『2017 이병주문학 학술세미나 자료집』, 2017.
- 임헌영, 「이병주의 '지리산'론−현대소설과 이념문제」, 『나림 이병주 선생 12주기 추모식 및 문학강연회 자료집』, 나림이병주선생기념사업회, 2004.
- 임헌영, 「기전체 수법으로 접근한 박정희 정권 18년사」, 『그해 5월』, 한길사, 2006.
- 임헌영, 「이병주의 역사소설과 이념 문제」, 『2014 2차 이병주문학 학술세미나 자료집』, 2014.
- 전경린, 「예낭, 낯선 곳으로의 망명」, 『2011 이병주학술세미나 자료집』, 이병주기념사업회, 2011.
- 전해림, 「이병주 소설에 나타난 남성 육체 인식」, 『인문학연구』 50, 인문과학연구소, 2014.
- 정미진, 「이병주 소설에 나타난 종교의 의미」, 『국어문학5』8, 국어문학회, 2015.
- 정미진, 「이병주 소설에 나타난 주체의 자기 분열 양상 연구」, 『어문연구』 86, 어문연구학회, 2015.
- 정미진, 「이병주 소설의 영상화와 대중성의 문제」, 『2015 이병주문학 학술세미나 자료집』, 2015.

- 정미진, 「이병주 『산하』의 다층적 서사와 구성과 의미」, 『국어문학』 59, 국어문학회, 2015.
- 정미진, 「이병주소설의 영상화와 대중성의 문제」, 『2015 이병주문학 학술세미나 자료집』, 이병주기념사업회 · 한국문학평론가협회, 2015.
- 정미진, 「'원한'의 현실과 '정감'의 기록」, 『2017 이병주문학 학술세미나 자료집』, 2017.
- 정미진, 「이병주 소설 연구: 현실 인식과 소설적 재현 방법을 중심으로」, 경상대학교 박사학위논문, 2017.
- 정영훈, 「역사와 기억」, 『2010 이병주문학세미나 및 강연회 자료집』, 이병주기념사업회, 2010.
- 정찬영, 「역사적 사실과 문학적 진실 – '지리산'론」, 『문창어문논집』, 문창어문학회, 1999.12.
- 정현민, 「오늘의 시각으로 본 <정도전>」, 『2014 2차 이병주문학 학술세미나 자료집』, 2014.
- 정호웅, 「『지리산』론」, 문학사와 비평연구회 편, 『1970년대 문학연구』, 예하, 1994.
- 정호웅, 「해방 전후 지식인의 행로와 그 의미: 이병주의 '관부연락선'」, 『현대소설연구』24, 한국현대소설학회, 2004.
- 정호웅, 「이병주의 '관부연락선'과 부성의 서사」, 『나림 이병주선생12주기 추모식 및 문학강연회 자료집』, 2004.
- 정호웅, 「망명의 사상」, 『마술사』, 한길사, 2006.
- 정호웅, 「이병주 문학과 학병 체험」, 『한중인문학연구4』 1, 한중인문학회, 2013.
- 정호웅, 「이병주 문학의 공간」, 『2016 이병주문학 학술세미나 자료집』, 2016.

- 정홍섭, 「1970년대 초 농촌근대화 담론과 그 소설적 굴절 : 이병주와 이문구를 중심으로」, 『민족문학사연구』 42, 민족문학사학회 민족문학사연구소, 2010.
- 조남현, 「이데올로그 비판과 담론확대 그리고 주체성」, 『소설 · 알렉산드리아』, 한길사, 2006.
- 조영일, 「학병 서사 연구」, 서강대학교 박사학위논문, 2015.
- 최연지, 「이병주 『운명의 덫』과의 인연-TV드라마 지식인 주인공의 한계」, 『2008 이병주문학 학술세미나 자료집』, 이병주기념사업회, 2008.
- 최현주, 「『관부연락선』의 탈식민성 연구」, 『배달말』 48, 배달말학회, 2011.
- 최현주, 「국가로망스로서의 이병주의 『지리산』」, 『현대문학이론연구』 55, 현대문학이론학회, 2013.
- 최혜실, 「한국 지식인 소설의 계보와 '행복어사전'」, 『나림 이병주 선생 11주기 추모식 및 문학강연회 자료집』, 나림이병주선생기념사업회, 2003.
- 추선진, 「이병주 소설 연구: 사실과 허구의 관계를 중심으로」, 경희대학교 박사학위 논문, 2012.
- 추선진, 「이병주 소설의 원형으로서의 『내일 없는 그날』」, 『인문학연구』 21, 경희대학교 인문학연구원, 2012.
- 추선진, 「이병주 소설에 나타난 법에 대한 성찰 연구」, 『한민족문화연구』 43, 한민족문화학회, 2013.
- 추선진, 「이병주 소설에 나타난 법에 대한 의식 연구」, 『2013 이병주문학 학술세미나 자료집』, 2013.
- 추선진, 「이병주의 『별이 차가운 밤이면』에 나타난 전쟁 체험과 내

셔널리티」, 『국제어문』 60, 국제어문학회, 2014.

- 추선진, 「이병주 『지리산』에 나타난 여성지식인 고찰」, 『2017 이병주문학 학술세미나 자료집』, 2017.

- 표성흠, 「소설 『지리산』을 통해 본 이병주의 일본, 일본인」, 『2011 이병주학술세미나 자료집』, 2011.

- 해이수, 「이병주의 「예낭풍물지」에 나타난 공간 소요」, 『2014 1차 이병주문학 학술세미나 자료집』, 2014.

- 홍기돈, 「관념의 유희와 소설의 자리」, 『2015 이병주문학 학술세미나 자료집』, 2015.

- 홍기삼, 「생명의 존엄을 위한 옹호-이병주 소설 다시 읽기의 가능성」, 『2008 이병주 문학 학술세미나 자료집』, 2008.

- 홍용희, 「이병주, 지리산의 풍모」, 『한국문학평론』 34, 한국문학평론가협회, 2008.

새미 작가론 총서 22　　이병주

| 초판 1쇄 인쇄일 | 2017년 9월 19일 |
|---|---|
| 초판 1쇄 발행일 | 2017년 9월 20일 |

| 엮은이 | 김종회 |
|---|---|
| 펴낸이 | 정진이 |
| 편집장 | 김효은 |
| 편집/디자인 | 우정민 문진희 박재원 |
| 마케팅 | 정찬용 정구형 |
| 영업관리 | 한선희 이선건 최인호 최소영 |
| 책임편집 | 우정민 |
| 인쇄처 | 국학인쇄사 |
| 펴낸곳 | 국학자료원 새미(주) |

　　　　　　등록일 2005 03 15 제25100-2005-000008호.
　　　　　　서울특별시 강동구 성안로 13 (성내동, 현영빌딩 2층)
　　　　　　Tel 442-4623 Fax 6499-3082
　　　　　　www.kookhak.co.kr
　　　　　　kookhak2001@hanmail.net

| ISBN | 979-11-88499-11-3 *94800 |
|---|---|
| 가격 | 49,000원 |

* 저자와의 협의하에 인지는 생략합니다.
　잘못된 책은 구입하신 곳에서 교환하여 드립니다.
　국학자료원 · 새미 · 북치는마을 · LIE는 국학자료원 새미(주)의 브랜드입니다.
* 이 도서의 국립중앙도서관 출판예정도서목록(CIP)은 서지정보유통지원시스템 홈페이지(http://seoji.nl.go.kr)와 국가자료공동목
　록시스템(http://www.nl.go.kr/kolisnet)에서 이용하실 수 있습니다. (CIP제어번호 : CIP2017023903)